Marco Kunst
Gelöscht

Marco Kunst, geboren 1966, lebt in Amsterdam, wo er nach einem Philosophiestudium als Privatdozent und freier Lektor für verschiedene Verlage arbeitet. Neben einem Band mit Kurzgeschichten ist ›Gelöscht‹ sein jugendliterarisches Debüt.

Marco Kunst

Gelöscht

Aus dem Niederländischen
von Rolf Erdorf

Gerstenberg
dtv junior

Deutscher Taschenbuch Verlag

Ungekürzte Ausgabe
In neuer Rechtschreibung
August 2007
Deutscher Taschenbuch Verlag GmbH & Co. KG, München
www.dtvjunior.de

Umschlagkonzept: Balk & Brumshagen
Umschlagbild: Christine Skobranek
Setzerei: Fotosatz Reinhard Amann, Aichstetten
Gesetzt aus der Janson Text (10,5/13˙) und aus der Rockwell
Druck und Bindung: Druckerei C. H. Beck, Nördlingen
Gedruckt auf säurefreiem, chlorfrei gebleichtem Papier
Printed in Germany · ISBN 978-3-423-71248-4

INHALT

Teil III Der Zentralcomputer

Teil I
Die Müllhalde

Der Gleisreiniger

Sig erwachte von einer Stimme, die aus den Lautsprechern schmetterte: »Wartungsstation Alfa-7, Endpunkt Linie 34. Wagen L 17 bittet Sie höflich auszusteigen und dankt Ihnen für Ihre Mitarbeit.«

Sig sperrte Mund und Nase auf und schaute sich um. Er war der Einzige, der noch in der Metro saß. Er war eingeschlafen und hatte seine Haltestelle verpasst.

»Linie 34, Wagen L 17 bittet Sie höflich auszusteigen und dankt Ihnen für Ihre Mitarbeit«, erklang wieder die Computerstimme.

Er stand auf, schüttelte den Schlaf von sich ab, ging zu den Schiebetüren und stieg aus dem U-Bahnwagen auf den Bahnsteig. Allerlei Wartungsmaschinen und Reinigungsroboter schoben und rollten im U-Bahnhof herum, ansonsten war kein Mensch zu sehen. Menschen hatten hier nichts verloren. Still, kalt und leer war es hier. Nicht mal Musik klang im Hintergrund. Keine Reklame oder sonstige Dekoration schmückte die Wände, und ein kalter Wind wehte und brachte einen eigenartigen Geruch herbei, ganz anders als auf gewöhnlichen U-Bahnhöfen. Er hörte, wie sich hinter ihm die Türen schlossen und der Zug leise summend davonfuhr. Zögernd sah er nach links und rechts, um herauszufinden, wo er eine Bahn zurück nehmen konnte.

»Guten Tag. Wartungsstation Alfa-7 bittet Sie höflich, sich zu Bahnsteig 2 zu begeben und dort die Ankunft von Linie 34 Richtung B abzuwarten.« Wieder war es eine Computerstimme, die zu ihm sprach. Die Lautsprecher waren zu laut eingestellt. Die Stimme dröhnte durch den Bahnhof.

Schläfrig ging Sig über den Bahnsteig. Geschmeidig summend glitten die Wartungsmaschinen zur Seite, während er nach einer Über- oder Unterführung suchte, um auf den gegenüberliegenden Bahnsteig zu gelangen. Er war wütend auf sich selbst. Wie hatte er nur so lange schlafen können?

Er war auf dem Weg von der Schule nach Hause gewesen. Mit der U-Bahn, so wie jeden Tag. Die ersten sechs Stationen fuhr er immer zusammen mit Omeg und Tau. Danach musste er allein noch acht Haltestellen weiter bis zur Station B 52.

Das letzte Stück der Fahrt war meistens langweilig. Mit Tau konnte man lachen, und auch Omeg war so weit ganz okay, aber allein in der U-Bahn zu sitzen war öde. Es gab nichts zu sehen, nichts zu tun und nichts zu erleben. Nur grelles Licht, Schalensitze aus Kunststoff, fade Hintergrundmusik und geradeaus starrende Leute.

Ein paar Stationen, nachdem Omeg und Tau ausgestiegen waren, war Sig heute dann auch eingeschlafen. Das passierte ihm öfter. Fast immer wachte er rechtzeitig wieder auf, kurz vor seiner Haltestelle. Ein einziges Mal bisher hatte er ein paar Stationen zurückfahren müssen, nicht öfter. Kein Grund zur Aufregung also. Er nickte eben leicht ein.

Aber diesmal war er erst am Endpunkt der Linie wieder aufgewacht. Mehr als dreißig Haltestellen von seiner entfernt. Er hatte mindestens anderthalb Stunden geschlafen.

»Wartungsstation Alfa-7 bittet Sie höflich, aber dringend, sich zu Bahnsteig 2 zu begeben und dort die Ankunft von Linie 34 Richtung B abzuwarten.«

»Ja, ja, immer mit der Ruhe!«, murmelte Sig. Computer konnten einem manchmal unheimlich auf den Senkel gehen.

Er würde Stunden später als sonst nach Hause kommen. Er versuchte, zu Hause Bescheid zu geben, aber anscheinend funktionierte sein Armbandmodul hier nicht. Das war bestimmt deswegen, weil das hier ein Ort ausschließlich für Maschinen war. Oder hatte das Schrottding ausgerechnet jetzt den Geist aufgegeben? Er tippte mit dem Finger auf das Display. Es leuchtete auf. Auf dem Display erschien ein Auge. Das Auge musterte ihn kurz und schloss sich danach wieder gleichgültig: *Ist weiter nichts*, bedeutete das. Das Display wurde wieder dunkel. Dann meldete er sich eben nicht. Es würde ja doch niemand zu Hause sein. Nie war jemand zu Hause.

Sig schaute sich um. Nirgendwo hingen Schilder mit Hinweisen oder Pfeilen wie in einem normalen U-Bahnhof. In welche Richtung musste er denn jetzt?

»Wartungsstation Alfa-7 bittet Sie dringend, sich zu Bahnsteig 2 zu begeben und dort die Ankunft von Linie 34 Richtung B abzuwarten.«

Sig seufzte tief, zuckte mit den Schultern und horchte, ob er irgendwelche Züge ankommen hörte. Da war nichts, also ließ er sich vorsichtig vom Bahnsteig auf die Gleise herab. Dann musste er eben so auf die andere Seite kommen. Er wusste zwar, dass es verboten war, aber hier würde ihn doch niemand sehen, und er hatte es eilig. Er wollte nach Hause.

Fast sofort wurde er von einem Gleisreiniger erfasst, der geräuschlos und mit großer Geschwindigkeit um die Kurve kam: einer großen, eine enorme Schaufel vor sich her schiebenden Maschine. Sig hatte sie oft so vorbeisummen sehen. Die Schaufel war so gut wie immer leer, abgesehen von ein paar Papierschnipseln oder einer verirrten Plastiktüte und einigen Staubfusseln, und das, während sie Hunderte von Kilometern durch U-Bahntunnel raste. Gleisreiniger hinterließen die Gleise immer glänzend sauber und verbreiteten süße Blütendüfte in den U-Bahnstationen.

Jetzt lag er in der Schaufel, während der Gleisreiniger auf das dunkle Loch der Tunnelröhre zufuhr. Er versuchte, sich aufzurichten und von der Schaufel wieder auf den Bahnsteig zu springen, doch es war schon zu spät. Die Maschine hatte den Eingang der Röhre erreicht und fuhr hinein in die Dunkelheit. Erschrocken und besorgt, er könne sich im Dunkeln an etwas stoßen, ließ Sig sich wieder fallen. Die Maschine nahm jetzt erst so richtig Fahrt auf. Offenbar bremsten Gleisreiniger ab, wenn sie in U-Bahnhöfe einfuhren, und rasten, nachdem sie einmal die Bahnsteige hinter sich gelassen hatten, wieder mit viel größerer Geschwindigkeit durch die Tunnel.

Immer schneller wurde das Tempo. Sig tastete im Dunkel um sich, auf der Suche nach etwas, woran er sich festhalten konnte, aber die Innenseite der Schaufel war mit einem glatten Kunststoff beschichtet und bot keinerlei Halt. Kühle Luft wehte ihm ins Gesicht und drückte ihn gegen die Rückwand. Er spürte, wie die Maschine ein paar sanfte Kurven nahm. Die ersten Sekunden fuhren sie noch tiefer in die Erde hinunter, danach stiegen sie wieder. Die einzigen Geräusche waren das Sausen des Windes und das gejagte Keuchen seines eigenen Atems. Der Gleisreiniger selbst funktionierte nahezu lautlos.

Sig hatte Angst. Das Herz schlug ihm bis zum Hals. Noch nie zuvor in seinem Leben hatte er Angst verspürt. Einen Moment lang musste er daran denken, wie er einmal in der Freizeitzone in einer Achterbahn gesessen hatte, und die war ein ganzes Stück schneller gewesen und um viel schärfere Kurven gefahren. Aber niemals zuvor war er ganz allein in völliger Dunkelheit zu einem unbekannten Ziel unterwegs gewesen. Denn was Sig wirklich ängstigte, war, dass die Maschine nicht ins Zentrum der Stadt zurückfuhr, sondern sich weiter und weiter davon entfernte. Dabei lag der Bahnhof, an dem sie ihn erfasst hatte, schon am Stadtrand.

Noch keine Minute später – auch wenn es ihm wie Stunden vorkam – führte der Tunnel allmählich aufwärts, und Sig konnte wieder etwas ruhiger atmen. Er stellte sich vor, sie würden bei irgendeiner Wartungsstation herauskommen, wo der Apparat zum Stehen kam. Dort würde er aussteigen und zu Hause Bescheid geben. Und anderenfalls würde der Gleisreiniger bestimmt irgendwann wieder umkehren und durch einen anderen Tunnel in die Stadt zurückfahren. Auf dem erstbesten U-Bahnhof konnte er dann die Leute auf den Bahnsteigen zu Hilfe rufen.

Aber es kam ganz anders, als er erwartet hatte. Der Gleisreiniger fuhr zwar weiterhin aufwärts, und es kam ihm auch so vor, als ob die Maschine abbremste, aber sie steuerten einen Ort an, wie ihn Sig sich im Traum nicht hätte vorstellen können.

Zuerst fing es an, anders zu riechen. Der Geruch erinnerte an das, was aus dem Müllschlucker im Haus aufstieg, wenn man etwas hineinwarf, aber hier roch es stärker, und die Luft war kälter. Dann begann es im Tunnel zu dämmern. Das Licht war jetzt gerade ausreichend, sodass man die Tunnelwände vorbeiziehen sah. Die Wände waren nicht mehr wie überall in der Stadt mit glattem, glänzendem Kunststoff verkleidet, sondern der Tunnel schien hier lediglich grob aus dem Fels gehauen zu sein. Nach einer schwachen Kurve sah

Sig in der Ferne Tageslicht. Es war zwar nur ein kleiner Lichtpunkt, doch der war so grell, dass er blinzeln musste.

Sie stiegen weiter, und das Felsgestein machte nochmals Platz für glatte Wände, an denen das Licht sanft vorbeistrich. Und zum Schluss fuhren sie aus dem Tunnel hinaus. Sig traute seinen Augen nicht. Er war nicht mehr in der Stadt! Diese letzte glatte Wand musste die Stadtmauer selbst gewesen sein.

Sig war noch nie außerhalb der Stadt gewesen. Niemand verließ jemals die Stadt oder dachte auch nur daran. Die Stadt war so groß, dass alle ihr gesamtes Leben darin verbrachten, ohne sich auch nur einen Moment zu langweilen. Von der Welt hinter der Mauer hatte Sig in der Schule nie etwas gelernt. Alle kannten die Stadtmauer, aber niemand dachte darüber nach, was dahinter sein mochte.

Die Stadt war eine Welt für sich, und alle waren damit zufrieden. Sie bildete den Immerwährenden Kreislauf: ein großes Ganzes, in dem alles seinen eigenen, festen Platz hatte.

Die Stadt und der Kreislauf würden ewig fortbestehen, ohne je das Geringste aus der Außenwelt zu benötigen. Umringt von Mauern, die um Kilometer höher waren als die höchsten Gebäude, vergaß man einfach, dass auch woanders noch irgendetwas sein könnte. Die Stadtmauern und das glitzernde Kraftfeld über der Stadt hatten Sig immer ein Gefühl der Sicherheit gegeben. Über die Welt außerhalb der Mauern wurde nicht gesprochen. Nie.

Und jetzt hatte ihn die Stadt plötzlich ausgespuckt, durch ein klitzekleines Loch in der Mauer war er hinausgepustet worden, zusammen mit ein paar Staubflusen und einer leeren Flasche.

Sig konnte deshalb überhaupt nicht begreifen, was er sah. Die Schienen liefen in einer geraden Linie weiter, so weit sein Blick reichte, hoch über der Erde, vielleicht vierzig Meter, und er sah weiter nichts als Abfall. Sie fuhren über ein unüberschaubares, sich nach allen Seiten hin erstreckendes Abfallgebirge. So weit Sig auch blickte, das Einzige, was er sah, war stinkender Müll. Unrat, bergeweise Schutt, abgedankte Möbel, Trümmer von gigantischen Maschinen. Hinter ihm mussten hoch die Stadtmauern aufragen, aber der Gleisreiniger nahm ihm die Aussicht in diese Richtung.

Über den Müllbergen kreisten kreischende Flugwesen. Die meisten waren weiß und grau, hatten harte, kantige, gelbe Schnäbel und große Flügel. Manche waren etwas kleiner und schwarz. Sie tauchten aus großer Höhe in die Müllberge hinab und stiegen flügelschlagend wieder hoch mit ihrer Beute, während andere sie angriffen. Sig kannte lediglich Menschen, Pflanzen und Roboter. Die Flugwesen jagten ihm Angst ein. Zum Glück waren sie nicht sehr groß und schienen sich nicht im Geringsten um ihn oder den Gleisreiniger zu kümmern.

Der Müllgestank hing wie eine nasse Wolke über dem Abfall und schlug ihm in Wellen ins Gesicht. Sig drückte sich gegen die Rückwand der Abfallschaufel und schaute nur mehr gelähmt zu. Er konnte auch nicht anders, denn der Gleisreiniger raste weiter und weiter. Die Müllhaufen reihten sich endlos aneinander zu hohen Hügelrücken und ganzen Bergketten.

Zwei Mal sah Sig in der Ferne eine Art Wartungstrupp bei der Arbeit. Er schrie und winkte ihnen zu, doch es kam keine Reaktion. Es waren unbemannte Maschinen, die taub ihren Weg durch den Abfall suchten. Hunderte dieser Flugwesen schwärmten in ihrem Kielsog.

Sig weigerte sich zu glauben, was er sah; er konnte es

außerdem nicht begreifen. Alles in der Schule und alles in der Stadt hatte im Zeichen des Kreislaufs gestanden. Der Kreislauf der Stadt: von toter Materie zu Leben, zu Wachsen und Fertigen, und dann, nach einem freudvollen und nützlichen Leben, hieß es wieder zurück in den Kreislauf. Alles bildete ein ewiges Ganzes, das war der Sinn und das war der Grund, Einwohner der Stadt sein zu wollen. Solange der Kreislauf nicht durchbrochen wurde, würde das Leben ewig fortdauern. So lernten es Sig und seine Klassenkameraden in der Schule. Die Verse des Zyklus tönten durch Sigs Kopf:

Die Stadt ist der ewige Kreislauf.
Der Kreislauf ist eine Maschine.
Jeder Bürger und jedes Ding ist Teil des Kreislaufs.
Jeder Bürger und jedes Ding ist Teil der Maschine.
Der CC ist der Hüter der Maschine.

Jeder Bürger ist notwendig, solange er nützlich ist.
Jeder Bürger ist nützlich, solange er glücklich ist.

Das Ziel der Stadt ist das immerwährende Glück der Bürger.
Glück ist nicht mehr als das Empfinden von Glück.
Der Kreislauf ist Glück.
Die Stadt ist ewiges Glück.
Der CC ist der Hüter des Glücks …

Es war, als wolle Sig mit dem Aufsagen der Verse zwischen sich und dem, was er sah, zwischen sich und dem endlosen Abfallmeer eine Mauer errichten. Betonbrocken, faulendes Essen, Plastikfetzen, Flaschen, Bauabfall, Altpapier – alles kreuz und quer durcheinander, zerzaust und knatternd in dem starken Wind. Er wandte den Blick ab, aber das half nicht. Nach wie vor roch er den Müll. Er hoffte innig, der Gleisreiniger würde umkehren und in die Stadt zurückfahren, damit er vergessen konnte, was er gerade durchmachte.

Ebenso abrupt und unsanft, wie die Fahrt mit dem Gleisreiniger begonnen hatte, endete sie. Sie erreichten den letzten Müllberg und die Maschine bremste. Die Abfallschaufel bewegte sich mit einem Riesenschwenk zur Seite, und Sig, die Getränkeflasche und die paar unterwegs eingesammelten Flusen wurden im weiten Bogen fortgeschleudert, hoch durch die Luft. Sig kauerte sich zusammen, hielt die Arme schützend gegen den Kopf und wartete auf den Schlag, mit dem er aufprallen würde. Einen Schlag, den er nicht überleben konnte; aus dieser Höhe war das so gut wie unmöglich.

Es schien endlos zu dauern, ehe er unten ankam. Schneller und schneller fiel er. Der Wind sauste ihm um die Ohren. Doch er hatte Glück. Viel Glück. Ein enormer Haufen aus Plastikfolie und sonstigem Verpackungsmaterial federte seinen Fall ab. Holterdiepolter rutschte er die Böschung aus Müll herunter, stieß sich hier und da an etwas Hartem und überschlug sich, bis er am Fuß des Berges zum Stillstand kam.

Benommen und ängstlich blieb er liegen. Er sah, wie der Gleisreiniger wieder beschleunigte und teilnahmslos weiterfuhr. Nicht zurück in die Stadt, sondern hinaus auf eine kahle, felsige Ebene, auf der außer dem Bahngleis keine Spur menschlicher Zivilisation zu entdecken war. In der unbequemen Haltung zusammengekauert, in der er gelandet war, schaute Sig der Maschine hinterher. Es war, als würde das Letzte, was ihn mit zu Hause verband, mit großer Geschwindigkeit aus seinem Gesichtsfeld entschwinden.

Alle Kraft strömte aus ihm weg. Die Fahrt vom Endpunkt der U-Bahn hatte kaum eine halbe Stunde gedauert, doch er hatte das Gefühl, als sei er schon tagelang unterwegs, als hätte er mehr von der Welt gesehen als in allen vorangegangenen Jahren seines Lebens und als sei er nun ausrangiert worden. Ausgespuckt hatte ihn die Stadt, wie einen Sack Müll oder einen alten Schuh. Als sei er tot und vergessen und kein Teil des Kreislaufs mehr. Dieser Kreislauf, der außerdem bestimmt eine Lüge war, denn wo kam sonst dieser ganze Abfall her?

Eines war sicher: Hier musste er so schnell wie möglich weg. Aber ohne Hilfe würde er das nicht schaffen, dafür war er viel zu weit von der Stadt entfernt. Verwirrt schloss Sig die Augen und nahm sich fest vor, sie nicht mehr zu öffnen, bis man ihn finden würde, bis ein Wartungstrupp kam und ihn rettete.

Oder bis er aufwachte. Sein Herz machte einen Sprung bei dem Gedanken, und er klammerte sich daran fest. Das musste es sein. Das hier war ein böser Traum und sonst nichts. Jemand, Omeg oder Tau oder ein anderer Mistkerl in der Schule, hatte ihm heimlich einen Traumchip ins Mittagessen gesteckt, einen schlecht programmierten oder kaputten Traumchip und dazu einen viel, viel zu starken. Plötzlich wusste er es sicher: Er saß ganz normal in der U-Bahn, und wenn er die Augen wirklich aufmachte und den Traum von sich abschüttelte, war alles wieder normal. Vielleicht wurde er sogar noch rechtzeitig wach und konnte bei der richtigen Haltestelle aussteigen.

Erleichtert atmete er durch, die Augen einen weiteren Moment lang geschlossen. Dann konzentrierte er sich und meinte schon, den Sitz des U-Bahnwagens wieder zu spüren.

Einfach warten, bis die Wirkung des Chips aufhörte. Wer immer ihm das angetan hatte, er würde ihn kriegen!

Aber wie sehr er es auch wegzudenken versuchte, Sig hörte immer noch das trostlose Knattern und Rascheln von Plastik und Papier, und er spürte die kalten Felsen unter dem Plastik, die ihn in die Seite stachen. Er spürte Prellungen am ganzen Körper durch den Fall von vorhin. Die Erinnerung an den U-Bahnsitz verflog. Er kniff die Augen noch fester zu und blinzelte dann ganz kurz, aber selbst das genügte, um zu sehen, dass er sich nach wie vor am Fuß eines Müllbergs befand. Er kauerte sich noch tiefer zusammen und wünschte, er wäre zu Hause, in der Schule oder sonst irgendwo in der Stadt. Oder notfalls tot, wieder aufgenommen in den Kreislauf. Wenn er nur nicht mehr an diesem Ort hier zu sein brauchte.

Nachdem er ein paar Minuten so dagelegen hatte, piepste sein Armbandmodul. Sig öffnete erleichtert die Augen und setzte sich auf, im Gesicht ein breites Grinsen. Wie hatte er nur sein Modul vergessen können? So simpel war das Ganze also. Er strich sich die Haare aus dem Gesicht. Sein Gebet um Hilfe war erhört worden. Er war hier zwar wirklich im Chaos gelandet, und auch seine blauen Flecken dürften wohl echt sein, aber sie meldeten sich jetzt schon, um ihn aufzuspüren.

Wahrscheinlich waren sie innerhalb weniger Minuten bei ihm, um ihn zu retten. Wenn er wieder zu Hause war, würde er ganz lang und ganz warm duschen, um den Schmutz und die Kälte loszuwerden, und dann etwas besonders Leckeres essen, und dann … Er tippte locker auf das Display und atmete erleichtert durch.

Eine freundliche Computerstimme durchbrach die Stille. *»Sie befinden sich im verbotenen Gelände Omega 76. Auf diese Übertretung folgt Sanktion 2-f: vollständige historische Auslöschung. Ihre Identität wird hiermit gelöscht, und zwar sowohl in dieser Einheit als auch anderenorts im Kreislauf. Ihre sämtlichen Besitztümer einschließlich Ihres Körpers werden erneut in den Kreislauf aufgenommen, und jede Erinnerung an Ihre Existenz in Mensch und Maschine wird gelöscht werden. Bitte begeben Sie sich zum nächstgelegenen Recycling Point, wo sie aufgehoben werden. Die Stadt dankt Ihnen herzlich für Ihre Mitarbeit.«*

Ein leises Piepsen signalisierte das Ende der Nachricht.

Es war wieder still. Das Auge blinzelte ein letztes Mal, und danach wurde das Display schwarz. Und es blieb schwarz, als Sig es verzweifelt antippte. Das war nicht unbedingt das, was er erwartet hatte. Eher das Gegenteil.

Demnach war er jetzt eigentlich tot, überlegte Sig mit Grauen. Tot und vergessen. In gewissem Sinn hatte er sogar niemals existiert. Jede Erinnerung an ihn und sein Dasein war gelöscht. Bei allen. Nur sein Körper musste noch zurück zum Recycling Point und wieder in den Zyklus aufgenommen werden. Selbst seine Eltern würden sich nicht erinnern, dass er je existiert hatte.

Als sie in der Schule lernten, was Sanktion 2-f beinhaltete, hatte er sie als gerechtfertigte Strafe empfunden. Es war gut, dass Verbrecher in den Kreislauf aufgenommen und zumindest ihre Rohstoffe so wieder einem nützlichen Zweck zugeführt wurden. Und weshalb sollten die Freunde und Verwandten eines Verbrechers unter den Erinnerungen an eine misslungene Person leiden müssen? Erinnerungen dieser Art konnten besser gelöscht werden.

Außerdem hatte man ihnen beigebracht, dass Sanktion 2-f so gut wie nie zur Anwendung kam, vielleicht ein oder zwei Mal pro Jahrhundert. Verbrecher gab es fast keine mehr, der Zentralcomputer sorgte ja dafür, dass nur gut programmierte Kinder geboren wurden.

Aber jetzt war sich Sig plötzlich viel weniger sicher, ob er Sanktion 2-f wirklich so gut fand. Sich selbst als Verbrecher sehen konnte er auch nicht. Okay, er hatte über die Gleise zum anderen Bahnsteig wechseln wollen, aber andere Kinder taten das auch schon mal, und er hatte noch nie gehört, dass es dabei zu Unfällen gekommen war.

Oder waren diejenigen, bei denen es schiefgegangen war, genau wie er ausgelöscht worden? Waren schon öfter Menschen verschwunden, und konnte er sich bloß deshalb nicht an sie erinnern, weil der Zentralcomputer sie aus seinem Gedächtnis entfernt hatte? Streunten hier auf der Müllhalde noch andere herum, denen dasselbe wie ihm widerfahren war?

Vorläufig war all das Sig vollkommen egal. Er hatte Angst, und er war müde, und ihm war kalt. Außerdem konnte der CC, der Zentralcomputer, jeden Moment sein Gedächtnis löschen, und dann würde er selbst auch nicht mehr wissen, wer er war. Sig suchte sich eine etwas komfortablere Stelle auf den Styroporflocken und beschloss, dort die Zeit abzuwarten, bis man ihn auslöschen würde.

Er zog ein einigermaßen sauber aussehendes Stück Plastikplane zu sich heran und wickelte sich so recht und schlecht es ging darin ein. Das Stück Plane würde ihn vor dem böigen Wind schützen, und außerdem fiel er damit weniger auf – vor wem oder was er sich verstecken sollte, war Sig nicht klar, aber man konnte ja nicht wissen, es war hier unheimlich. Er hatte keine Ahnung, was sich hier alles herumtrieb. Er legte sich wieder hin, wartete und fragte sich, ob man etwas davon merkte, wenn man gelöscht wurde.

Es wäre Sig nicht eingefallen, sich der Entscheidung des CC zu widersetzen. Jeder Versuch zu fliehen war sinnlos, ebenso wie irgendwen anzurufen. Was der CC bestimmte, geschah, dagegen gab es nichts, aber auch gar nichts einzuwenden. Es machte ihn zwar traurig, aber Widerstand war zwecklos, undenkbar.

Er beobachtete die Flugwesen über seinem Kopf und versuchte, ihrem Flug mit den Augen zu folgen, bis ihm schwindelig davon wurde. Ihr Gekreische klang schrill, aber sie flogen schön. Waren das eine Art Kleinroboter? Aber welche Funktion erfüllten sie dann? Sig verstand es nicht. Er stellte sich vor, wie er mit ihnen mitflog, hoch über die Abfallberge hinweg in Richtung Stadt, zur Mauer, höher und höher die schimmernden Wände entlang, bis er über die kilometerhohe Mauer hinwegschauen und die Gebäude sehen konnte, den Wohnturm des Bezirks, in dem er wohnte, das Fenster seines Zimmers – und noch weiter, über den Park, an den Bürotürmen vorbei und über die Schule und den Sportpark …

Langsam wurde es dunkel, und die Kreischwesen schwiegen und flogen in Gruppen in dieselbe Richtung davon, die auch der Gleisreiniger genommen hatte; über die Ebene. Sig blieb liegen, doch nichts geschah mit ihm. Er war nach wie vor er selbst. Er blieb einfach Sig, mit all seinen Erinnerungen, Gedanken und Gefühlen. Er dachte daran, dass auch sein ganzer Körper ausgelöscht werden würde, sobald er sich wie vom CC vorgesehen am Recycling Point meldete. Dass er sich vielleicht nicht dort meldete, fiel dem CC offenbar nicht ein – auch wenn der Grund vielleicht nur der war, dass Sig den Weg nicht wusste. Den Weg zum Recycling Point würde er wohl nicht finden, also konnte er auch nicht gelöscht werden.

Sig fragte sich, ob das ein Grund zur Freude war oder nicht. War es nicht viel besser, gelöscht zu werden und nicht mehr zu existieren, statt in einem trostlosen Niemandsland am Rand dieser Abfallberge eine Art Halbleben zu führen? Er würde allein sein, niemand würde mehr wissen, dass es ihn gab, und er würde vor Hunger und Durst umkommen, falls er nicht schon vorher das Opfer irgendeiner ihm unbekannten Gefahr werden würde. Und er würde sterben mit dem Wissen, dass alles, was er in der Schule über den Immerwährenden Kreislauf gelernt hatte, ein Schwindel war.

Es war jetzt fast stockdunkel. Aber als Sig ein letztes Mal ängstlich um sich spähte, sah er über der Müllhalde einen schmalen weißen Lichtstreifen erscheinen. Das Licht schwoll allmählich an. Eine große runde Scheibe erhob sich über dem Müll und dem Bahngleis. Es war ein unbegreiflicher Anblick: ein blasses, blatternarbiges Licht, das auf unerklärliche Weise aus dem Nichts am Himmel emporstieg.

Die Sonne war in der Stadt wohl zu sehen. Wenn sie hoch am Himmel stand, brach ihr Licht zittrig durch das Kraftfeld. Sig hatte nie darauf geachtet. Aber jetzt war es auf einmal, als hätte auch die Nacht ihre eigene Sonne, eine fahle Sonne, die in der Stadt unsichtbar war. Ihr farbloses Licht warf lange, bizarre Schatten. Ein kleines schwarzes Wesen flatterte piepsend über dem Abfall umher. Sig war in einer für ihn unbegreiflichen Welt gelandet.

Er drehte sich ängstlich auf die Seite und verbarg sein

Gesicht unter der grauen Plane. Nachdem er lange dem Geflüster des Windes und dem Knattern und Rascheln der Plastikplanen und Verpackungsflocken um ihn her gelauscht hatte, schlief er zitternd ein, und in seinem Schlaf rannen ihm salzige Tränen übers Gesicht, die weiß auftrockneten in dem kalten Wind.

Pilaster

Nach einer kalten Nacht voll wirrer Träume wachte Sig dadurch auf, dass der Wind das Stück Plastikplane wegblies, unter dem er geschlafen hatte. Er wagte einen Blick und schloss sogleich wieder voll Abscheu die Augen. Alles war wirklich passiert. Was er gestern erlebt hatte, war kein böser Traum gewesen, sondern er steckte noch mittendrin. Er wollte hier nicht sein. Das hier war nicht seine Welt, eher so was wie deren schaurige Kehrseite.

Sig hatte keine Ahnung, wie er je nach Hause würde zurückkehren können. Und selbst wenn es ihm gelang, wieder in die Stadt zu kommen, würde ihn niemand mehr erkennen oder sich seiner auch nur erinnern. Selbst seine Eltern nicht … Er war endgültig gelöscht, aus dem Zentralcomputer und aus dem Gedächtnis von allen, die ihn gekannt hatten. Sig konnte es einfach nicht fassen.

Alles hatte sich gestern so schnell nacheinander ereignet, dass es kaum in sein Bewusstsein vorgedrungen war. Alles hatte so unschuldig angefangen, aber jetzt saß er hier, verirrt und mutterseelenallein auf einer kahlen Ebene und am Fuß eines unglaublich großen Müllgebirges.

Sig setzte sich auf. Ihm schauderte. Der Wind pfiff kalt durch seine Kleidung. Er winkelte die Knie an und schlang seine Arme darum. So blieb er sitzen, während er über die Ebene blickte. Hier und da wuchs etwas bleiches Gras oder ein armseliges Gestrüpp, und die Sonne warf ein mageres Licht bis zum Horizont – sie ging gerade hinter ihm auf. Einen Sonnenaufgang hatte er noch nie zuvor gesehen. In der Stadt brannte die hellweiße Stadtbeleuchtung Tag und Nacht.

Er war kaum fünfzig Kilometer von den Stadtmauern entfernt, schätzte Sig, denn sehr lange hatte die Fahrt mit dem Gleisreiniger nicht gedauert – ungefähr so lange, wie man mit der Schnellmetro vom Stadtrand bis ins Zentrum brauchte.

»Du musst alles noch mal der Reihe nach durchgehen, Sig«, sagte er laut zu sich.

Wenn kein anderer da war und mit ihm sprach, dann musste er eben mit sich selbst reden, das hatte er bereits vor langer Zeit gelernt. Er war immer schon viel allein gewesen, seine Eltern kamen meist erst spätabends nach Hause.

»Ruhig darüber nachdenken, was genau geschehen ist, Siggi. Und danach musst du dir einfallen lassen, was du tun kannst. Du kannst hier nicht ewig so sitzen bleiben.«

Er atmete tief durch und betrachtete eine Zeit lang die wässrige Morgensonne. »Okay. Was ist alles passiert, wo ist es schiefgegangen und was muss ich jetzt tun?«

Sig wandte sich wieder der Ebene zu, schloss die Augen und sah alles, was gestern geschehen war, wieder vor sich. Den Bahnsteig der Wartungsstation, den Schlag, mit dem es ihn von den Schienen gefegt hatte, die wilde Fahrt mit dem Gleisreiniger und den Fall, mit dem er hier gelandet war. Es war rasend schnell gegangen, doch es hatte sich ihm ins Gedächtnis eingebrannt.

Lange Zeit blieb er so sitzen, mit geschlossenen Augen, als könne er so die Ereignisse ungeschehen machen. Es half alles nichts. Ihm wurde von dem Stillsitzen nur noch kälter. Aber er wusste nicht, was er tun sollte. Also blieb er sitzen. Er weigerte sich schlichtweg zu akzeptieren, wo er war. Vage hoffte er auch jetzt noch, ein Wartungstrupp würde ihn finden und wieder mit in die Stadt nehmen. Aber nichts geschah.

Eine Flasche, die von einem vorbeifahrenden Gleisreiniger in Sigs Richtung geworfen wurde und mit einem Knall an einem Stein direkt neben ihm zerschellte, holte ihn am Ende ins Hier und Jetzt zurück. Durch den Lärm öffnete er instinktiv die Augen.

Die Sonne war inzwischen ein Stück höher gestiegen, und der Wind hatte sich gelegt. Es war still hier, seit der Plastikmüll nicht mehr im Wind knatterte, stiller, als Sig es je in der Stadt erlebt hatte. Dort hörte man immer Stimmengewirr von Menschen, das Summen der Rolltrottoirs, Hintergrundmusik in Geschäften und U-Bahnhöfen. Auch zu Hause war es nie still gewesen, der Holoprojektor schaltete sich automatisch an, wenn man heimkam, und sogar nachts gab es immer irgendwelche Geräusche von den verschiedenen Maschinen in der Küche oder von den Haushaltsrobotern, die die Wohnung sauber machten.

Die Stille, die Sonne, die ihm jetzt warm auf den Rücken schien, und die ausgedehnte kahle Ebene, über die ganz in der Ferne einige dieser Flugwesen scherten, es war für Sig eine furchterregende, unbekannte Welt, und das so unweit von dem Ort, wo er immer gewohnt hatte. Merkwürdig, dass er nie gewusst hatte, was sich außerhalb der Stadtmauern befand; aber noch viel merkwürdiger war eigentlich, dass er sich das nie gefragt hatte.

Warum hatten sie darüber nie etwas in der Schule gelernt? Warum kam nie jemand aus der Stadt heraus? Es waren Fragen, die schlichtweg noch nie in ihm aufgekommen waren – wahrscheinlich filterte der Zentralcomputer derartige Gedanken aus einem weg, noch bevor man sich ihrer bewusst wurde. Aber warum? Sig war nicht länger kalt, und doch durchrieselte ihn ein Schaudern. Eine Woge von Fäulnisgerüchen von der Müllhalde rollte über ihn hinweg und ließ ihn würgen. Sein Magen war leer, und er hatte Durst.

»Jetzt gehst du und unternimmst was, Sig!«, sprach er sich selber Mut zu. »Ganz egal, was. Ist ohnehin alles egal, aber du gehst jetzt und tust etwas!« Und er stand auf.

Zuerst ging er zurück zu dem Bahngleis. Die Schienen verliefen hoch über dem Boden, gestützt auf schlanke Metallpfeiler. In beide Richtungen schienen sie endlos weiterzuführen. In Richtung Stadt sah Sig, dass direkt unter den Gleisen kaum Müll lag. Wahrscheinlich sorgten Wartungsroboter dafür, dass es dort mehr oder weniger sauber blieb.

Die Schienen hoch in der Luft beschrieben so auch auf dem Boden eine Art Weg zwischen dem Müll. Einen Weg, ein schmales Tal zwischen den Müllbergen, das zur Stadt führte. Aber das half ihm wenig, denn er erinnerte sich, wie das Gleis auf der anderen Seite der Müllhalde in der Stadtmauer verschwand. Selbst wenn er es schaffte, wirklich dort hinaufzuklettern, wäre es unmöglich, über die Schienen zurück in die Stadt zu gehen, ohne erneut von einem der vielen ihm entgegenkommenden Gleisreiniger erfasst zu werden. Dieser Weg war ihm abgeschnitten.

Sig schaute in die andere Richtung, wo das Bahngleis am Horizont verschwand, sodass nicht mehr zu erkennen war, wohin es führte. Die Ebene erschien gut begehbar, aber der Weg dorthin würde ihn noch weiter von der Stadt wegführen. Aber auch die Gleisreiniger fuhren ja in diese Richtung, und die mussten doch irgendwann mal kehrtmachen und wieder zurückfahren ... Vielleicht konnte er ja irgendwo aufspringen, obwohl er nirgendwo Felsen oder Hügel sah, die auch nur bis zur halben Höhe des Gleises reichten.

Doch zuerst musste er etwas zu essen und zu trinken

finden. Seit gestern Nachmittag hatte er nichts mehr zu sich genommen. Sein Magen knurrte nun so sehr, und er hatte einen derartigen Durst, dass er sich über seinen Widerwillen hinwegsetzte und auf einen der anderen großen Müllberge zuging – der, auf dem er gelandet war, bestand nur aus Verpackungsmaterialien.

Er hatte oft genug gesehen, wie Roboter aus den Geschäften große Partien an Essenspaketen entfernten, nur weil das darauf abgedruckte Haltbarkeitsdatum verstrichen war. Zu Hause hatte er entdeckt, dass solche Lebensmittel oft noch Monate später vollkommen steril und genießbar waren. Meistens vergaßen seine Eltern einzukaufen, und so musste Sig, wenn er zu Hause war, halt ein Paket aus dem Vorratsschrank hervorkramen. Manchmal waren das Mahlzeiten, die das Haltbarkeitsdatum weit überschritten hatten. Vielleicht landeten die abgedankten Partien aus den Geschäften ja auch irgendwo hier?

Aber bevor Sig den Berg erreichte, raschelte etwas unter einem großen Haufen Plastik neben ihm. Erschrocken blieb er stehen. Plötzlich tauchte zwischen dem Müll das schmale, zerfurchte Gesicht eines alten Mannes auf, mit nur mehr ein paar grauen Haaren auf dem Kopf und zwei von der Sonne rot verbrannten, weit abstehenden Ohren. Das Gesicht bewegte sich schnell hin und her – mal stand es schräg nach links, dann wieder nach rechts –, aber die scharfen Augen blieben auf Sig gerichtet. Nur der Kopf des Mannes war zu sehen, der dazugehörige Körper blieb unter dem Plastikmüll verborgen.

Trotz seines breiten, fröhlichen Grinsens hatte das Gesicht etwas schon beängstigend Absonderliches. So jemanden hatte Sig noch nie gesehen. Die Menschen in der Stadt waren allesamt viel gepflegter gekleidet, weniger schmutzig und nicht so mager. Auch kannte Sig niemanden, dem die Zähne derartig krumm und schief im Mund standen, und erst recht niemanden, der so alt war – in der Stadt wurde jeder an seinem fünfzigsten Geburtstag ohne viel Umschweife wieder in den Kreislauf aufgenommen. Dieser Mann hier musste viel älter sein.

»Was werden wir haben?«, sprach der Mann mit einer schnellen Stimme. »Ein Neuchen. Prumm-prumm. Süßer Blütenduft vom Schienengerase drumrum. Drummdidumm. Feine Blütendämpfe – weiß ich von früher in den glatten Bahnhöfen, tief, tief unter der Erde. Weiches kleines Städtisches. Butterweich. Kommen unerwartet, immer gleich. Gebracht in der Nacht, was hast du gedacht. Haben wir wieder was zu lachen! Oder? Ist's schon wieder ein Wischiwaschi oder endlich, endlich einer, der noch was weiß?« Es war, als spräche der Mann vor allem mit sich selbst.

Sig hatte noch nie jemanden so scharf aus den Augen schauen sehen, und er entnahm diesem Blick, dass er es mit jemandem zu tun hatte, der viel wilder war als alle Leute aus der Stadt. In der Stadt war jeder sorgfältig programmiert und in Bahnen gelenkt, aber der Mann hier schien anders zu sein. Obzwar viel älter, wirkte er dennoch viel lebendiger als gleich welcher Erwachsene aus der Stadt.

»Jahaa, ich bin des Erschreckens für dich, wie?« Zwei lange, magere Arme mit großen Händen daran kamen zum Vorschein und mähten durch die Luft. »Wu-di-ha-wuu!« Der Mann lachte wiehernd. »Ich kenne deine Art, oder? Bang, bang, bang, nischt gesehen von der Welt nicht. Ameise vom Stadthaufen. Gebohnert geschrubbt, geschrohnert-gebubbt. Frisch vom Haufen gefallen, Ameisenhaufen. Und ich bin der halbgare Halbidiot, finden sie. Sind aber immer leer, wenn sie eins zwei drei vier fünf und so weiter dann endlich wieder Luft holen. Städtische. Später lernen sie besser. Tierumm-dumm-dumm. Dann sind sie froh um Pilaster. Hihi, hihi. Pilaster gibt ihnen Essen und Trinken. Aber nie kann ich was mit denen, leere Wischiwaschis. Alle werden Fledderer. Muss sie loslassen, jedes Mal und immer wieder. Kann sie nicht auf die Schultern nehmen. Bist du auch geleert, gelöscht? Jung bist du, jung und klein, mit großen leeren Augen. Leer wie die bewölkte Nacht. Das sind sie alle. Immer. Leer gelöffelt von der großen Stadt.« Der Mann fing wieder an zu lachen, aber diesmal endete sein Gewieher in einem Hustenanfall. Der Kopf verschwand wieder unter dem Plastik, aber das Husten ging weiter, abgewechselt von Gemurmel, Flüchen und Gezeter.

Sig rannte fort. Ohne darüber nachzudenken, folgte er dem Gleis zurück in Richtung Stadt. Und er hörte nicht auf zu rennen. Er war einem Irren begegnet. Einem gefährlichen Irren, es konnte nicht anders sein. In seiner Verwirrung und vor Schreck hatte er nichts von dem verstanden, was der Mann gesagt hatte. Vielleicht war es ja jemand, der gelöscht worden war und nicht mehr wusste, wer er war oder was er tat. Sig rannte um sein Leben.

Zurück in die Stadt, war das Einzige, das er denken konnte. Zurück nach Hause, zu jener glatten hohen Mauer in der Ferne, hinter der er sich immer so sicher gefühlt hatte. Aber je tiefer hinein in die Müllhalde er rannte, desto schmutziger und grauer wurden die Abfallberge – halb verrottete Baumaterialien, verschimmelte Essensreste, zerfaserte, verblichene Plastikfetzen …

Der Weg wurde zunehmend matschiger. Orangegelbe und

giftgrüne Pfützen versperrten ihm immer häufiger den Weg. Sig sprang erst noch darüber, aber die Pfützen wurden größer, und der Schlamm spritzte höher und höher auf, und mit jedem Schritt versank er tiefer im Schlick. Doch er rannte weiter. Bis er erschöpft war und das Tal schon fast unbegehbar geworden und er nur mehr glitschend und stolpernd durch diesen stinkenden Blubber vorwärts kam. Die Müllhaufen zu beiden Seiten waren hier grau, und der Abfall hatte sich zu einem undefinierbaren Matsch zersetzt. Armselige Pflanzen wuchsen da und dort auf den Böschungen, ihre bleichen, durchscheinenden Blätter langten auf langen Stängeln hinauf zum Licht.

Endlich blieb Sig stehen. Japsend sank er gegen einen der Pfeiler, die das Gleis über ihm stützten. Er hielt die Augen geschlossen, die Stirn hatte er an das kalte Metall gelehnt. Weit war er nicht gekommen; so zu rennen, war er nicht gewohnt. Schwarze Flecken tanzten ihm vor den Augen. Vielleicht hatte er drei oder vier Kilometer zurückgelegt. Er konnte nicht weiter, aber er konnte auch nicht zurück. Alles wurde immer nur noch schlimmer. Keuchend stand er da und wartete mutlos auf das, was kommen würde.

Bilder der Stadt spulten sich in Sigs Kopf ab. Er sah die vertrauten Wohntürme vor sich, das gemächliche Tempo der Rolltrottoirs, das gedämpfte elektrische Licht, und er roch die süßen Blütendüfte, die Maschinen überall verbreiteten, und den warmen Geruch steriler Luft, wie sie die Lüfter in die Umgebung pumpten. Und er musste an seine Schule denken, an seine Freunde Tau und Omeg, die jetzt in seiner Klasse saßen, ohne dass er ihnen fehlte. Sie erinnerten sich noch nicht mal mehr an ihn.

Genau wie seine Eltern, die auf einmal keinen Sohn mehr

hatten und darüber auch nicht trauerten. Sie würden Sig nicht vermissen. Für sie hatte er schlichtweg nie existiert. Niemand trauerte in der Stadt. Alles dort war perfekt. Alle waren glücklich. Nur Sig gehörte nicht mehr dazu. Ja, nur durch einen dummen Irrtum existierte er überhaupt noch. Er war lediglich ein kleiner Fehler im Kreislauf.

»Dummiges Ohr. Das bist du. Drumm-die-dumm leeres Ohr. Du machst mich lachen zwar, aber ich fresse dich nicht auf. Das hast du geglaubt, oder? Auffressen würde dich Pilaster mit seinem mageren Kopp. Puh. Zum Glück kannst du nicht rennen. Sonst wär's mit dir das schon gewesen. Zu weit, das meine ich. Nie von Fledderern gehört, wie, oder von Flinsen gar? Geschrägter Städtischer. Nächste Woche bist du selbst ein Fledderer, es sei, es sei ... Brei-die-Brei, brumm-die-dumm ... Es sei?«

Sig schaute zur Seite. Er hatte ihn nicht kommen hören, aber plötzlich stand dieser Kauz von vorhin neben ihm. Er keuchte nicht einmal, offenbar hatte er eine sehr viel bessere Kondition als Sig. Eine lange, magere Bohnenstange war er, in Kleidern, die ihm nicht passten. Ein Stück knalloranges Seil hielt seine Hose an ihrem Platz. Ein klein wenig krumm gewachsen war er auch. Er gestikulierte wild und sein Mund stand keinen Augenblick still, aber sein Grinsen war jetzt verschwunden. Der magere Kopf und die durchscheinenden Ohren passten auf eigentümliche Weise durchaus zu seinem übrigen Körper.

Der Kerl spähte angespannt in die Runde, als würde er die Luft nach unbekannten Gefahren durchforsten. »Haben die Flinsen schon Wind von ihm bekommen?«, murmelte er. »Schon lange keine mehr fliegen sehen. Mmmh, fomm-fomm-fomm, er muss los von diesem Armbandding.« Sein

Blick ging auf das Modul an Sigs Handgelenk. »Strahlung lockt Flinsen. Harkige Hornissen. Fliegende Linsen. Flugkamera, so nannten sie das in der Stadt, oder? Stimmt doch, oder? Flieg, Flug, Flinse, den Knüppel schlag ihr auf die Linse.«

Das murmelnde Stück Mensch schien schon nicht mehr gar so gefährlich, aber die fürchterliche Umgebung und Sigs Hunger, Durst und Müdigkeit ließen ihn verzweifeln. »Geh weg, du fieser Kerl!«, schrie er. »Fieses, schmieriges Ekel! Was willst du von mir? Lass mich in Ruhe!« Und er trat in die Richtung des Alten, der beiseitesprang und ihn mit runden Augen fassungslos ansah.

»Ich muss hier weg!«, fuhr Sig fort. »Verstehst du? Weg! Zurück in die Stadt. Alle da warten auf mich. Meine Eltern. Sie vermissen mich. Sie machen sich Sorgen. Ich muss zur Schule. Verstehst du? Du verstehst mich nicht, oder? Du bist einfach ein gelöschter alter Irrer!«

Der alte Mann hielt den Kopf schräg, schaute ihn mit seinen großen Augen besonnen an und bedeutete ihm mit seinen langen Armen, er solle still sein. Der Mann atmete tief durch. »Du bist echt, oder? Da tief hoch in deiner kleinen Oberstube lebt noch alles, oder?« Ehrfurchtsvoll deutete er auf Sigs Stirn. »Rimm-dumm-didu. Du sprichst. Du hast Sprache. Worte und Vergangenheit, Geschichte und Eigenheimerheit. Dumm-die-dumm. Die Stadt, Schule, deine Familie … Du weißt es alles. Entwischt dem Löscher, genau wie ich. Der einzige andere Echte, in fünfundfünfzig Jahren.« In die Augen des Mannes sprangen Tränen.

Da begann auch Sig still zu weinen, denn er wusste, dass niemand auf ihn wartete, dass ihn keiner mehr vermisste und dass er nirgendwohin konnte. Was er gerufen hatte, war nur seine Hoffnung gewesen und das, was er wollte, wider besseres Wissen. Was aber der Mann mit seinem Gerede alles meinte, davon verstand er nichts.

»Pilaster begreift viel, nur still!«, sagte der alte Mann begütigend. Er kam wieder etwas näher und berührte Sig ganz kurz und leicht am Arm. »Echt, das bist du. Echt, aufrecht, gedrechselt und geflecht'. Nach all den Jahren.« Erschrocken zog Sig seinen Arm zurück, aber doch schon mit weniger Angst als vorhin. Auch wenn der Mann verrückt war, gefährlich wirkte er nicht.

Dann spähte der Alte abermals suchend um sich. Er schien ein Geräusch wahrzunehmen, und sein Blick veränderte sich. »Gefährlich hier, das ist es«, sagte er anschließend. »Reden kommt nachher. Was du willst. Jetzt müssen wir weg, wir hier, blitz blätz setz. Weg aus dem Schmeck. Und dein Armbanddings wegtun, lockt Flinsen.« Seine Hand ging zu Sigs Armbandmodul.

»He, bleib weg, das gehört mir, verstehst du? Mir!«, rief Sig erschrocken und zog seinen Arm zurück.

»Gut, gut, Flinsenlocker kommt später in die an die auf die Reihe. So viel auf einmal. Erst hier zusehen und wegkommen zu sicher. Danach reden wir über die Stadt und Familie und Freunde und Flinsen und alles und so und so.«

Der Alte murmelte alles Mögliche, nur um Sig zu beruhigen. Aber inzwischen schaute er immer nervöser um sich, immer angespannter, als würde er etwas hören, das ihn beängstigte. »Sie kommen, sie kommen, da hörst du sie kommen, Phantome, die brommeln, noch im Traum böse trommeln«, murmelte er dann. »Horch und hör.« Beschwörend streckte er seinen mageren Zeigefinger in die Luft.

Scheu blickte er links und rechts das Gleis entlang und

lauschte dabei mit schräg gelegtem Kopf nach etwas, das Sig nicht hörte.

»Gleich kannst weiterweinen du. Jetzt keine Zeit dafür. Fort-fort, hott-hott. Erst muss Pilaster dich jetzt wegretten vor den Fledderern, komm. Komm schnell mit, weg von dem Schmeck.« Lange, magere Finger schlossen sich wie eine Klammer um Sigs Handgelenk, und eine kühle Hand zog ihn mit, zurück über den Weg unter dem Gleis, den Weg, den sie gerade gekommen waren. »Fledderer, schroffe Kletterer, grause Zerschmetterer, willst nicht tot du sein, jetzt dann komm. Großer Trupp. Pilaster hört großen Trupp.«

Willenlos ließ Sig sich mitführen.

Fledderer und eine Flinse

Sie rannten nicht, dafür war Sig zu müde, aber sie liefen in schnellem Tempo im Zickzack über einen kaum sichtbaren Pfad zwischen grellfarbenen Schlammpfützen hindurch, während der Alte, der sich selbst Pilaster nannte, ständig nervös hinter sich sowie auf die Gipfel der Müllberge blickte. Und dabei beständig in sich hineinmurmelte, vage und auf eine Art Melodie, ein selbst ausgedachtes Nonsenslied – »Drumm-die-dumm, bumm, bumm, brummel, fall-dall, drumm, bumm, baah …«

Sig versuchte keuchend und stolpernd Schritt zu halten. Er musste, denn Pilaster hielt sein Handgelenk mit eisernem Griff umfasst, und Sig hatte das vage Gefühl, dass der sonderliche Alte es alles in allem gut mit ihm meinte. Wer weiß, was für Gefahren in dieser gigantischen Müllhalde auf einen lauerten.

Oder waren diese sogenannten Fledderer vielleicht einfach ein Trupp Wartungsroboter, wie er sie gestern während seiner Fahrt über das Gleis in der Ferne gesehen hatte? Dann wären sie ungefährlich, denn Roboter waren nun einmal so gebaut, dass sie anderen Wesen nichts Arges zufügen konnten, das wusste jeder – außer vielleicht dieser verrückte Pilaster. Mit ein bisschen Glück konnte ein Roboter ihm sogar auf die eine oder andere Weise helfen, denn sie waren so gebaut, dass sie jeden Befehl eines Menschen befolgen mussten. Auch das wusste doch jeder?

»Sag, Pilas…«, begann Sig keuchend.

»Psst, still-still, da sind wir beinah«, flüsterte Pilaster. »Denk dran, dass du nichts weißt, auch wenn du noch alles weißt. Hier weißt du nichts. Nichts. Jetzt nirgends keine Zeit nicht für. Pilaster weiß 'nen Ort. Pilasterort ist dein Stützehort. Hihi! Still jetzt. Komm romm domm-domm!« Und er zog Sig weiter, nicht länger den Weg unter dem Gleis entlang, sondern in Richtung eines Hügels, der hauptsächlich aus Bauschutt bestand.

Verrostete gebogene Eisenfinger ragten bizarr aus großen Betonklumpen nach allen Seiten hin. Kunststoffrohre in vielerlei Farben baumelten ziellos von den Betonbrocken nach unten. Eine Rolltreppe, die kaum beschädigt aussah, stand schräg gegen den Schutt gelehnt, als könne sie jederzeit in Betrieb gesetzt werden.

»Da, auf der Treppe dort gehst du. Pfffft!, nach oben, hopsasa. Oben an der Treppe ist die Kabine, siehst du? Nein, siehst du nicht. Das ist gut. Ist unsichtbar von hier. Fahrstuhlkabine. Da drin-rinn-rinn du dich versteckst. Ich führe die Fledderer hintenrum und hinters Licht. Dann komme ich wieder. Du wartest. Hältst dich still. Du wartest lange. Jetzt geh!«

Pilaster schob Sig die erste Stufe der Rolltreppe hinauf und ließ endlich dessen Arm los. Sig rieb sich sein schmerzendes Handgelenk, schaute nach oben und drehte sich danach zögernd wieder um.

»Dein Armband-Band-am-Arm! Warte!« Pilaster machte schon Anstalten, umzukehren und davonzugehen, aber er bezwang sich und deutete wieder auf Sigs Armbandmodul. »Ist gefährlich hier. Ausziehen. Zurücklassen. Weg damit. Flinsen lockt das Ding! Spionkameras, du weißt schon, Dingsdas, Dangsdies. Verflixt-flaxt, die Worte wollen nicht mehr nach all den, all den Jahren.« Statt sich zu räuspern, produzierte er ein furchteinflößendes Gebrumm.

»Was denn?«, rief Sig. »Das ist ein ganz normales Armbandmodul. Von wegen gefährlich!«

»Hier im Gegenteiligen. Hier wohl. Kennst du die Flugkameras aus der Stadt? Pfffft? Fliegen auch hier.« Pilaster sprach jetzt gehetzt und schaute verschreckt in die Ferne. »Mitnehmen zum Kreislaufverbrenner werden sie dich. Ist dein Ende. Schade, schade. Doch gelöscht, dann alles für nöscht. Alles, alles, alles. Aus damit, weg mit dem Ding. Jetzt! Hierlassen. Hinterlassen. Du wirst es sehen. Du wirst Pilaster glauben. Tu!«

Pilasters Stimme klang heftig und duldete keine Widerrede, und etwas in Sig sagte ihm, er solle besser hören auf das, was ihm gesagt wurde. Er streifte sein Modul ab und legte es auf ein flaches Stück Beton neben der Rolltreppe, wo er es später leicht wiederfand, falls er das wollte.

»Nach oben jetzt, schschscht!« Pilaster drehte sich um und rannte weg.

Sig blieb auf einer der ersten Stufen stehen. Allmählich kam er sich vor wie ein Gummiball in einem ihm unbekannten Spiel, der in alle Richtungen geschlagen wird und hier aufprallt und da anstößt und dabei selbst nichts zu melden hat.

Pilasters Worten hatte er mehr oder weniger entnommen, dass auch hier Überwachungskameras herumflogen – der Alte nannte sie »Flinsen«, fliegende Linsen –, aber was sollte an denen gefährlich sein? Oder waren die hier andere als in der Stadt? Außerdem war er jetzt für den Zentralcomputer ein offiziell verurteilter Verbrecher, also konnte Gott weiß wer hinter ihm her sein. Und dann sollten sich hier auch noch sogenannte Fledderer herumtreiben. Aber darunter konnte er sich rein gar nichts vorstellen.

Benommen schaute er in die Runde. Pilaster drehte sich nicht mehr um und verschwand aus dem Blickfeld, hinter dem Ausläufer eines Müllbergs. Eine kleine Stimme in Sigs Hinterkopf spornte ihn an, jetzt aber doch zu tun, was Pilaster gesagt hatte. Bestimmt war irgendwas richtig Gefährliches in der Nähe. Trotzdem blieb er noch einen Moment lang stehen. Er wollte es mit eigenen Augen sehen. Er wollte wissen, was los war, und nicht einfach nur tun, was dieser seltsame Alte ihm aufgetragen hatte.

Also spähte er in die Runde, genau wie Pilaster es getan hatte. Und er horchte angestrengt nach etwas, das auf eine Gefahr hindeutete. Aber er sah und hörte nichts Besonderes – der Wind blies warm und feucht unter dem Gleis hinweg durch das trostlose Mülltal, und nach Sigs Meinung war da nichts als das Knattern und Flattern loser, im Wind wehender Plastik- und Papierfetzen.

Er stieg drei Stufen höher die Rolltreppe hinauf und schaute abermals in die Runde. Dann sah er Pilaster auf halber Höhe eines Abfallhaufens auf der anderen Seite des Gleises. Pilaster sprang auf und ab, drehte sich dann um und rannte weiter. Wovor war er auf der Flucht? Sig kletterte wieder ein paar Stiegen höher und sah dann in der Ferne eine Horde wilder Wesen, die angaloppiert kamen. Und erst jetzt hörte er sie auch. Ein Brummen und dazu ein Grunzen, als würde eine große Menge Menschen alle gleichzeitig den Rotz hochziehen. Sig schlich sich weiter nach oben, in geduckter Haltung, damit das Rolltreppengeländer ihm Deckung bot, und versteckte sich oberhalb der Treppe hinter einem großen Brocken Beton.

Vorsichtig beobachtete er über dessen Rand hinweg diese haarigen Wesen. Bestimmt zwanzig oder dreißig waren es, und sie kamen mit großer Geschwindigkeit näher. Sig meinte sogar zu spüren, wie der Boden unter ihm erzitterte, aber das musste Einbildung sein. Jetzt, wo sie sich näherten, sah er, dass sie auf zwei Beinen liefen, stark vornüber gebeugt und sich manchmal mit einem ihrer Vordergliedmaßen abstützend, aber doch auf zwei Beinen.

Lange dunkle Haare umrahmten ihre Köpfe und wehten in Zotteln hinter ihnen her. Das hier mussten die schrecklichsten Wesen sein, die es gab. Selbst im Gruselmuseum hatte Sig nie Hologramme gesehen, die diesen Monstern auch nur im Entferntesten geähnelt hätten – und obendrein waren die hier echt! Mit großer Geschwindigkeit donnerte die Horde die Pfeiler des Bahngleises entlang. Mit großen Sprüngen rannten sie durch aufspritzende Schlammpfützen. Ihr Schreien und Knurren klang immer lauter.

Und dann sah Sig etwas, das das Ganze noch unwirklicher erscheinen ließ: Manche der Wesen schienen Stöcke oder Speere zu tragen. Und andere waren ganz eindeutig bekleidet. Zwar waren es schmutzig graue Lumpen, die ihnen in Fetzen vom Leib hingen, doch sie trugen unverkennbar Kleidungsstücke. Die Wesen, die Pilaster Fledderer nannte, waren Menschen – oder jedenfalls waren es irgendwann Menschen gewesen.

Von der anderen Seite erklang ein Johlen. Pilaster stand ganz in der Ferne, jetzt auf dem Gipfel eines Abfallbergs, und gestikulierte und brüllte zu den Wilden, die ihn verfolgten. Der Trupp kam jetzt widerwärtig dicht in Sigs Nähe. Er ließ sich fallen, drehte sich so leise er konnte um und sah das Versteck, das Pilaster gemeint hatte: eine verrostete Fahrstuhlkabine, deren Schiebetür etwas offen stand, gerade genug, um ihn durchzulassen. Sig schlüpfte hinein ins Halbdunkel und hockte sich hinter der Fahrstuhltür auf den Boden. Die Kabine stand schief. In einer Ecke hatte sich eine Wasserpfütze gesammelt. Ansonsten war sie leer.

Sig hielt den Atem an. Schreiend und stampfend rannten die Wilden jetzt direkt unter der alten Rolltreppe an seinem Schlupfwinkel vorbei. Ihr Geschrei hatte kaum etwas Menschliches. Sig konnte keine Worte unterscheiden. Er kauerte sich noch tiefer zusammen und konnte nur hoffen, dass sie weiterliefen, er hatte den Wahnsinn gesehen. Im Vergleich hierzu war Pilaster ein Muster an Zivilisiertheit.

Der Lärm erstarb in der Ferne, und es wurde wieder still. Sig blieb sitzen, wo er saß, und wartete ab. Mittlerweile hielt er es doch für besser, wenn er Pilasters Ratschläge befolgte. So saß er mindestens eine Stunde zusammengekauert da und starrte ins Halbdunkel, begleitet nur von dem Geräusch der regelmäßig von der Kabinendecke in die Pfütze auf dem Boden fallenden Wassertropfen.

Zuletzt hielt Sig es nicht länger aus. Steif vom langen Sitzen kam er langsam hoch. Er hatte die vergangenen Stunden nicht an seinen Hunger und seinen Durst gedacht, aber jetzt meldeten sie sich in aller Heftigkeit wieder zurück. Sobald er stand, wurde ihm schwindelig. Ob das Wasser hier trinkbar war? Sig war reines und steriles Trinkwasser gewohnt, das klar und perlend aus blitzenden Edelstahlhähnen strömte. Die Lache in der Ecke der Fahrstuhlkabine sah trübe aus, und eine Staubschicht schwamm auf ihr wie eine dünne Haut. Sig kniete nieder. Das Wasser roch zumindest nicht nach Fäulnis, wohl aber nach Schlamm oder Erde und Rost. Sein Mundinneres fühlte sich an wie trockener Pappkarton.

Nein, er konnte es nicht – noch nicht. Vielleicht würde er demnächst müssen, aber jetzt würde er den Durst von sich abschütteln. Der Gedanke, das schlammige Wasser zu trinken, bereitete ihm Übelkeit. Sig wandte sich von der Pfütze ab und der Öffnung zu, durch die er hereingekommen war. Ein scharf umrissenes Lichtdreieck auf dem Boden besagte, dass die Sonne hoch am Himmel stand.

Vorsichtig streckte Sig den Kopf nach draußen. Die grelle Sonne ließ ihn blinzeln. Nichts und niemand war zu sehen, und vollkommen still schien es auch zu sein. Aber er wagte nicht recht, seinen Ohren zu vertrauen – hatte Pilaster die Fledderer nicht schon lange ankommen hören, bevor er, Sig, etwas bemerkt hatte? Er schlich nach draußen und schaute vorsichtig über den Betonblock die Rolltreppe hinunter. Keine Fledderer mehr zu sehen, aber dafür etwas anderes.

Um die Stelle, an der Sig sein Armbandmodul abgelegt hatte, kreiste eine Überwachungskamera. In der Stadt waren das nicht mehr als einfache umherfliegende Kameras: eine Linse, ein winziger Sender, ein kleines Kraftfeld und eine ebenso kleine Flugdüse. Sie machten Fahrt und steuerten, indem sie die Luft gezielt nach hinten wegbliesen. Diese hier war größer und sah aus wie gepanzert. Außerdem schaute an der Unterseite eine Art Greifer hervor, eine weiße vielfingrige Klammer. Sig tauchte wieder ab und verhielt sich still. Das musste eins von den Dingern sein, die Pilaster »Flinsen« genannt hatte. Ebenso klar begriff er, dass das Ding seinetwegen hier war.

Nach einigen Minuten hörte er sein Armbandmodul. Der Klingelton war seine eigene Stimme, die aus dem Modul erklang: »He, Siggi, da ist ’ne Nachricht für dich!« Dreimal wurde der Satz genau so wiederholt. Danach tönte es dann: »He, Schlafmütze, geh schon ran, Mann!« Auch das wurde dreimal wiederholt. Anschließend schaltete sich das Modul selbsttätig ein.

Eine klare, freundliche Computerstimme erklang: »Bürger Sigma-fi-alpha-277 wird freundlich, aber dringend gebeten, sich der Obhut und dem Schutz der vor Ort anwesenden Beaufsichtigungskamera anzuvertrauen. Diese Observationseinheit wird Sorge tragen für eine rasche und reibungslose Umsetzung und Ausführung des in Verfügung 84742-b7 vorgesehenen Urteils, bestehend aus Sanktion 2-f, gemäß digitalem Schnellrecht.«

Und es wurde wieder still.

Das würde er schön bleiben lassen. Sich diesem dummen Apparat mit dem Greifer ausliefern, also wirklich! Auch wenn es fürchterlich war hier auf dieser Müllhalde, gelöscht werden wollte Sig nicht, das empfand er in diesem Moment ganz deutlich. Ohne dass es ihm bewusst war, waren ganz tief in seinem Innern ein Wille zu leben und eine Neugierde erwacht, von denen nicht einmal der CC gewusst hatte, dass so etwas in Sig steckte. Bis hierher war es Zufall gewesen, dass er noch nicht gelöscht worden war, aber jetzt beschloss Sig ganz bewusst, das nicht zuzulassen. Niemals. Jedenfalls nicht ohne sich dagegen zu wehren. Was dachte dieser CC denn? Dass er freiwillig mit dieser Greifklaue mitkäme?

Vorsichtig schaute Sig wieder über die Betonkante. Geduldig und unbeirrbar flog die Überwachungskamera ihre Runden. Das Ding war zum Glück nicht selbstdenkend. Es hatte seinen Zielort erreicht, und dort würde es Runde um Runde drehen, bis es Sig vor die Linse bekam oder andere Instruktionen erhielt. Die Nachricht aus dem Armbandmodul wurde wiederholt. Und noch einmal. Und nach einer etwas längeren Stille nochmals.

Sig sah sich unterdessen um, ob es außer der Rolltreppe noch einen anderen Weg gab, um von hier zu verschwinden. Der Abfallberg war jedoch unbegehbar. Er bestand aus wackligen Betontrümmern und anderem Bauschutt. Der Hügel sah aus, als könne er jeden Augenblick einstürzen. Außerdem würde er, sobald er weiter nach oben kletterte, ins Blickfeld der Kamera geraten. Schnell vorwärts kommen konnte man dort nicht, also machte es wenig Sinn, wenn er diese Richtung einschlug.

Sollte er stattdessen warten, bis Pilaster zurückkam? Auch dazu hatte Sig wenig Lust. Der Alte schien es zwar gut zu meinen, aber Sig hatte nur mehr wenig Vertrauen, dass er überhaupt jemals zurückkam, dafür hatte er ihn seiner Meinung nach hier schon zu lange warten lassen. Und wer weiß, demnächst bekam diese Überwachungskamera womöglich noch Unterstützung von weitaus gefährlicheren Apparaten.

Obendrein hatte es ausgesehen, als hätte sich Pilaster mehr vor den Fledderern gefürchtet als vor den Kameras, also war es vielleicht gar nicht so schwer, diese Kamera hinters Licht zu führen. Er wollte selbst etwas tun, und er hatte eine Idee.

Sachte zog Sig ein schmieriges Stück Plastikplane zwischen dem Unrat hervor. Perfekt: Es war an einer Seite mit Metall beschichtet. Und obwohl die Beschichtung schadhaft und schmutzig war, würde sie vielleicht genug reflektieren, um die Kamera in die Irre zu führen. Er fasste mit beiden Händen in den Schlamm, atmete tief durch und tat etwas, das er sich vor einem Tag nicht einmal hätte vorstellen können: Er beschmierte sich mit Schlamm und verteilte ihn über Gesicht, Hals und Haare. Das Zeug roch muffig. Würgend dachte Sig an den warmen, dampfenden Duschstrahl zu Hause, den er wahrscheinlich nie mehr auf der Haut spüren würde.

Sig wickelte sich in die Plane wie in einen Umhang, die Metallbeschichtung an der Außenseite. Dann hob er einen Stein auf und warf ihn in hohem Bogen ins Tal. Ein Blick über den Rand, und er sah, dass es funktionierte: Die Kamera drehte sich dem Geräusch des aufschlagenden Steins zu und blieb einen Moment in dieser Position hängen. Sig rannte die Rolltreppe hinunter, nahm mehrere Stufen gleichzeitig, langte nach seinem Armbandmodul und warf es so weit er konnte von sich weg in die Richtung, aus der er mit Pilaster gekommen war, und in ein und derselben Bewegung rannte er so schnell er konnte in die entgegengesetzte Richtung, gehüllt in die flatternde Plane. Nach ein paar hundert Schritten, die ihm wie eine Ewigkeit vorkamen, schaute er sich um und sah, dass seine List funktioniert hatte. Die Kamera hing über dem Tal unweit der Stelle, an der sein Armbandmodul gelandet sein musste. Sig rannte weiter, platschte durch Pfützen und sprang über halb verweste Abfälle. So weit es ihm möglich war, folgte er dem Pfad, der sich fast unsichtbar durch das Tal schlängelte, doch er nahm auch Abkürzungen, und am Ende fand er den Pfad nicht wieder. Zum Glück wurde der Boden hier schon weniger sumpfig. Abermals schaute er sich um. Er war ein gutes Stück weit gekommen, aber längst nicht weit genug. Die Kamera hatte ihn bemerkt. Sie hing noch über dem Modul, aber ihre Linse schaute eindeutig zu ihm her.

Sig rannte ein paar Schritte weiter zum nächstfolgenden Müllberg und fiel an dessen Fuß auf die Knie. Viel länger hätte er ohnehin nicht rennen können. Jetzt musste er sich auf seine Vermummung verlassen. Er zog die Plane fester um sich und kauerte sich unter ihr zusammen. Die Plane war um ein kleines Stück nicht groß genug. Sig spürte, wie seine nassen, schlammigen Haare oben hervorschauten. Aber er war derart beschmiert und schmutzig, und er stank so unsagbar nach Schlamm und Abfall, dass Sig überzeugt war, auch die Sensoren des CC selbst könnten ihn jetzt nicht erkennen. Nur sein gehetzter Atem konnte ihn verraten. Während er versuchte, sich so klein wie möglich zu machen und mit der Umgebung zu verschmelzen, zwang er sich, so unhörbar er nur konnte zu atmen.

»Einfach liegen bleiben, Sig«, sprach er sich innerlich Mut zu. »Es ist nur eine dumme Kamera. Weiter nichts. Oder, na ja, mal abgesehen von diesem Greifer. Einfach still liegen.« Noch vorsichtiger atmete er ein und aus, daran sollte es nicht scheitern, aber noch nie hatte sein Herz so laut gehämmert.

Eine Minute verstrich, zwei Minuten, drei.

Sig blieb mäuschenstill. Aufgrund der unbequemen Haltung, in der er dalag, schliefen ihm langsam die Beine ein. Wie sollte er nur in Erfahrung bringen, ob die Kamera endlich weg war? Die Dinger waren nahezu geräuschlos; auch in der Stadt hatte er sich manchmal erschrocken, wenn irgendwo eine unerwartet aufgetaucht war.

Sig spitzte die Ohren. Nichts. Nur das Pochen seines eigenen Herzens, das sich langsam etwas beruhigte. Oder hörte er doch etwas über sich? Nein, es war etwas anderes. Es war, als spürte er immer ganz leicht einen Luftzug über seine Haare streichen, einen ganz leisen Windhauch: Dann war er weg, dann wieder da, dann wieder weg. Das musste der Luftstrahlantrieb der Kamera sein. Das Ding kreiste direkt über seinem Kopf.

Sig verspürte den Impuls, sich noch tiefer zusammenzukauern, aber das tat er nicht; gerade das würde ihn verraten. Reglos warten, das war das Einzige, was ihm blieb.

Wieder verstrichen zwei Minuten, höchstens drei, aber Sig kamen sie vor wie Stunden. Aus dem Kribbeln in seinen Beinen wurde ein schmerzhafter Krampf. Die Luftverdrängung durch die Kamera war kaum wahrnehmbar. Sig dachte schon, das Ding würde vielleicht auf Verstärkung warten – einen Roboterkarren, der ihn mühelos zum Recyclingzentrum oder dergleichen mitnehmen konnte. Er versuchte, weiter so scharf zu lauschen, wie er konnte, doch es dauerte zu lange, er würde es nicht viel länger so aushalten.

Und plötzlich spürte er, wie der Greifer der Kamera einen Ausfall auf seinen Rücken unternahm. Die Klaue griff daneben. Sie bekam nicht Sig zu fassen, sondern die Plane. Die wurde weggezogen, und Sig lag schutzlos auf dem Boden. Er sprang auf und mähte mit den Armen um sich in dem Versuch, sich irgendwie zu verteidigen.

Dabei warf er zufällig die Plane über die Kamera, und sofort spielte das Ding verrückt. Sowohl die Linse als auch der Auslass des Luftantriebs waren durch die Folie abgedeckt, und das Gerät war mit einem Schlag blind und steuerlos. Der unten heraushängende Greifer krallte hilflos in die Luft, und das Gefährt schlingerte auf einen Schrotthaufen zu, Reste von Küchenrobotern oder dergleichen. Die Überwachungskamera bohrte sich mitsamt Plane und Greifer in ihn hinein und kam mit einem Schlag zum Stillstand. Nur die sie umgebende Plastikplane klapperte weiter in dem Luftstrom, der nach wie vor der Flugdüse entwich.

Es war wieder still, und Sig war wieder allein. Was seine Lage nicht besser machte. Durch den Matsch rennen ohne Essen und Trinken, mit Schlamm verschmiert und verfolgt von lauter unbekannten Gefahren, wie lange würde er das noch durchhalten? Wenn diese elende Müllbande außerdem alles sein sollte, was außerhalb der Stadt zu finden war, dann würde er sich bestimmt schon bald danach sehnen, gelöscht zu werden.

»Was nun, Sig?«, sagte er zu sich. Er wischte sich so recht und schlecht er konnte den Schweiß und den Schlamm von Stirn und Gesicht. Inzwischen war er völlig verdreckt. Er hockte sich auf einen verrosteten Kühlschrank. Du bist wieder allein, Siggi. Dieser Pilaster taucht anscheinend auch nicht wieder auf. Wer weiß, vielleicht haben ihn die Fledderer ja erwischt? Und ach, eigentlich ist der Kerl doch auch völlig durchgeknallt. Ist wahrscheinlich besser, wenn du ihn los bist.

Sig betrachtete den zuckenden Rest der Überwachungskamera. Und offenbar schaffe ich es auch allein. Oder nicht? Seine Augen suchten die Umgebung ab. Er war nicht weit von der Rolltreppe und seinem Unterschlupf entfernt, nur einige hundert Meter. Und hatte Pilaster nicht nachdrücklich gesagt, Sig solle warten, bis er zurückkäme?

Oder ist es besser, ich warte? Dieser Pilaster weiß bestimmt, wo man hier etwas zu essen und zu trinken findet. Und was, wenn die Fledderer wiederkommen? So saß er da und dachte halblaut nach, was er tun sollte, bis er beschloss, sich zunächst einmal die nähere Umgebung anzuschauen. Vielleicht würde er ja etwas Ess- oder Trinkbares finden, das konnte doch sein? Allmählich machte ihn der Durst noch wahnsinnig. Sobald er etwas Verdächtiges hörte, konnte er immer noch auf schnellstem Weg zu seinem Unterschlupf in der Fahrstuhlkabine zurückkehren. Er stand auf und ging in die Mitte des Tals.

Die Sonne stach ihm ins Gesicht. Warme, stinkende Schwaden stiegen aus den Schlammpfützen auf. Winzig kleine Dingerchen mit haarfeinen Beinchen umschwirrten ihn summend, landeten auf Armen und Gesicht und stachen ihn; und als Sig einmal vor Schreck innehielt, weil er einen Plumpser gehört hatte, sah er, wie in einer der Schlammpfützen ein glattes grünes Ding von der Größe seiner Hand davonschwamm und unter einem Stein verschwand. Überall schienen sich hier lebendige Wesen zu verbergen, und zwar in allen nur denkbaren Farben und Formen. Sig fand sie alle gleichermaßen beängstigend.

Menschen, Roboter und Pflanzen – da wusste man, woran man war, aber was hier so alles kribbelte und wimmelte … Er begriff nicht, welche Funktion all diese kleinen Wesen haben konnten und warum es sie gab. Die Welt jenseits der Überwachung des CC erschien ihm unerklärlich und rätselhaft. Und wie sollte er je in einer derartigen Welt leben können? Dazu war er ganz bestimmt nicht entworfen worden.

Schon bald war klar, dass er an dieser Stelle nichts zu essen oder zu trinken finden würde. Der Müll hier war zu alt. Die meisten Dinge, die Sig sah, waren bis zur Unkenntlichkeit verwest und zerfallen. Er würde bis zum Rand der Müllhalde zurücklaufen müssen. Sehr weit konnte das nicht sein.

Behutsam folgte Sig dem Weg unter dem Gleis, bis er in der Ferne eine kahle Ebene zu erkennen meinte. Schweißperlen standen ihm auf der Stirn, und von Zeit zu Zeit wurde ihm schwindelig vor Durst. Immer wieder blickte er scheu hinter sich und suchte mit den Augen die Abfallhügel ab, aus Angst, eine Überwachungskamera könnte ihn unerwartet aufgreifen. Zuletzt hielt er inne und lauschte, ob er etwas hörte, das von Fledderern oder einer anderen Gefahr herrühren konnte, doch abgesehen von dem Klappern einiger Wellblechplatten und dem Summen eines Gleisreinigers, der hoch über seinem Kopf vorbeifuhr, blieb es still.

Unwillkürlich schaute Sig in die Höhe, als hoffte er, einen Schimmer von etwas erhaschen zu können, das zur Stadt gehörte, etwas, das ihn einen Moment lang wieder mit zu Hause verbinden könnte, und dadurch sah er, was ihm sonst vielleicht entgangen wäre: Unter dem Gleis, in dem Winkel zwischen einem Stützpfeiler und den Schienen, hing zu seinem Erstaunen hoch in der Luft ein Gebilde, eine Art Bau.

Es war aus verschiedenen Schrottteilen zusammengesetzt – Gummiröhren, Styroporblöcken, Polyurethanfetzen, Aluminiumstangen –, und die Fenster schienen aus Plexiglas zu sein. Ringsum lief eine Art Veranda, die ziemlich wacklig aussah, und an einer Seite hing neben ihr an einigen Tauen eine Badewanne. Es war klar, dass hier jemand wohnte, aber wie man dort hinaufgelangen konnte, blieb Sig schleierhaft.

Er ging zu dem Pfeiler, an dem der Bau wie festgeklammert hing, bis er direkt unter ihm stand. Wie konnte jemand dort wohnen, ohne die ganze Zeit Angst zu haben, mitsamt dem wackligen Konstrukt in die Tiefe zu stürzen? Sig umrundete den Stützpfeiler und sah, wie das Häuschen mit verschiedenerlei Stricken und Tauwerk am Pfeiler festgezurrt war. Stricke, die nicht allzu stabil aussahen. Lauter lose Enden baumelten herab und schwangen mit dem Wind hin und her. Was für eine fürchterliche Arbeit musste es gewesen sein, dieses Ding ohne die Hilfe von Maschinen zu bauen, und dass es gänzlich mit der Hand gebaut worden war, genau danach sah das Ungetüm tatsächlich aus. Die Bastelarbeit des soundsovielten Sonderlings hier auf dieser Müllhalde.

Als er sich sattgesehen hatte, fragte sich Sig, ob er nicht besser weitergehen sollte. Äußerst wahrscheinlich, dass wer oder was auch immer hier wohnte ebenfalls gefährlich war. Oder verrückt. Oder beides.

Doch in dem Moment öffnete sich unten in dem Gebilde eine Luke, und in der Öffnung erschien das Gesicht von Pilaster. »Freundbursche! Du solltest warten. Was machst du jetzt schon hier, dir-dir? Wie du aussiehst. Bist ein vollgeschlammter Schlamper geworden. Komm du schnell hoch!«, rief er. »Komm rein. Hoppsidei, eins-zwei. Komm schnell. Pilaster hat gesagt, sollst warten. Ist noch sehr gefährlich da draußen, da unten. Komm!«

»Ich kann nicht fliegen!«, rief Sig hinauf und zuckte dabei mit den Schultern.

»Hihi, fliegen. Ich wusste, lachen würde ich mit dir!«, rief Pilaster fröhlich zurück. Er verschwand aus Sigs Blickfeld, und kurz darauf wurde etwas Großes über den Rand der Luke nach unten geworfen. Sig wollte zur Seite springen, aber dann sah er, dass es eine Strickleiter war, die sich ausrollte, bis das schwankende Ende direkt vor seiner Nase zum Stillstand kam.

Sig merkte, wie ihm alle noch verbliebene Kraft aus den Beinen floss. An dem Ding sollte er hinaufklettern? Das ganze Stück bis nach da oben? Er schaute die selbst geknüpfte Leiter hoch und spürte, wie sich die Welt unter ihm wegdrehte. Anscheinend hatte er plötzlich Höhenangst. Davon hatte er in der Stadt nie etwas bemerkt, aber dort hatte er ja auch nie vierzig Meter in die Höhe klettern müssen, und das an so einer wackligen Strickleiter! Wie hoch die Gebäude in der

Stadt auch sein mochten, immer stand man sicher im Innern, hinter Glas und Metall. Und wenn man flog, war alles vorprogrammiert und damit sicher. Aber so was hier konnte er nicht. Niemals. Erst recht nicht jetzt, wo ihm der Schreck von dem Kampf mit der Flinse noch in den Knochen steckte. Er war zu müde und zu hungrig und zu durstig.

»So! Nicht fliegen. Hihi. Klettern. Kein Ding. Tritt, klet-ter, Tritt. Komm rauf.« Pilaster hoch über ihm schaute hoffnungsvoll nach unten. Ganz offensichtlich erwartete er, dass Sig einfach so mir nichts, dir nichts heraufgeklettert kam.

Tapfer ging Sig zum Ende der baumelnden Leiter, ergriff es und setzte den linken Fuß auf die erste Sprosse. Dann zog er den rechten Fuß nach, um ihn auf die zweite Sprosse zu setzen, und im selben Augenblick schwangen seine beiden Füße unter ihm weg. Einen Moment lang hing er halb kopfüber, dann ließ er los und fiel mit dem Rücken in den Staub. Sig schloss die Augen.

»Ich kann das nicht. Ich habe Durst. Ich bin müde. Warum soll ich nach oben kommen? Komm du doch runter«, rief er kleinlaut zu Pilaster hoch. Es war noch keinen ganzen Tag her, seit ihn der Gleisreiniger erfasst hatte, doch ihm kam es vor, als sei er bereits Wochen unterwegs. Und jetzt reichte es, beschloss Sig. Er war alles mehr als leid, hier an diesem fürchterlichen, schmutzigen Ort. Er blieb hier liegen, und Pilaster mochte zusehen. Sollte er doch runterkommen, wenn er so gern Freundschaft mit ihm spielen wollte.

»Du musst!«, rief Pilaster zurück. »Nichts da schlafen gehen. Nicht jetzt. Klettern musst du. Hopsa. Gleich kommen zurück von der Ebene die Fledderer. Zwar haben sie sich da verirrt, aber sie kommen zurück.«

»Durst«, war Sigs einzige Reaktion, und er blieb liegen, die

Augen geschlossen. Danach war es still, und Sig versank in einen erschöpften Halbschlaf, während die Sonne auf seine staubige, verschwitzte Haut brannte. Er schrak erst wieder hoch, als etwas ihm auf das Brustbein und anschließend gegen den Bauch schlug.

Er öffnete die Augen und sah, wie Pilaster ein langes Seil festhielt und es hin und her schlenkerte. Unten an dem Seil hing eine Flasche. Das also hatte er gespürt. Mühsam richtete er sich auf, und als die Flasche wieder vorbeischwang, griff Sig sie aus der Luft. Auf Pilasters Gesicht erschien ein triumphierendes Grinsen.

»Jetzt wirst du trinken. Löschen den Durst. Dann wirst du klettern. Hopp, hoch ins Hängende Haus. Schnell. Sie kommen. Staubwolke auf der Ebene. Ich kann viel sehen von hoch hier.«

Sig drehte den Verschluss von der Flasche und goss den Inhalt in einem Zug in sich hinein. Klebrigsüße Limonade ohne Kohlensäure. Als die Flasche leer war und er spürte, wie sich die Flüssigkeit in seinem Körper ausbreitete, schaute er auf das Etikett. Fast hätte er alles wieder ausgespuckt – das Haltbarkeitsdatum war schon mehr als fünfzig Jahre überschritten. Die Limonade war fast vierzig Jahre älter als er selbst!

»Gut?«, klang es fragend von oben. »Gut getrunken?«

Sig nickte unsicher.

»Dann klettere jetzt.«

Sig musste zugeben, dass er sich ein ganzes Stück besser fühlte als vorhin, doch das bedeutete noch nicht, dass er auch die Strickleiter hinaufkam. Aber er würde es noch mal versuchen.

Diesmal gelang es ihm wahrhaftig, mit beiden Füßen auf

der unteren Sprosse stehen zu bleiben, auch wenn er dabei beängstigend hin und her schlingerte. Pilaster ermunterte ihn, weiterzumachen, klang dabei aber derartig nervös, dass Sig sich dadurch keineswegs ermutigt fühlte. Vorsichtig tastete er schließlich mit einem Fuß nach der nächsten Sprosse. Es klappte! Triumphierend schaute er nach oben. Doch Pilaster achtete nicht auf ihn.

Er schaute mit besorgter Miene zu der Ebene in der Ferne, und im selben Moment hörte Sig es auch: Das Knurren und Stampfen der Fleddererhorde. Weit weg, aber eindeutig auf dem Weg hierher zu ihnen. Vor Schreck glitt sein rechter Fuß von der unteren Sprosse, und hilflos baumelnd hing er da. Zwar fand er sein Gleichgewicht wieder, doch er hatte noch mindestens hundert Sprossen vor sich. Und angenommen, die Fledderer zerrten schon unten an der Leiter, während er noch irgendwo auf halber Höhe hing … Außerdem hatten sie noch diese Speere. Der Mut sank Sig in die Schuhe. Vielleicht rannte er besser zu seinem Unterschlupf von heute früh zurück … Plötzlich hatte er eine Idee.

»Hochziehen!«, rief Sig Pilaster zu. »Zieh mich rauf!«

Pilaster schaute etwas hilflos herunter. Sig sah, dass er Anstalten machte und es versuchte, aber Pilasters Gesicht verriet deutlich, dass er kaum glaubte, die Kraft dazu zu haben. Inzwischen näherte sich die Horde. Die Fledderer hatten den Rand der Müllhalde erreicht und rannten schon unter dem Gleis entlang. Keine Minute mehr, und sie hatten ihn erreicht. Sig unternahm einen letzten Versuch und schaffte auf der immer heftiger schlingernden Strickleiter drei weitere Sprossen. Zugleich gelang es Pilaster, die Leiter ein ganz kleines Stück einzuholen – einen Meter oder anderthalb, mehr in keinem Fall. Sig schwang hilflos hin und her, während er sich krampfhaft festklammerte. Er hing ungefähr drei Meter über dem Boden.

Die Fleddererhorde erreichte den vorletzten Pfeiler. Die Wüstlinge hatten ihn erblickt, und Sig konnte schwören, dass er sie bereits roch: Dreck und Schweiß, Blutdurst und Wahnsinn. Ihre Speere würden ihn durchbohren, oder sie würden ihn von der Leiter zerren und unter ihren Füßen zertrampeln. Er sah die seelenlosen Gesichter immer deutlicher. Leere Augen in leeren Mienen. *Hunger* war das Einzige, das in jedes Gesicht geschrieben stand.

Ein Speer streifte um Haaresbreite Sigs Wange. Mit dem Mut der Verzweiflung kletterte er noch zwei Sprossen höher. Wüstes Gebrüll erhob sich aus der Horde von Fledderern. Die beiden vorderen waren schon fast bei der Strickleiter.

»Halt fest!«, klang es schrill von oben, und Sig sah, wie Pilaster hoch über ihm seitlich von seinem Haus wie wild mit einem großen Messer auf die Stricke einhieb, die die Badewanne an dem Gleis hielten. Zwei waren schon durch, und Pilaster war gerade bei dem letzten.

Im selben Moment, als Sig begriff, was Pilaster da versuchte, geschah es auch schon. Einer der Fledderer hechtete zu der Strickleiter, doch Sig klammerte sich fest und flog auf einmal, wie ein Pfeil vom Bogen, zu der Luke hinauf. Schneller und schneller ging es, und auf halber Strecke sauste er haarscharf an der herabstürzenden Badewanne vorbei. Pilaster hatte die Strickleiter an der Wanne befestigt, und mit ihrem Fall wurde Sig in die Höhe gezogen.

Ein Schlag, und er flog durch die Luke ins Innere, knallte gegen die Decke der Behausung und ließ dann los, aus Angst, er könnte sonst durchs Fenster wieder hinausfliegen. Doch im selben Augenblick erreichte die Badewanne den Grund, das Ende der Strickleiter fiel neben Sig auf den Fußboden, und Ruhe kehrte wieder ein – ausgenommen tief unter ihnen. Sig kroch zum Rand der Luke, wo Pilaster schon wieder lag und hinabschaute.

Ein Heulen und Johlen erhob sich aus dem Trupp Wilder. Ohnmächtig warfen die Fledderer ihre Speere in die Luft – sie kamen noch nicht mal bis auf halbe Höhe – und sprangen verwirrt zur Seite, als die Speere ebenso lebhaft wieder auf sie herabregneten.

Sig schaute zur Seite, zu Pilaster. »Das ging vielleicht schnell, Mann! Ich dachte schon, es wäre aus und vorbei. Die Wanne war ja bleischwer. Weshalb hat sie hier oben gehangen?«

»Haarfein, was? Haarfeine Feinarbeit. Als Aufzug ausgedacht irgendwann. Gefüllt mit Silikonzement. Pfffft! … Hihi«, grinste Pilaster neben ihm. »Nie benutzt, hatte immer Angst. Wollte nicht wie du jetzt fliegen. In der Tat viel zu schwer das Bad. Sehr, sehr gut aber, jetzt.«

Sig sagte nichts, sondern rang nach Luft. Er hatte sich noch längst nicht von seinem Schrecken erholt. Immer noch schaute er nach unten, wo die Fleddderermeute abzog, knurrend und jaulend und ab und zu mit den Speeren nach oben drohend. Die Strickleiter, die von der Badewanne hinaufführte, ignorierten sie; offenbar verstanden sie nicht, was das war. Als Sig sich zur Seite wandte, um zu fragen, wer oder was die Fledderer waren, bemerkte er, dass Pilaster nicht böse oder mit Abscheu auf die Wilden herabsah, sondern dass Mitleid in seinem Blick lag. Er brauchte nichts zu fragen, Pilaster begann schon von sich aus zu erzählen.

»Lange, lange mehr als fünfzig Jahre waren es für Pilaster, in denen die Fledderer die einzigen anderen waren hier in Außenwelt«, seufzte er. »Nicht ich, nicht du, aber alle sonst, die kamen, hatten leere Köpfe. Leer gelöscht, leer gewischt gefischt. Pffft, pfieht-pfuht. Ausrangiert und weggeschmissen von der Großen Stadt. Immer, wenn sie kamen, so wie du kamen sie, so wie ich … Wenn sie kamen, unschuldig waren sie dann. Leere Lämmchen. Viele schon tot oder verletzt nach dem Fall aus Geleisegelumpegleiter, aber die Stadt ist groß, sehr, sehr groß – viel Abfall also und viel Ausrangierte, wie du, wie ich.

Kein Entrinnen, kein Entsinnen, Freude sinnen. Niemand nicht. Ohne Erinnern kein Mensch. Und dann die Fleddererhorden, fassten sie, ritsch-ratsch-rost, die leeren, verlustigen Lämmchen, und mit dem Hunger und Durst kamen wieder die alten Instinkte – Kämpfen und Beißen, Jagen, Aas fressen. Wilde Entstellte wurden es. Hochschäumende Wut, nichts mehr lernen. Ohne Vergangenheit, ohne Sprache und ohne Erinnerung ist wie tot sein. Kaputt in Denken, krank in Fühlen. Trübe Trauertiere. In Horden irren sie, wie Tiere von früher, Was- und Werwölfe, doch die gibt's nicht mehr.«

Die Fleddererhorde verschwand außer Sichtweite, und Pilaster schloss die Luke. Sig rollte sich auf den Rücken und spürte, wie müde und angeschlagen er war. Morgen würde er überall blaue Flecken haben und vor Muskelkater kaum stehen können. Er schaute sich um, besah sich das Haus. Wo war er hier gelandet, und wer war dieser Pilaster nun eigentlich? Zwar fühlte er sich hier sicher und … Doch bevor Sig weiterdenken konnte, ereilte ihn der Schlaf. Er nickte nun mal leicht ein, selbst jetzt, nach allem, was geschehen war.

In dieser Nacht saß Pilaster lange auf dem Flachdach seines Hauses, hoch über der Müllhalde. Er hatte den Jungen in sein eigenes Bett gelegt. Sig hatte tief geschlafen und nicht bemerkt, wie Pilaster ihm die schlammigen Schuhe auszog und ihn ins Bett hob.

Pilaster schaute lange Zeit nach Osten, über die sich wellig aneinanderreihenden Hügelrücken der Halde in Richtung Stadt, wo die Glut der Stadtbeleuchtung Himmel und Horizont gelb erstrahlen ließ. Die Stadt, Wunder und Monster zugleich. Knapp über seinem Kopf surrten mit dem Regelmaß einer Uhr Gleisreiniger vorüber. Pilaster bemerkte sie nicht einmal mehr, so sehr hatte er sich an sie gewöhnt.

Jetzt mit dem Jungen kamen alte Erinnerungen in ihm hoch. Erinnerungen an die Zeit, in der er noch hinter dieser fernen Mauer gewohnt hatte und nichts wusste von der Welt hier draußen. Er war glücklich gewesen – unwissend, jung und glücklich. Jetzt war er alt, viel älter, als er jemals geworden wäre in der Stadt, und er hatte mehr von der Welt gesehen, als er früher für möglich gehalten hatte, und mehr erlebt, als in der Stadt je möglich sein würde.

Aber wenn er in der Stadt geblieben wäre, würde er nichts vermisst haben. Und er wäre glücklicher gewesen. Sein Leben übersichtlich; ruhig und … unecht. Davon war Pilaster überzeugt. Hier, weit weg vom Zentralcomputer, der alles für alle regelte – bis hinein in die Gedanken, Gefühle und Erinnerungen der Menschen –, hatte er ein eigenes Leben geführt. Ein schwieriges Leben, voller Entbehrungen und Einsamkeit, aber dafür war es sein Leben gewesen und nicht irgendeine computergesteuerte Illusion.

Aus der Glut über der Stadt erhob sich der Mond in den Himmel. Der Mond, den niemand in der Stadt je sah. Erst hing er tief, dunkelgelb und groß oberhalb der Mauer, später stand er höher und wurde greller, weißer, ein majestätisches Rätsel, das die Großartigkeit der Stadt bei weitem übertraf – vielleicht deshalb, weil dieser Mond auch wirklich ein Rätsel war, eine andere Welt, und die Stadt dagegen lediglich eine fein geordnete, sinnlose Maschine. Eine Maschine, die immerfort lief, losgelöst von ihrer Umgebung, losgelöst von der Geschichte, schon Tausende von Jahren lang – und längst hatte sie ihr Ziel verfehlt und hinter sich gelassen.

Viel später, der Mond stand jetzt direkt über Pilasters hängendem Häuschen, wandte er sich der Ebene im Westen zu, die mit dem Dunkel des blauschwarzen Sternenhimmels darüber verschmolz. Diese Ebene wurde nach vielen Kilometern begrenzt durch das Meer – dem entferntesten aller Orte, die Pilaster in all den Jahren bereist hatte. Es war seine erste Expedition gewesen.

Zuerst war er den Gleisen gefolgt, in gerader Linie weiter nach Westen, weil er herauszufinden gehofft hatte, wie die Gleisreiniger in die Stadt zurückfuhren. Die Gleise verschwanden ungefähr zehn Kilometer nach dem Ende der Müllhalde mit einer senkrecht abfallenden Kurve in die Erde, in einen Schacht, der so tief war, dass er nichts gehört hatte, als er einen Stein hineinfallen ließ. Wahrscheinlich fuhren die Gleisreiniger tief unter der Erde zurück, aber hier an Bord zu springen, war ausgeschlossen. Mutlos und ohne zu wissen, was er sonst noch tun konnte, war er weitergegangen, in gerader Linie und ohne darüber nachzudenken, wohin.

Er hatte seinen Nahrungsvorrat fast ganz aufgebraucht, als er das Meer erreichte. Eine unübersehbare Wasserfläche, kalt, graugrün und von einer einsamen Schönheit. Unaufhörlich schlugen die salzigen Wellen auf einen Strand, den in

Jahrtausenden kein menschlicher Fuß betreten hatte. Auch hier würde er keine Gesellschaft finden, das war ihm schon bald klar geworden. Und nirgendwo fand sich Trinkwasser. Pilaster hatte nichts tun können, als umzukehren, zurück zur Halde. Der Müllhalde, die er verfluchte, aber von der er abhängig war, wenn es um Essen und Trinken ging. Ausgedörrt und halb verhungert war er zu ihr zurückgekehrt.

Worauf er all die Jahre gehofft hatte, jetzt war es eingetreten. Endlich hatte es einen hierher verschlagen, der nicht gelöscht war. Die Ankunft des Jungen erfüllte ihn mit Freude und Angst zugleich. Freude, weil er endlich Gesellschaft hatte. Angst, weil der Neue so jung war und er, Pilaster, schon so alt. Womöglich wollte der Junge nach diesem Tag heute ja nichts mehr mit ihm zu tun haben, womöglich würde er vor Angst und Einsamkeit verrückt werden, wie es auch ihm um ein Haar ergangen wäre, kurz nachdem er damals hier gestrandet war; womöglich … Es konnte so vieles schiefgehen.

Zuletzt, bevor er hineinging, um sich schlafen zu legen, dachte Pilaster an die Gebiete im Osten, hinter der Stadt, wo er seine großen Entdeckungen gemacht hatte. An den außergewöhnlichsten Ort von allen. Dorthin sollte der Junge auch gehen – wenn er wollte, wenn er glaubte, was Pilaster ihm erzählen würde, wenn … Vielleicht war es Zeit, sich gemeinsam eine List auszudenken; der Junge erschien ihm klug genug dafür. Eine List, mit der sie den Zentralcomputer hinters Licht führen konnten und anschließend seinen Plan verwirklichen …

Pilaster schüttelte den Kopf und spürte, wie alt und müde er war. Wenn, wenn, wenn … Er wurde ein grüblerischer alter Mann. Seine Zeit ging zu Ende, und vielleicht war es ja gut so, er hatte schließlich länger gelebt als jeder andere. Überhaupt, wem lag schon an ihm und seinen Gedanken? Ob man nun in der Stadt oder in der Welt außerhalb lebte, die Erde drehte sich doch weiter. Das immerhin hatte er gelernt.

Pilaster öffnete leise das Dachfenster und kletterte hinein. Er wickelte sich in eine Decke, legte sich in einer Ecke auf den Boden und lauschte, bevor er einschlief, noch eine Weile nach dem ruhigen Atem des schlafenden Jungen.

Im Hängenden Haus

Sig träumte in dieser Nacht vom Fäulnisgestank, von Pilasters grinsendem Gesicht und seinen wilden Gesten, von den wüsten Schreien der Fledderer und den Sturzflügen der grauen Vögel über der Müllhalde.

Doch vor allem träumte er von zu Hause. Er träumte, wie er aufwachte in der Stadt, in seinem weichen Bett, in seinem eigenen Zimmer in Appartement Delta-Pi im 267. Stock von Gebäude 379-43a im 1127. Bezirk.

In seinem Traum rief ihn der Zentralcomputer über den Holoschirm im Wohnzimmer zu sich. Er zeigte sich ihm, wie er immer auf Monitoren erschien, als gestrenger Mann mit einem vollen, fleischigen, roten Gesicht. Der CC fragte Sig, wer er sei, woher er komme und was er hier tue. Und Sig stand nur da vor dem wandbreiten Schirm, stand wie angenagelt und wusste nicht, was er sagen sollte – der CC stellte nie Fragen, er wusste immer alles.

Das gestrenge Antlitz des CC seufzte, schloss die Augen und ging über in das seiner Mutter. Sie schaute ihn freundlich lächelnd an und sagte: »Nun komm, Sig, komm nach Hause. Ich werde dafür sorgen, dass du alles vergisst, dass du sauber bist und es warm hast und alles wieder so wird wie früher.« Doch Sig blieb ohnmächtig stehen – er spürte, dass sie nicht echt war.

Langsam erlosch der Holoschirm, und er blieb allein im Zimmer zurück.

Am nächsten Morgen erwachte Sig vom Summen eines Gleisreinigers, der über dem Dach von Pilasters Haus vorbeifuhr. Während er noch mit geschlossenen Augen dalag, spürte Sig, wie die Hütte im Wind hin und her schwankte. Die vielen gegeneinanderscheuernden Taue, Röhren und Plastikbauteile machten leise Geräusche. Er hörte Pilaster vor sich hin brabbeln und seine Nonsenslieder summen, und er roch die fremdartigen Gerüche der Müllhalde, die Ebene und auch die frische Außenluft.

Sig öffnete die Augen und blieb, bevor er gänzlich aufstand, noch etwas auf der Bettkante sitzen. Er fühlte sich ausgeruht, bis auf den Muskelkater. Durch eines der Fenster sah er Pilaster draußen auf der Veranda: Offenbar kontrollierte er Seile und Sprossen der Strickleiter auf eventuelle Beschädigungen. Dass Sig aufgewacht war, schien er nicht bemerkt zu haben.

Das Innere der Hütte bot einen sehr gewöhnungsbedürftigen Anblick für einen wie Sig, der nur perfekte, von Robotern gebaute Wohntürme kannte. Die unterschiedlichsten Baumaterialien waren durch Klebstoff, Nägel oder Seile miteinander verbunden und bildeten die unebenen, mal vor- und mal zurückspringenden Wände der Behausung. An diesen Wänden wiederum hingen Kunststoffregale und -schränke, und zwei Ecken waren durch klapprige Zwischenwände von den restlichen Räumlichkeiten abgetrennt; möglicherweise befanden sich dahinter Badezimmer und Toilette.

Ein offener Schrank mit einer Werkbank davor lag voll mit altem Handwerkszeug. Obenauf standen lauter durchsichtige Dosen und Gläser, gefüllt mit kleineren Müllhaldefunden: Knöpfen, Klettbandstreifen, Nägeln, Computerchips, kleinen Lautsprechern, Tasten und Knöpfen von Apparaten, Kabeln, Maschinenteilen – zu viel, um alles zu erfassen.

Daneben hing ein Brett, auf dem eine Reihe kastenförmiger Gegenstände stand, die Sig nicht kannte, eine Art schmaler, hochkant aneinandergelehnter Schachteln, die alt aussahen. Und überall, wirklich überall an den Wänden hingen Bilder, Fotos und Zeichnungen: Abbildungen von Plätzen und Straßen in der Stadt, Bilder von Holofilmstars aus längst vergangener Zeit, auch Verpackungen der verschiedensten Gebrauchsgegenstände sowie Fotos von fremden Landschaften, die Sig allesamt nichts sagten.

Mitten auf der größten Wand prangte eine große Zeichnung, eine Art Grundriss: vier große undeutliche Kreise, die einen fünften scharf umrissenen Zirkel umgaben. Das Ganze bildete eine Art Blume. Kreuz und quer über die Zeichnung verliefen verschiedenste Linien, und hier und da waren Kreuze und kleine Quadrate eingezeichnet sowie hingekritzelte Symbole. Es hatte noch am ehesten etwas von einer Landkarte.

Neben der Luke im Fußboden, die jetzt geschlossen war, befanden sich ein Tisch und ein Stuhl. Auf dem Tisch standen einige Essenspakete sowie eine Flasche Limonade. Bestimmt sollte das sein Frühstück sein. Sig erhob sich. Steif vor Muskelkater humpelte er zu dem Stuhl und nahm Platz. Pilaster hatte ihn gehört und schaute grinsend durch das geöffnete Fenster herein. Doch er sagte nichts und machte sich wieder an seine Arbeit.

Gierig löste Sig das Besteck von zwei Frühstückspaketen, drückte beide Aufwärmtasten und schraubte die Limonadeflasche auf. Auf das Haltbarkeitsdatum achtete er lieber nicht mehr. Cornflakes mit Milch und viel Zucker, sein Lieblingsfrühstück!

Nach einer herrlichen ausgedehnten Morgenmahlzeit – er hatte noch ein drittes Paket aufgeklickt; es war das erste Essen seit mehr als zwei Tagen – schlurfte Sig zu dem sonnenbeschienenen Fenster, hinter dem Pilaster seine Ausbesserungsarbeiten verrichtete.

»Fast schon wieder Abend«, sagte Pilaster und deutete in die Ferne, wo sich die Sonne dem Horizont zuneigte. »Gleich bestimmt schläfst du wieder? Pfffuh! Du kannst gut schlafen. Eine Nacht und fast einen ganzen Tag. Richtig gut.« Wieder grinste Pilaster und kletterte durch das offene Fenster herein.

Sig antwortete nicht, sondern betrachtete die Sonne, die über der Ebene hing, in einer Linie mit dem Bahngleis. Von hier aus wirkte die an die Müllhalde angrenzende Ebene noch unendlicher als vom Boden aus. Ein wüstenähnliches Niemandsland, das graugrün schimmerte in dem schrägen Lichteinfall, eine Leere, in der man sich überhaupt nicht verirren *konnte*, dachte er, so flach und kahl war es dort.

Sig vertraut war ausschließlich die Stadtlandschaft mit ihren Hunderten von Wolkenkratzern, die den Horizont begrenzten. Er begriff es nicht: Zu welchem Zweck lag das Land dort, wieso war da nichts? In der Stadt hatte alles eine Funktion, für alles gab es einen Grund, doch diese endlose Fläche lag einfach nur da. Einfach so, wollte ihm scheinen – ein seltsamer, beängstigender Gedanke.

»Wo bin ich hier, ich meine, was gibt es eigentlich außerhalb der Stadt …?«, fragte er zögernd. Er wusste nicht, wo er anfangen sollte. Er hatte so viele Fragen, und ihm war nicht klar, ob Pilaster die wohl beantworten konnte.

»Stell hundert Fragen, Pilaster gibt ein-, zwei-, dreitausend Antworten. Die Halde ist die Halde vom Schmutz und Tod der Stadt. Und Vögel oder Möwen sind die Flieger und Menschen die Fledderer, und Meer war vor langer Zeit die Ebene, und Salzwasser ist das Meer, und begraben liegt die Geschichte in den alten Feldern des Wissens, in den drei

Türmen, die noch stehen. Die Geschichte der Menschen und die Geschichte der Stadt. Tief, tief verborgen. Und mehr, ängstlich erregend …«

»Und was ist mit dem Kreislauf?«, versuchte Sig. Er verstand Pilasters Flut von Worten nicht. Er musste einen Anfang finden, von dem ausgehend sie einander verstehen konnten, und er meinte begriffen zu haben, dass Pilaster auch in der Stadt gewohnt hatte. Hatte Pilaster nicht etwas gesagt, als hätte es ihn genau wie Sig aus der Stadt geworfen? »Und du hast auch in der Stadt gewohnt?«, fuhr Sig fort. »Wie lange bist du denn schon hier?«

»Ha. Der Kreislauf«, antwortete Pilaster. »Rund und rund und rund wie eine große Waschmaschine. Den gibt es, und den gibt es nicht. Letztendlich geht alles rund. Fünftausend Jahre, dann ist der Kreis rund. Ich fiel auf die Schienen, als zwanzig ich war. Der U-Bahn allerletzte Haltestelle. Direkt danach hinaus ging es. Deshalb vielleicht wurde ich nicht gelöscht, wer kann es sagen? Pfffft, auf den Haufen. Genau wie du. Fünfundfünfzig Jahre her sind es jetzt. Ich war verletzt, fiel auf Stoff, jedoch auf Trümmer auch. Fledderer nahmen mich mit. Ich hatte Glück. Sie töteten mich nicht, hatten keinen Hunger an dem Tag. Monate war ich bei ihnen und war ich einer von ihnen, aber ich sah und wusste und fühlte, dass ich anders war als sie. Ich wusste noch, sie waren gelöscht. Pilaster hatte Worte und wusste von früher. Ein Wort und Entsinnen machen den Menschen. Pilaster ging fort, als er genesen war, und streifte umher. Aber das kommt alles noch. Erst erzähl du jetzt dein Was-wie-wo. Wie ich dir, so du mir. Pilaster ist neugierig auf dich. Endlich wieder mal richtig reden. Wie ist zum Beispiel dein Name?«

»Sig. Oder eigentlich Sigma-fi-alpha-277.«

»Schöööner Name, guter Name. Sigmafjalfa. Ach wie schön, Pilaster war Pi-lambda-y-133.«

»Aber ein Name mit einem Lambda, das ist ein Name aus dem vorigen Jahrhundert!«, rief Sig erstaunt. »Sämtliche Lambdas sind längst wieder in den Kreislauf aufgenommen!«

Pilaster schaute weg, unbeholfen, verlegen anscheinend. Als schämte er sich, dass er noch lebte. »Pilaster haben sie vergessen«, antwortete er unwirsch. »Pilaster ist gerade noch nicht tot, aber alt. Zu alt. Klapprig, krumm. Gut, dass Sig jetzt hier ist.«

Sig fiel auf, dass Pilaster allmählich wieder normaler sprach, anstatt, wie er das wohl all die Jahre gemacht hatte, so merkwürdig in sich hineinzubrabbeln. Trotzdem verstand er noch längst nicht alles, was Pilaster sagte. Nach so vielen Jahren völliger Einsamkeit war es bestimmt ungewohnt für ihn, wieder mit jemand anderem zu reden.

»Du bist bekümmert jetzt. Allein auf der Welt. Ohne Familie. Alle haben dich vergessen. Pfffft! Mit einem Mal. Bist nicht mehr.« Pilaster schaute ihn prüfend an. »Pilaster wurde verrückt vor Kummer, als er hier gerade erst war. Auch Pilaster war nicht mehr – und wollte lange auch wirklich nicht mehr sein.«

Sig zuckte mit den Schultern. Er mochte nicht daran erinnert werden. Der Gedanke, dass er für alle, die er gekannt hatte, nicht mehr existierte, selbst für seine Eltern nicht, war zu groß, zu schwer für jetzt. Vorläufig wollte er alles, was geschah, noch für ein kompliziertes Abenteuer halten, das bestimmt gut ausgehen würde, sobald er den Weg zurück in die Stadt erst einmal gefunden hätte. Der CC würde schon wissen, wie er neu programmiert und wieder eingepasst werden konnte. »Ist es nicht möglich, auf einen Gleisreiniger zu springen und so wieder in die Stadt zu gelangen? Oder indem man die Schienen entlanggeht oder einem Wartungstrupp folgt?«

Pilaster lächelte verlegen, als wüsste er nicht recht, was er sagen sollte. Er machte eine ausholende, vage Geste. »Du kannst nur vorwärts. Immerzu vorwärts. Weitergehen, darum dreht sich alles. Pilaster wird nie sagen, dass es keinen Weg in die Stadt gibt, doch diesen Weg zu finden … Von A nach B nach C, vorbei an alten Orten, keine Ahnung …«

»Sprich doch normal!«, rief Sig irritiert. Er wurde wütend. Er war es nicht gewohnt, dass jemand in Rätseln sprach. In der Stadt gaben einem alle ganz normal Antwort, wenn man etwas fragte. So war man programmiert. Klar und eindeutig. »Dass es dir hier gefällt in dem fauligen Dreck, zwischen lauter Idioten, im Matsch, das ist deine Sache. Aber ich will hier weg, und zwar schnell. Das muss doch gehen, oder?«

»Hör zu«, sagte Pilaster. Er klang müde und alt. »Ich bin hier lange. Als ich hierher kam, war ich jung und stark. Zwanzig Jahre. Es gab ein Mädchen, Rho, die liebte ich – heute noch träume ich manchmal von ihr. Ich hatte Freunde, eine Wohnung mit echten Lebendblumen. Warmes Bett, Essen, Trinken, Musik. Ich wollte nichts als zurück. Jahrelang. Die Lichter der Stadt zogen mich immer noch an. Wie es die Motte zum Feuer zieht, um verdummt, verdammt, von den Flammen verbrannt zu werden. Lieber vergess-anheim und tot, als hier leben und denken und finden. Wieder und wieder mit meinem Pilasterkopf gegen die Wand – aber die Stadt stieß mich aus wie ein lästiges Insekt. Oder schlimmer: Sie ignorierte mich. Ich war nicht länger ein Teil von ihr.«

Er schaute Sig an. »Du bist nicht länger ein Teil von ihr.«

Nach einem tiefen Atemzug fuhr er fort: »Du kannst auch nicht mehr zurück. Nicht so ohne weiteres.«

Sig zuckte mit den Schultern und schaute weg. »Mir fällt schon noch was ein. Hier bleibe ich jedenfalls nicht. Hier in deiner verstaubten Wackelhütte.«

Pilaster reagierte gelassen. »Du bist Gast in meinem Hängenden Haus. Wenn du gehst, dann gehst du. Pilaster wird es schade finden, aber hält dich nicht zurück. Aber vielleicht kommst du ja weiter, indem du lernst, was ich weiß.«

Pilaster stand auf und ging, indem er eine seiner eigenartigen selbst erdachten Melodien summte, zu dem Brett mit den altertümlich aussehenden Schachteln, nahm vorsichtig eine davon in die Hand und kam damit zum Tisch. »Komm, schau. Das ist ein altes Speicherding. Was ich nenne ein Buch. Das kennst du nicht, nichts davon ist in der Stadt. Es ist eine Art uralter Speicherchip. Die Stadt kennt nicht einmal mehr deren Namen. Doch selbst nennt sich das Buch ein Buch. So steht es darin geschrieben. Hat das Archiv für mich gemacht.« Pilaster klappte das Ding auf, und ans Licht kamen unzählige Zeilen voll schwarzer Codezeichen.

Sig ging zum Tisch. »Namenszeichen?«, fragte er. »Wieso stehen dort all diese Codes?« Sig kannte zwar Buchstaben und Zahlen, aber nur als Mittel, um Menschen, Roboter, Gebäude, U-Bahnstationen und Orte zu bezeichnen. Niemand in der Stadt verwendete Zeichen, um tatsächlich damit zu schreiben. Wörter, Sätze, Texte wurden als Audioelemente auf Speicherchips geladen. Deshalb hatte Sig auch nie recht lesen gelernt; ein ganzes Buch zu lesen, würde ihm nicht gelingen.

»Text«, antwortete Pilaster. »Text und Geschichten. Aneinandergereiht in alten Zeichen. Pilaster liest die alten Wörter.« Er schlug eine Seite um, und noch eine, und noch eine. Die Zeichen standen in endlosen Reihen untereinander, wie ein scheinbar unentzifferbarer Code. »In diesem Buch stehen aufgezeichnet Berichte über die früheste Zeit der Stadt. Fast dreitausend Jahre her ist's jetzt. Ich werde dir zeigen den Kreislauf der Stadt.«

Er schlug das abgegriffene Buch irgendwo vorn auf, durchblätterte einige Seiten, faltete ein Blatt weiter auf und schob das Buch zu Sig. »Da. Der alte Bauplan der Stadt.«

»Jetzt gibt es nur mehr die Kernstadt dort« – Pilaster deutete auf den mittleren Kreis – »und natürlich die Halden, aber im allerersten Beginn, vor mehr als dreitausend Jahren, gehörten zur Stadt auch diese Gebiete.« Sein Finger strich über die vier Kreise, die die Stadt umringten. »Wald, Wissen, Wasser und Produktion. Stadtmauer gab es nicht. Und viel weniger Menschen damals. Nur fünfzehn Millionen. Pilaster denkt, dass jetzt an die hundertmal mehr Menschen in der Stadt wohnen als damals. Keine wirklich hohen Gebäude zu Anfang.«

Sigs Blick huschte über die Darstellung. Er kannte verschiedene Pläne und Grundrisse der Stadt – in der Schule hatten sie gelernt, mit U-Bahnkarten, Straßenkarten, Wohnkarten, Freizeitkarten und Flugkarten zu arbeiten –, aber die waren allesamt rund und endeten an der Stadtmauer. Auf dieser Karte hier war die Welt viel größer. Hier hatte die Stadt auch keine Mauern, ja noch nicht einmal deutlich umrissene Ränder. Und wie sollte er die Zeichen bei den vier Randgebieten verstehen?

Diese Karte sprach nicht wie die Karten, die er kannte – die sagten einem von selbst die Namen des Ortes auf, den man berührte, und gaben einem Streckeninstruktionen, sobald man zwei Orte gleichzeitig berührte. Pilaster tat, als seien die Zeichen auf dieser Karte Wörter, Ortsnamen, während Sig es gewohnt war, Zeichen als Codes zu sehen, so wie seinen eigenen Namen.

Das Wort »Wald« kannte er überhaupt nicht. Unter »Wissen« und »Produktion« konnte er sich dagegen etwas vorstellen, unter »Wasser« schon weniger – weshalb sollte jemand irgendwo so viel Wasser deponieren? Wasser war zum Trinken da, wozu sollte es sonst noch gut sein? »Sind wir jetzt in W – A – L – D?«, tippte er – vielleicht war das ja der Kennzeichnungscode für die Müllhalde.

»Wald, nicht Weh-ah-ell-deh. Hi-hi-hi, Wald-Wald-Wald«. Wieder kicherte Pilaster so seltsam, dass Sig unheimlich wurde, niemand lachte so. »Wald, das steht da. Und es ist nicht Wald, wo wir sind. Wären wir nur in Wald, ich werde dir Wald zeigen. Ist nicht weit von hier. Wald ist schön, sehr schön. Die Halde ist hässlich.«

»Aber wo sind wir denn jetzt?«

»Hier.« Pilaster zeigte auf die Karte zwischen Wald und Wasser, auf einen Punkt auf einer Linie, die von der Stadt geradewegs nach Westen lief. »Hier, über dieser Linie kommt der Abfall hierher, den die Stadt produziert. Das hier heißt Halde West. Gleise auf Beinen für die Gleisreiniger in der Mitte und Müllstraßen drum herum. Es gibt noch drei von solchen Gebieten, auf den anderen Achsen.« Pilaster zeigte auf die anderen Linien auf der Karte.

»Während hier, wo wir sind, in den letzten Jahren viel deponiert wird, wird schon abgegraben der Abfall an anderen Orten und der Stadt wieder zugeführt als Rohstoff. Vielleicht deswegen gibt es gerade hier viele Fledderer. Großer Fabriken es früher bedurfte, um aus dem Müll neue Dinge zu machen. Das geschah hier« – Pilaster deutete auf den Kreis unten rechts auf der Karte – »in dem Gebiet, das Produktion hieß. Aber seit der Erfindung des Umformers kann alles mühelos produziert werden in der Stadt selbst. Durch diese Erfindung geriet auch das ganze Gebiet Wissen außer Gebrauch. Der CC dachte, wenn alles man produzieren könne, was benötigt wird, dann brauche nichts man mehr zu lernen, sondern wisse schon alles und müsse sich mit dem Rest der Welt nicht mehr abgeben.« Pilaster schaute Sig geheimnisvoll an. »Und weißt du, was dann passiert ist?«

Sig schüttelte den Kopf. Er merkte, wie er langsam, aber sicher doch neugierig wurde auf das, was Pilaster zu erzählen hatte. Zwar hatte er nach wie vor Bauchschmerzen vor Einsamkeit und fühlte sich verdreckt und verirrt, doch Pilasters Bericht sorgte dafür, dass zum ersten Mal in seinem Leben die Geschichte der Stadt seine Neugier erweckte. Ihm wurde bewusst, dass er bis gestern gedacht hatte, die Stadt habe es schlichtweg immer gegeben. Nie hatte er sich gefragt, wie sie früher ausgesehen hatte, und schon gar nicht, wie sie entstanden war.

Ganz normale Fragen, so erschien es ihm jetzt, doch der CC filterte sie offenbar direkt aus allen Köpfen heraus. Und solange man in der Stadt wohnte, taten all diese Fragen auch nichts zur Sache. Alles dort erschien selbstverständlich. Sig vermutete zunehmend, dass die Welt viel komplizierter aufgebaut war, als er in der Schule gelernt hatte, und wenn er ehrlich war, fand er diesen Gedanken durchaus spannend: eine sich weithin erstreckende Welt und Jahrtausende einer unbekannten Geschichte. Ihm wurde schwindelig.

»Nach der Erfindung des Umformers«, fuhr Pilaster fort, »sonderten sich die Einwohner der Stadt vollkommen ab von der übrigen Welt. Als Erstes verfielen Produktion und Wissen. Danach gingen verloren Wald und Wasser. In diesen Gebieten hatte man immer Ferien gemacht und so die Verbindung zur Natur aufrechterhalten.«

»Was ist das, Natur?«, fragte Sig.

»Hmmm, tja, genau weiß ich auch nicht, was man früher damit gemeint hat, vielleicht alles, was nicht von Menschen gemacht war, und in jedem Fall alle anderen Lebewesen.«

»Okay ...« Außer den Fliegwesen und diesem grünen schwimmenden Ding in dem Schlammtümpel konnte sich Sig kaum etwas darunter vorstellen.

»Gut. Und dann wurden die Stadtmauern gebaut, und man brach den Kontakt zu den anderen Städten ab. Und die Macht des CC wuchs weiter, bis er das Leben in der Stadt beherrschte – ohne jegliche menschliche Steuerung. Alle waren glücklich und die Stadt eine vollkommene Maschine mit dem einzigen Ziel, glücklich zu machen möglichst viele Menschen. Immer tiefer griff der CC ein in das Leben der Menschen, bis selbst weggefiltert wurden traurige Gedanken und zu neugierige Fragen. Und das war das Ende der Geschichte.« In Pilasters Stimme lag Verbitterung.

»Aber was ist daran denn verkehrt?«, fragte Sig. »Du klingst, als fändest du die Stadt rein gar nicht ... oder ...« Sig zögerte. »Oder ist es so, dass du die Stadt vermisst und neidisch bist auf die Menschen dort, die glücklich sind? Während du hier einsam auf der Müllhalde lebst und nie mehr zurückkannst.«

Pilaster schüttelte den Kopf. »Keins von beiden. Die Stadt ist groß und artig, ein Wunder, ein leibhaftiges. Ich denke, sie ist das Fabelhafteste, was die Menschheit je gebaut hat. Aber« –

und dabei schaute Pilaster Sig zweifelnd an, als frage er sich, ob seine Geschichte nicht zu kompliziert wurde – »etwas fehlt. Etwas ist danebengegangen, vollkommen daneben, schon vor langer Zeit. Und was fehlt, ist vielleicht das Allerwichtigste überhaupt. Jedenfalls bin ich genau deshalb nicht neidisch auf all die glücklichen Menschen in der Stadt.« Pilaster holte tief Luft. »Aber du glaubst mir ja doch nicht. Es hat mich auch viele Jahre gekostet, ehe ich durchschaute, dass das Leben hier reicher und wertvoller ist als in der Stadt.«

»Reicher?«, rief Sig ungläubig aus. Er schaute um sich, auf das versammelte Gerümpel, die kaputten Apparate, die zusammengeschusterten Möbel und den Stapel alter Essenspakete in der Ecke. Aber während er das sagte, fühlte er, dass er vielleicht, vielleicht etwas von dem verstand, was der alte Mann meinte. Es war das Gefühl, dass die Stadt und der Zentralcomputer ihn all die Jahre hindurch betrogen hatten, dass er offenbar nicht hatte wissen dürfen, wie die Welt in Wirklichkeit aussah, und dass er allerlei Dinge, die geschehen waren, entweder nicht hatte wissen oder sich nicht an sie hatte erinnern dürfen. Das düstere Gefühl beschlich ihn, dass das Leben, das er bisher geführt hatte, unecht und künstlich gewesen war.

»Ich bin hier einsam vielleicht und manchmal unglücklich«, sagte Pilaster, »aber dafür ist alles echt. Was ich fühle, ist echt, was ich erlebe, ist echt, und mein Gedächtnis ist echt. Und es ist gut zu wissen, dass die Welt größer ist als die Stadt allein. Auch wenn es manchmal beängstigend ist zu wissen, dass nicht alles in der Welt vom CC geplant ist und die Menschheit nur ein sehr kleiner Flecken auf dieser ausgedehnten Erde. Nachts die Sterne zu sehen und den Mond, das macht, dass du dich klein fühlst, ganz klein. Aber es ist auf eine fast schaudererregende Weise auch schön. Ebenso schön wie das Wissen, dass die Menschen früher, vor sehr langer Zeit, anders lebten als jetzt. Dass sie neugierig waren, Dinge herausfinden wollten, Entdeckungsreisen machten und noch mehr waren als winzige Räder in einer sinnlosen Maschine.«

»Nicht alles ist unecht!«, hielt Sig dagegen. »Ich hatte Freunde in der Stadt, echte Freunde. Und meine Eltern haben mich echt geliebt. Das war kein Betrug. Solche Dinge weiß man einfach. Und man spürt es.« Er sah Pilaster herausfordernd an.

Pilaster gab keine Antwort, doch Sig konnte sehen, was er dachte: dass alle ihn inzwischen vergessen hatten, als habe es ihn nie gegeben, dass Dinge in der Stadt immer nur dann existierten, wenn der CC damit einverstanden war, sogar Gedanken und Gefühle. Ansonsten wurden sie gnadenlos gelöscht. Obwohl Sig dreizehn Jahre Einwohner der Stadt gewesen war, würde es, falls er jetzt zurückkehrte, so sein, als hätte es ihn nie gegeben.

Ihm wurde eiskalt im Innern – als würde ihm erst jetzt bewusst, was es bedeutete, von der Stadt ausgestoßen zu sein. Gelöscht zu sein aus dem Gedächtnis von allen, die er gekannt hatte, bedeutete wahrhaftig, dass sein ganzes Leben unecht und ohne Bedeutung gewesen war.

Sig stand auf und ging nach draußen. Er fühlte sich leer. Vorsichtig ging er über die Veranda und vermied es dabei, in die Tiefe zu schauen, bis zur Rückseite der wackligen Hütte; dort setzte er sich in den Schatten und blickte auf die Stadt. Der Knoten in seinem Bauch verhärtete sich, und er ballte die Fäuste.

Die weißen Mauern der Stadt standen dort in der Ferne wie

ein harter, gleichgültiger Strich. Ein Strich quer durch seine Vergangenheit, quer durch alle Träume und Pläne, die er gehabt hatte. Ein Bruch zwischen dem Sig, der Einwohner der Stadt gewesen, und dem Sig, der auf der Müllhalde gelandet war.

Er schaute zwischen den Gitterstäben des Geländers hinunter nach unten, in die Tiefe. »Wenn du jetzt springst, Sig, dann ist alles vorbei, dann wirst du in den Kreislauf aufgenommen, wie es der CC von dir erwartet«, flüsterte er leise zu sich selbst. »Dann bist du fort und mit dir all deine Erinnerungen, die du sowieso nie mehr mit jemandem wirst teilen können. Eigentlich existierst du schon nicht mehr, sondern bist nur noch ein verirrter, zufällig noch nicht stillgelegter Körper auf der Mülldeponie. Du musst tun, was der CC von dir erwartet.«

Hinter sich, durch die Hüttenwand hindurch, hörte er Pilaster rumoren und vor sich hinsummen. »Ich will nicht werden wie er«, hielt Sig sich selbst vor. »Ich will nicht allein sein, ausgeschlossen und für immer verirrt. Dazu fehlt mir die Kraft. Dafür bin ich nicht programmiert. Ich will es nicht, und ich kann es nicht.«

Sig stand wieder auf und lehnte sich vor, über die durch Stricke zusammengehaltenen Latten des Geländers, und musste tief durchatmen. Offenbar bekam er plötzlich richtig Höhenangst. In der Stadt hatte er damit nie ein Problem gehabt, da wusste man einfach, dass alles sicher war. Doch hier war die Tiefe schaudererregend, und er war drauf und dran, in diesen fürchterlichen Abgrund zu springen.

Ihm war schwindelig. Er klammerte sich an die Kunststoffbauteile und schloss die Augen. Er atmete noch mal tief ein, lehnte sich weiter vor und spürte, wie ihm der Wind übers

Gesicht und durch die Haare strich. In der Nähe ertönte ein Kreischen. Sig öffnete die Augen wieder und sah, wie ein großer Vogel ein paar Meter unter ihm vorbeiflog. Er konnte seine Flügel rauschen hören.

»Jetzt oder nie, Sig«, flüsterte er. »Gleich traust du dich nicht mehr, und dann steckst du hier fest. Für immer.« Seine Fingerknöchel waren weiß, so krampfhaft klammerte er sich an das Geländer. Seine Beine fühlten sich an wie Blei, doch er hob langsam einen Fuß. »Einfach drübersteigen. Ist wirklich kein Ding. Tu einfach, als wärst du so ein Vogel, und flieg zurück nach Hause. Zurück in den Kreislauf.« Er hob ein Bein über das Geländer. Er wollte nicht weiter darüber nachdenken, er schloss die Augen wieder und hielt den Atem an. Gleich war dieser böse Traum vorbei. Nur noch ein beängstigend tiefer, endloser Fall ... Sigs Bewegung stockte einen Moment lang bei dem Gedanken.

»Suppe? Möchtest du gleich Suppe?«, klang Pilasters Stimme plötzlich laut aus der Hütte. »Ich mache leckere Suppe. Suppe ist gut.«

Hastig wich Sig vom Geländer zurück. Als hätte ihn wer ertappt. Und dann schrie er hinaus, was er tief im Innern wirklich fühlte: »Ich will nicht tot sein! Ich will heim!« Und er plumpste schluchzend auf die Veranda.

Einen Augenblick lang blieb es völlig still. Danach hörte Sig Pilaster drinnen nervös und erschrocken murmeln: »Suppe, einfach nur Suppe. Nach mehr habe ich nicht gefragt.« Und leise, ja zögernd, fuhr er fort: »Ist ein guter Junge. Braucht Zeit. Stunden, Tage, Monate, Jahre. Er hat Zeit. Pilaster nicht. Pilaster hat bloß Suppe. Aber Suppe gibt Mut, und genau das braucht der Junge. Viel Mut. Suppe werde ich ihm bringen.«

Sig wollte rufen, dass er keine Suppe wolle, jetzt nicht und niemals mehr. Doch seine Kehle war wie zugeschnürt, und er brachte kein Wort hervor. Als Pilaster daraufhin mit einem dampfenden Suppenteller in den Händen über die Veranda gegangen kam, breit grinsend, als sei nichts geschehen, als hätte er Sig nicht rufen hören, da freute sich Sig fast, ihn zu sehen.

Zittrig nahm er Teller und Löffel entgegen, und Pilaster verschwand, ohne etwas zu sagen, wieder im Haus. Sig aß alles auf und blieb still auf der Veranda sitzen. Blickte mal hier-, mal dorthin, müde, aber auch ruhiger als vorhin. Erst als das letzte Licht am Himmel langsam verschwand, ging er wieder ins Haus, wo Pilaster im Schein einer kleinen Schreibtischlampe über eine Karte gebeugt saß.

»Wo soll ich schlafen heute Nacht?«, fragte Sig mit kleinlauter Stimme. »Bestimmt willst du wieder dein eigenes Bett. Ich kann mich auch auf den Boden legen.«

»Noch eine Nacht schläfst du im richtigen Bett. Noch eine Nacht schläft Pilaster auf dem Boden. Morgen bauen wir ein Bett für dich. Und jetzt geh und mach die Augen zu.«

Sig legte sich hin und versank schon bald in einen tiefen, traumlosen Schlaf.

Der Holobericht

Sig saß fest. Selbst wenn er Pilasters Haus hätte verlassen wollen, hätte er es nicht gewagt, die wacklige Strickleiter hinunterzuklettern. Außerdem war es Pilaster zufolge sicherer, wenn er hier oben blieb. Die nächsten Tage würden die Flinsen – wie Pilaster die Überwachungskameras unbeirrt nannte – weiter nach ihm suchen. Das war Pilaster seinerzeit ebenso ergangen, doch der hatte damals das Glück gehabt, in eine Fleddererhorde aufgenommen worden zu sein, und die Fledderer hatten die Gewohnheit, alles, was ihnen nicht gefiel, kurz und klein zu schlagen. So hatten sie mindestens zwanzig Überwachungskameras zerschlagen, während Pilaster hilflos und verletzt in einem ihrer Verstecke lag. Pilaster war beeindruckt gewesen von Sigs Bericht, wie er die Kamera besiegt hatte.

»Bist ein schlaueres Kerlchen als erwartet und gedacht, als zu hoffen ich gewagt. Plane über die Flinse und hopp! Sehr schlau. Aber auch gefährlich …«, hatte er gesagt und seinen langen Zeigefinger drohend erhoben. Direkt danach war er aufgesprungen und hatte die Überbleibsel gesucht. »Schöne, teure, starke Energiezelle steckt darin, Strom für Wochen. Oder zum Fliegen mit Gepäck. Du bleibst hier oben mir. Flinsen, die dummen, fliegen nicht höher als sechs, sieben Meter … Bist gut aufgehoben hier. Und verstehst jetzt, warum Pilaster so hoch wohnt. Pilaster ist unsichtbar so hoch über dem Schmu, dem ganzen.«

Triumphierend war Pilaster eine knappe Stunde später mit den Überresten der Flinse, die er sich auf den Rücken gebunden hatte, zurückgekehrt. Die Folie hatte er darumgewickelt. »Metallfolie, sehr schlau. Aber nicht schlau genug. Flinsen sehen Wärme, sehen deine Körperwärme, selbst in der Nacht. Schauen ein bisschen durch die Folie hindurch. Sig hat auch einfach Glück gehabt. Flinsen sind dumm und gefährlich auch.«

»Bist du dir sicher, dass die jetzt unschädlich ist?« Sig deutete auf das Ende der Flugdüse, aus der immer noch ein stetiger Luftstrom entwich, um das Ding fortzubewegen.

»Linse ist kaputt geknallderatscht beim Aufprall, und Pilaster hat den Sender abgerissen und weggeworfen. Den Schwebeteil vielleicht können wir gebrauchen. Pilaster hat nie zuvor einen funktionierenden Schweber gehabt. Massel haben wir.«

Die nächsten zwei Wochen nach Sigs Ankunft im Hängenden Haus verliefen deutlich ruhiger als die ersten Tage seiner Verbannung.

Wenn Sig über das Geländer der Veranda in die Tiefe schaute, drehte es ihm den Magen um, und er zog sich schnell zurück. Der Gedanke, dass er beinahe den Schritt in diese Tiefe gemacht hätte, ließ ihn noch mehr schwindeln. Vorläufig war es ihm nur recht, mehr oder weniger in Pilasters schwebender Wohnung eingeschlossen zu sein. Er hatte ohnehin nicht die leiseste Ahnung, was er da unten auf der Halde anfangen sollte oder wohin er gehen konnte und was die Gefahren waren. Hier oben fühlte er sich einigermaßen sicher, solange er nicht an die Tiefe dachte, und Pilaster sorgte gut für ihn.

Tag um Tag saß Sig jeweils für Stunden auf der Veranda und starrte auf den weißen Streifen am Horizont, der Stadtmauer hieß. Mit angewinkelten Knien, die Arme um die Beine geschlungen und das Kinn auf die Knie gestützt, stierte er in die Ferne und dachte an zu Hause. Die Stadt erschien ihm immer weiter entfernt und zunehmend fremder, und zugleich war sie die einzige Welt, die er kannte. Hätte er wählen können, er hätte sich immer noch schlicht dafür entschieden, nach Hause zurückzukehren und alles zu vergessen, was er in den hinter ihm liegenden Tagen erlebt hatte. Doch ihm wurde zunehmend klar, dass ihm keine Wahl blieb.

Wehmütig dachte er an die langen Stunden in der Schule zurück und an die endlose Zeit, die er vor dem Wandschirm oder Holoprojektor zugebracht hatte. Zwar hatte er sich dabei oft gelangweilt, doch jetzt vermisste er es. Und er dachte an seine Eltern. Sie waren meistens fort gewesen, aber wenn sie da waren, dann hatten sie zu dritt oft viele schöne Dinge unternommen. Sigs Mutter erzählte manchmal von durchgeknallten Robotern auf ihrer Arbeit oder von den Abenteuern, die sie und Vater in den Freizeitgebäuden erlebt hatten, als sie noch jung waren.

Besonders gut erinnerte er sich daran, wie er zusammen mit seinem Vater durch die Stadt gestreift war. Ganze Nachmittage lang hatten sie Straßen und Parks erkundet, in denen sein Vater oft selbst noch nie gewesen war. Sie hatten die höchsten Gebäude bestiegen und über die vielen tausend Wohn- und Bürotürme geschaut, zwischen denen die unterschiedlichsten Miniflugzeuge, Schwebegleiter und Luftscooter hin und her flogen. Oder sie waren selbst geflogen, mit großer Geschwindigkeit und im Zickzack zwischen den Gebäuden hindurch, schwungvoll um die Kurven und haarscharf über Glaskuppeln und Spitzdächer. Man konnte so schnell sein, wie man wollte, der Bordcomputer und der CC verhinderten automatisch, dass man mit irgendwas zusammenstieß.

Sig konnte sich immer noch nicht recht vorstellen, dass seine Eltern sich jetzt an nichts von alledem mehr erinnerten und dass einzig und allein er noch wusste, was sie zusammen erlebt hatten. Und doch musste es so sein, denn der CC gestattete keine Trauer oder negativen Erinnerungen, also würde alles, was an Sig erinnerte, aus den Gedanken seiner Eltern eliminiert sein. Er kam sich im Stich gelassen, klein und ohnmächtig vor. Und er wurde immer wütender auf den Zentralcomputer, denn der sorgte zwar gut für alles, hatte aber auch an alledem hier die Schuld.

Wenn er sich so für Stunden seinen trüben Gedanken ergab, dann folgte sein Blick unbemerkt dem Flug der Vögel, die über dem Abfall kreisten. Sie waren immer da. Pilaster nannte sie »Möwen« und »Krähen« und sagte, es gebe noch mancherlei weitere Vogelarten. Harte, grimmige Augen hatten diese Möwen, gelbe Schnäbel und orangerote Füße. Kreischend forderten sie sich wechselseitig heraus, umkreisten sich und pickten sich gegenseitig die Nahrung aus den Schnäbeln. Widerwärtig fand Sig sie dann, ihr Kreischen und Zanken zeigten ihm eine Welt, die er nicht kannte, eine Welt voller Streit und Aggression, eine Welt, die er verabscheute.

Gleichzeitig konnte er es nicht lassen, ihnen nachzuschauen, so frei und frech und voller Energie, wie sie umherflogen. Und gegen Einbruch der Dämmerung, wenn das Licht sanfter wurde und der Wind gleichmäßiger, dann schwebten die Möwen, ohne die Flügel zu bewegen, hoch über der Halde im Licht der untergehenden Sonne. Ihr Kreischen wurde zu einem wehmütigen Rufen, und wenn sie sich in einer großen Schar versammelt hatten, verschwanden sie mit trägem Flügelschlag friedlich über die endlose Ebene hinter dem Horizont. In solchen Augenblicken wünschte er sich, er wäre eine von ihnen und könnte mit ihnen fliegen, ganz gleich, wohin ihr Weg sie führte.

Ganz langsam und zunächst unbemerkt erwachte im Lauf der Tage in Sig eine Neugier nach der Ferne, in die die Möwen Abend für Abend flogen, und nach den übrigen unbekannten Gebieten, die sich weit hinter der Halde erstreckten. Er wollte es nicht zugeben und beharrte stur darauf, dass er nichts anderes im Sinn hatte, als nach Hause zurückzukehren, doch die Entdeckung, dass die Welt größer war, als er es sich je hatte vorstellen können, faszinierte ihn zunehmend. Immer öfter wandte er den Blick von dem weißen Streifen der Stadtmauer hin zu den unbekannten Horizonten rechts und links von diesem eisigen Strich.

Jeden Tag begab sich Pilaster für einige Stunden hinunter auf die Müllhalde. Dann suchte er Essenspakete und Getränke und Energiezellen, die noch Strom enthielten, und wollte auch »einfach ein bisschen herumstöbern«, wie er es selbst nannte. Pilaster sprach jetzt meistens wieder fast normale Standardsprache, doch ab und zu benutzte er noch eigentümliche, selbst erdachte Worte, und es schien, als müsse er dasjenige, was er wirklich sagen wollte, erst einkreisen. Als hätten die Jahre, in denen er allein gewesen war, die Wörter von ihrer Bedeutung losgelöst und als hätte die Sprache der Stadt bei Pilaster den Rhythmus und Reim einer anderen Welt übernommen. Und er sang, summte und pfiff den ganzen Tag hindurch seltsame Melodien, die er mit zu sich selbst gemurmelten Nonsenswörtern füllte – *friedomm blumm – fiddel – dumm drummdietumm brumm tummel* –, als hätte er all die Jahre selbst für seine Hintergrundmusik gesorgt, genau wie in der Stadt, wo immer und überall leise Musik erklang.

Außerdem benutzte Pilaster allerlei Wörter, die er aus den alten Büchern gelernt hatte, wie die Namen der Vögel und der vielbeinigen kleinen Stechtierchen, die herumflogen, und der Tiere, die in den Wasserlöchern umherkrochen oder die ihm zufolge auf den Ebenen jenseits der Halde vorkamen: Er sprach von Möwen, Mücken, Fröschen, Kröten und Kaninchen, Pferden und Rehen. Fremde Namen für fremde Wesen. Sig war immer noch ganz erstaunt über so viel Leben, aber wenn er Pilaster glauben durfte, hatte es vor sehr langer Zeit sogar noch viel mehr solcher Tiere gegeben.

Die ersten paar Male, als er Pilaster durch die Luke und über die Strickleiter nach unten hatte verschwinden sehen, hatte Sig sich noch Sorgen gemacht. Angenommen, der alte Mann käme nicht mehr zurück, dann würde er hier oben vor Hunger umkommen oder, was ihm fast noch schlimmer erschien, dann müsste er selbst über diese Leiter nach unten klettern. Aber dann hatte er sich daran gewöhnt. Man konnte über alles und jedes in Sorge sein; die Welt, in die es ihn verschlagen hatte, war schon seltsam genug. Und Pilaster wohnte hier schließlich schon mehr als fünfzig Jahre, länger, als ein ganzes Menschenleben in der Stadt dauerte.

Wenn Pilaster fort war, besah sich Sig alles, was es im Haus gab. Er öffnete die Schränke und schaute in sämtliche Tiegel und Flaschen, die er fand. Das alles musste er nicht heimlich tun, denn Pilaster hatte gesagt, er dürfe machen, was ihm in den Sinn komme, und sich alles anschauen. Aber wenn er allein war, hatte Sig doch stärker das Gefühl, tun und lassen zu können, was er wollte.

Pilaster war sehr freundlich, und doch war er der seltsamste

Mensch, dem Sig je über den Weg gelaufen war. Noch immer ließen ihn Pilasters scharfer Blick, seine heftigen Bewegungen und sein runzliges Äußeres manchmal erschrecken. Pilaster schien das zu wissen und ließ ihn meistens in Ruhe. Er hatte ein Bett für Sig gebaut und sorgte für die Mahlzeiten, doch in den Tagen, die auf ihr Kennenlernen folgten, hatte er nur wenig Fragen gestellt und auch nichts mehr über die Geschichte der Stadt erzählt.

Anfangs entdeckte Sig nicht viel Außergewöhnliches in Pilasters Haus. Der größte Teil von Pilasters Habseligkeiten stammte von der Halde: ausgediente Möbel, Kleidung, Werkzeuge und Elektronikgeräte. Es erstaunte Sig wenig, wie gut manche Dinge noch aussahen: In der Stadt warf man schnell etwas fort, sobald man das Interesse daran verloren hatte oder es erste Gebrauchsspuren aufwies. Das alles war ohnehin gleichgültig; man konnte sich ja jederzeit etwas Neues holen, was immer man wollte. Die Abholmagazine waren ständig und für jeden geöffnet.

Außerdem fand Sig einige Objekte, die Pilaster eindeutig selbst angefertigt hatte, zum Beispiel einen gigantischen wasserdichten Umhang aus Plastikplane und ein Paar schwere Stiefel mit dicken Gummsiohlen, die Ausflüge über die Müllhalde eindeutig besser aushielten als die empfindlichen Schuhe, die alle in der Stadt trugen. Bei den Werkzeugen fand sich etwas, das Sig nicht verstand. Es war klar, dass Pilaster auch das selbst angefertigt hatte: eine kleine, runde Metalldose, in der sich ein Zeiger locker um die eigene Achse drehte, und wie man die Dose auch hielt, der Zeiger zeigte immer in dieselbe Richtung. Etwas Elektronisches, das den Zeiger auf seinem Platz hielt, war nicht zu entdecken.

Am sechzehnten Tag, nachdem Sig vom Gleisreiniger aus der Stadt befördert worden war, schlug das Wetter um. Regen prasselte auf das Kunststoffdach, und man spürte den starken Wind, der an den Seilen zerrte, mit denen das Haus an Gleis und Stützpfeiler befestigt war. Flatternde Seilenden und gegeneinanderscheuernde sowie quietschende Einzelteile des Hauses erzeugten die unterschiedlichsten Geräusche. Pilaster befestigte Läden vor den Fenstern, sodass nur durch einige Ritzen und das Dachfenster etwas graues Licht nach innen tröpfelte.

Es war nicht sehr kalt, aber Sig fand es trübselig. In der Stadt herrschte immer schönes Wetter, sofern dabei von Wetter die Rede sein konnte. Es war eher so, als befände man sich immerzu drinnen, es war dort immer gleich warm, und der einzige Wind, der wehte, kam aus den Ventilationsgittern von U-Bahn und Klimaanlage. Regen – Wasser, das einfach so vom Himmel fiel! – gab es in der Stadt schon gar nicht. Regen war zu nichts nütze, und so regnete es nie.

Pilaster zog Regenmantel und Stiefel an und stemmte die Luke auf.

»Gehst du jetzt nach draußen?«, fragte Sig. »In diese nasse Schweinerei?«

»Bei diesem Wetter ist es draußen jedenfalls sicher«, antwortete Pilaster. »Die Fledderertrupps verstecken sich jetzt in ihren Höhlen, tief in der Halde. Und außerdem macht es Spaß, sich den Wind mal richtig um die Ohren wehen zu lassen.«

Pilaster grinste breit, und einen Moment lang sah Sig wieder, was für ein eigenartiger kleiner Mann er war, mit seinen roten Segelohren, dem runzligen Gesicht und diesem Grinsen, das immer wieder darauf erschien. Nach und nach hatte er sich an Pilasters eigenartiges Äußeres gewöhnt, aber jetzt fragte er sich das erste Mal, ob er auch so werden würde, wenn er lange hier auf der Müllhalde wohnen musste.

»Außerdem brauchen wir was zu Trinken«, fuhr Pilaster fort. »Also muss ich wohl oder übel hinunter, es sei denn, du trinkst lieber das Regenwasser aus dem Duschreservoir.« Er warf die Strickleiter durch die Bodenöffnung nach unten und ließ sich hinab. »Schließ die Luke hinter mir. Wenn ich zurückkomme und klopfe, musst du mir aber aufmachen.« Er grinste und war verschwunden.

Sig schloss die Luke, ohne in die Tiefe zu blicken, und setzte sich auf die Kante seines Bettes. Zum ersten Mal, seit er im Hängenden Haus war, langweilte er sich. Und zum ersten Mal kam er sich eingesperrt vor. Vielleicht lag es an dem heulenden Wind, am Regen und dem veränderten grauen Licht, und daran, dass er deswegen nicht draußen auf der Veranda sitzen konnte. Aber vielleicht lag es auch daran, dass der Schock über seine Verbannung ein wenig abgeebbt war und er sich ganz allmählich eingewöhnte.

Er blätterte vorsichtig in den alten Büchern und betrachtete die Landkarte, die Pilaster ihm am ersten Abend gezeigt hatte, aber viel weiter kam er damit nicht. Viele Wörter blieben ihm unklar, und weil die Karte aus der Zeit von vor dem Bau der Stadtmauer stammte, nützte sie ihm auch nichts, falls er sich einen Rückweg in die heutige Stadt suchen wollte.

Die große Zeichnung an der Wand, die Sig schon am ersten Tag aufgefallen war, war ebenfalls ein Plan, allerdings von der Stadt, wie sie gegenwärtig war. Pilaster hatte sie selbst angefertigt, vermutete Sig. Auf dieser Karte war die Stadtmauer als ein dicker, ununterbrochener Kreis eingezeichnet. Der Kreis war wirklich besonders dick nachgezogen, als habe Pilaster betonen wollen, dass dort an ein Durchkommen nicht zu denken war. Die Gebiete um sie herum waren von einer viel vageren und bizarreren Gestalt als auf der alten Karte.

Das Gebiet, das Pilaster als »Wald« bezeichnet hatte, war grün. Es war größer als auf der alten Karte und hatte unregelmäßige Ausläufer. Zudem war es von blauen Schlangenlinien durchzogen. »Wasser« dagegen war kleiner geworden und hatte die Form einer Mondsichel angenommen. Wo vor langer Zeit das streng abgezirkelte Gelände namens »Produktion« gelegen hatte, hatte Pilaster mit vager Hand einen zittrigen Kreis gezeichnet. Durch den wiederum hatte er mit zwei groben, raschen Strichen ein x-förmiges Kreuz gemacht, als hätte er das Gebiet am liebsten von seiner Karte gelöscht.

In dem letzten Gebiet, »Wissen« genannt, standen außer einem kleinen blauen Fleck nur einige wenige Quadrate, von denen drei in der Mitte einen roten Punkt hatten. Die Quadrate wurden von irgendwelchen Linien gesäumt, die wahrscheinlich Straßen oder Wege darstellten. Sig nahm sich vor, Pilaster zu fragen, was all diese Dinge bedeuteten und was es in diesen Gebieten zu sehen oder zu entdecken gab.

Sig wandte sich von der Karte ab. Daneben, auf dem Boden, stand in der Ecke ein kleiner Holoprojektor. In einer Schachtel auf dem Projektor lagen einige verstaubte und zerkratzte Speicherchips. Neugierig auf ihren Inhalt schob er einen der Chips in den Projektor. Nichts geschah. Sig nahm einen anderen. Wieder nichts. Er versetzte dem Projektor einen leichten Schlag.

Das half. Von einer Sekunde auf die andere füllte sich der Boden vor dem Projektor mit einer vagen Gestalt vor einem gelbgrauen Hintergrund. Sig klopfte noch einmal vorsichtig auf das Gerät. Die Projektion wurde schärfer, und Sig sah jetzt, dass es Pilaster war, der um die Hälfte kleiner als in Wirklichkeit und etwas schummrig projiziert vor ihm stand. Und viel jünger war er auch. Es musste eine Aufnahme von vor mindestens dreißig, wenn nicht vierzig Jahren sein.

Pilaster hatte jede Menge schwarzes, nach allen Richtungen hin abstehendes Haar, und er war sonnengebräunt. Er wirkte stark und lebenslustig, und sein Abbild schien Sig mit scharfem, verbissenem Blick anzusehen. Hinter ihm, als Projektion auf der Wand, erstreckte sich eine leere Ebene, zerborstene Erde, auf der nichts wuchs.

»Das hier ist Chip zwei des Forschungsberichts siebzehn, Expedition zu Wasser und Wissen, Jahr sieben nach Ankunft in Außenwelt. Tag vierzehn nach Abreise«, klang Pilasters Stimme hell und klar aus dem Projektor. »Heute habe ich zum ersten Mal die frühere Grenze des Gebiets überschritten, das einst Wasser hieß. Der großflächige See, der sich den alten Karten zufolge hier erstreckte, scheint ausgetrocknet zu sein. Bei Grabungen stieß ich in ungefähr einem Meter Tiefe auf Überbleibsel von Muscheln und früheren Wassertieren.« Der projizierte Pilaster hielt etwas in die Höhe, das aussah wie eine kleine, weiße, flache Schale. Es war offenbar aus Stein. Geriffeltem Stein.

»Ich hatte gehofft, Trinkwasser zu finden, aber der Boden ist trocken. Morgen ziehe ich weiter, tiefer hinein in das Gebiet.« Der junge Pilaster blickte in die Runde, auf die Wüstenei, die ihn umgab. Dann verschwand er, und die nächste Aufnahme erschien.

Pilaster wirkte jetzt müder, seine Lippen waren aufgeplatzt, und er hatte sich ein Stück Stoff um den Kopf gebunden. Die Landschaft hinter ihm sah immer noch in etwa genauso aus.

»Tag fünfzehn. Nichts. Gestolpert und den Knöchel verstaucht. Fuß stark angeschwollen. Vielleicht fünf Kilometer zurückgelegt. Teils in der Nacht gereist, teils unter einer brennenden Sonne.« Seine Stimme klang matt. »Wassermangel wird schlimm. Werde heute Nacht in nördliche Richtung weitergehen.«

Wieder ein Schnitt. Pilaster sah jetzt sehr schlecht aus. Seine Augen lagen tief in den Höhlen, waren blutunterlaufen und hatten schwarze Ränder. Seine Gesichtshaut zeigte ein brennendes Rot und seine Wangen waren eingefallen.

»Tag sechzehn. Nichts. Dumm von mir, anzunehmen, es gäbe Wasser in einem Gebiet, das Wasser heißt«, murmelte er mühsam und mit heiserer Stimme. »Den Tag im Schatten einer merkwürdigen einsamen Betonsäule verbracht. Das Ding war uralt und zum Teil zerbröckelt, keine Ahnung, wozu es früher gedient hat. Auch nach Graben kein Wasser. Fuß etwas weniger dick, aber Gehen ist mühsam.« Pilaster schüttelte mutlos den Kopf, und die Aufnahme brach ab.

Sig überlief es unwillkürlich. Was hatte Pilaster dazu getrieben, eine solche Reise in ein derartiges Gebiet zu unternehmen? Was hatte er dort zu entdecken erhofft? Weshalb war er nicht an einem sicheren Ort geblieben? Oder hatte Pilaster dieses Haus hier noch nicht gebaut, sondern immer noch nach einem Weg zurück in die Stadt gesucht?

Das hier war spannender als alle Projektionsfilme, die er je gesehen hatte. Die spielten natürlich immer in der Stadt, auf bekanntem Terrain, und man wusste schon vorher, dass die Geschichten gut endeten. Die meisten Holofilme sollten außerdem nur zum Lachen anregen; spannend waren sie selten. Zum Glück wusste Sig auch hier im Voraus, dass dieser Reisebericht ein gutes Ende nahm, denn sonst würde Pilaster jetzt nicht mehr hier wohnen. Trotzdem war es spannend, und wenn auch nur deswegen, weil das hier wirklich passiert war.

»Tag siebzehn. Mit letzter Kraft Kuhle gegraben. Ganz langsam sickert etwas Schlammwasser in sie hinein. Bitteres Wasser, aber besser als nichts. Ich glaube nicht, dass es giftig ist.« Der projizierte Pilaster wirkte wieder etwas lebendiger, wenn auch schlammverschmiert und mit müden Augen. »Muss heute Nacht weiter. Habe Vögel gesehen in der Ferne, im Norden. Gutes Zeichen. Bin sehr müde. Gehen ist mühsam. Nahrungsvorrat schwindet. Will nicht noch eine Nacht in dieser feindlichen Ebene verbringen.«

Einen Moment lang verschwamm das Bild. Zitternd blieb die Projektion stehen. Sig ging zu dem Gerät und gab ihm einen Klaps. Pilasters Bild verschwand und kam anschließend etwas durchscheinender als zuvor wieder. Die Energiezelle des Geräts war so gut wie leer.

»Tag achtzehn seit meiner Abreise von Halde West«, klang es jubelnd aus dem Projektor. »Endlich!« Hinter Pilaster war eine enorme Wasserfläche zu sehen, umsäumt von Schilf und Grasland. Pilasters Haare waren nass, als wäre er gerade geschwommen, und sein Blick war wieder klar. »Wasser gefunden. Und nicht nur etwas. Ein Teil des vormaligen Sees existiert noch, und er ist wundervoll. Die nächsten Tage werde ich den Ufern folgen und schauen, was ich vorfinde. Bin gespannt, was für Tiere ich wohl entdecke. Kann hoffentlich von der Jagd leben. Schon ein paar außergewöhnliche Vögel vorbeifliegen sehen. Sie scheinen etwas zu jagen, das im Wasser lebt. Ab und zu tauchen sie geradewegs nach unten und ins Wasser hinein, um mit etwas Kleinem, Silbrigem im Schnabel wieder hochzufliegen. Kann nicht recht sehen, was es ist.

Vielleicht kann ich in den nächsten Tagen ja selbst so etwas fangen. Gute Hoffnung, hier auf essbare Gewächse zu stoßen. Herrlich weiches Schilf zum Schlafen.«

Der Bericht von den Tagen danach war vielleicht weniger spannend, aber Sig hatte noch nie so etwas Seltsames und Schönes gesehen wie dieses Wassergebiet. Schwärme großer Wasservögel zogen am hellblauen Himmel vorüber, glatte grüne Springtiere mit Schwimmhäuten zwischen den Zehen – an seinem ersten Tag in Außenwelt hatte Sig eins davon in eine Schlammpfütze wegglitschen sehen – machten bizarre Geräusche, indem sie ihre Wangen zu Ballons aufbliesen. Hunderte tschilpender kleiner Vögel flogen nervös zwischen dem Schilf auf und nieder, und der Wind kräuselte das Wasser, bis es im Licht der Sonne aussah wie ein Meer aus schimmernden Funken.

Noch nie zuvor verspürte, tief verborgene Sehnsüchte erwachten in Sig, auch wenn er sie nicht verstand. Die Sehnsucht, in dem See zu baden, den lauen Wind dort auf der Haut zu spüren und das Schilf, die Erde und das Wasser zu riechen – und all das andere da draußen, was die Stadtbewohner in den letzten tausend Jahren nicht getan hatten.

Und dann die Aufnahme mit diesem kleinen Unterwassertier! Strahlend hielt Pilaster ein längliches, silbrig schimmerndes Tierchen ohne Beine in die Höhe; es lebte noch, bog sich und zappelte und versuchte zu entkommen. »Das eigenartigste Tier, das ich bisher in Außenwelt entdeckt habe«, kommentierte Pilaster. »Der See wimmelt von ihnen, aber leicht zu fangen sind sie nicht. Einmal außerhalb des Wassers verenden sie schnell. Sie können lediglich schwimmen, nicht laufen oder fliegen. Frage mich, wie sie unter Wasser wohl atmen.«

Das Tierchen in seiner Hand zappelte immer weniger. Das kleine Maul schnappte auf und zu und blieb am Ende bewegungslos offen. Der Projektor zeigte nun, wie Pilaster rasch mit dem Tierchen zum Ufer lief und es vorsichtig ins Wasser gleiten ließ. Erst lag es noch reglos auf der Seite. Danach schüttelte es sich zögerlich, um zuletzt mit großer Geschwindigkeit davonzuschwimmen und irgendwo im Schilf zu verschwinden. Pilaster war derweil in die Hocke gegangen und lächelte, während sich seine nackten Füße in den dunklen Schlamm des Ufers drückten.

Plötzlich änderte sich die projizierte Landschaft erneut. Anstelle von Grün und Gras war Pilaster jetzt von den Hügeln der Müllhalde umgeben.

»Tag vierundzwanzig. Nachdem ich Wasser umkreist habe, bin ich zu Halde Nord durchgestoßen. Genau wie in Halde West auch hier Flinsen, aber ich weiß jetzt, wie ich mit ihnen umzugehen habe. Keine Fledderer gesehen bisher. Werde um das äußere Ende der Halde herumgehen müssen. Hoffe, hier meine Nahrungsmittelvorräte ergänzen zu können. Dann weiter zu Wissen. Bin guter Hoffnung, neue Ergebnisse zu gewinnen.«

Sig spulte zurück und betrachtete abermals die Bilder des Schilf- und Wasserlandes. Hierhin wollte er, das wusste er, ohne sagen zu können, weshalb. Er würde Pilaster bitten, ihn nach Wasser mitzunehmen.

Wieder zeigte der Projektor die Bilder von Halde Nord. Sig spulte die Aufnahme weiter; eine zweite Müllhalde interessierte ihn jetzt nicht. In den Bildern, die jetzt folgten, stand Pilaster abermals in einer weitläufigen Ebene. Diesmal war es eine große Sandfläche, auf der nichts wuchs. In der

Ferne waren Sanddünen zu erkennen. Auch das ging einige Tage so weiter. Wieder spulte Sig ein kleines Stück vor. In der Ferne hinter Pilaster zeichneten sich jetzt plötzlich die Silhouetten dreier hoher, spitzer Gebäude ab. Rank und schlank erhoben sie sich hinter den gewellten Sanddünen.

»Tag achtundzwanzig. Letzten Teil der Reise rasch zurückgelegt. Raues Gebiet, diese Wüste. Zum Glück nicht ganz und gar ausgetrocknet; in niedrig gelegenen Senken ist Wasser zu finden. Unbegreiflich, wie diese Gebäude die Zeit überdauert haben. Mehr als dreitausend Jahre, älter sogar als jedes Gebäude in der Stadt. Alles um sie herum ist längst zu Staub zerfallen, aber sie sehen aus, als seien sie gestern erst erbaut worden. Ich glaube, nicht einmal der Zentralcomputer der Stadt verfügt über die Techniken, die etwas wie das hier ermöglichen. Hoffe, diesmal die Zugänge zu den Türmen Nord und Ost zu entdecken. Werde dies von Turm West aus untersuchen müssen. Freue mich auf die Gespräche im Memoarchiv. Habe genügend Lebensmittel dabei, um hier acht Tage zu bleiben. Kann zudem immer wieder von hier zu Halde Ost und zurück.«

Beim Anblick dieser Gebäude in der Ferne hinter Pilaster schlug Sig das Herz bis zum Hals. Das war doch sehr viel besser als eine Müllhalde und, was Sig anging, auch interessanter als ein See mit Schilfkragen, egal, wie einzigartig die in ihm und um ihn herum lebenden Tiere und Pflanzen auch waren.

Gebäude und Maschinen, das verstand Sig, damit war er aufgewachsen. Der Anblick der Türme verdrängte seine soeben erwachte Sehnsucht nach dem See. Das hier war es, wohin er tatsächlich wollte, danach konnten sie immer noch zum See gehen, der lief ja nicht fort. Diese Gebäude waren für Sig der Beweis, dass es außerhalb der Stadt mehr gab als nur fremde Wildnis, wie schön auch immer diese sein mochte. Hier würde er herausfinden, wie er wieder in die Stadt hineinkam, oder er würde dort … Er wusste nicht, was er dort würde, er wusste nur, dass er dorthin wollte. Weshalb, war ihm unklar, doch Sig war von einem Augenblick zum nächsten fest davon überzeugt. Gespannt betrachtete er die nächste Projektion.

Pilaster stand jetzt neben einem der Gebäude. Hier gab es keine Sanddünen, sondern nur eine staubige Ebene. Eine glasige braune Wand ohne Fenster oder sichtbare Türen ragte aus der Ebene empor. Sonst war weder eine Straße noch irgendeine Spur von Zivilisation zu entdecken. Nur diese drei Gebäude. Dunkelbraun, glänzend und unnahbar bildeten sie ein gleichseitiges Dreieck, und alle drei waren sie gleich hoch.

Sig fand ihr Aussehen geheimnisvoll, und dem Pilaster aus der Projektion ging es offensichtlich nicht anders. Er schien zu zögern, bevor er die Stille durchbrach.

»Seit zwei Jahren, als ich das erste Mal hierherkam, hat sich nichts verändert. Selbst der Abfall, den ich zurückließ, befindet sich noch an genau der Stelle, an der ich ihn damals weggeworfen habe. Offenbar kommen noch nicht einmal Tiere hierher. Nimmt auch nicht wunder, so mitten in einer Wüstenei. Vielleicht war ich damals der erste Mensch, der seit dem Bau der Stadtmauern diesen Ort hier besucht hat. Habe jedenfalls keine Spuren von anderen Herumstreunenden wie mir gefunden. Ich werde die Nacht am Eingang von Turm West verbringen und das Heiligtum erst morgen betreten, denn genau so fühlt es sich an: als würde man einen geweihten Ort betreten. Und ich bin der Heiligtumsschänder, denn ich gehöre nicht hierher. Diese Gebäude hier sind nicht meinetwegen erbaut worden.«

Sig schrak hoch, denn in diesem Moment klopfte Pilaster von unten gegen die Luke – der echte Pilaster, nicht die Projektion. »Hui-wui-pfui. Da draußen spukt es, und wie kalt es plötzlich geworden ist. Lass mich rein«, klang es von unterhalb der Luke. Sig ging hin und zog sie auf. Ein kalter Windstoß fegte dicke Regentropfen durch die Öffnung. Pilaster zog sich über den Rand nach drinnen. Er war klitschnass. Seine Kleidung troff vor Regen, und sein Zottelhaar klebte ihm am Schädel. Sein Rucksack quoll fast über von den Funden, die er unten gemacht hatte.

»Schau an, da hast du den kleinen Pilaster«, sagte er und nickte in Richtung Projektion, in der gerade zu sehen war, wie der junge Pilaster vorsichtig und durch etwas hindurch, das wie ein blaues Kraftfeld wirkte, das Gebäude betrat. »Klein Pilaster, der unerschrockene Entdeckungsreisende.«

Er fing an zu lachen, doch schon bald ging das Lachen in einen rasselnden Husten über. Es war der gleiche Husten wie der, als Sig Pilaster das erste Mal begegnet war. Pilaster schien hinterher keinen Ärger mehr damit gehabt zu haben, und Sig hatte nicht mehr daran gedacht, aber gesund klang es nicht. Jetzt, im Vergleich mit der Projektion, fiel Sig noch viel stärker auf, wie alt Pilaster war.

»Tja, tja, und fast schon abgelaufen jetzt ist der alte Pilaster. Nur wenig Zeit mehr haben wir.«

Sein Atem ging pfeifend, als er seinen voll bepackten Rucksack auf den Boden stellte und den Regenmantel auszog. »Wenig Zeit. Pilaster will auch nicht dran denken, so viel ist vorbei, Zeit eimerweise, große Eimer, doch es ist nicht anders. Heute Abend schon sollten wir anfangen mit den Vorbereitungen. Dann können wir in einer Woche los.«

Er schaute auf Sig und anschließend auf den Projektor.

»Was meinst du, Sig, wird es nicht Zeit, einmal dorthin zu gehen? Für mich ist es lange her. Den Mut hatte ich ein wenig aufgegeben und mir selbst gesagt, ich sei zu alt für diese Reise. Große, traurige Enttäuschung auch und Sehnsucht – nie, in all den Jahren nicht, hat Pilaster eine List für Turm Ost ersonnen. Aber bestimmt gibt es noch sehr viel zu entdecken in den Türmen westlich und nördlich. Als ich allein war die letzten Jahre, war ich zu alt, jetzt bin ich nicht mehr allein. Eine List, eine List … Womöglich ersinnen wir doch noch eine List am Ende.« Pilaster grinste schief und ein wenig betrübt, so als glaube er selbst nicht recht daran.

Sig konnte lediglich nicken. Durch die Projektion hatte er erstmals das Gefühl, es gäbe hier draußen vor der Stadt etwas für ihn zu unternehmen und er müsse nicht den ganzen Rest seines Lebens auf einer Müllhalde zubringen, vom Abfall leben, gänzlich abgeschnitten von der Welt. Es gab eine Menge zu entdecken.

Was sie auch tun würden, alles erschien Sig jetzt besser, als weiter hier herumzuhängen. Dass er dafür eine Strickleiter herunterklettern musste, daran wollte er nicht denken.

An diesem Abend, direkt nach dem Essen, nahm Pilaster einige Bücher vom Regal und klaubte ein paar Speicherchips zusammen, die er auf dem Projektor bereitlegte. Danach nahm er vorsichtig die große von ihm selbst gezeichnete Karte von der Wand und breitete sie auf dem Tisch aus. Anschließend bat er Sig, sich zu ihm zu setzen. Pilaster hatte gut eingeheizt, sodass es warm war, und auf den Tisch fiel der weiße Lichtkegel der Deckenlampe. Der Rest des Hauses war dunkel. Sig kniete sich auf seinen Stuhl und beugte sich mit auf dem Tisch abgestützten Ellbogen über die Karte.

»Tja, Sig will nach Hause, und wer weiß, man weiß es nicht, habe ich auch mein ganzes Leben hier in Außenwelt nach Hause gewollt. Aber was ist zu Hause noch?«

Pilaster schaute Sig über die Karte hinweg an und sah dabei viel ernster aus, als Sig ihn bisher erlebt hatte. Er glich auf einmal wieder mehr dem jungen Pilaster aus der Projektion.

»Ich denke«, fuhr Pilaster fort, »dir wird in den vergangenen Tagen ein wenig gedämmert sein, dass dein Zuhause wahrhaftig nicht mehr existiert, und was das bedeutet. Ich weiß, wie traurig du bist, ich spüre es nach all den Jahren immer noch ab und zu, dieses Gefühl, von allem abgeschnitten zu sein. Das heilt nicht. Das juckt und zwickt auch weiter.« Pilaster zuckte mit den Schultern und sah dabei betrübt aus.

Sig sagte nichts, er kam sich auf einmal sehr klein vor gegenüber dem alten Mann, doch zugleich empfand er, wie sehr sie in ein und demselben Boot saßen. Plötzlich fiel ihm ein, wie viel Glück er gehabt hatte, dass er Pilaster begegnet war. Angenommen, er hätte sich hier ganz allein weiterhelfen müssen. Und er versuchte, sich die langen Jahre vorzustellen, die Pilaster hier mutterseelenallein verbracht hatte. Es gelang ihm nicht.

»Aber weißt du, du musst wissen«, fuhr Pilaster fort, »ich habe mir immer vorgehalten, dass man den Mut nicht aufgeben darf. Selbst dann nicht, wenn das, was du willst, unmöglich erscheint. Selbst dann nicht, wenn es unmöglich ist.«

Er schwieg und sagte dann: »Gut, okay, herrje, die vergangenen fünfzehn Jahre, sechzehn, siebzehn, habe ich ein wenig drangegeben und die Sache ein wenig verschlenzen lassen, und doch … doch, nichtsdestotrotz …« Er setzte sich gerade hin, schien seine Energie wiederzufinden, grinste breit und räusperte sich.

»Sieh mal, weißt du … Folgendes ist, woran ich mich immer festgehalten habe. Ich habe die Idee, dass man den Zentralcomputer davon überzeugen kann, dass er die Stadt nicht gut führt, und er dann durchaus nicht abgeneigt wäre, Dinge zu verändern und einen wieder hineinzulassen in die Stadt, ohne dass man gelöscht wird. Einen gleichwie gearteten Kampf gegen den Zentralcomputer gewinnen kann man nicht, und auch kann man ihn nicht einfach so vernichten – dann würde zudem die gesamte Stadt in sich zum Teufel stürzen –, aber vielleicht kann man den CC ja davon überzeugen, dass ohne Kontakt nach Außenwelt die Stadt sinnlos ist und es besser für die Menschen wäre, wenn sie wieder mal aus der Stadt herauskommen.

Richtige Luft einatmen, Wind raffen, Staub streifen, Sonne hegen, Wasser spritzen … Neugierde und Entdeckungsreisen sind wichtig, selbst wenn ab und zu gefährlich oder unangenehm. Du führst nur ein Halbleben, wenn du immerzu vom CC beschützt und tödlich langweilig umhätschelt wirst. Meiner Meinung nach sind die Menschen in der Stadt eingesperrt. Es ist ein superhyperluxuriöses Gefängnis, und sie kommen sich nicht gefangen vor, aber doch ist es so. Daran muss sich etwas ändern. Die Schuppen und die Augen, verstehst du?«

»Heißt das, wir müssen einfach zur Stadtmauer gehen, sehr laut nach dem CC rufen und dann darauf hoffen, dass er uns zuhört und das Tor öffnet und dass alles dann anders wird? Ein schöner Plan«, sagte Sig. »Und wieso hast du das nicht schon vor fünfzig Jahren getan?« Er schaute Pilaster verzweifelt an, als könne er nicht fassen, wie jemand so dumm sein konnte.

Sein ganzes Leben hindurch war Sig in der Überzeugung

aufgewachsen, dass der CC keine Fehler mache und unverwundbar sei. Der CC stand hoch über Menschen und Robotern und war schlicht weder mit den einen noch mit den anderen zu vergleichen. Er war eine Instanz, an der es einfach keine Kritik geben konnte. Wahrscheinlich löschte der CC selbst jeden Anflug eines Zweifels. Nur hier, außerhalb der Stadt, waren Pilasters Gedanken möglich, ohne auf der Stelle gelöscht zu werden, aber das machte sie nicht weniger irrwitzig. Die Vorstellung, man könne den CC in einem Gespräch von etwas überzeugen, war so lächerlich, dass es Sig die Sprache verschlug.

Außerdem waren Sig und Pilaster beide mit Sanktion 2-f belegt: vollständige und historische Auslöschung. Würde der CC sie aufspüren, dann würde das Urteil auch jetzt noch unmittelbar vollstreckt werden, davon war Sig überzeugt.

»Du bist schon gelöscht, noch bevor du auch nur ein Wort hervorbringst«, fuhr Sig fort. »Der CC hat dich leer gelöffelt, ehe du überhaupt merkst, dass du dich wieder innerhalb seines Einflussbereichs befindest. Du bist total behämmert, wenn das die Idee ist, auf die du all die Jahre hindurch deine Hoffnung gesetzt hast.«

»Vielleicht ja, vielleicht nein. Alles, was du brauchst, ist eine List, damit der CC dir zuhört und er dich nicht sofort auslöscht.«

Pilasters Kopf wackelte zwischen seinen Schultern hin und her, und er grinste etwas verlegener als sonst.

»Es ist deine einzige Chance. Wirklich. Nichts anderes bleibt dir, wenn du wieder zurückwillst in die Stadt. Wie du selbst sagst, gerade deswegen: Du kannst dich dort nicht verstecken und heimlich ein freies Leben führen. Alles, aber auch alles wird direkt ins Auge gefasst und kontrolliert. Du musst den CC selbst davon überzeugen, dass du Recht hast. Und eventuell liegt da eine Möglichkeit, denn der CC denkt logisch und vernünftig und wurde gebaut mit dem Ziel, möglichst gut für die Menschen zu sorgen. Das heißt, hast du Recht, dann gibt er dir auch Recht. Und zwar direkt. So ist er nun einmal gebaut. Da gibt es rein gar nichts sonst.«

»Aber woher willst du so genau wissen, wie der CC gebaut ist?«, hielt Sig dagegen. »Er ist uralt und eine Million Mal komplizierter aufgebaut, als du dir vorstellen kannst. Woher weißt du, dass er gutartig ist und sich von guten Ideen überzeugen lässt? Wahrscheinlich hat das seit Jahrtausenden keiner mehr ausprobiert.« Sig fand die Idee nach wie vor aberwitzig.

Pilaster ließ sich nicht aus dem Konzept bringen. Es hatte ihn Jahre gekostet, bis dieser Gedanke in ihm gereift war. Jahre, in denen er die Ursprünge und die Geschichte der Stadt erforscht hatte. »Nun«, fuhr er ruhig fort, »du darfst nie vergessen, dass der CC von Menschen gebaut wurde. Das ist das Wichtigste. Menschen haben ihn gebaut, also ist er nicht unmenschlich. Mehr noch: Die Erbauer hatten das Beste mit der Menschheit vor. Und außerdem haben die Erbauer Beschränkungen in ihn eingebaut, als Sicherheitsmaßnahme quasi. Da liegt bei ihm der Haken. Ähnlich wie in der U-Bahn die Notbremse. Oder der Mechanismus, der es Robotern verbietet, Menschen Böses zuzufügen …«

»Ja, aber, aber woher weißt du das alles?«, unterbrach ihn Sig zögernd. Womöglich war doch etwas an der Sache – auch wenn das, was Pilaster vorschlug, vollkommen undurchführbar schien.

»Schau«, sagte Pilaster, beugte sich über die Karte und zeigte auf die Kreuzchen in dem Gebiet, das Wissen hieß. »In

Turm West, den du gesehen hast auf dem Holofilm vorhin, befindet sich das Memoarchiv. Turm Nord beherbergt das Museum; dort gibt es allerlei Nettes zu sehen, aber wenig fand ich dort von dem, was mir wirklich weiterhalf. Aber groß ist das Museum, unvorstellbar groß. Ich habe es lange durchstreift, ich habe den Memos im Archiv Fragen gestellt, habe nachgedacht. Es hat lange gedauert, bis ich die Zusammenhänge der Geschichte von Stadt und CC begriff. Jedenfalls gehören die Türme zusammen. Aber immer noch sitze ich da mit Ach und dem dicken Ei. Deshalb müssen wir zusammen dorthin gehen. Für mich zum letzten Mal, wird nicht anders sein, für dich, um den Weg zurück in die Stadt zu finden – oder noch besser, viel besser, um die Einwohner der Stadt von der Stadtmauer zu befreien.«

Pilaster schaute Sig durchdringend an. Sig verstand durchaus, dass es ihm wirklich Ernst war mit dem, was er sagte, und er fragte sich, was er ihm entgegnen sollte. Verstand Pilaster überhaupt, dass er erst dreizehn Jahre alt war, dass er kaum entziffern konnte, was in diesen Büchern stand, geschweige denn, dass er es kapierte? Begriff er denn nicht, dass sie nur ein alter Mann und ein Junge waren und ganz bestimmt keine Helden oder Wissenschaftler? Und sie zusammen sollten den CC davon überzeugen können, dass der schon gut und gerne zweitausend Jahre doch irgendwie schiefgewickelt war?

»Doch, ich möchte zu den Türmen«, begann er, denn er hatte nach wie vor das Gefühl, sie erkunden zu wollen, und wäre es nur deshalb, weil sie ihn an Gebäude in der Stadt erinnerten. »Gern sogar, und ich möchte auch das Wasser mit den Vögeln und Tieren sehen. Ich will auch nicht für immer hier oben bleiben. Mehr weiß ich auch nicht.«

»Du denkst, Pilaster ist verrückt, nicht?« Grinsend schaute Pilaster ihn an. »Und weißt du … wer weiß. Wer würde nicht verrückt von über fünfzig Jahren in diesem Schmacht, dem ganzen? Aber du kommst mit?«

Sig nickte.

Die Abreise

»Sehr schön. Dann erkläre ich hiermit unsere Expedition für eröffnet.« Pilaster beugte sich feierlich über die Karte und strich sie glatt. »Schau, wir befinden uns hier.« Er zeigte auf ein dunkelrotes Kreuz direkt am Ende der Halde, die auf der Karte nach links hervorsprang. »Halde West. Die Halde, an der die meisten Verbannten ankommen. Hier werden mehr Städter aus den Gleisrasern geworfen als auf den anderen Müllkippen. Ich weiß auch nicht, wieso, vielleicht im U-Bahnnetz ein Fehler, oder auch, weil hier der meiste Abfall abgeladen wird. Deshalb wohne ich hier, wegen der Möglichkeit, verstehst du, dass du eines Tages aus dem Gleisraser angeflogen kämst, wollen wir mal sagen, obwohl wir hier besonders weit von Wissen entfernt sind.«

Er schaute hoch, grinste und fuhr fort. »Wir könnten jetzt zwar den Weg vorbei an Wasser nehmen, und ich mag sehr den See, wie du auf dem Holo gesehen hast, aber ich möchte dir gern Wald zeigen. Die Reise dorthin ist weniger beschwerlich, und wir gelangen dann besser zu Halde Ost, wo wir zu der Zeit neue Vorräte suchen müssen. Außerdem ist Wald der schönste Ort, den ich kenne.«

»Was gibt es denn in Wald zu sehen?«, fragte Sig. Die Aussicht auf die Reise versetzte ihn in Erregung. Auf einmal war es, als sei er viel zu lange in Pilasters Haus eingesperrt gewesen. Sein Blick irrte begierig über die Karte. Am liebsten wäre er auf der Stelle losmarschiert. Aber draußen war es dunkel, und Wind und Regen heulten und klatschten gegen die Wände und aufs Dach. Ihm war klar, dass sie zumindest bis morgen würden warten müssen. Neugierig beugte er sich über die Karte.

Außenwelt war fremd und beängstigend, wenn man beständig innerhalb der Mauern der Stadt gelebt hatte, aber das Unbekannte war auch spannend und verlockend. Außerdem wäre es viel besser, unterwegs zu sein, als die ganze Zeit über von Pilasters Veranda aus in die Ferne zu starren und sich nach Vergangenem zu sehnen.

Vielleicht, überlegte sich Sig, hatte er immer schon Abenteuer erleben wollen, und der CC hatte alle Gedanken daran aus ihm herausgefiltert. Er würde es nie erfahren, der CC hatte dreizehn Jahre lang wie eine überfürsorgliche Mutter jeden seiner Gedanken weggewischt, aufpoliert und verändert. Ein schmerzlicher Stich durchzuckte ihn, wegen des glücklichen Lebens, das er verloren hatte, aber ebenso dessentwegen, was er all die Jahre hindurch hatte entbehren müssen: Die Abenteuer und die Freiheit, die ihm der CC versagt hatte. Vielleicht war Pilasters Plan ja gar nicht so verrückt und es war tatsächlich eine gute Idee, die Stadtmauer niederzureißen.

»In Wald gibt es so viel zu sehen, und es ist so anders, als du es gewohnt warst in der Stadt, dass ich dir nicht recht erklären kann, wie Wald aussieht.« Pilaster freute sich, dass Sig so begeistert war. Auch wenn er sich nichts hatte anmerken lassen, so hatte er sich in den zurückliegenden Tagen dennoch Sorgen um Sig gemacht.

Pilaster selbst war fast verrückt geworden, nachdem er auf der Halde gelandet war, so sehr hatten ihm Angst und Einsamkeit in den ersten Monaten zugesetzt. Er hatte befürchtet, Sig könne es ebenso ergehen wie ihm. Dass Sig noch so jung war, hatte ihn nur noch mehr beunruhigt, doch zugleich sah er, dass das auch Vorteile hatte. In so jungen Jahren gewöhnte man sich rascher an eine neue Welt, und man war noch neugieriger als die meisten Erwachsenen.

»Erinnerst du dich an den Park in der Stadt?«, fragte er, während er an längst vergangene Zeiten zurückdachte und versuchte, sich zu vergegenwärtigen, wie das Leben in der Stadt seinerzeit gewesen war. »Mit ihm hat Wald noch am ehesten Ähnlichkeit. Auch wenn er ihm überhaupt nicht ähnlich sieht. Es ist eine große Ausgedehntheit, Herrlichkeit, mit allerlei Bäumen und Pflanzen, und es gibt Felder mit Blumen, über die hinweg tausend Insekten summen, und allerlei Vögel leben dort und andere Tiere. Es wird dir fantastisch gefallen.«

Sig dachte an den Park: ein aufgeräumtes, makellos sauberes Gelände in der Stadt, unterteilt in Dutzende von großen rechtwinkligen Feldern mit grünem Kunstrasen, auf denen man Sport treiben konnte und wo hier und da Töpfe mit ordentlich zurechtgestutzten Pflanzen standen. Das Ganze war ihm immer wie eine ausgesprochen öde Angelegenheit vorgekommen. Wenn Wald dem Park ähnelte, dann konnte er sich nicht vorstellen, ihn irgendwie zu mögen. »Ach, wenn er wie der Park aussieht, dann lass uns lieber über Wasser gehen«, war das Einzige, was er enttäuscht hervorbringen konnte.

»Aber es gibt dort auch Wasser«, beeilte sich Pilaster fortzufahren. »Es gibt einige kleinere Seen voller Fische, man kann darin baden. Und es gibt Bäche und Büsche und Buchen und Eichen und Rehe, Hasen, Maulwürfe, Igel, Elstern, Eber, Farne, Adler und Pilze und …«

»Okay, okay, schon gut. Ich habe nicht die leiseste Ahnung, was das alles für Dinge sind, aber wenn es einen See gibt wie auf dem Holo, dann ist es okay.« Sig musste lachen über Pilasters lebhafte Versuche, ihn zu begeistern. »Und wie gehen wir dann anschließend weiter? Was machen wir in Produktion? Was befindet sich dort überhaupt?«

»Hier« – Pilaster deutete auf die Karte – »auf der südöstlichen Seite kommen wir aus Wald heraus. Dann suchen wir uns neuen Proviant am äußeren Ende von Halde Süd. Dieser Halde folgen wir an der Ostseite über die große Müllzubringerstraße bis zur Stadtmauer. Und so« – Pilasters Finger folgte einer gestrichelten Linie auf der Karte – »und so gehen wir direkt weiter zu Halde Ost.« Es war mehr als eindeutig, dass Pilaster das Gebiet, das Produktion hieß, vermeiden wollte.

»Aber was befindet sich denn hier?«, fragte Sig und zeigte auf das Gebiet, das Pilaster durchgekreuzt hatte.

»Hm, Produktion. Gefährliches Terrain. Leer, rau, wild. Unheimliche Höhlen, Tiefen, Dunkelheiten, Düsterkeiten. Nichts zu holen, viel zu verlieren. Wilde Tunnelwildnis. Erzähle ich dir später, wenn wir daran vorbeikommen. Ist aber auch einfach der kürzeste Weg, weißt du, wenn wir an der Stadtmauer entlang zu Halde Ost reisen.« Pilaster wollte ganz offenbar jetzt nicht davon sprechen. Sig nahm sich vor, später nochmals danach zu fragen, denn Pilasters Schweigen machte ihn neugierig. Was er dort wohl erlebt haben mochte?

»Die Reise dauert ein paar Wochen, aber schwierig ist sie nicht. Jeden Tag gehen wir, setzen einen Fuß vor den anderen, hier und da etwas Achtgabe, und abends kampieren wir, Lagerfeuer, Nächte unter Sternen, des Mondes Scheingestalten. Heikel ist einzig das Überqueren der Müllautobahnen. Aber als Allererstes von allem muss Sig nach unten klettern lernen.«

»Pah, das kann ja so schwer nicht sein«, sagte Sig großtuerisch, auch wenn sich ihm allein beim Gedanken an die Strickleiter der Magen umdrehte. »Wir probieren es morgen gleich mal aus.« Er hoffte inständig, dass es dann weniger windig sein würde, denn er sah sich schon hoch oben über dem Mülltal an der Leiter hin und her schwingen.

»Wir werden schaun und wir werden sehen. Wir sind noch nicht fort. Außerdem ist es gut, wenn Sig mehr lernt über die Geschichte der Stadt. Das kostet Zeit. Und was Sig auch besser lernen muss, ist Karten lesen und Gefahren erkennen, Fleddererhorden ausweichen, kampieren, Nachtquartiere bauen, Tiere verstehen, Feuer machen, jagen …«

»Ja-ja«, unterbrach ihn Sig, »und wenn wir jetzt morgen schon mal aufbrechen, dann lerne ich diese Dinge einfach unterwegs. Oder möchtest du vielleicht, dass ich hier in deinem Haus lerne, wie man Feuer macht?«

Pilaster grinste. »Springinsfeld und Ungeduld sind aufgewacht, wie? Morgen können wir unser Zeug zusammensuchen und schnüren das Gepäck. Frühestens los geht es dann übermorgen. Und jetzt schlafen wir.«

Sig schlief schlecht in dieser Nacht. In seinen Träumen irrte er durch die Stadt, unruhig und auf der Suche nach etwas, von dem er nicht wusste, was es war. Die breiten Straßen waren wie ausgestorben, und es war kälter und dunkler in ihnen als in Wirklichkeit. Durch verspiegelte Fensterscheiben starrte ihn ein Gesicht an. Ein Gesicht, das er nicht kannte, von dem er aber wusste: Es war der CC.

Er fühlte, wie alt der Blick in den dunklen Augen war. Jedes Mal, wenn er die Augen irgendwo sah, floh er weiter, um eine Ecke, eine Rolltreppe hinunter, auf die andere Straßenseite, doch dann erschienen sie an wieder anderer Stelle, in einer anderen Spiegelung, schweigend, düster, kalt und rätselhaft, jahrtausendealte elektronische Sehwerkzeuge.

Jedes Mal, wenn Sig in dieser Nacht hochschreckte in der

Ecke von Pilasters Haus, in der sein Bett stand, dauerte es einige Sekunden, bis er wusste, wo er war. Und anschließend dachte er dann an die Reise, die sie unternehmen würden, und an die rätselhaften drei Türme in der Ebene von Wissen, die ihn anzogen, ohne dass er verstand, weshalb.

Erst gegen Morgen, als der Sturm sich legte und das erste orangegelbe Licht bereits am Horizont erschien, irgendwo weit weg im Osten, weit hinter den Mauern der Stadt, an einem unbekannten Horizont, sank er in einen tiefen, traumlosen Schlaf.

Auch Pilaster lag in dieser Nacht lange wach. Er hörte, wie Sig sich im Bett hin und her wälzte und fragte sich, ob er noch über genügend Kraft verfügte für die lange Reise nach Wissen. Die Hustenanfälle kamen wieder in kürzeren Abständen, besonders wenn er draußen war, und erst recht jetzt, wo die kalte, nasse Jahreszeit wieder anbrach. Die Reise war außerdem beschwerlicher, als er Sig gegenüber zuzugeben gewagt hatte.

Pilaster fühlte sich zwar noch stark, aber er war viel schneller müde als früher, und irgendwann würde es aus und vorbei sein mit ihm. Konnte er Sig vor dieser Zeit genügend beibringen? Und wie würde es dem Jungen ergehen, wenn er alleine weitermusste? Er fühlte sich so alt wie die Stadt, mit den fünfundsiebzig Jahren, die auf seinen Schultern lasteten, und mit dem Wissen, das er mit sich herumtrug.

Sig war jung, vielleicht zu jung. Nach Jahren der Einsamkeit war es Pilaster gelungen, sich ein eigenes Leben aufzubauen, und durch seine Entdeckungsreisen hatte er sich immer ein Ziel bewahrt, etwas, woran er glaubte. Doch er hatte sich verändert, er wusste, dass er merkwürdig auf den Jungen wirkte, manchmal sogar abstoßend. Und wenn er überleben wollte, würde auch Sig sich ändern müssen. Würde er die Kraft dazu haben? Bisher hielt sich der Junge gut. Würden sie es schaffen, zusammen in die Stadt vorzudringen und den CC davon zu überzeugen, dass sie nicht gelöscht werden durften? Würde er die Erfüllung seines Traums noch erleben?

Wenn er jetzt so darüber nachdachte, sah er auch, wie unerreichbar dieses Ziel war. In all den Jahren war es ihm nicht gelungen, sich eine List auszudenken. Wieso sollte es jetzt auf einmal doch klappen? Außerdem bezweifelte Pilaster, dass er wieder in die Stadt wollte. All die Jahre in Außenwelt hatten ihn dermaßen verändert, dass er sich dort nicht mehr heimisch fühlen würde, und so würde er allenfalls eine Sehenswürdigkeit aus dem vorigen Jahrhundert abgeben, einen Wilden aus einer anderen Welt.

Viel zu sehr hatte er Außenwelt lieb gewonnen, den Wind in dem Schilf um Wasser, das Grün und das Rauschen der Bäume und den Gesang der Vögel in Wald, die untergehende Sonne über der endlosen Ebene. Außenwelt war so schön, viel schöner als die Stadt, überlegte er. Dennoch war Weitermachen die einzige Möglichkeit; ein Mensch musste ein Ziel haben, und Sig ganz besonders, so jung, wie er war. Pilaster nahm sich fest vor, den Jungen seine Zweifel nicht spüren zu lassen.

Am nächsten Morgen saß Pilaster bereits am Tisch und besserte einen alten Rucksack aus, als Sig aufwachte. Die Sonne schien durch das offene Fenster herein und wärmte das Zimmer mit ihrem gelben Licht.

»Ha, guten Morgen, kleiner zerknitterter Sig. Ich hörte dich wühlen, wälzen heute Nacht. Pläne sind schlechte

Schlafmittel, stimmt's? Nimm dir ein Frühstück.« Pilaster deutete mit dem Kopf auf den Stapel von Frühstückspaketen in der Ecke des Zimmers.

»Da«, fuhr Pilaster mit einem Nicken auf den Rucksack in seinen Händen fort, »hier hinein kommt dein Gepäck. Du darfst auch schleppen. Schon zwei Stunden nach Beginn wirst du unser Abenteuer verfluchen.« Pilaster grinste breit und rollte dabei mit den Augen. »Obwohl, die ersten Tage ist es gar nicht so viel, wir können nämlich den Hochhinauswoller der Flinse benutzen, der hebt unser Gepäck ganz allein vom Boden. Und wir brauchen es nur an einem Strick hinter uns herzuziehen. Weiß nur nicht, wie lange er noch funktioniert.«

Sig sagte nichts und ging schweigend in das kleine Badezimmer, wusch sich das Gesicht mit kaltem Wasser aus dem Regenreservoir und fand so mit einem kalten Schauder zu sich. Und mit dem Wachwerden kam auch der Kitzel in seinem Bauch wieder. Sie gingen auf Reisen, endlich würde etwas geschehen!

»Dann mal her mit dem Gepäck!«, sagte er, noch während er sich abtrocknete. »Was muss alles mit? Essen und Trinken und Sachen zum Wechseln? Ich habe überhaupt keine Sachen zum Wechseln. Die müssen wir zuerst irgendwo suchen und dann waschen. Und Schuhe, ich brauche gute Schuhe, und wo werden wir denn schlafen in der Nacht? Und die Karte natürlich! Aber die darf nicht nass werden. Folie, wir müssen gute, wasserdichte Folie mitnehmen.« In seiner Aufregung rannte Sig kreuz und quer durch das Haus und wusste nicht, wo er anfangen sollte.

Pilaster flickte unbeirrt weiter an dem Rucksack. »Jetzt setz dich erst mal hin und verdrück einfach ein Frühstück. Danach kommt der Tag wie von selbst in Gang.«

»Gut, gut, aber weißt du«, fuhr Sig fort – er nahm ein Frühstückspaket vom Stapel und drückte die Aufwärmtaste –, »ich habe heute Nacht darüber nachgedacht, wie ich es doch schaffe, nach unten zu klettern. Einfach an einem Seil. Wir binden ein Seil unter meinen Armen fest und du wickelst es ein paarmal um ein Tischbein und gibst immer wieder ein Stück nach, während ich nach unten klettere.«

Sig klickte das Frühstück auf, und die süßen Düfte von warmem Kakao und dampfenden Pfannkuchen mit Apfelkraut verbreiteten sich im Zimmer. »Dann kann ich nicht fallen, und dann muss ich mich einfach trauen. Oder?« Er schaute zu Pilaster und stürzte sich dann auf sein Frühstück.

»An so was Ähnliches habe ich auch gedacht. Und was dein Gepäck angeht« – Pilaster hielt den Rucksack in die Höhe und inspizierte die Nähte – »das meiste habe ich schon in den vergangenen Tagen vorbereitet. Schuhe, Mantel, Pullover, Zelt, Schlafsack … Pilaster wusste schon längst, worauf das hier hinauslaufen würde. Praktischer Bursche und die Vorsehung selbst, was, der alte Pilaster?« Er nickte in Richtung Werkbank, wo neben den Werkzeugen ein Paar Schuhe sowie einige Kleidungsstücke bereitlagen.

Sig rannte zu den Sachen und begann, sie anzuziehen. »Pilaster, du bist fantastisch. Ist zwar kein Anblick so, mit den plumpen Schuhen und der idiotischen Plastikjacke, wahrscheinlich sehe ich aus wie ein Kanalisationsroboter, aber das macht nichts. Wenn Tau oder Omeg mich jetzt sehen könnten, dann bekämen sie Krämpfe vor Lachen, aber die gehen nicht auf Reisen, sondern hocken dumm in der Schule und wissen nichts von Abenteuern.«

Triumphierend nahm Sig den Rucksack aus Pilasters Händen und hängte ihn sich um die Schultern. »Wenn meine

Eltern mich sehen könnten, dann …« Sig schwieg. Was dann, wusste er nicht. Es verwirrte ihn, dass er eine solche Lust aufs Reisen hatte und dass er seine Eltern für einen Moment hatte vergessen können … Fast so, wie sie ihn jetzt vergessen hatten, und das durfte nicht sein. Er durfte sie nicht vergessen, er durfte nichts vergessen von seinem Leben in der Stadt, denn der CC hatte die Erinnerung an ihn bei allen anderen bereits ausgelöscht. Wenn er sich nicht erinnerte, dann würde nichts von dem übrig bleiben, der er früher gewesen war.

Pilaster schlug die Augen nieder. »Komm, zieh die Sachen wieder aus und frühstücke erst zu Ende. Dann schauen wir nachher, wie wir dich nach unten bekommen.«

Still und verwirrt nahm Sig wieder Platz. Einerseits war es gut, wenn er sein Leben in der Stadt vergaß, denn sich jetzt damit aufzuhalten, war sinnlos, er musste weiter, aber auf der anderen Seite durfte er nichts vergessen, denn dann wäre es ein für allemal verschwunden. Wie fremd und verwirrend das alles war.

Eine Stunde später stand Sig mit einem um die Brust geknoteten Seil bei der offenen Luke. Sobald er nur einen flüchtigen Blick in die Tiefe warf, schwindelte ihn und sein Herz klopfte schneller. Pilaster warf die Strickleiter aus, schlang das Sicherheitsseil, an dem Sig befestigt war, zweimal um ein Bein des großen Tischs und hielt es gut fest. Er nickte Sig zu als Zeichen, dass er bereitstand. »Jetzt üben wir ein Stückchen, morgen gehen wir richtig. Nur zu.«

»Ich sagte doch, dass ich es einfach mache. Runter ist meiner Meinung nach ein ganzes Stück einfacher als rauf.« Selbstsicher sah Sig Pilaster an. Dabei hatte er viel mehr

Angst, als er zugeben wollte. Ihm wurde schon schwindelig, wenn er nur an die Tiefe dachte, aber er würde sich nichts anmerken lassen.

Sig atmete tief durch und kniete sich neben das Loch, an dem der Wind flackernd entlangstrich. Dann schaute er über den Rand in die Tiefe. Vierzig Meter Leere zwischen ihm und dem Erdboden. Die Strickleiter schwankte leicht im Wind hin und her. Er hob ein Bein über den Lukenrand; sein Herz schlug abermals schneller, und in seinem Bauch zog sich alles zusammen. Mit dem Fuß suchte er die erste Sprosse, eine schmale, in sich federnde Kunststofflatte, die unter seinem Gewicht hin und her wackelte.

»Nicht nach unten schauen beim Klettern«, riet ihm Pilaster. »Nur auf die Leiter achten. Nichts kann dir geschehen, ich halte dich fest.«

Sig zog sein zweites Bein nach. Er erinnerte sich an seinen Sturz aus dem Gleisreiniger. Den endlosen, Übelkeit verursachenden Bogen, den er durch die Luft beschrieben hatte, während er davon überzeugt war, den Sturz nicht zu überleben. Der Schlag, mit dem er anschließend aufgeprallt war. Er platzierte seinen rechten Fuß eine Sprosse niedriger und zog den anderen Fuß nach. Noch eine Sprosse. Und noch eine. Jetzt hing er mit dem ganzen Körper draußen, unter der Bodenluke, hoch über der stinkenden Hügellandschaft der Halde. Krampfhaft hielt er sich fest, es schien zu klappen! Noch eine Sprosse, und wieder eine. Vielleicht war es überhaupt nicht so schwierig.

Eine plötzliche Windbö gab der Strickleiter einen Stoß. Sigs Fuß tastete eine Angstsekunde lang im Nichts. Angenommen, er würde jetzt abstürzen und Pilaster konnte das Seil nicht halten, oder das Tischbein, um das das Seil gewickelt war, brach ab. Oder … Sig schloss die Augen, atmete einmal durch und sprach sich selbst Mut zu: »Sig, und wenn es tausend Sprossen wären, du machst weiter. Ganz einfach. Nicht denken, sondern tun.« Er öffnete die Augen, schaute zum Horizont und brachte den rechten Fuß wieder nach unten, und danach wieder den linken. »Siehst du, Siggi, du kannst es. Wenn du das hier nicht kannst, dann … Natürlich kannst du es.«

Mit dem Fuß tastete er sich zur nächstunteren Sprosse der Leiter vor, doch er fühlte lediglich Luft. Ganz kurz sah er nach unten, um festzustellen, weshalb er die Sprosse nicht finden konnte. Sehr weit unter sich sah er das Gras und den Schlamm. Das Ende der Leiter peitschte über dem Boden hin und her. Auf der Stelle drehte sich ihm der Magen um.

Sig schloss die Augen und zog sich dicht an die Leiter heran. Mit beiden Händen umklammerte er sie. »Okay. Tief Luft holen und weiter.« Sig fühlte sich leicht im Kopf. Die Leiter schwankte leise hin und her.

»Geht gut!«, hörte Sig Pilaster irgendwo über sich rufen, während er gerade den Fuß für einen neuen Schritt anhob. »Nicht zu weit, hörst du, du musst auch noch wieder zurück!«

Sig schaute hoch, gab eine Sekunde lang nicht Acht, und im nächsten Moment rutschte er mit den Füßen von der Leiter und hing lang gestreckt an beiden Armen über dem Abgrund. Er trat wild mit den Füßen auf der Suche nach einer Stütze, aber der Wind bewegte ihn und die Leiter hin und her. Er befand sich nur fünf, sechs Meter unter dem Boden von Pilasters Haus und mehr als dreißig Meter über dem Grund.

Sig war körperliche Anstrengung nicht gewohnt. Er hatte zu wenig Kraft in den Armen, um sich lange festhalten zu können. Er musste diese Sprosse zu fassen kriegen. Noch wilder trat er um sich und spürte dabei, wie seine Finger ihren Halt allmählich verloren.

»Geht's?«, klang es aus dem Haus. Pilaster konnte ihn nicht sehen, er saß an der anderen Seite des Tischs, ein paar Meter von der Luke entfernt auf dem Boden; das Seil hatte er sich als zusätzliche Sicherheit um die Taille gewickelt.

»Nein! Halt mich fest!«, schrie Sig, und im selben Moment verlor er den Halt. Er fiel vielleicht einen Meter, bevor sich das Seil unter seinen Achseln spannte und seinen Fall brach. Im Haus ertönte ein Schlag. Das war Pilaster, der mitsamt Tisch und allem gegen die hochstehende Klappe der Luke geknallt war.

»Ich habe dich!«, klang Pilasters Stimme gepresst von oben.

Hilflos baumelte Sig an dem Seil. Von Sigs Gewicht befreit wurde die Strickleiter vom Wind zur Seite geblasen. Nur ein paar Meter, aber doch war sie jetzt außerhalb von Sigs Reichweite. »Die Leiter wird weggeblasen, ich erreiche sie nicht mehr!«, rief Sig nach oben.

»Ich kann dich nicht hochziehen«, rief Pilaster, »dazu bin ich nicht stark genug. Du musst Schwung nehmen, bis du die Leiter wieder zu fassen bekommst. Sonst muss ich dich bis auf den Boden runterlassen. Schwung nehmen!«

Sig an seinem Seil krümmte sich mal nach hier und mal nach da, doch das führte zu nichts, außer dass ihm immer schwindliger und übler wurde. Wie ein Sack Zement hing er da, und genau so fühlte er sich auch. Die Leiter blieb außerhalb seiner Reichweite. Er empfand Wut und Demütigung. Hätte er vorhin nur nicht so großtuerisch gerufen, er werde es schon können. Was sollte Pilaster nur von ihm denken? Der freute sich bestimmt nicht darauf, mit so einem ungeschickten Tölpel auf Reisen zu gehen.

»Ich schaffe es nicht!«, rief er kleinlaut nach oben.

»Dann lasse ich dich runter. Es geht nicht anders. Du bist zu schwer zum Hochziehen.«

Langsam ruckelte Sig jetzt nach unten. Rot vor Scham und Wut und mit vor Schreck hämmerndem Herzen landete er einige Minuten später in einer aufspritzenden Regenpfütze. Das Seil war offenbar nicht lang genug gewesen – den letzten Meter hatte Pilaster ihn einfach losgelassen. Das Seil fiel hinter ihm her und begrub Sig unter sich, der nass und verschlammt den Müll und Pilaster und alles verfluchte.

Das fing ja gut an. Das hier war seine erste Expedition, oder besser gesagt, nur eine Übung, und schon nach einer Viertelstunde hockte er hier erschöpft und voller Scham in einer kalten Regenpfütze. Einen Meter neben ihm war die Badewanne, die ihn zwei Wochen vorher in die Höhe gezogen hatte, schon schief im Schlamm weggesackt. Wieso war alles hier auch so anders als in der Stadt? Hätte er einen Luftscooter, dann wäre er schon ein Dutzend Mal hoch- und runtergeflogen.

»Ha, du bist unten. Schön!«, rief Pilaster von oben. »Ich komme auch!«

Sig blieb sitzen, wo er saß, den Kopf hatte er zwischen die angewinkelten Knie gesteckt. Dieser dumme Pilaster musste über alles lachen. Das hier würde er auch fantastisch finden, grollte Sig in Gedanken. Wer baute schon sein Haus dermaßen hoch in die Luft? Das ergab doch keinen Sinn. Zehn Meter über dem Boden hätten doch gereicht, um sich vor den Fleddererhorden und den Flinsen zu schützen. Vierzig Meter machten einfach keinen Sinn. Zehn Meter Höhe, und er hätte sich durchaus getraut. Dann wäre es nicht schiefgegangen. Dann hätte Pilaster ihn nicht auslachen können.

So saß Sig da und schmollte, während Pilaster mit Sigs voll bepacktem Rucksack auf den Schultern heruntergeklettert kam. Um sein Handgelenk hatte er ein Seil geknotet, an dem der Flugmechanismus der Flinse befestigt war. Darauf hatte Pilaster einen Kasten befestigt und einen Teil des Gepäcks darin verfrachtet. Auf die Seite hatte er in unbeholfenen Lettern einen Namen gemalt: *Gepäckluftschiff Gezähmte Flinse*. Das Ding schwebte einige Meter über ihm und schaukelte im Wind. Erst einmal unten sagte Pilaster nichts. Er stellte den Rucksack neben Sig ab, auf den Rand der Badewanne, damit er trocken blieb, und band das Seil mit der *Gezähmten Flinse* gewissenhaft an einen der Badewannenfüße fest.

Anschließend kletterte er wieder nach oben. Sig würde es ohnehin nicht schaffen, wieder hinaufzukommen, also konnten sie besser schon heute losgehen, dachte Pilaster. Es war sicherer, ein Stück hinter dem Rand der Müllhalde zu kampieren, als dass er und Sig irgendwo hier unten einen Schlafplatz für die Nacht suchten.

Wieder oben verriegelte er alle Fenster und Türen seines Hauses mit Läden und zusätzlichen Schlössern. Er schaute sich noch einmal um und auf alles, was er hier aufgebaut und gesammelt hatte. Er nahm seinen eigenen Rucksack und den knotigen Wanderstab aus glänzendem dunklen Holz, kletterte durch die Luke nach unten und zog sie über sich zu. Auch die Luke verriegelte er.

Der Abschied war diesmal anders als sonst. Er hatte im Lauf der Jahre so viele Expeditionen unternommen und sein Haus durchaus öfter für längere Zeit zurückgelassen, aber jetzt war ihm, als würde er endgültig Abschied nehmen, und es tat ihm weh, sein Haus zurückzulassen. Sigs Ankunft hatte etwas in Gang gesetzt. Auch Pilasters Leben würde nie mehr dasselbe sein. Bei jedem Schritt die Leiter hinab empfand er es deutlicher. Er lebte hier nun fünfundfünfzig Jahre lang und hatte die Umgebung der Stadt ausführlich erkundet, und doch ging auch er jetzt dem Unbekannten entgegen.

Als er zum zweiten Mal herunterkam, war Sig aus seiner Pfütze herausgekrochen. Er hatte sich so recht und schlecht es ging den Dreck aus der Kleidung gerieben und seinen Rucksack aufgesetzt. Pilaster hielt es für besser, das Gestümper auf der Leiter einfach zu übergehen. Sobald sie einmal unterwegs waren, würde Sig es schnell vergessen, hoffte er.

Pilaster nahm das Ende der Strickleiter unter den Arm, schlug ein Stück Seil um den Bahnpfeiler und sich selbst und knotete es zu einer Schlinge. So kletterte er an dem Pfeiler hinauf. Abwechselnd schob er die Schlinge am Pfeiler hoch und streckte dann wieder die Beine. Ungefähr sechs oder sieben Meter über dem Boden knotete Pilaster die Strickleiter um den Pfeiler herum fest, sodass sie in jedem Fall außerhalb der Reichweite der Fledderer war. Verlegen und ohne etwas zu sagen, schaute Sig zu. Er hatte das Gefühl, noch viel lernen zu müssen.

Wieder zurück auf dem Erdboden band Pilaster das Seil des schwebenden Gepäckkastens oben an seinem Rucksack fest und hob diesen mit einer ruhigen Bewegung vom Boden. Die Schwebekraft der Flinse machte Pilasters Rucksack zwar etwas leichter, aber nicht viel. »Wir müssen, bevor es Abend wird, das äußere Ende der Halde umrundet und ungefähr sechs Kilometer an deren Südseite zurückgelegt haben, bevor wir an einen Ort kommen, wo wir die Nacht verbringen können. Ungefähr vier Stunden zu gehen, schätze ich.« Pilaster gürtete den Rucksack fest und schaute Sig an. »Bist du bereit?«

»Ja doch«, antwortete Sig. »Ich habe wieder festen Grund unter den Füßen, mir kann nichts passieren.«

»Sehr gut«, sagte Pilaster. Es erschien ihm besser, jetzt nicht davon anzufangen, was alles ihnen hier auf dem Boden zustoßen konnte. Es war überflüssig, den Jungen ohne Not zu beunruhigen, zumal Pilaster davon überzeugt war, die Gefahren der Halde zu kennen und sie umgehen zu können. Flinsen oder andere Maschinen konnte er recht schnell mit ein paar Schlägen seines Stocks unschädlich machen – sie waren recht empfindlich, denn sie waren nicht unter Berücksichtigung der Möglichkeit gebaut worden, dass jemand sie angriff. Außerdem würden sie, nachdem sie die Müllautobahn hinter sich gelassen hatten, nicht mehr von derlei Apparaten belästigt werden. Dann wären sie auch nicht mehr im Einflussbereich des CC.

»Okay, wir gehen«, sagte Pilaster und nahm in ruhigem Tempo Kurs auf die offene Ebene.

»Okay, wir gehen«, wiederholte Sig und atmete dabei ganz tief durch. Er schaute kurz nach oben, zum Gleis und zum Hängenden Haus, und er warf noch einen Blick in Richtung Stadtmauer. Dann drehte er sich um und stapfte hinter Pilaster her.

Abschied von Halde West

Die ersten Kilometer sprachen beide nur wenig. Sie gingen über einen schmalen Pfad, den sich Pilaster im Lauf der Jahre zwischen dem kargen Gebüsch gebahnt hatte, über die trockensten und flachsten Teile des Tals. Nur das Geräusch ihrer Schritte, das leise Säuseln des Windes und ein ganz leise vor sich hin gemurmeltes Summen Pilasters durchbrachen die Stille.

Pilaster und Sig waren beide in Gedanken versunken. Pilaster dachte an seine früheren Reisen. Wie würde ihre Strecke die nächsten Tage über aussehen? Er schaute in den Himmel, um eine Vorstellung davon zu bekommen, wie das Wetter werden würde, und überlegte, wo sie am besten eine Pause machen konnten.

Sig ging ein paar Schritte hinter Pilaster her, den Blick meistens auf dessen Füße gerichtet. Es gab hier wenig zu sehen, und er musste sich an das Gehen mit Gepäck auf dem Rücken sowie an Pilasters Rhythmus erst noch gewöhnen. Sigs Gedanken schweiften zurück in die Stadt und zu den Ereignissen der vergangenen zwei Wochen. Unvorstellbar schnell war alles geschehen. Es war immer noch unglaublich, wie sehr sich sein Leben verändert hatte. Und wie sich die Welt verändert hatte, größer geworden war, geheimnisvoller, beängstigend und spannend zugleich … Er stellte sich vor, was für eine merkwürdige Reisegesellschaft Pilaster und er zusammen abgaben. Ein beweglicher, magerer, dürrer alter Mann mit einem Wanderstab, der einen schwebenden Kasten an einem Seil hinter sich herzog, und ein gerade mal dreizehnjähriger Junge, beide in selbst angefertigten Jacken und Schuhen aus Kunststoffabfällen und mit Rucksäcken, die ebenfalls aus den seltsamsten Materialien zusammengebastelt waren.

Pilaster achtete nicht auf Farbe oder Herkunft der Materialien, die er verwendete, wenn er etwas machte. Solange es nur stabil war und seine Funktion erfüllte. So waren seine selbst gemachten Kleidungsstücke, Schuhe und Rucksäcke eigentümliche, kunterbunte Kreationen aus allerlei bisweilen auch durchsichtigen Materialien, Flicken in den verrücktesten Farben, Ellbogenschonern aus schwerem, schwarzem Gummi, Klett- und Reißverschlüssen, Schnürsenkeln und aufgesetzten Taschen.

Es sah einfach nicht aus, dachte Sig, und wenn er sich in der Schule in diesen Klamotten hätte zeigen müssen, dann hätte er sich zu Tode geschämt. Doch sie taugten für ihren Zweck. Und auf irgendeine Art hatte es auch was, einfach dadurch, dass es nicht so glatt und perfekt und genormt war wie alles in der Stadt. Außerdem fühlte es sich viel handfester und robuster und echter an als all die hippen, aber empfindlichen Wegwerfsachen dort.

Es war gutes Wetter für einen Fußmarsch mit Gepäck. Nicht zu warm und nicht zu kalt. Aus der tiefhängenden Wolkendecke konnte vielleicht noch ein Schauer auf sie herabregnen, aber vorläufig war es trocken. Und sie hatten Glück mit dem Wind: Der blies ihnen von Westen entgegen und verjagte die üblen Dämpfe der Müllhalde.

Bald schon hatten sie den Punkt am Ende der Halde erreicht, wo Sig von dem Gleisreiniger in die Tiefe gekippt worden war. Anschließend gingen sie ein paar hundert Meter auf die ausgestreckt daliegende Ebene hinaus, während sie in einer großzügigen Kurve nach Süden hin abbogen. Der Pfad unter ihren Füßen löste sich allmählich auf, doch war die

Ebene hier gut begehbar. Und solange sie in Sichtweite der Müllberge blieben, konnten sie sich nicht verirren.

Jetzt erst begriff Sig, wie breit die Halde war. Das Abfallgebirge war weit mehr als nur ein Streifen zu beiden Seiten des Gleises. Sig sah, wie sich die Müllberge auch nach Süden hin kilometerweit aneinanderreihten. Ganz in der Ferne, wo Ebene und Wolken sich trafen, meinte Sig das Ende der Halde zu sehen. Die Halde war breiter, als er gedacht hatte, breiter, als er es sich hatte vorstellen können. Die Menge an Müll war unvorstellbar – und das hier war nur ein Zipfel einer einzigen Müllhalde, die sich Pilaster zufolge von der Stadt aus siebzig Kilometer weit erstreckte. Und dann gab es noch drei weitere solche Halden.

Was für eine gigantische Menge an Dreck die Stadt hervorbrachte! Und wie wurde das alles nur hierher transportiert? Die Gleisreiniger konnten es nicht sein, die trugen ab und zu einen Schnipsel oder eine Staubfluse dazu bei, aber viel mehr auch nicht. Sig beschloss, Pilaster noch nicht danach zu fragen. Es gefiel ihm, so still vor sich hin zu wandern.

Zu ihrer Rechten erstreckte sich die Ebene. Diese Leere hatte etwas Trauriges. Es gab Gras und hier und da ein paar Sträucher, aber sonst war es eine Wüstenei. Nirgendwo in der Stadt hatte man eine so weitläufige Aussicht, da waren überall Gebäude und Menschen und am Ende die Mauer.

Sig schwindelte angesichts dieser Weite. Die Augen fanden nirgends einen Halt, und nach wie vor wollte ihm nicht einleuchten, wieso diese Leere dort lag. Er kam nun mal aus einer Welt, in der alles eine Funktion besaß. Er wandte sich ab und lenkte den Blick auf den Boden vor ihm, schüttelte den Schwindel von sich ab und richtete seine Schritte nach denen von Pilaster, der zwei Meter vor ihm herging.

Als zu ihrer Linken das Ende der Müllhalde nicht mehr weit war, drehte Pilaster sich um.

»Gleich biegen wir wieder ab in Richtung Stadt, aber wir müssen die Kurve großzügig nehmen und Acht geben, wenn wir die Müllautobahn überqueren. Vielleicht haben wir Glück und heute ist nicht viel los, aber der Strom von Mülltransportern kann immer von einem Moment auf den anderen wieder in Gang kommen.«

Sig ging jetzt neben ihm. »Autobahn? Mülltransporter? Davon hast du mir nichts erzählt!«

»Geht nicht alles auf einmal. Und du hast doch nicht geglaubt, der ganze Müll hier würde von den Gleisrasern angefahren?«

»Nein, aber wie sonst, hab ich mir auch nicht vorstellen können.«

»Es wirkt hier leer und still«, erläuterte Pilaster, »aber in Wahrheit ist jede Müllhalde ein überaus geschäftiger Betrieb: Anfuhr, Abfuhr, Wartung, Durchwühlung, Vergärung, Zersetzung … Die Müllhalden sind die Gedärme der Stadt.«

»Ich habe Roboter bemerkt, als ich im Gleisreiniger saß«, sagte Sig. »Aber was sie machten, konnte ich nicht sehen. Ganze Wolken von Möwen schwärmten hinter ihnen her.«

»Durchwühler«, sagte Pilaster, »das waren Durchwühltrupps. Um irgendwann wieder als Rohstoff für die Stadt zu taugen, muss der Müll gemischt werden, sodass alle Arten von Stoffen vorhanden sind, wenn die Umformer daraus wieder neue Dinge, Essen und Trinken machen.«

»Meinst du wirklich, dass alles in der Stadt aus diesem Abfall gemacht wird? Und dass wir diese Abfälle essen und trinken?«

»Aber ja, ganz einfach: Was raus kommt, geht auch wieder rein. Hier überirdisch wird alles abgeladen, und unterirdisch wird es von Schabemaschinen wieder abgeschabt. Das, was du über den Kreislauf gelernt hast, stimmt an und für sich schon. Rund und rund. Ramsch und rund. Der CC lässt nur den Teil der Geschichte mit den Müllhalden weg. Alles außerhalb der Stadt ist nun mal geheim und verboten.«

So hatte Sig noch nie über den Kreislauf nachgedacht. Er hatte zwar immer irgendwie gewusst, dass alles wiederverwendet wurde, sich aber nie klargemacht, dass dann logischerweise alles aus Müll und Abfällen hergestellt wurde. »Aber wie funktionieren denn diese Umformer?«

»Die Stadt bezieht ihre Energie aus dem Erdinnern. Dort ist es rotglühend heiß. Von der Stadt führen gigantische Röhren Dutzende von Kilometern tief in die Erde, wo die Hitze der Erde dazu verwendet wird, Strom zu erzeugen. Mit dieser Energie werden die Umformer, große Umschmelzmaschinen gewissermaßen, angetrieben. Und die produzieren, was immer der CC programmiert.«

Als Sig etwas länger in die Ferne spähte, meinte er, undeutlich eine gerade Linie am Horizont zu bemerken. Und es schien, als ob sich alles Mögliche darauf bewegte, in beide Richtungen. Sig konnte nicht recht sehen, was es war, aber es mussten Maschinen sein; große schnelle Maschinen.

»Das ist sie, die Müllautobahn«, sagte Pilaster, dem nicht entgangen war, wohin Sig schaute. »Die müssen wir überqueren, um unseren Weg sicher fortsetzen zu können. Und das wird kein Leichtes werden. Sieh nur, was für ein Verkehr dort herrscht. Ich hatte gehofft, es würde stiller sein. Und sie fahren wie die Besessenen.«

»Und wohin führt diese Autobahn?«, fragte Sig. »Können wir sie nicht umgehen?«

»Die Autobahn verläuft in einem weiten Bogen über die Ebene und führt dann auf der anderen Seite der Halde wieder zur Stadt zurück, das heißt, wenn wir weiter wollen, müssen wir sie irgendwo überqueren. Geht nicht anders.«

Je näher sie kamen, desto offensichtlicher wurde, wie schwierig es sein würde, die andere Seite zu erreichen. Die Autobahn war mindestens fünfundzwanzig Meter breit, und riesige, unbemannte Mülltransporter fuhren mit großer Geschwindigkeit über sie hinweg. Alles war computergesteuert. Wegen kleiner Hindernisse wie Pilaster oder Sig würden sie noch nicht einmal bremsen oder gar stehen bleiben.

»Wir müssen nicht sofort auf die andere Seite«, sagte Pilaster. »Wir können der Autobahn ein Stück in östlicher Richtung folgen, immer am Rand der Müllhalde entlang, bis es etwas ruhiger wird. Wir laufen dann zwar etwas mehr durch Schmatz und Matsch, und wir müssen einige der stilleren Zubringerstraßen überqueren, aber immer noch besser als das.« Er nickte in Richtung des vorbeirasenden Verkehrs. »Abfall-Stoßzeit. Es ist Hauptverkehrszeit für Abfall.«

Sie waren jetzt nur noch knapp hundert Meter von der Autobahn entfernt und hörten das Brummen der Motoren und spürten, wie der Boden unter den Rädern der vorbeidonnernden Kolosse erzitterte. Und dann drehte plötzlich die *Gezähmte Flinse* durch. Der Flugmechanismus des Geräts fing offenbar irgendein Richtungssignal auf. Der schwebende Gepäckkasten begann auf einmal Fahrt zu machen und schleppte Pilaster hinter sich her.

Pilasters Rucksack wurde hochgehoben, sodass es auch seine Arme nach oben wegriss und er den Hüftgürtel, mit dem der Rucksack um seine Taille festgeschnürt war, nicht mehr lösen konnte. Vollkommen hilflos hing er in den Schulterträgern seines Rucksacks und wurde mitgeschleift. Unbeholfen schlug er mit seinem Stock nach dem Ding, doch er hing mit dem Rücken zu der Flinse und konnte sie nicht erreichen.

»Das kann nicht sein, ich habe den Sender abmontiert, ich weiß es sicher!«, schrie Pilaster, während er rüttelnd und schüttelnd und auf dem Rücken liegend immer schneller über die Ebene in Richtung Autobahn gerissen wurde. »Hilfe! Sig, hilf mir!«

Sig rannte bereits hinter Pilaster her. Mit einem Hechtsprung gelang es ihm, Pilaster an den Stiefeln zu fassen zu bekommen. Es half etwas; die Geschwindigkeit, mit der Pilaster zur Autobahn gezerrt wurde, nahm deutlich ab. Doch jetzt schrammten sie zu zweit über Steine und Grasbüschel in Richtung der vorbeirasenden Mülltransporter.

»Hak mich los. Schneid dieses Mistding ab!«, schrie Pilaster, der in den Trägern seines Rucksacks hängend auf dem Rücken weitergeschleift wurde.

Doch Sig hing an Pilasters Füßen und scheuerte bäuchlings über die Ebene. Er versuchte zwar, sich an Pilasters Hosenbeinen bis zu dem Seil an seinem Rücken hochzuziehen, aber ohne rechten Erfolg.

Stetig kam der tödliche Asphalt näher. Nicht schnell, aber Meter um Meter wurden sie fortgezogen. Bis Sig mit einem Bein an den verschlungenen Ästen eines etwas größeren Strauchs hängen blieb. Sie standen einen Moment lang still, doch es fühlte sich an, als würden sie auseinander gerissen. Zwar hatte Pilaster den Sender der Flinse abmontiert, aber offenbar hatte er vergessen, auch den Empfänger zu entfernen, das musste es sein. Und dieser Empfänger fing jetzt Signale von der Autobahn auf oder von den vorbeirasenden Transportern.

»Jackentasche«, stieß Pilaster gepresst hervor. »Messer in meiner Jackentasche. Nimm's und schneide das Seil durch. Schnell! Schnell ...«

Mit großer Anstrengung langte Sig mit einer Hand zu Pilasters Jackentasche. Mit der anderen Hand klammerte er sich mit Müh und Not an Pilasters Schuh fest. Der Strauch, in dem sein Fuß eingeklemmt war, knackte. Die Reste der fliegenden Kamera zogen kräftig und gleichmäßig weiter an ihnen. Das Taschenmesser schien außerhalb seiner Reichweite zu sein. Noch weiter streckte er sich; es war ein Gefühl des Gefoltertwerdens, als läge er auf einer Streckbank und würde immer mehr auseinandergereckt.

Wenn das hier gut ausging, würde er auch gleich ein ganzes Stück gewachsen sein, durchfuhr es Sig. Aber natürlich würde es gut ausgehen. Es konnte und durfte nicht anders sein. Er würde Pilaster nicht einfach so loslassen, niemals und bestimmt nicht jetzt, nachdem sie gerade erst losgegangen waren.

Mit aller Kraft langte er nach unten. Er bekam Pilasters Jacke zu fassen und hielt sie fest. Der Strauch, der ihn wiederum hielt, knackte bedenklich. Es hörte sich an, als könnte er jeden Augenblick aus dem Boden gerissen werden. Sig streckte sich noch weiter und langte in die Jackentasche. Nervös tastete er sie ab.

»Andere Tasche«, wimmerte Pilaster, »andere Jackentasche.«

»Drehen, du musst dich drehen, sonst komme ich nicht dran«, stieß Sig hervor. Er spürte, wie sein Fuß zwischen den gegabelten Zweigen wegzurutschen begann, und es war jetzt wirklich, als würde der gesamte Strauch aus dem Erdboden gerissen.

Pilaster drehte sich etwas zur Seite, soweit ihm der Griff der Flinse das erlaubte, und Sig langte aufs Geratewohl nach Pilasters anderem Rockschoß. Er bekam den Rand zu fassen, doch ans Messer konnte er nicht. Im selben Augenblick riss sich sein Fuß los, und weiter ging die Fahrt. Über Stock und Stein wurden sie fortgeschleift. Die Autobahn war nur noch höchstens zehn Meter entfernt.

Wahrscheinlich wollten die Reste der Überwachungskamera sich in einen Mülltransporter werfen. Irgendein eingebauter Automatismus sorgte offenbar dafür, dass derartige Geräte, sobald sie defekt waren, auch außerhalb der Stadt möglichst auf der Halde landeten – ein schlauer Einfall des CC, nur Sig und Pilaster dachten ganz anders darüber.

Während sie über die Erde schrammten, langte Sig mit dem Mut der Verzweiflung noch einmal nach Pilasters Jacke.

»Loslassen jetzt«, rief Pilaster. »Loslassen, du musst weiter, auf mich kommt es jetzt nicht mehr an!« Pilaster klang, als würde er auseinandergerissen. »Loslassen, Sig, es ist vorbei. Geh zu Turm West, befrage Babel im Archiv, hüte dich vor Produktion und vergiss nicht, was du bei mir gelernt hast.« In weniger als fünf Metern Entfernung raste ein riesenhafter Mülltransporter vorüber, die Luftverdrängung des Gefährts schlug ihnen um die Ohren.

Dann riss Pilasters Jackentasche aus. Das Taschenmesser fiel auf den Boden. Um es aufheben zu können, musste Sig Pilaster loslassen. Sig ließ sich hinabgleiten, hechtete nach dem Messer, stand sofort wieder auf beiden Beinen und sah, wie die Kamera einen Moment lang innehielt und auf den nächsten Transporter wartete. Schon kam einer in der Ferne angedonnert. Er hatte höchstens eine halbe Sekunde, aber er musste es versuchen.

Sig sprang zu Pilaster, das geöffnete Messer in der Hand. Mit dem Messer mähte er nach dem Seil, mit dem Pilasters Rucksack an der Flinse befestigt war, aber erst als der Flugmechanismus daranging, sich in das geöffnete Maul auf der Rückseite des Mülltransporters zu versenken, und das Seil dadurch stramm in die Höhe zog, berührte die Klinge es. Sig schnitt es nicht mit einem Mal durch, doch ein plötzlicher Ruck an dem Seil durch die Reste der Überwachungskamera sorgte dafür, dass es in allerletzter Sekunde dennoch riss.

Sig und Pilaster plumpsten zu Boden, direkt neben die Asphaltdecke. Haarscharf raste der riesige Mülltransporter an ihnen vorbei. Der Schwebekasten mitsamt dem größten Teil ihrer Vorräte verschwand hinten im Wagen. Sie hörten, wie der Mahlmechanismus des Transporters Kasten und Vorräte krachend zerkleinerte. Zerschlagen und nach Atem ringend lagen Pilaster und Sig da, während ein kolossaler Müllwagen nach dem anderen laut und stinkend an ihnen vorbeifuhr.

»Puh, das war wieder mal haarfeine Feinarbeit!«, seufzte Pilaster schließlich nach einer langen Stille. »Alles wieder mal mehr Glück als wohlweise Weisheit. Und trotzdem.«

Er rappelte sich hoch und setzte sich zitternd neben Sig, der, das Messer noch in der Hand, in der Autobahnböschung kniete. »Was heißt hier *Gezähmte Flinse*«, feixte Pilaster. »Wüste, wilde Flinse. Leben in Außenwelt ist wirklich spannend geworden, seit du da bist, weißt du?«, fuhr er kichernd fort. »Hast du den Müllmahler knacksen gehört? Stell dir vor, das wären meine Knochen gewesen, brrr-dammt. Du hast mir also das Leben gerettet, kann man sagen.« Pilaster legte Sig eine Hand auf die Schulter. »Alles drangeblieben. Wir sind noch da.«

Sig fragte sich unterdessen, ob Abenteuer tatsächlich so etwas Schönes waren. Hinterher konnte man vielleicht hübsch davon erzählen, und sie hörten sich wundervoll an, aber sie passierten immer so unerwartet, und in dem Moment selbst war alles das, was geschah, einfach nur schrecklich – besonders, weil man nicht wusste, wie es ausging. Ihm entfuhr ein langer Seufzer.

»Püh, der kam aber von ganz tief unten.« Pilaster erhob sich mühsam und streckte sich. »Ach und Krach, alles zerbeult, aber nichts gebrochen. Zeit, weiterzugehen. Und zwar schnell.«

Sig blieb sitzen und schaute zu Pilaster hoch. »Dürfen wir nicht kurz verschnaufen? Vielleicht einen Schluck trinken?«

»Wir haben nichts mehr zu trinken. Und auch fast nichts zu essen. Und kein Zelt. Alles hing an der Flinse.« Pilaster zuckte mit den Schultern. »Regen in der Luft. Wir suchen besser schnell neue Vorräte auf der Halde. Eine Zeltplane brauchen wir, Seil und Stöcke. Ausruhen können wir uns ein Stück weiter, aber nicht so nah an der Autobahn und auch nicht zu lange.«

In einer Wolke von Staub raste der nächste Mülltransporter vorüber. Sig stand auf. Sein linker Fuß, der in dem Strauch festgeklemmt war, tat weh, aber er glaubte, dennoch darauf gehen zu können.

Sig und Pilaster richteten ihre Rucksäcke und ihre Kleidung, klopften so weit wie möglich den Dreck von sich ab und machten sich wieder auf den Weg. Pilaster nahm seinen Stock, den er etwa zwanzig Meter abseits des Weges verloren hatte, und sie gingen zurück zum Rand der Müllhalde, etwas weiter von der Autobahn entfernt. Müde setzten sie ihren Weg nach Osten fort, während der Verkehr rechts von ihnen weiterraste und sie die Müllberge zur Linken nach Essen, Trinken sowie Materialien absuchten, mit denen sie sich vielleicht ein neues Zelt bauen konnten.

Schon nach wenigen Minuten zeigte Pilaster auf einen Hügel ein paar hundert Meter vor ihnen. Über ihm kreisten Möwen. »Da wird wohl etwas Essbares zu finden sein«, sagte er, »aber mehr Sorgen mache ich mir um ein Zelt oder sonst einen Unterschlupf, denn schau mal da.« Pilaster drehte sich um und deutete mit einem Nicken auf den Himmel hinter ihnen, an dem dunkle Wolken auftauchten. »Über der Ebene regnet es schon. Fünf Minuten, vielleicht zehn, dann bricht es hier auch los.«

Sie gingen vorbei an unüberschaubaren Mengen ausrangierter Bettwäsche, Matratzen, Schuhen und Kleidung. Das alles lag bestimmt seit Monaten hier, denn es begann bereits zu vermodern, und hier und da wuchs sogar schon Moos auf den Sachen. Alles war durchnässt vom Regen der zurückliegenden Tage und sah entsprechend unbrauchbar aus.

Pilaster sah, wie Sig die Haufen absuchte. »Ein Meterchen tief. Bis dahin dringt der Regen nicht durch, da könnte man durchaus was Brauchbares finden. Muffig, aber brauchbar. So ist es immer. Aber von dem hier brauchen wir nichts.«

Der Himmel leuchtete auf in einem Blitz, dem sofort ein harter Schlag folgte. Erschrocken zog Sig den Kopf ein und schaute zu Pilaster: »Was war das? Müssen wir fliehen?«

»Polterwetter, ein Himmelsphänomen. Man kann ihm nicht entfliehen, aber ich glaube nicht, dass es gefährlich ist. Gibt es öfters mal bei Regen.«

Ein zweiter Blitz zuckte durch die Luft. Ein langes Dröhnen folgte. Wieder etwas, das Sig noch nie erlebt hatte. Pilasters Worten zum Trotz fand er es beängstigend.

Die ersten dicken Tropfen fielen vom Himmel. Sie blieben stehen, zogen ihre Regenjacken über und gingen dann in raschem Tempo weiter. »So wird das nichts«, sagte Pilaster, während er sich zu Sig umdrehte, der seinen schmerzenden Fuß hinter sich herzog und ihm kaum folgen konnte. »Komm, wir verkriechen uns hier irgendwo.« Er ging zu einem Stapel Matratzen, die an der Außenseite nass, grün und schmutzig aussahen.

Pilaster zog und zerrte schon an dem Zeug; Sig schaute zu. Ihm reichte es. Noch nie im Leben war ihm etwas missglückt. Alles war immer wie von selbst gegangen, immer gleichermaßen bequem und angenehm. Und jetzt stand er hier. Wie ein Sandsack, mit einem Fußgelenk, das schmerzte, in einer nassen Regenjacke aus alten Plastikfetzen, am Rand eines Berges aus muffigen Matratzen, unter die er gleich kriechen sollte.

Der Regen wurde stärker. Pilaster hatte ein paar Matratzen aus dem Stapel gezogen. Einige davon legte er flach auf den Boden, andere stellte er schräg gegen den Berg und versuchte, sie mit anderen abzudecken. »Hier, stell deinen Rucksack ab und halte die mal fest, dann stelle ich die hier dagegen.«

Ohne ein Wort zu sagen, tat Sig, was Pilaster von ihm wollte. Die Matratzen waren nur dort vermodert, wo sie der Witterung ausgesetzt gewesen waren. Ansonsten waren sie noch trocken und genau wie alles, was in der Stadt weggeworfen wurde, so gut wie neu. Gegeneinandergestellt hingen sie nur wenig durch, und es entstand wahrhaftig etwas, das wie ein Unterschlupf aussah.

Dann brach der Guss mit aller Heftigkeit los. Pilaster und

Sig tauchten ab in ihr Matratzenzelt. Der Regen fiel kübelweise und so dicht vom Himmel, dass man nicht weiter als zehn Meter schauen konnte. Zum Glück stürmte es nicht sehr, denn ihr Unterschlupf war sehr wacklig. Der Raum darin war so klein, dass sie dicht nebeneinander hockten, eng aneinandergedrückt durch die sich durchbiegenden Matratzen.

»So, endlich Pause. Genau rechtzeitig«, sagte Pilaster munter.

Sig sagte nichts. Er hockte da, hielt seine hochgezogenen Knie mit beiden Armen umfasst und ekelte sich vor dem Muff, den die Matratzen nun doch verströmten. Er starrte auf den grauen Regenvorhang und verfluchte den Augenblick, in dem er von dem Bahnsteig auf die Gleise geklettert war.

Pilaster legte einen Arm um Sigs Schultern. Er schwieg. Es gab auch nicht viel zu sagen. Zusammen starrten sie in den Regen und warteten darauf, dass sich das Wetter verzog.

Eine Viertelstunde später begann es aufzuklaren. Der Regen ging in ein Nieseln über, und am westlichen Horizont wurde es heller.

Pilaster drehte sich nach seinem Rucksack um und fischte ein großes Stück Schokolade daraus hervor. Er brach es mittendurch und gab Sig eine Hälfte davon. »Hier, etwas neue Energie. Eigentlich die Notration, aber wir brauchen es, denn wir sind für heute noch nicht fertig.«

Während sie aßen, schauten sie hinaus auf die Autobahn, auf der die Mülltransporter vorbeidonnerten, jetzt in Wolken von aufspritzendem Wasser gehüllt.

Die Schokolade tat Sig gut, und er begriff, dass sie hier nicht bis in die Nacht bleiben konnten. Noch so ein Regenguss, und das Wasser würde durchsickern und das wacklige Zelt unter dem Eigengewicht der durchweichten Matratzen einstürzen. »Kommst du?«, fragte Sig nach dem letzten Bissen. Er nahm seinen Rucksack und stand auf. Der Schmerz in seinem Fußgelenk hatte nachgelassen. Er konnte durchaus noch ein Stück gehen, wenn es sein musste.

»Okay.« Pilaster grinste, als er ihn ansah. »Ich halte es für das Beste, wenn wir zwischen Autobahn und Halde weitergehen, bis wir neue Vorräte gesammelt haben. Aber die Autobahn müssen wir noch vor Einbruch der Nacht überqueren, sonst sind wir nicht sicher vor den Flinsen. Auf die andere Seite der Autobahn kommen sie nicht.« Er setzte seinen Rucksack auf und sie machten sich wieder auf den Weg.

Der Rest des Tages verlief ruhig. In dem Müllberg, den Pilaster schon vor dem Regenguss angepeilt hatte, fanden sie in der Tat neue Nahrungsmittel. Ausschließlich Frühstückspakete, keine Mittag- oder Abendessen, aber sehr viel besser als nichts. Etwas weiter lagen Rollen mit knallgelber, halb durchsichtiger Plastikfolie. Einiges Herumsuchen auf einem der angrenzenden Berge erbrachte genug an Seilen und Stöcken, um damit ein Zelt zu bauen. Ihre Rucksäcke waren jetzt allerdings ein Stück schwerer als anfangs mit der Flinse, doch es war zu schaffen.

Sie gingen noch ein paar Kilometer neben der Autobahn her und fragten sich, ob es dort denn nie stiller werden würde. Nach nicht allzu langer Zeit, als es gerade anfing zu dämmern, wurde es von einem Moment zum nächsten totenstill. Hintereinander und während immer einer Ausschau hielt, ob auch tatsächlich nichts kam, überquerten Pilaster und Sig die Autobahn. Ohne Probleme erreichten sie die andere Seite.

Ein paar hundert Meter weiter, zwischen ein paar größeren Büschen und einem schief gewachsenen Bäumchen, bauten sie sich ein Zelt für die Nacht. Das neue Zelt war ein eigenartiges Gebilde aus gelber Kunststofffolie, Seilen und PVC-Rohren, doch es schien wind- und wasserdicht zu sein.

Nachdem sie gegessen hatten – beide zwei Pakete Cornflakes mit warmer Milch, denn die nahmen am meisten Platz ein –, baute Pilaster ein Lagerfeuer aus Gummistücken und Zweigen, die er in der Umgebung gefunden hatte. So etwas Wunderbares hatte Sig noch nie gesehen. Und obwohl das Feuer ziemlich qualmte und stank und schmelzender Gummi zischend und glibbrig nach unten tropfte: Sig fand es riesig. Jahrtausendelang hatte niemand in der Stadt mehr so an einem Lagerfeuer gesessen, und doch fühlte es sich irgendwie vertraut an. Als sei er nie etwas anderes gewohnt gewesen, setzte sich Sig genau wie Pilaster im Schneidersitz und mit um die Schultern geschlagenem Schlafsack an das Feuer.

Zusammen starrten sie schweigend in die tanzenden, orangegelben, blauen und grünen Flammen. Sie lauschten dem Zischen des Gummis und dem Knacken des Holzes. Beide waren müde und wie erschlagen von den Ereignissen des Tages. Um sie her war die Nacht still und dunkel. Die niedrig hängenden Wolken verdeckten alles Sternenlicht, und schon wenige Meter hinter dem Feuer sah man die Hand nicht mehr vor Augen.

Das Feuer machte sie verträumt und wohlig müde, und schon bald wurden Sigs Lider bleischwer. Halb schlafend drehte er sich um und rollte unter das schützende Zeltdach.

Er wickelte sich eng in seinen Schlafsack und schlief sofort ein.

Pilaster blieb noch etwas länger am Feuer sitzen. Viel war geschehen an diesem Tag, aber Halde West hatten sie immerhin hinter sich gelassen. Was der Morgen brachte, würden sie schon sehen. Sie hatten noch eine lange Reise vor sich.

Wald

Sig sah geradewegs in den Schein einer weißen Deckenlampe. Das Licht ließ ihn blinzeln, und verwirrt schaute er sich um. Wo war er? Er lag mit dem Rücken auf dem Boden, mitten in einem kleinen quadratischen Zimmer. Es gab keine Möbel, und alle Wände waren weiß. In einer der Wände war ein Fenster. Es stand offen. Sig stand auf, ging hin und steckte den Kopf hinaus. Das Fenster war gerade mal groß genug. Sein Herz hüpfte vor Freude. Er war wieder in der Stadt!

Links und rechts reihten sich die vertrauten pyramidenförmigen Wohntürme wie endlos aneinander. Einer hinter dem anderen, jeder Turm gleich hoch, gut dreihundert Stockwerke.

Draußen war es dunkel. Tausende von erleuchteten Fenstern warfen ihren Schein in die Nacht, viele andere waren schon dunkel. Die Straße war so lang, dass die am weitesten entfernten Gebäude in der schimmernden Spiegelung von Tausenden von Lichtern untergingen. Zudem herrschte ein solcher Verkehr von vorbeifliegenden Koptern, Scootern und Luftschiffen sämtlicher Art, dass die Weite von diesen Schwärmen verdeckt blieb. Erleichtert atmete Sig durch und schmeckte den herrlich vertrauten Duft der gefilterten Luft, mit dem er aufgewachsen war. Es war einfach fantastisch! Er war wieder zu Hause!

Das Fenster, durch das er hinausschaute, befand sich hoch über dem Boden. Mindestens zweihundert Stockwerke, schätzte er. Er zog den Kopf zurück und sah sich weiter in dem kleinen Zimmer um. Jetzt erst bemerkte er, dass es keine Tür gab, jedenfalls keine sichtbare. Hatte der CC ihn eingesperrt? Zur Strafe, weil er über die Gleise gegangen war?

Er schaute wieder nach draußen. Ungefähr zehn Meter entfernt glitt ein Passagierliner vorüber. Das Luftschiff war voller Leute. Alle schauten sie aus den Fenstern, genau in seine Richtung, aber keiner schien ihn zu bemerken. Sig quetschte einen Arm nach draußen und winkte, doch das Luftschiff war schon vorbei. Er rief und winkte einem kleinen Zweipersonen-Kopter zu, der mit großer Geschwindigkeit angeflogen kam. Auch die Leute, die darin saßen, sahen in seine Richtung.

»Hilfe! Hier bin ich! Ich werde es nie wieder tun!« Sig schrie, so laut er konnte. Aber auch die Leute in dem kleinen Kopter schienen ihn weder zu sehen noch zu hören.

»Helft mir hier raus!«, rief er dem in die Ferne entschwindenden Kopter hinterher. »Sagt dem CC, ich …«

»He, aufwachen, Sig, wach werden.«

Jemand zerrte an seinem Arm. Sig öffnete die Augen. Wo war er? Eine gelbe Sonne schien durch einen durchsichtigen Raum, in dem alles tiefgelb gefärbt war. Selbst Pilaster war gelb – denn der war es natürlich, der an ihm zerrte.

»He, Sig, du musst ja von weither kommen heute früh«, fuhr Pilaster gemächlich fort. »Die Sonne ist schon auf, ich bin schon auf, mein Frühstück hab ich schon auf, nur du bist heute nicht wach zu kriegen.« Der alte Mann hockte neben ihm und schaute lächelnd zu ihm herab.

Langsam dämmerte es Sig, und die Erregung, die er während seines Traums empfunden hatte, wich einem schweren und unangenehmen Gefühl. Er war nicht in der Stadt. Alles war gelb, weil ihr Zelt aus gelber Folie bestand. Er lag auf dem harten Boden der Grasebene. Sie kampierten am Rand von Wald.

Es war der Morgen des dritten Tages ihrer Reise, und Sig fühlte sich alles andere als ausgeschlafen. Er drehte sich um und schloss die Augen wieder. Wenn er doch alles nur wegdenken, wegträumen könnte.

»Komm, Sig, Zeit zum Aufstehen.«

Sig spürte Pilasters Hand auf der Schulter und schüttelte sie von sich ab. »Geh weg! Lass mich in Ruhe!«, murmelte er.

»Auhau-jau. Ja genau.« Sig konnte hören, wie Pilaster vorsichtig rückwärts aus dem Zelt kroch und davonging.

Wieso war Pilaster immer so fürchterlich verständnisvoll, fragte Sig sich grollend. Wieso wirkte er immerzu fröhlich, was auch geschah? Kapierte er denn nicht, was Sig die letzten Wochen alles durchgemacht hatte? Hatte Pilaster die Stadt vielleicht vergessen? Und er hockte da mit dem Alten, denn allein wäre er nie zurechtgekommen. Doch in diesem Augenblick hasste er Pilaster. Wieso gab es keine anderen Leute hier? Jemand, der ihn wirklich verstand?

Sig biss vor Wut und Verzweiflung die Zähne zusammen und zog sich den Schlafsack über den Kopf. So blieb er liegen, fest entschlossen, nie wieder aufzustehen; fest entschlossen, nie wieder Atem zu holen.

Lange hielt er es nicht aus. Er hörte Pilaster um das Zelt herum hantieren und die Gerüche und Geräusche aus dem Wald und der Ebene drangen bis in seinen Schlafsack hinein. Außerdem wurde es schon bald viel zu warm in dem Zelt. Er fühlte, wie die Sonne quer durch die Plastikfolie hindurch auf seinen Schlafsack brannte.

»Du bist jetzt hier, Sig«, sprach er ein paar Minuten später streng zu sich. »Irgendwann kehrst du nach Hause zurück, aber jetzt bist du hier. Punkt. Basta. Finito.«

Er schälte sich aus dem Schlafsack, schüttelte den Kopf und atmete tief durch, um die allerletzten Bilder des Traums und auch seine Wut zu vertreiben. Die Luft war frisch und feucht. Sig schmeckte den Duft von Wald am frühen Morgen – einen Duft schwer von Tau, Moos, Rinde und feuchtem Waldgrund, einen Duft von Blättern und Blüten. Nie zuvor hatte er Wald gerochen, und er musste zugeben, dass er es mochte.

Es war ungerecht von ihm, so schlecht von Pilaster zu denken. Pilaster mochte ein merkwürdiger alter Mann sein und vollkommen anders als alle, die er früher gekannt hatte, hier jedoch war er der beste Freund, den er sich wünschen konnte. Ohne Pilaster wäre er noch nicht einen Schritt weiter. Pilaster trug die weitaus größere Menge des Gepäcks, er kannte den Weg – letztendlich vielleicht sogar den zurück in die Stadt –, und es war nur gut, dass zumindest einer von ihnen den Kopf oben behielt. Sig schüttelte sich abermals und kroch aus dem Zelt.

Gestern, gegen Ende des Nachmittags, hatten sie die ersten Ausläufer von Wald am Horizont liegen sehen: grün und dunstig, und im tiefen Blau des Himmels darüber hingen niedrig weiße Quellwolken. Pilaster hatte auf die Mitte von Wald gezeigt, wo sanfte Hügel graugrün emporstiegen. Die Stunden zuvor war Sig einfach hinter Pilaster hergestolpert. Seine Beine waren steif, und an den Füßen hatte er Blasen. Aber der Anblick von Wald hatte ihm neuen Mut gegeben. Obwohl sie auch fremd und angsteinflößend war, diese grüne wogende Masse in der Ferne.

»Sehr viel Bäume und Pflanzen zusammen, allerlei Arten und in sämtliche Richtungen wachsend. Und Tiere, allerlei Tiere tief dazwischen, Vögel, Pferde, Rascheltiere, Kriecher«, hatte Pilaster gesagt, als er ihn fragte, wie es in Wald sein würde. »Und Gerüche. Grün und Licht, feucht und dunkel, Erde, Moos und frische Kräuter.«

In der Stadt wuchsen zwar auch Pflanzen und kleine Bäume, aber nur in Töpfen und mit den Wurzeln in Steinwolle, außerdem waren sie sorgsam beschnitten. Man konnte sehen, dass sie lebten, aber Sig hatte nie etwas an ihnen gefunden.

Auf der Müllhalde hatte er blasse Blumen gesehen, auf langen Stielen, kränkelnd und mit vergilbten Blättern, dann grüne klebrige Schlieren, die auf Pfützen und Tümpeln trieben, sowie störrisches, hartes Gras. Andere Pflanzen kannte Sig nicht. Sich viel vorstellen unter dem, was Pilaster ihm erzählt hatte, konnte er noch nicht.

»Warte nur, warte nur, wirst schon sehn. Wald ist groß und prächtig schön!« Pilaster breitete die Arme aus und zeigte mit seinen langen, mageren Fingern in unbekannte Weiten.

Erst bei Einbruch der Dämmerung hatten sie den Rand von Wald erreicht. Die tiefe Sonne warf dunkle Schatten unter die hohen Bäume. Die Bäume waren viel größer, als Sig es sich hätte ausmalen können. Ihre mächtigen Kronen reichten mit ihren dicken Ästen hoch in den Himmel. An ihren Stämmen wucherten Kletterpflanzen nach oben. Lange, tastende Luftwurzeln hingen in Strängen herab. Zwischen den Bäumen wuchs wirres Gestrüpp.

Der Anblick von Wald mochte fantastisch sein, und doch sank Sig abermals der Mut. Mussten sie hier hindurch?

Sie hatten ihr Zelt unter einem Baum und zwischen einigen

Sträuchern aufgestellt, die etwas von den anderen entfernt auf der Ebene wuchsen. Und als es dunkel war und sie am Lagerfeuer saßen, hatte es geknackt und geflüstert aus dem Wald. Kleine dunkle Tierchen flatterten umher. Fledermäuse, hatte Pilaster gesagt. Eine Art kleiner Nachtvögel, schwarz und ohne Federn. Sig war müde gewesen vom langen Gehen, und doch hatte es lange gedauert, bis er einschlief; immer wieder hatten ihn unbekannte Geräusche aufgeschreckt.

Und jetzt war es Morgen. Pilaster saß ungefähr zehn Meter weiter auf einem großen, flachen Stein. Mit geschlossenen Augen genoss er die Sonne. Er achtete nicht auf Sig.

Sig reckte sich und schaute zum Wald. Bei Tageslicht sah Wald ganz anders aus als zuvor am Abend. Die dunklen Schatten waren verschwunden. Aus den Bäumen tönte allerlei Gezwitscher, und die Blätter rauschten sacht im Wind. Nichts Beängstigendes. Wald sah jetzt viel freundlicher aus. Es schien sogar ein Pfad zwischen den Büschen hindurch ins Innere zu führen.

Pilaster öffnete die Augen und sah Sig schauen. Er blieb noch etwas sitzen, stand dann auf und kam von dem Felsen heruntergeklettert. »Das ist ein Pfad der Waldpferde. Ihre Pfade führen überall durch Wald. Das sind Wege, denen wir folgen werden. Aber trotzdem müssen wir aufpassen, denn es sind Schlängelpfade. Keiner dieser Pfade führt irgendwohin, aber alle zusammen führen durch Wald.«

Sig frühstückte schweigend, während Pilaster das Zelt abbaute und ihre Sachen einpackte. Tagsüber wirkte Wald okay. Sig versuchte, nicht daran zu denken, wo sie die kommende Nacht verbringen würden. Und wie sollten sie hier ihren Weg finden? Von Pilaster hatte Sig schon gelernt, wie man sich an der Sonne orientierte, aber im Schatten der Bäume war das bestimmt nicht gut möglich.

»Okay, Siggi«, sprach er sich selbst Mut zu, »einfach weitergehen. Du wolltest selbst zu den Türmen, also wirst du auch durch diesen Wald müssen. Okay?« Er holte einmal tief Luft. Was war er doch für ein Feigling, dachte er verdrossen.

»Große Seufzer?«, fragte Pilaster. »Ist immer einfacher, als es scheint. Unbekannt macht unbeliebt. Warte nur, bis du auf Moos an Farnwiese und Glitzerbach ruhst. Hoch jetzt. Zeit zu gehen.« Die Aussicht, in Wald einzutauchen, ließ Pilaster noch fröhlicher und energischer wirken als sonst. Er summte wieder eine seiner merkwürdigen Melodien und sang auch ab und zu ein paar Worte: »Hummel-drumm, drumm-didumm« oder so ähnlich kam immer wieder vor, mehr konnte Sig dem Ganzen nicht entnehmen.

Sig stand auf, nahm seinen Rucksack, warf noch einen Blick zurück auf die Ebene und folgte dann Pilaster, der ohne zu zögern den erstbesten Pfad betrat, der schlangengleich in den Wald führte.

Schon bald kam Sig zu der Erkenntnis, dass es herrlich war, durch Wald zu gehen. Wohl erschrak er von Zeit zu Zeit, wenn Vögel kreischend aus einem Busch aufflogen oder wenn sich im Krüppelholz etwas raschelnd aus dem Staub machte. Aber immer reagierte Pilaster ganz begeistert und erläuterte ihm, was für ein Tier es war oder von welchen Beeren und Früchten die Vögel gefressen hatten.

»Merke dir, dass du nur diejenigen Beeren und Früchte essen kannst, die auch die Vögel fressen. Und selbst dann noch können sie giftig sein.«

Sig fand schon die Vorstellung, dass man etwas essen konnte, was an einer Pflanze wuchs, einfach nur ekelerregend. Essen kam aus Essenspaketen, und die wurden von der Stadt produziert, in sterilen Raffinerien und auf der Grundlage von elementaren Granulaten. So war es sein ganzes Leben lang gewesen, und dabei wollte er es auch gern belassen. Man stelle sich vor: etwas aufessen, was hier einfach so wild wuchs. An einer Pflanze!

Als Pilaster irgendwann stehen blieb und ein paar violette Früchte von einem stachligen Strauch pflückte und dann mit vollem Mund auch Sig ein paar anbot, presste der erschreckt Mund und Zähne aufeinander und schüttelte mit aufgerissenen Augen den Kopf. Pilaster schluckte mit verklärter Miene, lachte, sodass seine blauvioletten Zähne zu sehen waren, und zuckte mit den Schultern. »Dann nicht. Herrlich süß sind sie. Die Bücher sagen, es seien Brombeeren. Kommt schon noch.«

Wo die kurvigen Pfade sich kreuzten oder wenn der Pfad, auf dem sie gingen, zu sehr abbog, dann zog Pilaster die kleine Blechdose mit dem kreiselnden Zeiger zu Rate, die Sig schon in Pilasters Haus gesehen hatte.

Pilaster nannte das einen »Nordweiser«: »Immer zeigt der kleine Pfeil nach Norden. Weshalb, weiß ich nicht, aber es funktioniert. Ur-uralte Technik, aus der Vorzeit. Schau« – und er demonstrierte Sig, dass der Zeiger immer in ein und dieselbe Richtung deutete, ganz gleich, wie man stand oder wie man sich drehte. »Wir gehen nach Südosten. Das ist hier auf dem Nordweiser.« Er deutete unten rechts auf seinen Apparat. »Wo immer du bist, nach Südost geht es in diese Richtung.«

So gingen sie einige Stunden weiter. Und die ganze Zeit über änderte sich die Umgebung kaum. Der Boden war eben, und die Pfade erwiesen sich als gut begehbar. Die Sonne am Himmel stieg, und von hier und da drangen ihre Strahlen durch das Grün der Blätter bis auf den Boden. Pilaster zeigte ihm die unterschiedlichen Baumarten und nannte ihre Namen: »Eiche, Buche, Kastanie, Birke.« Zwischen den Bäumen wuchsen Farne, Brombeeren, Brennnesseln, Heidelbeeren und Wiesenkerbel – aber das alles zu behalten, war zu viel für Sig. Ihn kostete es schon sehr viel Mühe, sich abermals an eine neue Umgebung zu gewöhnen, wie lieblich sie auch sein mochte. Es gab einfach zu viel an Unbekanntem zu sehen und zu hören.

»Pferdepfade führen zu Quellen. Das tun sie immer. Manchmal dauert es lange, manchmal kurz. Aber Tiere müssen trinken. Bei der ersten Quelle machen wir Pause. Vielleicht sehen wir ja trinkende Pferde, oder Rehe. Schöne Tiere. Sig wird sie schön finden. Pferde sind die schönsten Tiere von allen.«

Sig begriff nicht, wovon Pilaster redete; er würde schon sehen, wo sie herauskamen. Jedenfalls machten sie dort erst mal Pause, was ihm nur recht war. Schon wieder spürte er seine Füße. Nie zuvor im Leben war er so viel gelaufen, und das gleich mehrere Tage hintereinander. Erst recht nicht so schwer bepackt. Ihm war warm und er hatte Durst.

Durst! Schockartig fiel Sig ein, dass sie an diesem Morgen die letzte Limonade ausgetrunken hatten. Er hatte sich nichts dabei gedacht, aber jetzt auf einmal überlegte er, dass sie nichts mehr zu trinken dabeihatten. Und der Marsch durch Wald zur nächsten Halde dauerte Pilaster zufolge bestimmt drei Tage. Die Nahrung in den Frühstückspaketen enthielt zwar etwas Wasser, aber das war längst nicht genug.

»Pilaster!«, rief er. »Wir haben nichts mehr zu trinken dabei. Wir haben vergessen, genug mitzunehmen. Wir müssen zurück. Wir können doch nicht ohne zu trinken bis zur nächsten Halde?«

»Zurück, hihi. Weiter, wolltest du sagen. Trinken ist nicht weit mehr. Pferde trinken auch. Nachher, beim Born. Der Quelle. Du wirst sehen. Pilaster ist mit allen Wassern gewaschen, Siggimännchen.«

»Nenn mich nicht Siggimännchen. Du tust immer so, als wüsstest du alles, aber ich weiß das alles nicht. Woher sollte ich wissen …«

»Hü-hü-hü, langsam kommt man auch ans Ziel. Wer wollte so schnell wie möglich und unvorbereitet los? Wer hatte es so eilig, wegzukommen? Sig wollte nicht erst lernen und dann laufen. Sondern sofort laufen. Keine Zeit, dir etwas zu erklären. Tütütü-tü!«

Sig zuckte mit den Schultern. »Na gut, wie du meinst. Aber ich habe Durst und …«

»Pssst!« Pilaster legte einen Finger auf die Lippen und zeigte nach vorn.

Ungefähr zehn Meter weiter verbreiterte sich der Pfad und verlief in einer Kurve einige Meter nach unten in eine kleine Senke. »Wenn du still bist, sehen wir vielleicht schöne Tiere, und du wirst trinken, schon gleich. Aber jetzt erst mal langsam.«

Schrittweise und am Rand des Pfades entlang schlich Pilaster weiter.

Sig folgte ihm, so leise er konnte.

Als sie um die Kurve kamen, sahen sie ein überschattetes Wasserloch mit sandigen Ufern. Drei enorm große braun glänzende Tiere beugten sich vornüber zu dem klaren Wasser. Pilaster drehte sich um zu Sig und legte wieder einen Finger auf die Lippen. Atemlos schauten sie zu.

Sig hatte sich nicht vorstellen können, dass es so große Tiere gab. Sie standen hoch auf ranken Beinen. Am Kopf und auf ihrem langen Hals wuchsen lange Haare, ihre Ohren standen gespitzt in die Höhe. Sig hatte noch nie so etwas Schönes und Fremdartiges gesehen. Es war so still, dass man hören konnte, wie die Pferde tranken. Sonnenlicht und Schatten spielten über ihre muskulösen schimmernden Körper.

Plötzlich schaute eines von den dreien hoch und erblickte sie. Sig schaute geradewegs in die großen dunkelbraunen Augen. Er wollte etwas sagen. Das Tier schaute ihn so klug an, dass Sig davon überzeugt war, es würde ihn verstehen. Sig hob die Hand, um das Tier zu begrüßen. »Äh … hallo, Pferd. Ich bin Sig.« Pilaster musterte ihn, ein Lächeln spielte um seine Lippen.

Die beiden anderen Pferde hoben jetzt auch die Köpfe. Zwei, vielleicht drei magische Sekunden lang schauten sie sich gegenseitig so an. Dann rannten die Tiere weg und verschwanden zwischen den Bäumen. Der Boden dröhnte unter ihren kräftigen Sprüngen.

»Sie antworten nicht. Sie können nicht sprechen«, durchbrach Pilaster endlich die Stille. »Als ich sie zum ersten Mal sah, habe ich es auch versucht. Tiere sprechen nicht. Kein einziges. Aber vielleicht verstehen sie dich ja.«

»Wow!«, war alles, was Sig hervorbringen konnte.

»Ja. Verstehst du nun, dass die Menschen in der Stadt eigentlich eingesperrt sind? Dass sie so etwas Schönes nie sehen werden?«

Ein schmerzlicher Stich durchzuckte Sig. Er wollte nicht

an die Stadt denken. Er wollte dorthin zurück, und gleichzeitig mochte er nicht wieder in die Stadt. Er verstand es nicht. Also schüttelte er den Gedanken an zu Hause von sich ab.

»Du hattest doch nicht etwa vor, das Wasser hier zu trinken? Oder? Wir sind doch keine Tiere?«

»Gerade noch wolltest du mit ihnen sprechen, und jetzt ist dir ihr Wasser nicht gut genug. Pilaster versteht Sig nicht. Aber sei ganz ruhig, wir werden es erst kochen, dann wird es steril, genau wie in der Stadt. Auch wenn es dem Geschmack nicht zugute kommt.«

Verträumt blickte Pilaster auf das Wasserloch. »Menschen, Tiere, Pflanzen, Bäume, so groß ist der Unterschied nicht.«

Er setzte seinen Rucksack ab und holte einen Topf und ein Hitzeelement daraus hervor. »Komm, setz dich. Zeit für eine Pause.«

Nachdem Pilaster das Wasser aus der Quelle zunächst gefiltert und anschließend gekocht hatte, mochte auch Sig davon trinken. Vorsichtig nippte er an dem lauwarmen Nass. Es roch immer noch ein wenig nach Waldgrund.

»In den Zeiten vor der Stadt aßen und tranken die Menschen wie die Tiere«, erzählte Pilaster. »Sie aßen Pflanzen, die sie auf großen Feldern anbauten. Einfach in der Erde. Und ich glaube, sie aßen sogar Tiere. Auch die züchteten sie, in großen Hallen und auf Feldern. Womöglich stammen die Pferde, die wir vorhin gesehen haben, von solchen Tieren ab. Entlaufene Tiere. Aber es kann auch sein, dass sie schon immer wild gelebt haben.« Wieder ruhte Pilasters Blick nachdenklich auf dem Wasserloch.

Sig wollte gar nicht daran denken. Tiere essen? So ein

Pferd wie die von vorhin? Wie kam Pilaster auf derlei abstruse Vorstellungen?

Als könne er Sigs Gedanken lesen, fuhr Pilaster fort. »Ich habe Memobilder davon gesehen, im Archiv in einem der Türme. Steinalte Memos von Menschen aus der Urzeit. Es gibt Tausende davon. Da kannst du erfahren, wie man früher gelebt hat. Die Menschen lebten überall verstreut, in vielen verschiedenen Städten. Viel kleiner als die eine Stadt, die es jetzt noch gibt. Und es gab keine Mauer um sie herum. Jeder konnte gehen und stehen, wo er wollte. Es gab sogar Städte auf dem Mond und noch weiter weg, zwischen den Sternen. Das Leben war viel spannender damals, wenn du mich fragst.«

»Du willst überhaupt nicht zurück in die Stadt, stimmts? Man könnte meinen, du willst zurück nach früher, oder ...«

»Ach«, antwortete Pilaster, »wenn man so alt ist wie ich, dann will man überhaupt nicht mehr so viel. Es ist gerade, als würden die Dinge weniger wichtig.« Er schaute zur Seite, zu Sig. »Hier zu sein, in Wald, die Erde zu riechen, die Blätter rauschen zu hören, das ist schon sehr viel. Und es ist gut, hier zusammen mit dir zu sein. Endlich kann ich Wald mit jemandem teilen. Es ist an dir, herauszufinden, was du damit anfängst. Ich kann dir nur alles Mögliche zeigen und erzählen.«

Weshalb machte Pilaster immer alles so schwierig? Man fragte ihn etwas, und ehe man wusste, wie, bekam man hundert Fragen dafür zurück. Manchmal schien es, als wisse Pilaster alles vom Leben in Außenwelt. Er kannte die Namen der Pflanzen und Tiere, er wusste den Weg, er kannte die Geschichte der Stadt. Aber wollte man etwas mehr darüber wissen, wer er selbst war, dann sprach er in Rätseln.

Sig fragte nicht weiter. Er trank sein Wasser und starrte auf die Quelle. Vielleicht hatte Pilaster ja Recht. Es war hier schön genug, um weiter nichts mehr zu wollen. Träge lehnte er sich zurück gegen einen Baumstamm und schaute nach oben, wo das Sonnenlicht mit den Blättern spielte.

Weshalb der CC wohl eine Mauer um die Stadt gebaut hatte? Es war hier doch gut? Sig begriff es nicht. Sollte es irgendwo in Außenwelt eine verborgene Gefahr geben? *Das Ziel der Stadt ist das immerwährende Glück der Bürger*, huschte ihm eine der Zeilen des Zyklusgedichts durch den Kopf. Irgendwas stimmte da nicht.

Pilaster füllte ein paar leere Flaschen mit dem, was von dem gekochten Wasser übrig war, verschloss sie und legte sie zurück in den Rucksack. »Wollen wir gehen?«

Nach einem letzten Blick auf das Wasserloch schlugen sie den Pfad ein, auf dem die Pferde verschwunden waren.

Immer tiefer geleitete der Nordweiser Sig und Pilaster in den Wald. Die schlangengleichen Pfade führten um umgestürzte Baumriesen herum, durch dunkles Unterholz, vorbei an meterhohen Farnen und über flüsternde Bäche. Die Bäume wirkten hier noch größer als am Rand des Waldes. Ihre Stämme ragten hoch wie mächtige Pfeiler und stützten ein unübersehbares grünes Dach. Noch ein Mal erblickten sie in der Ferne ein paar davongaloppierende Pferde. Und etwas später sah Sig einen schwarzen Schatten geräuschlos und mit großen, elastischen Sprüngen in einen Baum verschwinden.

»Eine Katzenart, denke ich. Ein Raubtier«, antwortete Pilaster auf seine Frage, was das gewesen sein könne. »Raubtiere jagen andere Tiere und fressen sie. Aber mach dir keine Sorgen. Es gibt in Wald keine Raubtiere, die eine Beute von der Größe eines Menschen anfallen. Wahrscheinlich war diese Katze auf der Jagd nach Erdhörnchen oder Kaninchen.«

Sig war nur halb beruhigt. Je mehr der Tag voranschritt, desto stärker meldete sich seine Besorgnis darüber zurück, wie es hier wohl nachts war. Ihr Plastikzelt würde nur wenig Schutz bieten. Schon fielen ihm die unheilverkündenden Geräusche der vergangenen Nacht wieder ein.

»Hihi, ja doch. Funktioniert noch immer!«, rief Pilaster plötzlich. »Schau mal, ein altes Zeichen vom letzten Mal. Pilaster deutete auf einen Baumstamm, in den ein Pfeil eingekerbt war. Der Pfeil war fast wieder zugewachsen, aber gut als Narbe in der Rinde erkennbar. Pilaster strich sanft mit dem Finger über das Zeichen, als würde er es begrüßen. »Sicher zwanzig Jahre alt, aber es zeigt bestimmt noch gut. Komm!«

Der Pfeil wies nach rechts zu einem alten, zugewachsenen Pfad, den sie sonst sicher nicht genommen hätten. Während er links und rechts die Zweige der Büsche zur Seite bog, drehte sich Pilaster nach Sig um. »Früher. Lang-lang-ists-her, da kam ich viel in den Wald.« Er keuchte vor Anstrengung. »Damals habe ich zwei Hütten gebaut. Eine an dieser Seite von Wald, eine weiter nördlich. Bestimmt nicht viel wird davon übrig sein, aber besser als nichts. Außerdem ist es ein schöner Ort. Der Pfeil zeigt zur Hütte.«

Der Pfad, dem sie jetzt folgten, war viel holpriger als die vorherigen. Außerdem schien er bergauf zu führen. Bis dahin war der Boden eben gewesen, aber Sig erinnerte sich, wie sie von der Ebene aus gesehen hatten, dass sich tiefer in Wald grüne Hügel erhoben.

Dann, plötzlich und bevor Sig etwas ahnen konnte, stießen sie auf eine senkrecht in die Höhe ragende Felswand. Auch hier war wieder ein Zeichen: Ein Stapel flacher Steine, moosbedeckt, aber dennoch zweifellos von einem Menschen – von Pilaster – aufeinandergelegt. »Ist jetzt nicht mehr weit.« Pilaster deutete die Felswand entlang. »Zehn Minuten, Viertelstunde.«

Sie folgten der Felswand und gelangten zu einer offenen Stelle, einer Lichtung, auf der Gras und Farne wuchsen. Unten an der Felswand, wo sie ein paar Meter zurückwich und eine Art Überdachung bildete, waren die Reste dessen sichtbar, was einst eine schlichte kleine Blockhütte gewesen war. Das Dach war eingestürzt, und eine der Wände hing schief. Rechts davon an einem mit Moos bewachsenen Felsen entsprang ein Bach.

Pilaster machte eine weit ausholende Geste, als wolle er Sig auf einem stattlichen Landsitz willkommen heißen. »Mein altes Haus in Wald. Mein altes Sommerhaus. Wie findest du es?«

Zweifelnd schaute Sig sich um. Es war kein schlechter Ort, um die Nacht dort zu verbringen, aber diese kleine Hütte war nicht ganz das, was er sich vorgestellt hatte.

»Du hast auf eine warme Dusche gehofft, saubere Kleidung, weiches Bett. Ich weiß. Pilaster weiß. Aber sei mein Gast. Warmes Feuer und ein weiches Farnbett, die Sterne und ein Murmelbach, das ist das Programm für heute Nacht – und vielleicht, vielleicht, falls nicht eingestürzt oder weggerostet, habe ich noch eine Überraschung.« Pilaster verdrehte geheimnisvoll die Augen und bewegte die Finger flatternd auf und ab. Anschließend ging er zu einem sonnigen Fleck, stellte mit einem Seufzer der Erleichterung seinen Rucksack auf den Boden und streckte sich, während er halb gähnend die verrücktesten Grimassen schnitt.

Sig musste lachen, trotz seiner Enttäuschung. Pilaster ließ

wirklich nie den Mut sinken, so schien es. In der Stadt waren die Leute zwar auch immer freundlich, aber sie benahmen sich nie so verrückt und sprudelten auch nie so drauflos wie Pilaster.

In der warmen Nachmittagssonne bauten sie ihr Zelt neben den Überresten der Hütte auf, im Schutz der überhängenden Felswand, und schleppten totes Holz für ihr Lagerfeuer herbei. Danach zog Pilaster sich aus und sprang in das Becken, in das die Quelle unterhalb des Felsens mündete. Er schrie auf, so kalt war ihm. »Hui-hui! Kalt! Das ist kalt, Mann! Komm auch, Sig. Das ist gut für deine Füße. Gut gegen die Strapazen.« Er spritzte herum und schöpfte und begoss sich über und über mit dem Wasser.

Sig war schon gegen die Felswand gesunken und schaute aus einiger Entfernung zu. Pilasters Arme und Gesicht waren gebräunt von der Sonne, aber sonst war seine Haut kalkweiß. Man konnte seine Rippen zählen, so mager war er. Und jetzt, wo ihm die Haare am Schädel klebten, schienen seine Ohren noch weiter abzustehen als sonst. Vielleicht unterscheiden wir uns ja tatsächlich gar nicht so sehr von Tieren, dachte Sig bei sich und bückte sich, um den Klettverschluss seiner Schuhe aufzureißen.

Nach dem Essen, aber noch vor Einbruch der Dämmerung sagte Pilaster, er müsse mal eben etwas nachschauen. Dass Pilaster etwas vorhatte, war klar, und gerade indem er so betont normal tat, wirkte er ausgesprochen geheimnisvoll.

Sig wollte am Lagerfeuer bleiben und es anfachen und mit immer dickeren Ästen füttern.

Pilaster zog einen Balken der eingestürzten Hütte beiseite und trat ein in das, was noch übrig geblieben war – nicht mehr als ein schiefes, an die Wand gelehntes Dach aus Wellplatten.

Von Zeit zu Zeit schaute Sig auf die Stelle, an der Pilaster verschwunden war, und fragte sich, was er da drinnen wohl anstellte. Von hier aus besehen bot die Ruine kaum Platz genug, um auch nur aufrecht zu stehen. Trotzdem blieb Pilaster lange fort. Man hörte Gekrame und Gepolter – Holz auf Holz, Stein auf Metall und Pilasters Gemurmel –, und es klang immer weiter weg. Als ob sich Pilaster einen Weg tief in den Berg hineingrub.

Als das Feuer dann schön brannte, stand Sig auf und ging zu der Hütte. Er fand, dass es jetzt lange genug gedauert hatte.

Im selben Moment, als er sich bückte, um sich zwischen den Balken hindurch ins Innere zu quetschen, hallte tief aus dem Berg ein Schlag. Sig hielt den Atem an.

Wieder ein Schlag – Holz auf Metall, umringt von Echos, als ob Pilaster tief im Berginnern mit seinem Stock auf irgendetwas Metallisches eindrosch.

Noch ein Schlag.

Und noch einer, noch einer, noch einer.

Donnnnggg, dong-dong-dong …

Donnnnggg, dong-dong-dong …

Donnnnggg, dong-dong-dong …

Daka-donnnnggg, dong-dong-dong …

Pilaster baute langsam einen Rhythmus auf, der von verschiedenen in dem Berg hausenden Echos aufgenommen wurde, die jeden Schlag mit einer kurzen Verzögerung widerhallen ließen.

Sig ging hinein. Von der Ruine verlief ein niedriger Stollen geradewegs in den Berg. Die Wände waren glatt, er musste in einer fernen Vergangenheit von Menschen in den Fels gehauen worden sein. Auf dem Boden lag allerlei zur Seite geschobenes Zeugs – alte Sachen, wahrscheinlich aus der Zeit, als Pilaster das hier als Wohnung benutzt hatte. Es war dämmrig hier, aber nicht stockdunkel, und die Luft war frisch; weiter vorn musste es eine Stelle geben, in der Licht und Luft eindringen konnten.

Gebückt ging Sig in den Stollen hinein, auf die Klänge und auf das Licht zu.

Daka-donnnnggg, dong-dong-dong …

Daka-donnnnggg, dong-dong-dong …

Dakadaa-ka, dakadaa-ka, daka-donnnnggg, dong-dong-dong …

Daka, donnnnggg-dong-dong …

Und dann gleichzeitig leiser, in mehreren Echos:

Buff, buff, baggabagga …

Bagga-bagga buff, buff …

Bagga-bagga …

Die Klänge verflochten sich zu einem einzigen komplizierten, dunklen Rhythmus. Dabei schien es, als ob der gesamte Berg leise mitmachte, mit einem tiefen, erdigen Unterton, den Sig nicht hören, aber dafür im Bauch spüren konnte. Fast war es, als ob der Berg atmete und zu ihm sprach, als hätte Pilaster den Berg zum Leben erweckt.

Der Gang führte etwa zwanzig Meter tief in den Berg hinein. Sig folgte ihm, von dem Trommeln unwiderstehlich angezogen. Der Stollen mündete in einen riesigen unterirdischen Saal, in dessen Mitte sich ein mehr oder weniger rundes Loch in der Decke befand, durch das etwas Licht hereinfiel. Von dem Loch – es befand sich mindestens zwanzig Meter oberhalb des Grottenbodens – hingen Dutzende von Kletterpflanzen in wirren Knäueln grün und wild herab. Dazwischen flatterten weiße Vögel mit nervösem Flügelschlag hin und her, aufgeschreckt durch den Lärm.

Daka-donnnnggg, dong-dong-dong …

Dakadaa-ka, dakadaa-ka, daka-donnnnggg, dong-dong-dong …

Daka-donnnnggg-dong-dong …

Mitten in dem steinernen Saal, in dem grellen Lichtfleck unter der Deckenöffnung, stand Pilaster. Ein Stück Holz in beiden Händen, schlug er auf ein großes, rostiges Metallfass. Das direkt von oben einfallende Licht leuchtete ihn gespenstisch aus. Die Schlingpflanzen und die flatternden Vögel darüber machten das Ganze zu einem magischen Schauspiel.

Hätte Pilaster nicht so breit grinsend dagestanden, wäre es furchterregend gewesen: Der Hall, die Echos, das Dunkel ringsum, das wilde Flügelschlagen der geisterhaft weißen Vögel. Aber Pilaster trommelte mit so viel sichtbarer Freude vor sich hin, dass Sig nicht anders konnte, als sich ihm Schritt für Schritt zu nähern.

In ein paar Metern Entfernung, gerade noch außerhalb des Lichtkreises, wollte er auf dem Boden Platz nehmen und zuhören und zusehen.

»Nein«, brüllte Pilaster über den Trommelrhythmus hinweg, »nicht hinsetzen, dann kannst du den Berg nicht verstehen! Mittrommeln!« Pilaster deutete mit einem Nicken auf einige Holzstücke auf dem Boden. »Na los! Mittrommeln!«

Zögernd ging Sig zu dem Holz und suchte sich ein Stück aus, das stark aussah und ihm leicht in der Hand lag.

Daka-donnnnggg-dong-dong …

Sig ging zur Mitte des Lichtflecks und stellte sich Pilaster gegenüber auf die andere Seite des Fasses.

Daka-donnnnggg-dong-dong …

Sig kostete den Rhythmus, griff ihn auf, und er schlug.

Tack – er zögerte, lauschte … daka-donnnnggg-dong-dong …

Tack.

Dakadongdong tack, dakadongdong-tack, dakadaka daka-daka dakadongtacktack …

Und von allen Seiten die Echos:

Baggabaggabuff-kapp-kapp, baggabuff-buff-kapp, bagga-bagga baggabagga baggabuff-kapp-kapp …

Schneller, und immer komplexer und lauter.

Und schneller. Und lauter.

Sig reagierte auf die Rhythmen, die Pilaster ausprobierte, und Pilaster antwortete auf das, was Sig tat. Sig nahm ein zweites Stück Holz und steigerte das Tempo. Der obere Rand, die Außenseite, die Innenseite des Fasses – jede Stelle des Fasses, auf die sie schlugen, ergab einen anderen Ton, einen anderen Hall, ein anderes Echo, einen anderen Rhythmus, einen neuen Trommelwirbel.

… baggatakka duff-bong-duff, bagga-takka duffduff bong bonngg … Bis die Vögel allesamt ins Freie geflüchtet waren, bis ihr Getrommel und die Echos sich ineinander verwoben, bis der hohle Berg gefüllt war mit Klang, gesättigt war, eine einzige große Urtrommel geworden …

… Dong tschakka tschik-tschik, klong bagga tschik-tschik … Bis Sig und Pilaster sich selbst vergaßen und nur noch aus trommelnden Rhythmen bestanden, die von selbst wieder neue Rhythmen hervorriefen und abermals neue.

… Dakktakk dakkabaga takkbaga kapp-tschikk-tschikk dong duff rakkarakka …

Die Dämmerung brach herein, das letzte Licht verschwand

aus der Grotte, aber sie trommelten weiter, im Stockdunkel der widerhallenden Grotte, tief im Innern des Berges, bis es die Stadt nicht mehr gab, die Halden nicht mehr gab, Wald verschwunden war, ebenso wie Sig und Pilaster selbst, und bis die Grotte verschwand und der Berg – bis nur mehr Klang und Bewegung übrig blieb, Rhythmus und wogende Echos, Anschwellen, Aufblühen und wieder Wegsterben immer neuer Muster – laut, leise, dunkel, hell, kompliziert, simpel, drohend, fröhlich …

Bis Sig erschöpft auf den Boden sank und Pilaster dem Konzert mit ein paar heftigen Schlägen ein Ende machte. Und als die letzten Echos weggestorben waren, plumpste auch er in den Staub.

So lagen sie beide still und kamen allmählich zu sich, noch lange keuchend vor Anstrengung.

»Gute Überraschung?«, fragte Pilaster endlich.

»Wow!«, sagte Sig. »Genial. Fast unheimlich, so genial.« Nie zuvor in Außenwelt hatte er sich so fantastisch gefühlt. Vielleicht hatte er sich überhaupt noch nie so fantastisch gefühlt.

Der Unfall

Am nächsten Morgen machten sie sich wieder auf den Weg. Sig fand es schade, den Ort bei der Quelle und der Grotte zu verlassen – für Sig verlieh der hohle Berg der gesamten Umgebung etwas Magisches. Hier hätte er länger bleiben wollen, um in der Sonne zu liegen, das Plätschern des Bachs zu genießen und vor allem, um noch einmal ein solches Konzert zu geben – der Nachhall der Rhythmen zitterte auch jetzt noch durch seinen ganzen Körper und sang in ihm und machte, dass er sich stark fühlte.

Am Abend zuvor hatten sie nach dem Konzert noch lange unter dem Sternenhimmel am Feuer gesessen, und Pilaster hatte von seinen früheren Streifzügen durch den Wald berichtet und von den Tieren, die in ihm wohnten. Sig hatte wohlig müde und etwas abwesend zugehört. Ihm war, als sei er in Pilasters Welt hineingetrommelt worden und jetzt irgendwie eingeweiht. Eine gute Sache.

Über den Baumkronen hatten sie im Dunkeln Fledermäuse herumflattern sehen, auf der Jagd nach Insekten. Und später hatten sie noch eine große Eule beobachtet, die mit mächtigen Flügelschlägen über die Lichtung scherte und auf der Suche nach Mäusen und anderem Kleingetier war.

Nachts hatte Sig den Bach murmeln gehört und den Klageruf der Eule, aber die Geräusche hatten ihm keine Angst gemacht. Die Felswand und der umschlossene Ort hatten ihm ein Gefühl der Geborgenheit gegeben, und die Rhythmen dieses Abends verliehen ihm Kraft. Er fühlte sich gut hier – der erste Ort in Außenwelt, an dem es einfach nur gut war.

Doch sie mussten weiter. Sie hatten nur noch für drei Tage Essen dabei.

In einem ruhigen Tempo suchten sie sich ihren Weg durch die Hügel. Die Pfade schlängelten sich hier mehr als im ebenen Teil des Waldes. Zweimal mussten sie sogar ein Stück zurücklaufen, weil der Pfad in einem engen Tal endete. Trotzdem kamen sie Pilaster zufolge gut voran. Es war der vierte Tag, seit sie das Hängende Haus verlassen hatten, und zum ersten Mal waren Sigs Beine nicht mehr so schwer. Er gewöhnte sich allmählich ans Unterwegssein. Außerdem wurde sein Rucksack immer leichter, je mehr sich ihre Vorräte erschöpften.

Es versprach ein ruhiger Tag zu werden. Sie gingen einige Stunden, dann machten sie Pause, tranken und aßen etwas und gingen weiter. Pilaster war nicht sehr gesprächig, und Sig war das nur recht. Es war schön, hier zu wandern. Falls ihr ganzes weiteres Abenteuer so sein würde, dann durfte es, was Sig betraf, noch sehr lange dauern. Es war, als würde der Rhythmus des Gehens alle düsteren Gedanken vertreiben.

Im Lauf des Nachmittags erreichten sie den Gipfel von einem der höchsten Hügel. Es war karg und felsig dort. Der Wind pfiff ihnen um die Ohren, und weil hier keine Bäume wuchsen, hatten sie freie Sicht nach allen Seiten. Pilaster holte die Karte hervor und zeigte, wo sie sich seiner Einschätzung nach befanden: Ungefähr in der Mitte des groben Zirkels, mit dem Wald auf der Karte angedeutet war. Pilaster hatte die Hügel mit dünnen schwarzen Linien wie eine Art Beulen eingezeichnet.

»Da, schau mal. Genau nach Plan. Zwei Tage, und wir sind durch. Heute Abend kampieren wir am Fluss.« Pilaster deutete auf eine dünne blaue Linie, die östlich der Hügel verlief.

»Du müsstest mal wissen, wie viel Arbeit in dieser Karte steckt. Als ich hier landete, wusste ich überhaupt nichts. Genau wie du. Verirrt in einer unbekannten Welt. Jahrelang habe ich Wissen gesammelt. Zuerst, damit ich überhaupt etwas zu tun hatte und um nicht denken zu müssen. Ich meinte, ich täte das, um irgendwann einen Weg zurück nach Hause zu finden. Zurück in die Stadt. Später kam ich dahinter, dass es mir Spaß machte. Ich glaube, Pilaster ist mehr ein Entdeckungsreisender als ein Nachhausegeher.«

»Aber warst du denn nicht einsam?« In der Stadt war nie jemand lange allein. Man lebte, um zu arbeiten und um sich zu vergnügen. Und alles machte man zusammen mit anderen.

»Doch, natürlich. Schr sogar. Ich dachte, ich würde verrückt werden. Bis ich die Türme entdeckte. Da konnte ich mit dem Memoarchiv reden. Monate habe ich dort verbracht und mich mit alten Memos unterhalten. Das sind Gedächtnisse von Menschen aus früherer Zeit. Sie brachten mir bei, die Hoffnung nicht aufzugeben, sondern darauf zu bauen, dass mir eines Tages doch noch etwas einfiele, um den CC hinters Licht zu führen. Hoffnung, dass einer wie du kommen würde, dem ich all das beibringen könnte, was ich entdeckt hatte. Das gab mir ein Ziel. Also habe ich Karten angefertigt, Holoberichte aufgezeichnet und herausgefunden, wo ich die größte Chance hatte, jemanden zu finden, der nicht gelöscht worden war. Schließlich habe ich mein Haus in Halde West gebaut. So verstrichen die Jahre.« Pilaster schaute jetzt nach Norden, wo die Stadtmauer wie ein dünner, diesiger Hauch am Horizont zu sehen war.

»Aber was, wenn jetzt nie mehr jemand gekommen wäre? Dann wäre doch alles umsonst gewesen?«

»Und was ist mit all den Leuten in der Stadt? Wozu ist die Stadt denn nütze?« Pilaster klang auf einmal heftig, so als dürfe er jetzt nicht einknicken. »Jeder wird geboren, lebt und wird wieder in den Kreislauf aufgenommen. Nach ein paar Jahren ist jeder dort vergessen.« Seine Stimme wurde sanfter. »Vor langer Zeit stieß ich auf die Reste einer Hütte, die jemand irgendwann gebaut hatte. Ich war damals selbst erst ein paar Jahre fort aus der Stadt. Es war auf einer meiner ersten Erkundungsreisen. Irgendwo am Rand von Produktion war es, nicht weit von Halde Ost. Eine kleine Ruine, allerdings ein paar hundert Jahre alt, denke ich. Gebaut aus Abfällen der Halde, genau wie meine. Nicht viel mehr als ein paar gegen einen großen Felsen gebaute Wände. Der Felsen war zum Teil ausgehöhlt zu einer trockenen dunklen Kammer, halb unter der Erde. Ich fand dort ein Tagebuch.« Pilaster atmete tief durch. Der Wind blies sein dünnes graues Haar in sämtliche Richtungen.

»Alph nannte sich der Verfasser des Tagebuchs. In einem Müllschacht gelandet, von der Stadt ausgespuckt und durch irgendeinen Zufall nicht gelöscht. Er war noch nie auf Entdeckungsreise gegangen. Sein Tagebuch war voll geschrieben mit Jammer und Wehklagen. Dutzende von Seiten lang. Nach wenigen Jahren beschloss er, sich von einer Flinse fangen und wieder in den Kreislauf aufnehmen zu lassen. Die letzten Sätze in seinem Tagebuch lauteten: *Nichts macht noch irgendeinen Unterschied. Alles ist sinnlos. Es ist besser so. Ich gehe.*«

Pilaster schwieg, schaute wieder weg von der Stadtmauer und ließ seinen Blick über Wald schweifen. »Diese Worte haben mir immer im Kopf herumgespukt. Als Mahnung. Wie ich nicht werden wollte. Das habe ich von ihm gelernt, also ist sein Leben doch nicht umsonst gewesen. Für mich jedenfalls nicht. Da siehst du es mal wieder.« Er schaute Sig an. Auf seinem Gesicht erschien wieder das bekannte Grinsen. »Komm, wir gehen weiter, oder möchtest du erst noch einen Schluck von diesem wunderbaren Quellwasser?«

Eine Stunde später erreichten sie das Ufer des kleinen Flusses, den Pilaster Sig auf der Karte gezeigt hatte. Bei einer Biegung, an einem sandigen kleinen Strand, schlugen sie ihr Lager auf. All das begann fast vertraut zu werden. Sig sammelte Brennholz, während Pilaster das Zelt aufbaute und ihre Schlafsäcke ausrollte. Innerhalb weniger Minuten hatten sie sich eingerichtet und saßen mit ihren Frühstückspaketen gegen einen umgestürzten Baumstamm gelehnt. Sie gingen an diesem Abend früh schlafen.

Auch der nächste Tag schien zunächst ruhig zu verlaufen. Nichts deutete darauf hin, dass im Lauf des Tages etwas Schreckliches passieren würde. Die Pfade waren gut begehbar, und nachdem sie die Hügel hinter sich gelassen hatten, kamen sie auch wieder schneller voran. Sie folgten dem Flusslauf, bis sie eine Stelle fanden, an der sie ihn durchwaten konnten.

Von da an ging es wieder ostwärts. Das Land, durch das sie zogen, war jetzt wieder flach, und der Wald erschien weniger dicht als zuvor. Von Zeit zu Zeit gingen sie jetzt durch Fluren, wo ihnen das Gras bis zur Hüfte reichte. Herden von Pferden und Rehen schraken hoch, wenn Pilaster und Sig ihnen zu nahe kamen, und flohen mit großer Geschwindigkeit vor ihnen.

Auch das Wetter hielt sich gut. Hatten sie beim Verlassen ihrer Halde Regen und Unwetter gehabt, so herrschte, seit sie in Wald waren, ein milder Westwind und brachte Sonne und Wärme mit sich. Gutes Wanderwetter.

»Wenn es so weitergeht, erreichen wir das Ende von Wald schon gegen Abend. Morgen sind wir auf Halde Süd.« Pilaster blieb stehen und schaute in die Runde. »Du verstehst mittlerweile wohl, weshalb ich dir Wald zeigen wollte.«

Sig nickte. »Es ist schön. Aber wir sollten doch auch an einem See vorbeikommen? So ein Gebiet wie in dem Holobericht von deiner Expedition nach Wasser? Oder war das kleine Wasserloch mit den Pferden der See, den du meintest?«

»Nein, nein. Es gibt noch einen richtigen See in der Nähe. Am Rand von Wald, nahe bei Halde Süd. Ich hatte vergessen, dass du dorthin wolltest, und wollte möglichst schnell zur nächsten Halde. Ich denke, für den See müssen wir uns etwas weiter südlich halten. Wir können ja heute Nacht dort kampieren.«

Pilaster holte den Nordweiser und die Karte hervor. Er zeigte auf einen kleinen blauen Fleck auf der Karte. »Schau, da ist es. Und wir sind ungefähr hier.« Er zeigte auf einen Punkt etwas weiter nordwestlich des Sees. »Sechs oder vielleicht sieben Kilometer, mehr können es nicht sein.« Er schaute auf den Nordweiser und deutete in die Richtung, der sie folgen mussten: »Da entlang.«

Eine Stunde später sahen sie von einer kleinen Anhöhe aus in der Ferne den See liegen. Eine glitzernde graublaue Fläche zwischen den Bäumen. Er war nicht sehr breit, dafür aber lang und von Schilfgürteln umsäumt, genau wie der See in dem Holobericht.

Die Schatten wurden schon länger, und hinter ihnen neigte sich die Sonne bereits dem Horizont entgegen. »Weiter, als ich dachte. Wir müssen uns beeilen, wenn wir vor der Dunkelheit dort sein wollen.« Pilaster zurrte seinen Rucksack etwas fester, streckte sich und ging weiter. Sig folgte ihm.

Es begann schon zu dämmern, als sie endlich das Schilf rauschen hörten. Sie waren beide müde. Ihre Tagesetappe war diesmal ein ganzes Stück länger gewesen als an den Tagen zuvor. Und auf den Grasebenen zwischen den Bäumen hatte die Sonne viele Stunden hindurch warm auf sie herabgeschienen. Pilaster keuchte und stützte sich schwer auf seinen Stock. Sig konnte die Augen kaum mehr offen halten. So waren sie denn auch überhaupt nicht vorbereitet auf das, was geschah, als sie vom Wald aus den See erreichten.

Dutzende von Pferden standen an einer freien Stelle am Ufer und tranken. Und in dem Augenblick, als die Tiere sie sahen, gerieten sie in Panik. Die meisten galoppierten am Ufer entlang fort, mitten durchs Schilf. Aber einige, ihnen voran das größte Tier, vielleicht der Anführer der Herde, stürmten geradewegs auf sie zu. Erschrocken sprang Sig zur Seite und hinein ins Gestrüpp.

Pilasters Rucksack war viel schwerer als der von Sig, und der alte Mann war doch erschöpfter, als er Sig gegenüber hatte zeigen wollen. Sig sah, wie Pilaster vor Schreck umfiel, als das vordere Tier direkt an ihm vorbeistob. Die anderen Pferde galoppierten mit großen dröhnenden Sprüngen kaum einen Meter dahinter an ihm vorbei. Innerhalb von ein paar Sekunden waren die Tiere im Wald verschwunden. Nur Pilaster blieb reglos am Boden liegen.

»Pilaster!« Mit drei Sätzen war Sig bei ihm.

»Pilaster!« Sig kauerte sich neben ihn. »Pilaster, sag doch was!«

Pilaster war durch das Gewicht seines Rucksacks hinterrücks gefallen. Danach hatte er sich auf die Seite gerollt. Blut tropfte aus einer Wunde an seinem Hinterkopf. Seine Augen waren geschlossen.

»Sag doch was. Bitte!« Zitternd setzte Sig seinen Rucksack ab und nahm die Wasserflasche heraus. Er sprenkelte etwas Wasser über Pilasters Gesicht und legte ihm seine Hand auf die Schulter. »Nicht fortgehen, Pilaster. Nicht zurück in den Zyklus. Nicht jetzt.«

Was sollte er tun? Sig zerrte etwas an Pilaster herum, sodass er ihn aus seinem Rucksack befreien und ihn etwas bequemer hinlegen konnte. Er konnte nicht sehen, ob Pilaster noch atmete.

Er stand wieder auf, schaute hin und her, mit ohnmächtig geballten Fäusten, und schrie: »Mistpferde! Blöde Mistpferde! Wenn ich euch zu fassen kriege, dann …«

»Es waren nicht die Pferde, Siggi«, erklang auf einmal Pilasters Flüsterstimme. Die Augen des alten Mannes waren wieder geöffnet, und er atmete jetzt keuchend. Seine Brust bewegte sich mühsam auf und ab. »Es waren nicht die Pferde. Es war ein Stein. Ein dummer Stein, auf den ich mit dem Kopf aufgeschlagen bin. Gib mir mal einen Schluck Wasser, Junge.« Er zauberte sich sein Grinsen wieder aufs Gesicht. Aber es war ein verzerrtes Grinsen. Es war deutlich, dass er Schmerzen hatte.

Eine Welle der Freude durchwogte Sig. »Du lebst noch!« Plötzlich hatte er das Gefühl, als würden Pilaster und er schon Jahre zusammen durch die Welt ziehen und als müsse das so sein und nicht anders.

Wieder nahm er die Wasserflasche und hielt sie an Pilasters Lippen. Ein Teil schwappte in Pilasters Kragen.

»Mich wirst du so schnell nicht los, merk dir das!«, entgegnete Pilaster tapfer. Aber seine Stimme klang anders, als hätte sie einen Sprung, und ihnen beiden war klar, dass er das nur sagte, um Sig zu beruhigen.

Vorsichtig befühlte Pilaster seinen Hinterkopf, und er erschrak, als er seine Hand zurückzog und sie blutverschmiert war. »Du musst mich verbinden, Junge. Schnell. In meinem Rucksack.« Er gestikulierte zögernd mit der Hand. »Verband. Blutverlust ...« Wieder trat er weg. Seine Augen schlossen sich, und sein Kopf sank wie vorher zu Boden.

Sig schüttete Pilasters Rucksack aus in der Hoffnung, etwas zu finden, das er zum Verbinden nehmen könnte. Nach einigem Suchen fand er einen langen Streifen Stoff. Den wickelte er Pilaster vorsichtig um den Kopf und fixierte ihn mit Klebeband. Danach breitete er Pilasters und seinen eigenen Schlafsack über seinen reglos daliegenden Freund.

Es war jetzt fast dunkel. Besorgt und halb betäubt vor Schreck suchte Sig rasch etwas Brennholz zusammen und baute in einigen Metern Entfernung zu der Stelle, an der Pilaster lag, ein Feuer. Es wurde kein schönes Feuer, so wie wenn Pilaster es machte, doch es brannte. Anschließend baute er so recht und schlecht es ging das Zelt auf, direkt über dem immer noch reglos daliegenden Pilaster. Von Zeit zu Zeit kniete er bei ihm nieder. Pilaster schien in einen tiefen Schlaf versunken. Die flackernden Flammen des Feuers warfen launische Lichtzungen über sein müdes, bleiches Gesicht. Tiefe Schatten hatten sich um seine Augen gebildet. Sig fiel nichts mehr ein, das er für den alten Mann hätte tun können.

Also setzte er sich ans Feuer, fest entschlossen, nicht einzuschlafen. Er würde bei seinem Freund wachen, bis der Morgen anbrach. Das war das wenigste, das er tun konnte, und das Einzige, was ihm einfiel.

Dutzende von Fledermäusen flatterten geisterhaft über dem Schilf, und große Nachtfalter tanzten um die Lampe, die über dem Zelteingang brannte, doch Sig hatte kein Auge für sie. Durch seinen Kopf geisterten die Selbstvorwürfe. Es war seine Schuld gewesen, denn er hatte ja so unbedingt zu diesem elenden See gewollt. Wären sie ganz normal weitergegangen, dann … Und wenn er mehr Gepäck getragen hätte, dann hätte Pilaster auch rechtzeitig davongekonnt. Was war er doch für ein Schwächling. Und hätte er nur besser aufgepasst, als sie aus dem Wald kamen …

Die Mücken umschwärmten ihn, und er wurde wieder und wieder gestochen. Und ihm war kalt. Aber das war sein verdienter Lohn. Wie sollte es jetzt weitergehen? Langsam sank er doch in einen fröstelnden, unruhigen Halbschlaf.

Als er tief in der Nacht kurz aufwachte, stand er auf und legte sich neben Pilaster. Er horchte auf Pilasters Atmung, die ruhig, aber sehr schwach neben ihm klang. Er legte einen Arm um Pilaster, um ihn warm zu halten. Jetzt konnte er nur noch abwarten, was der nächste Morgen bringen würde.

Halde Süd

Am nächsten Morgen drehte sich Sig sofort nach dem Aufwachen zu Pilaster, um zu sehen, wie es ihm ging. Pilaster war wach. Er lag auf der Seite und schaute durch die schmuddelige Zeltfolie nach draußen zum Schilf und dem freien Uferstück.

»Mach bitte mal die Bahn hier auf«, sagte Pilaster mit leiser, heiserer Stimme, als er Sig sich regen hörte. »Ich möchte nach draußen sehen.«

Sig knotete das Zelt auf und schlug die Zeltfolie beiseite. Helles Morgenlicht strömte herein, und erst jetzt sah er, wie grau Pilasters Gesicht war.

»Möchtest du etwas trinken?«, fragte Sig zögernd. Er wagte nicht recht zu fragen, wie Pilaster sich fühlte.

»Ja, aber würdest du vorher meinen Rucksack so hinstellen, dass ich mich dagegenlehnen kann? Ich möchte ein wenig sitzen.«

Sig stellte den Rucksack neben Pilasters Kopf. Mühsam richtete Pilaster sich auf, und Sig schob ihm den Rucksack unter Kopf und Schultern. Er nahm die Wasserflasche und hielt sie Pilaster an den Mund.

»Warte etwas. Schwindelig.« Pilaster schloss die Augen. Seine Stimme war nicht mehr als ein Flüstern.

Sig kroch aus dem Zelt, stand auf und schaute in die Runde. Was jetzt? Das Essen war fast alle, und es war klar, dass Pilaster nicht weiterkonnte. Er würde allein zur Halde gehen und dort neue Lebensmittelvorräte suchen müssen. Und dann so schnell wie möglich wieder zurück, um Pilaster zu versorgen. Eine andere Möglichkeit sah er nicht. Aber konnte er Pilaster in diesem Zustand zurücklassen? Sig hatte noch nie jemanden erlebt, der krank oder verletzt war. In der Stadt kam das nicht vor. Alles Mögliche könnte passieren, und er würde mindestens zwei Tage unterwegs sein, vielleicht sogar länger.

Er kroch wieder ins Zelt. Pilaster versuchte ein Lächeln, aber das klappte nur halb. »Steht, glaube ich, nicht alles zum Besten, was, Sig? Werde ein paar Tage leisetreten müssen. War ein harter Schlag.«

»Möchtest du jetzt etwas trinken? Oder essen?« Sig schaute Pilaster prüfend an.

»Erst ein Schlückchen Wasser, das wäre jetzt gut.« Pilaster streckte die Hand nach ihm aus, um zu zeigen, dass er imstande war, selbst zu trinken.

Sig reichte ihm die Flasche. »Wir haben fast nichts mehr zu essen. Vielleicht sollte ich allein weiter zu Halde Süd und Vorräte holen. Ich kann innerhalb von zwei Tagen wieder zurück sein.«

»Ja«, antwortete Pilaster, »ich habe auch schon darüber nachgedacht. Ich weiß nicht, ob das so eine gute Idee ist, aber ich weiß auch nicht, wie wir es anders machen sollen.« Er setzte die Flasche an den Mund und trank in kleinen, vorsichtigen Zügen. Jedes Mal, wenn er schluckte, verzerrte sich sein Gesicht vor Schmerz.

»Ich lasse das Essen, das wir noch haben, hier bei dir zurück«, fuhr Sig fort. »Du brauchst es dringender als ich. Ehe du dich versiehst, bin ich wieder da. Und ich koche Wasser für dich und lasse meinen Schlafsack hier. Wenn ich in einem Stück durchmarschiere, bin ich morgen Nachmittag schon wieder da. Aber dann muss ich so bald wie möglich los.«

»Ruhig, ruhig. Lass uns erst einen guten Plan machen. Ein halber Tag mehr oder weniger, das macht so viel nicht aus. Lass uns erst etwas essen. Es ist noch früh.«

Nach dem Frühstück fühlten sie sich beide etwas besser. Jetzt waren noch genau zwei Essenspakete übrig.

»Wenn du jetzt als Erstes das Zelt etwas stabiler aufbaust und einen Vorrat Trinkwasser anlegst, dann überlegen wir danach, was wir am besten tun können.«

Sig machte sich an die Arbeit und warf nur von Zeit zu Zeit einen Blick auf Pilaster. Der hatte die Augen wieder geschlossen und schien wieder eingeschlafen zu sein. Aber als Sig fertig war – er hatte die Seitenbahnen des Zelts unten mit einer Reihe von Steinen beschwert, und alle Wasserflaschen waren gefüllt bis zum Rand –, schaute Pilaster wieder auf.

»Okay. Dann nimm jetzt die Karte und den Nordweiser.« Pilaster hob den Kopf, sodass Sig an den Rucksack kam. »Und dann erkläre ich dir, wie du am schnellsten von hier aus die Halde erreichst.«

Sig legte die Karte aufgefaltet auf Pilasters Schoß und setzte sich neben ihn.

»Schau. Du gehst in diese Richtung am Seeufer entlang, bis es nach Süden hin abknickt. Von da an hältst du dich ostwärts. Du weißt, wie man den Nordweiser liest?«

Sig nickte.

»Nach ein paar Stunden kommst du dann ungefähr hier aus dem Wald.« Pilaster zeigte es ihm auf der Karte. »Dann sind es noch etwa fünfzehn Kilometer über eine vergleichbare Ebene wie bei Halde West. Drei oder vier Stunden zu gehen, schätze ich.«

»Gibt es da auch wieder so eine Autobahn?«

»Ja. Und die macht mir die meisten Sorgen. Das und die Flinsen. Fleddererhorden sind dünn gesät bei Halde Süd. Höchstens einzelne Fledderer, und meistens überleben die nicht lange.«

Sig beugte sich über die Karte. Er wollte nicht zeigen, wie unsicher er sich fühlte. Er war froh, dass Pilaster das Heft wieder in die Hand genommen hatte und ihm sagte, was er tun sollte. »Aber wie finde ich am schnellsten neue Vorräte, wenn ich einmal da bin?«

»Möwen. Folge den Möwen. Schnorrer erster Klasse mit einem fantastischen Riecher für Essbares. Meistens brauchst du nicht lange zu suchen. In der Stadt werden unglaubliche Essensmengen weggeworfen. Das wird nicht das Problem sein.«

»Und was wird dann das Problem sein?«, fragte Sig beunruhigt.

»Na ja, äh …« Pilaster zögerte. »Das war nur so dahergesagt. Normalerweise dürfte es überhaupt keine Probleme geben. Wenn du bei der Autobahn nur so lange wartest, bis nichts, absolut nichts ankommt. Und sorge dafür, dass du einen Knüppel oder irgendwas dabeihast, mit dem du dich wehren kannst, wenn eine Flinse auftaucht.« Pilaster lehnte sich wieder zurück. Das Sprechen erschöpfte ihn sichtlich. »Nimm die Karte und den Nordweiser mit. Und das Hitzeelement. Und mein Messer, die Lampe und deinen Schlafsack. Du wirst eine Nacht auf der Müllhalde zubringen müssen. Sorge dafür, dass du dir aus irgendwas ein Zelt baust oder sonst einen guten Unterschlupf findest.«

Sig faltete die Karte zusammen und steckte sie in das obere Fach seines Rucksacks. »Gibt es noch etwas Besonderes, was du gern isst? Oder sonst was, das ich dir mitbringen soll?«, fragte er in dem Versuch, die Stimmung etwas aufzulockern.

»Schokolade. Kiloweise Schokolade. Und Fisch. Gebratene Fischstäbchen, gut für Kranke. Und bitte keine Frühstückspakete mehr. Ich kann kein Frühstück mehr sehen!« Pilaster grinste.

Schweigend packte Sig seinen Rucksack. Er stellte das Wasser und die beiden letzten Essenspakete in Pilasters Reichweite und erneuerte Pilasters Verband mit einem sauberen T-Shirt, das er in Streifen riss. Die Wunde an Pilasters Kopf sah nicht gut aus, soweit er das einschätzen konnte.

Pilaster drängte darauf, dass Sig in jedem Fall eines der Essenspakete mitnahm, doch Sig weigerte sich. »Du wirst sie brauchen«, beharrte er. »Ich kann mich heute noch auf der Halde vollstopfen, während du bis morgen Abend warten musst.« Schließlich gab Pilaster auf; es war Zeit zu gehen.

»Merk dir, dass du das Klügste bist, das dort herumläuft«, sagte Pilaster, als sie sich verabschiedeten. »Tiere, Flinsen, Fledderer … Wenn du nicht in Panik gerätst, überlistest du sie alle. Gut aufpassen und nicht den Kopf verlieren« – Pilaster grinste – »so wie ich … Wirklich, du bist viel tapferer, als du ahnst, Sig. Als ich gerade erst hier war …« Pilasters Stimme erstarb. Er schluckte mühsam. »Zeit zu gehen. Dann bist du noch vor der Dunkelheit auf der Halde. Bis morgen. Warte! Nimm meinen Stock mit.«

Zögernd nahm Sig Pilasters Wanderstab, der neben dessen Lager lag. Es war ein eigenartiges Gefühl, ihn in der Hand zu halten. Er gehörte nicht zu ihm, sondern zu Pilaster. Aber der Stock lag leicht in der Hand und verlieh ihm ein Gefühl von Stärke.

»Danke. Bis morgen. Ruh dich einfach gut aus.« Sig kroch aus dem Zelt, lud sich seinen Rucksack auf und blickte ein letztes Mal zurück. Pilaster lag stumm in seinem Zelt und betrachtete ihn. Er hob die Hand und nickte. »Geh jetzt.«

Ohne Schwierigkeiten legte er den ersten Teil seines Weges zurück, auch wenn es seltsam war, allein zu gehen und selbst die Richtung bestimmen zu müssen. In raschem Tempo folgte Sig dem Seeufer. Das verlief zunächst in nördliche Richtung und knickte anschließend nach Osten ab. Entlang der Schilfgürtel und durch das Gras kam er gut voran. Die Sorge um seinen Freund schien seine Energie zu verdoppeln.

Ohne sich auszuruhen, folgte er, als das Seeufer nach Süden abbog, den ostwärts führenden Pfaden. Von Zeit zu Zeit nahm er den Nordweiser und die Karte zu Hilfe. Wenn er dieses Tempo beibehielt, dann erreichte er vielleicht noch vor Mittag das Ende von Wald. Pilaster konnte stolz auf ihn sein. Zum ersten Mal in seinem Leben kam sich Sig wirklich wichtig vor. Jemand anderer, sein Freund, brauchte ihn. Er würde Pilaster nicht enttäuschen. Auch wenn es ihn noch so viel Mühe kostete. Pilaster zählte auf ihn.

Nach und nach lichtete sich der Wald. Im Gegensatz zu der Stelle, wo sie Wald betreten hatten, verlief der Übergang zur offenen Ebene an dieser Seite ganz allmählich. Jedenfalls war es in diesem offenen Land einfach, den Kurs zu halten. Sig ging weiter und weiter. Stunde um Stunde. Nur ab und zu blieb er stehen, um einen Schluck Wasser zu trinken. Wenn er so weitermachte, würde er schon bald die Müllautobahn erreichen. Er hoffte inbrünstig, dass dort kein dichter Verkehr herrschte und er sie sofort überqueren konnte.

Doch die Wirklichkeit sah anders aus. Als Sig mitten am Nachmittag bei der Müllautobahn ankam, raste der Verkehr in einem fast ununterbrochenen Strom vorbei. Ein Mülltransporter nach dem anderen donnerte vorüber. Mindestens sechs, sieben Meter hoch und breit waren sie, und fünfzehn, zwanzig Meter lang. Blinde Kolosse.

Jetzt die andere Seite zu erreichen, war unmöglich, da konnte er noch so rennen. Sig war kein so guter Schnellläufer, und schon gar nicht mit Gepäck. Nachdem er lange Zeit auf auch nur die allerkleinste Gelegenheit gewartet hatte, legte Sig seinen Rucksack mutlos in die Straßenböschung und setzte sich. Jetzt merkte er, dass er seit seinem Frühstück nichts mehr gegessen hatte. Er hatte ein hohles Gefühl im Magen, und seine Beine waren zittrig.

Geduld. Er musste Geduld haben. Und das, während Pilaster auf ihn wartete, krank und hilflos. Sig hatte keine Geduld. Es war unerträglich. Er sprang wieder auf und schlenderte die Autobahn auf und ab. Kurz darauf zwang er sich, sich wieder hinzusetzen. Besser, er ließ es ruhig angehen und schonte seine Kräfte.

Als der Verkehr nach einer Stunde immer noch nicht weniger geworden war, kam ihm eine Idee. Wenn er seinen Rucksack und Pilasters Stock zurückließ, würde er schneller laufen können und so vielleicht die andere Seite erreichen. Er sprang auf und stellte sich in Position, als stünde er in den Startblöcken wie bei einem Wettlauf. Einem Wettlauf auf Leben und Tod diesmal. Aber er musste weiter.

Die Transporter rasten und rasten vorüber, von rechts nach links, wieder und wieder. Doch es schien, als kämen sie in Wellen. Immer nach fünf oder sechs Stück schien es eine kurze Pause zu geben, als bräuchte die nächste Transporterwelle einen kleinen Moment, um angerollt zu kommen.

Sig zählte die vorbeirasenden Transporter.

Sechs, vier, drei, zwei, eins. Jetzt! Und fast ohne hinzuschauen, ob etwas kam, rannte er nach vorn. Mit großen Sprüngen hastete er über den Fahrbeton.

Schon war er in der Mitte der Autobahn. Instinktiv schaute er nach rechts. Und da, unausweichlich, kam ein Hunderttonner angerast.

Mitten auf der Autobahn hielt Sig wankend inne. Auf dem schmalen Metallstreifen, der die Autobahnhälften voneinander trennte, blieb er stehen. Vor und hinter ihm, nur Zentimeter von ihm entfernt, rasten die Müllwagen vorbei. Nur wenn er kerzengerade stehen blieb, die Arme flach an den Körper gelegt hielt, war er sicher. Die computergesteuerten Laster brauchten wenig Zwischenraum. Bis auf den Zentimeter genau waren sie programmiert. Und nichts würde sie dazu bringen, von ihrem einprogrammierten Kurs abzuweichen.

Die Sekunden rannen endlos langsam vorüber. Und die Sekunden wurden zu Minuten. Immer noch stand Sig kerzengerade und wie an den Boden genagelt da, während ihm vor Hunger ganz leicht im Kopf war. Vor und hinter ihm dröhnten die Transporter vorüber, blind, unwissend und teilnahmslos.

Was hatte Pilaster noch zu ihm gesagt? Du bist der Klügste. Solange du nicht in Panik verfällst und gut nachdenkst, kann dir nichts passieren.

»Nicht in Panik geraten, Sig. Keine Panik. Nur die Ruhe kann dich retten«, sprach er zu sich. »Du bist der Klügste hier. Das andere sind nur dumme Maschinen. Ruhig deine Gelegenheit abwarten. Und wenn es eine Stunde dauert, zwei Stunden, drei Stunden, du gewinnst. Entspanne dich.«

Sig fühlte das Zittern der Fahrbahndecke, die Luftwirbel, die der vorbeifahrende Verkehr verursachte, und er konzentrierte sich, schaute nach rechts und blieb in dieser Haltung. Nach jedem vorbeikommenden Transporter schätzte er die Zeit bis zum nächsten und wartete ab.

Er tat das hier nicht für sich, sondern für Pilaster. Pilaster zählte auf ihn. Sig durfte ihn nicht enttäuschen. Er schätzte den Zwischenraum zwischen den Transportern, die vorbeikamen. Fünfzig Meter Zwischenraum, fünfundsiebzig, wieder fünfzig, dreißig Meter, hundert. Hundert!

Jetzt! Ohne nachzudenken sprang Sig nach vorn. Es musste klappen. Es würde klappen. Nie zuvor war er so stark gewesen. Er fühlte den Knoten im Magen nicht mehr und auch nicht das Zittern in den Beinen. Er konnte es, er war sich sicher. In vier, fünf Sprüngen war er auf der Hälfte. Noch vier Sprünge zur sicheren anderen Seite, noch drei … Sig hörte den Transporter nahen, fühlte die Fahrbahn erzittern und hechtete in die Böschung. Und geschafft! Er war durchgekommen. Auch wenn sein T-Shirt in dem Wind flatterte, den der Mülltransporter hinter ihm verursachte, und er das Dröhnen der Reifen auf dem Asphalt direkt neben sich spürte, er hatte es geschafft!

Erschöpft blieb er einen Moment auf dem Gras neben der Müllautobahn liegen, um wieder zu sich zu kommen. Das Herz klopfte ihm bis zum Hals. Mit geschlossenen Augen zählte er bis zehn. »Weiter, Sig«, sagte er zu sich. »Du musst weiter. Pilaster wartet auf dich.«

Er stand auf, aber ihm schwindelte so, dass er gleich wieder in die Knie ging. Die Anspannung und die fehlende Nahrung forderten ihren Tribut. Sig atmete ein paarmal kräftig durch und stand wieder auf, diesmal vorsichtiger.

»Okay. Du brauchst einen neuen Stock, gegen die Flinsen. Und zu trinken. Und etwas, worin du das Essen mitnehmen kannst.« Er streckte sich und ging los. Direkt auf den nächsten Abfallberg zu.

Die Autobahn schien hier näher an der Halde entlangzuführen als bei Halde West. Ein paar Minuten später stand er schon am Fuß eines gigantischen Schuttbergs. Verbogene Eisenstangen ragten wie totes Geäst aus dem zerkrümelten Beton nach oben und zur Seite weg. Sig fand ein Stück rostiges Eisen, mit dem er imstande wäre, die Flinsen von sich abzuwehren. Er schlug ein paarmal damit durch die Luft und wog es bedächtig in der Hand. Wohl etwas schwer, aber eine prima Waffe. Er fasste wieder Mut. Sollen sie nur kommen, dachte er.

Sig schaute links und rechts die Müllberge entlang, auf der Suche nach Möwen. Doch kein Vogel war zu sehen. Nichts bewegte sich auf oder über den Abfallhügeln, und bis auf das ferne Rasen des Verkehrs war es still. Auf gut Glück bog Sig rechts ab in Richtung Ende der Halde. Die Sonne hing tief über dem Horizont. Er würde sich beeilen müssen, einen Platz für die Nacht zu finden.

Klappstühle und Laternenpfähle – der erste Berg, an dem er vorbeiging, bestand ausschließlich aus kaputten Klappstühlen und krummen Laternenpfählen. Nichts wert. Eine lächerliche Mischung und rein gar nichts wert. Danach folgte ein Berg von Deckenplatten aus Gips. Konnte er sich daraus eine Hütte für die Nacht bauen? Sig zog eine der Platten zu sich heran, aber das Ding bog sich durch wie ein nasser Lappen und zerkrümelte ihm unter den Händen. Er versuchte einige weitere, aber sie waren allesamt unbrauchbar.

Trümmerteile von Luftscootern, Röhren und Elektrokabel. Gehwegplatten und Haushaltsabfall: Ausgedrückte Tuben, ausrangierte Armbandmodule, leer gegessene Essenspakete, leere Flaschen. Auch auf den nächsten Bergen begegnete Sig wenig Brauchbarem. Er nahm etwas Elektrokabel mit und überlegte, dass, falls er nichts anderes fand, er sich aus den Gehwegplatten eine Hütte bauen konnte. Doch er beschloss, noch etwas weiterzugehen.

Es fing an zu dämmern.

Bei dem nächsten Hügel blieb er stehen. Das sah schon besser aus. Auf einem riesigen Berg alter Kleidung stand ein kompletter U-Bahnzug. Das Ding war zum Teil in dem Textilberg versunken, aber die Türen standen offen. Man könnte hineinklettern. Wenn er es bis dort hinaufschaffte, hatte er in jedem Fall einen geschützten Ort für die Nacht.

Bis zu den Knien in den feuchten, muffigen Textilien versinkend, arbeitete er sich nach oben. Seine Muskeln zitterten vor Ermüdung.

Zehn Minuten später hatte er sich so recht und schlecht es ging eingerichtet. In einer trockenen Ecke des Abteils, auf dem Boden zwischen den Sitzen, hatte er sich eine Art Bett gebaut. Aus dem Abfallberg hatte er sich ein Dutzend einigermaßen trockene Pullover ausgegraben. Sie stanken zwar atemberaubend, sahen aber recht sauber aus. Kalt würde ihm heute Nacht nicht werden.

Bevor er schlafen ging, kontrollierte Sig den gesamten Zug auf unheimliche Tiere und andere Gefahren. Alles erschien sicher. Durch die Fenster zur Ebene hin fiel das letzte Abendlicht herein. Die Fenster auf der anderen Seite schauten auf die Halde hinaus. Vielleicht würde er morgen etwas entdecken, was seinen Vorstellungen entsprach.

Sig legte sich hin. Er hatte Durst und versuchte, nicht daran zu denken. Seine Kleidung behielt er an. Er deckte sich zu. Und er dachte an Pilaster, der jetzt auch so allein im Dunkeln lag. Wie es ihm wohl ging? Mit ein wenig Glück konnte er morgen vielleicht schon wieder laufen, und in ein paar Tagen konnten sie weiter. Aber Pilasters Wunde hatte ernst ausgesehen, und er war doch sehr schwach gewesen heute früh … Wenn Pilaster sich nur gut ausruhte, dann würde alles wieder gut. Mit diesem Gedanken schlief Sig ein.

Beim ersten Morgenschimmer wachte er auf, im Magen ein nagendes Hungergefühl. Und sein Mund war trocken vor Durst. Er streckte sich und nahm auf einem der Schalensitze in dem Abteil Platz.

So hatte alles angefangen, erinnerte er sich. Auf genau so einem Sitz war er eingeschlafen. Keinen Monat war es her, doch ihm kam es viel länger vor. Sig verstand immer noch nicht, wie er an jenem Tag so lange hatte schlafen können, dass er erst am Endpunkt der Linie aufgewacht war.

Lange hielt er sich mit diesem Gedanken nicht auf, denn in der Ferne sah er einen großen Möwenschwarm über einem der Müllberge kreisen. Genau dahin musste er. Er nahm seine Eisenstange und machte sich auf den Weg. Tiefer hinein in Halde Süd.

Das Klettern über Abfälle war schwerer, als er erwartet hatte. Stolpernd und manchmal tief in dem Unrat versinkend suchte er sich seinen Weg. Unterwegs las er zwei leere Tragetüten auf. Es dauerte bestimmt eine Stunde, ehe er den Ort erreicht hatte, über dem er die Möwen hatte fliegen sehen. Sie waren immer noch da. Und sie fraßen in der Tat. Und doch war es nicht, was Sig erwartet und erhofft hatte. Sie pickten mit ihren großen gelben Schnäbeln in große Säcke, aus denen, sobald sie ein Loch hineingepickt hatten, graue Körner rieselten.

Sigs Enttäuschung war groß. Er kannte das Zeug. Es war tatsächlich essbar, aber auch wieder nicht. Es war Basisgranulat, das Zeug, aus dem in den Nahrungsumformern Essen gemacht wurde. Sig erinnerte sich an die fettigen Gerüche bei einem Schulausflug zur Nahrungsmittelraffinerie. Sie hatten von all den verschiedenen Körnern kosten dürfen. Und alle hatten sie ekelhaft geschmeckt, die eine Sorte noch mehr als die andere. Erst in der Abteilung Geschmacksstoffe hatte es wieder Spaß gemacht – dort hatten sie mit lauter Pulvern selbst die merkwürdigsten Geschmäcker zusammenmischen dürfen.

Sig trat gegen einen der Säcke. *Protein* stand in großen Lettern darauf. Der Sack rollte zur Seite, und darunter kam ein anderer hervor, auf dem stand *Fettmischung, ungesättigt. Kohlenhydrate, Ballaststoffe, Spurenelemente, Vitamine* – alle Sorten lagen auf einem Haufen durcheinander. Was damit wohl nicht in Ordnung war, weshalb man sie wohl ausgemustert hatte? Den Möwen schien es gleich. Kreischend futterten sie das ganze Zeugs in sich hinein.

Sig stand eine Weile verzweifelt da und starrte die Säcke mit den Granulaten an. Vielleicht sollte er doch auch etwas davon mitnehmen. Das Zeug enthielt Nährstoffe. Es war besser als nichts. Er fischte eine Hand voll Proteingranulat aus einem der Säcke. Er kaute ein paar davon klein, versuchte, den Brei herunterzuschlucken, spuckte es aber am Ende doch wieder aus. Er hatte Hunger, aber ohne etwas Trinkbares dazu war das hier wirklich nicht herunterzuwürgen.

Er kauerte sich hin, riss einige Säcke auf und machte sich daran, seine Tragetaschen vollzuschaufeln. Von seinem Schulausflug hatte Sig behalten, dass man nur wenig Vitamine und Spurenelemente brauchte. Und dass das Fettgranulat am ekelhaftesten war. Also schaufelte er vor allem viele Kohlenhydrate, Ballaststoffe und Proteine zusammen und nur ab und zu eine Hand voll Vitamine und Spurenelemente dazu. Zuletzt ein paar Hände voll Fettgranulat, um das Ganze abzurunden, dann knotete er die Taschen zu und verknotete sie nochmals miteinander. Bestimmt zehn Kilogramm Nahrung. Eklig, aber sicher sehr gesund.

Die beiden Taschen über die Schulter geworfen machte er sich auf den Rückweg. Pilaster würde nicht begeistert sein, aber vielleicht stieß er vor seiner Rückkehr nach Wald ja noch auf etwas anderes. Zurück zum Rand der Halde nahm Sig einen anderen Weg. Man konnte nie wissen, was es sonst noch zu finden gab.

Ein paar Hügel von den Granulatvorräten entfernt wurde ihm unbehaglich. Irgendwas stimmte nicht. Er wusste nicht, wie, aber er fühlte sich beobachtet. Verschreckt schaute er sich um. Er befand sich in einer Art kleinem Tal zwischen einem Haufen Asphaltbrocken auf der einen und, er würde sagen, gemischtem Dreck auf der anderen Seite. Er hörte und sah nichts, und doch hatte er eine Gänsehaut, und seine Nackenhaare sträubten sich. So leise er konnte und gespannt auf jede mögliche Gefahr achtend, ging er weiter, langsamer als zuvor. Es könnte ein Fledderer sein oder eine Flinse oder ein Roboter oder … Es könnte alles Mögliche sein. Nicht zu viel denken jetzt, sondern horchen, sich umschauen, aufpassen.

Er ließ das Tal hinter sich und bestieg einen Berg aus rostigem Alteisen. Noch immer hörte oder sah er nichts Besonderes.

Doch im selben Augenblick sprang er direkt vor ihn. Der Abstand betrug weniger als einen Meter. Ein großer Mann mit leeren, hungrigen Augen und einem mehrere Wochen alten grauen Stoppelbart. Seine Arme baumelten schlaksig herab. Der Mund des Mannes stand offen, und jetzt streckte er die Arme weit nach vorn, zu Sig.

Sig stieß einen Schrei aus und schlug ohne nachzudenken mit seiner Eisenstange nach dem Mann. Er traf ihn irgendwo am Rumpf. Der Mann gab einen unmenschlichen und zugleich äußerst gramvollen Schrei von sich und brach zusammen. Sig machte, dass er fortkam.

Er pflügte sich durch den Schrottberg und landete am Rand eines braunen, sumpfigen Haufens aus verwittertem Schaumgummi. Ihm blieb nichts anderes, als diesen Haufen zu umrunden. Immer wieder schaute er hinter sich, um festzustellen, ob der Mann ihm folgte, und einmal meinte er, ihn ganz in der Nähe zu hören. Er versuchte, noch schneller vorwärtszukommen. Endlich, nach zwei Bergen aus kaputten Möbeln, erreichte er den Rand der Halde. Direkt neben dem Schuttberg, auf den er beim Hinweg als Erstes gestoßen war.

Ohne stehen zu bleiben oder auch nur innezuhalten, rannte Sig weiter zur Autobahn, aus Furcht, der Mann könne ihn verfolgen. Der scheußliche Schrei, den der ausgestoßen hatte, gellte ihm immer noch in den Ohren. Es herrschte weniger Verkehr als am Vortag, und fast ohne darauf Acht zu geben, was angefahren kam, rannte er auf die andere Seite. Ein Stück weiter sah er seinen Rucksack und Pilasters Stock liegen, beide unangerührt. Er lief dorthin und fiel erschöpft zu Boden.

In der Ferne, hoch oben auf dem Schuttberg, sah er den Mann stehen, den er vorhin mit der Eisenstange geschlagen hatte. Immer noch baumelten seine Arme wie nutzlos an ihm herab. Es schien, als würde er zu Sig herüberschauen, verwundert, blöde, leer. Der Mann war vollständig gelöscht, ein einsamer Fledderer, auf der Halde verirrt.

Ein Stich des Mitleids durchzuckte Sig. Vielleicht hatte der Mann nichts Böses im Sinn gehabt. Vielleicht hätte er ihm etwas von dem Nahrungsgranulat geben sollen. Sig war sich selbst zuwider. Er hatte in seiner Panik einem anderen wehgetan. Er warf die Metallstange weit von sich. Der Mann auf dem Müll sah verloren aus.

Sig wandte seinen Blick weg von dem Fremden. Er musste weiter. Pilaster wartete auf ihn. Den Mann da oben kannte er nicht. Er konnte nicht für jeden sorgen, hielt er sich vor. Und außerdem war der Mann gelöscht. Der kapierte ohnehin nicht, was mit ihm geschah.

Aber erst wollte er etwas trinken und dann weiter. Schnell knotete Sig seinen Rucksack auf und holte eine Flasche Wasser daraus hervor. Es war noch genug darin, um seinen ärgsten Durst zu löschen. Herrliches lauwarmes Wasser. Mit den letzten Schlucken spülte er einige eklige Nahrungskörner runter – es musste sein, sagte er zu sich, sein Körper brauchte die Energie dringend. Dann gönnte er sich fünf Minuten Ruhe.

Im Schneidersitz und mit geneigtem Kopf wartete er ab, bis sein Herz wieder in einem normalen Tempo schlug und er spürte, wie die Energie von Wasser und Nahrung seinen Körper durchfloss. Dann stand er auf. Er stopfte das Nahrungsgranulat in seinen Rucksack, hievte sich den auf den Rücken und ging los. Die Sonne stand jetzt ganz hoch. Wenn er keine Pause machte, würde er am frühen Abend wieder bei Pilaster sein.

Aber nach ein paar Stunden Gehen wurde ihm zunehmend klar, dass es fraglich war, ob er es an diesem Tag noch schaffen würde. Sein Rucksack war schwerer denn je. Sig hatte in der Nacht nur kurz geschlafen, und die Anstrengung der vergangenen Tage machte sich bemerkbar. Sein Trinkwasser war alle. Und das Schlimmste von allem war, dass er nicht mehr genau wusste, wie er zurückgehen sollte.

Auf dem Hinweg war es einfach gewesen. Er war einfach immer in Richtung Osten gegangen – irgendwo stieß man dann von selbst auf die Müllautobahn. Aber zurück, das erforderte größere Genauigkeit. Gerade weil er möglichst genau am nördlichen Ufer des Sees herauskommen wollte, begann er umherzuirren. Dann wieder hielt er sich etwas nördlicher, dann wieder etwas südlicher. Er erkannte keinen von den Bäumen oder Felsen, an denen er vorbeikam. Wieder und wieder zog er Karte und Nordweiser zu Rate, aber auch die boten ihm keinen klaren Anhaltspunkt.

Am späten Nachmittag erreichte er das Seeufer. Viel zu weit im Süden. So weit sein Blick reichte, dehnte es sich nach Norden hin aus. Er konnte nicht mehr. Ihm war schwindelig vor Durst. Als Erstes musste er Trinkwasser machen.

Er schöpfte etwas Wasser aus dem See und richtete das Hitzeelement auf den Topf. Zuerst kochen, dann abkühlen lassen und dann endlich trinken. Wieder würgte Sig etwas Nahrungsgranulat hinunter. Es war mehr, als würde er eine

Medizin einnehmen, als dass er das Gefühl hatte, etwas zu essen. Aber offenbar hatte er ein kräftiges Mahl zu sich genommen, denn er fühlte sich voll und gesättigt. Als er sich einen Moment hinlegte, um sich etwas zu erholen, schlief er ein.

Erst spätabends, es war schon ganz dunkel, wachte er wieder auf, weil er von allen Seiten von Mücken bedrängt wurde. Weitergehen konnte er jetzt nicht. Sig befürchtete, im Dunkeln zu stolpern, und die Geräusche der Nacht jagten ihm Angst ein. Außerdem würde Pilaster inzwischen auch tief und fest schlafen. Wenn er morgen früh losging, war er in ein paar Stunden bei ihm.

Sig kramte den Schlafsack hervor, kroch hinein und schlief sofort ein.

Der Brief

Bei der ersten grauen Morgendämmerung war Sig schon wieder wach. Ihn fror, und Schlafsack und Kleidung waren klamm vom Tau. Seine Augen waren geschwollen vor Müdigkeit und auch von den Mückenstichen. Sein Kopf fühlte sich schwer an. Um ihn her war alles still. Kein Windhauch brachte das Schilf oder die Zweige der Trauerweide in Bewegung, und die meisten Vögel schliefen noch.

Schlaftrunken und fröstelnd wankte Sig zum Seeufer, kniete nieder und schöpfte mit beiden Händen. Er klatschte sich das Wasser ins Gesicht und fuhr sich mit den feuchten Händen durchs Haar. Das kalte klare Nass tat ihm gut. Trotzdem war ihm bedrückt zumute, ohne dass er gewusst hätte, weshalb. Es musste an der grauen, vor Tau tropfenden Stille liegen, hielt er sich vor. War die Sonne erst einmal auf, dann würde es sich wohl legen. Er las seine Sachen zusammen, stopfte alles wieder in seinen Rucksack und ging los.

Der See war nicht breit, und Sig suchte in dem fahlen Morgenlicht die Schilfgürtel und freien Stellen am gegenüberliegenden Ufer nach dem Zelt ab. Vielleicht konnte er Pilaster sogar sehen, falls der zufällig gerade am Wasser stand. Obwohl, es war noch sehr früh; er würde bestimmt noch schlafen. Sig folgte einer sumpfigen Route entlang des Ufers, weniger ein Pfad als nur die Grenze zwischen Schilf und Gras. Aber sie war einigermaßen begehbar. Und bei jedem Schritt, den er machte, schien es heller zu werden.

Immer mehr Vögel erwachten und begannen zu singen. Von Zeit zu Zeit sprang ein Fisch aus dem Wasser und plumpste zurück. Stumme Kreise verbreiteten sich dann auf der ansonsten spiegelglatten Wasseroberfläche. Ein dunkelbraunes Tier von der Größe eines Kaninchens und mit einem großen, flachen Schwanz glitt geräuschlos ins Wasser, als Sig in seine Nähe kam. Es schaute Sig mit neugierigen Augen über seinen großen Schneidezähnen an und schwamm danach dem Schilfkragen folgend fort, nur Nase und Augen noch über Wasser.

Ein Stück weiter stiegen ein paar große blaugraue Vögel mit langen Hälsen majestätisch in den Himmel. In ihrer Ruhe gestört, kreisten sie ein paar Runden über seinem Kopf und nahmen dann Kurs aufs andere Ufer. Sig hörte ihre mächtigen Flügel rauschen.

Es war, als ob alles hier lebte. Sig fühlte sich schon bald zu Gast in einer lieblichen verborgenen Welt, die ganz ihre eigenen Wege ging, die sich nichts machte aus der Stadt und all ihren Menschen; eine Welt, die ihn dennoch willkommen hieß. Das schwere Vorgefühl, mit dem er aufgewacht war, verflog langsam. Was konnte denn schon sein? Pilaster war zwar verletzt, aber doch auch wieder nicht so ernst. Oder? Tief atmete Sig die frische Morgenluft ein, und gleichzeitig roch er das Wasser, das Schilf, die Bäume und die Erde; ein herrliches, kräfteverleihendes Duftgemisch.

Erst als das Nordufer schon in Sicht war, sah Sig auf der anderen Seite des Sees etwas Gelbes schimmern. Die Sonne ging gerade auf. Sig wanderte noch im kühlen Schatten junger Bäume, doch auf der anderen Seite färbte die Sonne das Schilf ocker und hellbraun. Dazwischen, hinter einer freien Stelle, leuchtete das Zelt auf. Klein, aber grellgelb und gut sichtbar.

»Pilaster!«, rief Sig mit aller Kraft. »Pilaster! Ich komme, hörst du? Noch eine Stunde! Hier bin ich, hier! Am anderen

Ufer!« Er winkte wild, mit beiden Armen hoch über dem Kopf. Seine Stimme schallte über das Wasser, Dutzende von Vögeln flogen zwitschernd und rufend auf, kreisten über dem Ufer oder versteckten sich im Schilf. Eine Kaninchenfamilie rannte aufgeschreckt vom Ufer weg und verschwand zwischen den Bäumen. Doch auf der anderen Seite blieb es still. Sig sah keine Bewegung, und es kam keine Antwort.

»Pilaster!«, versuchte er es wieder. »Noch eine Stunde, und ich bin bei dir! Hörst du mich?« Die düstere Vorahnung, mit der er am Morgen aufgewacht war, kehrte mit aller Heftigkeit zurück.

Es blieb still. Vielleicht schlief Pilaster noch. Aber dann wäre er jetzt doch wach geworden? Oder wenn er ein Stück spazieren gegangen war, dann hätte er sein Rufen doch auch hören müssen? Selbst aus dem Wald hätte Pilaster ihm antworten können. Bis auf das Vogelgezwitscher war es jedoch wieder still, und Sig war sich sicher, dass seine Stimme hier weit trug, so übers Wasser. Selbst am gegenüberliegenden Ufer hatte er Vögel hochflattern sehen, aufgeschreckt von seinem Geschrei.

»Pilaster?«, rief er abermals fragend, und dann rannte er los.

Irgendetwas stimmte nicht. Irgendetwas war überhaupt nicht in Ordnung. Warum antwortete Pilaster nicht?

Prustend und keuchend umrundete er das Nordufer. Der schwere Rucksack auf seinen Schultern schlug hin und her. Sig knickte mit dem Fuß um und bemerkte es kaum. Er sprang wieder auf und rannte weiter. Das Einzige, woran er denken konnte, war, dass er sich beeilen musste. Pilaster ging es nicht gut, etwas anderes konnte es nicht sein. Mitten im Lauf schnallte er den Rucksack los und warf ihn neben den Pfad. Den konnte er später hier abholen.

In weniger als einer halben Stunde erreichte er die freie Stelle mit dem Zelt. »Pilaster, wach auf! Ich bin wieder da!« Sigs Herz schlug wie wild in seiner Brust – vom Laufen, aber mehr noch von einer fürchterlichen Vorahnung.

Zögernd, stumm, fast auf Zehenspitzen legte er die letzten Meter zum Zelt zurück. Durch die gelbe Folie hindurch konnte er sehen, dass jemand darin lag. Pilaster. Der Länge nach auf dem Rücken, reglos und mit über der Brust gefalteten Händen. Mund und Augen standen ihm offen. Er sagte nichts mehr, er starrte nirgendwo mehr hin.

Nie zuvor hatte Sig einen Toten gesehen. Aber er wusste sofort, was es bedeutete, als er Pilaster so daliegen sah.

Pilaster war gestorben.

Stumm und mit zittrigen Fingern knotete Sig mühsam die Zeltbahn los und schlug sie zurück. Auf Knien kroch er hinein. Der Gedanke durchzuckte ihn, Pilaster könnte ihn zum Narren halten, würde ihm gleich unvermutet zublinzeln, sein vertrautes Grinsen würde wieder auf seinem Gesicht erscheinen. Aber sofort ließ Sig diesen Gedanken wieder fahren. Pilasters leerer Blick sprach Bände. Zögernd langte Sig mit der Hand nach Pilasters Gesicht. Er wollte ihn berühren, auch wenn er nicht recht wusste, weshalb, und gleichzeitig wollte er es auch nicht. Die Leiche machte ihm Angst. Ganz leicht berührte er zuletzt Pilasters Stirn mit den Fingerspitzen und zog sie sofort wieder zurück. Es fühlte sich eigenartig an, kalt, starr, tot.

Schon in der Stadt hatte Sig gewusst, dass jeder eines Tages wieder in den Zyklus aufgenommen wurde, aber das war immer etwas Abstraktes gewesen; etwas, womit er nichts zu tun hatte. Es war etwas Normales gewesen, so wie alles in der

Stadt nett oder normal war. Während ihrer Reise durch den Wald hatten Pilaster und Sig mehrmals ein totes Tier daliegen sehen – die Reste eines aufgefressenen Vogels, ein halb verwestes Kaninchen, einen Pferdeschädel –, und Pilaster hatte immer und immer wiederholt, wie alt er doch sei und dass er wohl bald sterben werde und dass alles, was lebte, sterblich war.

Aber das alles hatte Sig nicht auf das hier vorbereiten können. Er hatte nicht daran denken wollen, er hatte nicht wirklich zugehört, wenn Pilaster vom Tod sprach. Und jetzt war es vorbei. Der einzige andere Mensch in dieser Welt, den sie nicht gelöscht hatten, mit dem er reden und lachen konnte, war tot. Dabei hatten sie sich gerade erst kennengelernt.

Nie mehr würde Pilaster auf Entdeckungsreise gehen, Essen auf der Müllhalde suchen, seine eigenartigen Lieder singen, trommeln oder summen oder einfach still und genüsslich in der Sonne sitzen. Pilaster wusste alles von dieser Welt, und er, Sig, wusste nichts. Was sollte er ohne ihn anfangen? Eine kalte Leere breitete sich in Sig aus. Reglos blieb er neben der seelenlosen Hülle seines Freundes sitzen.

Wie lange er so dagesessen hatte, wusste er im Nachhinein nicht mehr. Vielleicht waren es nur einige Minuten gewesen, vielleicht Stunden, aber jedenfalls war er ganz steif und kalt geworden, als habe er tagelang so verharrt. Das Nächste, was ihm bewusst wurde, war, dass Pilaster etwas in seinen Händen hielt. Ein zusammengefaltetes Blatt Papier, einen Brief.

Er griff nach vorn und zog den Brief vorsichtig zwischen Pilasters Fingern hervor. Er faltete ihn auf. *Lieber Freund*, las er, und danach sah er nichts mehr wegen der heißen Tränen, die ihm von einem Moment zum anderen in die Augen schossen und sich durch nichts mehr aufhalten ließen. Ungeschickt und mit dem knitternden Brief in der Faust kroch er rückwärts aus dem Zelt und ging zum Ufer des Sees.

Mutlos und mit einem Schleier vor den Augen setzte er sich auf den feuchten Sand.

Sig weinte, bis er nicht mehr konnte. Nicht nur um Pilaster, sondern auch um sich. Zum zweiten Mal innerhalb kurzer Zeit brach seine Welt zusammen. Gerade, wo er anfing, ein klein wenig heimisch in dieser fremden, neuen Umgebung zu werden, da verlor er schon wieder seinen Halt. Gerade, wo er zu sehen gelernt hatte, dass auch Außenwelt schön war und angenehme Momente kannte. Er war angewiesen auf Pilaster, wie merkwürdig der auch gewesen sein mochte. Ohne ihn würde er nie zu den Türmen gelangen. Vielleicht weniger deshalb, weil die Reise zu schwierig war, sondern einfach, weil es ihm ohne Pilaster nichts sagen würde. Eine einsame, sinnlose Plackerei würde es werden, ohne die unerschöpfliche Energie und den Optimismus seines Reisegefährten.

Die Sonne war schon fast auf ihrem höchsten Punkt und schien grell auf ihn herab, als Sig endlich den Brief zum zweiten Mal entfaltete.

Lieber Freund Sig,

wenn du das hier liest, bist du wieder da. Kann nicht anders sein. Zweifellos hast du kiloweise Schokolade gefunden und andere Herrlichkeiten. Gut so. Pilaster könnte stolz auf dich sein, wenn er nicht zwischendurch stiften gegangen wäre. Denn das bin ich zu der Zeit, wenn du zurück bist. Pilasters Zeit ist die vergangene Zeit und nun vorbei für die Ewigkeit.
Das wusste ich schon gestern, als ich dich gehen ließ. Ich hielt es

für besser, wenn du entdeckst, dass du auch allein reisen kannst, anstatt dich zähnegrämend an das Sterbebett eines abgelebten alten Mannes mit Segelohren zu setzen.

Sig hob den Kopf. Wieso hatte Pilaster ihn zur Müllhalde geschickt, wenn er gewusst hatte, wie schlecht es um ihn bestellt war? Vielleicht hätte Sig noch etwas tun können, ihn pflegen, ihn vielleicht sogar retten. Er wollte überhaupt nicht lernen, allein zu reisen. Er hätte hier sein wollen, hier bei Pilaster.

Mühsam las Sig weiter. Er war es nicht gewohnt zu lesen.

Zuerst dachte ich, ich müsse dir viel schreiben, einen Brief mit alledem, was ich dir noch sagen, beibringen, zeigen wollte, aber mir bleibt wenig Zeit und noch weniger Kraft. Und, ach, vielleicht ist es auch gut, dass ich mich auf das Wichtigste beschränken muss. Du kommst weiter schon allein zurecht, das weiß Pilaster nur allzu gut – nein, jetzt nicht dagegenmurmeln, Pilaster weiß besser als Sig, was es braucht, um hier in Außenwelt weiterzumachen. Und Sig hat das alles in sich.
Das Wichtigste für Pilaster ist, dass die letzten Wochen mit dir in all den Jahren hier die besten waren. Ich hätte mir keinen besseren Freund wünschen können als Siggimann.

Wieder schaute Sig hoch. Sonnenlicht spielte über das Wasser, als sei nichts geschehen, und das Schilf bog sich im Wind und rauschte, als versuche es flüsternd, Geschichten zu erzählen. Hinter ihm klapperte die Zeltfolie. Es wehte stärker als in den vorangegangenen Tagen, ein Wetterumschwung kündigte sich an. Sig hatte kein Auge dafür.

Tief über dem See flogen zwei große Vögel vorüber, schneeweiß und mit langen Hälsen. Eine Schaumspur hinter sich lassend landeten sie ein Stück weiter im Wasser und trieben dort friedlich vor sich hin, die langen Hälse elegant zurückgebogen. Es war ungerecht, dachte Sig, dass alles so schön war, so schön und zugleich so gleichgültig gegenüber dem, was geschehen war. Es war ungerecht, dass Pilaster es nicht mehr genießen konnte.

Alles, was mein war, ist jetzt dein … Das Hängende Haus, der Nordweiser, die Karte, meine Bücher und Berichte … Benutze sie. Lerne, auf Pilasters Schultern zu stehen und weiter zu blicken als er – der närrische alte Entdeckungsreisende. Nimm vor allem mein Tagebuch mit. Du findest es unten in meinem Rucksack. Du wirst es gebrauchen können.
Wenn du zum CC willst, dann sorge für eine List, sonst wirst du direkt und ohne Wenn und Aber gelöscht. Du musst sicherstellen, dass der CC dir zuhört. Sprich mit Babel, dem alten, treuen Memo. Du findest ihn in Turm West.
Ein letzter Rat, dann gehe ich. Du bist manchmal nicht nur ungeduldiglich, sondern vor allem auch schwermütig. Sieh dich damit vor. Denk an Pilaster: Hummel-drumm, drumm-tschibumm, brumm bummel … hummel-drumm, tschibumm … und so weiter fort …
Ich hoffe, dass ich dir auch fehlen werde. Weitergehen, Sig. Einfach weitergehen und dich nicht hängen lassen. Du weißt schon. Du kommst ganz von allein irgendwo an. Und zwar dorthin, wo du willst, auch wenn du selbst das so nicht siehst. Einfach weitergehen.

Dein Freund Pilaster

Einfach weitergehen. Pilasters letzte Worte gingen ihm fortwährend durch den Kopf. Er stand auf und ging langsam ins Wasser. Tränen rannen ihm still übers Gesicht. Einfach weitergehen. Du kommst ganz von allein da an, wo du willst. Aber wo ist das denn? Sich eine List ausdenken und den CC übertölpeln? Obwohl das Pilaster in all den Jahren nicht gelungen war?

Das Wasser reichte ihm bis an die Knie. Er ging weiter. Der Boden fühlte sich schlammig an und saugte an seinen Füßen. Einfach weitergehen. Etwas Glibbriges strich seine Hände entlang, war es eine Pflanze oder ein Wasserfisch? Er ging ein paar Schritte weiter, doch als ihm das Wasser bis über die Hüften reichte, blieb er stehen. Das glitzernde Wasser und die in ihm aufsteigende Kälte hypnotisierten ihn. Die weißen Vögel schauten ihn an und wandten sich anschließend ab, schwammen von ihm fort und weiter den Schilfgürtel entlang. Er blieb allein zurück.

Schwermütig, schwermütig … Was ging Pilaster das an? Ja, er hatte manchmal Angst, und tatsächlich sank ihm mitunter der Mut in die Schuhe. Durfte das nicht sein? Er hatte nicht darum gebeten, hierher entsorgt zu werden. Sig wirbelte sacht mit den Händen durchs Wasser.

Was tat er in dieser fremden Welt? Wer war er? Der Junge, der in der Stadt gewohnt hatte, Sigma-fi-alpha-277, existierte nicht mehr. Gelöscht aus den Archiven des CC, gelöscht aus den Gedanken seiner früheren Freunde, sogar weggewischt aus den Herzen von Vater und Mutter. Nur er selbst erinnerte sich noch an den Jungen, aber es schienen Erinnerungen zu sein, die kaum von Belang waren. Eine nichtssagende Vergangenheit, die lediglich wehtat.

Denn wie würde es sein, wenn er wieder in die Stadt zurückkehren könnte? Er würde der Einzige sein, der wusste, wie die Welt jenseits der Mauern aussah. Niemand würde ihn wiedererkennen, niemand sich freuen, dass er wieder da war, und er würde sich nie mehr einfach in das Leben der Stadt einfügen können.

Seine Erinnerungen an die Zeit außerhalb der Stadt müssten allesamt gelöscht werden, der CC würde seine Existenz abermals in die Gedanken seiner Eltern einprogrammieren müssen … Es würde alles nicht echt sein, und er wollte nicht gelöscht werden, er wollte seine Erinnerungen an Pilaster, die Müllhalden, an ihr magisches Urtrommelkonzert und an Wald nicht hergeben. Niemals! Denn wenn niemand mehr sich seiner erinnerte, dann wäre es, als hätte es Pilaster nie gegeben. Das war das Mindeste, was er für seinen Freund tun konnte: die Erinnerung an ihn pflegen, bewahren, mit sich tragen.

Leise begann Sig vor sich hin zu summen: *Drumm, drumm, tschibumm, brumm, bummel … hummel-drumm, tschibumm …*, und während er so mit zugekniffenen Augen über die gekräuselte Wasseroberfläche blickte, ohne wirklich etwas zu sehen, sondern nur summend und sacht die Hände hin und her bewegte, bezog sich der Himmel. Sig merkte es nicht. Der Wind nahm zu. Sig sang weiter, nach der Melodie von einem von Pilasters Liedern. Etwas lauter jetzt, um dem sausenden Wind zu begegnen – *wiebumm, brumm, bummel … hummeldrumm, tschibumm, drumm, drumm …*

Es fing an zu regnen, zuerst hier und da ein dicker Tropfen, den der Wind davontrug, bevor er zwischen den Wellen verschwand, dann prasselte es stärker herab und bildete graue Schleier, die über die Wasseroberfläche peitschten. Doch Sig sang weiter, Regentropfen rannen ihm übers Gesicht, vermischten sich mit seinen Tränen und liefen an ihm herab, liefen ihm in Hals und Nacken und vermischten sich mit dem Wasser des Sees. *Drumm, dumm tschi-dumm, brumm, bummel … grummel-drumm, was tun …* Stück für Stück veränderte Sig Melodie und Worte, bis das Sprunghafte, Grinsende von Pilaster, das aus den Nonsenswörtern klang, sich vermischte mit Sigs Trauer und mit seiner Angst vor der unbegreiflichen Welt, in die es ihn verschlagen hatte.

Und während der Regen ihn durchnässte und seine Füße im Schlamm festzuwachsen schienen, wurde sein Lied kräftiger. Es wurde Sigs Lied, und er sang es lauter und lauter, bis er es gegen Wind und Regen anbrüllte: *Traum, dumm, wie tun, Traum, bummel … grummel-darum, was tun …* Sig schrie es aus sich heraus, falsch und mit einer stolprig-schrägen Melodie, die jedes Mal wieder von vorn begann, als gäbe es einen Sprung im Tonträger. Dann zog er seine Füße nacheinander aus dem saugenden Schlamm, drehte sich um und ging zurück zum Ufer.

Er setzte sich vorn ins Zelt und drehte sich ab und zu nach Pilaster um, der stumm, aber auch friedlich dalag. Blitzstrahlen durchschnitten den Himmel, und das Krachen des Donners hallte wie Paukenschläge über den See. Das Wasser tropfte ihm noch aus den Haaren, aber es war nicht kalt und er saß trocken. *Träume dann, einfach was tun, Traum, einfach weitergehen, was tun … wohin … was tun?*

Sig summte weiter vor sich hin, mit immer anderen Worten, immer mit einer etwas anderen Melodie, um sich zu trösten, um die Stille zu verscheuchen, während das Gewitter zu den Hügeln hin weiterzog. Er hatte keine Angst mehr. Er saß einfach da, das war alles. Sobald es wieder trocken war, würde er von Pilaster Abschied nehmen und weitergehen.

Das war alles. Eine andere Möglichkeit blieb ihm nicht.

Gegen Ende des Nachmittags wurde es trocken, doch es stürmte nach wie vor, und der Wind jagte eine düstere, dicke Wolkendecke vor sich her. Sig ging und holte seinen Rucksack von dort, wo er ihn hingeworfen hatte, und zog sich trockene Kleidung an. Nach einer ekligen Mahlzeit aus grauem Granulat mit Wasser machte er sich an die Arbeit.

Anstatt Pilaster mühsam an einen anderen Ort zu schleppen, baute er das Zelt über ihm ab und stellte es ein paar Meter weiter wieder auf. Er packte seine und Pilasters Sachen hinein und fing an, Steine zu sammeln. Zuerst legte er einen Kreis aus dicken Steinen um den toten Pilaster. Anschließend stapelte er Steine auf die Leiche selbst. Mehrere Schichten dick.

Er begann bei Pilasters Füßen und arbeitete sich danach vorsichtig die Beine entlang nach oben, zu Pilasters Händen und Brust. Schon bald wurde ihm warm von der schweren Arbeit. Er wusste nicht, weshalb er das hier tat – Sig hatte noch nie ein Grab gesehen oder Abschied von einem Toten genommen. Aber etwas in ihm schien zu sagen, dass das hier das einzig Richtige war. Und jedenfalls würden ihn so die Tiere nicht fressen, wurde ihm klar.

Doch das war nicht alles. Es war gut, so für seinen Freund zu schuften. Als Ehrenbezeigung, um ihn zu schützen und um ihm einen Ort zu geben, an dem er in Ruhe verbleiben konnte und der an ihn erinnerte. Ein Ort, an dem Sig ihn vielleicht noch einmal besuchen konnte.

Immer weiter musste er gehen, um passende Steine zu finden. Als er so weit war, dass nur mehr Pilasters Gesicht zwischen den grauen Steinen zu sehen war, ruhte Sig aus. Während er neben dem Grab im Gras saß, bemerkte er, dass er vergessen hatte, Pilasters Stock mitzubegraben. Er stand auf, nahm den Stock und versuchte, ihn unter die Steine zu stecken, neben Pilaster. Aber das ging nicht, er hatte die Steine zu dicht übereinandergestapelt.

»Dann nehme ich dich mit, Stock. Dann gehörst du von jetzt an mir. Und ich nenne dich Plock – das kommt von Pilaster und Stock. Dann bin ich wenigstens nicht allein auf meiner Reise. Pilaster wäre bestimmt damit einverstanden gewesen. Oder?« Und er betrachtete Pilasters stummes Gesicht.

Einen Moment lang war es, als würden Hände ihm Herz und Kehle abdrücken. Hände, die alles Leben aus ihm herauspressen wollten. »Einfach weitergehen, oder? Okay, wird gemacht.« Sig presste die Lippen aufeinander und biss die Zähne zusammen.

Er nahm ein weißes T-Shirt aus Pilasters Rucksack, legte es über Pilasters Gesicht und stapelte weiter Steine.

Erst spätabends war er fertig. Todmüde kroch er ins Zelt und drehte sich auf die Seite.

In dieser Nacht träumte Sig von Pferden, die im Galopp durch endlose Schilfffelder und untiefes Wasser rannten. Von einem Baum aus, hoch auf einem dicken Ast sitzend, schaute Sig zu. Wasser spritzte um ihre Hufe und glitzerte im goldenen Sonnenlicht. Auf dem Rücken eines der Pferde saß Pilaster. Mit einer Hand hielt er sich an der Mähne des Pferdes fest, und mit der anderen winkte er. Er sagte nichts, er winkte nur und grinste. Ein Grinsen, wie es in tausend Jahren auf der Erde nicht gegrinst worden war, ein Grinsen mit so viel Lebenslust, dass es für Sig nur eines bedeuten konnte: Pilaster würde weiterleben.

Und am nächsten Morgen, als Sig aufwachte, waren sie wieder da, die Pferde. Als sei nichts geschehen, standen sie am Ufer und tranken. Ruhig und mit glänzenden Augen. Es waren viele. Sie umringten das Zelt und Pilasters Grab und warteten, bis sie an der Reihe waren. Sig blieb still liegen und betrachtete die prächtigen Tiere. Sollte es wirklich möglich sein, auf ihnen zu reiten, wie er es Pilaster letzte Nacht in seinem Traum hatte tun sehen? Das wäre fantastisch – hoch über dem Gras, im Rhythmus dieser mächtigen Hufe, zwischen den anderen Pferden, eins mit der Herde und doch zugleich frei.

Neugierig beschnüffelten die Tiere die Zeltfolie und die Steine des Grabhügels. Aber sie taten nichts. Nachdem sie getrunken hatten, liefen sie fort, im Schritt, stolz und schön.

Sig stand auf und brach das Zelt ab. Er schnitt einen Teil der Zeltfolie ab und warf ihn mit zwei der Stangen weg. Aus dem Rest konnte er ein kleineres Zelt bauen, groß genug für ihn allein. Danach sortierte er all ihre Sachen. Er konnte nicht alles mitnehmen. Aber das Zelt, Pilasters Bücher, die Karte, den Nordweiser, das Messer und einiges von dem Werkzeug, und natürlich das Hitzeelement, das Seil, einen Topf, eine Flasche, Kleidung, seinen Schlafsack, das Nahrungsgranulat, Nadel und Faden … Davon konnte er wirklich nichts entbehren.

Und dann das Tagebuch. Sig fand es ganz unten in Pilasters Rucksack, in einer wasserdichten Kunststoffdose. Es war recht klein, aber sehr dick und bestand aus vielen hauchdünnen Seiten. Es hatte einen dunkelroten abgegriffenen Einband, und zu allen Seiten lugten kleine knittrige Zettel hervor, die hier und da zwischen den Seiten steckten. *Suppe*, las er auf einem der Zettel. Auf einem anderen stand *Krte* geschrieben – was das wohl bedeutete?

Es war Sig unangenehm, das Tagebuch zu berühren. Es gehörte zu sehr Pilaster und zu wenig ihm. Trotzdem schlug er es einfach irgendwo auf. Eine kleine Kritzelschrift, fast unleserlich, bedeckte die Seiten. *Ganzen Tag Otter im Schilf beobachtet* … entzifferte Sig Buchstabe für Buchstabe. Was das wohl war, ein Otter?

Er blätterte weiter. Die dünnen, empfindlichen Seiten ließen sich fast geräuschlos umschlagen. *Vielleicht ist es nicht gut, Außenwelt zu sehr zu lieben*, las Sig. *Es hält mich davon ab, die Ursprünge der Stadt weiter zu untersuchen.*

Sig klappte das Tagebuch zu. Jetzt nicht. Er musste weiter. Lesen würde er später. Er packte das Tagebuch wieder ein und legte es zu dem übrigen Gepäck.

Es war alles zusammengenommen sehr viel, aber dann legte er eben etwas kürzere Entfernungen pro Tag zurück. Eile hatte er ohnehin nicht. Er würde Pilasters Rucksack nehmen müssen, der war größer.

Als er alles eingepackt hatte, was er mitnehmen wollte, wandte er sich zu Pilasters Grab. Am Fußende ging er in die Hocke, Pilasters Stock hatte er dabei quer auf dem Schoß.

»Ich, äh, ich … Also, ich gehe gleich, Pilaster«, flüsterte Sig dem Grab zu. »Denn das meintest du doch in deinem Brief: einfach weitergehen?« Er schluckte. »Also dann, ich nehme deinen Stock mit, dann habe ich wenigstens einen, zu dem ich sprechen kann, und, äh, gut, dass du da warst. Ohne dich wäre es nichts geworden, hier mit mir. Also nochmals danke.«

Sig stand auf, schnallte sich den schweren Rucksack um und ging fort. Es war, als wären seine Schuhe mit Blei gefüllt, so schwer waren seine Beine. Nach einigen Metern drehte er sich ein letztes Mal um. »Und verlass dich drauf, dass ich vom CC eine Erklärung fordere. Denn der hat das alles hier auf dem Gewissen. Verlass dich drauf! Und dann komme ich wieder und erzähle dir alles. Das verspreche ich dir.«

Teil II
Zu den Türmen

Simpel

Das hohe Gras wogte rauschend im Wind, wie die Wellen eines gelbgrünen Meeres. Es reichte ihm bis zu den Hüften. Das Gras war schwer von den Samen, hier und da war es sogar umgefallen. Käfer und andere kleine Insekten klammerten sich an die Halme. Es stürmte zu sehr, als dass sie hätten fliegen können. Kleine sonnenschirmförmige Bäume standen hier und da über die Ebene verstreut.

In der Ferne zeichneten sich vor ihm und zu seiner Linken die dunklen Silhouetten von Waldstücken ab. Sig folgte etwa derselben Route nach Halde Süd wie drei Tage zuvor. Er fühlte sich leer und ließ es ruhig angehen. Er schlenderte mehr, als dass er ging. Wozu sollte er sich beeilen? Es war doch ohnehin alles gleich. Die graue Wolkendecke, die den Himmel bis zum Horizont bedeckte, filterte das Licht und hüllte Grasebene und Bäume in einen matten Dämmer.

Gedankenlos schlenderte er weiter, legte ab und an eine Pause ein und blickte von Zeit zu Zeit auf den Nordweiser, ob die Richtung noch ungefähr stimmte. So erreichte er die Müllautobahn erst gegen Ende des Nachmittags. Der Verkehr schien ruhig zu sein, doch Sig beschloss, mit der Überquerung bis zum nächsten Tag zu warten. Auf dieser Seite der Autobahn gab es Pilaster zufolge keine Flinsen, und auch dieser gelöschte Wilde, der ihn dort auf der Halde bedrängt hatte, würde hierher wohl nicht kommen.

Sig stellte sein Zelt in der Nähe einiger struppiger, stacheliger Büsche auf. Als es endlich stand, ähnelte das Gebilde eher einem wirren Strauß aus Stangen, Seilen und zerknitterter Folie als einem Zelt. Vielleicht hätte er weniger Folie von dem alten Zelt abschneiden und diese Stangen nicht wegwerfen sollen. Ach, wen scherts, dachte Sig, man konnte darunter schlafen – obwohl das Ding gar unheimlich im Wind flatterte.

An diesem Abend machte er kein Feuer. In der grauen Dämmerung aß er etwas von dem grauen Granulat und fühlte sich dabei genauso grau wie dieses. Nachdem er sein Mahl mit einigen Schlucken Wasser heruntergespült hatte, saß er noch eine Weile zusammengesunken vor seinem schiefen Zelt.

Das alles hatte nicht im Entferntesten mehr etwas von einer Expedition oder Entdeckungsreise, überlegte Sig düster. So allein war es völlig uninteressant. Er konnte ebenso gut zum Hängenden Haus zurückgehen und eine Zeit lang dort wohnen. Dann könnte er erst einmal Pilasters Reiseberichte studieren und etwas mehr über das Leben in Außenwelt lernen. Später würde er dann schon sehen. War das sogar nicht viel gescheiter, als jetzt ganz allein weiterzureisen? War es nicht viel zu gefährlich, ganz allein dem Unbekannten entgegenzutreten? Pilaster war doch auch erst auf Reisen gegangen, nachdem er eine Zeit lang hier gewesen war? Und außerdem war der bei seiner Ankunft in Außenwelt viel älter gewesen als er.

»Weitergehen, Sig, einfach weitergehen!«, klang jedoch gleichzeitig eine Stimme in seinem Hinterkopf. »Drumm, drumm-didumm, bumm, drömmel, fumm fumm.« *Weitergehen*, das war es, was Pilaster geschrieben hatte. Sig wusste nicht mehr, wohin. Außenwelt war so unübersehbar groß und und leer und fremd, und wie sehnte er sich nach einem warmen Bad, einem weichen Bett oder einfach nur nach einem wundervoll langweiligen, langen Tag in der Schule.

Es war noch nicht spät, noch nicht einmal ganz dunkel,

doch er fühlte sich plötzlich nur noch schrecklich müde. Morgen würde er schon weitersehen. Sig kroch in sein wackliges Zelt, zwängte sich in seinen Schlafsack und versank schon bald in einsame Träume. Die Plastikfolie seines Unterschlupfs klapperte traurig im Wind.

In dieser Nacht ging der Mond unsichtbar hinter grauen Wolken auf, geräuschlos, geheimnisvoll und ohne der Erde tief unter ihm Licht zu spenden. Der Wind jagte weiter über die Ebenen, die Müllhalden und den Wald, vorbei an Pilasters Grab, und spielte rund um Sigs kleines Zelt, und dann bremsten die hohen Mauern der Stadt seine Fahrt. Doch er strömte gleichgültig um das Hindernis herum und blies weiter und weiter über Gebiete auf der Erde, in denen der Mensch seit Jahrhunderten nicht mehr gewesen war.

Etwas raschelte unter den Stachelbüschen neben seinem Zelt. Sig war sich sicher. Er öffnete die Augen, blieb dabei aber reglos liegen. Es war schon Morgen. Die Sonne stand schon hoch am Himmel, er musste sehr lange geschlafen haben.

Krrrks … krrrks.

Wieder dieses Rascheln. Es war keine Maus und kein Kaninchen, sondern etwas Großes, Plumpes.

Krrrks.

Sig meinte sogar, ein heiseres Atmen zu hören. Er hielt selbst die Luft an, um besser horchen zu können. Jetzt erklang ein tiefer Seufzer.

Geräuschlos drehte er sich auf die Seite. Vielleicht konnte er durch die gelbe Zeltfolie sehen, was sich da bewegte. Wahrscheinlich war es nur ein Pferd oder ein Reh und nichts Gefährliches.

Tatsächlich schien da irgendetwas unter dem Busch zu

liegen – keine fünf Meter vom Zelt entfernt –, und es regte sich ein wenig. Aber Sig konnte nicht recht sehen, was es war.

Zentimeter für Zentimeter kämpfte er sich aus seinem Schlafsack und kroch zur anderen Seite des Zelts. Er nahm Pilasters – nein: seinen Stock und spürte, wie dessen Kraft in ihn hineinströmte. Das glatte Holz fühlte sich schon vertraut in seinen Händen an. Lautlos kroch er unter der Zeltfolie hindurch ins Freie. Es hatte auch Vorteile, dass das verkleinerte Zelt so wacklig war, jetzt kam man ungehindert zu allen Seiten hinaus.

Alle paar Sekunden hielt Sig inne und horchte – wieder gab es ein Rascheln, gefolgt von einem Seufzer. Es war ein menschlicher Laut, das konnte fast nicht anders sein. Ein Mensch, das war unheimlicher als ein Tier. Keines der Tiere, denen er bisher begegnet war, hatte Böses im Sinn gehabt, aber die meisten Menschen hier waren Fledderer, und die hatten ihn schon einmal beinahe erwischt.

Sig sprang auf und schloss seine beiden Hände um Plock zu Fäusten. Schritt für Schritt schlich er um das Zelt herum zu dem Busch, aus dem die Geräusche kamen.

Es war tatsächlich ein Mensch. Es war derselbe Wilde, mit dem Sig den Zusammenstoß gehabt hatte, als er das erste Mal hier gewesen war. Mit geschlossenen Augen lag der Mann auf dem Boden. Er hatte sich die Kleidung an den stachligen Büschen zerfetzt, und er wirkte noch magerer als vor zwei Tagen. Sein Atem ging schwer, und zuckend hob und senkte sich seine Brust. Fast hätte Sig vor Angst wieder wie beim ersten Mal und ohne nachzudenken auf den Mann eingeschlagen. Seinen Stock hatte er schon hoch über den Kopf erhoben.

Es war, als würde alle Trauer um Pilasters Tod in Wut umschlagen. Wut über das Unrecht, dass die Stadt ihm angetan hatte. Wut auf sich selbst, weil er aufgrund seines eigenen Fehlers nicht mehr nach Hause konnte. Und Wut auf diesen Mann, der so anders aussah als alle in der Stadt, so anders als Pilaster, so trübselig, hilflos, abgemagert, verwirrt …

Im selben Moment öffnete der Mann die Augen. Sie lagen tief und dunkel in ihren eingefallenen Höhlen. Als er Sig drohend über sich sah, den erhobenen Stock im Anschlag, entfuhr ihm ein banger, heiserer Schrei, und er hob die Arme in dem Versuch, sich zu schützen.

Sig ließ den Stock sinken. Ihm dämmerte, dass er nichts zu verlieren hatte. Der Mann schien zu schwach zu sein, um auch nur aufzustehen. Ausgetrocknet und ausgehungert sah er aus. Und der Gestank, der von ihm ausging, war unbeschreiblich.

»Armseliger Simpel«, murmelte Sig, und mit hängenden Schultern stand er da und betrachtete den Mann. »Dummer, dreckiger, armseliger Fleddderersimpel.« Langsam erholte sich Sig von seinem Schrecken. Nicht verstehend schaute der Mann zurück; in seinem Blick lag Hilflosigkeit. Zwei große, leere Augen in einem ausgemergelten Gesicht.

»Was soll ich mit dir anfangen?«, begann Sig. »Du willst natürlich essen, wie? Und trinken. Auch wenn du das selbst nicht weißt.«

»Siiih«, oder so ähnlich schien der Mann zu sagen und sank wieder zu Boden. Erschöpft und ängstlich.

»Und ich?«, schrie Sig. »Und was wird aus mir? Ich habe selbst kaum mehr was zu trinken.«

Der Mann unternahm einen ängstlichen Versuch, noch weiter unter den Busch zu kriechen. Sig ging weg, vor Wut mit den Füßen aufstampfend. Das hier war das Letzte, wozu er Lust hatte.

»Simp!«, rief ihm der Mann mit letzter Kraft nach.

»Na klar, zum Teufel mit dir.« Schimpfend nahm Sig die letzte Flasche Wasser aus seinem Rucksack. Das Wasser, mit dem er heute hatte auskommen wollen, bis er auf der Müllhalde neues Trinken gefunden hätte. Er goss ein paar Hände graues Granulat aus einer Tüte in einen Napf und ging mit Flasche und Napf zu dem Mann zurück. Der hatte die Augen wieder geschlossen.

Sig blieb vor dem Busch stehen. Dem Mann schien es sehr schlecht zu gehen. Sig überlegte, dass er gehen und ihn zurücklassen könnte. Der Mann war ja ohnehin gelöscht, er war in gewisser Weise niemand mehr, keine Person, kein Mensch. Er wusste nicht, wer er war, und er erinnerte sich an nichts. Sig würde das Wasser selbst dringend benötigen.

Was, wenn er heute und morgen nichts Neues zu trinken fand? Und was sollte er mit dem Mann anfangen, nachdem er sich erholt hatte? Er konnte ihn schlecht auf seine Reise mitnehmen, der Mann wäre ihm ein Klotz am Bein.

Seufzend schaute Sig auf den Mann herab, der kaum reagierte. Nicht weiter darüber nachdenken jetzt. Der Mund des Mannes stand offen. Seine Lippen waren aufgeplatzt. Vorsichtig goss Sig ihm etwas Wasser in den Mund. Der Mann begann unbändig zu husten, kam dann auf die Knie, schaute mit leeren Augen quer durch Sig hindurch und riss ihm die Flasche aus der Hand. Er tat ein paar gierige Züge, und die Flasche war leer. Direkt danach grapschte er in den Napf mit Granulat, den Sig neben ihm auf den Boden gestellt hatte, schluckte ohne zu kauen eine große Hand voll hinunter und begann wieder zu husten. Als der Husten etwas nachließ, stopfte er auch den Rest des Granulats in sich hinein.

Sig sprang auf und wich zurück. »Verdammt, du doofer

Fledderer. Das war mein ganzes Wasser. Und ein Dankeschön ist natürlich auch nicht drin!«

Er drehte sich um, ging weg und begann wütend, sein Zelt abzubauen.

»Simp!«, sagte der Mann wieder, und als Sig sich nach ihm umdrehte, sah er, dass auf dessen Gesicht ein beseligtes, blödes Lächeln erschienen war. Mit glasigen, dankbaren Augen schaute er fragend zu Sig, als ob er noch mehr erwartete.

»Alle!«, rief Sig. »Alles ist alle. Und du musst künftig selbst zusehen, wie du an Essen kommst. Ich gehe fort. Ich konnte Pilaster nicht retten, und ich kann dich nicht retten. Sieh selber zu. Sig geht weg. Ja? Okay?« Und er fuhr fort, seine Sachen einzupacken.

Zehn Minuten später war Sig abmarschbereit. Der Mann war inzwischen wieder eingeschlafen. Der Länge nach lag er auf dem Rücken, die Hände wie wärmend auf dem Bauch, der vielleicht das erste Mal seit Wochen wieder ein wenig gefüllt war. Eine kleine Hand voll dieser Körner spendete ebenso viel Energie wie eine ganze Mahlzeit, das wusste Sig mittlerweile. Der Gelöschte hatte mindestens vier Hände davon in sich hineingestopft.

Sig konnte ihn wirklich nicht ins Schlepptau nehmen. Der Mann hatte so viel Verstand wie ein Kaninchen oder eine Pflanze, nein, nicht einmal das, denn die konnten immerhin für sich selbst sorgen. Dieser einsame Fledderer konnte nichts. Überhaupt nichts.

»Du musst weiter, Sig. Und zwar allein«, sprach er sich im Stillen zu, denn ganz sicher war er sich seiner Sache nicht. »Wirklich, das hier ist aussichtslos. Total aussichtslos. Du musst ihn zurücklassen.« Mürrisch drehte er sich weg und machte sich nicht ohne Bauchschmerzen auf den Weg.

Er versuchte, nicht daran zu denken, was aus dem Mann werden sollte, jetzt, wo er ihn ein zweites Mal seinem Schicksal überließ. Der einsame Fledderer würde verhungern, vor Durst umkommen, verunglücken … Aber wie sollte ein dreizehnjähriger Junge für einen Erwachsenen sorgen, der nicht reden und nicht denken konnte und noch nicht einmal stubenrein war? Es ging nicht. Wirklich nicht. Er brauchte sich nicht schuldig zu fühlen, hielt er sich vor. Trotzdem schlich sich Sig davon wie ein Dieb in der Nacht, leise wie jemand, der auf der Flucht war.

Auf der Autobahn war es ruhig. Ohne warten oder rennen zu müssen, konnte Sig sie in aller Ruhe überqueren und weiter zum Rand der Halde gehen. Wenn er deren Ausläufern folgte, würde er auf die Dauer bestimmt etwas zu Trinken finden und auch etwas Richtiges zu Essen. Neue Vorräte, darum ging es jetzt: Ohne genügend Vorräte konnte er weder weiter noch zum Hängenden Haus zurück.

Die Entscheidung, was er tun würde, schob er noch ein wenig auf. Die Erinnerung an den verhungernden Mann versuchte er, von sich abzuschütteln – manche Probleme in dieser fremden Welt waren zu groß, darüber sollte man besser nicht weiter nachdenken.

Er war etwas weiter südlich herausgekommen als beim ersten Mal. Weit links in Richtung Norden sah Sig den U-Bahnzug stehen, in dem er geschlafen hatte, hoch auf dem Berg aus alten Kleidungsstücken. Er ließ ihn links liegen. Dort jedenfalls war nichts Essbares zu finden. Und mochte er sich entscheiden, die Reise fortzusetzen, dann konnte er sich besser schon jetzt südlich halten.

Eine traurig stimmende Ebene erstreckte sich vor Sig.

Rechts von ihm die Autobahn, über die von Zeit zu Zeit ein einsamer Mülltransporter raste, und links in endloser Reihe die Müllberge, grau und faulig. Plastik- und Papierfetzen wirbelten ziellos durch dieses Niemandsland unter Wolken, die der Wind immer noch davonjagte. Überall auf dem Boden lagen halb verwitterte Kunststoffreste, Maschinenteile, Bruchstücke von kaputtem Spielzeug, leere Flaschen sowie Trümmer und Schutt von vor langer Zeit abgerissenen Gebäuden. Dazwischen wuchs hartes Gras sowie hier und da ein knorriger Busch.

Sig fühlte sich klein unter diesem niedrigen, schweren Himmel. Nach wie vor war die Offenheit der Landschaft für ihn ungewohnt. In der Stadt war der Blick immer durch die Gebäude und den Verkehr begrenzt. Nirgendwo gab es einen leeren Horizont – immer stieß man auf die Mauer.

Vielleicht hatte er sich deshalb in Wald so wohl gefühlt. Auch Wald vermittelte eine Geborgenheit, während diese kahle Ebene seine Einsamkeit noch unterstrich. Trotzdem ging er weiter mit einer Verbissenheit, die er in seinem früheren Leben nicht gekannt hatte. Was er auch tun würde, er würde Pilaster nicht enttäuschen. Oder hatte er Pilaster bereits enttäuscht – auf eine andere Art?

Scheu blickte Sig sich um, ob der Fledderer ihm nicht folgte. Nichts und niemand war zu sehen. Also hieß es weitergehen und den Rand der Halde nach kreischenden Möwen oder anderen Zeichen dafür absuchen, dass es Essen zu finden gab.

Später am Morgen sah Sig in der Ferne etwas fliegen: Einen kleinen Punkt, der schaukelnd über der Ebene schwebte, stillhielt und dann wieder weiterflog. Zuerst dachte er, es sei ein

Vogel, der ihn zu frischen Nahrungsvorräten führen würde, doch es war eine Flinse. Und die schien direkt auf ihn zuzukommen.

Panisch sprang Sig hinter einige Bautrümmer, die ihn kaum den Blicken entzogen. Er hielt den Atem an und wartete. Er hörte nichts, aber das wollte nichts heißen, Flinsen waren schließlich fast lautlos. Jeden Augenblick würde er den kalten Stahl des Greifers irgendwo am Körper spüren. Ihm schauderte bei dem Gedanken. Mit beiden Händen umklammerte er Plock. Sollte er gepackt werden, würde er auf der Stelle drauflosschlagen. Gespannt presste er die Lippen zusammen, und seine Knöchel wurden weiß, so fest umklammerte er den Stock. Doch nichts geschah. Und als er nach ein paar Minuten wieder aufzutauchen wagte, war nichts mehr zu sehen. Er ging weiter, vorsichtig und dabei immer nach hinten und zur Seite blickend.

Etwas später – er bekam allmählich richtig Durst – fand er in einer Plastikwanne eine Pfütze Regenwasser. Es sah einigermaßen klar aus. Er kochte und filterte es, und nachdem es genügend abgekühlt war, trank er einen Teil davon. Anschließend spülte er mit einigen Schlucken etwas Granulat herunter, um seinen Magen zu füllen. Allmählich gewöhnte er sich sogar an den ranzigen Geschmack. Mit dem übrigen Wasser füllte Sig zwei seiner Vorratsflaschen.

Gerade als er feststellte, dass er sich jetzt wieder ein Stück besser fühlte, passierte es.

Durch das Hantieren mit dem Wasser hatte er einen Moment lang nicht aufgepasst, und jetzt war es zu spät. Der Greifer der Flinse schloss sich eisern um seinen linken Oberarm und zog ihn schief in die Höhe. Hilflos und mit den Füßen strampelnd, die gerade noch den Boden berührten, baumelte Sig an dem Gerät. Alle seine Sachen lagen unerreichbar auf dem Boden. Der Greifer hielt ihn vor die Kameralinse, die sich forschend zu ihm drehte und dabei summend scharf stellte. Nach einigen Sekunden machte die Flinse eine Wende, richtete ihr Kameraauge gen Norden, beschleunigte und schleppte Sig gnadenlos mit sich.

Ratlos griff Sig mit seinem freien Arm um sich, aber die Hand rutschte ihm weg auf der glatten Oberfläche der Maschine. Er trat um sich in dem Versuch, sich mit den Füßen an einem Zweig oder Stein einhaken zu können, doch es war sinnlos. Die Maschine führte ihn mit, als wöge er nichts; seinen Arm hielt sie dabei wie einen abgerissenen Ast in die Höhe. Der fühlte sich an, als würde er gleichzeitig zerquetscht und auseinandergerissen, und das war eigentlich auch genau das, was geschah.

Sig schrie aus aller Kraft, obwohl er wusste, die Maschine würde sich nicht darum scheren. Aber er konnte nicht anders. »Lass los, du blödes Ding! Elendes Miststück! Hilfe! Hiiilfe!« Er hörte nicht auf zu rufen, wie sinnlos es auch war; zumindest lenkte es ihn ein wenig von den Schmerzen in seinem Arm ab.

Schon bald waren sie wieder auf der Höhe des U-Bahnzugs. Sie näherten sich der Stelle, an der Sig am Morgen die Autobahn überquert hatte. Sein Rufen wurde schon matter, der Schmerz betäubte ihn langsam, aber ein winziges Fünkchen Hoffnung schimmerte dennoch in ihm, als er sah, wo er sich befand.

Ganz, ganz vielleicht könnte ja dieser einfältige Fledderer in der Nähe sein und kapieren, was geschah, wenn er Sig so vorbeikommen sah, und wieder rief er sich die Lungen aus dem Leib. »Heee, Fledderer, Simpelmann, Wegfresser, Hilfe!

Hier!« Zugleich, selbst in dieser prekären Lage, schämte er sich, dass er den Mann, den er selbst im Stich gelassen hatte, jetzt um Hilfe zu bitten wagte.

Aber noch bevor Sig wieder eingeatmet hatte, um abermals zu rufen, landete etwas mit einem enormen Knall auf der Flinse. Bruchstücke flogen in sämtliche Richtungen, und die Reste des Apparats gingen zusammen mit Sig, der noch daran festhing, zu Boden. Sein Gesicht schrammte schmerzhaft über ein davonkullerndes Kunststoffteil, dann wurde es still.

Als Sig blinzelnd die Augen wieder öffnete, wobei er eine Hand gegen die blutende Schramme in seinem Gesicht drückte, sah er in das lächelnde Gesicht des Fledderers.

»Simp!«, sagte der Mann und schaute Sig mit großen, erwartungsvollen Augen an. In seiner Rechten hielt er noch das Bein des kaputten Roboters, mit dem er die Flinse aus der Luft geschlagen hatte.

»Puh, Mann, du bist vielleicht stark!«, sagte Sig bewundernd. »Ein ganzes Roboterwrack als Knüppel zu gebrauchen. Mann, Mann, woher hast du den denn?« Er wollte sich aufsetzen, aber der Flinsengreifer hatte ihn nach wie vor fest im Griff. Sämtliches Leben schien aus dem Ding verschwunden zu sein, doch der Greifer ließ nicht los. Sigs Hand wurde schon langsam blau.

»He Simpel, denn so heißt du doch, glaube ich? Also, danke schön, ja?« Beschämt erinnerte sich Sig daran, wie er den Mann am Morgen zurückgelassen hatte. Verzweifelt zerrte er an den Greiffingern an seinem Arm.

Simpel warf das Roboterbein gleichgültig beiseite, kam näher und begann, an dem Greifer zu ziehen. Offenbar begriff er doch noch etwas.

»Autsch, lass das.« Sig brüllte vor Schmerz. »Das geht so nicht, du brichst mir den Arm. Loslassen!« Sig schob den Mann von sich weg und rieb sich den eingeklemmten Arm. Er seufzte und legte sich so, dass der Arm am wenigsten schmerzte. Simpel schaute ihn hoffnungsvoll an, als erwarte er eine Belohnung, eine Hand voll Granulat und einen Schluck Wasser natürlich.

Sig schüttelte den Kopf: »Ich habe nichts dabei.« Sein Rucksack und die Wasserflaschen lagen an der Stelle, wo ihn die Flinse aufgegriffen hatte. »Tut mir leid. Und ich sitze fest. Ich weiß auch nicht mehr weiter.« Dabei schaute er Simpel fast ebenso hilflos an wie der ihn.

Ein paar Sekunden lang schwiegen sie beide.

»Simp!?«, versuchte es der Mann noch einmal hoffnungsvoll.

»Ja. Du bist Simpel, und ich bin Sig.« Sig zeigte mit seiner freien Hand auf sich selbst. »Sig.« Er zeigte auf den Mann: »Simpel.«

Der Mann machte es ihm nach: »Sik!«, und er deutete auf Sig. »Simp!«, und er deutete auf sich selbst.

»Fein. Das geht ja voran. So kann es noch was werden. Sprachlektion Nummer eins. Nur noch fünfzig Stunden, und ich kann dir klarmachen, dass du ein Brecheisen auf der Halde suchen musst, um den Greifer der Flinse zu knacken, damit wir hier fortkönnen.«

Der Schmerz in seinem Arm verdrängte Sigs Dankbarkeit dafür, dass der Mann ihm das Leben gerettet hatte. Simpel erschrak sichtlich durch den schnauzigen Ton in Sigs Stimme. Er wich zurück. Zögernd zeigte er auf seinen Bauch.

»Essen? Ja. Wenn du mir hilfst, hier wegzukommen, dann sorge ich für Essen.«

Simpel starrte mit leerem Blick zurück. »Simp?«, versuchte es der Fledderer noch einmal.

Sig seufzte. Das konnte ja noch lange dauern.

Und es hätte tatsächlich noch dauern können, wenn sich nicht eine dritte Stimme wie aus dem Nichts in ihr holpriges Gespräch eingeschaltet hätte.

»Sselfkontrole von Einheit vollendet. Schjwerer Schjaden konsstatiert in Ssektoren sswei biss vierssehn. Schjwere Krisis. Nuur Ssektor eins ssu ffünffundssiebzig Prossent intakt. Diagnoose: groote Schjlamassel, Reparatuur von Schjaden niet mogelijk. Erssuche um Desstruktion.«

Verwundert schauten Simpel und Sig zu der Stelle, von der die Stimme kam. Im Gras, bei einem Stein, gegen den er gerollt war, lag der Kopf des Roboters, mit dem Simpel der Flinse das Licht ausgeknipst hatte. Simpel musste das Ding irgendwo aus dem Unrat gefischt haben, um es als Schlagwaffe zu benutzen. Der gigantische Schlag auf die Flinse hatte dafür gesorgt, dass der Kopf wieder mehr oder weniger funktionierte.

»Einheit erssucht um Desstruktion. Wiederhole. Einheit erssucht um Desstruktion. Kontakt mit andere Einheite und Basis unterbrooken. Isst aussichtslooser Fall. Fortssetzung Aktiviteit schjweer ssinnloos.«

»He, Einheit, kannst du mir helfen?«, fragte Sig. Das hier war eindeutig ein Wartungsroboter gewesen, und solche Maschinen kannten sich mit Maschinen aus. Vielleicht wusste er, wie Sig loskommen konnte.

»Einheit niet mobiel. Kanniet loofen. Niet imsstande, Erssuchen entgegenssukommen.«

Sig bedeutete Simpel, er solle den Kopf zu ihm herbringen. Nachdem er vier Mal von Simpel auf den Kopf und dann auf seinen eingeklemmten Arm gezeigt hatte, schien es, als würde ein winziges Fünkchen Verstehen in Simpels Augen aufleuchten. Zuerst erschien ein breites Lächeln auf seinem Gesicht. Im nächsten Moment ging er ruhig auf den Roboterkopf zu, nahm ihn und brachte ihn zu Sig. Auf der Unterseite hingen Kabel heraus, und das Ding war tüchtig eingebeult. Ein Auge hing aus seiner Höhle, aber das andere schien zu funktionieren. Sig nahm den Kopf mit seiner freien Hand entgegen und richtete das Auge auf den Greifer der Flinse. »Ersuchen an Einheit: Nenne Methode zur Öffnung des Greifers.«

»Einfach Automaatenschjlüssel vierunddreitzig in Schjlitss ssiebssehn, dann Viertelumdrehung gegen Uhrsseigerssinn. Anschjließend Ssicherung sswölf Ssektor D lossmaaken mit Schjlüssel sswölf. Pipikraam.« Die Antwort erschien unbrauchbar, aber Sig wusste sich zu helfen. Schließlich war er unter Robotern aufgewachsen.

»Gleiche Frage, allerdings mit Einschränkung«, versuchte er es nochmals. »Es sind keine Automatenschlüssel griffbereit.«

»Ssaage dass doch gleich, du Dummkopf«, antwortete der Roboter oder das, was davon übrig war. »Untere Kunssttoff-Schjutsskappe entfernen. Blau-weiß gesstreiftes Kabel durchknipssen. Hättesst du auch sselber drauf komme könne, oder? Jee, jee, jee!«

»Na also, geht doch«, murmelte Sig, der hoffte, das dies eine brauchbare Antwort war. Auch das Hirn des Roboters musste etwas abbekommen haben, denn noch nie zuvor hatte er erlebt, dass ein Roboter so schroff und unhöflich war.

Sig zerrte an der Kunststoffkappe direkt über dem Greifarm. Ohne viel Mühe bekam er die Schutzkappe los und schaute in das Innere des Greifers. Zwischen einem Wirrwar an bunten Drähten versteckte sich tatsächlich ein blau-weiß gestreifter. Er fummelte ihn frei und zog daran. Aber er bekam ihn nicht los, wie sehr er auch zog und zerrte. Sein Arm tat nicht mehr weh, sondern war schon ganz gefühllos geworden.

»Simpel!« Mit dem Kopf winkte er Simpel herbei, der sofort zur Stelle war. Sig legte den Kopf ab, nahm Simpels Hand, führte sie zu dem Draht und schloss Simpels Finger darum. »Okay, und jetzt ziehen.«

Simpel blieb stehen. Sein Mund hing offen. Er schaute abwechselnd von dem Roboterkopf zu Sig und wieder zurück, nur an dem Draht zog er nicht.

»Ziehen, kapierst du?« Sig zog an Simpels Handgelenk. »Zie-hen, ja? Bitte?«

Prompt ließ Simpel den Draht los.

Sig seufzte tief und bekam schon Angstvisionen für die kommenden Tage: Die riesigen, unvorstellbaren Berge an Geduld, aus denen er würde schöpfen müssen, falls er zusammen mit Simpel weiterzog – denn darauf würde es hinauslaufen, sofern er jemals von hier wegkam.

Er holte tief Luft, nahm Simpels Hand ein zweites Mal und führte sie zu dem Draht. Anschließend zog er die Hand langsam weg, während er Simpels Faust um den Draht geschlossen hielt.

Jetzt begriff Simpel es. Mit einem besonders freudigen Lächeln zog er ohne sichtbare Mühe den Draht entzwei. Sofort spürte Sig, wie der Griff um seinen Arm erschlaffte. Mit seiner freien Hand nestelte er die Finger des Greifers einen nach dem anderen auf. Er war endlich wieder frei. Sein Arm hing blau und schlaff an ihm herab, aber er schien sich nichts gebrochen zu haben.

Offenbar war es das Einfachste, Simpel etwas mit Gebärden zu verdeutlichen. Nachdem Sig einen Moment lang sitzen geblieben war, um sich zu erholen und wieder etwas Leben in seinen Arm zu reiben, drückte er Simpel den Roboterkopf in die Hände und zeigte auf Simpels Bauch. Danach deutete Sig nach Süden, wo irgendwo sein Rucksack mit dem Essen liegen musste, zeigte auf seinen Mund und winkte Simpel, er solle mitkommen. Nachdem er dieses Ritual drei Mal wiederholt hatte, setzte er sich in Bewegung.

Es war unklar, ob Simpel ihn verstanden hatte, aber das war unwichtig. Jedenfalls folgte er Sig in wenigen Metern Entfernung, ein frohes Lächeln auf dem Gesicht und den Roboterkopf vorsichtig an die Brust gedrückt, als sei es das Haupt eines geliebten Freundes. Selbst aus dieser Entfernung raubte der Gestank, der Simpel umgab, einem den Atem. Sig nahm sich vor, dass Sauberkeit und Waschen das Erste sein würde, was er Simpel beibringen würde. Wie, das wusste er noch nicht.

»Einheit erssucht um Desstruktion, ssuboptimaales Funktionieren nicht effissient, sseer groote Schjlamassel, interne und auch externe. Erssuche um Desstruktion, wiederhole, erssuche um Desstruktion, iss seer groote Ssauhaufen in mijn Kop, Funktionsniveau ssuboptimaal …«, nölte der Kopf weiter, bis Sig ihm befahl, er solle still sein und weitere Instruktionen abwarten. Dieser Kopf könnte noch einmal nützlich sein, in ihm war eine Menge Wissen gespeichert.

Während sie neben der Halde her über die Ebene gingen, begann es in Sigs Arm zu kribbeln wie von tausend Nadelstichen. Außerdem konnte er ihn kaum anheben oder die Finger strecken oder die Hand zu einer Faust ballen. Er hoffte nur, dass er davon nichts zurückbehielt.

»Eine schöne Gesellschaft, was?«, sagte Sig halb zu Simpel und halb zu sich. »Ein Simpel, der kein Wort hervorbringt, ein Stück Roboter mit Selbstmordneigungen und ein Junge, der nicht weiß, wie und wohin er den ganzen Haufen führen soll.«

Er drehte sich um zu Simpel, der ihm mit rollenden Augen zunickte. »Simp, Sig!«, sagte er froh.

»Jaja, Simpel und Sig«, und Sig konnte nicht anders als lachen über den wirklich schrägen Anblick, den sie zusammen boten – ein kleiner Junge in abgerissener Kleidung, und wenige Schritte dahinter ein langer, spindeldürrer Mann in Lumpen, der wie eine Amme einen Metallkopf in den Armen hielt, zusammen unterwegs durch ein zugemülltes und desolates Niemandsland.

Fliegen

Von dem Tag an blieben Sig und Simpel zusammen. Selbst wenn Sig es nicht gewollt hätte, wäre Simpel ihm dennoch gefolgt, denn er hatte verstanden, dass Sig wusste, wie und wo man an Nahrung gelangte. Aber Sig war es auch ganz recht so. Simpel war zwar eine unbeholfene und eigenartige Gesellschaft, und doch hatte er ihn aus der Klaue der Flinse gerettet. Zudem war alles besser, als allein zu reisen. Simpel konnte Pilaster nicht ersetzen – niemand konnte Pilaster ersetzen –, aber er sorgte dafür, dass Sig nicht den ganzen Tag lang an Pilaster dachte.

Als sie, kurz nachdem sie Sigs Rucksack wiedergefunden hatten, auf einen großen Vorrat an Essenspaketen gestoßen waren, hatte Sig schon bald beschlossen, die Reise fortzusetzen. Das richtige, leckere Essen – warme Hauptmahlzeiten, Snacks, Süßigkeiten, alles Mögliche lag da – hatte ihn derartig aufgemöbelt, dass er wieder fest entschlossen war, zu den Türmen zu gehen. Dort würde er Antworten auf seine Fragen finden – vielleicht sogar einen Weg zurück nach Hause. Dort und nirgendwo sonst.

Mit Simpel unterwegs zu sein, war schon verrückt. Er lernte zwar schnell, aber die ersten Tage begriff er nur bitter wenig, wenn Sig versuchte, ihm etwas zu erklären. Trotzdem war es schöner mit Simpel, als Sig erwartet hatte. Sig hatte noch nie jemanden gesehen, der so einfältig war, aber er war auch noch nie jemand so Neugierigem wie Simpel begegnet.

Er hatte befürchtet, der einsame Fledderer würde ihm lediglich ein Klotz am Bein sein; seine Erinnerung und sein Wissen waren vollständig gelöscht, er war abhängig wie ein

Säugling und nicht imstande, Gefahren zu erkennen. Vielleicht war das auch so, aber Sig wurde fröhlich, wenn er Simpel so unbeholfen umherstreunen sah.

Der groß gewachsene Mann hüpfte ungeschickt von einer Sehenswürdigkeit zur nächsten – und für Simpel war so ungefähr alles eine Sehenswürdigkeit: Steine, Pflanzen, Regenpfützen, Stücke verrosteten Alteisens, Glasscherben ... Seit er keinen Hunger mehr litt, wich Simpels traurige Wildheit, die Sig Angst gemacht hatte, einer fröhlichen Neugierde. Er schien voll und ganz darauf zu vertrauen, dass Sig schon für ihn sorgte. Unbefangen beugte sich Simpel über jedes kleine Ding, während seine schweren Taschen an ihm baumelten, als wögen sie nichts, und dann schaute er fragend hoch zu Sig, der wieder und wieder den Namen von dem nannte, was Simpel nun wieder entdeckt hatte.

»Betonbrocken. Das ist einfach ein Brocken Beton, Simpel. Nichts Besonderes. Komm, wir gehen weiter.«

»Tongbrock!«, versuchte Simpel dann und nickte dabei gewichtig, als hätte er soeben eine bedeutende wissenschaftliche Entdeckung gemacht. »Tongbrock, Tongbrock, Tonnggbrrrock«, murmelte er unaufhörlich. Und von Zeit zu Zeit hielt er den Roboterkopf, den er die meiste Zeit unter dem Arm geklemmt hatte, mit gestrecktem Arm vor sich und sprach ihm voller Ernst zu: »Tongbrock, Kopp! Tongbrock.«

Hätte der Kopf verzweifelt dreinschauen können, er hätte es jetzt getan. Stattdessen beschränkte sich das Elektronenhirn auf alberne Kommentare: »Isst dass waar? Isst dein Kopf werkelijk ein Betonbrock? Ich hatte schjon die schjwere Befürchtung. Jee, jee, jee!«

Aber davon ließ sich Simpel überhaupt nicht aus dem Konzept bringen; er verstand ohnehin kaum ein Wort von dem, was der Kopf da verzapfte. »Tongbrock!«, beharrte er frohgemut, bis er wieder etwas Interessantes entdeckte.

»Das? Das ist Plexiglas. Wahrscheinlich war es mal eine Scheibe aus einem Luftbus.«

Simpel schaute Sig verständnislos an.

»Plexiglas. Ple-xi-glas.«

Simpel schaute, als koste er die fremden Klänge mit einiger Vorsicht. »Pleesiglas. Ple-gsi-gas. Pek-si-las.«

»So in etwa, ja.« Sig drehte sich um und ging weiter. »Komm, vorwärts.«

»Plesigas, Sig! Plesiglas! Sig! Kopp!«

»Sehr gut, Simpel. Kommst du?« Und sie gingen weiter.

Natürlich hatte Simpel auch weniger angenehme Seiten. Er aß wie ein Barbar, sabberte und spuckte, und wieder und wieder verstand er nicht, was Sig ihm klarzumachen versuchte: Wenn Sig ihn bat, etwas zu tragen oder ihm beim Brennholzsammeln zu helfen, wenn er wollte, dass Simpel irgendwo wartete, weil Sig beispielsweise mal austreten wollte ... Er musste alles ein Dutzend Mal vormachen. Mit tiefen Denkfalten auf der Stirn stand Simpel dann da, schaute zu und rollte mit den Augen, bis ihm ganz allmählich etwas dämmerte.

Sig hatte eine große Menge an Kleidung gesammelt und sie in eine Tasche gesteckt. Statt Simpel groß zu erklären, was er wollte, hievte er sie ihm jetzt einfach über die Schulter. In einer zweiten Tasche, die er auf der anderen Schulter trug, transportierte Simpel einen Großteil der Essensvorräte, genug für mindestens sechs oder sieben Tage – zumindest, falls es Sig irgendwann einmal gelang, Simpel klarzumachen, dass er nicht drei oder vier Mahlzeiten hintereinander verschlingen sollte.

Auch der Roboterkopf, oder einfach Kopf, wie Sig ihn

nannte, erwies sich trotz allem als guter Hinzugewinn. Simpel hörte nicht auf, den Kopf zu hätscheln, als seien sie die besten Freunde und als spürte er, dass sie sich gegenseitig ergänzten. Simpel lieferte die Arme und Beine und Kopf das Reden und Denken, wenn auch verwirrt und unbegreiflich frech und übel gelaunt.

Das Schlimmste war, dass das Ding sich für witzig hielt. Wenn einem etwas auf die Nerven gehen kann, dann ein Roboter, der sich für witzig hält. Jedes Mal wieder, wie oft Sig Kopf auch befahl, den Mund zu halten, fing das Ding von selbst an zu reden. Meistens war es etwas Beleidigendes zu Simpel, manchmal bat er wieder darum, vernichtet zu werden, und ab und zu gab er aus heiterem Himmel ungefragte Kommentare zu dem ab, was sie auf der von ihnen eingeschlagenen Route sahen. Etwas mit diesem Elektronenhirn war völlig außer der Reihe.

»Kijk maal, waaat für groote Brokken!«, rief das Ding dann plötzlich, wenn sie an einem Berg Schutt vorbeikamen. Oder, als sie dem Wrack eines Wartungsmobils begegneten: »Sso'n Ding wie dat daar, auf sso etwass bin ich herumgefahren. In bessere Sseiten, ssagen wir mal. Als ich noch ein beetje meer mit beide Beine im Leben sstand ssossussagen. Jee, jee, jee«, und dann rollte Kopf mit seinem einen noch funktionierenden Auge.

»Grooote brokken«, kam bedächtig das Echo von Simpel. »Groote brokken, jee, jee, jee.«

Aber Kopf bewies seinen Wert. Schon bald zeigte sich, dass das Ding mit seinem einen übrig gebliebenen Auge schärfer sah als Sig mit beiden. Als Sig ihn bat, Bescheid zu geben, wenn er hier irgendwo Wasser- oder Limonadenvorräte entdeckte, landete er innerhalb einer Stunde einen Volltreffer.

»Hü mal, hier sso, daar sso, linkss oben auf die Plünnen daar. Grootee Kässten. Daar, kijk!« Sig sah nichts.

»Grooote Kässten«, murmelte Simpel, »grooote Kässten.«

»Wo denn?«

»Jee, jee, wer iss hier halber Schjrotthaufen?«, klang die gelangweilte Antwort. »Hinter die Berg daar auss graue Lumpe musst du sseehn. Dummkopf.«

Sig kletterte hinauf und fand in der Tat zwei Kästen Limonade vor, von denen aus der Ebene unten nur der alleroberste Rand zu sehen gewesen war. Ohne Kopf hätten sie die nie gefunden.

So reisten sie zwei Tage lang zu zweit oder zu dritt (Sig war sich nicht sicher, ob er Kopf mitzählen sollte oder nicht) an den Ausläufern von Halde Süd entlang. Zuerst zogen sie südwärts bis zum Ende der Halde, dann nach Osten, unter den Schienen für die Gleisreiniger hindurch, und weiter, bis sie die andere Seite der Halde erreichten. Von dort aus gingen sie wieder in nördlicher Richtung. Die Route fand sich von allein, und außer ihrer kleinen Gesellschaft schien es nichts und niemanden auf Halde Süd zu geben. Weder Flinsen noch Fledderer zeigten sich, und selbst die Müllautobahn war die ganze Zeit so gut wie ausgestorben.

Am Morgen des dritten Tages, nachdem Simpel Sig aus dem Griff der Flinse gerettet hatte, studierte Sig die Karte, während Simpel konzentriert beobachtete, was geschah, wenn man eine Flasche mit Sand füllte und sie anschließend kopfüber hielt. Zu seinem frohen Erstaunen rieselte der Sand bis zum letzten Körnchen wieder heraus. Nochmal und nochmal wiederholte er sein Experiment. Kopf hatte er so hingestellt, dass der alles verfolgen konnte.

»Sand, Kopp. Ssssand!« Simpel schaute froh von der Flasche zu Kopf und wieder zurück.

Hätte der Kopf gelangweilt dreinschauen, sich abwenden und seufzen können, er hätte es ganz bestimmt getan. Aber er konnte nicht anders als zusehen. Und Simpel war davon überzeugt, dass sein Publikum genauso gefesselt von dem Schauspiel sein würde wie er selbst.

Sig schätzte, dass sie sich jetzt ungefähr auf der Hälfte des Weges zwischen dem Ende von Halde Süd und der Stadtmauer befanden. Die Route, die Pilaster auf der Karte eingezeichnet hatte, führte zuerst zur Stadtmauer und dann weiter die Mauer entlang in östliche Richtung. Das mit »Produktion« bezeichnete Gebiet auf der Karte war durchgestrichen, und Pilaster hatte durchschimmern lassen, dass es dort nicht geheuer sei. Aber was genau daran so gefährlich war, darüber hatten sie nicht weiter gesprochen.

Es würde eine beträchtliche Abkürzung sein, wenn sie das Gebiet diagonal durchquerten. Sig spielte kurz mit dem Gedanken, es einfach zu versuchen. Aber wahrscheinlich war es besser, wenn er Pilasters Rat befolgte. Und was machte es aus, wenn sie ein paar Tage länger bis zu den Türmen brauchten?

Sig machte sich daran, sein Zelt und seinen Schlafsack einzupacken, und Simpel folgte penibel seinem Beispiel.

»Flieghen!«, rief plötzlich Kopf, der schief auf einer Wange neben ihnen im Sand lag. »Flieghen, wär dass nietss für euch? Ich habe, sso lange ich unter Sstroom sstehe, schjon Flieghen gewollt, aber Roboter von mein Modell haben keine Genehmigung. Wass denksst du, wollen wir alle zussammen mal die Flieghe machen?«

Sig sah ihn verständnislos an. »Wie meinst du, fliegen? Womit denn?«

»Kijk doch. Prima Sscooter oder wat? Daar sso! Dummkopf.«

Sig folgte der Blickrichtung des Robokopfs. Der nächste Berg bestand aus allerlei Maschinenschrott, und er sah nicht gleich, welches der Geräte und Teile von größeren Maschinen Kopf meinte. Also nahm er ihn hoch und ging mit ihm zu dem Schrottberg.

Als sie näher kamen, sah Sig, was er meinte. Auf halber Höhe lag das Wrack eines kleinen Zweipersonen-Luftscooters. Das Teil sah allerdings hoffnungslos aus. Das Steuer war völlig verbogen, der Sattel fehlte, die Auslassdüse war eingedellt und die Energiezelle dunkelrot, was bedeutete, sie war leer.

»Damit lässt sich doch nichts anfangen …«, begann Sig.

»Iss Pipikraam«, fiel ihm Kopf ins Wort. »Ssache van null komma nietss. Ruf ersst mal die Beine.«

»Die Beine?«

»Ja, Dingess da, die Beine, der Apparaat, der mich traagt. Die Beine mit dem kaputten Hirn, Dummkopf!«, erklärte Kopf ungeduldig.

»Simpel?« Sig drehte sich um zu Simpel, der bei ihrem Gepäck stand und reglos in ihre Richtung starrte. »Du meinst Simpel? Simpel ist ein Mensch, und du bist ein Roboter!«, sagte er erschrocken.

Die absolute Grundregel für Roboter war, dass sie immer dem Menschen dienen mussten. Was auch geschah. Auch wenn sie selbst dabei kaputtgingen. Diese Regel war tief in ihren Schaltkreisen verankert. Und jetzt dachte dieser miesepetrige Kopf, Simpel sei nur dazu da, ihn zu tragen. Das Ding war kaputter, als er gedacht hatte, vielleicht sogar gefährlich. »Simpel ist ein Mensch, und dein Hirn ist, wenn möglich, noch kaputter als das von ihm!«

»Schj-schj-schj, Simpilein, Simpelfein: Ist Beine und Greifer. Und ssonsst nietss, Dummkopf«, zischte Kopf giftig. »Loss, ruf ssie sschon. Ruf die Beine. Dann können ssie den Sscooter runterholen. Na hopp!«

Die Art und Weise, in der Kopf seine Kommandos bellte, gefiel Sig überhaupt nicht, aber der Gedanke, demnächst fliegen zu können, war doch sehr verführerisch. In weniger als einem Tag, in wenigen Stunden konnten sie die Türme erreichen! Und was sollte dieser Kopf denn für eine Gefahr sein? Sie konnten ihn jederzeit einfach zurücklassen oder notfalls gegen einen Felsen schlagen und so endgültig zerstören.

Die Erinnerung an seine Höhenangst durchzuckte Sig – würde er es denn wagen zu fliegen? In der Stadt war das nie ein Problem gewesen, da wusste man einfach, es konnte nichts passieren. Aber hier, nach seiner Schwindelanfälligkeit und Angst beim Hängenden Haus, war Sig sich dessen nicht so sicher.

Er schob den Gedanken weg. Die Verführung, schon in ein paar Stunden bei den Türmen zu sein, war zu groß.

»Simpel!« Sig winkte, und sogleich kam Simpel angehüpft, hielt allerdings unterwegs bei einer runden Plastikdose an, die er aufhob und mitnahm.

Als Simpel bei ihm war, deutete Sig auf den Scooter und gebärdete ihm, er solle mit ihm zusammen hinaufklettern. Simpel warf die Plastikdose mit einem Blick des Bedauerns weg, und sie arbeiteten sich über den Schrott hinauf, bis Sig bei dem kaputten Scooter stehen blieb. Das Ding sah nicht gerade bestens aus, aber wenn Kopf meinte, es sei noch zu reparieren, dann sollten sie es wohl versuchen.

Simpel kapierte tatsächlich schnell, was Sigs Absicht war,

als dieser an dem Scooter zu rütteln anfing. Es war ein schweres Gefährt, aber zu zweit schafften sie das Ding ohne allzu große Mühe nach unten, indem sie es mal anhoben und mal über den anderen Schrott rutschen ließen. Als sie damit in Kopfs Blickfeld kamen, legte der auf der Stelle los: »Gut sso! Schjlüssel B10 nehmen und damit die Ausslassdüse fesstssiehen, und dann …«

»Mach mal piano, Kopf. Wir haben kein Werkzeug, kapiert?«

»Iss okay. Mal nachdenken.«

Es blieb ein paar Sekunden still, in denen Simpel und Sig vom Scooter zu Kopf und wieder zurück blickten.

»Eerst mal Ausslassdüse ssurückbiegen – voorssichtig«, schlug Kopf als Nächstes vor. »Dann das Steuer. Daarnach mal gut rüttelen aan alles. Kannsst du ssehen, ob alles fesst isst. Energiesselle auflaaden, altes Brett aan die Platss von Ssattel montieren und klaar. Pipikraam! Hab ich doch gessagt? Dummkopf.«

»Energiezelle aufladen?« Das Biegen und Rütteln konnte Sig sich ja noch vorstellen, aber hier konnte man doch nirgendwo eine Energiesäule anzapfen? Wenn das so wäre, dann hätte Pilaster es doch gewusst, oder? Nicht umsonst hatte der sich so über die Flinse mit der Energiezelle gefreut, die noch funktionierte.

»Dummköpfe allemaal! Ganss normaal entlang an die Autobaan. Jeder Kilometer gibt ess ein Auflaadpunkt unter die Erde. Sstark genug für Müllwagen, dann doch auch sstark genug für Sscooter, oder?«

Sig verdrehte die Augen. Wenn Pilaster das gewusst hätte: Strom im Überfluss … Es hätte sein Leben auf der Halde sehr viel angenehmer gemacht. Das konnte doch nicht wahr sein.

Es durfte nicht wahr sein: Sig erinnerte sich, wie Pilaster sogar fast erloschene Zellen gehütet hatte wie kostbare Schätze.

Nach einer Viertelstunde Suchen entlang der Fahrbahnböschung fand Sig im Gras versteckt eine sehr kleine Aluminiumschlaufe, wie sie Kopf beschrieben hatte. Er zog leicht daran, und mit einem leisen Summen kam eine Energiesäule aus dem Boden gefahren.

»Wow! Ist ja ’n Ding!« Sig umarmte die Säule vor Freude. Das Ding sah genauso aus und fühlte sich genauso an wie die in der Stadt. Wunderbares Hightech.

Und Simpel machte ihn nach. »Waujading, waujading!«, rief er, hopste im Kreis um die Säule und umarmte sie wieder und wieder, bis ihn beinahe ein vorbeifahrender Mülltransporter erfasst hätte.

Sie gingen zu ihrem Scooter zurück und führten die Reparaturen durch, die Kopf ihnen aufgetragen hatte. Das Zurechtbiegen der einzelnen Teile war nicht sehr schwierig. Sig benutzte ein sorgsam mit alten Lumpen umwickeltes Stück Metall als Hebel, und Simpel hielt den Scooter fest. Als Sattel band Sig einen großen, dicken Streifen muffigen Schaumgummis oben auf dem Gefährt fest. Es sah unmöglich aus, aber man saß sehr bequem.

Kopf schlossen sie genau nach seinen Anweisungen mit ein paar aus seinem Hals heraushängenden Steckern an den Bordcomputer an. »Um die gansse rosstige Schrjott maal richtig durchssumessen«, wie er sagte. Sig zweifelte noch, ob es wirklich eine gute Idee war, die Steuerung des Scooters Kopf zu überlassen, aber dann schloss er ihn dennoch an, denn er hatte auch keine Lust, irgendwo auf halber Strecke mitsamt Scooter und allem abzustürzen.

Zuletzt schleppten sie den Scooter und all ihr Gepäck über

die Ebene zu der Energiesäule und schlossen die Energiepunkte dort an. Das Rot der Zelle änderte sich über Orange und Blau in ein tiefes Dunkelgrün: Das Zeichen, dass wieder für Wochen Energie in der Zelle war. Mit dem Stromindikator auf Kopfs Hinterkopf geschah dasselbe. Die kleinen Monitore auf dem flachen Scootersteuer leuchteten auf und gaben an, dass das Gerät flugbereit war.

»Waujading?«, versuchte Simpel, als er sah, wie aufgeregt Sig auf den Scooter blickte.

»Jau, ist ein richtiges Waujading!«, antwortete der. »Nur wissen wir noch nicht, ob es auch wirklich fliegen wird.«

»Kleine Tesstrunde vielleicht?«, bot Kopf an, der kopfüber unter dem Steuer baumelte. Und ohne Sigs Antwort abzuwarten flog er davon.

»Yihaa! Flieghen! Ich flieghe! Der Traum von jedem Bodenroboter! Yippiieh!«, jauchzte Kopf, während er sich scheinbar auf und davon machte. Nie zuvor hatte Sig einen Scooter so steil und mit einer derartigen Geschwindigkeit aufsteigen sehen. »He, du schmutziger Dieb! Komm zurück!«, rief er dem Ding hinterher.

Kopf war tatsächlich nicht zu trauen. Womöglich fuhr er noch auf und davon zum nächstbesten Kontaktpunkt mit dem CC.

Der Scooter machte hoch in der Luft ein paar Loopings, scherte über die Autobahn, schnellte nach unten über die Ebene und zog, unmittelbar bevor er sich in einen Müllberg bohrte, wieder hoch. »Yihaa!«, klang es dünn, blechern und unwirklich in der Ferne.

Wieder schoss der Scooter steil in die Höhe, und Sig schaute ohnmächtig zu. Er erwartete nicht, dass das Ding noch zurückkommen und sie mitnehmen würde. Höher und höher ging der Scooter, bis er nicht mehr als ein kleiner Punkt am leeren blauen Himmel war. Und dann geriet er außer Sichtweite.

Mindestens drei, vier Minuten lang blieben Sig und Simpel stehen, die Luft nach Spuren von Kopf und dem Scooter absuchend. Nichts. Der Himmel blieb blau, neblig blau, nur unterbrochen im Süden, wo eine wässrige Sonne den Dunst oberhalb der Halde mit ihrem fahlen Licht durchbohrte.

Mutlos und mit hängenden Schultern starrte Sig zu Boden. Er seufzte und ging zu seinem Rucksack, den er verfluchte, weil er in Gedanken schon wieder dessen drückendes Gewicht auf den Schultern spürte. Wie hatte er nur so dumm sein können, diesem hinterlistigen Roboter zu vertrauen? Das Ding hatte nicht umsonst die Hälfte der Zeit um Destruktion gebeten. Das Elektronenhirn war völlig plemplem gewesen. Komplett gestört, ja gefährlich. Er hätte ihn nie auf den Scooter montieren dürfen.

Mit Mühe hob Sig seinen Rucksack von dem dürren Boden und fing an, ihn sich aufzuladen.

»Kopp! Sig. Kopp!«, rief Simpel auf einmal hinter ihm.

Sig drehte sich um und sah Simpel gespannt in die Höhe spähen und auf einen schwarzen Punkt zeigen, der die seltsamsten Windungen machte und dabei schnell anwuchs. Innerhalb weniger Augenblicke war deutlich erkennbar, dass es der Scooter war. Und Kopf war noch dran.

Weitere zehn, fünfzehn Sekunden später vollführte er eine tadellose Landung und kam ein paar Meter von Sig und Simpel entfernt geräuschlos zum Stillstand.

»Aufssteigen, Jungss. Wir flieghen! Yihaa!« Kopfs intaktes Auge rollte fröhlich und aufgeregt in seiner Höhle.

In der Falle

Sig sprang nach vorn und riss Kopf mit einem festen Ruck vom Steuer.

»Lass looss! Lass looss! Sjtöpssele mich ssurück!«, zischte der Roboterkopf. Der fröhliche Blick in seinem einen Auge wurde bösartig.

Vollkommen ungerührt legte Sig Kopf neben den Scooter in die Straßenböschung, und zwar mit dem Gesicht zu Boden. Er hatte die Nase voll von dessen unvorhersagbarem frechem Benehmen.

»Fiesser Verräter!«, kreischte Kopf jetzt. »Undankbaarer Schjuft, Müllkippenssswerg, Abfallfresser! Ohne mich schjafft ihr ess nirgendwohin! Nirgendwohin!«

Sig wandte sich zu Simpel, der dastand und lächelnd zusah. »Ich mache jetzt auch eine Probefahrt.«

Er deutete auf sich selbst, danach auf den Scooter und nach oben und zog dann mit dem Zeigefinger ein paar Kreise durch die Luft. Zum Schluss zeigte er auf den Boden, um klarzumachen, dass er gleich wieder zurück sei.

Simpel nickte zustimmend.

Sig fragte sich, ob Simpel auch nur etwas von dem kapiert hatte, was er ihm hatte klarmachen wollen. Aber das war jetzt eher unwichtig. Er würde es schon von selbst merken. Sig stieg auf, stopfte die Kabel, mit denen Kopf mit dem Steuer des Scooters verbunden gewesen war, wieder irgendwo hinein und band den Nordweiser mit ein paar Gummiringen am Steuer fest.

Er atmete kräftig durch, und dann drückte er den Startknopf.

Mit sanftem Schnurren sprang der Scooter an. Ein vertrautes Geräusch, denn auch wenn Sig bisher nur ein paarmal einen Luftscooter gelenkt hatte, so hatte er doch oft genug als Beifahrer hinten gesessen, wenn er mit seinem Vater oder seiner Mutter irgendwohin fuhr. Und nie hatte er dann Höhenangst gehabt, nie.

»Du hast keine Höhenangst, Sig, nicht auf einem Scooter, nicht auf diesem Scooter«, flüsterte er sich selbst Mut zu. Er setzte sich ein wenig besser in Positur auf dem weichen Sattel und umklammerte das Steuer noch etwas fester. »Das hier ist ein Scooter aus der *Stadt*. Absolut sicheres Hightech. Genau wie zu Hause.«

Plötzlich erinnerte er sich, wie es das eine Mal gewesen war, als er seinen ersten Flug im Dunkeln erlebt hatte. Sein Vater und er waren aus dem Schwimmbad gekommen. Sie waren länger geblieben als eigentlich geplant. Die Stadt war ein dämmriges Wirrwarr von großen und kleinen Lichtern, durch das sie zusammen in geschmeidigem Gleitflug ihren Weg suchten. Er war damals noch klein gewesen, fünf oder sechs Jahre alt. Schnelle Passagierliner hoch über ihrem Kopf erzeugten lang gestreckte farbige Lichtstreifen. Die Scheinwerfer und Rücklichter anderer Scooter schwebten wie rote und weiße Girlanden die gewundenen Luftstraßen entlang. Und er, Sig, hatte sicher hintendrauf gesessen, die Arme um seinen Vater geschlungen, müde und rosig vom Schwimmen, während die kühle Abendluft in seinen feuchten Haaren spielte.

»Schjrottklempner, Höhlenbewohner, Egoisst …«

Kopfs Gezeter, das auf einmal wieder lauter erklang, durchbrach Sigs Nachdenklichkeit. Ein kaltes Frösteln kroch ihm den Rücken hinauf. Er schüttelte die Erinnerungen von sich ab, zog das Steuer zu sich heran und trat auf das Gaspedal. Der Scooter flog in einem schönen Bogen nach vorn und hinein in den Himmel.

Es war fantastisch, das Ding funktionierte perfekt – doch im selben Moment überspülten ihn Wogen von Schwindel und Übelkeit. Sig brach der kalte Schweiß aus. Er nahm Gas weg, schluckte und richtete den Blick geradewegs nach vorn. Die Leere unter ihm war wie ein Maul, das ihn verschlucken wollte. Sig zwang sich, tief und ruhig Atem zu holen.

Ganz vorsichtig machte er eine Kurve. Der Scooter reagierte geschmeidig, und der Motor schnurrte leise und ohne auch nur einen Moment zu hapern. Er zog das Steuer etwas weiter zu sich und stieg allmählich auf eine Höhe von etwa zehn Metern. Seine Stirn war schweißnass.

»Sig, das hier ist unter aller Kanone. Du hast so oft auf einem Scooter gesessen!« Er nahm den Fuß vom Gaspedal. Der Scooter blieb still in der Luft hängen. »Es macht überhaupt keinen Sinn, Angst zu haben!«

Und doch hatte er sie.

Er musste sich zwingen, nach unten zu schauen. Ist überhaupt nicht hoch, hielt er sich vor. Aber es war etwas ganz anderes, als vorprogrammiert durch die Straßen der Stadt zu fliegen und um sich herum den übrigen Verkehr zu wissen – und immer den wachsamen Blick des Zentralcomputers, der einen beschützte, einem die Ängste nahm und dafür sorgte, dass alles wie von selbst ging.

Das hier war echt. Und es war echt nicht schön.

Er stieg auf eine etwas höhere Bahn und kreiste über der Halde. Seine Fingerknöchel waren weiß, so fest klammerte er sich ans Steuer. »Versuch dich zu entspannen, Siggi.«

Die Mülltransporter auf der Autobahn schienen von hier

aus nicht viel größer als Spielzeugautos, und schau, da stand Simpel und starrte in die Luft. Die Arme baumelten schlaksig an ihm herab. Sig lächelte. Niemand konnte Pilaster ersetzen, aber Simpel hatte doch auch etwas.

Gegen den Horizont zeichnete sich die Stadtmauer ab, schimmernd in einem unnatürlichen Weiß, wie ein ferner, unwirklicher Traum. Ob der Scooter so hoch hinauskonnte, dass er es schaffte, über die Mauer hinweg nach Hause zu fliegen? Sig schob den Gedanken von sich. Es war sinnlos. Er würde ja auf der Stelle gelöscht werden, sobald er wieder in der Stadt war. Er würde gelöscht, der Scooter geradewegs in den nächsten Recycling Point dirigiert und Sig wieder in den Kreislauf aufgenommen werden.

Er wandte den Blick von der Mauer weg und nach Osten. Ganz in der Ferne, in Richtung der Sonne und weit hinter den Müllbergen, war der Horizont grün. Dort lag Wald, dort rannten die Pferde über die Fluren, dort lag Pilaster begraben. Für einen Moment zog es ihm das Herz zusammen, doch Pilaster konnte stolz auf ihn sein. Einfach weitergehen, prumm-ti-pomm, fromm. Einfach weitermachen, was auch geschah. Und keine Angst haben.

Gleich würde er über Pilaster hinwegfliegen. Warum nicht, er konnte jetzt schnell überall hin.

Sig steuerte nach links und flog mit einer großzügigen Kurve in Richtung Produktion. Eine graubraune, ungastlich aussehende Ebene erstreckte sich gen Osten. Verschwommene Geraden durchquerten sie. Die Linien kreuzten sich und bildeten ein fast unsichtbares Raster – als hätten vor langer Zeit viele kerzengerade Straßen durch das Gebiet geführt. Straßen, deren Asphaltdecken mittlerweile fast gänzlich zersetzt und zu Staub zerpulvert waren. Seitlich von ihnen ließen sich hier und da noch die Umrisse längst verschwundener Gebäude erkennen: graue Rechtecke und Quadrate, nur ein wenig heller oder dunkler als das sie umringende Land.

Wieder durchfuhr Sig ein Schauder, aber diesmal nicht aus Höhenangst. Das Gebiet dort ihn der Ferne machte ihn frösteln. Er rechnete sich aus, dass sie auf dem Scooter in ein paar Stunden darüber hinweggeflogen sein müssten. Hoch oben in der Luft hatten sie wohl nichts zu befürchten.

Sig kreiste ruhig in immer engeren Spiralen zurück auf den Boden und landete neben Simpel, der sich inzwischen hingelegt hatte und – wie gewöhnlich – sofort laut schnarchend eingeschlafen war. Erleichtert stieg er ab. Seine Beine zitterten und sein Magen fühlte sich an, als habe jemand einen ganz komplizierten Knoten hineingemacht. Aber er war auch stolz auf sich.

Kopf war still geblieben, als Sig landete, aber als er Sig mit dem Gepäck hantieren hörte, fing er wieder von vorn an – dass er Sig und Simpel für immer verfluche und sie nie mehr auf seine Hilfe zu zählen bräuchten, dass er dafür sorgen würde, dass sie abstürzten, dass …

Sig wickelte Kopf in seinen Schlafsack und stopfte ihn unten in seinen Rucksack. Jetzt war nur noch ein ersticktes Gemurmel zu hören, das in Kombination mit Simpels Schnarchen in Sig die Sehnsucht nach Pilasters Nonsensliedern wachrief – pomm-promm, prummel-dumm, fiedumm di-di …

Eine Art von Pilasterlied vor sich hin summend lud Sig auch die Taschenlampe und das Hitzeelement an der Energiesäule auf. Anschließend band er alles Gepäck – einschließlich Kopf – in der Zeltfolie zusammen. Daraufhin rüttelte er Simpel wach.

»Essen?«, fragte der hoffnungsvoll und schläfrig.

»Nein«, antwortete Sig, »fliegen.«

Simpel sah ihn mit leeren Augen an. »Kopp?«, fragte er dann.

Sig zeigte auf den Sack mit dem Gepäck.

Simpel faltete die Arme vor die Brust, wie er es tat, wenn er Kopf trug. »Simp Kopp. Kopp Simp.«

Sig verstand, dass er Kopf bei sich haben wollte. Aber das ging jetzt wirklich nicht. Simpel würde sich während des Flugs mit beiden Händen festhalten müssen. Außerdem hielt Sig es für keine gute Idee, wenn Simpel und Kopf allzu dicke Freunde wurden. Kopf wäre durchaus imstande, Simpel für seine Zwecke zu missbrauchen.

Sig setzte sich auf den Scooter und bedeutete Simpel durch Zeichen, er solle hinter ihm aufsitzen.

»Kopp!« Simpel blieb stehen und deutete auf das Gepäck, aus dem Kopfs Stimme nach wie vor erstickt zu hören war.

»Nein, Simpel.« Sig zeigte nochmals auf den Sitzplatz hinter sich auf dem Scooter. Schmollend nahm Simpel Platz.

Sig startete den Motor und stieg ganz langsam hoch. Er befürchtete, Simpel könnte in Panik geraten.

Gar so sehr in Panik geriet Simpel nicht. Er sprang nicht herunter und fing auch nicht an zu schreien, sondern er verkrampfte sich vollständig, und das war eigentlich viel schlimmer. Er klammerte sich mit seinen langen, knochigen Armen an Sig fest und begrub sein Gesicht in Sigs Kapuze, wie ein verängstigter kleiner Junge auf dem Beifahrersitz hinter Vater oder Mutter.

»Nicht so zudrücken, Simpel.« Sig erstickte beinahe.

Simpel umklammerte ihn noch fester.

»Simpel!« Sig schlug mit einer Faust auf Simpels Arme, während er mit der anderen versuchte, den Kurs zu halten. Sie flogen direkt oberhalb der Autobahn in nur einigen Metern Höhe und taumelten und torkelten wie wild mal hier- und mal dahin.

Simpel behinderte ihn in seinen Bewegungen. Es gelang Sig nicht, das Steuer zu sich her zu ziehen und so Höhe zu gewinnen. Hinter ihnen hörte er einen Mülltransporter. Wieder brach ihm der Angstschweiß aus, aber diesmal hatte er allen Grund, sich zu fürchten.

»Siim-pel!! Dummkopf!« Mit dem Mut der Verzweiflung riss Sig das Steuer zu sich. Zugleich gab er Vollgas und versuchte, von der Autobahn wegzusteuern.

Haarscharf scherte der Mülltransporter unter ihnen hindurch. Sig hörte, wie ihr Gepäck gegen dessen Dach stieß.

»Simpel! Nicht so fest!«, schrie er und stieß seinen Ellbogen nach hinten in Simpels Seite.

Es war, als würde Simpel seinen Griff ein klein wenig lockern. Noch immer umklammerte er Sig mit beiden Armen, aber so ganz allmählich fühlte es sich an, als hinge hinten an Sig ein plumpes, totes Gewicht, als hätte Simpel vor Angst völlig abgeschaltet. Sig konnte sich jetzt etwas gerader hinsetzen, sodass er ein wenig mehr Raum zum Steuern gewann. Es gelang ihm, Kurs nach Nordost zu setzen und den Scooter in eine ruhige, konstante Bahn zu bekommen. Schnell ließen sie die Autobahn hinter sich.

»Sehr gut, Simpel, sehr gut.« Sig versuchte, seiner Stimme einen möglichst vertrauenerweckenden Klang zu geben, als versuchte er, ein verängstigtes Tier zu beruhigen. »Ruhig, Simpel, ganz ruhig, immer mit der Ruhe …«

Auch wenn Simpel die Worte kaum verstand, reagierte er

doch auf den besänftigenden Klang von Sigs Stimme und entspannte sich etwas. Sig war erleichtert. Wenn Simpel so sitzen blieb, würde es schon gehen. Und sein eigenes Schwindelgefühl und der Krampf, den die Höhenangst in ihm verursachte, damit wurde er jetzt auch fertig. Ein paar Stunden Flug, und sie waren da!

Die nächste halbe Stunde ereignete sich nichts Besonderes. Sie flogen in ruhigem Tempo über das graue, verstaubte Raster von Produktion. Von Zeit zu Zeit warf Sig einen Blick auf den Nordweiser auf seinem Steuer, und soweit es nötig war, korrigierte er die Richtung. Abgesehen von etwas gelbem Gras und einigen grauen, bizarr geformten Büschen wuchs auf der Ebene nichts, und das einzige Leben, das sie ausmachen konnten, waren Kaninchenfamilien, die flüchteten, sobald sich der Scooter näherte. Ungefähr zur Hälfte hatten sie Produktion jetzt durchquert, schätzte Sig.

Im Gepäck war es endlich still geworden. Kopf war bestimmt noch böse, aber offenbar hatte ihn die Hoffnung verlassen, er könne durch Schimpfen noch etwas erreichen. Sig schaute zu Simpel, aber der reagierte nach wie vor nicht. Seine Augen waren geschlossen, und sein Gesicht war immer noch leichenblass.

»Ein halbes Stündchen noch, Simpel«, versuchte Sig ihm Mut zu machen, »ein halbes Stündchen, und wir landen bei Halde Ost. Da können wir ausruhen und etwas essen.«

Als er das Wort »essen« hörte, wurde Simpel grün und musste würgen. Ein Blubbern entrang sich seiner Kehle, und er tauchte wieder weg, so tief er konnte.

Also drehte Sig sich wieder um und schaute auf den Nordweiser. Offenbar steuerte er ständig zu sehr nach rechts, denn in den letzten Minuten musste er den Kurs immer wieder nach links korrigieren. Auch jetzt wieder, einige Grade nördlicher.

Vor und hinter ihm war der Ausblick jetzt der gleiche. Wie weit Sig auch spähte, Halde Ost kam noch nicht in Sicht. Nur die Stadtmauer zur Linken begleitete ihn die ganze Zeit, unnahbar und gleichgültig. Sollten sie höher fliegen? Besser nicht. Jede Wette, dass Simpel dann wieder völlig ausrasten würde. Fünf, sechs Meter über dem Boden, das ging gerade noch so.

Wieder musste Sig nach links korrigieren. Sollte irgendwas mit dem Scooter nicht in Ordnung sein? Sig war sich sicher, dass er ganz normal geradeaus steuerte, und doch zeigte der Nordweiser schon wieder an, dass sie nicht mehr nach Nordost, sondern sogar in südöstliche Richtung flogen. Er tippte kurz auf den Nordweiser und korrigierte den Kurs. Aber diesmal spürte er es sogar am Steuer selbst: als zöge sie etwas nach rechts, nicht sehr stark, aber unleugbar.

Sig gab Vollgas und stieg etwas höher. Wieder reagierte Simpel mit Würgelauten und Verkrampfung. Sig schaute nach rechts, ob dort etwas zu sehen war, das die Kursabweichung erklärt hätte.

Nichts.

Ihm blieb nichts anderes, als so schnell wie möglich weiterzufliegen. Vielleicht würden sie dann außerhalb der Reichweite dieser geheimnisvollen Kraft geraten.

Doch die Kraft wurde stärker. Sig spürte sie auch, als er versuchte, höher zu steigen: Sie wurden nicht nur zu Seite gezogen, sondern auch nach unten.

Als er das merkte, fuhr ihm der Schreck in die Glieder: Etwas auf dieser abweisenden Ebene wollte sie fangen, etwas zog sie zu sich hin wie ein Magnet das Eisen.

Sig warf das Steuer jetzt gänzlich herum und versuchte, geradewegs von der Kraft weg in nördliche Richtung zu fliegen, direkt auf die Stadtmauer zu. Vollgas!

Einen Moment lang schien es zu funktionieren. Sie machten wieder mehr Geschwindigkeit – aber schon bald wurden sie wieder langsamer. Die Kraft hatte sie wieder im Griff. Langsamer und langsamer ging es, bis sie still in der Luft hingen.

Ein Entrinnen schien unmöglich. Die Kraft, die an ihnen zog, war stärker als der Scooter. Es hatte keinen Sinn zu versuchen, auf diese Weise davonzukommen.

»Was tun wir, hier landen und zu Fuß weitergehen, oder sehen wir uns an, was da an uns zieht?«, sagte Sig mehr zu sich als zu Simpel. Ihm fiel das große wütende Kreuz ein, mit dem Pilaster dieses Gebiet auf seiner Karte durchgestrichen hatte. »In Produktion herumzulaufen ist Pilaster zufolge gefährlich, aber fliegen offenbar auch.«

»Blubb«, war das einzige Geräusch, das Simpel entfuhr.

»Du hast vollkommen Recht, Simpel«, murmelte Sig, aber insgeheim verfluchte er ihn. Wieso musste er immer alles allein entscheiden? Was war die Gefahr, auf die Pilaster hier gestoßen war? Vielleicht hätte Kopf ihm sagen können, wie der Kraft zu entkommen war, aber der hing unerreichbar im Gepäck hinter dem Scooter und war wahrscheinlich immer noch so wütend, dass er ihnen doch nicht geholfen hätte.

Sig wendete das Steuer – um zu landen oder auf die Kraft zuzufliegen, er wusste es nicht genau. Aber in dem Augenblick, als sie wendeten und allmählich wieder beschleunigten, kam ihm eine Idee.

»Du bist schlauer als alle hier, Sig«, wiederholte er im Stillen die Worte, die Pilaster gesprochen hatte – wie lange her ihm das vorkam! –, und er gab Vollgas, geradewegs auf die geheimnisvolle Kraft zu. Es war nur eine Idee, aber sie war den Versuch wert.

Vorangetrieben durch den Motor des Scooters und gleichzeitig durch die Kraft angezogen, beschleunigten sie immer mehr. Schneller und schneller ging es, schneller, als ein Luftscooter je geflogen war, sei es in der Stadt oder wo auch immer. Die Kraft zog, und Sig gab Gas. Das Land sauste unter ihnen vorbei; alles verschmolz zu einer fahlgrauen Ebene, über die sie immer geschwinder hinwegrasten. Der Wind peitschte Sigs Gesicht, er kniff die Augen zu Schlitzen zusammen und beugte sich tief über das Steuer. Simpel klammerte sich mit einem erstickenden Würgegriff an ihm fest.

Noch schneller ging es. Der Scooter knackte, und der Wind pfiff über das Steuer und am Gepäck vorbei. Ihre Kleidung flatterte beängstigend. Wie sehr Sig auch spähte, er konnte auf der Ebene nichts entdecken, das die Kraft erklärte. Oder doch? Am Horizont erschienen jetzt einige Unregelmäßigkeiten. Da stand etwas, aber Sig konnte nicht sehen, was. Sie würden schnell genug dahinterkommen.

Die Kraft selbst benutzen, um zu entkommen, das war Sigs Plan. Er wollte möglichst viel Geschwindigkeit aufbauen, damit sie wie hinauskatapultiert über die Kraftquelle hinwegschossen und ihr auf der anderen Seite entkommen konnten.

»Lass es klappen, lass es klappen, lass es klappen«, murmelte Sig immerzu zwischen seinen fest zusammengebissenen Zähnen hindurch, während er sich noch tiefer vornüberbeugte und versuchte, das Gaspedal noch weiter einzutreten.

Er vermutete, dass er jetzt in der Ferne den Ort sah, an dem die Kraftquelle hauste: Einen gräulichen Zirkel, einen alten zentralen Platz, auf dem die Linien von allen Seiten zusammenführten und wo allerlei Fahrzeuge und Fahrzeugreste zu stehen schienen. Sie flogen geradewegs darauf zu. Er versuchte, etwas zu steigen, sodass sie nicht gegen eines der Fahrzeuge knallen würden, doch mehr als einen Meter an Höhe zu gewinnen, schaffte er nicht.

»Zehn, neun, acht, sieben«, zählte er ab. Lange würde es nicht mehr dauern. »Sechs, fünf, vier, drei …«

Sie waren noch schneller, als er gedacht hatte. Schon waren sie über den Platz hinausgeschossen und flogen mit großer Geschwindigkeit weiter. Dass sie mit nichts zusammengestoßen waren, bedeutete mehr Glück als Können. Sie waren quer durch alles Mögliche hindurchgeflogen. Ihre Geschwindigkeit war so hoch gewesen, dass Sig nicht recht hatte sehen können, was alles da stand.

Er spürte, wie die Kraft nach wie vor an ihnen zog, wie sie an Tempo verloren.

»Lass es klappen, lass es klappen, lass es klappen …«

Allmählich wurden sie wieder langsamer. Aber sie hatten eine enorme Geschwindigkeit gehabt.

Sie schafften es ein ganzes Stück weit, mehrere Kilometer. Sig schaute sich um. Der Platz war schon fast nicht mehr zu sehen, soweit er um Simpels zusammengekrümmte Gestalt herumschauen konnte.

Aber zuletzt hingen sie doch wieder still in der Luft. Wie ein Ball an einem Gummiband, den jemand weggeschlagen hatte und der seinen entferntesten Punkt erreicht hat. Es gab kein Entrinnen.

Sig versuchte zu landen, dann konnten sie zu Fuß fliehen.

Aber selbst das ging nicht mehr. Der Scooter war vollkommen unlenkbar geworden.

Mutlos lehnte sich Sig zurück und ließ sich mit Simpel, Scooter, Gepäck und allem rückwärts zu dem Platz ziehen.

Alles lief immer anders, als er erwartete. Und irgendwie schien es jedes Mal mehr bergab zu gehen. Bestimmt war der Platz irgend so ein Vorposten der Stadt. Der Scooter würde auf dem Platz verrosten und ihn würden sie löschen, weit weg von zu Hause. Auf so etwas würde es hinauslaufen.

Der Scooter machte eine sanfte Landung, irgendwo mitten auf dem Platz. Der Motor erstarb. Sig drückte auf den Startknopf. Ein trockenes Klicken, aber sonst passierte nichts. Nochmal. Wieder nichts. Der Motor blieb stumm.

Links von ihnen sah er das verrostete Wrack eines Luftschiffs. Es musste gigantisch groß gewesen sein. Es war größtenteils eingestürzt, und immer noch reichten die dünnen Titanträger des Skeletts sieben oder acht Meter in die Höhe, wie die weißen Rippen eines gigantischen Brustkorbs. Hätten sie vorhin einen davon gestreift, dann wären sie jetzt schon mausetot.

Zu ihrer Rechten glich der Platz eher einem Scooterfriedhof. Dutzende von ausrangierten Luftscootern, der eine rostiger als der andere, standen kreuz und quer verteilt. Auch einige Kopter und kleinere Luftschiffe standen da; sie waren nicht weniger erbärmlich verrostet. Dazwischen wuchs etwas mehr Grün als anderenorts in der Ebene, niedriges Gebüsch mit dickem, verkrüppeltem Geäst und blässlichem Blattwerk. Wie Gespensterbüsche kamen sie Sig vor. Der Boden war grau und staubig, ja pulvrig. Wo der Wind um ein Hindernis herumwirbelte, wolkte es hoch wie fahle Nebelfetzen.

Das Metallgerippe des Luftschiffs knarrte im Wind, und ab und zu klapperte ein herabhängendes Metallseil gegen irgendwas. Sonst blieb es still. Und nirgendwo war ein Zeichen von Leben zu entdecken. Sig hielt den Atem an und blieb auf dem Scooter sitzen, ohne sich zu rühren. Er hatte das entmutigende Gefühl, dass sie in eine riesige Falle geraten waren, eine Falle, die alles, was oberhalb von Produktion herumflog, anzog und verschluckte. Ein dummes, gedankenloses Überbleibsel aus früheren Zeiten.

Wahrscheinlich war die Kraft ein seit langem vergessenes Überbleibsel irgendeines uralten Verkehrssystems. Eine Technik, die jeden Verkehrssünder aufspürte und herunterholte – in der Stadt gab es ein vergleichbares System, das defekte Luftschiffe und Flugscooter sicher zu Boden brachte. Sie waren auf gut Glück über dem Gebiet herumgeflogen und hatten so wahrscheinlich sämtliche Regeln übertreten, die hier früher gegolten hatten, als die Gebäude noch standen und die Straßen mehr waren als bloß schwache Streifen im Staub.

Simpel war weniger eingeschüchtert von dem Ort als Sig. Er wirkte vor allen Dingen froh und erleichtert, wieder festen Boden unter den Füßen zu spüren. Er stieg ab, reckte und streckte sich erst einmal, sog die staubige Luft tief ein und schaute neugierig um sich.

»Essen?«, war sein nüchterner Vorschlag. »Simp, Sig, essen?«

Aufs Sigs Gesicht erschien ein schiefes Grinsen. Simpel hatte Recht. Bevor sie den Ort erkundeten, sollten sie lieber erst einmal ganz normal essen.

»Jau, genau das machen wir. Alles andere sehen wir dann danach.«

Sie knoteten ihr Gepäck los, holten ein paar Essenspakete aus einer von Simpels Taschen und suchten sich ein Fleckchen im Windschatten des enormen Luftschiffs.

Nachdem sie den Inhalt von zwei Paketen in sich hineingeschaufelt hatten – einmal Sauerkraut und einmal Möhreneintopf –, ließ Simpel einen glückseligen Rülpser vernehmen und schlief auf der Stelle ein. Sig schaute neidisch zu, wie die lange, magere Gestalt seines neuen Freundes sich genießerisch zusammenrollte. Simpel machte sich keine Sorgen. Sein Magen war gefüllt, er hatte ein windgeschütztes Fleckchen, mehr verlangte er nicht.

Sig machte sich sehr wohl Sorgen. Sie hatten nur für einen Tag zu trinken dabei; wenn sie sehr sparsam waren, kamen sie notfalls auch zwei Tage damit aus. Und falls seine Einschätzung zutraf, befanden sie sich mitten in Produktion, das hieß mindestens vierzig Kilometer von der nächstgelegenen Halde entfernt. Nur wenn sie unterwegs keinerlei Aufenthalt hatten, konnten sie innerhalb von zwei Tagen Halde Ost erreichen. Und wieder fragte sich Sig, weshalb Pilaster eine solche Abneigung gegen dieses Gebiet hier gehabt hatte.

Die Sonne berührte bereits den Horizont. Das Beste war, Simpels Beispiel zu folgen und sich ebenfalls schlafen zu legen. Aber Sig hatte keine Ruhe und fühlte sich richtiggehend unwohl in seiner Haut. Der Ort, an dem sie waren, hatte etwas Unheilverkündendes. Es war hier uralt, staubig und tot, und zugleich war es, als könne jeden Augenblick etwas geschehen.

»Unsinn.« Sig schüttelte das Unbehagen von sich ab und machte sich daran, sein Zelt aufzuschlagen. Einfach etwas Praktisches zu tun, würde ihm bestimmt helfen, dieses Gefühl zu vertreiben. Er breitete die Zeltfolie aus und kniete sich hin, um die Stöcke durch die Löcher zu stecken, die Pilaster noch gemacht hatte.

Krrrks.

Sig stockte mitten in seiner Bewegung und hielt den Atem an.

Krrrks.

Das war etwas anderes als das Klappern eines Kabels. Sig verspürte ein unbestimmtes Kribbeln, eine Spannung oder was auch immer, im Nacken. Es war, als ob ihn jemand beobachtete. Er drehte sich um und suchte die Umgebung ab.

Nichts.

Krrrrrrks.

Sig erhob sich und ging einige Schritte auf das Geräusch zu, in der erhobenen Hand einen Zeltstock.

Grrrss.

»Wer ist da? Komm heraus und zeig dich!« Sigs Stimme durchschnitt die Stille. Es tat ihm gut, die Lautlosigkeit zu durchbrechen.

Grrrs, krrrks, fsssgrrks.

Mit ein paar großen Schritten war Sig an dem Ort, von dem das Geräusch herzukommen schien. Einige rostige Wellplatten und Aluminiumträger lagen da, die Teil des Luftschiffs gewesen waren.

Nichts.

Oder doch? Etwas aufgewirbelter Staub trudelte herab, und ein Stück Wellplatte, das ganz leicht schräg nach oben zeigte, schien von einer Bewegung nachzuvibrieren. Mit etwas Mühe und sofern man nicht zu groß war, konnte man darunter wegkriechen.

Sig bückte sich und schaute unter die Platte. Er erkannte

eine undeutliche Spur von jemandem oder etwas, das da weggeschlichen war. Vielleicht war es lediglich der Wind gewesen oder ein Kaninchen oder ein anderes kleines Tier. Wahrscheinlich machte er sich Sorgen um nichts und jagte nur sich selbst gerade ins Bockshorn.

Er stand wieder auf und machte eine Runde um das alte Luftschiff. Viel war nicht von ihm übrig. Ein paar Metallrippen, etwas Wellplatte, undefinierbare Kunststoffbrocken, die Federn und verschlissenen Bezüge einiger Sitzreihen sowie ein Haufen Rost an der Stelle, wo sich einst der Antrieb befunden hatte. Dennoch war Sig beeindruckt.

Es war klar, dass das Luftschiff viele Male größer gewesen war als jeder Luftbus in der Stadt. Es war eine Maschine gewesen, die vormals Hunderte oder gar Tausende von Menschen befördert hatte. Wahrscheinlich über gigantische Entfernungen; weshalb sonst sollte man ein so großes Schiff bauen? Bedeutete das etwa, dass es noch andere Städte gegeben hatte oder andere Orte, an denen Menschen wohnten? Orte, so weit entfernt, dass selbst Pilaster nie davon zu träumen und erst gar nicht danach zu suchen gewagt hatte?

Was war hier geschehen? Wie hatte es dieses Luftschiff hierher verschlagen? War es auf dieselbe Weise wie sie in die Falle gelaufen? Was mochte aus den Insassen geworden sein?

Na ja, dachte Sig, für sie wichtig war das alles nicht. Es war klar, dass viele Jahre verstrichen waren, seit das Schiff hier gelandet oder gestrandet oder verunglückt war. Falls überhaupt jemand an Bord gewesen war und falls dieser Jemand sich hier auf dieser Ebene herumgetrieben hatte, dann gehörte das alles längst der Vergangenheit an, und zwar seit Jahrhunderten. Hätte er sehr viel Zeit gehabt, dann hätte Sig das Schiff wohl gern untersucht. Aber sie mussten morgen früh sofort los, sonst würden sie am nächsten Tag die Halde nicht erreichen. Besser, er legte sich schlafen.

Und das Geräusch, das er gehört hatte? Bestimmt war es irgendein Tier gewesen. Nichts, um sich Sorgen machen zu müssen.

Das letzte Licht am Himmel verschwand, und Sig lag still in seinem Zelt und horchte auf Simpels Schnarchen. So leicht er sonst auch einschlief, heute Abend wollte der Schlaf nicht kommen. Sig kam sich einsam vor und verirrt.

Zusammen mit Pilaster war die Reise wie ein spannendes Abenteuer gewesen. Pilaster war immer guten Mutes gewesen und immer davon ausgegangen, dass alles ein gutes Ende nahm. Pilaster kannte den Weg, machte Scherze, erzählte spannende Geschichten und sang verrückte Lieder.

Jetzt, mit Simpel und Kopf, war alles anders. Simpel war zwar auch witzig, und einmal hatte er Sig sogar das Leben gerettet, aber an Simpel hatte er nichts, wenn Entscheidungen gefällt und Pläne gemacht werden mussten. Und mit Kopf musste man sich außerdem noch vorsehen. Kopf wusste viel, vor allem technische Dinge, er kam manchmal gut zustatten, aber nur, wenn man sich ihn zum Freund hielt, und selbst dann …

Dann dachte Sig zum ersten Mal wieder an Pilasters Tagebuch, unten in seinem Rucksack. Vielleicht gab ihm das ja ein wenig das Gefühl, als sei Pilaster wieder da. Und womöglich kam er zugleich dahinter, weshalb sein Freund einen solchen Widerwillen gegen dieses Gebiet gehabt hatte und was die Gefahren hier waren. Aber er hatte keine Zeit, dachte er dann. Sie mussten morgen sofort los, sonst würden sie vor Hunger umkommen, und jetzt war er zu müde. Sig gab sich seiner Müdigkeit hin.

Noch immer schlug von Zeit zu Zeit ein Metalldraht gegen etwas, und weiter weg auf der trübseligen Ebene schien etwas zu quietschen und zu knarren, etwas Schleifendes, wie eine riesige Tür, die in alten Angeln hing und vom Wind auf und zu bewegt wurde. Und während Sig sich schon halb im Traum fragte, ob sich etwa hinter dieser Tür die Gefahr von Produktion befand, erklang über dem Zelt der klagende Ruf einer hungrigen Eule auf der Jagd nach Kaninchen.

Unterirdisch

Nach einer unruhigen Nacht wachte Sig erst spät am nächsten Morgen auf. Es war ein grauer Tag, und von Osten her wehte ein dürrer Wind. Er fühlte sich nicht sehr ausgeruht, und seine Stimmung sank ganz unter den Gefrierpunkt, als ihm wieder einfiel, wo sie waren. Die Aussicht, zwei Tage lang über eine staubige Ebene wandern zu müssen, war nicht sehr verlockend – zumal er damit gerechnet hatte, in ruhigem Flug sein Ziel zu erreichen. Am besten, sie zogen so rasch wie möglich los.

Fröstelnd vor Kälte stand er auf und packte seine Sachen. Er fühlte sich schmutzig, der Staub schien in jede Pore zu kriechen. Die Stelle, an der Simpel am vergangenen Abend eingeschlafen war, war leer. Aber Sig machte sich keine Sorgen. Simpel würde gleich wieder auftauchen, der lief natürlich wie gewohnt umher und beschnüffelte alles, auf der Suche nach Dingen, die er noch nicht kannte. Erst mal ein warmes Frühstück.

Er klickte ein Frühstückspaket auf und wartete ein paar Sekunden, bis sich der Inhalt erwärmt hatte.

»Simpel, essen!« Rufen, dass es etwas zu essen gab, war die zuverlässigste Methode, Simpel herbeizulocken.

Aber Simpel tauchte nicht auf.

Sig versuchte es noch einmal: »Siiimpeeel! Essen!«

Keine Reaktion.

Achselzuckend begann Sig zu essen. Die süße heiße Trinkschokolade aus dem Paket wärmte ihn und sorgte dafür, dass sich seine Stimmung ein klein wenig besserte.

»Komm schon, Simpel, wo steckst du?«

Sig drehte sich zu seinem Rucksack, in dem Kopf immer noch eingepackt stecken musste. »Kopf, hast du Simpel gehört heute früh?« Es blieb still, aber dafür sah Sig, dass sich jemand an dem Rucksack zu schaffen gemacht hatte. Die Lasche hing halb offen. Er ging hin und sah nach. Kopf war weg.

Nur Simpel konnte das getan haben. Oder? Waren die beiden ohne ihn auf und davon? Schnell kontrollierte er das restliche Gepäck. Alles war noch da, auch Simpels Taschen, nur Simpel und Kopf selbst waren verschwunden.

»Kopf! Simpel! Wo seid ihr?«

Sigs Stimme erstarb, sein Ruf blieb unbeantwortet. Auf der Ebene war niemand zu sehen. Er ging zurück zu dem Wrack des Luftschiffs und kletterte an einer der Spanten ein paar Meter in die Höhe. Dabei fiel ihm ein, dass er das vor ein paar Wochen weder gekonnt noch riskiert hätte. Er kletterte weiter, als hätte er nie etwas anderes getan. Bei einem Vorsprung, auf dem er sitzen konnte, hielt er inne und forschte die Umgebung nach seinen Gefährten ab.

Nichts.

Abgesehen von den Dutzenden verrosteten Luftschiff- und Scooterwracks war der Platz leer, und auch auf der ihn umringenden Ebene war kein Zeichen von Leben zu entdecken.

Er suchte den Boden näher an der Stelle ab, wo sie die Nacht verbracht hatten. Auch hier war nichts.

Oder doch?

Von hier oben kaum sichtbar verlief eine gewundene Spur durch den Staub. Eine Fährte von schlurfenden Schritten, die undeutliche Striche in den grauen Staub gezogen hatten. Die Schritte schlängelten sich um das Wrack eines Scooters herum, wankten nach links und dann wieder nach rechts – typisch für Simpels Gangart. Schließlich löste sich die Spur im Nichts auf.

Das konnte nicht sein.

Sig rieb sich die Augen. Die Schritte konnten nicht einfach so ins Nichts führen. Nur wenn Simpel seinen eigenen Fußspuren genau in die umgekehrte Richtung gefolgt wäre, dann … Aber hätte Simpel das getan, dann wäre er jetzt nicht fort.

»Siim-peel!« Sig versuchte es noch einmal. »Siiiim-peeel! Ko-hopf!«

Es blieb vollkommen still.

Vorsichtig kletterte Sig wieder hinunter und ging nachdenklich zu seinem Gepäck zurück. Es war hier also doch gefährlich. Jemand konnte einfach so von einem Augenblick zum nächsten verschwinden. Sein Gefühl von gestern hatte ihn nicht betrogen. Hätte er nur besser aufgepasst!

Zur Sicherheit packte er all das übrig gebliebene Essen und Trinken in seinen Rucksack und lud ihn sich auf – falls er auch verschwand, wohin auch immer, dann konnte er es jedenfalls ein paar Tage lang aushalten.

Zum ersten Mal seit Tagen knotete er Plock von seinem Rucksack los. Pilasters Holzstock in seiner Hand hatte etwas Vertrautes. Und er konnte gezielt damit zuschlagen, falls das nötig sein sollte. Dann folgte er der Spur, die er oben auf seinem Ausguck entdeckt hatte.

Einmal unterwegs, zweifelte Sig nicht einen Moment mehr: Diese Spur musste von Simpel stammen. Kein anderes Wesen hätte einen derart merkwürdigen Spaziergang unternommen, mit Seitwärtsschritten und dann wieder Stellen, an denen es schien, als habe er sich einige Male um die eigene Achse gedreht, mit launischen Windungen mal nach hier oder da. Die Spur zu verfolgen, vermittelte ihm geradezu ein Simpel-Gefühl: sorglos, neugierig und sprunghaft.

Bis ein paar Minuten später das Ende der Spur in Sichtweite kam. Schritt für Schritt schob Sig sich weiter vor, und immer, bevor er einen Fuß nach vorn setzte, wühlte er mit Plock den Boden vor sich auf. Was verbarg dieser Staub unter sich? Oder hatte Simpels Angreifer aus der Luft zugeschlagen? Scheu schaute Sig sich um und suchte den Himmel nach Anzeichen von Gefahr ab. Aber über ihm war außer einer niedrigen bleigrauen Wolkendecke nichts zu sehen.

Wo die Fußspuren aufhörten, war nur eine flache Vertiefung zu sehen. Eine vollkommen runde Vertiefung. Als sei der Staub leise von allen Seiten hinabgerieselt, um ein Loch aufzufüllen, nachdem irgendetwas dort verschwunden war.

Sig stocherte mit Plock in der Kuhle. Der Staub bot kaum Widerstand. Er traf nicht auf festen Grund. Es schien, als würde der Staub fortrieseln, als würde die Kuhle tiefer. Aber weiter geschah nichts. Allem Anschein nach war Simpel schlichtweg in der Erde versunken. Verschluckt von einer Art Staubkrater.

Sig hockte sich vor die Vertiefung. »Simpel!«, rief er, »Simpel, bist du da?« Vielleicht drang ja seine Stimme durch den Staub und Simpel oder Kopf konnten ihn hören. »Kopf! Gib Antwort!«

Keinerlei Reaktion drang durch die graue Oberfläche.

Falls es wirklich so war, falls Simpel wirklich im Boden versunken war, dann musste er inzwischen wohl erstickt sein. Etwas anderes war nicht möglich. Sig setzte sich neben den

Krater und rührte mutlos im Staub. Ohne viel Hoffnung rief er noch einige Male, aber weder Simpel noch Kopf ließen etwas von sich hören.

Er stach so tief in den Staubkrater, wie er konnte. Widerstandslos rutschte Plock in die Tiefe. Dabei schien der Krater etwas tiefer zu werden, so als würde der Staub nach unten wegrinnen, wie durch ein Loch. Vielleicht konnte er ein Seil herablassen, ein Seil, an dem Simpel und Kopf heraufklettern konnten.

Ach, es war höchstwahrscheinlich doch zu spät.

Dennoch schnallte Sig seinen Rucksack ab. »Simpel! Wenn du mich hörst«, rief er, »ich lasse dir ein Seil herunter. Halte aus!« Wütend kramte er in dem Rucksack, auf der Suche nach einem brauchbaren Stück Seil.

Während er damit beschäftigt war und sich fragte, woran er das Seil festmachen könnte, brachen die Seiten des Kraters weiter weg. Sie zerfielen zu ein und demselben feinen grauen Staub. Immer mehr schien es nach unten wegzurieseln. Der Krater wurde tiefer. Sig rutschte etwas weiter weg.

Der Staubstrom geriet in einen Sog der Beschleunigung. In grauen geräuschlosen Strudeln rann es jetzt nach unten fort, ein gähnendes Loch wurde sichtbar, ein riesiges schwarzes Maul.

In Panik rannte Sig fort, den Rucksack an der Klappe hinter sich her ziehend. Noch im Laufen versuchte er, den Rucksack zu schultern, deshalb achtete er nicht darauf, exakt denselben und bis hierher sicheren Weg zurückzunehmen. Und so war er kaum sieben, acht Meter von dem Krater entfernt, als er spürte, wie der Boden auch unter seinen Füßen zerfiel. Wegzuspringen schaffte er nicht mehr, und während er langsam und unentrinnbar im Boden versank, sah er gerade noch, wie aus dem Krater, in dem Simpel verschwunden war, das Ende einer großen Metallröhre wurde.

Danach verschwand er hustend und verzweifelt um sich krallend unter dem muffigen, alles erstickenden Staub und rutschte abwärts in die Tiefe.

Es war stockdunkel.

Wie lange er ohnmächtig gewesen war, wusste Sig nicht. Es konnten Sekunden gewesen sein, Minuten oder Stunden. Aber als er wieder zu sich kam, war es so dunkel, dass es ihm vorkam, als wäre er blind. Die Luft war modrig, und durch den ganzen Staub vermochte er kaum zu atmen. Vorsichtig setzte Sig sich auf und zog sich sein Hemd als Atemmaske vor den Mund. Mit der anderen Hand tastete er behutsam um sich. Der Boden unter ihm fühlte sich unter der Staubschicht eben und kalt an und glatt wie Gussbeton.

Sig kam auf die Knie. Ein Stich durchzuckte sein linkes Bein, und sein Rücken fühlte sich wie zerschlagen an. Den Rucksack hatte er noch um, wahrscheinlich hatte der seinen Fall gebremst. Er befühlte ihn. Nass war er nicht. Mit ein wenig Glück war nichts zerbrochen. Die Sachen aus Kunststoff, wie Verpackungen und Flaschen, waren ungeheuer stabil.

Er streckte sich und fühlte etwas weiter um sich.

Da lag etwas.

Plock.

Sig erkannte das knotige Holz und umklammerte es wie einen Rettungsanker, den ihm jemand zugeworfen hatte. Mit dem Stock tastete er sich weiter ins Dunkel. Der Grund, auf dem er gelandet war – Erde oder Fußboden oder was auch immer –, schien leer zu sein.

Ganz vorsichtig stand er auf. Es war hier doch tatsächlich

ganz dunkel?, durchfuhr es ihn. Er war doch nicht wirklich erblindet?

Allmählich geriet Sig in Panik. Der Aufprall durch den Sturz, die beklemmende Atmosphäre, die schwarze Leere um ihn herum … Wie wild schlug er mit Plock um sich, um ganz gleich welche Gefahren von sich fernzuhalten.

Die Taschenlampe, natürlich! Dass er daran nicht sofort gedacht hatte! Irgendwo in einem der Rucksackfächer musste noch immer Pilasters Taschenlampe stecken. Wenn die nur nicht kaputtgegangen war!

Sig versuchte, das Zittern seiner Hände im Zaum zu halten. Das totenstille Stockdunkel war beängstigender als alles, was er sich nur ausdenken konnte. In was für einer schrecklichen dunklen Höhle war er gelandet? Er hatte das Gefühl, als könne ihn in jedem Moment und von allen Seiten etwas anspringen.

Es gelang ihm nur knapp, seinen Rucksack loszuschnallen und vor sich auf den Boden zu stellen. Aufs Geratewohl zog er einen der Seitenreißverschlüsse auf. Wieso wusste er denn überhaupt nicht mehr, wohin er das Ding gesteckt hatte? Sie waren ihm so praktisch vorgekommen, all die verschiedenen Außentaschen und -fächer, aber jetzt verfluchte er Pilasters Rucksackentwurf und seine eigene Nachlässigkeit.

Mit bebenden Fingern leerte er ein Fach und warf alles neben sich auf den Boden. Seil, Besteck, Plastikbeutel, T-Shirts … Keine Taschenlampe.

Anderes Seitenfach. Die Notration an grauem Granulat, die kleine Wasserflasche, Zahnbürste … Auch nichts.

Sig wurde jetzt wirklich panisch. Was konnte sich nicht alles in seiner direkten Nähe befinden, ohne dass er das Geringste davon bemerkte? Sein Herz hämmerte laut, und seine

Atmung war die eines aufgescheuchten Tiers. Zwar hörte er nichts, das auf eine Gefahr hindeutete, und doch fühlte sich die Dunkelheit an wie ein Würgegriff, eine erstickende Decke, in die er immer enger eingewickelt wurde. Er spürte, wie ihm der kalte Schweiß ausbrach und sich dadurch eine muffige Staubschicht auf seine Haut legte. Er riss das große Fach auf und tastete es keuchend ab.

Wieder fühlte er nirgendwo die Taschenlampe.

Dafür aber das Hitzeelement, mit dem er immer sein Trinkwasser gekocht hatte. Sig zog es aus dem Rucksack und schaltete es ein. Das Ding brannte weiß glühend und verbreitete einen gespenstischen Schein in der Dunkelheit.

Fast wäre Sig vor Erleichterung in Lachen ausgebrochen: Er befand sich auf dem Bahnsteig einer verlassenen U-Bahnstation. Ein paar Meter über seinem Kopf gähnte das Loch eines Ventilationsschachts. Durch den war er hier hineingestürzt. Der Schacht musste einige Kurven haben, denn kein Fünkchen Licht drang durch ihn herein. Außerdem erinnerte sich Sig undeutlich, dass er durch verschiedene Windungen heruntergerutscht war, bevor er das Bewusstsein verloren hatte.

Diese dicken Staubschichten überall – auf dem Bahnsteig, den Sitzbänken und auf den Schienen – schienen darauf hinzudeuten, dass hier seit Ewigkeiten niemand mehr gewesen war. Vorläufig gab es nichts, wovor er sich fürchten musste. Jedenfalls nicht in dem Maß, wie er es vorhin noch getan hatte.

Langsam beruhigte er sich. Das Merkwürdigste war, dass der Bahnhof, vom Staub einmal abgesehen, wie jede andere U-Bahnstation in der Stadt aussah. Das vermittelte ihm ein vertrautes Gefühl. So als könnte jeden Moment ein Zug vorfahren, der ihn wieder nach Hause brächte. Fast war es, als sei er wieder zurück an dem Ort, wo alles angefangen hatte, allerdings wie in einem Traum oder aber Jahrhunderte, Jahrtausende später.

Beim Licht des Brenners suchte Sig weiter nach der Taschenlampe. Er fand sie auf dem Boden, zwischen den Sachen, die er in Panik aus dem Rucksack geworfen hatte.

»Blödmann«, hielt er sich selbst vor. »Kannst du denn nie mit dem Kopf bei der Sache sein? So geht es wirklich nochmal böse aus, irgendwann.«

Sig knipste die Taschenlampe an. Ein Glück, sie brannte noch. Mit ihrem grellweißen Lichtstrahl unterzog er die U-Bahnstation einer gründlichen Untersuchung. Auf der anderen Seite des Gleises, direkt gegenüber der Stelle, wo er herabgestürzt war, lag unter einer zweiten Abluftöffnung ein enormer Berg von zerwühltem Staub. Von ihm weg bewegte sich eine schwankende Spur kreuz und quer über den Bahnsteig; ein paarmal stieß sie gegen die Wand und verschwand schließlich in einer der Tunnelröhren. Das musste Simpels Spur sein. Simpel hatte Glück gehabt, dass er nicht im Stockfinstern in den Gleisschacht gefallen war.

»Siiiiimpeeel!« Sigs Stimme hallte wieder und wieder durch den Bahnhof. »Simpel, Kopf! Wo steckt ihr? Kommt zurück. Ich habe Licht und Trinken und Essen! Hier bin ich!«

Die Schwingungen von Sigs Stimme ließen hier und da etwas Staub aufwirbeln, aber eine Antwort kam nicht. Seine Rufe verliefen sich ins Dunkel.

»Simpel! Essen!«

Nichts.

Mit verbissener Miene packte Sig seinen Rucksack wieder

ein. Er war an diesem Morgen erst spät aufgewacht. Womöglich war Simpel schon seit Stunden unterwegs.

»Weitergehen, die-dumm drumm dumm, wei-ter-gehen. Immer weiter, bis es dir völlig zum Hals raushängt. Pomm, pomm, plomm. Und dann wieder weiter, pumm plumm, prummel-dumm.« Dieser Pilaster hatte gut reden.

Sig trank ein paar Schluck Limonade und spülte sich den Staub aus Mund und Kehle. Ihm langte es völlig mit all den Abenteuern. Und zwar schon längst. Aber es hörte nicht auf. Sein Bein tat weh, sein Rücken tat weh, sein Rucksack war viel zu schwer, er saß irgendwo tief unter der Erde, er war seine Freunde los, und es hörte immer noch nicht auf.

»Pomm, frummel, flumm, dumm, dumm, dumm.« Tapfer versuchte er, eine von Pilasters Melodien anzustimmen. Er würde Simpel wiederfinden, was immer er auch dafür tun musste, denn einen Freund ließ man nicht im Stich. Er nicht. Nie mehr. Das wusste er ganz genau. Und danach würden sie weiterreisen. Zum CC. Und irgendwann würde er den CC vor vollendete Tatsachen stellen. Sig wusste auch das ganz genau, mit einer Dickköpfigkeit, wie es sie seit Jahrhunderten nicht mehr gegeben hatte, weder innerhalb noch außerhalb der Stadt.

Zum zweiten Mal in seinem Leben ließ er sich von einem Bahnsteig auf die Gleise hinunter. Aber diesmal erreichte er sicher die andere Seite; hier fuhren keine Züge und schon gar keine Gleisreiniger. Er kletterte hoch auf den anderen Bahnsteig und folgte mit großen Schritten Simpels Schlängelspur. Sein linkes Bein tat tüchtig weh, doch er ignorierte den Schmerz.

Der Gang, dem er folgte, schien endlos lang zu sein. Zu beiden Seiten waren nichts als herabgelassene Rollläden zu sehen. Der Tunnel knickte ein wenig nach links ab. Vor langer Zeit war das hier eine unterirdische Einkaufsstraße gewesen, vermutete Sig. Hier und da lag Schutt. Unheilverkündend große Risse durchschnitten die Decke. An manchen Stellen schien es, als könne alles hier jederzeit einstürzen.

Von Zeit zu Zeit führte eine Seitenröhre nach links oder rechts, doch Simpels Fährte verlief geradeaus. Es war die einzige Spur in einer zentimeterdicken Staubschicht. Auch hier war seit Ewigkeiten niemand mehr gewesen. Sigs Schritte riefen gedämpfte Echos hervor, er hörte seine Atmung in dieser dumpfen Luft, ansonsten war es totenstill. Ihm war gar nicht wohl zumute.

Sig stellte sich vor, wie Simpel hier entlanggegangen war. Verängstigt, tastend, Kopf unter dem Arm und den anderen Arm vor sich gestreckt, dabei Schritt für Schritt die Dunkelheit erkundend und über jeden Schutthaufen stolpernd. Das Bild stimmte Sig traurig. Er hatte wenigstens noch Licht sowie Essen und Trinken dabei, und er hatte eine Vorstellung davon, was dieser Ort früher einmal gewesen war. Aber Simpel war wohl nur tastend und verirrt unterwegs durch eine beängstigende Unterwelt.

Nachdem er mindestens eine Stunde gegangen war, bog Simpels Spur plötzlich nach links in einen nahezu identischen Seitentunnel. Die Schritte schienen fester, selbstsicherer zu werden, als hätte Simpel plötzlich gewusst, wohin er ging. Hatte er vielleicht Licht gesehen?

Sig knipste die Taschenlampe aus und wartete, bis sich seine Augen wieder an das Dunkel gewöhnt hatten. Er war sich nicht sicher, es war schwer auszumachen, ob er Nachbilder von dem Licht der Taschenlampe sah oder ob in der Ferne tatsächlich ein Lichtschein hing. Sig kniff die Augen nochmal fest zu. Anschließend schaute er wieder in den Tunnel, aus dem er gekommen war. Dort war es vollkommen dunkel – eine schwere schwarze Samtdecke, die alles auf erstickende Weise verhüllte. Wieder schaute er in den Gang, den Simpel gewählt hatte. In der Tat, möglich wäre es. Das Schwarz war hier anders, weniger tief.

Sig knipste die Taschenlampe wieder an und folgte Simpels Spuren. Nach knapp hundert Metern machte er die Lampe wieder aus und wartete wieder. Jetzt war er sich sicher, dass er in der Ferne tatsächlich Licht sah. Wieder hundert Meter weiter konnte er sogar undeutliche Konturen unterscheiden. Das Licht war kein Tageslicht. Es war gelblich und flackerte, wie der Schein eines Feuers. Und er meinte, jetzt auch etwas Angesengtes zu riechen.

Ein Brand? Hatte Simpel ein Feuer gemacht? Simpel konnte überhaupt kein Feuer machen. Gab es denn andere Menschen dort? Bei dem letzten Gedanken knipste Sig die Taschenlampe sofort wieder aus. Seine Schritte wurden flüsterleise, und sein Atem stockte.

Noch etwas weiter meinte er, jetzt auch Stimmen zu hören sowie etwas, das vielleicht tatsächlich das Knacken eines Feuers war. Ein anderer Tunnel kreuzte den Weg, auf dem er ging, und in dem vagen gelben Schein sah Sig hier Dutzende von Fußspuren auf dem Boden – klein, flüchtig und leichtfüßig, als wäre ein Kind hier herumgehüpft. Und noch andere Spuren, von irgendeinem ihm unbekannten Tier, liefen kreuz und quer durch sie hindurch.

Vorsichtig überquerte er die Tunnelkreuzung. Es wurde immer heller, und das Licht kam ganz eindeutig aus einem

Seitengang einige Dutzend Meter weiter vorn. Auch die Stimmen wurden jetzt deutlicher. Sig konnte nicht verstehen, was gesagt wurde, jedoch meinte er, Kopfs Stimme herauszuhören. Die andere Stimme klang hoch und fremdartig.

Scherbe

Sig wollte sich unsichtbar näher schleichen und zunächst die Situation erkunden. Aber als er vorsichtig um die Ecke schielte und hinein in einen runden Raum, eine Art unterirdischen kleinen Platz, da blickte er direkt in Simpels Gesicht. Simpel saß ein paar Meter weiter behaglich an einem Lagerfeuer und schaute fröhlich zurück.

»Sig! Essen! Simpel, Sig lecker essen!«, rief er ihm entgegen. Simpel hielt ein glänzend braunes Stück Irgendwas in die Höhe und steckte es sich mit genüsslicher Miene in den Mund. Er saß faul hingeflegelt da, als wohnte er schon seit Jahren auf diesem Platz. Neben ihm auf dem Boden stand Kopf, das Gesicht zu den Flammen gekehrt. Sein eines glasiges Auge starrte ins Nichts. Kopf schwieg und gab keinerlei Zeichen des Wiedererkennens.

»Du bist Sig?«, klang plötzlich eine Stimme von der anderen Seite des Feuers. Es war die unbekannte Stimme, die er bereits aus der Ferne gehört hatte. Sie klang eigenartig. Sie war wie die Stimme eines Mädchens, nur sehr von oben herab und vermischt mit unbekannten Klängen. Die Besitzerin dieser Stimme saß halb in flackernden Schatten verborgen und steckte großenteils in einem merkwürdigen Kleidungsstück mit einer riesigen Kapuze. Aber bevor Sig so recht ausmachen konnte, wer oder was da saß, sprang ein großes Tier an ihm hinauf.

Sig wankte und fiel vor Schreck auf den Rücken. Das Tier biss ihn nicht, sondern stellte die Vorderpfoten auf Sigs Brust und leckte ihm hechelnd das Gesicht. Sig fühlte, wie scharfe Krallen ihm quer durch Jacke, Pulli und T-Shirt drangen. Vor

Schreck erstarrt blieb er liegen. Die gemeinen Zähne des Tiers blitzten gelblich im Licht der Flammen, und das weniger als zehn Zentimeter von seinem Gesicht entfernt. Der dampfende Atem des Tiers stank nach verdorbenem Futter, und sein Schwanz schlug unbeherrscht hin und her.

»Ruhig, Lim, ruhig! Aus!« Die unbekannte Stimme klang jetzt energisch, mit einer verrückten Aussprache und Betonung, wodurch Sig sie kaum mehr verstand.

»Simpel! Hilfe! Simpel?«, piepste Sig ängstlich.

Simpel schaute zu ihm hinüber, als drohte keinerlei Gefahr. »Lim Freund!«, sagte er begeistert und nahm noch einen Bissen von seinem Essen.

Die Gestalt am Feuer sprang auf. »Ist okay, nicht erschrecken. Lim ist okay. Er mag Gäste.«

Sig versuchte, auf die Seite zu rollen, aber die Pfoten des Tiers und das Gewicht seines Rucksacks hielten ihn zurück. Das Biest reagierte mit einem kurzen, tiefen Laut, der in einem Knurren endete, einer Art Husten.

»Schsch, Lim, schsch.« Es war tatsächlich ein Mädchen, das da am Feuer gesessen hatte. Sie war etwas älter als er selbst, meinte Sig an ihrem Gesicht abzulesen. Aber weil sie diesen riesigen Mantel trug und viel zu große Stiefel, wirkte sie viel größer und breiter.

Sie fasste das große Tier energisch am Nackenfell und zog es von Sig herunter. Das Tier verkroch sich zum Feuer, neben dem es aufgerollt liegen blieb. Doch es behielt Sig mit großen, achtsamen Augen im Blick. Sein Schwanz klopfte noch etwas nach.

Das Mädchen stemmte großspurig die Hände in die Hüften, richtete sich zu voller Länge auf – obwohl sie nicht groß war, kaum größer als Sig – und schaute ihn an. »Ich bin

Scherbe, Offizielle Bewacherin der Gänge. Da, mein Amulett.« Sie zeigte eine Schnur, die sie um den Hals trug und an der eine kleine geriffelte Tonscherbe hing. Sig blieb unklar, was das Ding darstellen sollte. »Und das«, fuhr sie fort und zeigte auf das Tier, »ist Lim. Lim ist einfach ein Hund. Er ist ungefährlich, solange ich dabei bin. Er ist bloß etwas verspielt. Willkommen in den Gängen.«

Sie versuchte, sehr erwachsen zu klingen, und es gelang ihr recht gut. Das verwirrte Sig, ebenso wie der eigenartige Zungenschlag, mit dem sie sprach – verständliche Standardsprache, und doch wirkte es irgendwie anders.

Bedeppert rappelte Sig sich auf. »Ein was? Ein Hund? Ach, äh, und wer bist du, woher weißt du meinen Namen, woher kommst du? Und …« Sig hatte den Faden verloren.

»Komm und setz dich ans Feuer. Essen und reden. Und deinen Namen, Sig, weiß ich von dem magischen Kopf«. Sie zeigte auf Kopf. »Ein merkwürdiges Wesen haust darin.«

Sig folgte dem Mädchen ans Feuer und kam sich täppisch, einfältig und überrumpelt vor. Dieses Mädchen, diese »Scherbe«, tat gerade so, als sei nichts. Alle, sogar Simpel, taten so, als sei das alles hier die normalste Sache der Welt, dachte Sig übel gelaunt. Als wäre es normal, dass sie sich an einem solchen Ort begegneten, mitten in einem ausgedehnten, verlassenen Gebiet, Dutzende von Metern unter der Erde, in Tunneln, die schon seit Jahrhunderten verlassen schienen. Und dann dieses hechelnde Vieh mit seinen Zähnen … Er hatte wirklich Angst gehabt, und dann kam dieses Gör und zog das Tier weg, als sei es nichts.

Ein paar Tage lang hatte Sig gemeint, er sei der Anführer der Expedition und er wüsste, was sie taten und wohin sie unterwegs waren. Aber jetzt schienen Simpel und Kopf die

Nase vorn zu haben, und er durfte hinter ihnen herstolpern.

»Sig! Lecker Essen!« Simpel schlug Sig zur Begrüßung umgänglich auf die Schulter, als dieser sich neben ihn setzte, und aß gleich wieder weiter.

Scherbe machte es sich Sig gegenüber gemütlich, auf der gegenüberliegenden Seite des Feuers. Sie schlug ihre Kapuze zurück und langte nach ihrem Teller. Schweigend und abwartend schaute sie Sig an.

Scherbe hatte sehr schmale Augen, so als ob sie sie die ganze Zeit über zusammenkniff. Ihre Haut war dunkler als die der Menschen in der Stadt, karamellbraun, so schien es im flackernden Licht der Flammen, allerdings verliefen auch schmutzige Striemen über ihr Gesicht. Ihr dickes schwarzes Haar stand nach allen Seiten hin weg. Sie hatte hohe Wangenknochen und schmale Hände mit langen Fingern. Ihr riesiger Mantel war fellbesetzt, ebenso ihre Stiefel. Aber wie ungewöhnlich sie auch aussah, Sig hatte kein Auge dafür. Er schaute nur mit großen Augen auf das, was Simpel und Scherbe auf ihren Tellern liegen hatten.

So etwas Ekelhaftes hatte er noch nie gesehen.

Auf ihren Tellern lagen Knochen. Abgenagte Knochen und auch solche, an denen noch Fleisch war. Sie aßen von einem toten Tier! Sig drehte sich der Magen um. Also davon stammte dieser Geruch nach Angesengtem, den er schon vorhin im Gang bemerkt hatte. Scherbe brachte etwas, das wie das Bein eines kleinen Tiers aussah, zum Mund und biss ein Stück Fleisch vom Knochen. Ihr Kinn glänzte vor Fett. Sig musste würgen. Er schaute zu Simpel. Auch der nagte genüsslich an einem Tierknochen.

Pilaster hatte Beeren von Pflanzen gegessen, das war schon schlimm genug gewesen. Und Pilaster hatte ihm von Tieren erzählt, die andere Tiere fraßen, aber Sig hatte sich solche Gruselgeschichten gar nicht erst anhören wollen. Essen kam aus einem Essenspaket und wurde aus Granulat hergestellt. Und damit basta. Das hier war wirklich widerlich.

»Möchtest du essen?«, fragte Scherbe mit vollem Mund. »Greif zu.« Sie deutete mit ihrem Knochen auf einen Topf am Rand des Feuers. Sig konnte nicht sehen, was sich darin befand, aber er schüttelte heftig den Kopf und hielt die Lippen fest zusammengepresst aus Angst, er könne sich sonst übergeben.

Simpel, der sah, dass Scherbe auf den Essenstopf deutete, hielt sofort seinen Teller hin, obgleich der noch halb gefüllt war.

»Einen merkwürdigen Leerling hast du«, sagte Scherbe. »Isst er immer so viel?« Kurz angebunden bedeutete sie Simpel, er solle gefälligst warten.

»Lehrling? Das ist Simpel, und er gehört nicht mir. Er ist einfach ein Freund. Er isst viel … das schon.«

Scherbe lachte abfällig und verzog dabei das Gesicht. Ihre messerscharfen Zähne schimmerten weiß. »Wie kann ein Leerling denn je ein Freund sein? Sie können praktisch sein im Gebrauch und gehorsam, aber mehr auch nicht. Möchtest du wirklich nichts essen?«

Sig runzelte die Stirn und schaute das Mädchen schweigend und abwartend an. Wie fremd sie aussah. Nichts in Außenwelt war das, was es zu sein schien, und bisher hatte er sich auch immer in den Menschen geirrt, denen er begegnet war. Scherbe war zwar vielleicht ein Jahr älter als er, aber sie benahm sich, als sei sie längst erwachsen.

»Mein Volk zähmt Leerlinge. Und nur wenn man sie viel schlägt, lernen sie zu gehorchen. Das ist allgemein bekannt. Deiner scheint mir ein ganz Zutraulicher zu sein. Er kam sofort auf mich zu. Wie hast du ihn so zahm bekommen?«

Sig ging nicht weiter darauf ein, ebenso wenig wie auf ihre gruseligen Essgewohnheiten. Das kam später. Er wollte zuerst wissen, wer sie war, ob er auf der Hut sein musste oder nicht.

»Dein Volk?«, fragte er. »Seid ihr zu mehreren? Und wo sind die anderen?«

Für einen Moment verlor Scherbe ihre Großspurigkeit. Sigs Frage schien sie aus dem Konzept zu bringen. Ein paar Sekunden lang war sie ein unsicheres Mädchen, und ihr Mantel schien viel zu groß für ihren zarten Körper zu sein. In ihren Augen standen Verzweiflung und Angst.

Sie fasste sich, richtete sich stolz wieder auf und meinte mit abfälligem Naserümpfen: »Das Volk ist auf Expedition zu den Nördlichen Magischen Hügeln, auf der Suche nach brauchbaren Gütern und auf Jagd nach Leerlingen. Ich bin die Offizielle Bewacherin der Gänge und Betreuerin der Alten.« Es klang ein wenig, als hätte sie es auswendig gelernt.

»Richtig, ja.« Sig schaute sich um. Verschiedene Tunnelröhren liefen auf dem runden Platz zusammen, auf dem sie saßen. Der Raum schien tatsächlich von mehreren Menschen bewohnt zu sein. Eine Art von Wandschirmen teilte einige Betten vom übrigen Platz ab. An verschiedenen Stellen standen Gebrauchsgegenstände und hingen Dinge an der Wand. Es war genauso ein Sammelsurium wie im Hängenden Haus, nur schienen hier noch viel mehr Sachen selbst gemacht zu sein. Die meisten Gegenstände sagten Sig überhaupt nichts.

»Die Alten? Wer sind sie? Und die Magischen Hügel? Wo

ist das? Und wann kommen die anderen denn zurück? Wohnt ihr hier?«

Scherbe ging lediglich auf seine letzte Frage ein. »Hier wohnen wir, ja. Hier und in den Gängen dahinter. Das hier ist der Rand des Dorfs, der Rand des bewohnbaren Teils. Woher ihr gekommen seid, dahin gehen wir nicht. Es heißt, dort bestünde Einsturzgefahr.«

»Kommt ihr denn nie auf die Erde?«

»Doch, natürlich«, erwiderte Scherbe mit einem Stirnrunzeln, als würde Sig nichts als dumme Fragen stellen. »Wie könnten wir sonst zu den Hügeln reisen? Und wo sollten wir jagen? Ich bin übrigens heute Nacht noch oben gewesen. Ich habe dich gesehen, du schliefst unter einer durchsichtigen Haut, die auf Stöcke gespannt war. Du bist nicht wach geworden. Ich hätte dich leicht mit meinem Bogen oder meinem Messer töten können, aber du erschienst mir ungefährlich.« Wieder rümpfte sie derart die Nase, dass ihre blitzenden Zähne zu sehen waren.

Sig rutschte unbehaglich hin und her. Wenn Pilaster ein wilder Mensch gewesen war, dann glich Scherbe einem wilden Tier. Ein hochmütiges Raubtier, das war sie. Zum Glück war er wohl stärker als sie, denn sie wirkte mager und zerbrechlich unter diesem Mantel. »Also du warst das, was ich gestern Abend gehört habe?«

Wieder lachte Scherbe. »Nein, nein. Du bist hinter einem Kaninchen hinterhergeonkelt wie ein Hund, der seinem eigenen Schwanz nachjagt. So fängst du sie wirklich nicht, erst recht nicht ohne Pfeil und Bogen. Ich war zwar da, aber auf der anderen Seite, beim Ehrwürdigen Schiff. Du hast mich nicht gesehen, auch dann nicht, als du direkt in meine Richtung geschaut hast. Ein Spurensucher bist du nicht.«

Selbstzufrieden schlang sie ihren Mantel etwas fester um sich.

Sie war ja sehr überzeugt von sich, fand Sig. Das Beste war wohl, er ging nicht darauf ein. Dieses Ehrwürdige Schiff, von dem sie sprach, war wahrscheinlich das große Wrack, neben dem sie ihr Lager aufgeschlagen hatten. Offenbar war es wichtig für sie.

»Das Ehrwürdige Schiff«, versuchte er, »äh, meinst du damit das große rostige Wrack ...«

»Gib Acht, was du sagst!«, zischte Scherbe. »Das Schiff verdient Ehrfurcht. Es ist heilig. Früher flog das Volk damit durch die Lüfte. Hoch über der Welt. Und der Tag, an dem wir wieder damit fliegen werden, rückt näher, so die Rede der Alten. Die Kräfte werden es erheben, und wir werden damit ins Paradies zurückfliegen, wohin wir gehören, wo alles von selbst geht und jeder glücklich ist.«

Jetzt konnte Sig sich das Lachen wirklich nicht mehr verkneifen. »Ha, mit dem Wrack da kommt ihr nicht weit. Wenn ihr damit ins Paradies wollt ...«

»Lim!« Scherbe und ihr Hund hatten sich gleichzeitig aufgerichtet. Lim fletschte die Zähne und knurrte martialisch. »Sieh dich vor, was du sagst! Noch so eine frevelhafte Bemerkung und Lim zerreißt dich!«

Sig war sich auf einmal sehr viel weniger sicher, ob er gegen sie – und besonders gegen Lim – gewinnen würde.

»Simpel?« Sig schaute zur Seite, aber Simpel saß totenstill da und schaute furchtsam auf den Hund. Simpel mochte zwar ein Simpel sein, doch er spürte genau, wann das Tier nur spielen wollte und wann es Ernst war.

»Okay, okay, tut mir leid«, lenkte Sig ein. »Ich weiß nicht, was das Ehrwürdige Schiff ist. Vielleicht kannst du mir mehr darüber erzählen. Ich komme von sehr weit weg, ich weiß wirklich nicht, was es ist.«

Scherbe sah von der anderen Seite des Feuers auf ihn herab. Wieder stand sie mit in die Seite gestemmten Fäusten da. Die Flammen erleuchteten flackernd ihr verbissenes Gesicht. Wie war es möglich, dass er sich so von ihr überfahren ließ, fragte sich Sig betreten.

»Hm.« Wieder dieses geringschätzige Naserümpfen. »Vielleicht geleite ich dich vor die Alten. Dann können sie es erzählen. Das ist ihre Aufgabe, nicht meine. Aber nicht jetzt. Es ist nicht einfach nur eine Geschichte. Es ist eine heilige Geschichte, und der Erzählrhythmus ist nicht jedem zugänglich. Außerdem ist es jetzt Zeit für meine Runde.«

Sie warf einen prüfenden Blick über den Platz.

»Ihr könnt hier euer Lager aufschlagen. Ich gehe. Morgen sehe ich euch wieder. Bleibt hier. Geht nicht allein los, sonst verirrt ihr euch. Nur ich kann euch den Weg nach draußen zeigen.« Abrupt drehte sie sich um und ging. Sie erwartete eindeutig keine Widerrede.

Lim bellte einmal kurz und lief ihr mit federndem Schritt hinterher, den buschigen Schwanz hoch erhoben, und bevor Sig auch nur Zeit hatte, sich eine Antwort einfallen zu lassen, waren sie in einer der Tunnelröhren verschwunden.

»He, warte!«, rief er ihr zuletzt hinterher. »Ich meine, ein bisschen freundlicher wäre auch …« Sigs Stimme erstarb. Für wen hielt die sich denn? Verdutzt starrte er in das Dunkel der Röhre, in der Scherbe und Lim verschwunden waren. Sie hatten noch nicht einmal Licht dabei, konnte Scherbe denn im Dunkeln sehen?

Sig blieb nichts, als mit den Schultern zu zucken und einmal tief aufzuseufzen. Wenn er hier etwas lernte, dann das, dass er nur wenig verstand und sich manchmal einfach dem anheimgeben musste, was passierte. Er war müde. Außerdem war er ganz krumm vor Muskelkater, und sein Bein tat auch immer noch weh. Er war böser gefallen, als er gedacht hatte. Wie spät es wohl sein mochte? Man konnte hier noch nicht einmal sehen, ob es Tag war oder Nacht. Als er in den Boden versank, war es Morgen gewesen, aber vielleicht hatte er ja Stunden bewusstlos dagelegen. Und wie lange war er durch diese schrecklichen Tunnel geirrt? Sig wusste es nicht mehr.

Er holte ein Essenspaket hervor, klickte es auf, wartete einige Sekunden, bis es warm war, und löffelte es anschließend leer. Huhn mit Reis und Currysoße – hygienisch und sicher aus der Fabrik, mit totem Tier hatte das nichts zu tun. Ganz normal aus Granulat hergestellt.

Simpel schaute begeistert zu.

»Nein, Simpel, du bekommst nichts mehr. Du hast schon genug totes Tier in dich reingestopft. Pfui!«

»Lecker essen?«, versuchte Simpel noch, aber als er sah, dass Sig ihn weiter nicht beachtete, nahm er Kopf und drückte ihn liebevoll an die Brust. So legte er sich nahe ans Feuer, rollte sich behaglich zusammen und schlief ein.

Während er aß, dachte Sig verwundert über Scherbe nach. Wer war sie, und wo kam sie her? Wieso war sie hier vollkommen allein? Wie konnte sie nur »Offizielle Bewacherin der Gänge und Betreuerin der Alten« sein, was immer das auch bedeuten mochte? Sie war doch viel zu jung? Sig verstand das Ganze nicht so recht. War sie wirklich so unfreundlich oder einfach nur eigenartig? Oder verstanden sie sich nur nicht? Und wieso war Pilaster in all den Jahren nie jemandem von ihrem Volk begegnet? Immer mehr Fragen, immer mehr Antworten, auf die er wartete.

Als Sig fertig gegessen hatte, holte er Pilasters Tagebuch aus dem Rucksack. Auf einem der Zettel, die seitlich herausguckten, stand *Prd* gekritzelt; womöglich war dort etwas über Produktion zu finden. Er schlug das Tagebuch bei dem Zettel auf und begann zu lesen.

Erstes Mal seit langer Zeit wieder auf Halde. Vermutlich an die sieben Jahre vergangen. Daten auf Essenspaketen sagen sieben Jahre. Loch in meinem Denken, Loch im Erinnern. Die ganze Zeit in Wald gelebt als Tier unter Tieren. Neugieriges Schnüffeltier gewesen. Nacktes Menschentier.

Jetzt wieder bei Sprache und Sinnen. Für wie lange? Sachen zufällig in Waldhaus wiedergefunden. Langsam zu Pilasters Selbst gekommen. Glück damit gehabt. Schwierig, Sprache und Zeit festzuhalten, so allein. Lese dieses Tagebuch wieder und wieder als Training und Stütze. Muss zu Türmen und mit Babel reden.

Sig schaute hoch und starrte in die Flammen. Das Lesen ging mühsam. Pilasters Handschrift war schlecht lesbar. Davon hatte Pilaster ihm nie etwas erzählt, dass er eine Zeit lang wie ein Wilder in Wald gelebt hatte. Hatte er sich vielleicht deswegen geschämt?

Er versuchte, sich vorzustellen, wie Pilaster umhergestreunt war: Beeren essend, in Bächen badend, nächtigend unter wirrem Gestrüpp wie ein Tier unter Tieren, verirrt und seiner selbst verlustig geworden … Irgendwie war es ihm gelungen, sich wieder in den Griff zu bekommen.

Die Vorstellung jagte Sig kalte Schauder über den Rücken. Er schwor sich, dass ihm das nie passieren sollte. Eher noch würde er sich löschen oder wieder in den Kreislauf aufnehmen lassen. Er beugte sich wieder über das Tagebuch.

Bin fest entschlossen, wieder richtig auf Expedition zu gehen. Neunundzwanzig Jahre nach Ausstoßung aus Stadt. Pilaster rafft sich wieder mal auf. An den eigenen Haaren. Denke an die Stadt, an früher, an Rätsel der Stadt. Wert des Wissens. Entschlossen, diesmal über Produktion zu Türmen vorzudringen. Kopf hoch, Pilaster!

Tag 1 – Von Halde Süd ostwärts gegangen. Grau und staubig. Still. Zweimal fast im Erdboden versunken. Nichts hier. Gebiet ist das Allerletzte. Zwinge mich zu schreiben – das hält mich am Denken. Auch singt Pilaster wieder. Richtige Worte, keiner hört zu.

Tag 2 – Probleme. Wollte schon umkehren und zurück zur Halde – verhasster Nabelstrang –, als ich in den Erdboden versank und in einem unterirdischen Tunnel landete. Kühl, dämmrig, übel. Kann nicht raus. Angst vor Dunkelheit. Sehne mich nach Wald, Vögeln, Pferden, Wasser, Bäumen. Gestatte mir nicht, tierischem Schnüffeltrieb nachzugeben.

Tag 3 – Nach Tastgefühl einige Gänge durchsucht. Meinte, in der fernen Ferne Stimmen zu hören und schreckhafte Schritte. Angst, verrückt zu werden, mich zu verlieren. Große Angst im Dunkel. Angst, Sprache wieder zu verlieren, hier schreckhaftes Nachttier zu werden, weit weg von jeder Schönheit. Pilaster ist verletzlich. Kleiner Pilaster.

Tag 4 – Stimmen kommen näher. Geschrei und hustende Tiergeräusche – rau, beängstigend. Klingt wie Jagd. Jagd auf Pilaster. Ganzen Tag versucht, die Wände des Abluftschachts hochzu-

klettern. Der Erschöpfung nahe. Arme und Beine zuschanden zerschunden.

Tag 5? 6? – Wurde von großem Raubtier gebissen. Habe es von mir weggeschlagen. Aufgescheucht. Kreuzquer in schwarzdüsterer Dunkelheit rumgerannt. Endlose Gänge. Geschrei. Lichter von Fackeln in der Ferne. In Fell gehüllte, wilde Gestalten – Nachkommen von Fledderern, denke ich. Angsteinflößend. Etwas gefunden, das aussieht wie Fahrstuhltüren. Durch Spalt rinnt Licht. Ausweg? Wunde entzündet. Pocht. Pilaster weiß nicht, weshalb noch weiter er soll, aber Pilaster geht weiter.

Wieder fühlte Sig, wie einsam Pilaster gewesen sein musste, die ganzen Jahre hindurch, die er alleine verbracht hatte. Ein Stich des Mitleids durchfuhr ihn – Mitleid mit Pilaster und mit sich selbst. Obwohl es so aussah, als habe er es besser getroffen, mit Simpel und Kopf und vielleicht sogar mit Scherbe und Lim. Kein Zweifel, Leute aus Scherbes Volk mussten Pilaster damals gejagt haben. Und dieses Raubtier war bestimmt so ein Hund wie Lim gewesen. Er blätterte um und las weiter.

Tag 8 oder 9 oder 10 – Verfolgern entkommen. Grausames Schreckensvolk. Sah aus der Ferne, wie sie schwer beladene Menschen – ich denke Fledderer – mit Peitschen durch die Gänge trieben. Aneinandergekettet mussten sie schwere Roboterarbeit tun.

Bin erschöpft. Nach Klettern ausgehungert über graue Ebene gestreift, Richtung Stadtmauer. Regen: Rettung vor Durst und fürchterlicher Kleisterschlamm zugleich. Immer die Angst, wieder zu versinken. Die Mauer entlang zur Halde. Erkältet. Krank. Bin entzündet.

Nie mehr in dieses Gebiet – würde auch gekettet werden, wenn sie mich fingen. In schauerlichen Tunneln ohne Licht.

Sig begriff, weshalb Pilaster sich nie wieder hierher gewagt hatte, aber er hatte auch das Gefühl, als habe sich seitdem etwas verändert, hier unter der Erde. Scherbe sagte zwar sehr tapfer, ihr Volk könne jeden Augenblick wiederkommen, aber etwas ließ Sig glauben, dass es nicht so war. Er hatte das Gefühl, als sei Scherbe schon lange Zeit allein und als klammere sie sich nur mehr angstvoll an den Gedanken, ihr Volk werde zurückkehren.

Er sah sich um. Das hier wirkte nicht bewohnt, sondern fühlte sich tot an, staubig und verlassen. Und Scherbe war seiner Frage, wann ihr Volk zurückkehren würde, ausgewichen.

Zurzeit blieb ihm nichts anderes übrig, als tatsächlich zu warten, bis sie zurückkam. Das Beste war, wenn er ebenfalls versuchte zu schlafen. Müde genug fühlte er sich.

»Kopf«, flüsterte er. »Kopf, he Kopf! Wie spät ist es?«

»Sss, 'ss isst ssieben Minuten voor Mitternacht«, kam die lispelnde Antwort zwischen Simpels Armen hervor. »Du lässt mich nicht flieghen. Glaub nicht, dass ich dass einfach sso vergesse. Sss. Jetsst isst ess ssechsseinhalb Minuten voor Mitternacht.«

»Ja, ja. Tut mir leid. Ganz ruhig. Danke. Ganz ruhig. Ich geh schlafen.«

»Sss, warte. Ssig isst ein kleiner, gemeiner Höhlensswerg. Irgendwann wird Kopf flieghen. Sso frij wie ein Voghel …«

»Ja, Kopf. Immer mit der Ruhe. Sonst wird Simpel noch wach, oder Dingsda, du weißt schon, die Beine, wie du ihn nennst.« Sig rollte sich in seinen Schlafsack und machte es sich auf dem Sand gemütlich, der den Boden rings um das schwelende Feuer bedeckte.

»Isst nicht Beine. Isst Ssimpel!«

»Du hast vollkommen Recht, Kopf. Sein Name ist Simpel.« Sig hatte die Nase voll davon, sich mit Kopf auf Diskussionen einzulassen. Ganz gleich, was er sagte, Kopf würde immer etwas dagegen einbringen, so viel war klar. Offenbar hatte er es sich völlig mit ihm verdorben. Gut war allerdings, dass Kopf Simpel anscheinend als Mensch betrachtete und nicht länger nur als »die Beine«. Sig drehte sich nochmals um und schloss die Augen.

In dieser Nacht träumte er, dass Scherbe ihn durch endlose U-Bahnröhren hindurch verfolgte. Sie ritt auf dem Rücken von Lim, der im Traum noch größer war als in Wirklichkeit. Seine Schnauze hatte die Form einer Gleisreinigerschaufel. »Zeige Ehrfurcht vor der heiligen Geschichte!«, rief Scherbe ihm zu, während sie Lim auf die Flanken schlug und Sig sich tiefer und tiefer in dem Tunnelsystem verirrte.

Die Alten

»Aufwachen, Sig, man erlaubt dir, den Raum der Geschichten zu betreten. Komm, die Alten lässt man nicht warten!«

Sig öffnete die Augen und sah, dass Scherbe mit einer brennenden Fackel neben ihm stand. Noch immer hatte sie dieses Großtuerische, Hochmütige an sich, und doch schien sie sich auch zu freuen, ihn zu sehen. Simpel stand ein paar Meter weiter. Lim sprang schwanzwedelnd und bellend an ihm hoch, und Simpel umarmte ihn und streichelte ihm anschließend über den Kopf.

»Los, aufstehen, dann gehen wir zu den Alten.«

Scherbe wartete ungeduldig, bis Sig sein Gepäck zusammengesucht und Simpel einen Teil davon zum Tragen gegeben hatte, bevor er endlich bereit war, ihr zu folgen. Sie nahm ihre Rolle als Bewacherin der Gänge wieder genauso tiefernst wie gestern. Ihr viel zu weiter Mantel umschlabberte ihre Gestalt, die Kapuze verdeckte ihre Augen, und die Fackel hielt sie reglos in ihrer ausgestreckten Hand.

Eine Welle des Mitleids durchflutete Sig. Er wusste nicht weshalb, aber er hatte noch stärker als gestern Abend das Gefühl, dass irgendetwas nicht stimmte, dass es mit Scherbe etwas Trauriges auf sich hatte. Sie erzählte nicht alles. Wieso war sonst niemand von ihrem Volk hier? Es konnte doch nicht sein, dass sie wirklich als Einzige zur Bewachung des Dorfes zurückgelassen worden war?

Als Scherbe sah, dass sie fertig waren, ging sie ihnen voran in einen der Tunnel.

»Bist du schon lange allein hier in den Gängen?«, fragte Sig.

»Ich tue, was ich im Auftrag der Alten tun muss, ich jage

und nähre, ich warte, ich pflege und beachte, und im Handumdrehen sind die anderen wieder da. Ich komme schon allein zurecht.« Scherbe beschleunigte ihren Schritt, und nachdem sie ein paarmal nach links und rechts in immer kleinere Schächte abgebogen waren, kamen sie zu einer dicken Metalltür, die einen Spaltbreit offen stand. Die Luft hier roch noch abgestandener als auf dem Platz, wo sie die Nacht zugebracht hatten.

»Warte hier«, sagte Scherbe und gab Sig die Fackel. Mit beiden Händen umfasste sie die rostige Türklinke und zog und zerrte daran. Unter schaurigem Quietschen ging die Tür ein Stück weiter auf. Scherbe huschte hinein, und sie hörten, wie ihre Schritte im Dunklen erstarben.

Neugierig und auch etwas beklommen spähte Sig durch die Türöffnung in die Dunkelheit. Es war stockfinster dort drin, und eine Luft herrschte, als sei seit Ewigkeiten nicht mehr sauber gemacht worden; ein säuerlicher, an Fäulnis erinnernder Gestank war es.

Erst nach zwei, drei Minuten erschien Scherbe wieder in der Türöffnung. »Du hast Glück. Es behagt den Alten, dich jetzt willkommen zu heißen. Folge mir. Schweig und sprich nur, wenn du etwas gefragt wirst. Der Leerling bleibt hier und wartet.« Sie schaute Simpel an, zeigte in eine Ecke und sagte: »Sitz!«

Zu Sigs großem Erstaunen tat Simpel genau das, was Scherbe ihm auftrug. Er wollte protestieren und sagen, in diese unheimliche Höhle würde er nur hineingehen, wenn Simpel mit ihm kam, aber Scherbe kam ihm zuvor. »Du kommst allein oder du kommst nicht. Du lauschst der Geschichte der Alten oder du gehst auf der Stelle fort. Du kannst wählen.« Ihre Stimme klang unerbittlich.

Sig drehte sich nach Simpel um. Der saß ruhig in der Ecke auf dem Boden, Kopf auf dem Schoß und Lim neben sich. Es sah nicht so aus, als fände er es schlimm, dort zu sitzen. Simpel nahm alles so, wie es kam. Sig zuckte mit den Achseln und stellte seinen Rucksack neben Simpel ab. »Wartest du hier? Ich bin gleich zurück.« Anschließend nickte er zum Zeichen für Scherbe, dass er bereit war.

Scherbe nahm ihm die Fackel ab und erstickte sie in einem Haufen Sand neben der Tür.

»Was tust du da? Ich sehe nichts mehr!«, rief Sig.

»Pssst!«, zischte Scherbe. »Gleich wirst du genug sehen. Man nähert sich den Alten in Stille und Dunkelheit. So lautet die Regel.«

Scherbe legte Sig eine Hand auf die Schulter. »Ich gehe vorneweg. Du legst die Hand auf meine Schulter und bleibst hinter mir. Direkt hinter mir, sonst stößt du dich.« Sig fühlte, wie sie sich von ihm abwandte. Tastend streckte er seinen Arm vor. Er fühlte den weichen Kaninchenpelz von Scherbes Mantel, fasste sie an der Schulter und folgte ihr, als sie im Schritttempo in den stickigen Raum trat.

Für Sigs Gefühl dauerte es endlos. Wenn man den Geräuschen glaubte, durchliefen sie einen langen Gang. Einige Male schrammte Sig mit dem Ärmel an einer Wand entlang, doch stoßen tat er sich nicht. Die verbrauchte Luft verursachte ihm Übelkeit. Einen Moment lang drohte die Panik zurückzukehren, die er verspürt hatte, als er nach seinem Sturz in der stockdusteren U-Bahnstation wieder zu sich gekommen war, doch er nahm sich zusammen. Er konzentrierte sich auf Scherbes Schulter, die er durch ihren Mantel hindurch spürte, und auf die Geräusche ihrer Schritte und ihres

Atems. Sig verstand Scherbe nicht wirklich, und er hatte das Gefühl, dass sie ihm nicht die ganze Wahrheit erzählte, aber dass sie Böses im Schilde führte, glaubte er nicht.

Er merkte, wie sie einen anderen Raum betraten. Es war dort wärmer, und auf dem Boden lag etwas, das ihren Schritt dämpfte. Es fühlte sich weich an unter Sigs Schuhen. Er hörte Geraschel sowie mühsame Atemgeräusche.

Scherbe kniete nieder, und Sig sank ebenfalls zu Boden, seine Hand nach wie vor auf ihrer Schulter. Es war Kaninchenfell, fühlte Sig, als er den Boden betastete, um sich zu setzen. Der gesamte Fußboden hier war bedeckt mit den weichen Häuten toter Kaninchen. Nach einigem Hin und Her nahm er neben Scherbe Platz.

Neben seiner Atmung und der von Scherbe hörte Sig die von mindestens zwei anderen in der Dunkelheit ihm gegenüber. Direkt vor ihm saß oder lag jemand, der schwer und rasselnd durch den Mund einatmete, und etwas weiter rechts schnaufte jemand etwas leichter durch die Nase. Die Geräusche klangen sehr nah. Die anderen, wer oder was sie auch waren, befanden sich nicht mehr als einen oder anderthalb Meter von ihm entfernt.

Sig hatte das Gefühl, denjenigen gegenüber von sich berühren zu können, wenn er sich vorbeugen und den Arm ausstrecken würde. Aber nicht im Traum hätte er daran gedacht, das wirklich zu tun. Still und leicht in sich zusammengesunken saß er da, und sein Herz klopfte etwas schneller als gewöhnlich in Erwartung dessen, was da kommen würde. Diese Alten wollten ihm doch eine Geschichte erzählen, oder?

Noch bevor Sig der Gedanke kam, dass, wenn er denjenigen gegenüber von sich berühren konnte, der andere dasselbe auch mit ihm zu tun imstande war, passierte es schon.

Plötzlich und wie aus dem Nichts krochen vier kalte ledrige Finger über sein Gesicht. Sig war sich jedes einzelnen Fingers bewusst. Die Dunkelheit schärfte sein Empfinden dafür. Er fühlte einen runzligen kleinen Finger, der ihm über die Lippen fuhr, dann strichen ein harter Ring- und Zeigefinger über seine Wange, und ein Zeigefinger streifte mit scharfem Nagel sein Ohr. Kalte Schauer rannen Sig den Rücken hinab. Die rasselnde Atmung wurde tiefer, die Person setzte sich anders hin und räusperte sich.

»Also das hier ist das Sigkind, von dem du uns berichtet hast, Scherbe?«

Die Stimme erklang in dem gleichen singenden Tonfall, in dem auch Scherbe sprach, aber noch nie hatte Sig eine so heisere Stimme gehört. Wie wenn Steine über Steine scheuerten, trocken wie Kiesel und uralt. Die Finger tasteten weiter, durch sein Haar und seinen Nacken hinab zu den Schultern, und dann etwas abwesender, zerstreuter über einen Jackenärmel, um schließlich zu Sigs großer Erleichterung zu verschwinden.

»Ja, Alter Meister. Ja, Deckel!« klang Scherbes Stimme ehrfürchtig und schüchtern neben ihm.

Deckel?, dachte Sig. Hieß der Mann ihm gegenüber Deckel? Was für ein idiotischer Name!

»Dieses Sigwesen existiert wirklich und wahrhaftig«, schabte und rasselte die Stimme fort. »Keine Erfindung oder Spinnwebe des Hirns. Was bringt ihn hierher? Ist er endlich der Botschafter aus dem Paradies? Was denken wir?«

»Nein, Herr«, begann Sig, »ich bin kein …« Im selben Moment, in dem Scherbe Sig einen harten Stoß in die Seite versetzte, klang die Stimme der vierten anwesenden Person durch den Raum.

»Schweig!« Es war diejenige, die Sig rechts gegenüber von sich hatte schnaufen hören. »Schweig, kleiner Wurm, wenn du mit einem Alten sprichst!« Es war die Stimme einer Frau, nasal und hochmütig.

Sig zuckte zusammen. Wie sollte er denn schweigen, wenn er mit jemandem sprach, fragte er sich, aber es schien ihm besser, diese Frage nicht laut zu stellen.

»Du sprichst einen Alten an mit Alter, mit Meister und mit dessen Amulettnamen«, setzte die Kieselstimme wieder ein. »Fühle mein Amulett. Hier!«

Sig hörte, wie etwas hervorgeholt wurde. Behutsam tastete er sich im Stockdunkeln vor. Nach einigem Suchen stieß seine Hand gegen etwas. Er fasste es und tastete es ab. Ein Plastikdeckel an einer Halskette! Sig zog die Hand zurück. Trotz der angespannten Atmosphäre konnte er sich ein Lachen kaum verkneifen. Der Mann hieß tatsächlich Deckel und trug einen Plastikdeckel um den Hals.

»Jetzt du. Was ist ein Sig? Lass mich dein Amulett fühlen.«

»Aber mein Herr« – wieder war da Scherbes Ellbogen – »äh, alter Deckel, Herr, äh, Meister, ich heiße einfach Sig. Ich habe nichts um den Hals hängen. Dort, wo ich herkomme …«

»Nur Leerlinge haben kein Amulett«, schnaubte die Frau.

»Aber werte Frau, pardon, äh, Meisterin, Alte …«

»Du darfst mich Gabel nennen«, tönte es würdevoll schnaubend aus dem Dunkel. »Fühle!«

Sig tastete rechts vor sich und fühlte, wie ihm eine Plastikgabel vorgehalten wurde – seiner Meinung nach einfach eine Gabel aus einem Essenspaket. Schweigend und mit fest zusammengebissenen Zähnen, um nicht in Lachen auszubrechen, zog er seine Hand zurück.

»Wir leben noch wie die Alten im Paradies«, fuhr Gabel schaufend und quäkend fort. »Bedenke das wohl, Sigwurm. Wir Alten sind umhüllt von weichen, schützenden Mauern, wir werden warm gehalten und immer mit Nahrung versehen. Nur wir Alten hier im Paradiesischen Geschichtenraum. Alle anderen irren umher in Finsternis und Ängsten. Hab somit Ehrfurcht vor unserem Glück. Zeige mir dein Amulett.«

Wow, dachte Sig, die glauben wirklich, sie hätten Glück, weil sie in diesem stinkenden Keller wohnen durften. Die müssten mal wissen. Er rutschte unbehaglich auf den Kaninchenfellen hin und her.

»Alte Meisterin Gabel ...«, fing er an. »Keiner von meinem Volk trägt Amulette. Ich komme von weit, und ...«

»Bist du der Botschafter? Kommst du aus dem Wahren Paradies?« Die andere Stimme mischte sich wieder scheuernd und schabend in das Gespräch.

»Ich weiß nichts von einem Paradies ...« – wieder bekam er Scherbes Ellbogen in die Seite – »Meister Deckel der Alte.«

»Hm.«

»Aber äh, Alte Meister, ich bin unterwegs zu den nördlichen Hügeln. Und nur aus Versehen habe ich mich hierher verirrt.« Sig sprach, so rasch er konnte, er wollte nicht noch einmal unterbrochen werden. »Scherbe sagte, Ihr wolltet mir die Geschichte Eures Volkes erzählen. Vielleicht kann ich Euch helfen, diesen Botschafter zu finden, vielleicht kann ich Spuren entdecken, wenn ich doch in diese Richtung gehe.«

»Hm. Die Geschichte. Wir sind hier die Erzähler. Die heilige Tradition gebietet dir, der Geschichte zu lauschen. Der einzige Fremdling, der uns interessieren könnte, ist der Botschafter aus dem Paradies. Deine Geschichte muss stumm bleiben. Neugierde ist eine Sünde.«

»Ihr würdet mir eine Ehre erweisen mit Eurer Geschichte, große Meister – äh, alte Meister Gabel und Deckel«, antwortete Sig ergeben.

Nach einer langen Stille, in der Sig sich immer unbehaglicher zu fühlen begann – alles Mögliche raschelte da gegenüber von ihm, man räusperte sich, was hatten diese Monster mit ihm vor? –, erklang endlich wieder die nasale Stimme der Frau.

»Scherbe, entzünde die Glühschale!«

Sig hörte, wie Scherbe aufstand und fortging, ein paar Meter weiter etwas aufhob und auf leisen Sohlen wieder zurückkam.

Anschließend blitzte ein Funke auf, als Scherbe zwei Steine gegeneinander schlug. Einen Sekundenbruchteil lang leuchtete der Raum auf, in dem sie saßen. Zu kurz, um sich umzuschauen, aber lange genug für Sig, um zwei Paar gelbe, tiefliegende Augen in zwei unvorstellbar zerfurchten Gesichtern ihm gegenüber auszumachen.

Beim nächsten Funken sah Sig etwas mehr: zahnlose Münder, magere, faltige Hälse, kahle Häupter, herabhängende Unterlippen. Die Alten waren richtig alt, noch viel älter als Pilaster jedenfalls. Pilaster war fünfundsiebzig gewesen – dann mussten diese Alten hier wenigstens hundertfünfzig sein. So jedenfalls sahen sie aus.

Beim dritten Funken fassten ein paar trockene Blätter in der Schale Feuer. Ein gelbes Flämmchen versetzte einige Sekunden lang den Raum in eine sanfte Glut mit langen Schatten. Die Alten bedeckten ihre Augen mit den runzligen Händen.

Sig versuchte, rasch alles um sich zu erfassen. Der gesamte

Raum – Boden, Wände, Decke – war mit Kaninchenpelz ausgeschlagen. Die beiden krumm gewachsenen Alten saßen auf einer dicken Schicht Kaninchenfelle. In einer Ecke stand eine Schüssel mit abgenagten Knochen, in einer anderen Ecke ein Eimer. Der einzige Ausgang war das Türloch zu dem Tunnel, durch den sie hierhergekommen waren. Sig fragte sich, wann die Alten diesen Raum hier zuletzt verlassen hatten. Vielleicht lag das schon Jahre zurück – das würde zumindest den Gestank erklären, der hier in der Luft hing.

Das Flämmchen erlosch, aber die Körner, mit denen die Schale gefüllt war, verbreiteten eine dunkelrote Glut, und über der Schale stieg ein süßer Rauch kräuselnd in die Höhe. Es war gerade genug Licht, um die Umrisse der Gestalten ihm gegenüber zu sehen sowie von Zeit zu Zeit das Aufleuchten ihrer Augen.

Deckel holte rasselnd Atem, räusperte sich nochmals und begann zu erzählen.

»Es war in den Tagen von einst, vor langer Zeit. Die Großeltern von meiner Vormutter Großeltern, die Wahren Alten, lebten in den himmelreichenden, himmelschreienden Türmen des Paradieses. In wundersamen Schiffen befuhr das Volk des Paradieses gesegnete Lüfte.«

Deckels kieseltrockene Stimme wurde leiser und zugleich erhabener, andere Stimmen schienen in ihr mitzuschwingen, die Stimmen von Generationen vor ihm, die die Geschichte von Vater auf Sohn, von Mutter auf Tochter weitergegeben hatten. Zugleich war es, als würde er eine auswendig gelernte Botschaft aufsagen, eine Botschaft, die er selbst nicht ganz zu begreifen schien, in Sätzen, über die der alte Mann fast strauchelte.

»In glänzenden Kutschen fuhr man tief unter der Erde durch unzählige lange Gänge von einem leuchtenden Wunder zum nächsten. Die Mahlzeiten waren in diesen Zeiten vielerlei, warm und wohltuend. Unglück und Hunger waren unbekannt. Von frühmorgens bis spätabends verkehrte ein jeder in großem Wohlbehagen. Man schlief in den weichesten Betten, und von Krankheiten hatte niemand je gehört. Eine große Ringmauer hielt das Wahre Paradies in schützender Umarmung. Die Mauern waren hoch und glatt, so hoch, dass man vergaß, dass die Welt außerhalb derselben noch weiterging.«

»Das ist die Stadt!«, rief Sig aus. »Ihr wohntet in der Stadt!«

Scherbe rammte ihm ihren Ellbogen in die Seite. Deckel schwieg beleidigt, und Gabel zog zischend den Atem durch ihren zahnlosen Mund ein.

»Du musst still sein«, flüsterte Scherbe nervös. »Die Geschichte ist heilig. Sie darf nicht unterbrochen werden.«

»Aber diese Geschichte handelt von der Stadt, aus der ich komme«, versuchte Sig es abermals. »Wirklich, hört mir doch zu!«

»Still!«, zischte Gabel jetzt. »Unterbrechung ist ein Frevel gegen das Heilige! Sei still oder stirb!«

Gar nicht bang, sondern zu seiner eigenen Verwunderung vor allem wütend wandte Sig den Blick von Deckel ab und starrte in die rauchende Glut vor sich. Gut, er war neugierig auf ihre Geschichte, aber diese Leute hier konnte er allmählich immer weniger ausstehen. Dachten sie wirklich, sie wären so viel wichtiger als er? Sie waren einfach dumm, wenn sie ihm nicht zuhörten. Und was meinten sie damit, wenn sie sagten, dass das Wrack heilig sei und ihre Geschichte heilig sei, und was war ein Frevel? Sig kannte diese Wörter nicht.

Nach einer langen angespannten Stille holte Deckel abermals tief Luft. Endlos träge und mühsam setzte er sich in Positur, und schließlich fuhr er in seinem Bericht fort.

»Tausende von Jahren war das Volk, das mannigfaltig gedieh in jenen Tagen, glücklich innerhalb der Mauern des Paradieses. Die Zeit verstrich wie die milde, gelinde Morgenbrise, fast unbemerkt, und selbst der Tod war nichts mehr als das Fallen eines Tautropfens im Morgen.« Deckel starrte hohl vor sich hin, als sähe er das Paradies seiner Vorfahren vor sich und sehne sich in Trauer danach zurück. Sig schaute zur Seite, zu Scherbe. Verletzbar und gefangen sah sie aus, hier in diesem dumpfen Keller und gegenüber den Alten, für die sie sorgen musste.

»Die Vorfahren lebten in einem ewigen Rhythmus des Glücks, ungestört und beschützt. Es war gut und friedlich so.« Deckel atmete pfeifend und tief zwischen gespitzten Lippen ein, wie um einen Bruch in ihrer Geschichte anzukündigen und die Spannung zu steigern; mühsam streckte er beide Arme vor sich in den Rauch über der sanften Glut.

»Alles war gut, bis eines bösen Tages ein Eindringling von außen kam und den Rhythmus der Stadt störte. Zerrüttende Worte und Ideen flüsterte er der Metallenen Weisheit ein, die gleich einem strengen, aber liebevollen Vater das Paradies regierte.«

Das ist der CC, dachte Sig im Stillen; die metallene Weisheit, die dieses so genannte Paradies regierte, das musste der Zentralcomputer sein. Er sagte nichts; sie interessierten sich ja doch nicht für das, was er zu sagen hatte.

»Die Väterliche Weisheit ward irregemacht. Die Metalldiener der Weisheit schlugen Löcher in die schützende Ringmauer. Der Botschafter von draußen sprach verräterisch von

Freiheit und verherrlichte die kalte Welt jenseits der Paradiesmauern. Das Volk reagierte mit Angst und Zagen. Es war immer glücklich gewesen. Nun wehte ein kalter Wind aus den Ebenen herein ins Paradies. Wasser aus den erzürnten Himmeln geißelte die Türme. Die Metallene Weisheit zog sich zurück und tröstete nicht mehr. Eines bösen Tages schwieg sie gar für immer. Viele kamen um vor Angst und Verwirrung. Panik und Plünderungen töteten wiederum andere.«

Die Stimme des alten Mannes klang jetzt bekümmert und furchteinflößend zugleich. Seine Augen schimmerten feucht, wodurch sie die Glut noch heller widerspiegelten.

»Krankheiten gingen um. Das Volk schwand nun rasch an Zahl. Alles kam zum Erliegen. Die wundersame Nahrung wurde nicht mehr verfertigt. Den Eindringling, der von draußen gekommen war und das verräterische Wort verkündigt hatte, tötete des Volkes Wut. Alles Glück verströmte durch die Löcher in der Ringmauer. Wer blieb, wurde unter den einstürzenden Türmen begraben, wer dem Paradies entfloh, kam um vor Hunger und Durst.«

Dies konnte nicht die Stadt sein, aus der Sig kam. Deckel erzählte die Geschichte eines anderen Ortes, einer anderen, einer vernichteten Stadt. Ihn schauderte. Es war also möglich, den CC zu schlagen – oder jedenfalls hatte man diesen anderen CC besiegt –, aber zugleich waren die Folgen katastrophal gewesen.

»Zuletzt baute eine Gruppe Übriggebliebener das Ehrwürdige Schiff«, fuhr Deckel nach einem tiefen, rasselnden Seufzer fort. »Man hatte vernommen, dass das Paradies auch an anderen Orten war, umgeben von einer ansonsten wüsten und leeren Welt. Fliegend würde man fliehen können in ein anderes Paradies.

Nur Tausende nahmen Platz in dem Schiff. Millionen blieben zurück. Weinend, verzweifelt, krank und hungrig flehten sie um einen Platz an Bord. Nur die Allerbesten durften mit.

Und als die Allerbesten an Bord waren, stach das Ehrwürdige Schiff in den Himmel und begann seine Suche nach dem Neuen Paradies. Viele Tage und Nächte schwebte es über den schaukelnden Wassern. Monströse Wesen, vielköpfig und groß wie Wohntürme, erhoben sich aus den Wogen, und Wolken wie böse Augen starrten das Luftschiff an. Danach, als bereits Hunger herrschte an Bord, kam Land in Sicht, und man flog über die Kahlen Lande.

Endlich, nach sieben Tagen und sieben Nächten Flug, kam der Glanz der Paradiesischen Ringmauer in Sicht. Das Volk fand Ruhe. Noch wenige Stunden, und die Entbehrungen gehörten der Vergangenheit an. Hoffnung kehrte zurück in die Herzen aller. Noch kurze Zeit und man würde sich dem Rhythmus des Neuen Paradieses hingeben können.« Wieder holte Deckel säuselnd Atem.

»Doch das Neue Paradies war verschlossen, die Ringmauer eine uneinnehmbare Feste. Sieben Mal umrundete das Luftschiff die Mauern, auf der Suche nach einem Weg ins Innere. Doch nirgends ließ sich ein Zugang erspähen. Und bei der siebenten Umrundung zog eine bösartige Kraft das Schiff weg von den Mauern und hin zu der kahlen Ebene oberhalb von Tunnelland. Hier war es, wo das Schiff Ruhe suchte.«

Deckel schaute auf, um das Drama zu unterstreichen. Sein betrübter jahrhundertealter Blick bohrte sich durch den Rauch in Sigs Augen.

»Nach Tagen der Verzweiflung ergab sich das Volk in sein Schicksal. Man entschied, dass die Ruhe des Schiffs gut sei. In Ruhe sollten sich das Ehrwürdige Schiff und das Volk auf das

Neue Paradies vorbereiten. Als Erstes sollte die Verwirrung abebben, Stolz musste wiedergefunden werden. Erst wenn das Volk für würdig befunden würde, sollten sich ihnen auch die Pforten des Neuen Paradieses öffnen. Man fand Nahrung sowie Unterschlupf in den Gängen unter der Erde. Das war das Zeichen, dass die Weisheit hinter den Mauern diesen Ort für sie vorgesehen hatte.« Deckel stieß einen letzten, tiefen Seufzer aus.

»Seit diesem Tag lebt das Volk hier auf der Ebene und in den Tunneln, in Erwartung des Tages, an dem das Ehrwürdige Schiff sich wieder erheben wird.«

Dann nickte Deckel zum Zeichen, dass die Geschichte zu Ende war.

Wieder blieb es für lange Zeit still. Sig musste Deckels Worte erst einmal verarbeiten, und er fragte sich, ob er den Alten seine Gedanken zu dem, was ihre Geschichte bedeutete, mitteilen sollte.

Doch er bekam nicht die Gelegenheit dazu, denn gerade als er ihnen so ehrerbietig wie möglich darlegen wollte, was er dachte, erklang Gabels Stimme.

»Jetzt muss der Sig gehen. Die Alten sind müde, die Pflichten erfüllt. Geh!«

Scherbe nahm die Glühschale und brachte sie zu dem Ort zurück, wo sie sie hergeholt hatte. Sie deckte die Schale ab, und die absolute Dunkelheit kehrte zurück.

»Möge das Volk mit dem Sig tun, was ihm gut dünkt. Nachdem die Erzählpflichten erfüllt sind, steht der Weg jedwedem Urteil offen. Scherbe, nimm ihn mit.«

Sig fühlte Scherbes Hand wieder auf seiner Schulter – es war, als könne sie im Stockfinstern spüren, wo er war, als brauche sie keine Augen. Ihre Fingerspitzen glitten über seinen Ärmel zu seiner Hand. Sie packte sie und half ihm auf. Schweigend zog sie ihn mit sich, und stumm gingen sie durch den Tunnel zu der Metalltür zurück.

Erst als Scherbe nach einigen Versuchen die Fackel wieder angezündet hatte und es wieder Licht gab, kam Sig halbwegs zu sich – auch wenn er mehr und mehr das Gefühl bekam, als stürzten die Tunnelwände von allen Seiten auf ihn zu.

Simpel war die ganze Zeit in der stockfinsteren Ecke sitzen geblieben und hatte Lim gestreichelt. Angst im Dunkeln kannte er offenbar nicht. Lim sprang mit einem kurzen Bellen auf und strich mit dem Kopf an Scherbes Hand entlang.

Langsam dämmerte Sig, wie wirklichkeitsfremd und trübsinnig es bei den Alten gewesen war – er hatte es die ganze Zeit tapfer von sich fernzuhalten versucht, aber jetzt schlugen die Dunkelheit und die ihn von allen Seiten einhüllende Erde wie eine schwarze, düstere Woge über ihm zusammen. Die Beklemmung in diesem stinkenden, dunklen Loch, ausgeschlagen mit den Häuten von mindestens tausend toten Kaninchen – es war wie ein böser Traum, dessen Unheimlichkeit man erst begreift, nachdem man aufgewacht ist. Aber zugleich war es, als könne er hier, in diesen ausgestorbenen Tunneln, nie mehr richtig aufwachen.

»Ich will weg hier«, murmelte Sig. »Nach draußen, und zwar jetzt gleich.« Wenn er nicht bald Tageslicht sah, würde er nicht mehr an dessen Existenz glauben. »Scherbe«, flüsterte er, »lass uns raus. Bitte.«

Der Blick von Scherbes Augen war sanfter als vorhin. »Kommt«, antwortete sie, »dann gehen wir nach oben.« Sie lief vor ihnen her. Die Fackel in ihrer Hand warf tanzende Schatten auf die Wände und die rußigen Decken.

Abschied von Scherbe

Graues Licht schien durch den Spalt herein. Tageslicht. Sig atmete erleichtert auf. Hinter der Tür befand sich eine schmale Wendeltreppe. Ein Blick nach oben zeigte Sig zum ersten Mal, wie tief unter der Erde sie waren. Mindestens zwanzig Meter. Es war ein Wunder, dass er und Simpel sich bei ihrem Sturz durch die staubigen Abluftschächte nicht schlimmer verletzt hatten. Der Staub hatte sie in die Falle gelockt, aber der Staub hatte auch ihren Fall gebremst. Scherbe löschte die Fackel und ging ihnen voraus.

Die Treppe knackste beängstigend. Manche Tritte hatten sich an der Seite gelöst und federten tief weg unter ihrem Gewicht. Einige Stufen fehlten ganz. Je höher sie kamen, desto heller wurde es. Sig war gespannt, an welchem Punkt sie nach oben gelangten. Schließlich hatten sie eine gehörige Entfernung unter der Erde zurückgelegt.

Umso verwunderter war er, als sie zwischen den Spanten des großen Wracks herauskamen. Der Ausgang lag versteckt unter einem schräg nach oben ragenden Stück rostiger Wellplatte. Hätte Sig besser achtgegeben, hätte er die Treppe schon am Tag zuvor ausfindig machen können. Sie waren da unten im Kreis gelaufen.

Simpel hopste gleich in großen Sprüngen herum, kaum dass er wieder oben und im Tageslicht stand. Und er warf Kopf ausgelassen in die Höhe. Lim rannte aufgeregt bellend hinter ihm her.

»Shhh. Echt flieghen. Ich wünschje nur, echt ssu flieghen. Nicht sso!« Kopfs Stimme hallte wütend über die Ebene. Simpel fing ihn auf und warf ihn wieder in die Luft, noch höher als beim ersten Mal. »Dummer Ssimpel! Ssetss mich ab! Sso haben wir nicht gewettet, verdamme!«

Sig atmete erleichtert auf und wollte hinter Simpel herrennen, als er Scherbe neben sich stehen sah. Ihre Augen waren groß vor Erstaunen über Simpels Kapriolen, aber zugleich blickten sie auch traurig.

»Simpel freut sich, wieder über der Erde zu sein«, sagte Sig zu ihr, »genau wie ich. Wahrscheinlich weiß er nicht einmal, weshalb er so froh ist, aber er spürt den Unterschied zwischen den düsteren, dunklen Gängen und der Weite der Ebene, der frischen Luft und dem Licht.«

Scherbe runzelte die Stirn. »Froh? Düstere Gänge? Ich finde es hier oben meistens nur trübsinnig, so offen und groß. Das Licht ist hier so grell, und dann die fremdartigen Geräusche! Geräusche ohne das vertraute Echo. Meistens komme ich nur abends oder nachts nach oben, um zu jagen. Ich bin jetzt ausschließlich euretwegen hier, und ich will das Fahrzeug sehen, mit dem ihr hierhergekommen seid. Die Alten mögen die Abgeschlossenheit und Ruhe der Tunnel. Ich auch.«

»Aber was meinten die Alten denn eigentlich mit diesem Urteil? Dass dein Volk mit mir tun kann, was es will? Das klingt ja, als wüssten sie nicht, dass außer dir niemand mehr da ist. Und ...«

»Weißt du, Sig, es ist eine lange Geschichte«, unterbrach ihn Scherbe zögernd, »aber die Alten wissen tatsächlich nicht, dass die anderen fort sind – sie kommen nie aus dem Geschichtenraum heraus, und nur ich darf zu ihnen kommen. Und ich habe ihnen nichts erzählt. Aus Ehrfurcht, oder ... ach, ich weiß nicht genau, weshalb nicht. Vielleicht, um noch etwas von früher aufrechtzuerhalten. Denn schau, es ist so:« – Scherbe stellte sich gerade hin und stemmte die Arme in die

Hüften, als würde sie etwas sehr, sehr Gewichtiges enthüllen – »Die Alten sind die direkten Nachfahren des Erbauers und Kapitäns des Ehrwürdigen Schiffs. Magische Menschen also. Seit ihrer Geburt leben sie in dem Geschichtenraum und bewachen die Erzählungen unseres Volkes. Irgendwer muss das doch tun?«

Sig schaute Scherbe mit runden Augen an. »Haben sie ihr gesamtes Leben in dieser dunklen Höhle zugebracht?«

»Urteile nicht zu rasch, Sig. Auch du bist nur klein.«

Sig biss sich auf die Lippen. Er war nicht klein. Nicht kleiner als Scherbe. Aber das tat jetzt nichts zur Sache.

»Sie kennen es nicht anders, und sie wissen nichts von der Welt«, fuhr Scherbe fort. »Sie kennen nur die alten Geschichten. Als fast alle aus dem Volk zu den Hügeln gingen, blieb ich mit ihnen und der damaligen Versorgerin zurück. Auch sie war schon alt. Vor zwei Jahren ist sie gestorben. Seitdem bin ich hier mit den Alten allein. Ich sorge für sie und warte.« Scherbe starrte glasig in die Ferne.

»Aber wie lange ist es her, dass die anderen fort sind?«

Lebte Scherbe hier schon zwei Jahre allein und nur mit diesen Monstern in dem Raum da unten, für die sie zu sorgen hatte? Das kam Sig fürchterlich vor.

»Vier Jahre sind es nun, seit man zu den Nördlichen Magischen Hügeln zog. Keiner kam zurück. Keine Spur, kein Zeichen. Mein Volk stirbt aus. Es gibt keine neuen Alten, die Gabel und Deckel nachfolgen könnten. Sie haben keine Frucht mehr getragen. Ich weiß nicht, was ich tun soll. Zum Glück habe ich Lim.« Scherbe schaute über die Ebene zu der Stelle, an der Simpel und Lim spielten. Sie liefen Runden um eines der Spanten des Ehrwürdigen Schiffs. Scherbes Augen schimmerten feucht.

»Komm«, sagte Sig, »ich zeige dir den Scooter.« Er führte sie zu der Stelle, wo sie gestern gelandet waren. »Aber es hat wenig Sinn. Da rührt sich nichts mehr.«

Zögernd betrachtete Scherbe den Scooter. »Er hat unten keine Räder«, sagte sie zuletzt. »Der magische Kopf, den dein Leerling mit sich trägt, hat mir gesagt, ihr wärt hierher geflogen. Aber das ist frevelhaft, scheint mir ...« Sie zögerte. »Jedenfalls würden das die Alten sagen. Nur das Ehrwürdige Schiff kann fliegen ... Es sei denn, du kämst doch aus dem Neuen Paradies ... Nein, das kann nicht sein, nein ...« Scherbe schaute ihn prüfend an. »Aber wenn du nicht von dort kommst, woher kommst du dann? Wo hast du fliegen gelernt? So klein noch und so vollkommen allein.«

Sig wollte wieder sagen, dass er überhaupt nicht so klein war und auch nicht allein, sondern zusammen mit Simpel und Kopf. Aber er hielt sich zurück. Er hatte eine bessere Idee.

»Ich habe auch eine Geschichte«, sagte er. »Die ist zwar nicht heilig oder so, und ich verstehe selbst auch längst nicht alles, aber vielleicht magst du sie hören. Komm, wir suchen uns ein Fleckchen zum Sitzen.«

Sie gingen zum Ehrwürdigen Schiff zurück und fanden eine Stelle hinter einer kaputten Sitzreihe in dem, was einmal der Fahrgastraum gewesen sein musste. Sig begriff nicht, wie Scherbe glauben konnte, dass diese Ansammlung von Wrackresten hier irgendwann wieder fliegen würde. Er knickte einige Äste von den krummen Geisterbüschen ab und ging mit dem Brenner zu der Stelle, wo Scherbe Platz genommen hatte. Eine kurze grelle Flamme aus dem Gerät und das Feuer brannte. Scherbe machte große Augen. Wahrscheinlich hatte sie noch nie einen Brenner gesehen, aber sie sagte nichts. Sie zog die Beine unter sich und schlug ihre Kapuze zurück.

Simpel setzte sich zu ihnen, und Lim rollte sich an seinen Füßen zusammen. Simpel jedenfalls hatte einen neuen Freund hinzugewonnen.

Sig dachte erst nach, ehe er zu erzählen begann. Scherbe hatte nur wenig von Außenwelt gesehen, und die Stadt kannte sie überhaupt nicht. Wie konnte er ihr seine Geschichte so erzählen, dass sie ihn verstand und ihm glaubte? Hinzu kamen seine Vermutungen, wovon die Erzählung der Alten wirklich handelte, und auch das würde nicht leicht zu erklären sein.

Er hatte eine düstere Ahnung, was sich wirklich in der Stadt zugetragen hatte, aus der Scherbes Volk kam. Der Eindringling, von dem sie sprachen und der die Freiheit verkündet hatte – war das einer wie Pilaster oder er selbst gewesen? Hatte Pilaster nicht auch vorgehabt, den CC oder die Metallene Weisheit der Stadt, wie Deckel es ausgedrückt hatte, davon zu überzeugen, dass alles anders werden müsse? Dass die Mauer niederzureißen war und dass die Menschen ihre Freiheit zurückerhalten sollten? Eine einzelne Person war imstande gewesen, eine gesamte Stadt zu vernichten. Vielleicht hatten außer den Leuten von Scherbes Volk auch noch einige andere überlebt, und dennoch war es auf eine unvorstellbare Katastrophe hinausgelaufen. Eine Katastrophe, die Sig nicht auf dem Gewissen haben wollte.

Aber was blieb ihm dann noch? Die ganze Zeit war er unterwegs zu den Türmen gewesen, im Kopf die vage Vorstellung, das zu vollenden, was Pilaster schon angefangen hatte. Das Einzige, was er besaß, war der nutzlose Hinweis, den ihm Pilaster in seinem Brief hinterlassen hatte: Er solle sich eine List ausdenken und in einem der Türme mit einem gewissen Babel reden.

Jetzt wurde ihm klar, dass er nicht richtig nachgedacht hatte über das, was ihm weiter zu tun blieb. Zwar hatte er geahnt, dass nie mehr alles wie früher werden konnte, denn er wusste und fühlte, dass er seine Erinnerungen an Pilaster und Außenwelt nie mehr einfach löschen und gegen ein unbekümmertes Leben in der Stadt würde eintauschen wollen. Doch er hatte gehofft, auf eine andere Art wieder in die Stadt zu gelangen. Zum Beispiel, indem er den CC davon überzeugte, dass dieser die Stadtmauer öffnen und die Städter freilassen müsse, damit sie die Welt entdeckten. Er würde dann hineingehen können und den Menschen von seinen Entdeckungsreisen erzählen. Als der erste Entdeckungsreisende.

Heimlich hatte er sogar den Gedanken gehabt, einmal berühmt zu werden als derjenige, der die Menschen in der Stadt befreit hatte. Aus der Geschichte der beiden Alten jedoch ging hervor, dass das so einfach nicht ging, sondern dass es gefährlich war. Nicht nur sehr gefährlich, sondern wahrscheinlich auch vollkommen unmöglich. All die Zeit hatte er sich in die Überzeugung verbissen, die Dinge könnten, wie auch immer, in Ordnung kommen. Und immer hatte er dabei glauben wollen, dass Pilasters Ideen dafür ausreichten.

Es war, als könne er erst jetzt wirklich empfinden, was es hieß, seine Eltern zu verlieren, seine Freunde und seine gesamte Welt, und das alles auf einen Schlag. Und zwar nicht nur vorübergehend, wie es ihm bisher vorgekommen war, sondern unumkehrbar. Endgültig. Er hatte es zwar gewusst, aber das war etwas ganz anderes, als es mit seinem ganzen Körper zu fühlen.

Obwohl das Feuer gut brannte und sie windgeschützt saßen, liefen Sig kalte Schauer über Rücken und Beine. Die Farbe schwand ihm aus dem Gesicht. Er war allein. Allein in einer kalten, feindlichen Welt. Einer Welt, der er nicht entrinnen konnte, ebenso wenig, wie er jemals wieder in die Stadt hineindurfte. Sig wollte in Scherbes Gegenwart nicht weinen, auch nicht in der von Simpel oder Kopf. Also weinte er still und für die anderen unsichtbar. In Bauch und Brust fühlte er nichts mehr, nur noch eine kalte Leere. Die Leere, die er die ganze Zeit über auf Distanz zu halten gewusst hatte, indem er an Pilasters Frohsinn und die Idee geglaubt hatte, er könne bei den Türmen die Lösung finden. Jetzt glaubte er das nicht mehr.

Am Ende fing er doch noch an zu reden. Stotternd erklärte er, was seiner Meinung nach das Paradies von Scherbes Vorfahren gewesen war. Er erzählte von der Stadt und ihren Wundern, aber auch vom CC, der die Menschen beherrschte und dumm hielt. Er war selbst erstaunt über die Bitterkeit, die dabei in seiner Stimme mitschwang.

Sig erzählte davon, wie er von der Stadt ausgespuckt worden war, von Pilaster, von den Fleddererhorden, der Flinse, die ihn fast zu packen bekam, und der langen Reise, die er schon hinter sich hatte. Er erzählte von dem Hängenden Haus, den Müllhalden, Wald, den Pferden, den Türmen. Er kam vom Hundertsten ins Tausendste und redete immer weiter, obwohl er nicht einmal wusste, ob Scherbe auch verstand, was er meinte. Bis er zuletzt bei dem Augenblick am Morgen zuvor anlangte, als er in den Erdboden versunken war.

Die ganze Zeit hatte Scherbe schweigend neben ihm gesessen, die Arme um die Knie gelegt und den Blick nachdenklich auf das Feuer gerichtet. Ab und zu hatte sie die Stirn kraus gezogen, aber sie hatte Sig sich auswüten lassen. Sie verstand längst nicht alles, was er ihr erzählte, aber genug, um eine

Ahnung zu bekommen, dass sie jetzt beide mehr oder weniger im selben Boot saßen. Genau wie Sig hatte sie ihr Volk verloren. Sie wohnte zwar noch an dem Ort, an dem sie geboren war, aber es war niemand mehr übrig – außer den Alten, aber mit denen war nicht mehr zu reden, Gabel und Deckel waren ihr nur mehr Klötze am Bein. Scherbe stand ganz allein da. Auch ihre Welt existierte nicht mehr.

Als Sig zu Ende gesprochen hatte, war Scherbe mit dem Weinen an der Reihe. Ihre schmächtigen Schultern zuckten, und sie verbarg das Gesicht hinter den Händen. All der hochmütige Stolz, mit dem sie sich die ganze Zeit lang aufrecht gehalten hatte, floss jetzt mit ihren Tränen fort.

Sig stand auf und setzte sich zu ihr. Er sagte nichts, sondern legte seinen Arm um sie. Sie erstarrte, aber sie schob ihn nicht weg.

Simpel kam dazu und setzte sich auf Scherbes andere Seite. Ungeschickt faltete er seine langen Beine unter sich und legte seinen langen, knochigen Arm um Scherbes und Sigs Schultern und starrte genau wie sie wortlos in die Flammen.

Während sie so dasaßen, musste Sig an den Tag zurückdenken, als er zusammen mit Pilaster Unterschlupf vor dem Regen gesucht hatte in diesem schlaffen Zelt aus modrigen Matratzen, eine Ewigkeit schien es her. Sie hatten da gerade so gesessen wie er jetzt hier mit Simpel und Scherbe. Der Regen hatte nicht lange gedauert damals. Danach hatten sie Schokolade gefuttert. Waren sie nicht schon am nächsten Tag bei Wald angekommen? So lange her war das alles gar nicht, es kam ihm nur so vor.

Er würde Scherbe Wald zeigen. Und das Hängende Haus. Und … Nein, erst mussten sie zu den Türmen. Sich eine List ausdenken. Zwei wussten mehr als einer. Vielleicht wusste dieser Babel, den Pilaster erwähnt hatte, wie es weitergehen sollte. Er durfte nicht verzweifeln. Davon hatte hier keiner etwas. Einfach weitergehen.

Nachdem sie eine Zeit lang so gesessen hatten, löste Scherbe sich von ihnen und stand auf. Sie atmete einmal tief ein und aus, streckte Rücken und Schultern.

»Es wird Zeit, dass ihr wieder geht«, sagte sie ebenso distanziert wie zuvor.

Sig schaute sie verständnislos an. Er war schon halb davon ausgegangen, dass sie ihn begleiten würde. Sie konnte hier doch nicht allein zurückbleiben? Ganz und gar allein in dieser Wüste? Hier gab es doch rein gar nichts!

»Aber …« Sig zwinkerte mit den Augen.

»Ihr seid lange genug hier gewesen.« Scherbe schwieg, die Lippen zu einem dünnen Strich zusammengepresst und mit geballten Fäusten. Sie atmete noch einmal tief durch. »Es wird Zeit, auf die Jagd zu gehen, und danach muss ich meine Runde machen. Lebt wohl.« Sie wandte sich ab. »Lim! Komm!«

Lim sprang auf und schüttelte sich.

»Komm mit uns«, versuchte Sig wider besseres Wissen. »Wir ziehen nach Nordosten, zu den Magischen Hügeln. Wir können schauen, ob wir dort Spuren deines Volkes finden.«

»Nein.« Scherbe wandte sich ihm zu, aber sie war wieder ganz und gar ihr altes eigensinniges Selbst. »Ihr müsst gehen. Ich bleibe. Ich bin die Bewacherin der Gänge. Meine heilige Pflicht liegt hier. Ich kann die Alten doch nicht verhungern lassen. Geht jetzt.«

Dass sie die Alten nicht einfach so allein lassen konnte, sah Sig ein. Dennoch fand er es schade. »Nur noch eine Frage«, versuchte Sig. »Was meinst du immer mit diesem Wort ›heilig‹? Was ist das?«

Scherbe stemmte die Arme in die Hüften und stand jetzt wieder stolz aufgerichtet da, als sei nichts geschehen. Sie dachte lange nach, als versuche sie, sich an eine Formel zu erinnern, und spitzte dann bedächtig die Lippen. »Heilig, das bedeutet den Alten zufolge, dass du weißt, dass etwas außerhalb von dir wichtiger ist als du selbst. Wichtiger als das, was du selbst vielleicht willst oder dir erhoffst. Wichtiger als das, was du selbst weißt oder denkst oder fühlst.«

Wieder schwieg sie und schaute Sig nachdenklich an, viel zu alt und zu streng für ihre jungen Jahre. »Die Alten sind nicht nur alt und verrückt, wie du anzunehmen scheinst. Ich bedauere dich, Sig, wenn du nicht weißt, was für dich heilig ist. Nimm deinen Leerling mit und geh jetzt. Reist über die geraden Linien, dann versinkt ihr nicht. Wenn du mein Volk findest, dann sag ihnen, dass ich meine Pflicht tue und auf sie warte.«

Sie wandte sich ab und ging fort, mit hängenden Schultern, als ob ihre heilige Pflicht sehr schwer auf diesen lastete. Lim folgte ihr, nicht ohne noch einmal sehnsuchtsvoll zu Simpel zu schauen. Sein Schwanz hing traurig zwischen seinen Hinterpfoten.

Sig und Simpel sahen den beiden nach, wie sie zwischen den Wrackteilen des Ehrwürdigen Schiffs zur Treppe gingen und unter der Erde verschwanden.

»Scherbe«, rief Sig noch einmal, »komm zurück! Geh mit uns. Die Alten deines Volkes wussten nicht alles. Ich kann dir Dinge zeigen …«

Aber Scherbe reagierte nicht.

Schließlich blieb Sig nichts anderes übrig, als noch einmal

mit den Schultern zu zucken. Allmählich wurde das bei ihm zu einer Gewohnheit.

»Komm, Simpel. Wir gehen. Wir müssen uns beeilen, wenn wir rechtzeitig Essen finden und nicht vor Durst umkommen wollen.«

»Essen?«, fragte Simpel und federte hoch.

»Ja. Essen. Weit weg. Sehr weit noch. Komm.«

Simpels Fund

Wenn Scherbe nicht mitwollte, dann wollte sie eben nicht, dachte Sig. Aber schade war es doch. Er hätte sich unterwegs mit ihr unterhalten können, und sie verstand Dinge und wusste jede Menge über dieses Gebiet. Ganz anders als Simpel. Was hatte er überhaupt an Simpel? Der trottete doch bloß hinter ihm her und dachte die ganze Zeit ans Essen.

Simpel und er gingen noch einmal zum Luftscooter. In Gedanken versunken verteilte Sig das Gepäck und löste den Nordweiser vom Steuer. Wie lange würde Scherbe noch warten, dort in den düsteren Tunneln? Noch vier Jahre? Noch zehn? Bis sie alt war und verbraucht? Diese Alten lebten womöglich noch hundert Jahre. Wie alt konnte ein Mensch eigentlich werden? Hieß das, Scherbe musste ihr ganzes Leben weiter für sie sorgen? Heilig, heilig ... Was wusste Scherbe von der Welt? Nichts. Er hatte in seinem Leben schon sehr viel mehr gesehen, fand er. Und Pilaster hatte Recht gehabt: Man musste weiter und nicht irgendwo kleben bleiben.

Er wuchtete den Rucksack vom Boden und bedeutete Simpel, ebenfalls sein Gepäck zu nehmen. Simpel schaute verständnislos dorthin, wo Scherbe und Lim verschwunden waren.

»Scherr?«, sagte er fragend. »Lim?«

Sig schüttelte den Kopf. »Nein. Die kommen nicht mit. Scherbe muss etwas Heiliges tun. Irgendwas. Komm.« Er schaute auf den Nordweiser, um zu sehen, welche Richtung sie einschlagen mussten, und ging los.

Ein paar Minuten später zeigte ihm eine Farbveränderung des staubigen Bodens, dass sie am Rand des Platzes angelangt waren. Sig schaute noch einmal zurück. War da zwischen den Schatten des Schiffs nicht irgendwas weggehuscht? Sig war sich nicht sicher. Dennoch hob er die Hand und winkte zögernd in Richtung Wrack.

»Ich komme wieder!«, rief er dann. »Ich komme wieder, Scherbe, das verspreche ich dir! Echt, ich komme wieder!« Dann wandte er sich zum Gehen.

Den geraden Linien folgen, hatte Scherbe gesagt. Damit meinte sie bestimmt diese Staubbahnen, die die alten Straßen andeuteten. Ein Stück weiter sah er den Anfang einer solchen Straße. Sie führte ungefähr in nordöstliche Richtung. Der würden sie folgen, beschloss Sig. Wenn sie sich beeilten, schafften sie vor Einbruch der Nacht noch ein ordentliches Stück Wegs.

Die erste halbe Stunde hatte Sig alle Hände voll zu tun mit Simpel, der einfach nicht verstehen wollte, weshalb er ausschließlich geradeaus gehen und nicht auf den etwas dunkleren Staub zu beiden Seiten der alten Straße kommen durfte. Wenn es einen gab, der lieber als alles andere im Zickzack lief, Haken schlug und vom Weg abirrte, dann Simpel. Selbst hier, auf dieser öden grauen Ebene, meinte er überall interessante Dinge liegen zu sehen – und wenn es nur ein Stein war oder ein Grasbüschel –, auf die er dann sofort zulaufen wollte, um sie erst einmal gründlich zu untersuchen und, falls sie ihm gefielen, auch mitzunehmen.

Nachdem er eine Menge an Zeichensprache vergeudet und jedes Mal ein unwirscheres »Nein!« gerufen hatte, wenn Simpel wieder mal nach links oder rechts abbog, versuchte Sig zuletzt, Simpel darzustellen, was geschehen würde, wenn er vom Weg abwich.

Sig tat mit übertrieben großen Schritten, als überschreite er eine undeutliche Grenzlinie, und ließ sich dann auf den Boden fallen, wo er sich mehrmals um die eigene Achse drehte und um Hilfe schrie, so als würde er vom Erdboden aufgesogen.

Simpel sah ihn mit großen Augen an, grinste breit und begann dann unbändig zu lachen. Anschließend machte er Sig nach. Er hob ein Bein hoch und ließ sich dann unter schallendem Gelächter und »Hilf! Hilf!« rufend vornüberfallen. Danach schaute er zu Sig, der inzwischen wieder aufgestanden war, und sah ihn mit einem so hoffnungsvollen Schimmer in den Augen an, dass auch Sig nicht anders konnte, als in Lachen auszubrechen.

Simpel stand auf und rannte voraus über die endlos erscheinende Straße, durch die ausgestorbene Ebene unter dem tiefen, grauen Himmel. Seine Gepäcktaschen sprangen und hüpften, und Kopf hielt er dabei nach wie vor unter dem Arm geklemmt. »Hiilf! Hiilf!«, rief er, und wieder und wieder stürzte er sich lauthals lachend vornüber in den herumwirbelnden Staub.

Und Sig hinter ihm her. »Hilfe! Hiilf! Hiilf!« Er breitete die Arme zu Flügeln, sein Rucksack wog plötzlich nichts mehr, er rannte durch den Staub wie ein Flugzeug, das beschleunigt, bevor es aufsteigt. »Hiiiilf!« Und er drehte sich um die eigene Achse, wieder und wieder, um die Beklemmung und die Düsterkeit der unterirdischen Gänge abzuschütteln und die Enttäuschung, dass Scherbe nicht mitgekommen war. Um seine Sehnsucht nach der Stadt, seinen Eltern, den Klassenkameraden und Pilaster loszuwerden und alle Fragen und Rätsel von Außenwelt obendrein.

Er vergaß, wo er war, wo er ging, wohin er ging und weshalb. Er fühlte sich stark, und er rannte, so schnell er konnte. Simpel war neben ihm, und zusammen hinterließen sie eine Staubwolke auf ihrem Weg vom Nirgendwo ins Nichts.

Lange Zeit stürmten sie so vorwärts, drehten sich, kreisten einfach so umeinander, lachten und rannten dann wieder mit großen Sprüngen weiter, ließen sich in den Staub fallen, riefen »Hilf!« und standen wieder auf.

Bis sie erschöpft und kichernd zu Boden sanken und alles, alles egal zu sein schien. Außer dass sie hier waren und sich zusammen wunderbar fühlten.

»Weißt du, Simpel«, sagte Sig, als sie sich ein wenig eingekriegt hatten, »eigentlich bist du ganz okay.«

»Simp okee.« Simpel runzelte die Stirn und rollte die Augen. Man sah ihn denken: Was das wohl bedeutet, okee?

»Ich habe die ganze Zeit geglaubt, du wärst mir nur ein Klotz am Bein«, fuhr Sig fort, »weil du nicht reden kannst und so weiter. Aber …« Sig musste wieder kichern, wischte sich den Schweiß von der Stirn und breitete die Arme weit aus: »Hilf, hilf, hilf!«

Simpel lächelte. »Sig okee«, versuchte er dann. »Sig Freund.«

Sig nickte. »Ja, ist okay. Simpel ist Freund. Komm, wir gehen weiter.« Er stand auf, klopfte sich so gut es ging den Staub aus den Klamotten und wartete, bis auch Simpel so weit war, dass sie losgehen konnten.

»Ihr sseid vollkommen bekloppt«, war das Einzige, was Kopf sauertöpfisch hinzuzufügen wusste. »Beschjeuert, bekloppt, behämmert. Ich schjalte sso lange auf Sstand-by, wenn'ss recht iss. Sss.«

Simpel hatte bei Kopfs verdrießlicher Tirade die Stirn gerunzelt, und zum ersten Mal steckte er Kopf weg, als brauche er ihn nicht mehr als Stütze und Rückhalt. Die ganze Zeit hatte er Kopf am Körper getragen und gehätschelt, dessen Auge auf das gerichtet, was ihm interessant vorkam, und jetzt stopfte er ihn ohne viel Umschweife in eine seiner Taschen.

In ruhigem Tempo gingen sie ein paar Stunden weiter. Simpel schien begriffen zu haben, dass er auf der Straße bleiben musste, und ging brav neben Sig her. Zu sich selbst murmelnd übte er alle Wörter, die er in den vergangenen Tagen gelernt hatte: Tongbrock, Freund, Trinken, Gras, Kopp, Stein, groooote Kassten, Sand, waujading, Scherr, Lim, Sig, Essen, Schlafen, Knoch, Kanin, Hilf, groote Brokken, Plesiglas ... Es war noch nicht viel, aber es tat Simpel sichtlich gut, die Wörter aufzuzählen. Bei jedem Schritt ein Wort, wieder und wieder, bis daraus eine Art Wanderlied wurde.

Es tat gut, wieder zu gehen und einfach unterwegs zu sein, merkte Sig. Der Flug mit dem Luftscooter, die geheimnisvolle Kraft, die dunklen Tunnel, die Begegnung mit Scherbe, ihre Geschichte, Pilasters Tagebuch ... Es war viel passiert in den letzten Tagen. Durch das Gehen schienen sich die Dinge wie von selbst zu ordnen. Und die Ebene mochte zwar grau und langweilig sein, aber wenigstens konnten sie sich hier nicht verirren und kamen auch gut voran. Nach einiger Zeit lugte sogar eine wässrige Sonne ab und zu zwischen den grauen Wolkenfetzen hervor und warf einen begütigenden Glanz über die Landschaft.

Immer war links in der Ferne die Stadtmauer zu sehen, die Sig ja schon seine gesamte Reise über begleitete – weiß und unnahbar. Sonst gab es ringsum nichts als Leere. Etwas kümmerliches Gras, vereinzelt ein Stein, hier und da der Eingang eines Kaninchenbaus, umgeben von einigen Kötteln, mehr nicht. Es war, als seien die Gebäude, die hier gestanden hatten, nicht im Lauf der Jahrhunderte eingestürzt, sondern mit einem Schlag zu Staub zerpulvert worden – ein weiteres Rätsel dieses Gebietes. Und wieso waren die unterirdischen Tunnel dagegen heil geblieben?

Die Geschichte der Alten schien darauf hinzuweisen, dass Pilasters ursprünglicher Plan wohl doch nicht so unmöglich war, wie er gedacht hatte: In der anderen Stadt, aus der Scherbes Volk gekommen war, hatte auch jemand den CC davon überzeugt, dass alles anders werden müsse, dass die Stadtmauern geschleift und die Menschen aus seiner Bevormundung befreit werden müssten. Nur war es da auf eine völlige Katastrophe hinausgelaufen. Aber allem Anschein nach gab es doch Möglichkeiten, mit dem CC in Kontakt zu treten. Das war immerhin etwas.

Sig fragte sich, was weiter aus Scherbe werden sollte. Er konnte sich nicht vorstellen, welchen Sinn es hatte, dort in diesen scheußlichen Tunneln zu bleiben und den Rest seines Lebens halb verbrannte Kaninchen zu essen. Nun ja, die Alten waren ihr heilig. Was hatte sie nochmal gesagt, was das bedeutete? Dass man glaubte, etwas außerhalb von einem sei wichtiger als man selbst. Mit anderen Worten, dass man in einem dunklen, verlassenen Tunneldorf weiterhin für ein paar bekloppte, tyrannische Alte sorgte, während man wusste, wie vollkommen sinnlos das war, oder dass eine verschwommene alte Geschichte wichtiger war als das, was man selber dachte. War es das?

Sig verstand durchaus, dass sie die Alten nicht allein lassen konnte. Er selbst hatte ja auch gelernt, dass er Simpel nicht allein zurücklassen durfte. Aber was war daran denn heilig? Und ein heiliges Wrack und eine heilige Geschichte kamen ihm nur unpraktisch und langweilig vor: Solche Dinge verhinderten bloß, dass man etwas Neues entdeckte oder erfand. Eine heilige Geschichte war nun einmal für alle Zeiten unveränderbar.

Aber warum hatte Scherbe ihn dann so bedauert, weil er nichts Heiliges hatte? Außerdem war Scherbe immer äußerst heftig geworden, sobald sie von diesen Dingen sprach – als ob die heiligen Dinge ihr Kraft gaben.

Sig ging nachdenklich weiter, den Blick auf den Boden gerichtet. Meinte Scherbe so etwas wie das, was er mit Pilaster erlebt hatte, nachdem der gestürzt war? Er war davon überzeugt gewesen, dass Pilaster wichtiger war als er selbst. Manchmal war einfach klar, was man tun musste. Für Pilaster zu sorgen, hatte ihm Kraft gegeben. Vielleicht hatte es Ähnlichkeit damit. Ihm fiel jedenfalls nichts ein, was dem näher gekommen wäre – schon gar nicht irgendwelche Dinge aus der Stadt.

In der Stadt machte man einfach immer das, wozu man Lust hatte, und nur man selbst war wichtig. War das der Grund, weshalb in der Stadt nichts wirklich von Bedeutung zu sein schien? Alle dort waren glücklich, und keiner brauchte sich um den anderen Sorgen zu machen – aber nichts war von Bedeutung. Man hatte zwar die Regeln des Kreislaufs, die auch jeder auswendig kannte, aber was besagten die eigentlich? Nichts. Sie handelten einzig und allein vom Glücklichsein und davon, dass alles gut war, so wie es war. Aber was hatte man davon? Eigentlich waren die Regeln völliger Unfug.

Sig wünschte sich, Pilaster wäre noch da und er könnte mit

ihm über diese Dinge reden. Als es Pilaster noch gegeben hatte, war es ihm auf den Zeiger gegangen, wenn der immer wieder neue Fragen gestellt hatte und alles komplizierter zu machen schien, als es war. Aber mittlerweile stellte er sich selbst all diese Fragen. Fing er jetzt schon an, dem alten Mann ähnlich zu werden?

»Sig, Sig!«

Zerstreut hob Sig den Kopf.

Simpel kam mit etwas Rundem, Braunem in den Händen angelaufen. Man konnte ihn wirklich keine fünf Minuten allein lassen, sonst schleppte er wieder irgendwelchen Plunder herbei, war Sigs erster Gedanke. Es war klar, weshalb Pilaster gelöschte Personen als Fledderer bezeichnete, denn das waren sie einfach, sie zerwühlten und zerfledderten alles auf der Suche nach allem. Und es war ein besserer Name als Leerling, denn Simpel war alles andere als leer. Aber als Sig richtig hinschaute, was Simpel da in der Hand hatte, erschrak er. War das wirklich das, was er zu sehen glaubte?

Simpel streckte Sig seine Hand hin, zusammen mit dem Ding. Der wich zurück. Es war tatsächlich ein Schädel. In Wald hatte Pilaster ihn auf die Skelette von Vögeln und Kaninchen aufmerksam gemacht, und auf der Lichtung bei Pilasters Blockhütte hatten der Schädel sowie einige Knochen eines Pferdes gelegen – weiß gebleicht durch die Sonne. Aber das hier musste der Schädel eines Menschen sein, etwas anderes war fast nicht möglich. Die runden Augenhöhlen, die Zähne, die hohe Stirn …

Simpel hielt das Ding seelenruhig an Augenhöhlen und Oberkiefer fest. Anschließend hielt er den Schädel mit beiden Händen höher und neben sein Gesicht. »Knochkopp?«, fragte er und klopfte mit den Knöcheln seiner Hand erst auf seinen eigenen und dann auf den Totenschädel. Aus dem Innern des Totenschädels rieselte etwas Staub.

Sig konnte nur nicken. Das Ding machte ihn nervös, es war, als spürte er plötzlich sein eigenes tief unter der Haut verborgenes Skelett.

Simpel drehte sich um und zeigte auf die Stelle, an der er den Schädel gefunden hatte. Sig sah ungefähr zehn Meter weiter, direkt neben der Straße, einige Knochen halb aus dem Boden ragen und auch etwas, das wie ein Schuh aussah.

Zusammen näherten sie sich. Sig ging in die Hocke. Die Gebeine lagen über einige Meter verstreut. Manche der dünneren Knochen waren gebrochen. Dazwischen waren einige Textilfasern, eine leere Flasche sowie tatsächlich die Reste eines Schuhs zu unterscheiden. Simpel deutete auf etwas Schimmerndes, einen großen Metallknopf, der in der letzten Nachmittagssonne glänzte.

Wie lange das wohl hier lag?, überlegte Sig. Wie viele Jahre dauerte es, bis von einem Menschen nur noch die Knochen übrig waren? Vielleicht ging es ja schnell, wenn Raubtiere das Fleisch abnagten. Ob es einer von den Leuten aus Scherbes Volk gewesen war? Wahrscheinlich schon. Er hob den Knopf auf, rieb mit dem Ärmel über das Metall, bis es funkelte wie ein Spiegel, und steckte ihn, ohne darüber nachzudenken, in die Tasche.

»Bring ihn jetzt zurück, Simpel.« Sig bedeutete ihm, er solle den Schädel in die Vertiefung zurücklegen, aus der er ihn losgezerrt hatte.

Vorsichtig legte Simpel den Schädel zurück und streichelte einige Male sanft darüber, als versuche er, ein ängstliches kleines Tier zu beruhigen.

»Kommst du?« Sig stand wieder auf. Er fragte sich, was

hier geschehen war. War der Mann oder die Frau allein gewesen? Krank oder verletzt? Auf dem Rückweg zum Tunneldorf oder im Gegenteil auf der Flucht, auf dem Weg davon weg? Sie würden es nie herausfinden.

Sig atmete tief durch und wandte sich wieder nach Nordwesten. Die Sonne, die nun tief hinter ihnen stand, warf ihre langen, hageren Schatten weit vor sie aus. »Kommst du, Simpel? Lass uns weitergehen. Wir können nichts mehr für ihn oder sie tun.«

»Sig?«

Sig drehte sich um. Simpel fummelte an einer Ecke von etwas, das wie eine Kunststoffdose aussah. Es war fast gänzlich begraben und zwischen einigen großen Knochen eingeklemmt.

»Ist nichts, Simpel, lass liegen.« Sig wollte weiter.

Doch im selben Augenblick löste sich die Dose aus der Erde. Sie war ungefähr so groß wie ein Essenspaket und schien luftdicht verschlossen zu sein. Simpel hob sie auf und öffnete sie. Eine kleine Rolle mit weißer Plastikfolie und einige Zeichenstifte fielen heraus. Die Folie, etwa zwanzig Zentimeter breit, entrollte sich ein Stück weit. Sig, der schon beinahe weitergegangen wäre, beugte sich jetzt doch über den Fund.

Das hier war interessant. Auf die Folie war eine Art Bildergeschichte gezeichnet, eine Reihe schlichter Zeichnungen nebeneinander. Eine Art Botschaft sozusagen. Eine Botschaft von jemandem, der nicht schreiben konnte.

Neugierig hockten Sig und Simpel über der Zeichnung und rollten sie weiter aus. Die Rolle war insgesamt etwa fünf Meter lang, enthielt aber nur ein knappes Dutzend Zeichnungen. Schwarze zittrige Linien, so als hätte der Zeichner keine sonderlich feste Hand gehabt. Weiter hinten war auch noch Rot verwendet worden.

Über den Zeichnungen waren in unregelmäßigen Abständen zueinander Mondsicheln und kleine Sonnen gezeichnet, immer im Wechsel. Ganz eindeutig war hier eine Zeitspanne dargestellt: Eine Sonne bedeutete einen Tag, eine Mondsichel eine Nacht.

Auf der ersten Zeichnung standen mehrere einfach wiedergegebene Figuren. Die Arme und Beine waren immer hölzern wie Striche gezeichnet. Der Rumpf war ein Oval, und jeder Kopf war nicht mehr als ein Kringel mit ein paar Punkten für Nase und Augen sowie einem Querstrich für den Mund. Die Figuren kletterten eine Treppe hinauf auf eine Ebene. »Siehst du, Simpel«, murmelte Sig, »das war einer von Scherbes Volk.«

Simpel deutete auf die Treppe. »Scherr, Lim«, sagte er zum Zeichen, dass er es auch verstanden hatte.

Sig nickte.

Auf der zweiten Zeichnung bewegten sich die Figuren über die Ebene auf einen Hügelrücken am Horizont zu. Höchstwahrscheinlich hatte Simpel die Bildergeschichte einer Expedition zu den Magischen Hügeln gefunden. Wahrscheinlich den Bericht der letzten Expedition. Vielleicht konnten sie hieraus ersehen, weshalb Scherbes Volk nie mehr nach Hause zurückgekehrt war. Schnell schaute Sig weiter.

Auf der dritten Zeichnung rannten die Figuren über einen Streifen, den gigantische Wesen zu beiden Seiten hin bewachten. Monster mit großen Augen und aufgerissenen Mäulern waren es. Das hier musste die Müllautobahn sein: Die Monster hatten keine Beine, sondern Räder. Daneben, auf der vierten Zeichnung, sah man, wie die Figuren um ein flach liegendes Strichmännchen herumstanden. Der Kopf des Männchens war unnatürlich abgeknickt. Die anderen hatten die Köpfe gebeugt. Tief, als trauerten sie. War einer aus der Gruppe von einem Mülltransporter überfahren worden?

Anschließend sah man, wie sie auf die Hügel kletterten und, noch eine Zeichnung weiter, schwer beladen wieder herunterkamen. Offenbar hatten sie die neuen Vorräte gefunden, nach denen sie gesucht hatten. Bis hierher konnte Sig dem Reisebericht gut folgen. Das änderte sich bei der nächsten Zeichnung. Sie war die erste, auf der noch eine andere Farbe außer Schwarz benutzt worden war.

Fast sämtliche Figuren, an die zwanzig, lagen jetzt auf dem Boden, übersät mit roten Punkten. Zwei Figuren hockten mit hängenden Schultern bei den anderen. Es schien, als wüssten sie nicht recht, was sie tun sollten. Offensichtlich waren sie nicht von Flinsen oder Wartungsrobotern gefangen worden, sondern etwas anderes war geschehen, wodurch sie rote Punkte bekommen hatten und krank geworden waren.

Auf der nächsten Zeichnung waren nur mehr zehn Kranke übrig. Die beiden gesunden Figuren standen mit nach außen gekehrten Handflächen da und zeigten damit, dass sie nicht wussten, was sie tun sollten.

Danach blieben nur mehr zwei Figuren übrig. Der eine lag jetzt auf dem Boden und war rot gesprenkelt, der andere hatte den Rücken bepackt und zeigte zu einem Ort weiter weg von den Hügeln. Wahrscheinlich versuchte er dem anderen klar zu machen, dass er Hilfe holen ging.

Aller Wahrscheinlichkeit nach waren die roten Punkte ihr Tod geworden. Sig kannte nichts, was etwas Derartiges verursachen konnte. In der Stadt gab es keine Krankheiten, und er hatte auch Pilaster nie davon sprechen hören. Hatten sie etwas Falsches gegessen? Sig betrachtete die letzte Zeichnung.

Darauf stand eine einzige Figur, die sich von den Hügeln entfernte. Um den Hals trug sie einen knopfförmigen Anhänger. Ihr Körper war übersät mit roten Punkten.

Der Rest der Zeichenrolle, gut anderthalb Meter, war leer. Sig zählte die Sonnen und Monde über den Zeichnungen, auf denen Kranke abgebildet waren: Nach sechs Tagen waren alle tot gewesen. Der Zeichner, dessen Knochen sie gefunden hatten, war am siebten oder achten Tag gestorben.

Sig befühlte den Knopf, den er so achtlos eingesteckt hatte. »Das ist er«, flüsterte er. Sig deutete von der Figur auf der Abbildung auf die Knochen auf dem Boden und wieder zurück. »Knopf. Vielleicht hieß er ja Knopf, so wie Scherbe Scherbe hieß, nach diesem Dingsda um ihren Hals.«

»Knopp. Knopp, Knopp, Knopp.« Simpel kostete das Wort.

»Ja. Er war der letzte Überlebende der Expedition. Auch er ist an den roten Punkten gestorben. Und zwar hier.« Sigs Blick irrte über die verstreuten Knochen. »Nur noch ein halber Tag und er hätte es geschafft. Wäre Scherbe nicht so eigensinnig, sondern hätte sich etwas weiter umgeschaut, dann hätte sie ihn längst gefunden.«

Sig fragte sich, ob sie zum Tunneldorf zurückgehen sollten, um Scherbe den Knopf und die Zeichnungen zu zeigen. Aber sie hatten kaum mehr zu essen und zu trinken. Und der Nachmittag ging schon seinem Ende zu. Sie mussten weiter. Obwohl … Sig fiel auf einmal ein, wie dumm es gewesen war, Scherbe nicht um Trinken oder sogar Essen zu bitten. Simpel hätte gut noch einen Tag Kaninchen essen können, und dann hätte er ein Paket mehr für sich gehabt.

Es war besser, weiterzugehen, beschloss er. Später, nachdem er beim CC gewesen war, würde er wiederkommen. Es würde jetzt nichts ändern, wenn Scherbe wusste, dass es wirklich keine Hoffnung mehr gab, jemanden von ihrem Volk lebend wiederzusehen. Sie würde doch dableiben und für die Alten sorgen müssen. Weitergehen, das war doch das Einzige, was blieb.

Sig rollte die Zeichnung wieder ein und steckte sie zu dem Knopf in seine Jackentasche. Später würde er einen sicheren Ort für sie finden. Jetzt mussten sie erst noch ein Stück weiter. Was sie heute hinter sich brachten, brauchten sie morgen nicht mehr zu gehen.

»Kommst du, Simpel? Jetzt müssen wir aber wirklich. Wir sind noch längst nicht am Ziel.«

Sie gingen noch eine knappe Stunde, bis die Dämmerung hereinbrach. Alles zusammengerechnet waren sie gut vorangekommen. Und obwohl Halde Ost noch nicht in Sicht war, war sich Sig ziemlich sicher, dass sie morgen gegen Mittag dort eintreffen würden.

Zuletzt machten sie Halt an einer beliebigen Stelle, die nicht mehr und nicht weniger Schutz bot als jeder andere Ort auf der Ebene. Sie aßen jeder ein Essenspaket und tranken das letzte bisschen Wasser aus. Für morgen blieb ihnen noch ein einziges Paket, das würden sie teilen müssen. Sig wollte sich jetzt nicht den Kopf darüber zerbrechen. Es würde schon irgendwie gehen.

Er hatte gehofft, nach dem Essen noch etwas in Pilasters Tagebuch lesen zu können, aber es wurde rasch dunkler, und bei klarem Himmel kühlte es schnell ab. Holz für ein Feuer war hier nicht zu finden. Schnell und provisorisch baute Sig das Zelt auf. Er rollte seinen Schlafsack aus und bedeutete Simpel, er solle seine Decke ebenfalls ins Zelt legen.

Bisher hatte Simpel immer draußen geschlafen, aber die Nächte schienen kälter zu werden, und irgendwie stimmte es auch nicht: Er ließ Simpel den größten Teil des Gepäcks tragen, er nannte ihn Freund, und dann sollte er ihn draußen in der Kälte schlafen lassen? Es würde eng sein zu zweit in dem verkleinerten Zelt, aber es würde so gerade gehen.

Simpel grinste breit. Auf Knien kroch er ins Zelt, rollte seine Decke aus und winkte Sig durch die gelbe Zeltfolie zu. Anschließend legte er sich flach auf den Rücken und schlief wie gewöhnlich sofort und mit lautem Schnarchen ein. Behutsam kroch Sig kurz darauf zu ihm ins Zelt.

Schon bald fragte er sich, ob seine Idee wirklich so gut gewesen war. Simpel belegte den größten Teil des Zeltinnern mit Beschlag. Mit Mühe zwängte sich Sig in seinen Schlafsack und drehte sich zur Seite. Er hing halb in der Zeltplane. So zu zweit lagen sie eher wie vakuumverpackt da und nicht wie in einem Zelt. »Einfach immer weiter, Siggi, plumm-ti-plumm, dagga dagga duff, duff«, flüsterte er sich zu, und nicht viel später war auch er eingeschlafen.

Blauviolette Beeren

Am nächsten Morgen brachen sie ohne Frühstück auf. Simpel verstand die Welt nicht mehr. Nach allem Hunger, den er anfangs auf der Müllhalde gelitten hatte, als er noch ein einsamer Fledderer gewesen war, hatte er sich in den vergangenen Tagen daran gewöhnt, so oft und so ausgiebig wie möglich zu essen. Trotzdem war er immer noch mager. Die Entbehrungen der Wochen, bevor er Sig begegnet war, sah man ihm noch an.

»Essen, Sig?«, fragte er mehrmals und klang dabei fast entrüstet. Er ging einfach davon aus, dass Sig dafür sorgte.

»Später.« Sig zeigte in die Ferne. »Da, bei Halde Ost, werden wir Essen finden. Jetzt erst gehen.«

»Essen?«, versuchte er es nochmals, aber als Sig nicht reagierte, sondern einfach losging, zuckte er ergeben mit den Schultern und folgte ihm.

Stundenlang verfolgten sie ihren Weg, ohne viel zueinander zu sagen. Es schien ein ruhiger Tag werden zu wollen. Es war bewölkt und kälter als die Tage zuvor. Aus südlicher Richtung wehte eine magere Brise.

Im Lauf des Morgens wurde aus dem Ausschreiten ein kraftloses Dahintrotten. Sig hatte Durst und dachte die ganze Zeit an Essen – jetzt schon, wo sie doch gestern Abend noch ganz normal gegessen hatten. Er war ein Schwächling, hielt er sich vor. Ein einziger Tag ohne Essen, das musste doch auszuhalten sein? Aber der Marsch mit dem schweren Rucksack war anstrengend.

Noch ein paar Stunden später, gegen ein Uhr etwa, meinte Sig, Halde Ost als undeutliche, brüchige Linie am Horizont zu erkennen. Zusammen aßen und tranken sie das letzte Essenspaket leer; Fisch mit Kartoffeln und Möhrchen und dazu ein Becher Cola. Es war für jeden nur wenig, und es schmeckte vor allem nach mehr. Nach einer kurzen Ruhepause trotteten sie weiter.

Wenn er noch in der Stadt wohnen würde, wäre die Mittagspause in der Schule jetzt auch in etwa vorbei, dachte Sig. Welches Fach hätte er jetzt gehabt? Seinen Stundenplan kannte er nach wie vor auswendig, aber er hatte nicht die geringste Ahnung, welcher Wochentag heute war.

War heute Montag, dann hatten seine Klassenkameraden jetzt Sport und Spiel. Am Dienstag hätten sie Umgang mit Robotern und Apparaten. Mittwoch Kreislauf- und Staatskunde, am Donnerstag Musik, Theater und Bildende Kunst und am Freitag Freizeitunterweisung. Allesamt Fächer, die einem hier nicht weiterhalfen. Selbst Umgang mit Robotern brachte einem hier nichts, wenn man es mit einem so zwiespältigen Exemplar wie Kopf zu tun hatte – in der Stadt war nun mal nie etwas kaputt, oder zumindest hatte man damit nie etwas zu tun.

Was für ein eigenartiges Leben er früher geführt hatte, durchfuhr es Sig. Fast ebenso eigenartig wie hier, nur fiel es in der Stadt nicht auf, weil dort alle dieselbe Art von Leben führten.

Am Horizont zeichneten sich die Müllberge immer deutlicher ab. Die Landschaft um sie her veränderte sich. Aus dem staubigen Boden wurde allmählich fruchtbarere Erde, und die dünnen Staublinien verschwanden.

Aber sie hatten Pech. Als sie gegen Ende des Nachmittags an der Müllautobahn ankamen, tobte dort ein ununterbrochener Verkehr. Müde, hungrig und durstig starrten sie auf den lärmenden Lastwagenstrom. Es gab einfach kein Durchkommen. Ihnen blieb nichts, als zu warten, bis es irgendwann stiller würde.

Gelassen ließen sie sich ungefähr zehn Meter von der Autobahn entfernt zu Boden fallen, und als wenig später die Dämmerung hereinbrach, bauten sie das Zelt auf und sammelten Holz für ein Feuer. Simpels Augen blickten hungrig, doch er beklagte sich nicht. Sig plagte vor allem der Durst – er hatte den ganzen Tag lang nur diese paar Schlucke Cola aus dem Essenspaket getrunken. Und das, während sie mitsamt Gepäck bestimmt dreißig Kilometer zurückgelegt hatten. Seine Lippen und sein Mund waren trocken, und seine Augen brannten.

Simpel pflückte allerlei Blätter von Pflanzen und Sträuchern und kostete die. Die meisten spuckte er mit verzerrter Miene und indem er die schrecklichsten Schreie von sich gab wieder aus, doch die kleinen blauvioletten Beeren von den Sträuchern, die im Schatten des höheren Krüppelholzes wuchsen, schien er zu mögen. Nachdem er ein paar Mal gekostet hatte, pflückte er sie händeweise und stopfte sie in sich hinein.

Sig wandte sich angeekelt ab. Er hatte immer noch nicht vor, überhaupt irgendetwas zu essen, das einfach so irgendwo wuchs.

»Simpel!«, rief er, als der sich hinhockte und möglichst viele der kleinen Beeren zu pflücken begann. »Nichts von dem Zeugs essen! Jede Wette, dass es giftig ist!«

Simpel schaute hoch, mit vor Erstaunen runden Augen. Seine Lippen waren blau vom Saft, sein Kinn war blau, seine Zähne waren blau. »Essen. Gut essen, Sig«, mümmelte er mit vollem Mund, beugte sich wieder vor und aß weiter.

»Dummer Simpel«, seufzte Sig und zuckte wieder mal mit den Schultern. Er war zu müde und zu ausgelaugt vom Hunger, als dass er noch versucht hätte, Simpel zurückzuhalten. Blieb nur zu hoffen, dass Simpel nicht krank wurde. Und damit Sig seinen leeren Magen nicht so spürte, rollte er sich neben dem Feuer zusammen und betrachtete den gelben Schein. Morgen war es bestimmt ruhiger auf der Autobahn.

Mitten in der Nacht, von dem Feuer war nicht mehr übrig als ein paar glühende Kohlen, wachte er steif vor Kälte auf. Auf der Autobahn donnerten auch im Dunkeln immer noch die Mülltransporter vorbei – dieser computergesteuerte Verkehr brauchte kein Licht. Schlaftrunken und zittrig vor Hunger und Durst schwankte Sig zum Zelt, kämpfte sich über Simpel, der friedlich dalag und schnarchte, ins Innere und schlief wieder ein.

Am nächsten Morgen wurden sie früh vom Lärm der Laster geweckt. Die Autobahn war nach wie vor voll. Sig verstand es nicht. Er hatte noch nie so viel Verkehr auf einer Müllautobahn gesehen. Nicht bei Halde West und auch nicht bei Halde Süd. Ging es hier anders zu, oder war der viele Verkehr einfach Zufall?

Im Schneidersitz setzte er sich neben die Autobahnböschung, die Ellbogen auf die Knie und den Kopf in die Hände gestützt.

Simpel schien keinerlei Probleme zu haben. Zum Frühstück sammelte er wieder große Mengen an Beeren von Sträuchern in der weiten Umgebung und erschien dabei wieder genauso fröhlich und gesund wie zu der Zeit, als sie noch genügend zu essen gehabt hatten. Sig wollte nichts davon wissen. Lieber starb er, als dass er gegrast hätte wie ein Tier.

Doch sein Magen knurrte, und die Zunge lag ihm wie ein ausgetrocknetes Stück Leder im Mund. Er fühlte sich zittrig und matt.

Wenn sich nur ein kleines Loch zwischen den Mülltransportern zeigen würde, dann würde er auf die andere Seite sprinten. Innerhalb weniger Minuten wäre er auf der Halde, und sah er nicht auf der anderen Seite der Autobahn ganze Möwenschwärme kreisen? Da musste sich doch was Richtiges zu essen und zu trinken finden lassen! Wunderbare Frühstückspakete, knusprige Cornflakes mit Milch und extra viel Zucker; Lunchpakete mit Tunfischsandwiches oder warme Mahlzeiten – eine exotische Reistafel mit Saté und Krabbenbrot. Sig wurde schwindelig beim Gedanken an all die Leckereien, die dort, so nah und doch unerreichbar, steril verpackt, glänzend-frisch und sicher-synthetisch auf ihn warteten.

Gegen Mittag wurde der Durst unerträglich. Simpel hatte schon zweimal schweigend eine Hand voll Beeren neben Sig auf den Boden gelegt, aber der ignorierte sie stur. Er starrte mit brennenden Augen auf die Autobahn, hypnotisiert durch die vorbeirasenden Kolosse und taub von dem Lärm, den sie produzierten, und allmählich auch von Sinnen vor Durst.

Am Spätnachmittag brach die Sonne durch die Wolken, und es wurde wärmer. Die Sonne brannte Sig auf den Rücken. Noch keine halbe Stunde später fiel er in Ohnmacht. Er spürte noch, wie er zur Seite wegkippte und mit dem Gesicht in dem harten Gras landete, doch er konnte nichts dagegen tun. Dann verlor er das Bewusstsein.

Ein paar Minuten später kam er wieder zu sich. Simpel hatte ihn in den Schatten eines Buschs geschleift, hielt ihn in einer Art Schwitzkasten und stopfte ihm händeweise violette Beeren in den Mund.

»Gut essen, Sig. Simpel, Sig gut essen«, und er langte neben sich, wo ein großer Vorrat an Beeren lag.

Hustend, gurgelnd und prustend spuckte Sig alles wieder aus. »Pfui Deibel, pfff! Nein. Igitt. Bäh! Simpel stopp-pfff!« Und mit dem Zeigefinger pulte er einige letzte Kerne und Häutchen zwischen Schneidezähnen und Oberlippe hervor.

Aber Simpel hatte schon wieder eine Hand voll mit neuen Beeren. Mit der einen Hand hielt er Sig fest, und mit der anderen versuchte er, die frische Ladung in Sig hineinzustopfen.

»Mmhmmpel, s-pfff-topp-pfff, verdammpfff!!«, protestierte Sig spuckend und strampelnd und hielt die Kiefer felsenfest aufeinandergeklemmt. Aber Simpel ließ sich nicht erweichen. Unerschütterlich umklammerte er Sig und hielt ihm gleichzeitig eine Hand voll Beeren an den Mund. Der dunkelblaue Saft tropfte ihm am Kinn herunter. Sig spürte, wie er ihm unter die Kleidung, ins Hemd, über die Brust rann. Er ekelte sich und er hasste Simpel.

Sig hörte erst auf, sich zu sträuben, als ihm das Nutzlose seines Widerstands klar wurde und er sich ein wenig beruhigte. Simpel war viel stärker als er, und er würde ihn auf keinen Fall loslassen, bevor er nicht gegessen hatte.

Da erst wurde Sig bewusst, dass der Geschmack in seinem Mund so fürchterlich gar nicht war. Und süß rochen die Beeren eigentlich auch. Ein wenig wie diese dunkle Limonade, oder wie saure Drops.

Er wollte es wirklich nicht, aber sein Durst war stärker. Sehr vorsichtig schluckte er einige Tropfen des Beerensafts hinunter.

»Essen gut, Sig«, wiederholte Simpel nochmals zur Vorsicht.

Sig erwartete jeden Augenblick, dass ihm so richtig übel werden oder sonst irgendetwas Fürchterliches in seinem Innern losgehen würde. Er hatte etwas Lebendes aufgegessen! Etwas von einer Pflanze, etwas, das wuchs! Schon die Vorstellung war schaurig. Er stellte sich vor, wie die Beeren in seinem Körper zuerst keimen und dann wachsen und wuchern würden. Gleichzeitig jedoch begriff sein Körper, dass er endlich wieder etwas Flüssigkeit erhielt. Instinktiv und ohne etwas dagegen tun zu können, happte er zu, und ehe er wusste, wie, verschlang er die gesamte Hand voll Beeren, die Simpel ihm vorgehalten hatte.

»Gut, Sig«, murmelte Simpel und hielt Sig sofort eine zweite Hand voll an den Mund.

Hunger und Durst hatten jetzt endgültig gesiegt. Was Sig auch denken mochte, es tat nichts mehr zur Sache. Sein Körper machte einfach, was er für nötig hielt. In großen Happen schlang er die Beeren in sich hinein bis er gesättigt war.

Simpel schaute zufrieden zu.

Als sein Magen gefüllt war, fühlte Sig sich merkwürdig. Das erste Mal in seinem Leben hatten seine Instinkte die Regie übernommen. Wie durch eine unbekannte Kraft in Besitz genommen, kam er sich vor. Eine Kraft, stärker als er selbst. Sein Körper war nicht mehr sein Körper. Er hatte ihn verraten – oder wie nannte man das? Gemeinsam mit Simpel hatte er sich gegen ihn verschworen und etwas getan, das er absolut nicht gewollt hatte. Vielleicht war er jetzt endgültig zum Außenweltler geworden, ganz wider Willen. Bisher hatte er noch das Gleiche gegessen wie in der Stadt. Jetzt verband ihn auch das nicht mehr mit der dortigen Welt.

Fast war es, als sei er dadurch ein anderes Wesen geworden – wilder, wie Simpel, wie Pilaster; kein Städter mehr, sondern ein echter Außenweltler eben. Mit dem Handrücken wischte er sich die letzten Kerne und Saftreste von Kinn und Lippen.

Missgelaunt kehrte er Simpel den Rücken zu und verkroch sich etwas tiefer unter den Strauch, zwischen die Äste, Blätter und Zweige, die nach dem rochen, was er soeben gegessen hatte. Er wollte es noch nicht zugeben, aber irgendwo war ihm auch klar, dass es passte: Die Gerüche hier zwischen dem Laub, genau wie die in Wald, die ihm damals so herrlich vorgekommen waren, es waren die Gerüche von Leben, Wachstum, Blattwerk, Pflanzen und Tieren.

Es passte nicht nur, es war sogar viel logischer, als von der Müllhalde zu essen – Nahrung, aus Abfall hergestellt von großen, unmenschlichen Maschinen. Vielleicht begriff er jetzt sogar, was Scherbe gemeint hatte, als sie sagte, Essenspakete schmeckten fade. Lasche Granulatkörner und demgegenüber der Mut, etwas Echtes, etwas Lebendiges aus Außenwelt aufzuessen.

Er rollte sich unter dem Strauch zusammen, träge und satt und zugleich angstvoll auf das wartend, was jetzt mit ihm geschehen würde. Er schloss die Augen. Bilder von Wald erschienen in seinem Innern. Pferde, die grasten, und Vögel, die zwitschernd nach Beeren pickten, während sie kopfüber an einem Zweig hingen, wucherndes Efeu, das sich an Baumstämmen hochwand – vielleicht war das von nun an mehr seine Welt als die Stadt, ging es ihm zögerlich durch seinen müden und verwirrten Kopf. Krank fühlte er sich jedenfalls nicht, und sein Hunger und sein Durst waren endlich gestillt.

Als Sig aufwachte, herrschte Dunkelheit. Er lag immer noch unter dem Strauch, zwischen Zweigen verborgen, und fühlte sich stark und wie neugeboren. Der Saft aus den Beeren hatte seinen Durst gelöscht, und die darin enthaltenen Zucker hatten seine Energie erneuert. Selbst die Kälte kümmerte ihn nicht. Er setzte sich etwas auf und sah im Licht des Mondes, wie Simpel fürstlich und breit im Zelt lag und schlief. Für ihn wäre kein Platz mehr gewesen, wenn er heute ebenfalls im Zelt hätte nächtigen wollen. Aber das machte nichts. Dieser schräge Simpel hatte ihn doch schon wieder gerettet! Fast konnte man meinen, dass es auch einen Haufen Vorteile mit sich brachte, gelöscht zu sein.

Sig kroch unter dem Gebüsch hervor auf die Fläche, auf der sie kampierten, und stand auf. Blasses, farbloses Licht umspielte alle Formen und warf sanfte, graue Schatten, in denen die Welt zu verschwimmen schien. Und die Gerüche der Nacht waren andere als die des Tages: kühler, feuchter, stilllebendig, als hörte man die Pflanzen wachsen. Sig schaute in die Höhe. Der Mond stand halb voll oben am Himmel, umflort von einigen Wolkenfetzen, die durch die Nacht vorbeiglitten.

Was hatte Pilaster über den Mond gesagt? Er sei eine andere Welt, und sogar Städte habe es dort gegeben – aber er hatte ihn auch seine nächtliche Schutzherrin genannt und den Ritter seiner Träume. Eigenartige Flecken zeichneten die Oberfläche. Ob es dort wohl immer noch Städte gab? Eine Fledermaus flatterte vorbei, und im Gestrüpp raschelte etwas – eine Maus oder sonst ein Kleintier. Über so etwas wunderte sich Sig schon nicht mehr.

Was ihm wohl auffiel, aber erst jetzt, war die Totenstille, die herrschte. Es gab keinen Verkehr! Es war vollkommen still auf der Autobahn.

»Simpel!«, rief er. »Jetzt! Komm, wir müssen gehen! Es ist ruhig auf der Autobahn!« Bevor Simpel recht wusste, wie ihm geschah, hatte Sig das Zelt schon über ihm abgebaut.

Sig stopfte alles rasend schnell in seinen Rucksack und in Simpels Taschen. Dann zog er den noch halb schlafenden Simpel hoch, warf ihm seine Decke über die eine Schulter und seine Taschen über die andere, schnallte sich selbst den Rucksack um und zog Simpel mit zur Müllautobahn.

»Jetzt ist es gerade still, verstehst du? Wir überqueren die Autobahn jetzt. Danach darfst du wieder schlafen.«

Simpel gähnte, erhob sich schwankend und schaute Sig an, als hätte der sie nicht mehr alle beieinander.

In seiner Erregung dachte Sig nicht mehr an Flinsen und andere mögliche Gefahren wie Fleddererhorden. Er wollte jetzt hinüber, er wollte weiter. Alles andere war unwichtig.

Dennoch blieb er noch kurz am Rand der Autobahn stehen. Die Stille war unwirklich. Der Asphalt war jetzt wie schwarzes Wasser, die Straßendecke schien das Mondlicht in sich aufzusaugen. Sig schaute hinter sich in Richtung Produktion, zu den Silhouetten der bizarr geformten Sträucher. Mit dem Überqueren dieser Straße – und wohl auch mit dem Essen der Beeren – beendete er für sein Empfinden eine Etappe seiner Reise. Wo würde sie enden? Und wie? Ein Schauder überlief ihn, und das nicht nur wegen der nächtlichen Kälte.

Dann betrat er vorsichtig den verwaisten Asphalt, als habe er Angst, darin zu versinken. Simpel folgte seufzend, gähnend, schnaufend und stöhnend. Für ihn war es das Allerletzte, mitten in der Nacht aufgeweckt zu werden, und das zeigte er mehr als deutlich.

Auf der anderen Seite ließen sie sich in die Böschung plumpsen. Sig knotete Plock vom Rucksack los und legte ihn griffbereit neben sich. Dann wickelten sie sich in ihre Decken, und Sig zog die Zeltfolie provisorisch über sie beide – zum Schutz gegen die Kälte, aber auch, um sie zumindest etwas den Blicken anderer zu entziehen.

Teil III
Der Zentralcomputer

Ankunft bei den Türmen

Am nächsten Tag war es, als könne jetzt nichts mehr schiefgehen. Simpel und Sig wurden wach, als früh in der Morgendämmerung der erste Mülltransporter vorbeiraste. Nicht lange danach ging die Sonne an einem kalten, aber wolkenlosen Himmel auf. Mit dem ersten rosigen Morgenlicht kamen auch die Möwen angeflogen. Kreischend fielen sie wieder über den Müllberg her, den Simpel und Sig sie auch schon am Tag zuvor hatten umkreisen sehen.

Steif von der Morgenkälte bestiegen sie den Hügel und fanden schon bald einen großen Vorrat an Limonade sowie Lunch- und Frühstückspaketen. Zwar keine Cornflakes oder Tunfischsandwiches, aber dafür Pfannkuchen mit Apfelkraut, Trinkschokolade und Müslibrötchen mit altem Gouda. Nachdem sie gegessen und getrunken hatten, bis sie nicht mehr konnten, luden sie so viel wie möglich in ihre Taschen.

Anschließend wollte Sig sofort los. Wenn sie ein wenig ausschritten, müsste es möglich sein, schon gegen Ende des Nachmittags den äußeren Zipfel der Halde zu umrunden. Am Abend könnten sie dann auf der Nordseite der Halde kampieren, so etwa in Höhe der Türme, vielleicht sogar bei den Türmen selbst.

Es tauchten keine Flinsen auf, das Gelände war schön eben, und beide hatten sie Energie für zwei. Als Sig irgendwann leise ein Pilasterlied vor sich hin sang, fiel Simpel schon bald ein. Simpel ließ sich ganz andere Worte einfallen als Sig, und innerhalb kürzester Zeit wanderten sie lauthals gegeneinander ansingend, beide mit eigener Melodie und eigenem Rhythmus und beide so richtig schön falsch, weiter über die Ebene zwischen Halde und Autobahn.

»Brumm, fummel, tsching, plumm«, sang Sig.

»Slief gra krumm krumm, drupp kroh, klumm klumm«, übertönte ihn Simpels schwerer Bass.

»Hommel drömm, twumm grumm«, fuhr Sig fort, noch lauter als Simpel.

Und Simpel, unerschütterlich: »Hilf glomm kümm kroooh.«

Das Verrückte war, dass, obwohl sie in erster Linie möglichst laut gegeneinander ansangen, es irgendwie dennoch zu stimmen schien, so als würden sie sich wechselseitig ergänzen, Simpel mit seinem schweren Bass und Sig mit seiner höheren Jungenstimme. Und es wurde ein Lied, das zur Umgebung passte. Zu Abfallgestank, zu rasenden Mülltransportern, armseligen Grasbüscheln und Sträuchern sowie zum Kreischen der Möwen. Ein wildes, schiefes Lied über eine wilde, schiefe Welt.

Schneller als erwartet, noch gegen Mittag, erreichten sie das östliche Ende von Halde Ost. Und gut eine Stunde später, als sie zur Nordseite gelangten und die Halde wieder nach Westen abknickte, da tauchten sie plötzlich neben den Müllbergen auf: drei ranke, hohe Türme; in der Ferne noch, fast am Horizont, jedoch unverkennbar ihr Endziel. Von ihrem Standpunkt aus betrachtet schienen die Türme direkt nebeneinanderzustehen. Und alle drei waren gleich hoch: nicht so hoch wie viele Gebäude in der Stadt, aber doch sicher an die hundert Stockwerke. Ausgehend von einer breiten Basis wurden die Türme nach oben hin schmaler, und sie funkelten im Sonnenlicht.

Was immer sie dort auch finden mochten: Klar war schon jetzt, dass es in jedem Fall etwas anderes sein würde als nur der Abfall und die Trostlosigkeit der Müllgebiete oder jenes liebliche, wilde, grüne Wachstum wie in Wald. Diese Türme waren von Menschenhänden erbaut worden, lange bevor die Stadt ihre Mauern geschlossen und bevor der Zentralcomputer die Herrschaft über sämtliches Tun und Lassen der Menschen gewonnen hatte.

Sigs Herz schlug schneller. Ein paar Tage vielleicht, und womöglich fand er dann eine Antwort auf die Fragen, die er hatte – über die Stadt, ihre Entstehung, ihre Umgebung und die Geschichte des CC. Und womöglich fand sich ein Weg, wie er nach Hause gelangen könnte, oder er vermochte sogar, den CC davon zu überzeugen, die Mauern der Stadt zu öffnen.

»Da, Simpel!«, rief er. »Endlich!«

Simpel warf einen flüchtigen Blick auf die Gebäude am Horizont, schaute dann etwas unsicher zu Sig und zuckte mit den Schultern. Er begriff nicht, was an diesen so weit entfernten kleinen Dingern so außergewöhnlich sein sollte. Er hatte ja keinerlei Vorstellung, wohin sie unterwegs waren; es beschäftigte ihn auch nicht. Das Hier und Jetzt, darum ging es Simpel, und nicht um etwas Vages weit weg am Horizont.

Sig zuckte seinerseits mit den Schultern – Simpel wusste es nun mal nicht besser – und überlegte, dass es kürzer und sicherer wäre, wenn sie schon gleich hier die Müllautobahn überquerten und dann in gerader Linie auf die Türme zugingen. Zudem war gerade wenig Verkehr, und Vorräte hatten sie genug.

Er steuerte geradewegs auf die Türme zu. Zehn Minuten

später überquerten sie ohne Probleme die Müllautobahn, und anschließend setzten sie ihren Weg durch gut begehbares karges Grasland fort.

Während sie über die offene Ebene gingen, versuchte Sig sich vorzustellen, wie die Reise wohl zusammen mit Pilaster verlaufen wäre. Sie hätten eine andere Route gewählt, nicht durch Produktion, sondern dicht an der Stadtmauer entlang. Wäre Pilaster nicht gefallen und verletzt worden, dann wäre er Simpel nie begegnet. Mehr noch, dann wäre anstelle von Pilaster jetzt Simpel höchstwahrscheinlich tot gewesen.

Es war sehr seltsam, wenn man so darüber nachdachte: Wenn, wenn, wenn ... Aber die Dinge liefen so, wie sie liefen. Pilaster war gefallen, er selbst war Simpel begegnet, und Kopf und Scherbe. Und durch all diese Zufälle hatte er andere Dinge erlebt, als wenn er mit Pilaster weitergereist wäre. Zum Beispiel Scherbes Geschichte: Sig wusste jetzt, dass Pilasters Plan, dem CC lediglich zu sagen, die Stadtmauer müsse niedergerissen werden, katastrophale Folgen haben konnte.

Nun gut ... Das allergrößte Problem war zuallererst, wie er den CC zu sprechen bekam. Denn sobald er in den Bereich des CC käme, würde er noch im selben Augenblick gelöscht werden. Sig war immer noch zu Sanktion 2-f verurteilt. Die Türme waren lediglich der Ort, an dem ihm vielleicht eine List einfallen würde – etwas, das Pilaster in all den Jahren nicht geschafft hatte. Und auch dann würde er womöglich noch bis zu den Stadtmauern weiterziehen müssen.

Abenteuer waren schon irgendwie merkwürdig. Erst hatte man eine Vorstellung davon, was geschehen würde. Und man glaubte zu wissen, wohin man unterwegs war. Aber einmal unterwegs, stimmte das alles hinten und vorn nicht mehr.

Schreckliche Dinge passierten, die überhaupt nicht zu der eigenen Vorstellung von dem passten, was ein Abenteuer zu sein hatte, und am Ende stellte sich das, was man die ganze Zeit als Ziel vor Augen hatte, auch noch als unerreichbar heraus. Andererseits kam man auch dahinter, wie katastrophal es gewesen wäre, wäre alles doch so gelaufen, wie man es sich erhofft hatte. Dann wäre es kein Abenteuer, sondern schlichtweg eine Katastrophe geworden.

Alles deutete darauf hin, dass es jetzt nicht mehr lange dauern würde.

Gegen Einbruch der Abenddämmerung erreichten sie den Fuß des östlichen Turms. Die drei Türme standen in einem Dreieck, jeweils einen knappen Kilometer auseinander. Nahtlos und spiegelnd erhob sich der Bau, neben dem sie standen, in die Lüfte. Er wirkte unnahbar.

Sie gingen zu seinem Fuß. Auf der Südfassade strich die Sonne fast horizontal den Turm entlang, was für einen ätherischen, gleißenden Schimmer auf der Außenwand sorgte. Sig warf seinen Rucksack hin und berührte die glatte Oberfläche. Der Turm fühlte sich kühl an, und die Außenwand wirkte wie eine Mischung aus Glas und Metall – ihr Glanz gab einem das Gefühl, durch die Oberfläche hindurchsehen zu können, aber das Einzige, was man sah, war eine milchige, in sich zerlaufende Widerspiegelung der Umgebung.

Und man sah sein eigenes Spiegelbild.

Sig trat einen Schritt zurück und betrachtete sein Gegenüber, das ebenfalls einen Schritt zurücktrat. Er hatte sich zuletzt im Hängenden Haus in einem Spiegel gesehen, ein paar Wochen war das her. Seine Haare waren gewachsen und standen wild nach allen Seiten hin ab. Sein Gesicht war magerer als damals. Er sah wild aus, hatte dunkle Striemen im Gesicht, ein wenig wie Scherbe. Aber vor allem sein Blick war anders. In jedem Fall schärfer und selbstsicherer. Und etwas war in dem Blick, das Sig auch bei Pilaster gesehen hatte, etwas Trauriges, Einsames – aber zugleich, er wusste selbst nicht wie, gefiel er sich auch.

Sig schaute zur Seite. Neben ihm stand Simpel und studierte ebenfalls ausgiebig sein Spiegelbild. Er rollte die Augen und zog die Ohren zur Seite, um auch die richtig zu sehen. Dann ging er ganz nah an die glänzende Wand und öffnete den Mund, so weit er konnte, um möglichst tief in sich hineinzuschauen.

Sig schüttelte den Kopf. »Simpel, ach Simpel«, seufzte er. »Ich hoffe, du lernst irgendwann noch ein wenig, wer du bist und woher du kommst. Vielleicht kann der CC dir ja etwas von deinem Gedächtnis wiedergeben oder wenigstens dafür sorgen, dass du etwas besser sprechen lernst.«

»Wuuu-ha!«, antwortete Simpel, die Augen noch scheel und den Mund weit aufgerissen. Er drehte sich von seinem Spiegelbild weg zu Sig, zog die Stirn kraus und lächelte beseligt. Wieder hatte er eine neue Entdeckung gemacht: Er besaß eine Innenseite. Endlich hatte er gesehen, womit er das viele Essen zermalmte und wohin es verschwand.

Kurz darauf holte Simpel Zeltstöcke und -folie hervor und machte Anstalten, das Zelt aufzubauen. Sigs erste Eingebung war, ihm die Sachen aus der Hand zu nehmen, als er sah, wie umständlich und ungeschickt Simpel da zugange war. Aber dann überlegte er sich, dass es wahrscheinlich ganz gut war, wenn Simpel sich einmal so richtig damit abstrampelte. Vielleicht lernte er ja etwas davon.

»Ich mache eine Runde um den Turm, Simpel.« Sig deutete auf den Turm und beschrieb dann mit dem Zeigefinger einen Kreis in der Luft, um seine Worte für Simpel begreiflicher zu machen.

»Okay, Sig«, sagte Simpel in einem Ton, als habe er Sig vollkommen verstanden, und machte sich weiter daran, das Zelt aufzubauen.

Sig runzelte die Stirn, so verwundert war er. Sollte Simpel ihn wirklich einfach so verstanden haben?

Er folgte nur der Außenwand des Turms. Vier Seiten von an die einhundert Meter Länge, und auf den ersten Blick schien es nirgendwo einen Eingang zu geben oder auch nur eine Naht im Material der Außenwand. Sigs Fingerspitzen glitten über die Oberfläche, ohne auch nur auf die geringste Unregelmäßigkeit zu stoßen. Die Ecken waren abgerundet, so als wäre die gesamte Außenwand des Turms in einem Stück gegossen worden. Wenn Pilaster Recht gehabt hatte, war der Turm mehr als dreitausend Jahre alt – aber die Wände waren wie neu. Nicht ein Kratzer verunstaltete die Oberfläche, und nirgendwo an der Fassade hatte sich Staub oder sonst ein Schmutz festgesetzt.

Irgendwie war Sig enttäuscht. Die ganzen Wochen war dies hier sein Ziel gewesen, und nachdem er nun endlich hier war, gab es anscheinend nichts zu sehen. Außerdem wusste er immer noch nicht, was er anfangen sollte. Er hatte seine Welt verloren, aber was war an ihre Stelle getreten? Eine Menge Unannehmlichkeiten. Kälte, Armut, Hunger und Durst, Unsicherheit, Angst … Er hatte eine Menge erlebt, auch manch schöne Sachen, aber er hatte nicht die leiseste Ahnung, wie es jetzt mit ihm weitergehen sollte. Er war kein Einwohner der Stadt mehr. Aber es erschien ihm fürchterlich, für immer ein Streuner zu bleiben und abhängig vom Abfall der Halden. Seine gesamte Hoffnung hatte er all die Wochen hindurch auf diese Türme gerichtet. Und jetzt war er hier, und jetzt schienen es einfach nur drei dumme Türme zu sein.

So vor sich hin murrend, die Hände in den Taschen und den Blick auf den Boden gerichtet, umrundete er die letzte Ecke.

Er sah es sofort. Hier, in der Westseite des Turms, war der Eingang. Auf der ansonsten spiegelglatten Außenmauer war in der Mitte eine kleine Unregelmäßigkeit zu sehen: keine Tür oder Naht, sondern eine kleine Stelle etwa anderthalb Meter über dem Boden, wo der Glanz ein anderer war als überall sonst auf den Wänden des Turms.

Die Stelle war rund, sah Sig, als er näherkam. Sie hatte einen Durchmesser von ungefähr fünfundzwanzig Zentimeter. In ihrer Mitte schimmerte die Silhouette einer Hand, die stilisierte Hand eines Menschen, mit leicht gespreizten Fingern. Das war alles, aber die Botschaft war klar.

Ohne darüber nachzudenken, bewegte er die Hand auf die Stelle zu. Sig spreizte die Finger genau wie auf der Abbildung. *Leg deine Hand hierher, und die Tür wird aufgehen* – etwas anderes konnte es nicht bedeuten. Hierauf hatte er all die Wochen hingelebt … Oder?

Sig zögerte. Seine Hand blieb ein paar Zentimeter vor der Abbildung in der Luft hängen. Es gab drei Türme. Pilaster hatte vom Archiv und vom Museum gesprochen. Er hatte nie gesagt, dass dort auch nur irgendeine Gefahr zu befürchten sei. Aber was war in dem dritten Turm? Und was, wenn es dieser hier war?

Er zog die Hand wieder zurück und entdeckte dann neben

sich auf dem Boden, halb verborgen unter einem großen, flachen Stein, eine verwitterte Plastiktüte. Sig hob den Stein an und kippte ihn zur Seite. In der Tüte steckte nur etwas alter Müll: Die Reste zweier leer gegessener Essenspakete und eine platt gedrückte leere Flasche. Das hier musste Pilaster hinterlassen haben, es konnte fast nicht anders sein. Aber die Unterseite des Steins war interessanter als der Abfall. Irgendetwas war dort eingeritzt.

Die Inschrift war kaum sichtbar in der Dämmerung, aber als Sig in die Hocke ging und sich den Stein aus der Nähe besah, erkannte er eindeutig eine Art Totenkopf. Ein Totenkopf und daneben ein Kreuz. Darunter stand in krakeligen, eckigen Lettern und gerade noch lesbar: *»Gefahr …«*

»Gefahr …«, murmelte Sig. Der Stein hatte irgendwann zur Warnung aufrecht an die Fassade gelehnt dagestanden. Gut, dass er sich beherrscht hatte. Besser, er sah sich erst einmal auch die anderen Türme an. Morgen.

Er ging zurück zu Simpel.

Als er ihr Lager erreichte, war es schon fast dunkel. Simpel hatte das Zelt auf seltsame Weise aufgebaut. Er hatte die Stöcke mit viel Kraft kurzerhand in die Erde gedrückt und die Folie darübergespannt. So glich es mehr einem Regendach als einem Zelt. Simpel hatte seine Decke und Sigs Schlafsack schon unter dem Dach ausgebreitet.

»Spitzenmäßig, Simpel. Schönes Zelt. So haben wir wenigstens mehr Platz. Und wir liegen trotzdem trocken, wenn es regnet.«

»Groooßes Zelt«, war alles, was Simpel sagte. Er nickte ernst und kroch unter seine Decke.

Sig knipste die Taschenlampe an und hängte sie an eine der Zeltstangen. Er holte Pilasters Tagebuch hervor, setzte sich damit in den Lichtkegel der Lampe und legte sich den Schlafsack um die Schultern.

Wo sollte er anfangen? Nirgendwo zwischen den vielen hundert dünnen Seiten steckte ein Zettel, auf dem *Türme* oder etwas dergleichen stand.

Vielleicht sollte er einfach da weiterlesen, wo er das letzte Mal aufgehört hatte, irgendwo mitten in dem Bericht von Pilasters Reise durch Produktion. Pilaster hatte zuletzt vorgehabt, zu den Türmen zu gehen. Sig blätterte, bis er die Seite wiedergefunden hatte.

Tag 15 – Wunde mehr oder weniger geheilt. Weiter. Immer weiter. Heute erstes Stück an Stadtmauer vorbeigegangen. Vielleicht zehn Kilometer, bin schnell müde.

Mauer immer beeindruckend – spiegelglatt und kilometerhoch. Stahlharter Glanzkunststoff. Erst wenn man weiß, was Natur ist, ist das hier was Besonderes; in der Stadt weiß man es nicht besser. Mensch und Maschine haben das hier gemacht. Irgendwann. Aus nichts als Träumen. Mensch allein ist klein und kann so wenig. Stolperpilaster.

Tag 16 – Stärker. Halde Ost in Sicht. Nicht geschafft heute.

Tag 17 – Nach mühsamer Überquerung der Müllstraße den ganzen Tag in Berg von muffigem Textil gehockt, um Flinse zu entkommen.

Tag 20 – Am Morgen Turm West erreicht. Turm Nord, das Museum, letztes Mal besehen – vorläufig nicht interessant. Und ich sehe keine Möglichkeit, Turm Ost zu betreten und nicht gelöscht zu werden. CC selbst scheint da zu hausen. Bei Turm West vor dem Tor geschlafen.

Sig atmete tief durch. Er hatte Glück gehabt, aber der Gedanke, dass sie hier am Fuß von Turm Ost und damit ganz in der Nähe des CC kampierten, behagte ihm überhaupt nicht. Morgen würden sie so schnell wie möglich zu Turm West ziehen. Er las weiter.

Am Morgen ins Archiv eingetreten. Immer eine besondere Erfahrung.

Archivarin beim Eingang klingt immer noch wie die liebe Rho. Leise, linde Stimme. Vermisse sie noch nach all den Jahren. Memostimmen und Bilder von Eingemachten machen einsam. Ums Haar nicht echt genug sind sie. Ich als einziger unwegwischbarer Lebender zwischen eingemachten Geisterspuren aus tiefer Vergangenheit. Muss behalten, dass ich echt bin, sie nicht. Manchmal nicht schön, als Einziger echt zu sein. Was ist echt?

Tag 21 – Unter anderem mit Babel gesprochen. Finden keine Strategie, an CC heranzutreten: Plan unausführbar. Sehe keine Möglichkeit, CC daran zu hindern, mich zu löschen.

Trotzdem neue Energie getankt. Werde zu Halde West gehen, dort Haus bauen und warten. Karten machen, vorbereiten. Zwei wissen mehr als einer. Gesellschaft wird mich wach halten – das Warten darauf gibt mir ein Ziel.

Tag 22 – Vorräte fast alle. Wieder nicht Turm Ost. Nicht für mich. Weiß jetzt, was zu tun ist.

Tag 23 – Wieder auf Halde Ost. Ich gehe nach Westen. Muss mich zusammenraffen, beieinanderhalten. Ist das Einzige, das zählt. Raffen, schlafen, Bewusstsein straffen.

Die darauf folgenden Tage im Tagebuch handelten von praktischen Problemen bei der Reise zu Halde West, Pilasters Ankunft dort und vom Bau des Hängenden Hauses. Sig ließ das Tagebuch sinken. Von welchem Plan hatte Pilaster hier gesprochen? Wer war dieser Babel? Als Allererstes musste er morgen zu Turm West und zusehen, wie er diesen Babel zu sprechen bekam.

In dieser Nacht träumte Sig, dass er über die Stadtmauer ging. Die Mauer war so hoch oben kaum noch mehr als anderthalb Meter breit und hatte zu beiden Seiten ein Geländer, das ihm gerade bis an die Knie reichte. Hinter dem Geländer ging es fast senkrecht in die Tiefe, vier Kilometer waren es, doch Sig hatte keinerlei Höhenangst, im Gegenteil: Es war herrlich, hier entlangzugehen, so hoch über der Welt. Ruhig spazierte er über die glatte Mauer. Er übersah alles: zu seiner Rechten in ferner Tiefe das wogende Grün von Wald und ein Stück dahinter das Grau einer Müllhalde. Links von ihm die Gebäude der Stadt, Hunderte von Stockwerken hoch und trotzdem aus dieser Höhe hier klein.

Wenn er gut hinschaute, dann konnte er alles erkennen. Seine Augen waren schärfer denn je. Es war fantastisch, er brauchte nur scharf zu stellen, und alles war nah.

Sein Blick schweifte über Wald. Er folgte den Pfaden, die er mit Pilaster gegangen war, sie schlängelten sich die zentralen Hügel hinauf und zu Pilasters Blockhütte am Bach, und weiter zum Fluss und darüber hinweg. Ein Funkeln von Wasser, schon näher am Rand von Wald, weckte seine Aufmerksamkeit. Sig richtete den Blick darauf und sah den kleinen See, aber auch das Schilf, die großen weißen Wasservögel mit ihren langen Hälsen, die Pferde am Ufer und Pilasters Grab – alles von Bäumen umringt, und weiter östlich die reichen Grasebenen, wo die Pferde und Rehe grasten.

Sig schaute nach links in die Stadt hinein, er suchte das Gebäude, in dem er gewohnt hatte; vor langer Zeit, in einem früheren Leben. Es war nicht schwer zu finden: Er folgte dem breiten zentralen Boulevard, bis sein Blick auf die MegArena stieß – die Tribünen waren leer jetzt –, von dort ging es nach links bis zum achten Wohnblock: Block 379-43a im Bezirk 1127. Sein früheres Zuhause war Appartement Delta-pi im 267. Stock. Er zoomte näher … Da, das große Fenster mit den azurblauen und gelb gestreiften Vorhängen – den Vorhängen, die er so doof gefunden hatte und die seinen Eltern so gut gefielen.

Schön, das alles nochmals zu sehen, aber er sehnte sich nicht dorthin zurück. Obwohl er gern seine Eltern einmal wiedersehen würde – nur sehen, sie würden ihn nicht mehr kennen, und doch: Wie es wohl wäre, sie wiederzusehen? Im Augenblick war es vor allem schön, hier zu spazieren, hoch oben auf der Mauer, die Sonne im Gesicht zu spüren und die dünne, kühle Luft in den Lungen – entrückt von der Welt, nicht in der Stadt und nicht draußen.

Sein Blick irrte weiter. Über die Schule, über die belebten Straßen hin zu den Sportplätzen und Themenparks. Vorbei an den Abholmagazinen und am östlichen Kinoviertel, und dann wieder wie selbstverständlich zur anderen Seite der Mauer. Er blieb stehen und drehte sich um. Rechts von Wald erstreckte sich Halde West wie ein fahler, grauer Streifen, scharf umrissen von Müllautobahnen. Fast am äußeren Ende sah er das Hängende Haus unter den Schienen kleben. Auch dort würde er nach einiger Zeit wieder mal vobeischauen. Nicht jetzt. Jetzt war alles gut, so wie es war.

Am nächsten Morgen erwachte Sig voller Energie. Er klopfte Simpel auf die Schulter, um ihn zu wecken, spülte sich das Gesicht mit einem Schluck Wasser sauber, fuhr sich flüchtig mit der nassen Hand durchs Haar und zog seine Schuhe und seine Jacke an.

»He, Simpel, aufgewacht. Kommst du? Erst ein kleines Frühstück essen, und dann gehen wir.«

Simpel stöhnte nur im Schlaf, rollte sich sogar noch etwas mehr zusammen, zog die Decke etwas fester um sich und schien weiterzuschlafen.

Das war eigenartig. Simpel sprang immer sofort auf, wenn er das Wort »Essen« hörte. Sig ging zu ihm hin und beugte sich über ihn. Erst jetzt sah er, dass etwas nicht in Ordnung war.

Simpel lag zitternd unter seiner Decke, und feine Schweißperlen standen ihm auf der Stirn. Seine Haare waren schweißnass. Aber das Schlimmste von allem waren die roten Flecken auf seiner Haut. Sig stockte der Atem. Simpels Gesicht und Arme waren übersät damit. Das hier waren die roten Flecken aus der Bildergeschichte, die sie gefunden hatten. Die Kranken auf den Zeichnungen waren alle mit roten Flecken dargestellt. Und jeder, der sie bekommen hatte, war gestorben. Keiner von der Expedition hatte sie überlebt.

Eine kalte Hand schloss sich um Sigs Herz. Zuerst hatte er alles und jeden aus seinem Leben in der Stadt verloren, anschließend hatte er sich von Pilaster verabschieden müssen, dann von Scherbe ... Musste er jetzt auch noch Simpel loslassen? Gerade jetzt, wo Simpel wieder ein bisschen Mensch wurde, jetzt, wo sie anfingen, richtige Freunde zu werden? Das konnte und durfte nicht sein, Simpel war viel zu fröhlich und neugierig und witzig, um jetzt einfach so zu sterben, aber die eisige Hand um Sigs Herz schloss sich nur noch fester.

»Simpel! Simpel! Aufwachen!« Sig rüttelte Simpel verzweifelt an den Schultern.

Erst nach vielem Durchschütteln öffnete Simpel schläfrig ein geschwollenes Auge. Er schaute Sig matt und zähneklappernd an. »Sig?«, fragte er heiser, als begreife er kaum, wer ihn da aufrüttelte. »Sig?«

»Möchtest du etwas trinken?«

Ein schwaches Lächeln erschien auf Simpels Lippen. »Trinken … ja«, brachte er flüsternd hervor. »Schön trinken.« Mühsam stützte sich Simpel auf einen Ellbogen. Seine Augen waren rot umrändert.

Sig nahm eine Flasche Wasser, drehte den Verschluss ab und setzte sie Simpel an die Lippen. Der trank gierig die ganze Flasche auf einmal leer.

»Gut trinken«, seufzte Simpel und sank auf den harten Boden zurück. Zitternd und blass blieb er liegen. Die Flecken auf seinem Gesicht sahen brennend rot aus. Manche dieser Flecken hatte Simpel im Schlaf aufgekratzt.

Sig packte seinen Schlafsack wieder aus und breitete ihn über Simpel. Dann blieb er zögernd stehen, ohne recht zu wissen, was er tun sollte. Er hatte Pilaster nicht helfen können, als der verletzt war. Sollte er jetzt auch Simpel verlieren? Jetzt, wo sie bis hierher ans Ende gekommen waren? Und was, wenn er selbst auch krank wurde?

Nachdem er eine Zeit lang mutlos auf Simpel herabgeschaut hatte, dämmerte es Sig, dass er jetzt genauso aussah wie die Figürchen auf den Zeichnungen des Bildberichts, die hilflos und mit hängenden Schultern neben den Kranken gestanden hatten. Sie hatten es auch nicht gewusst. Sie hatten nichts getan und hatten niemanden retten können. Zuletzt waren sie alle tot. Wenn er nichts unternahm, würde er Simpel ebenfalls nicht retten können.

Was hatte Pilaster noch zu ihm gesagt, als er allein zu Halde Süd auszog, nachdem Pilaster gestürzt war? »Nicht vergessen, Sig, du bist der Klügste hier«, so ungefähr. Jetzt musste er also klüger sein als diese roten Flecken. Aber wie? Er hatte nicht die geringste Ahnung, was das war. Und wie viel Zeit würde ihm noch bleiben? Bestimmt nicht mehr als ein paar Tage. Simpel schien es schon jetzt sehr schlecht zu gehen. Auch auf den Zeichnungen der Bildergeschichte war alles sehr schnell gegangen. Innerhalb von sieben Tagen war es um die gesamte Expedition geschehen gewesen. Er musste vom Schlimmsten ausgehen – drei, vier Tage, und dann musste er eine Medizin gefunden haben.

Er ballte die Fäuste und schaute hinauf zum Turm. Hinter diesen Mauern hier hauste der CC. Vielleicht würde er im Archiv einen Weg finden, Simpel zu heilen, aber der CC konnte es in jedem Fall. Wenn es sein musste, dann würde er diesen Turm betreten, wusste Sig auf einmal ganz sicher. Es war, als habe er eine Grenze erreicht. Simpel so krank zu sehen, war das Letzte, was er nach so vielen Wochen der Entbehrung noch ertragen konnte. Lieber noch ließ er sich löschen und ging zusammen mit Simpel unter, als allein weiterzumüssen. Wenn der CC helfen würde, Simpel zu heilen, dann würde er bestimmt auch Sig helfen wollen. Und falls nicht, dann nicht, dann war es eben auch für ihn vorbei. Noch ein paar Tage und alles war entschieden.

Simpel war wieder eingeschlafen. Das Trinken schien ihm gutgetan zu haben; er wirkte etwas ruhiger. Sig deckte ihn ein wenig besser zu und baute das Zelt so um, dass es kompakt und winddicht um Simpel herum schloss.

Sig legte eine Flasche mit Trinken und ein paar Essenspakete neben seinen Freund ins Zelt, knotete es zu und machte sich still davon. Es schien ihm besser, Simpel einfach ruhig schlafen zu lassen.

Das Memoarchiv

Sig wanderte in der kühlen Morgenluft zum westlichen Turm. Er hatte es eilig. Was ihm mit Pilaster widerfahren war, sollte sich nicht wiederholen. Wie er es anstellen sollte, wusste Sig nicht, aber er würde Simpel retten, was es ihn auch kostete. Hätte er mehr Zeit gehabt, hätte er jetzt erst einmal ausführlich Pilasters Tagebuch studiert, um dahinterzukommen, was Pilaster vorgehabt hatte für den Fall, dass sie es bis hierher geschafft hätten, aber dafür reichte es jetzt nicht.

Auf den ersten Blick sah der westliche Turm nicht anders aus als der, neben dem sie die Nacht verbracht hatten. Aber als er näher kam, bemerkte er gleich, dass dies der Ort war, den er suchte. Ganz eindeutig hatte Pilaster hier über längere Zeit kampiert. In der Nähe des Eingangs standen eine Bank und eine kleine Mauer aus locker aufeinandergestapelten Steinen. Vor der Fassade, auf die er zuging, lagen die Überreste von Dutzenden von Essenspaketen; der Wind hatte sie ringsherum im Staub verstreut. Und noch keine zehn Minuten, nachdem er Simpel verlassen hatte, stand er am Fuß des Turms und vor dem Eingang: Genau wie bei Turm Ost wieder das Symbol einer Hand.

Sig warf einen Blick in die Runde, auf der Suche nach irgendwelchen Zetteln, Zeichen oder Hinweisen von Pilaster. Aber als er so schnell nichts Interessantes fand, machte er, was ihm am logischsten erschien. Entschlossen legte er die linke Hand auf die Darstellung.

Vom einen Moment zum nächsten wurde neben dem Zirkel, und das vollkommen geräuschlos, ein dunkelblaues Oval in der Fassade sichtbar, etwas höher und breiter als er selbst.

Nichts schien sich zur Seite, nach unten oder in die Höhe geschoben zu haben, und doch musste dies der Eingang sein.

Sig zog die Hand von der Darstellung weg und spähte in das Blau. Er konnte nichts unterscheiden. Kein Licht, kein Dunkel, keine Schatten, nur ein schwindelerregendes, tiefes, kühles Blau. Vorsichtig bewegte er seine Hand auf das Blau zu. Ohne auf irgendeinen Widerstand zu treffen, glitt diese nach innen. Irgendwie war die Hand verschwunden oder durchlässig geworden. Sig kannte das nicht. Selbst in der Stadt, die eine einzige Aneinanderreihung technischer Glanzleistungen war, waren Türen einfach Türen. Zwar funktionierten sie elektronisch, doch schob sich immer etwas zur Seite oder nach oben hin weg, oder etwas klappte nach vorn oder hinten. Das hier war anders. Fremd. Unwirklich. Geisterhaft.

Sig trat einen Schritt vor, bis direkt an das Blau, und streckte den Arm weiter nach vorn. Nichts. Kein Gefühl, kein Widerstand, keine Geräusche oder Gerüche. Nur sein Arm und dieses bodenlose, schattenlose, tiefe Blau.

Er machte einen Schritt zurück, hob einen Stein auf und warf ihn gegen den blauen Fleck. Der Stein prallte genau so zurück, als hätte er ihn gegen die unversehrbare Wand des Turms geworfen.

Sig trat wieder nach vorn. Zum Nachdenken blieb jetzt keine Zeit. Er schloss die Augen und ging hinein.

Zwei Schritte, drei Schritte, vier … Von einem Moment zum anderen berührten seine Füße keinen Grund mehr. Eine Sekunde lang war es, als ob er fiele. Er wollte die Augen öffnen, doch er hatte keine Augen mehr. Er tastete umher und griff nach seinem Körper, oder besser: das versuchte er, aber er hatte keine Hände mehr. Und keinen Körper. Da war nichts mehr, selbst das Blau war verschwunden. Sig war noch da, er war nicht tot. Jedenfalls meinte er das – oder träumte er? Oder war es so wie das hier, wenn man tot war?

Er geriet nicht in Panik. Sig empfand nur ein vages Erstaunen darüber, dass es eigentlich überhaupt nicht unangenehm war, wenn man nur aus Gedanken bestand und nicht die ganze Zeit alles Mögliche hörte, sah, roch und zu tun hatte. Er war nur mehr Sigs Gedanken. Weiter nichts. Und diese Gedanken brauchten überhaupt nichts. Es war zwar eigenartig, aber keineswegs beängstigend.

Eine herrliche, fremde und nie gekannte Ruhe senkte sich über ihn. Er bekam das Gefühl, endlich in die Lage versetzt zu sein, alles einmal der Reihe nach durchzugehen. Was wollte er? Wer war er? Was suchte er hier? Was für einen Unterschied machte das alles noch?

Glasklar stand ihm vor Augen, wie aussichtslos seine Situation war. Wie stark er sich manchmal auch nach dem Leben in der Stadt zurücksehnte, er wusste, eine Rückkehr war für ihn unmöglich. Den CC könnte er ja vielleicht noch erweichen, aber er wusste, dass er nicht bereit war, den Preis zu zahlen, den seine Rückkehr ihn kosten würde: sein Gedächtnis.

Aber was für einen Unterschied machte das alles noch – war die Stille hier nicht herrlich? Alles fiel von einem ab. Vielleicht war das ja die Lösung: immerzu hier in diesem herrlichen, entspannten Nichts herumzugeistern. Hier konnte er einfach sein, ohne Körper, ohne Hunger oder Durst, ohne Sorgen. Hier konnte er träumen und denken, was er wollte, in aller Ruhe eine Ewigkeit durch seine Erinnerungen flanieren, und alle Ziele und Fragen würden verschwinden. Würde es Simpel hier nicht auch wunderbar gefallen? Ohne Körper brauchte man nie mehr krank zu sein …

Simpel! Der Gedanke an Simpel zerstörte die träumerische Ruhe wie ein Stein, der eine glatte Wasseroberfläche plötzlich in Aufruhr versetzt. Simpel war krank. Er brauchte Hilfe, und er, Sig, war auf dem Weg, diese Hilfe zu finden. So war das! Verschwinden war keine Lösung – und für Simpel erst recht nicht, der hatte so wenig Gedanken, dass er hier im Turm einfach nur endgültig und für immer verschwinden würde.

Wie viel Zeit wohl verstrichen war, seit er das Blau betreten hatte? Sig wusste es nicht. Es konnten Sekunden sein, es konnten Stunden sein oder gar Tage. Zeit schien hier nicht zu existieren.

»Hallo?«, richtete er seine Gedanken nach außen, zum ersten Mal, seit er in das Blau gestiegen war. »Hallo? Bin ich hier im Archiv? Kann mir jemand helfen?«

Eine Stimme ertönte – oder besser: Gedanken von außen, von jemand anderem, drangen zu Sig vor. »Willkommen im Memoarchiv. Hier spricht die Archivarin. Wählen Sie eine Navigationsmetapher oder bitten Sie um Hilfe.«

Eine Navigationsmetapher? Was war denn das schon wieder? Aber noch bevor Sig diese Frage in seinen Gedanken wirklich in Worte gefasst hatte, erklang eine zweite Stimme, ebenso unhörbar und zugleich klar und deutlich wie die erste. Die erste Stimme – oder was es auch war – war die einer Frau gewesen, diese hier schien von einem Mann zu stammen.

»Sie bitten um Hilfe bei der Navigation. Sie wollen wissen, was eine Navigationsmetapher ist. Willkommen bei der Hilfefunktion des Memoarchivs. Das Memoarchiv umfasst alle Erinnerungen, Gedanken und Vorstellungen, die wir aufnehmen konnten, und zwar von zweihundertsiebenundneunzig Millionen dreihundertvierunddreißigtausendachthundertsiebenundsechzig Menschen, verteilt über sechsunddreißig Jahrhunderte. Von den frühesten Anwesenden aus den Jahrhunderten vor dem erweiterten Memoscan wurden möglichst ähnliche Syntheten angefertigt. Die meisten Syntheten sind jedoch recht beschränkt. Um Informationen ausfindig zu machen oder die Memospuren einer Person Ihrer Wahl zu Rate zu ziehen, müssen Sie eine Navigationsmetapher auswählen.«

»Ja, aber wo bin ich? Wo ist mein Körper?« Sig bekam auf einmal das Gefühl, als ob ihm schlecht würde, und das, obwohl er keinen Körper hatte. Er wollte wieder ganz normal Boden unter den Füßen spüren. Ihm drehte sich alles, obwohl es nichts zu drehen gab. Hier gab es kein Oben oder Unten – hier gab es kein Hier.

»Sie befinden sich im Memoarchiv«, fuhr die Stimme unerschütterlich fort. »Eine Navigationsmetapher ist eine einfache Fantasie oder Einbildung, um der richtigen Gedächtnisspur auf die Spur zu kommen. Ein Bild, in dem Sie herumlaufen können und …«

»Lasst mich raus!!«, schrie Sig ohne Stimmbänder, mit denen er hätte schreien können.

Er lag draußen, auf dem Bauch und mit dem Gesicht im Staub. Direkt vor dem Eingang des Turms. Das blaue Oval war verschwunden. Es dauerte einige Sekunden, ehe Sig sich wieder im Hier und Jetzt befand. Er blinzelte, setzte sich auf und ließ seinen Blick über seinen Körper schweifen. Alles war noch dran. Hatte er sich wirklich in dem Turm befunden, oder war es nur ein Traum gewesen? Er schüttelte den Kopf –

als müssten seine Gedanken sich erst einen neuen Platz darin suchen.

Es schien wenig Zeit verstrichen zu sein. Obwohl es bewölkt und die Sonne nicht zu sehen war, war es offenbar immer noch früher Morgen. Was auch geschehen war, es erschien harmlos – solange er sich nicht durch diese Leere fortreißen ließ. Auch Pilaster hatte das Archiv nie als gefährlich bezeichnet. Und im selben Moment, als er nach draußen gewollt hatte, war das auch geschehen. Es war doch nur ein Archiv. Eine sehr sonderbare Art von Archiv, das schon. Ein unwirklicher Ort.

Das Einzige, was ihm blieb, überlegte Sig, war, es nochmals zu versuchen. Nachdem er ein paar Minuten dagesessen hatte, rappelte er sich hoch, wankte einen Moment lang duselig auf den Beinen, holte ein paarmal tief Luft und legte zum zweiten Mal seine Hand gegen die Außenwand des Turms. Mitten auf die Silhouette der Hand.

Wieder erschien das blaue Oval. Und auch diesmal zögerte Sig, bevor er hindurchtrat. Aber diesmal war er besser darauf vorbereitet, was ihn im Innern erwartete.

»Archiv?«, dachte er, so klar er konnte.

»Willkommen im Memoarchiv«, kam jetzt sofort die Reaktion. »Hier spricht die Archivarin. Wählen Sie eine Navigationsmetapher oder bitten Sie um Hilfe.«

Sig-ohne-Körper stellte sich vor, dass er durch eine dunkle Nacht schwebte, nicht allzu hoch über dem Boden. Auf diese Weise meinte er, ein wenig das Empfinden dafür aufrechterhalten zu können, wo, wer und wann er war.

Im selben Moment fühlte es sich tatsächlich an, als schwebte er durch eine tintenschwarze Nacht. Eine leichte, kühle Abendbrise wehte ihm ins Gesicht.

»Sie wählen eine nächtliche Schwebemetapher«, schallte

die Stimme der Archivarin in Sigs Geist. »Etwas vage noch, aber bitte, was hätte ich …« Sie klang ein wenig, als würde sie leicht mitleidig auf ihn herabschauen, aber gleichzeitig doch nicht unfreundlich. »Wählen Sie jetzt Ihre Fokuspunkte.«

Sig verstand nicht, was die Frau meinte. Frau? Nun ja, es war eine Frauenstimme, oder? Aber unwillkürlich musste er an die Sterne denken, die zu Tausenden in der Nacht flimmern. Vielleicht, weil Pilaster ihm erzählt hatte, dass man sich auch nach den Sternen orientieren konnte, genau wie nach dem Nordweiser.

»Ein Himmelsbogen, ein Firmament. Das bringt uns doch schon weiter«, meinte die Archivarin anerkennend. »Immerhin ein kleiner Anfang. Jeder Stern ein Memo, jede Richtung ein Fokus zur Thematisierung. Zwar etwas sehr romantisch, aber bitte, was hätte ich …«

Prompt war es, als ob Sig durch einen nächtlichen Sternenhimmel schwebte. Tausende von Sternen erstrahlten über, unter und neben ihm in einer ansonsten tiefschwarzen Leere. Grelle und weniger grelle, hellrote, gelbe, blauweiße und fast unsichtbare orangebraune Sternchen. Sich zu Wolkenschwärmen zusammenballend oder einsam aufleuchtend. Manche bildeten unbekannte Sternbilder, andere hingen wie willkürlich verstreut in dem samtenen Schwarz.

»Aufs Thema konzentrieren, bitte. Und auf eine Frage vorbereiten.«

Thema? Frage? Ach ja, äh … Sig fiel gerade nichts ein. Die Umgebung verwirrte und überwältigte ihn. Genau wie beim ersten Mal fühlte er sich losgelöst von der Welt und losgelöst vom Hier und Jetzt. Weshalb war er hierhergekommen? Weswegen war er all die Wochen unterwegs gewesen? So ohne Körper erschien die Welt außerhalb des Turms sehr weit weg, unwichtig. Und wieder war es verführerisch, sich allein dem Schweben zu überlassen. Nur allgemeine Betrachtungen schienen noch von Bedeutung zu sein. Das Hier und Jetzt war verschwunden.

Es gab vieles, was er fragen wollte. Über die Stadt, wie alt sie war und weshalb sie irgendwann erbaut wurde und ob es noch Städte auf dem Mond gab und wie man an den CC herantreten musste, wenn man zu Sanktion 2-f verurteilt war, und wie es um Scherbes Volk bestellt war und ob Pilaster hier gewesen war; und wer war Babel, und wie konnte man den CC überlisten? Ach ja, Simpel, also natürlich zuallererst die roten Flecken und was man dagegen tun konnte. Eile, irgendwann hatte er so etwas wie Eile gehabt. Eile, seinen Freund zu retten. Das war im Augenblick wohl das Wichtigste …

Während ihn alle diese Frage durchzuckten, kippte der Sternenhimmel bei jedem Gedanken mal hier- und mal dahin. Sternensysteme, Nebel und Planeten sausten vorbei und flogen auseinander. Wenn ihm nicht schon übel gewesen wäre, dann wäre ihm spätestens jetzt schlecht geworden.

»Ohne deutliche Frage ist ein Einzoomen unmöglich. Wählen sie eventuell eine ruhigere Navigationsmetapher.«

»Erstmal nichts. Nach draußen bitte.«

Wieder lag Sig außerhalb des Turms auf dem Boden.

»Pfff! Puh!« Sig schüttelte den Kopf. Er hatte geglaubt, ein Archiv wäre ein staubiges und dösiges Institut. Ein lahmes Gebäude voll mit Computern, Holoprojektoren und endlosen Regalen mit Holochips oder so was. Jedenfalls still und ruhig. Ein Ort, an dem man nach langen Wanderungen durch kilometerlange Gänge endlich jenen einen Speicherchip fand, den man gesucht hatte.

Wieso hatte Pilaster nicht mehr davon erzählt? Im selben Moment, als er dies dachte, wusste Sig die Antwort schon. Pilaster hatte ihm das alles erzählen wollen, aber ihm war keine Zeit mehr geblieben. Sig selbst hatte es zu eilig gehabt, das Hängende Haus zu verlassen, und nicht viel später war alles schiefgegangen. Pilaster war nicht mehr, und Sig probierte so vor sich hin. Aber er war doch gut vorangekommen. Ein schmerzlicher Stich vermischte sich mit Stolz. Pilaster konnte auch stolz auf ihn sein.

Sig stand auf und legte die linke Hand ein drittes Mal auf die Silhouette in der Wand. Zum dritten Mal stieg er in das unendlich tiefe Blau. Er wusste jetzt, was er wollte.

»Archiv?«, fragte er in Gedanken.

»Willkommen im Memoarchiv«, erklang die ihm mittlerweile bekannte Stimme. »Hier spricht die Archivarin.«

Bevor sie fortfahren konnte, unterbrach Sig sie schon. »Metapher: eine Stadt. Fokus: Körper, Krankheit und Heilung.«

Vom einen Moment zum nächsten befand sich Sig in einer Straße einer ihm unbekannten Stadt. Die Gebäude zählten nur wenige Etagen, und in der Straße wuchsen Bäume. Die Gebäude hatten Haustüren aus glänzendem Metall und mit kleinen runden Glasscheiben. Eigenartige stromlinienförmige Fahrzeuge, die Sig nicht kannte, standen auf der Straße geparkt. Andere fuhren leise summend vorüber. Aber wie fremd die Umgebung auch war, Sig erkannte sie als eine Straße mit Gebäuden, einem Gehstreifen für Fußgänger und Fahrbahnen für den schnelleren Verkehr.

Zu seiner Freude hatte er auch hier einen Körper. Seinen eigenen, ganz normalen Körper, aber der war in fremdartige

Kleidung gehüllt – eine merkwürdige Art Hosenanzug in Himmelblau und Blassgrün. Es sah überhaupt nicht aus, fand er. An alle Einzelheiten war gedacht, von frischer Luft und blühendem Löwenzahn in den Rasenfeldern bis hin zu anonymen Passanten, die sich in ähnlich eigentümlicher Kleidung über den Fußgängerstreifen bewegten.

Sig ging auf das erstbeste Haus zu und las das Namensschild neben der Tür: *Doktor Luigi Leporello, Hals-, Nasen- und Ohrenleiden, Termine nach Absprache.* Simpel atmete zwar mühsam, aber vielleicht schaute er besser noch etwas weiter. Sig ging weiter zum nächsten Haus. Dies gehörte einem gewissen Dr. Zipper, Hausarzt. Sig hatte noch nie von einem Hausarzt gehört. Seine Vorstellung war, dass so jemand vor allem von zerbrochenen Fensterscheiben oder defekten Rolltreppen Ahnung haben würde, also ging er weiter.

Professor Doktor Nausée, Behandlung von Seelenqual und Weltschmerz, nur Privat. Rote Flecken, Schwitzen und Zittern hatten wenig mit Seelenqual zu tun. Und war Simpel privat? Sig wusste es nicht.

Er ging weiter. War das eigentlich wirkliches Gehen, was er hier tat? Ach, was sollte es, die Wirkung dieses Archivs glich noch am ehesten der eines Traumchips. Auch wenn man einen Traumchip einnahm, war es ganz so, als sei man wirklich woanders – aber dabei gab es immer diese sichere, vertraute Doppelbödigkeit: Immer wenn man einen Traumchip eingenommen hatte, wusste man, was die normale, echte Wirklichkeit war.

Das nächste Haus gehörte jemandem, der sich Leonardo da Vinci nannte. Seine Spezialisierung lautete *Anatomische Studien und übrigens auch Erfindungen.* Auch nicht genau das, was er suchte. Bei Da Vincis Nachbarn stand *Sigmund Freud* auf dem Namensschild, *Spezialist in Traumdeutung und Neurosen* – witziger Name, Sigmund, dachte Sig, aber es war wieder nicht das, was er suchte.

Das ging ja nicht sonderlich voran.

»Suchen nach roten Flecken, Schwitzen und Zittern, bitte«, versuchte Sig.

Das Straßenbild veränderte sich augenblicklich. Von einem Moment zum nächsten stand Sig vor dem Eingang eines plumpen Betongebäudes mit etwa acht Stockwerken. In der Eingangshalle, zwischen Dutzenden anderer Namensschilder, fiel Sig ein Name auf: *Doktor Wong, Arzt.* Er drückte auf die Klingel, und sofort darauf saß er schon in einem geräumigen Sprechzimmer einem kleinen Mann mit glattem schwarzen Haar gegenüber, der ihn freundlich anlächelte.

»Doktor Wong. Siebenundzwanzigstes Jahrhundert. Ursprünglich aus Groß-Shanghai stammend. Was kann ich für Sie tun, wenn ich fragen darf?«, fragte Doktor Wong. Und er nickte Sig hinter seinem Schreibtisch sitzend bereitwillig zu.

»Äh, ein Freund von mir ist plötzlich krank geworden«, platzte Sig heraus. »Er hat rote Flecken, und er schwitzt, und er hat Durst und klappert mit den Zähnen, und wenn ich mich nicht beeile, stirbt er.«

»Na, na«, beschwichtigte Doktor Wong. »So schnell stirbt ein Mensch nicht. Rote Flecken, sagten Sie?« Sein runder Kopf wiegte sich hin und her. »Wie erfährt er diese Flecken denn persönlich, wenn ich fragen darf? Ist der Patient betrübt, wenn ich fragen darf? Sind es rote Flecken aus Kummer oder aus Verliebtheit oder aus Sehnsucht, wenn ich fragen darf? Was ist sein Alter, wenn ich fragen darf?«

»Natürlich dürfen Sie fragen«, antwortete Sig. »Aber das alles weiß ich nicht. Simpel ist einfach sehr krank, und er kann wirklich daran sterben. Vor gar nicht langer Zeit sind auch Dutzende andere an den roten Flecken gestorben.«

»Ich glaube, sie konsultieren einen Memoarzt aus dem falschen Jahrhundert, junger Mann. In meiner Erinnerung ist schon seit Jahrhunderten niemand mehr an einer Krankheit gestorben. Knochenbrüche oder Liebeskummer – darin kenne ich mich aus, ebenso in unerfüllten Wünschen, tragischen Sehnsüchten sowie Eifersucht, aber rote Flecken kenne ich nur als Symptom feinerer Empfindungen wie beispielsweie Scham oder Verlegenheit. Krankheiten waren in meinem Jahrhundert schon vollkommen unzeitgemäß.«

Doktor Wong verschränkte die Arme vor der Brust und verschloss die Augen, als habe er dem nichts mehr hinzuzufügen. Es war, als ob Sig gegen die Grenzen des Memos anrannte: Alles konnte hier noch so echt aussehen, am Ende waren es doch keine echten Menschen.

»Können Sie mir sagen, welches Jahrhundert für mich dann das richtige wäre?«

Ein Auge des Arztes öffnete sich unnatürlich langsam zur Hälfte. »Pffffff… neunzehntes Jahrhundert, einundzwanzigstes …«, sprach das Memo zögernd. »Ich bin doch wirklich nicht so sehr zu Hause … in der Urgeschichte … barbarischer Krankheiten … Aber …«

»Suche zuspitzen auf neunzehntes Jahrhundert bitte«, unterbrach Sig den immer trägeren Wortstrom von Doktor Wong, und von einem Moment zum nächsten befand er sich wieder irgendwo in einer Straße.

Es war eine viel schmutzigere Straße als die vorherige. Sie war ungepflastert, und es fuhren Fahrzeuge vorbei, die von Pferden gezogen wurden. Die Häuser sahen merkwürdig aus, mit Schnörkelornamenten über den Fensterpartien, bombastischen Dachgesimsen und geschnitzten Haustüren aus schwerem Holz. Nirgendwo eine Spur von Maschinen und Elektronik. Das hier musste eine Szene von vor langer Zeit sein.

Sig ging zu der nächstgelegenen Haustür. *Dr. L. Pasteur, Bakteriologie und Vakzine*, stand in geschwungenen goldenen Lettern auf einem Holzschild neben der Tür. Es gab keine Türklingel und ein Kameraauge erst recht nicht. In der Mitte der Tür hing an einem Scharnier lediglich eine Bronzehand. Sig klopfte an, und schon bald schwang die Tür auf.

Eine Frau im hochgeschlossenen schwarzen Kleid, mit aufgestecktem Haar und dünnen Lippen, schaute Sig mit gerunzelter Stirn an. »Der Doktor erwartet Sie … Herr …?«

»Sig«, antwortete er. »Es ist dringend. Ein Freund von mir …«

Das Stirnrunzeln verstärkte sich.

Das war doch völlig daneben, dachte Sig. Vielleicht machten derartige Spielchen ja Spaß, wenn man einfach so nach etwas Interessantem suchte, aber nicht, wenn jemand wirklich krank daniederlag. Er hatte genug von all dem Getue.

»Ich muss einfach den Doktor sehen! Und zwar gleich!«, sagte er ungeduldig zu der Frau und schlüpfte an ihr vorbei ins Haus. Sie blieb verdattert stehen.

Er durchschritt die einzige Tür, die von dem langen dunklen Flur abging, und fand Doktor Pasteur schlafend in seinem Schreibtischsessel, die Hände über dem Bauch gefaltet und eine kleine Brille auf der Nasenspitze.

»Doktor! Aufwachen!«, rief Sig und beugte sich über den Schreibtisch, um den Arzt an der Schulter wachzurütteln. »Ein Notfall!«

Der alte Mann schrak hoch, schüttelte den Kopf und schaute Sig auf einmal ganz aufmerksam und ruhig an. Es stimmte doch nie so ganz genau, ging es Sig durch den Kopf. Es war alles sehr schön nachgemacht, nur die Details hauten nicht hin. Dieser Doktor hier war ein ganz klein wenig zu schnell wach geworden.

»Womit kann ich dienen?«, fragte der Arzt in professionellem Ton. Er drückte die Brille hoch auf seine runzlige Nasenwurzel.

»Mein Freund. Er ist krank. Er schwitzt. Rote Flecken. Sehr viel Durst«, sprudelte Sig nacheinander hervor.

»Genau. Fieber und Ausschlag. Die Flecken, wie sehen die aus? Trocken und schuppig oder entweicht Nässe aus ihnen? Geschwollen? Oval oder rund? Wo kommen sie vor, im Gesicht, am ganzen Körper, hinter den Ohren? Hustet der Patient? Wie alt ist er?«

»Äh …« Sig hatte ehrlich gesagt keine Ahnung, wie die Flecken genau aussahen und ob sie sich auch an Stellen außerhalb von Simpels Gesicht und Armen befanden. »Äh, nun, er hustet nicht. Und ich glaube, er ist ungefähr dreißig Jahre alt. Aber sonst weiß ich nicht …«

»Dann kann ich Ihnen nicht weiterhelfen.« Der Doktor holte prompt eine große runde Uhr aus seiner Westentasche hervor, warf einen Blick darauf und sagte: »Ich werde den Patienten sehen müssen. Sie können bei meiner Assistentin einen Termin vereinbaren.« Er kam andeutungsweise aus seinem Sessel hoch, um Sig eine Hand zu geben; das Zeichen, dass die Konsultation zu Ende war.

»Das! Ist! Ein! Notfall!«, sagte Sig mit viel Nachdruck. »Ich kann Simpel nicht mit hierher schleppen. Er ist viel zu schwer. Ich brauche Hilfe!«

»Willkommen bei der Hilfefunktion des Memoarchivs«, sprach Doktor Pasteur auf einmal mit der kühlen, neutralen Stimme der Hilfefunktion, die Sig schon vorher gehört hatte. Der Arzt setzte sich anders hin, und zwar kerzengerade, was überhaupt nicht zu seiner Statur passte, und sagte: »Was ist Ihre Frage?«

»Mir reicht's mit diesen Spielchen. Ein Freund von mir ist krank. Aber weil ich nicht weiß, was er hat, scheint niemand im Archiv mir helfen zu können.«

»Okay«, kam die Antwort von dem Hilfefunktions-Pasteur. »Nächste Prozedur. Wir lassen die Suchmaschine anhand der Daten, die Sie haben, sowie Ihrer persönlichen Umstände nach einer praktischen und direkten Lösung suchen. Nennen Sie ihre Stichwörter.«

»Fieber. Rote Flecken. Juckend und innerhalb von vier oder fünf Tagen tödlich.« Mehr fiel Sig beim besten Willen nicht ein. Oder doch? Ehe er sich's versah, kam das Archiv womöglich mit der Bemerkung, er solle sich bei irgendeiner Stelle für Kranke melden oder bei einem Heilmittellager. »Ach ja«, fügte er deshalb schnell hinzu, »wir sind hier mitten in einer Art Wüste. Außer den drei Türmen gibt es nichts in der Nähe.«

Es blieb drei Sekunden lang still. Das Memo von Doktor Pasteur schaute Sig ausdruckslos an. Dann öffnete sich die Tür hinter Sig, und herein kam die Assistentin mit einem Silbertablett. »Hier ist Ihr Rezept«, sagte sie und hielt ihm das Tablett hin.

Darauf lag ein Blatt Papier, bedruckt mit schnörkeligen Buchstaben. Sig nahm es und las:

Ungenügende Angaben vorhanden für wirklich effektive Therapie. Nähere Einzelheiten bezüglich der Symptome erforderlich.

Jedoch Möglichkeit zur Fieberbekämpfung:

1. *Gehen Sie zu Turm Nord: Museum der Menschheit.*
2. *Besuchen Sie die Naturwissenschaftliche Abteilung, neunzehntes und zwanzigstes Jahrhundert.*
3. *Suchen Sie Acetylsalicylsäure oder aber Aspirintabletten.*
4. *Reichen Sie ein Ersuchen ein, das Mittel aufgrund eines Notfalls mitnehmen zu dürfen (Autorisierungcode 747).*
5. *Verabreichen Sie dem Patienten das Mittel, und zwar in Kombination mit viel Wasser. Jeweils ein bis zwei Tabletten. Höchstmenge sechs Tabletten pro Tag.*
6. *Halten Sie den Patienten warm.*

N.B.: Dies ist keine Heilmethode, sondern lediglich ein Beitrag zum besseren Befinden des Patienten.

Enttäuscht hob Sig den Kopf. »Ist das alles, was den achthunderttausend Millionen Memos hier einfällt?«

»Dies ist alles«, antwortete Pasteur. »Übrigens befinden sich nicht achthunderttausend Millionen Memos in diesem Archiv, sondern zweihundertsiebenundneunzig Millionen dreihundertvierunddreißigtausendachthundertsiebenundsechzig, um genau zu sein«, und er schloss die Augen.

»Können Sie diese Tabletten nicht besorgen?«

»Das Memoarchiv liefert Informationen, nötigenfalls auf Papier, aber keine materiellen Dinge«, seufzte Pasteur mit geschlossenen Augen. »Wir sind hier kein Trödelladen ...«

Also wieder nach draußen, dachte Sig, und im Nu lag er wieder vor dem Turm auf dem Boden. Zu seinem Erstaunen hielt er den Zettel mit dem Rezept in der Hand – es geschah also sehr wohl auch etwas Echtes dort drinnen, auch wenn er nicht begriff, wie das funktionierte.

Erst einmal zurück zu Simpel, ihm zu trinken geben und genauer hinsehen, was mit ihm los war.

Noch vor Mittag war er wieder bei Simpel. Es ging ihm nicht gut. In seinen Fieberträumen hatte er die Decken von sich geworfen und lag zitternd und mit nass geschwitzter Kleidung im Zelt. Das Wasser und das Essen, das Sig für ihn zurückgelassen hatte, hatte er nicht angerührt. Sig bekam ihn erst mit ein paar leichten Schlägen auf die Wange wach.

Mit leeren Augen starrte Simpel Sig an.

»Trinken, Simpel, du musst trinken.« Sig setzte eine Flasche an Simpels Lippen. Eine Menge ging daneben, aber als Simpel einmal begriff, was geschah, begann er gierig zu schlucken. Auf diese Weise würde ihnen ihr Trinkwasser viel zu schnell ausgehen, aber ihnen blieb nichts anderes. Notfalls würde er zur Halde gehen und neue Vorräte holen.

In Simpels Augen erschien ein zufriedener, schläfriger Blick, und sein Körper schien sich zu entspannen. Sig zog die Decke und seinen Schlafsack wieder über Simpel und deckte ihn so gut er konnte zu. »Schlaf schön weiter, Simpel«, sagte er verzweifelt. »Ich gehe und hole Medizin für dich.«

»Sig«, murmelte Simpel, und auf seinem Gesicht erschien der Anflug eines Lächelns. Danach schloss er die Augen und schlief ein.

Das Beste war wahrscheinlich doch, dafür zu sorgen, dass das Fieber etwas zurückging. Dann konnte er danach etwas entspannter, mit mehr Ruhe nachschauen, was Simpel fehlte, und mit diesen Beobachtungen zum Archiv zurückgehen.

Er verschloss das Zelt gut gegen den Wind, aß selbst etwas und machte sich wieder auf den Weg. Diesmal zu Turm Nord.

Das Museum der Menschheit

Sig stand am Fuß von Turm Nord. Der Eingang war auf die gleiche Weise markiert wie bei den beiden anderen Türmen – ein Kreis und darin die Silhouette einer Hand. Sig legte seine Hand darauf.

Ein Teil der Fassade wurde zu einem Strudel. Die milchig reflektierende Oberfläche zog sich wirbelnd zurück, als sei sie flüssig. Ein ovaler Durchgang bildete sich, mindestens vier Meter hoch und sieben Meter breit. Dahinter wurde eine Eingangshalle sichtbar.

Sig trat durch das Oval ins Innere. Zu seiner Erleichterung blieb er diesmal einfach er selbst.

Die Eingangshalle war ein großer quadratischer Raum, neutral erhellt durch Licht, das von nirgendwo herzukommen schien. Totenstill, geruchlos und staubfrei war es dort, und die Temperatur machte Sig schaudern. Nicht, weil es kalt gewesen wäre in der Halle, sondern weil seine Haut die Temperatur erkannte: Es war hier genau gleich warm wie immerzu, Tag und Nacht, in der Stadt. Es war exakt die Optimaltemperatur für einen Menschen. Außerdem roch es haargenau wie in der Stadt. Das gab ihm sozusagen das Gefühl, nach Hause zu kommen, allerdings auf eine unheilverkündende Weise: Totengleich und leer war es hier, und wenn er jetzt unvorbereitet die Domäne des CC betrat, konnte jeder Augenblick sein letzter sein.

Links war ein langer Tresen mit langen Reihen leerer Garderobenständer – nur standen sie nicht, sondern hingen an einer Art von Schienen, als seien sie verschiebbar. *Garderobe* stand in eleganten Goldbuchstaben darüber. Rechts aufgereiht befanden sich sicher vierzig Monitore, jeder in einer eigenen, nicht sonderlich tiefen Wandnische. Über den Nischen war in der gleichen Schrift wie über den Kleiderablagen *Information* zu lesen. Weiter hinten in der Halle sah er Dutzende von Schiebetüren und über jeder ein eigenes orangerotes Lämpchen – die Aufzüge, nahm Sig an. Über den Türen stand *Zu den Sammlungen*.

Etwas an den Lichtverhältnissen wurde anders. Sig drehte sich um und sah, wie die Außenwand wieder auf ihren Platz floss.

Er ging zu dem nächstgelegenen Infomonitor. Im selben Moment, als Sig die Nische betrat, leuchtete der Monitor auf. Aber noch bevor er erkennen konnte, was auf dem Bildschirm zu sehen war, ertönte eine Stimme von der Art, die er nur allzu gut kannte; eine freundlich-distanzierte Computerstimme.

»Willkommen im Museum der Menschheit. Sie befinden sich auf verbotenem Gelände, nämlich Omega 87. Auf diese Übertretung folgt Sanktion 2-f: vollständige historische Auslöschung. Ihre Identität wird hiermit gelöscht, und zwar sowohl in dieser Einheit als auch anderenorts im Kreislauf. Ihre sämtlichen Besitztümer einschließlich Ihres Körpers werden erneut in den Kreislauf aufgenommen, und jede Erinnerung an Ihre Existenz in Mensch und Maschine wird gelöscht werden. Bitte begeben Sie sich zum nächstgelegenen Recycling Point, wo Sie aufgehoben werden. Das Museum der Menschheit dankt Ihnen herzlich für Ihre Mitarbeit.«

Sigs Herz setzte drei Schläge aus, und eine unsichtbare Hand schnürte ihm die Kehle zu. Mit Beinen wie Blei rannte er zurück zu der Stelle, an der er eingetreten war. Nichts. Kein Knopf oder Sensor oder auch nur eine Spur von dem, wo vor weniger als einer Minute noch ein geräumiger Durchgang gewesen war. Er saß in der Falle.

»Sehr geehrter Verurteilter«, tönte die Stimme wieder in genau dem gleichen stumpfsinnig-freundlichen Ton, »bitte begeben Sie sich zum nächstgelegenen Recycling Point, wo Sie definitiv aufgehoben werden. Das Museum der Menschheit dankt Ihnen herzlich für Ihre Mitarbeit.«

Sig schlug und trat panisch gegen die glänzende, nahtlose Wand. Dabei wusste er, dass es sinnlos war: Der CC würde ihn nie mehr gehen lassen, so viel war sicher. Trotzdem gab er nicht auf und suchte weiter nach einem Ausgang. Verzweifelt fuhren seine Fingerspitzen über die glatte Wand, auf der Suche nach der kleinsten, winzigsten Spur eines Mechanismus zur Öffnung des Eingangs. Als er nichts fand, rannte er zur Garderobe.

Er sprang über den Tresen und stob zwischen den leeren Kleiderablagen hindurch nach hinten. Er erreichte die Rückwand. Auch die war spiegelgatt und ohne Durchgang. Keuchend blieb Sig stehen und schaute in Panik nach rechts und links. Nichts. Keine Tür, kein Gang, kein mögliches Versteck. Auch hier gab es keinen Ausweg.

»Sehr geehrter Verurteilter, bitte begeben Sie sich zum nächstgelegenen Recycling Point, wo Sie definitiv aufgehoben werden. Das Museum der Menschheit dankt Ihnen herzlich für Ihre Mitarbeit.«

Die Fahrstühle. Das war die letzte Möglichkeit, auch wenn sie ihn nur noch tiefer in das Gebäude führten.

Aber auch diesmal war er nicht gelöscht worden, überlegte Sig. Keuchend stand er an eine Rückwand gelehnt und sammelte Mut, um zu den Aufzügen zu rennen. Was hatte

Pilaster über das Museum gesagt? Er wusste es nicht mehr. Nicht, dass es dort gefährlich sein würde, oder? Der lokale Computer hier beauftragte ihn nur, zu einem Recycling Point zu gehen, genau wie damals, als er auf der Halde angekommen war. Vielleicht hatte das Ding ihn nicht einmal als den ehemaligen Bürger Sigma-fi-alpha-277 erkannt, und womöglich stand es auch überhaupt nicht mit dem CC in Verbindung. Wieso hatte er Pilasters Tagebuch nicht besser gelesen?

Zu spät jetzt, es war zu spät für solche Gedanken.

Vorsichtig drehte er sich um und schaute auf die Monitore. Der Bildschirm, vor dem er gestanden hatte, war wieder erloschen. Die einzigen Geräusche in der Halle waren sein eigener Atem und, wenn man gut hinhorchte, das Hämmern seines Herzens.

Der CC verfügte hier offenbar nicht über die Apparatur, ihn zu löschen oder zwangsweise zu einem Recycling Point abzutransportieren. Demnach würde er hier wahrscheinlich gefangen gehalten werden, bis ein Trupp Sicherheitsroboter herbeigetrommelt war.

Sig beschloss, es dann doch zu wagen und tiefer in das Gebäude einzudringen. Ob ihm dabei eine direkte Gefahr drohte oder nicht, der Weg in Richtung Fahrstuhltüren war die einzige Möglichkeit, die ihm blieb. Vielleicht fand er ja im Museum selbst eine Gelegenheit, sich vor den Sicherheitsrobotern zu verstecken.

Weitergehen, weiter, immer nur weiter, tönte es wie ein Ohrwurm in Sigs Kopf – weitergehen, selbst wenn du wirklich kein Land mehr siehst.

Er manövrierte sich zwischen den hängenden Kleiderständern hindurch zurück, kletterte leise wieder über den

Tresen und schlich durch die Eingangshalle zu den Aufzügen. Dabei fiel ihm ein, wie sinnlos es war, so still und vorsichtig zu sein. Wenn es außer bei den Monitoren auch sonstwo in der Halle noch irgendwelche Sensoren gab, würden sie ihn ohnehin bemerken, da mochte er noch so leise sein. Und falls es weiter keine Sensoren des CC gab, dann brauchte er sich auch nicht vorzusehen.

Aber Sig war zu aufgeregt, um einfach ruhig zu bleiben. Die Erfahrung, wieder Stadtluft zu atmen und Stadtwärme auf der Haut zu spüren, brachte ihn durcheinander. Außerdem wiederholte die Computerstimme alle paar Sekunden ihre niederschmetternde Botschaft.

Er betätigte den Knopf neben der erstbesten Tür, die sofort aufglitt. Mit klopfendem Herzen huschte Sig durch sie hindurch, ehe sich die Tür direkt hinter ihm wieder schloss.

Im ersten Augenblick schien es, als sei er vom Regen in die Traufe geraten: Sämtliche Wände waren glatt und leer. Sig sah keine Knöpfe, um den Fahrstuhl in Bewegung zu versetzen. Nachdem sich die Tür geschlossen hatte, befand er sich in einer hermetisch wirkenden Zelle: vier spiegelglatte Metallwände, dazu ein kalt glänzender Boden und eine ebensolche Decke.

»Willkommen im Schnelllift. Sie fallen unter Sanktion 2-f. Bitte begeben Sie sich zum nächstgelegenen Recycling Point, wo Sie definitiv aufgehoben werden. Dieser Schnelllift dankt Ihnen herzlich für Ihre Mitarbeit.«

Noch bevor Sig der hermetisch wirkenden Fahrstuhltür einen Tritt versetzen konnte, fuhr die Stimme in demselben, einen zum Wahnsinn treibenden Ton fort: »Bitte nennen Sie Ihr Ziel.«

»Nach oben! Schnell! Sie sind hinter mir her!«, war alles, was Sig in seiner Panik hervorstoßen konnte. Was genau nochmal sein Ziel war, fiel ihm so rasch nicht ein.

»›Nach oben‹ ist keine gültige Zielangabe«, sprach der Aufzug. »Bitte spezifizieren. Vielen Dank.«

Sig holte tief Luft und kratzte all seinen Verstand zusammen. »Äh, Dingsda ... siebzehntes, nein, neunzehntes Jahrhundert. Wissenschaft. Naturwissenschaft.«

Der Aufzug setzte sich in Bewegung. Erst langsam und danach immer schneller wurde Sig nach oben transportiert.

Obwohl er eine Höllenangst vor dem CC und seinen Apparaten hatte, fand Sig es gleichzeitig auch wunderbar, wieder in einem richtigen Gebäude voll elektrischer Einbauten zu sein. Die Gerüche, die Temperaturen, das leise Sausen und Summen des Aufzugs, das alles war sehr vertraut und tröstlich für ihn. Es war doch sehr schön, wenn Apparate die schwere Arbeit für einen erledigten. Fäulnis und Gestank der Müllhalden und die grauen Ebenen von Produktion, das alles schien von hier aus betrachtet weit weg, ebenso wie andererseits die Schönheit von Wald. Es waren Welten, die nichts miteinander zu schaffen hatten, und das bereitete ihm nach wie vor ein Gefühl des Unbehagens.

Nach einer knappen Minute bremste der Aufzug allmählich ab, und ein paar Sekunden später stand er still. »Neunundsechzigste Etage«, tönte die Lautsprecherstimme. »Geschichte der Naturwissenschaften, Abteilung Frühgeschichte. Vierzehntes bis einschließlich zwanzigstes Jahrhundert. Sie fallen unter Sanktion 2-f. Bitte begeben Sie sich zum nächstgelegenen Recycling Point. Dankeschön, dass Sie sich für diesen Schnelllift als Ihr Fortbewegungsmittel entschieden haben.«

Die Tür glitt auf.

Sig stieg aus dem Fahrstuhl. Er hatte nicht die geringste Ahnung, wie lange das neunzehnte Jahrhundert schon zurücklag. Die Stadt war Pilaster zufolge mittlerweile an die dreitausend Jahre von der Außenwelt abgeschnitten. Aber wie viele Jahrhunderte waren dem vorangegangen? Wann hatte man eigentlich zu zählen angefangen? Und was war vor dem allerersten Jahrhundert gewesen? Nichts?

Das neunundsechzigste Stockwerk schien aus einem einzigen großen Raum zu bestehen, lediglich unterteilt durch eine Fahrstuhlreihe in der Mitte. Wohin Sig auch blickte, überall standen, lagen und hingen die merkwürdigsten Objekte. Die meisten davon sagten Sig nichts. Auf den ersten Blick glich es, sehr zu seinem Erstaunen, einem gigantischen Durcheinander. Außerdem bewegte sich alles Mögliche, und alles klapperte, puffte, knackte, brodelte, kurz: lärmte hundertfach durcheinander.

Er sah Gläser gefüllt mit brodelnden Flüssigkeiten in allerlei Farben, rotkupfern glänzende Kugeln, zwischen denen knisternde blauweiße Funken übersprangen, Vitrinenschränke mit gleißenden Gesteinsbrocken sowie Kristalle in vielerlei Formen und Farben, Maschinen, die wie Transportmittel aussahen, künstliche Beine aus Holz, Gummi und Metall, Miniaturgebäude jeglicher Größe in den verschiedensten Stilen, Masken aus Drahtgeflecht, Propellerblätter aus Holz oder Kupfer, große eiserne Vorhängeschlösser mit riesigen Schlüsseln, schmale Holzschränke, die oben ein Zifferblatt hatten, unter dem ein Gewicht hin und her pendelte. Wohin Sig auch schaute, überall war alles vollgestellt, und viele Dinge bewegten sich, tickten, brummten, pfiffen oder gurgelten vor sich hin.

Er erkannte alte Bücher auf meterlangen Regalen. Hatte Pilaster hier seine Bücher her? Wie hatte er sie mit nach Hause bekommen? Alles hier war diebstahlgesichert, etwas anderes konnte einfach nicht sein.

Er sah irgendein Kupferding, das an einen großen Nordweiser mit einem Hebel erinnerte. Direkt daneben stand eine Art Luftscooter, allerdings mit Rädern. Das Ding glänzte nur so und war von einem wundersamen Pastellblau, aber es produzierte ein hustendes Geräusch, und aus einer Art Röhre neben dem Hinterrad kräuselte sich grauer stinkender Rauch. Das Hinterrad drehte sich wie rasend auf einer Art Laufband, auf das der Scooter montiert war.

Brummte, brodelte und blubberte hier alles Tag und Nacht und seit Jahrtausenden vor sich hin, oder wurde es erst in Gang gesetzt, sobald jemand mit dem Fahrstuhl hierher unterwegs war? Wie sollte er hier jemals finden, was er suchte? Sig ließ den Blick schweifen, entdeckte aber so rasch nichts, woran er sich hätte orientieren können.

Zögernd unternahm er ein paar Schritte in Richtung auf den nächstgelegenen Gang zwischen den Gegenständen. Sogleich leuchteten, beginnend bei seinen Füßen, auf dem Boden Linien unterschiedlicher Farbe auf, die offenbar Wege durch die Gänge markierten. Welche Farbe wohl wohin führte?

Sig verfolgte mit den Augen die orangerote Linie. Anscheinend führte die hauptsächlich an Transportmitteln vorbei. Die Linie schlängelte sich vom Radscooter und einer simplen Holzkutsche auf Blattfedern zu einem ranken, zweirädrigen Ding, an dem mit einigen Röhren zwei Fußpedale und eine Art Minisitz befestigt waren. Außerdem blinkte ein orangefarbenes Lämpchen bei einem geflügelten Ding an der Decke, das aussah wie ein primitives Luftschiff.

Während sein Blick zu seinen Füßen zurückkehrte, damit er eine andere Linie verfolgen konnte, nahm Sig aus den Augenwinkeln eine Bewegung wahr. Irgendetwas schwebte auf ihn zu.

Eine Flinse!

Sig rannte fort, so schnell er konnte. Im Zickzack sauste er zwischen den Objekten und Vitrinen hindurch, um seinen Verfolger irrezuführen, während seine Augen gleichzeitig nach einem Versteck suchten. So zerrte er im Vorbeigehen an den Vorder- und Hintertüren eines Metalldings auf vier Rädern, aus dem genau wie bei dem Radscooter stinkender Rauch entwich. Er schaffte es nicht, eine davon aufzubekommen.

Durch die Regale hindurch sah er, dass immer noch etwas hinter ihm her war. Keine Flinse, sondern ein anders gebauter Roboter, ein kugelrundes Ding mit zwei kleinen Greiferchen, einigen Lämpchen sowie ein paar Antennen. Es bewegte sich mit beachtlicher Geschwindigkeit ungefähr zwei Meter über dem Boden schwebend vorwärts.

In Ermangelung von etwas Besserem bestieg Sig eine Konstruktion, die aussah wie ein riesiges steinaltes Katapult. Er riss sich die Hände an dem splittrigen Holz auf, und der Wurfarm bog sich knarzend unter seinem Gewicht. Aber noch bevor der Roboter um die Kurve gekommen war, konnte er sich in den Beutel verkriechen, in den man früher die Dinge legte, die mit dem Gerät abgeschossen werden sollten.

Sig hielt den Atem an und lauschte. Es war fast so wie damals, als er gerade auf der Halde gelandet war und sich unter der Metallfolie versteckt hielt, um sich dem Blick der Flinse zu entziehen. Das hatte damals nicht richtig geklappt, fiel ihm wieder ein.

Wieder knarzte der Wurfarm. Leise, aber kläglicher als vorhin. Blieb er nicht totenstill, dann würde das ausgetrocknete Holz innerhalb kürzester Zeit zersplittern und er mitsamt Wurfarm und allem in die Tiefe stürzen. Aber wahrscheinlich hatte der Roboter das Knarzen schon gehört.

Und tatsächlich.

»Es ist strengstens verboten …«, hörte Sig aus weniger als einem Meter Entfernung.

In einem Reflex wandte er sich der Stimme zu. Durch seine plötzliche Bewegung krachte der Wurfarm durch, und Sig donnerte unter großem Getöse auf den Boden. Das jahrtausendealte Holz zerbröselte und warf eine Staubwolke auf, die den Roboter durcheinander brachte. Sig nutzte die Gelegenheit und tauchte weg auf ein einige Meter weiter stehendes Podest, auf dem ein Laboratorium aus früheren Zeiten nachgebaut war.

Neben einem ovalen Schreibtisch, auf dem verschiedene Manuskripte lagen, waren allerlei glänzende Kupferinstrumente aufgebaut. Sig erkannte nicht eines von ihnen. Schön waren sie allerdings, so mit ihren Linsen, Zahnrädern und glänzend lackierten Holzständern. Der Platz unter dem Schreibtisch reichte nicht aus, um sich zu verstecken, aber …

Mit einem Ruck zog Sig die rotsamtene Decke vom Schreibtisch und warf sie über einen eigentümlichen, aus Kupferdraht geflochtenen Käfig, der an der Unterseite offen und über einen Metallfuß gestülpt war. Schnell kroch Sig unter das Ding. Wenn er die Arme fest an den Körper gepresst hielt, konnte er darin gerade so aufrecht stehen. Die Samtdecke reichte nicht ganz bis zum Boden, das heißt, seine Füße würden zu sehen sein.

Inzwischen blickte auch der Roboter wieder durch. »Es

ist strengstens verboten, sich in oder auf die ausgestellten Objekte zu begeben oder diese auch nur zu berühren«, wiederholte seine Automatenstimme. »Ihr persönlicher Museumsführer wird in Abstimmung mit der Zentraleinheit des Museums Sanktionen vornehmen ...«

Mitten im Satz wurde es still.

Sig wurde klar, dass er zuallererst einmal ganz umsonst in Panik geraten war. Der Roboter war ein elektronischer Museumsführer, eine Maschine, die ihm sogar dabei helfen konnte, das Heilmittel für Simpel zu finden.

Aber jetzt war alles verpatzt, weil er die Sammlung beschädigt hatte.

Es blieb jedoch still. War der Roboter kaputt? Hatte ihn vielleicht ein umherfliegender Holzsplitter getroffen?

Vorsichtig ging Sig in die Hocke und schaute unter der Decke hindurch in die Runde. Er sah, wie die Kugel um die Ecke schwebte und aus dem Blickfeld verschwand, um anschließend sogleich zurückzukehren. Jetzt flog sie geradewegs auf ihn zu.

Weil das Ding irgendwas von Sanktionen gesagt hatte, richtete sich Sig so vorsichtig er konnte wieder unter seinem Kupferkäfig auf. Trotzdem: Der Roboter hatte ihn bestimmt gesehen, es konnte kaum anders sein.

Es blieb still.

Erst nach einigen Minuten riskierte Sig abermals einen Blick. Nichts zu sehen. Der Kugelroboter war verschwunden. Noch in der Hocke drehte Sig sich vorsichtig um die eigene Achse und spähte in alle Richtungen. Nichts.

Oder doch? Durch einen etwas weiter entfernten Gang kam das runde Ding wieder angeflogen.

Innerlich fluchend suchte Sig abermals Unterschlupf, indem er sich wie gehabt mit eng an den Körper gepressten Armen in den Käfig stellte.

Und wieder passierte nichts.

Es war verrückt. Der Roboter schien ihn nicht wahrzunehmen, solange er unter dem Kupferkäfig stehen blieb. Aber kaum kam er darunter hervorgekrochen, drehte das Ding auf der Stelle wieder um.

Offenbar funktionierte die Kugel nicht mit Kameraaugen, denn Sigs Füße unter seinem wackligen Versteck waren ziemlich gut zu sehen, besonders für einen Roboter, der ungefähr wusste, wo sich der Eindringling befand. Selbst das eine Auge, das Kopf noch geblieben war, sah schärfer als jedes menschliche Augenpaar. Aber in der einen Sekunde, in der Sig die Kugel aus der Nähe gesehen hatte, war ihm keine Kamera aufgefallen.

Er würde es ausprobieren. Sig zog die Decke von dem Käfig herunter, stellte sich daneben und wartete, bis der Roboter wieder angeschwebt kam. Dann kroch er in aller Seelenruhe in den Käfig. Durch das Korbgitter hindurch sah er, wie der Apparat in der Luft stehen blieb, sich einmal um die eigene Achse drehte und wieder davonschwebte. Sig schlüpfte unter dem Käfig hervor, und sofort kam die Kugel wieder angeschwebt. Diesmal blieb Sig einfach stehen. Mit ein bisschen Glück erkannte der Roboter ihn nicht als denjenigen, der das ganze Unheil hier angerichtet hatte. Diese Person hatte sich für den Roboter ja schon vor ein paar Minuten in Nichts aufgelöst, nämlich als Sig das erste Mal in den Käfig gekrochen war.

»Willkommen in der Abteilung Geschichte der Naturwissenschaften, Unterabteilung Frühgeschichte. Sie werden dringend gebeten, sich strikt an die markierten Wege zu halten«, richtete sich der Apparat an ihn. »Es ist verboten, sich in oder auf die ausgestellten Objekte zu begeben oder diese auch nur zu berühren. Ihr persönlicher Museumsführer wird Sie gerne begleiten und Ihre Fragen beantworten. Begeben Sie sich bitte umgehend auf den markierten Weg zurück.«

Sig ging zum Rand seines Podests, stieg über das Abtrennseil wieder auf den Weg und fragte, während er auf den Käfig deutete: »Was für ein Ding ist das?«

»Ein Faradaykäfig«, schnurrte der Roboter. Er klang beinahe zufrieden, dass er endlich sein Wissen ausbreiten durfte. »Michael Faraday war ein Physiker des neunzehnten Jahrhunderts, wohnhaft in dem damals so genannten England. Der späteren Baustelle von Stadt Nummer 7. Faraday untersuchte als einer der Ersten den Elektromagnetismus. Der nach ihm benannte Käfig isoliert elektromagnetische Felder von der Umgebung. Felder von außen haben keinen Einfluss auf das, was sich innerhalb des Käfigs befindet. Felder in dem Käfig sind außerhalb desselben nicht aufspürbar.«

Der Roboter schwieg und blieb still in der Luft hängen, anderthalb Meter von Sig entfernt.

Sig musste die Worte des Apparats erst einmal verarbeiten. Dieser Käfig sorgte dafür, dass er für den Roboter unsichtbar war. So viel war klar. Und das, obwohl das Ding bis auf die dünnen Kupferdrähte vollkommen durchsichtig war. Dem Roboter zufolge sorgte der Käfig dafür, dass elektromagnetische Felder abgeschirmt wurden. Das bedeutete wahrscheinlich, dass der Kugelroboter Museumsbesucher anhand ihres elektrischen Feldes ausfindig machte.

»Wünschen Sie eine Fortführung des Besuchs anhand des

Themas Elektromagnetismus?«, fragte der Roboter, nachdem Sig etwa zehn Sekunden lang stumm nachgedacht hatte. Eine blaue Leuchtspur erstrahlte im Fußboden.

»Äh … nein. Erzählen Sie mir mehr über die Wirkung dieses Käfigs.«

»Der Käfig funktioniert nur, wenn er gut geerdet ist. In späteren Jahrhunderten wurde das Prinzip vielfach in Industrie und Elektronik verwendet. Mit der Erfindung gezielter Feldbeherrscher im dreiundzwanzigsten Jahrhundert geriet der Käfig außer Gebrauch.«

Dieses Ding könnte vielleicht die List sein, nach der Pilaster all die Jahre gesucht hatte, überlegte Sig aufgeregt. Waren Gedanken nicht auch eine Art elektrischer Ströme? Hatte er nicht in der Schule gelernt, dass das der Grund dafür war, weshalb Roboter und Menschen sich gar nicht mal so sehr voneinander unterschieden? Wenn das stimmte, konnte man seine Gedanken mit so einem Käfig also ganz simpel gegen die Einflüsse des CC abschirmen. Aber gerade als er den Roboter noch weiter befragen wollte, fiel ihm wieder ein, dass er vielleicht noch immer in Gefahr schwebte.

Selbst wenn dieser kugelrunde Museumsführer hier tatsächlich eine unschuldige Maschine war, musste er doch davon ausgehen, dass die Stimme unten tatsächlich mit dem CC in Verbindung stand und mittlerweile Verstärkung herbeigerufen hatte. Jeden Augenblick konnten Sicherheitsmaschinen hier eindringen. Außerdem hatte er nicht die blasseste Ahnung, wie er aus diesem Gebäude wieder herauskam.

Er schaute auf den Zettel, den er vom Memoarchiv bekommen hatte. »Aspirin. Könnten Sie mir das Heilmittel Aspirin zeigen?«, wandte sich Sig an den Roboter.

»Vielen Dank für die Wahl der medizinisch-chemischen

Route. Begeben Sie sich für eine vollständige Führung zum Ausgangspunkt bei den Fahrstühlen und folgen Sie der grünen Linie. Ihr persönlicher Museumsführer geleitet Sie dann zu den vielen Wundern und Kuriositäten …«

»Nein, nein, keine Führung. Einfach nur Aspirin, weiter nichts«, unterbrach Sig sein Gegenüber.

Der Roboter schwieg abrupt und schwebte in einem Tempo davon, dass Sig kaum mit ihm Schritt halten konnte. Die Bewegungen des Dings waren auf einmal ganz eckig. Sig fragte sich, ob er seinen persönlichen Museumsführer vielleicht gekränkt hatte.

Zuletzt blieb das Ding am Ende eines langen, schmalen Gangs hängen, der beidseitig ganz mit durchnummerierten Schränken vollgestellt war, die Dutzende von schmalen Schubladen enthielten.

»Aspirin oder Acetylsalicylsäure. Uraltes, primitives Mittel gegen Fieber und Schmerzen. Ursprünglich aus der Rinde des Weidenbaums gewonnen. Gelangte im Jahr 1899 in kommerzieller Form auf den Markt …«

»Jau«, sagte Sig, »das ist es. Welche Schublade?«

»Es ist verboten, die ausgestellten Objekte zu berühren.«

»Okay, aber ich würde gern wissen, in welcher Schublade es liegt.«

»Schrank 7b, Schubfach 14. Aber ich muss Sie nochmals darauf hinweisen, dass es verboten ist, die …«

Sig hatte die nummerierte Schublade schon aufgezogen und suchte zwischen den verschiedenen Medikamentenschachteln nach der Arznei für Simpel.

»Aha!« Sig nahm eine grün-weiße Schachtel aus der Schublade und machte sich damit aus dem Staub. »Notfall, Code 747«, rief er dem Roboter über die Schulter zu, der verdutzt auf ein und derselben Stelle hin und her schaukelte, und sprintete zum Fahrstuhl.

Okay. Und jetzt nichts wie weg hier.

Sig drückte den Knopf neben der Fahrstuhltür. Neben allen Fahrstuhltüren leuchtete ein orangerotes Lämpchen auf, aber sonst geschah nichts. Vielleicht musste der Aufzug erst von ganz unten her herauffahren; das konnte eine Weile dauern.

Der Roboter kam angeschwebt. »Es ist strengstens verboten, ausgestellte Objekte …«

»Code 747!«, rief Sig der Kugel zu. »Es handelt sich um einen Notfall, Code 747.«

»Code 747 ist Ihrem persönlichen Museumsführer unbekannt. Wenden Sie sich an die Zentraleinheit. Solange Sie das Objekt nicht erst zurücklegen oder der Obhut Ihres persönlichen Museumsführers anheimstellen, verbleiben Sie in vorläufigem Gewahrsam in dieser Abteilung. Nur die Direktion hat die Befugnis, eventuelle Codes anzuerkennen.«

»Okay, okay«, murmelte Sig und ging wieder zu dem faradayschen Käfig. Der Roboter blieb ihm dicht auf den Fersen.

Sig zwängte sich wieder in den Käfig und der Roboter trollte sich. Es funktionierte wirklich. Es war fast zu schön, um wahr zu sein.

Sig kroch wieder unter dem Käfig hervor und ging zurück zu den Fahrstühlen. Zu der Zeit, als er dort ankam, hing der Roboter schon wieder vor ihm in der Luft. »Willkommen in der Abteilung Geschichte der Naturwissenschaften«, quäkte die Kugel wie gehabt zur Begrüßung, doch im selben Moment öffnete sich einer der Fahrstühle und Sig trat hinein. Die Tür glitt wieder zu, und Sig trug dem Fahrstuhl auf, ihn zum Ausgang zu bringen.

Zuerst sprach der Aufzug ihn zum soundsovielten Mal darauf an, dass er sich baldmöglichst bei einem Recycling Point zu melden habe, doch dann geriet die Kabine in Bewegung. Es ging abwärts.

Sig fiel ein Stein vom Herzen, so erleichtert war er. Ein Grinsen breitete sich auf seinem Gesicht aus. Vielleicht war er ja wirklich der Klügste hier, wie Pilaster ihm nachdrücklich versichert hatte. Bisher jedenfalls war er noch ganz gut davongekommen.

Eine knappe Minute später öffnete sich an der Rückseite des Fahrstuhls eine Tür. Dahinter wurde eine Halle sichtbar, die das Gegenstück zu der Eingangshalle zu sein schien. Die Garderobe jedoch war hier ein Abholschalter, und anstelle der Monitore gab es Toiletten und einen verwaisten Raum, über dem *Souvenirs* geschrieben stand. Sig fragte sich, was das Wort bedeutete.

Alles schien gut zu gehen. Wahrscheinlich hatte er sich ganz umsonst Sorgen gemacht, und das Museum besaß gar nicht die Macht, ihn zu löschen. Schnell lief er zur Rückwand. Wenn alles gut ging, müsste dort der Ausgang erscheinen.

Als er sich der Wand bis auf fünf Meter genähert hatte, entstand ein Wirbel, und einen Moment später strömte das Tageslicht durch eine ovale Öffnung herein.

Sig rannte darauf zu.

Die Stimme des CC hallte durch den Raum: »Die Zentraleinheit …« Sig rannte weiter, nur wenige Schritte waren es noch – »… des Museums der Menschheit …« –, und er knallte gegen ein unsichtbares und undurchdringbares Kraftfeld.

»Neeeeeiiiin!«

Während ihm das Blut aus der Nase lief und sein Schädel von dem Aufprall dröhnte, sank er zu Boden.

Er hatte schon geglaubt, es geschafft zu haben. Nichts schien ihn noch von der unwirtlichen Ebene da draußen zu trennen – einer Ebene, die ihm verlockender vorkam denn je.

Was die Stimme des CC weiter zu ihm sagte, ging an ihm vorbei.

Mit einer Hand versuchte er, das Blut zu stillen, mit der anderen schob er sich mehr oder weniger an der Wand hoch, bis er gegen die unsichtbare Barriere gelehnt dastand. Mit der Zunge fühlte er, dass zwei seiner Schneidezähne sich gelockert hatten. Es tat gemein weh. Er schmeckte Blut im Mund und spuckte. Sig drehte sich um in der Erwartung, spätestens jetzt die Sicherheitsroboter auf sich zukommen zu sehen. Doch die Halle war leer.

Die Stimme des CC hallte neutral durch den Raum: »Die Zentraleinheit des Museums ersucht Sie nochmals, den Autorisierungscode für die Mitnahme des Objekts ›medizinisch-chemisch 1899-453‹ zu spezifizieren, und weist Sie darauf hin, dass Sie sich schnellstmöglichst zur Wiederaufnahme in den Kreislauf beim nächstgelegenen Recycling Point zu melden haben.«

Das war alles.

War das alles?

»747 …?«, wusste er mit Mühe und nur lispelnd hervorzubringen. Das Kraftfeld verschwand abrupt, und Sig fiel durch das Oval nach draußen.

Das war alles.

Die Memoversammlung

Es ging auf den frühen Abend zu, als Sig endlich wieder bei Simpel war. Dessen Zustand hatte sich im Lauf des Tages weiter verschlechtert. Er fühlte sich noch wärmer an und stöhnte im Schlaf. Weißliche Schweißtropfen standen wie Perlen auf seiner Stirn, und seine Augen wirkten leer und stumpf. Er schien Sig kaum zu erkennen. Die roten Flecken wirkten feuriger als am Morgen. Das Herz rutschte Sig in die Hose. Was sollten die albernen Tabletten dagegen schon bewirken?

Sig bettete Simpels Kopf vorsichtig auf seinen Schoß und gab ihm zu trinken. Als Simpel die Flasche halb leer hatte, setzte Sig sie ab. Er nahm die grün-weiße Schachtel mit dem Medikament aus der Tasche und öffnete sie.

Zwei Blisterstreifen mit je zehn Tabletten befanden sich darin sowie ein in winziger, ihm unbekannter Schrift bedruckter Zettel. Unvorstellbar, dass das hier drei-, viertausend Jahre alt war. Es sah aus wie neu und fühlte sich auch so an. Eigenartig, so direkt mit Menschen von vor Tausenden von Jahren in Berührung zu kommen. Wer hatte diese Tabletten in diese Schachtel getan – oder machten das auch damals schon Maschinen?

Jeweils ein bis zwei Tabletten sollte man mit reichlich Flüssigkeit einnehmen. Und höchstens sechs Tabletten pro Tag, erinnerte sich Sig. Er drückte zwei Tabletten aus der Verpackung und hielt sie Simpel an die Lippen. Der öffnete brav den Mund und schluckte die Dinger mit einiger Mühe herunter. Anschließend flößte ihm Sig das restliche Wasser ein.

Sie hatten jetzt nur noch eine Flasche. Vielleicht könnte er morgen in den Toiletten des Museums Wasser holen. Falls es dort kein Wasser mehr gab, musste er morgen Nachmittag zur Halde zurück. Das war zwar das Letzte, worauf er Lust hatte, aber was hieß das schon, wahrscheinlich würde er doch zur Halde müssen, um Material für den Bau eines Faradaykäfigs zusammenzusuchen.

Sig schwirrte der Kopf von all den Ereignissen des Tages. Zuerst dieses eigenartige Archiv und danach das Museum, wo er sich viel zu sehr ins Bockshorn hatte jagen lassen, wegen nichts. Und alles hatte mit einem gigantischen Schlag ins Gesicht geendet. Obwohl der Museumsbesuch an sich auch etwas gebracht hatte.

Zu viel für einen Tag. Ihm langte es völlig. Wie gern hätte er jetzt jemanden gehabt, mit dem er das alles hätte besprechen können. Aber hier in dieser Wüste wuchs ja noch nicht mal genügend Holz für ein kleines Lagerfeuer.

Sollte er auch eine von diesen Tabletten nehmen? Sein Kopf dröhnte noch nach von dem Schlag gegen den Kraftschild, und in seinen Lippen und den lockeren Schneidezähne pochte der Schmerz. Nein, besser nicht. Simpel brauchte sie dringender als er. Sig stand auf, streckte sich und gönnte sich anschließend ein Essenspaket.

Als er fertig gegessen hatte – das Kauen war schwierig und schmerzhaft –, kroch Sig wieder ins Zelt und beobachtete Simpels Zustand. Der lag ruhig da und schlief. Das war doch schon etwas. Das Fieber schien zurückgegangen zu sein, aber die Flecken waren noch da, dagegen konnte das Heilmittel offenbar nichts ausrichten. Vielleicht half ihm das Medikament ja, ein paar Tage länger durchzuhalten.

Sig studierte die roten Flecken und untersuchte, ob er sonst noch etwas Besonderes an Simpel entdecken konnte. Nach ein paar Minuten fruchtloser Suche zuckte er mutlos mit den Schultern. Außer dem Fieber und diesen Flecken hatte er immer noch nichts entdeckt. Aber er hatte auch keine Ahnung, worauf er denn achten sollte.

Er schlüpfte wieder aus dem Zelt, stand auf und schaute die glatten Wände von Turm Ost hinauf. Dieser Turm war also der des CC. Eigenartig. Der CC beherrschte die Stadt und diesen Turm, aber die beiden anderen Türme beherrschte er offenbar nicht. Wieso standen sie nicht miteinander in Verbindung? Das wäre doch nur logisch gewesen, besonders da der CC ja alles wissen und beherrschen wollte. Noch eine Frage, die er morgen im Memoarchiv stellen musste.

Weil es zu früh war, sich schlafen zu legen, und weil ihm der Kopf überlief von den Ereignissen dieses Tages, griff Sig zu Pilasters Tagebuch und setzte sich damit vor den Zelteingang. Vielleicht würde es ihn ja ablenken, trösten oder auf irgendeinen Gedanken bringen. Einfach irgendwo in der Mitte schlug er es auf.

Jahr 19 nach Verbannung – Wald, Blockhaus bei Quelle, sonniges Sommerwetter.

Warmes Licht spielt durch wirbelndes Baumwaldblattwerk. Kühle Plätscherquelle. Gut, wieder hier zu sein. Ruhe. Blaubeeren, Brombeeren. Finken, Drosseln, Eichelhäher: Ich koste die Wörter, ich kenne ihre Namen jetzt. Aber auch: tiefrote Scham auf Pilasters Wangen.

Das Archiv hat Bücher für mich kopiert. Bücher aus dem Museum. Bücher über Tiere und Pflanzen, über die Urzeit des

Menschen. Und über die Stadt – Vorgeschichte und Bau. Ein schwieriges Lesen, viele Buchstabenzeichen, aber interessant. Vorstellungen der Erbauer der Stadt: Sie wollten jeden endgültig glücklich machen, indem sie alle Menschen hüteten und beschützten. Heraus kam der Mensch als zahmes Schmusetier eines dösigen, fürsorglichen CC. Oder so ähnlich.

Hier ist Wald allerdings so schön und glücklich machend, dass ich langsam vermute, Dinge könnten nicht stimmen. Gedanken verwirrt, Alleinsein drückt schwer aufs Gemüt.

Babel aus dem Archiv erzählte mir die Geschichte von Robinson Crusoe – Mann aus der Urzeit, der einsam an einem Ort strandete, eine Art Wald, aber völlig umringt von Wasser. Er war der einzige Mensch dort und konnte nicht weg. Auch er hatte einen Ort, von wo er sich Dinge holte: ein altes Schiffswrack.

Nach sehr vielen Jahren allein, in denen er lauter schlaue Sachen machte, traf er auf Freitag, eine Art Fledderer, denn er konnte nicht mit ihm reden. Muss schön sein, einen guten Freitag zu finden. Der Mann Crusoe machte jedoch einen Diener daraus. Mit meinem Freitag ist es vollkommen anders gescheitert …

Pilaster wollte sich nach der Geschichte von Babel auch einen Fledderer zum Freund machen: meinen eigenen Freitag. Habe dafür eigens einen Umweg über Halde West gemacht und gewartet, bis der Gleisgleiter einen frischen Gelöschten hat runterpurzeln lassen. Mann von ungefähr vierzig landete im Schmu. Nahm mir vor, viel Geduld mit ihm zu haben.

Will nicht hierüber schreiben. Tue es doch.

Mein Freitag – ich nannte ihn auch Freitag – knurrte, krallte, biss mich. Ich hielt ihn sieben Tage bei mir, versuchte Freundschaft mit ihm zu schließen, gab ihm Essen und Trinken, und dann, nach dem Hinunterschlingen, rannte er fort. Auf der Flucht und fort von mir. Er fiel von einem Müllberg. Ich blutete, bin ihm aber doch hinterhergelaufen.

Pilaster will nicht hierüber schreiben, tut es aber doch.

Mein Freitag war zerbrochen. Knurrte und biss nach mir mit gebrochenem Arm und Bein, als ich näherkam. Bösartiges, krankes Tier.

Habe ihn getötet, sollte keine Schmerzen mehr haben. Stock auf den Kopf. Mit diesen Händen und vertrautem Stock. Sagte zu mir, ich wolle ihm helfen. Ihn aus seinen Leiden erlösen. Bein und Arm würden nicht mehr heilen. Aber auch: Pilaster beugt das Haupt in verwirrter Scham, ich wollte ihn nicht pflegen und heilen. War nicht stark genug, sein Freund zu sein.

Und auch dunkelböses, düsteres Gefühl der Wut. Wut auf die Welt – darum schlug ich Freitag tot. Tief in Pilaster verborgen lebt das Dunkle. Da muss es bleiben. Fortan für immer.

Scham und Schuld. Für immer behalte ich den Stock bei mir. Zur Erinnerung, zur Strafe. Um nie mehr damit zu schlagen.

Pferde, Rehe, Eichhörner. Buchen, Eichen, Kastanien. So heißen sie. Aber niemand, dem gegenüber ich sie so nennen kann – nicht dich selbst bedauern, Pilaster. Morgen steinerne Hügel besteigen, über Wald ausschauen, Morgenbrise schnuppern, Sonne genießen und so.

Sig legte das Tagebuch neben sich. Er fühlte sich noch scheußlicher als vor dem Lesen. Pilaster hatte jemanden getötet. Vor langer Zeit, aber trotzdem … Sig konnte es sich nicht recht vorstellen. Pilaster war immer so sanftmütig gewesen. Und auch noch mit Plock …

Er konnte sich vorstellen, wie Pilaster dagestanden hatte. Jünger und stärker, als Sig ihn kannte, ungefähr so wie in der Holoprojektion von Pilasters Expedition nach Wasser, die er sich im Hängenden Haus angeschaut hatte. Plock hoch über den Kopf erhoben. Sein freundliches Gesicht verzerrt zu einer bösartigen Grimasse.

Sig musste an seine erste Begegnung mit Simpel denken, auf Halde Süd. Auch er hatte damals mit dieser Eisenstange blindwütig um sich geschlagen. Einfach so, aus Angst vor dem Unbekannten. Hätte er Simpel damals am Kopf getroffen, dann hätte er ihn damit vielleicht auch getötet.

Menschen, die nicht vom CC programmiert und nachkorrigiert wurden, waren zu schrecklichen Dingen imstande. Und nicht nur, wenn sie gelöscht waren wie die Fledderer mit ihren Speeren damals beim Hängenden Haus. Pilaster, er selbst, Scherbes Volk, das Gelöschte zu Dienern machte …

Die Menschen, die die Stadt und den CC gebaut hatten, hatten wahrscheinlich sehr klug daran getan, einen Computer alles lenken zu lassen.

War es nicht besser, die Stadt in Ruhe zu lassen und fortzuziehen? Nachdem er all das in den vergangenen Wochen erlebt hatte und wusste, wie aggressiv freie Menschen sein konnten, sollte er sich vielleicht besser von der Stadt und ihren Einwohnern fernhalten. Er war jetzt auch so jemand wie Pilaster oder derjenige, der die Stadt von Scherbes Volk vernichtet hatte, dachte Sig traurig, und damit endgültig untauglich geworden für ein Leben in der Stadt.

Trübselig starrte Sig in die Dämmerung, ohne tatsächlich etwas zu sehen. Seine Oberlippe war geschwollen. Sie pochte und tat weh. Er konnte überhaupt nicht fort: Simpel wurde immer kränker, und er wusste nicht, was er dagegen ausrichten konnte.

Da war es doch nicht so verrückt, wenn er so langsam den Mut verlor?

Pilaster hatte in seinem Brief geschrieben, Sig würde etwas zu schnell schwermütig, und falls es wieder mal so weit sei, solle er an Pilasters Nonsenslieder denken: Plomm, prumm, fummel, blupp, tschumm-tschumm …

Sig versuchte es, aber es half nicht. An Pilaster zu denken, sorgte lediglich dafür, dass ihm noch trauriger zumute wurde. Er vermisste Pilaster, auch jetzt noch, nachdem er wusste, was sein Freund getan hatte.

Bevor es ganz dunkel wurde, zog er alle warmen Sachen, die er besaß, übereinander an und legte sich, soweit Simpel ihm den Platz dazu ließ, in den Zelteingang schlafen. Mit seinem Schlafsack hatte er Simpel zusätzlich zugedeckt, also würde er heute Nacht so zurechtkommen müssen.

Voller düsterer Gedanken und Vorahnungen schlief Sig endlich ein.

Im Lauf der Nacht kehrte das Fieber zurück. Schwitzend und fantasierend wälzte sich Simpel auf seinem Lager und schlug wild um sich. Sig verabreichte ihm wieder zwei Aspirin, doch die schienen diesmal weniger gut zu helfen. Ganze drei Mal schrak Simpel unter lautem Angstgeschrei hoch, und ganz offensichtlich begriff er nie, wo er war. Und immer deckte Sig ihn sorgsam wieder zu, murmelte ein paar beruhigende Worte und flößte ihm etwas Wasser ein. Weiter wusste er sich auch keinen Rat.

Im ersten Morgengrauen beschloss Sig, durchgefroren von der feuchten Nachtkälte, doch schnellstmöglich zum Archiv zu gehen. Seine düstere Laune vom Abend zuvor hatte sich etwas gelegt, und schlafen konnte er jetzt ohnehin nicht mehr. Außerdem war im Lauf der Nacht der Ansatz eines Plans in ihm entstanden, und je eher er sich an dessen Ausführung machte, desto besser. Schließlich hatte er sich vorgenommen, Simpel um jeden Preis das Leben zu retten.

Dafür musste er allerdings die Konfrontation mit dem CC wagen. Und das mit nur wenig Zeit, um sich darauf vorzubereiten. Es ging nun mal nicht anders. Wenn er Simpel nicht retten konnte, war alles andere ohnehin gleichgültig. Dann war es für Sig ebenso gut vorbei, dann konnte er sich genauso gut löschen lassen.

Um sich nicht ganz unvorbereitet in das Wagnis zu stürzen, wollte er sich zunächst mit einigen Sachverständigen beraten. Und vielleicht war es nicht dumm, doch auch mit diesem Babel zu reden, den Pilaster mehrmals erwähnt hatte.

Sig versorgte Simpel nochmals mit drei Aspirintabletten und etwas Wasser, und er bekam ihn nach vielem Drängen dazu, einen halben Pfannkuchen zu essen. Anschließend aß er selbst ein Frühstückspaket. Bevor er losging, leerte Sig seinen Rucksack und grub Kopf aus Simpels Gepäck hervor.

Kopf war nach wie vor wütend und blieb recht schweigsam, als Sig ihn bat, ob er ihm heute nicht helfen wolle. Schließlich lenkte er etwas ein, nachdem Sig ihn zerknirscht um Entschuldigung gebeten und versprochen hatte, Kopf zu einem Luftscooter zu verhelfen, wenn alles glatt ging.

»Dass ssei dir aber auch geraaten«, zischelte er, »armsseelige, hilfloosse Roboter hinterss Licht ssu führen. Isst doch keine Aart, sso wass!«

Während sich Sig mit Kopf unter dem Arm und geschultertem leeren Rucksack zum Archiv aufmachte, wich die kühle Nacht einem stummen etwas nebligen Tag. Durch das Gehen wurde ihm wieder etwas wärmer. Der Plan, den er im Kopf hatte, war äußerst simpel, aber es war wenigstens etwas.

Alles hing jetzt davon ab, dass der Käfig funktionierte, sodass er Zeit und Gelegenheit hätte, dem CC seine Frage vorzulegen.

Er würde im Schutz des Faradaykäfigs den Turm des CC betreten und ihn nur darum bitten, Simpel zu heilen. War der CC wahrhaftig für Vernunft zugänglich, dann würde er das bestimmt tun. Sogar Pilaster hatte noch an die Anständigkeit des CC geglaubt. Sig wollte gar nicht mal darum bitten, dass Sanktion 2-f aufgehoben wurde: Er war immerhin ein verurteilter Krimineller, ob nun zu Recht oder zu Unrecht, aber Simpel war unschuldig; ein unschuldiger, neuer Mensch, der zufällig in einem gelöschten Körper entstanden war. Zuerst Simpel heilen, danach würden sie schon weitersehen.

So einen Käfig zu bauen, war bestimmt nicht sehr schwierig: Etwas mit Metalldraht, und der Käfig musste geerdet sein – was das beinhaltete, war Sig unklar, aber im Archiv würde man ihm da zweifellos weiterhelfen.

Beim Turm angekommen, legte Sig seinen Rucksack auf den Boden, stellte Kopf obenauf, legte die Hand auf das Symbol in der Fassade und betrat das Archiv. Der Eintritt durch das blaue Oval hatte schon fast etwas Vertrautes.

Noch ehe die Archivarin ihn begrüßen konnte, legte er los: »Navigationsmetapher: ein ruhiger Treffpunkt irgendwo dort, wo Pflanzen und Bäume sind«, formulierte er laut und deutlich in Gedanken. »Meine Bitte: Ich möchte zuerst gern mit Babel sprechen.«

Im nächsten Moment befand er sich in einer Art Wald. Keinem wilden Wald, sondern einem von Menschen gemachten. Kein Ort, den Sig wiedererkannte. Zurechtgestutzte Bäume in ordentlichen Reihen, dazwischen Bänke. Weißer Kies auf der Erde zwischen den Pflanzen. Blumenbeete mit schmiedeeisernen Einfassungen und ein Stück weiter zur Rechten ein kleiner runder Teich.

Kleine Kinder in blau-weißen Matrosenanzügen oder weißen Kleidchen spielten am Teich. Sie stießen Schiffchen vom Ufer ab. Der Wind blies die Schiffchen auf die andere Seite. Hier und da standen hölzerne Klappstühle. Viele Menschen gingen hier spazieren – die Frauen in komplizierten Kleidern und mit Sonnenschirmen, die Männer in schwarzen Anzügen und mit hohen Hüten auf dem Kopf.

»Exzellente Wahl, dieser Park«, erklang es links neben ihm, »eine Oase von einer Luftspiegelung.«

Sig schaute ein klein wenig erschrocken zur Seite. Neben ihm auf der Bank saß ächzend und schwitzend ein riesig dicker Mann. Sein Bauch bedeckte seine Oberschenkel bis zu den Knien. Mit der linken Hand hatte er einen hohen Hut an der Krempe gefasst, und zwischen den Fingern seiner Rechten hielt er eine Art brauner Wurzel. Aus der Spitze des Dings kräuselte ein süßlich riechender Rauch in die Höhe.

Der Mann nickte Sig zu. »Paris im Jahr 1900, Jardin du Luxembourg, ausgezeichnete Wahl, wunderbarer Park, wie ich schon sagte. Einzig die Kleidung ist etwas unkomfortabel für jemanden von meiner ohnehin schon etwas kräftigen Statur. Ich fühle mich wie eine Wurst in der Pelle, wie ein Sturm im Wasserglas.« Er saugte an der Wurzel, die rot aufglühte, und blies danach mit zufriedenem Blick eine Rauchschwade in den Himmel.

Zögernd erwiderte Sig das Nicken und fragte den Mann, der von seinem engen Hemdskragen geradezu erwürgt zu werden schien – seine Doppelkinne quollen beängstigend darüber hervor –: »Sie sind Babel?«

Der Mann nickte und wischte sich mit dem Handrücken

den Schweiß von der Stirn. »Babel, das heißt der inoffizielle Verbindungsmann dieser in jeder Beziehung verfluchten Institution.«

»Verfluchte Institution – dieser Wald hier? Verbindungsmann?« Sig wusste nicht recht, was er mit dieser eigenartigen, ächzenden Erscheinung anfangen sollte. Weshalb hatte Pilaster gemeint, er solle sich ausgerechnet mit dieser Figur unterhalten?

Der Mann zog ein gigantisches weißes Taschentuch hervor. »Wald? Park, wolltest du sagen. Aber nein, das gesamte Archiv!« Der Mann lachte und machte eine ausholende Geste. »Technische Glanzleistung, dieses Archiv, wie ein Geist aus der Lampe, ein Paradepferd auf der Rennbahn, aber es läuft nicht so gut in letzter Zeit. Was sage ich, es ist ein müder Laden, welke Salatblätter. Die Verbindung zur Wirklichkeit ist perdu. Und das schon gute dreitausend Jahre. Die Zeit fliegt nur so dahin, nicht wahr, besonders, wenn man ihr nicht mehr angehört.«

»Kennen Sie Pilaster?«, unterbrach Sig den Mann, der dasaß, als könne er stundenlang so weiterreden, wenn man ihn ließ.

»Pilaster? Pilaster?« Der Mann schnäuzte sich erst mal ausgiebig und wurde dadurch noch röter, als er ohnehin schon war.

»Wahrscheinlich die letzte Person vor mir, die Sie zu Rate gezogen hat.«

»Mageres Männchen, große Ohren – zwei Ausleger wie die Blätter einer verblühenden Tulpe?« Der dicke Mann nickte.

»Wissen Sie noch, worüber er Sie befragt hat?«

Auf dem Gesicht des Mannes erschien ein Lächeln. »Es gibt vieles, das ich vergessen möchte, aber vergessen kann ich nichts.« Er seufzte. »So bin ich nun mal konstruiert. Farblos und angestaubt wie ein Strauß alter Strohblumen, aber nicht mehr imstande, auch nur ein Blütenblatt abzuwerfen. Verdorrt zu einem vergilbten Dokument in diesem endlosen Archiv, spiele ich die schon dreitausend Jahre lang überflüssige Rolle des Verbindungsmemos. Niemand fragt noch nach Zusammenhängen, Beziehungen oder wilden Ideen. Als ob alles lediglich das wäre, was es ist.«

Der Mann saugte wieder an diesem qualmenden Ding, und mit zu einem kleinen O gespitzten Lippen blies er bedächtig ein paar perfekte Rauchkringel aus. »Ich bin Babel, ich stelle Zusammenhänge her. Zusammenhänge, nach denen du fragst, Zusammenhänge, um die du nicht gebeten hast. Ich assoziiere die Faust mit dem Auge, die Perle mit den Säuen, den Wunsch und den Vater mit dem Gedanken.

In mir brachten die Erbauer des Archivs lauter Geschichten unter, die sie sonst nirgendwo loswurden. Mythen und Legenden, Dicktuerei, Märchen, Klatsch und Tratsch, Fabeln, Radau und Remmidemmi ...«

Der Mann hustete und räusperte sich lautstark, aber bevor Sig etwas sagen konnte, fuhr er schon wieder fort. »Und das ist noch nicht alles. Sie mästeten mich mit Meinungen, Assoziationen, Tagträumen, schrägen Gedanken und Vermutungen ... mit allem, was sie irgend übrig behielten, nachdem sie die anderen Memos programmiert hatten.«

Er warf Sig einen verschwörerischen Blick zu und wirkte dabei gleichzeitig wie einer, der nicht ganz ernst meint, was er sagt: »Sie haben mich topplastig gemacht. Die Frau mit dem Bart, der Mann mit den drei Beinen – Kirmesattraktion und Sammelbecken für alles. Kurz, der dicke Babel. Verbindungsmann und Restkategorie.«

Das Memo neben ihm war vor allem sehr weitschweifig, fand Sig. »Ich habe jetzt keine Zeit«, begann er schnell. »Die List, nach der Pilaster gesucht hatte, was genau war das?«, fragte er ungeduldig. »Können Sie mir darüber rasch etwas mehr erzählen?«

Babel starrte mit einem leeren Blick in seinen Schweinsäugelchen vor sich auf den Boden, runzelte die Stirn und pustete seine Wangen noch dicker auf, als sie schon waren. Anschließend ließ er die Luft zwischen seinen dicken Lippen entweichen. »Pfff, große Träume hatte er, dieser Pilaster. Wie ein Kind, das zum ersten Mal allein zu Hause bleiben darf; ist die Katze aus dem Haus, tanzen die Mäuse auf dem Tisch. Nun weiß ich wenig von der Welt der Gegenwart; das Archiv ist tote Historie, und ich selbst bin Geschichte, toter Buchstabe, ein Seufzer aus Nullen und Einsen, aber was er vorhatte, das war mir vielleicht was. Ein Heldengedicht, oder eine Tragödie von Gewicht. Auch wenn der Mann meiner Meinung nach große Chancen hatte, als fantastische Geschichte oder gar als große Seifenblase zu enden.

Die Einwohner der Stadt, die nicht weit von hier liegt« – Babel deutete mit seinem Hut undeutlich in die Ferne – »mussten seiner Meinung nach befreit werden. Sie waren seiner Meinung nach zu glücklich. Ihr Leben sei ein einziges Wiegenlied oder, anders gesagt, ein klebriges, honigsüßes Märchen, ein Ammenmärchen ohne Gedächtnis, eine richtungslose Geschichte ohne Handlung oder Moral. Etwas in der Art.«

Er schüttelte nachdenklich den Kopf und erhob sich mühsam. »Weißt du, am besten ist, ich erzähle dir eine Geschichte. Teils dasselbe, was ich vor Jahren deinem Pilaster erzählt habe, teils auch anders. Es ist nun mal mein Los, der

Schmierzettel der Historie zu sein. Es ist eine lange und lebendige Geschichte, jedoch gewiss die Mühe wert für den, der sich als Zuhörer in die nebligen Weiten der Menschheitsgeschichte vertiefen will, auf denen unsere heutige Ära ruht, wie ein Tablett die Lasten einer Teekanne nebst einer Schale ganz unvergleichlicher Sahnewindbeutel wuchtet oder ein Kamel seine Höcker.«

Ächzend und keuchend und dabei eine Rauchwolke ausstoßend hatte Babel sich endlich erhoben und setzte sich nun seinen Hut auf. »Lass uns zu dem Teich dort gehen« – unerwartet gelenkig wandte er sich in Richtung der spielenden Kinder – »da scheint die Sonne wie ein Glühwurm zu Pfingsten, es ist dort behaglicher als hier in diesen Schatten, und …«

»Aber, äh … wirklich, es tut mir leid«, unterbrach Sig Babels murmelnden, plätschernden Wortstrom. »Ich habe keine Zeit für lange Geschichten. Ich habe es eilig, sehr eilig. Mein Freund Simpel ist krank, er liegt im Sterben. Ich muss ihn retten. Das ist das Einzige, das zählt. Lange Geschichten machen dabei keinen Sinn. Ich brauche ein richtiges Heilmittel, stärker als Aspirin. Ach ja, und auch einen funktionierenden Faradaykäfig, und wenn es geht eine List, Infos über den CC und die Türme, derlei Dinge.«

Babel schaute auf Sig herab, mit runden Augen und hochgezogenen Brauen. Mit einem einstudierten Nicken und zusammengekniffenen Nasenflügeln versuchte er, vornehm auszusehen. »Keine Geschichte nötig? Keine Zeit? Geschichten keinen Sinn? Irgendwann wirst du noch ankommen und …«

Sig begriff, dass Pilaster es in seiner Einsamkeit genossen hatte, mit Babel endlose Gespräche zu führen. Pilasters Gebrabbel, als Sig ihn gerade kennengelernt hatte, war Babels Art zu reden gar nicht unähnlich gewesen, aber Pilaster hatte ja auch alle Zeit der Welt gehabt. Wenn es darauf ankam, erschien Babel wenig nützlich. Es wurde Zeit, die Sache rigoros und gründlich anzupacken. Noch bevor Babel seinen Satz beenden konnte, formulierte Sig deshalb eine neue Suchanfrage, und der Park mit allem darin verschwand wie Schnee in der Sonne.

Im nächsten Moment stand Sig mitten in einem großen runden Saal mit zu allen Seiten hin schräg ansteigenden Tribünen. Alle Sitze waren leer.

»Okay«, sagte er, »jetzt möchte ich zuallererst ein paar Computerbauer sehen, die an Bau und Programmierung des CC beteiligt waren.«

Auf der Tribüne direkt vor ihm erschienen nebeneinander drei Frauen und drei Männer in identischer himmelblauer Kleidung, einer Art Trainingsanzügen. Alle sechs hatten sie glänzende, kahl geschorene Köpfe, und alle sechs starrten sie ausdruckslos vor sich hin.

Wow, dachte Sig, war das damals die Mode gewesen? Er musste sich Mühe geben, damit er nicht in Lachen ausbrach, er musste höflich bleiben, denn er würde diese Memos dringend brauchen. Und, überlegte er, vielleicht war es kein Wunder, dass Menschen, die so aussahen, einen alles beherrschenden CC gebaut hatten. Nun ja, man sollte nicht zu sehr nach dem Äußeren urteilen. Er selbst sah schließlich auch recht eigenartig aus in seinen irgendwo aufgelesenen und von Pilaster fabrizierten Sachen.

Was weiter? Memos mit Ahnung von Elektrizität.

»Ein Dutzend Elektriker!«, sagte er. Sig deutete auf einen

anderen Teil der Tribühne, der sich sogleich mit einer Gruppe echter Technikfreaks füllte – wirres Haar, Nickelbrillen und in der Brusttasche einen Spannungsprüfer.

»Äh, und bitte auch noch ein paar Leute aus der Elektrizitätswissenschaft«, fügte Sig zur Sicherheit noch hinzu.

Sig deutete nach rechts. Allmählich machte ihm die Sache richtig Spaß. »Dort bitte ein paar Gehirnspezialisten und Memos mit Ahnung von Gedankenlesen und Gedankenbeeinflussung, und da« – er zeigte nach links – »die Bauer und Entwerfer der Türme.« Wieder erschienen einige Memogrüppchen aus dem Nichts. Sie sahen ein ganzes Stück normaler aus als die Computerleute, allerdings waren auch sie kahl rasiert.

Er drehte sich um und nickte. »Hier bitte die Memos, die den Bau der Türme in Auftrag gegeben haben, einige Memos, die sich mit der Geschichte der Stadt auskennen, und auch noch ein paar Typen, die Bescheid wissen mit Alarmanlagen und Wachrobotern.«

Noch mehr Sitze füllten sich.

»Zu guter Letzt noch einige willkürliche Memos, die neugierig sind und imstande, ein wenig nachzudenken.«

Der Saal war jetzt zu drei Vierteln mit Gestalten unterschiedlichster Couleur gefüllt: schwarze, braune, gelbe, alte, Männer, Frauen, Kinder, manche wild herausstaffiert, andere ganz schlicht gekleidet.

Ein Abriss von Jahrhunderten Menschheit aus den Vorzeiten der Stadt. Ein wunderbarer Haufen Chaoten. Und alle schauten sie auf Sig. Fast hätte es ihn verlegen gemacht. Aber es waren nur Memos, sagte er sich, tote Gedächtnisspuren aus einem Archiv und Stück für Stück dazu da, ihn mit Informationen zu versorgen.

Es war Zeit anzufangen.

»Werte Memos«, begann er, auf der Suche nach den richtigen Worten und indem er den Blick über die Menge schweifen ließ. »Ich habe euch zusammengerufen, weil ich einige schwierige Aufgaben zu bewältigen habe.« Seine Stimme wurde fester. Wenn er hier schon der Vorsitzende war, dann würde er diese Rolle auch so gut wie möglich spielen. »Ich habe wenig Zeit, also möchte ich, dass ihr jeweils kurze und klare Antworten gebt. Nicht alle werden alles verstehen, was ich sage – manche Dinge stammen aus der Zeit nach euch –, aber ich möchte keine Diskussionen und überflüssige Erörterungen, sondern nur praktische, brauchbare Antworten.«

Die meisten Anwesenden nickten ernst, und die Memos schienen etwas lebendiger zu werden. Sie schauten nach rechts und links, manche stellten sich ihren Nachbarn vor, und hier und da räusperte sich jemand.

»Die Sache ist die: Vor ein paar Wochen wurde ich aus der Stadt geworfen und vom Zentralcomputer, der dort momentan das Sagen hat, zu Sanktion 2-f verurteilt: vollständige und historische Auslöschung. Nun bin ich davon überzeugt, dass das in meinem Fall keine gerechte Strafe ist. Ich habe gute Gründe für diese Auffassung. Aber sobald ich versuchen würde, dem CC diese Gründe darzulegen, wäre ich schon gelöscht. Zumindest befürchte ich das. Außerdem geht es mir jetzt nicht in erster Linie darum.«

Sig stellte sich noch etwas mehr in Positur und holte tief Luft.

Einige Memos schauten ihn abschätzig an, die dachten natürlich, der CC habe immer Recht, und sie hätten hier einen Kriminellen vor sich.

»Nun habe ich eine Idee, wie ich, ohne gelöscht zu werden,

doch mit dem CC ins Gespräch treten kann: geschützt durch einen faradayschen Käfig.« Er schwieg und beobachtete, wie die Memos darauf reagierten.

Ein paar Gehirnforscher wirkten überrascht. Die Elektriker runzelten die Stirn und schauten sich gegenseitig verständnislos an. Die kahl rasierten Computerbauer beratschlagten sogleich emsig untereinander, und obwohl sie dies in gedämpftem Ton taten, fühlte Sig sich gestört.

»Darf ich um Ruhe bitten? Ich bin noch nicht fertig mit meinen Ausführungen. Worum es mir geht, und das ist auch der Grund für meine Eile, ist, dass ein Freund von mir eine unbekannte Krankheit hat und vor Turm Ost im Sterben liegt. Er ist unschuldig und hat den Tod nicht verdient. Er ist nämlich ein neuer Mensch, der gerade erst angefangen hat, sich im Körper eines gelöschten Menschen umzuschauen. Er hat der Stadt und dem CC gegenüber nichts verbrochen. Und nur der CC mit den Techniken der Stadt kann ihn retten. Auch deshalb will ich den CC sprechen: um ihn anzuflehen, dass er meinen Freund rettet.«

Manche der kritischen Blicke wurden etwas weicher, andere blickten nur noch misstrauischer drein.

»Meine Fragen an Euch sind jetzt, ob so ein Faradaykäfig eventuell funktionieren könnte und wenn ja, wie ich einen baue; welche Gefahren ich erwarten muss, sobald ich Turm Ost betrete, und mit welchen Argumenten ich den CC davon überzeugen kann, dass er mich und meinen Freund nicht löschen, sondern wieder in die Stadt lassen soll.«

Auf der Stelle brach ein lautes Gezänk aus. Die unterschiedlichsten Memos redeten plötzlich alle durcheinander und wetteiferten lautstark um Aufmerksamkeit. Manche sprangen sogar heftig gestikulierend und rufend von ihren Sitzen. Anscheinend war es mit Sigs Autorität doch nicht so weit her, wie er sich erhofft hatte. Die Memos jedenfalls reagierten ein ganzes Stück wilder, als gegenwärtige Stadtbewohner es getan hätten.

»... einfach mit Kupferdraht ...«

»... wieso nicht gelöscht werden?«

»... genial!«

»Das kann niemals funktionieren ...«

»Der CC ist ab-so-lut vernünftig ...«

»In die Luft jagen das Ganze!«

»Hört nicht auf die da!«

»Verbrecher!«

»Weitere Untersuchungen scheinen uns in diesem Stadium ...«

»Was für eine unbekannte Krankheit?«

»Nein! Einfach hinters Licht führen ...«

»Saboteur!«

»Angenommen, man würde zuerst ...«

»... ein neuer Mensch?«

Es war nicht sehr klug gewesen, alle seine Fragen gleichzeitig zu stellen, aber gut, irgendwo hatte er ja anfangen müssen.

Sig hob beschwörend die Hände. »Ruhe!«

Von einer Sekunde zur nächsten war es mäuschenstill.

Fantastisch! Simple Befehle, darauf hörten Memos offenbar schon.

»Okay, okay, zuerst die Elektriker und sonst niemand: Besteht die Chance, dass der Käfig funktioniert?«

Ein alter Mann mit Brille und Halbglatze, gehüllt in einen braunen Arbeitskittel, erhob sich. »Sie baten darum«, begann er sachlich, »kurz und deutlich auf Ihre Fragen zu antworten. Nun, dann will ich kurz und deutlich sein. Der Käfig schirmt alle elektrischen Felder in seinem Innern gegen Einflüsse von außen ab und sorgt dafür, dass Felder im Käfig von außen nicht wahrnehmbar sind. Wenn Gedanken wirklich nichts anderes sind als ein elektrisches Feld, dann könnte der Käfig funktionieren: wenn … dann … Mehr kann ich Ihnen nicht bieten.« Und der Mann setzte sich wieder.

»Vielen Dank«, antwortete Sig. »Dann ist meine Frage an die Gehirnspezialisten die, ob Gedanken tatsächlich elektrisch sind.« Er schaute hierhin und dahin: Wo saßen die Gehirnfachleute nochmal?

»Hm-hm«, klang es hinter ihm. Sig drehte sich um.

Eine kleine dunkle Frau hob die Hand. Sie trug ein dunkelrot glänzendes Gewand, dessen majestätische Ausstrahlung völlig von dem grasgrünen Filzhütchen zunichte gemacht wurde, das sie schräg auf dem Kopf trug. Sig nickte ihr zu.

»Für jemanden, der oder die selbst denkt, sind die eigenen Gedanken natürlich tausendmal mehr als lediglich schwache elektrische Ströme in eigenen Hirn …« Die Frau ließ eine dramatisch gemeinte Stille entstehen, bevor sie mit einem verschwörerischen Augenzwinkern fortfuhr: »Aber von außen betrachtet sind Gedanken nicht mehr als das: minimale Impulse, schwache Ströme auf der Grundlage chemischer Reaktionen. Millionen solcher Impulse bilden zusammen unser Gedankengewebe.«

»Vielen Dank, die Dame.«

Die Frau nickte huldvoll und richtete dann ihren Blick gegen die Decke.

Es schien in die richtige Richtung zu gehen. Sig wandte sich an die Kahlköpfe in den himmelblauen Trainingsanzügen. »Steht das im Einklang mit den Techniken, mit denen der CC Gedanken liest und beeinflusst?«

Drei der sechs Computerbauer nickten zustimmend, und zwar exakt gleichzeitig.

Sig konnte ein Lächeln nicht unterdrücken.

»Aber wenn Sie unter Sanktion 2-f fallen«, lispelte einer der übrigen drei, »dann sind Sie ein Krimineller. Wir haben den CC auf der Grundlage absoluter Gerechtigkeitsprinzipien entworfen. Daran ist nicht ...«

Der Fünfte und Sechste schüttelten verneinend die Köpfe, beide mit zusammengepressten Lippen und verbissenem Gesichtsausdruck.

»Jetzt nicht, danke. Später vielleicht werden wir auf diesen Punkt zurückkommen.« Es kostete Sig Mühe, höflich zu bleiben.

»Schön. Bleibt also nur, die Probe aufs Exempel zu machen. Dann möchte ich die Elektriker bitten, eine Bauzeichnung für einen Faradaykäfig anzufertigen, in den ich hineinpasse und der meine Sicht nicht zu sehr einschränkt, sowie eine Liste der Materialien zusammenzustellen, die ich zu seiner Herstellung benötige. Bitte berücksichtigen Sie dabei, dass mir ausschließlich die Abfälle der Halde zur Verfügung stehen.«

»Okay. Nächste Frage.« Sig verschränkte die Arme vor der Brust und suchte die Tribünen ab. Jetzt brauchte er die Architekten und Erbauer der Türme.

»Ich will wissen, weshalb die Türme gebaut wurden, weshalb der CC ausgerechnet hier zu finden ist und was der ursprüngliche Zweck der Türme war. Und auch, wie sie gebaut sind: Sicherheitsvorkehrungen und dergleichen.«

»Gut«, rief ein kräftiger Mann mit Stiernacken, »hier entlang!«, und wedelte mit den dicken Wurstfingern seiner Riesenhand. »Ich und meine Leute und die Dinger damals, das war vielleicht ein Giga-Brocken. Tonnen von Illustahl, alles in allem Hunderte von Arbeitsjahren, dazu mehrere zehntausend Kubik Hallunzinationsbeton … Eine technische Glanzleistung von …«

»Na-na-na!«, schnitt ihm eine hochnäsig dreinschauende Frau ein paar Reihen weiter mit scharfer Stimme das Wort ab, während sie das von ihm Gesagte mit lascher Hand fortwedelte. »Dummprotze. Ihr Bauarbeiter seid nichts als ausführende Dummprotze. Wir Gestalter und Architekten dagegen sind kreativ! Künstler! Denker …«

Der Stiernackige lief rot an. »Frolleinchen, soll ich dir mal was sagen? Als du noch gelebt hast, hast du immer schon so dicke getan, und jetzt als Memo hältst du dich wohl auch noch für die Kaiserin von China. Also, ich sage dir …« Er holte tief Luft, machte den Mund auf und stockte dann. »Ach was, ich sag jetzt überhaupt nix mehr …«, war am Ende das Einzige, was er hervorbrachte. Er verschränkte die Arme vor der Brust, um seinen Worten Nachdruck zu verleihen, und presste, entschlossen wie er war, fortan zu schweigen, die Lippen aufeinander.

Die Architektin rümpfte verächtlich die Nase und wandte sich von dem Stiernacken weg. »Barbar«, murmelte sie, »Bauarbeiterpack.« Sie schnaubte und verfiel ebenfalls in ein mürrisches Schweigen.

Das also waren die Memos von Menschen, die nicht von einem CC im Zaum gehalten wurden, dachte Sig etwas mutlos. Menschen, die man der Mühe wert befunden hatte, sie als Memo aufzubewahren. Vielleicht war die Herrschaft des CC so schlecht nun auch wieder nicht.

»Abführen die beiden«, flüsterte er leise und Bauarbeiter und Architektin verschwanden ins Nichts.

Ein kleiner, ziemlich weit hinten sitzender Mann hob jetzt zögernd die Hand, ließ sie dann wieder sinken und hob sie anschließend noch schüchterner als vorher.

Sig nickte ihm freundlich zu. Er hatte das Gefühl, der Mann habe etwas Wichtiges zu sagen.

»Vergeben Sie mir, dass ich Ihren Gedankengang unterbreche, Herr …«

»Sig«, ergänzte Sig hilfsbereit. »Fahren Sie bitte fort.«

»Herr Sig. Ich bin zwar kein Erbauer oder Architekt und auch nicht der Auftraggeber zu diesem Bau, aber ein wenig, in meiner unbedeutenden Art und Weise, bin ich wohl derjenige, der sich die drei Türme ausgedacht hat.«

Wieder brach die Hölle los. Diesmal kamen die Proteste allein von den Memos aus der Zeit, in der die Türme erbaut worden waren: von den übrig gebliebenen Bauleuten und Architekten, den Auftraggebern sowie den Computerbauern und Sicherheitsleuten.

»Betrüger!«

»Philosophistiker!«

»Hören Sie nicht auf den …«

»Den Ruhm einstreichen wollen, aber …«

»Sonntagsprophet!«

»Egotripper!«

»Ruhe alle zusammen, außer dem Herrn dort.« Sig zeigte auf den kleinen schüchternen Mann. Er hatte eine gewisse Ähnlichkeit mit Doktor Wong: glattes, zu einem Pferdeschwanz zusammengebundenes schwarzes Haar sowie eine gelbliche Haut, und er hatte die gleichen hohen Wangenknochen wie Scherbe. An seinem Kinn hing ein fusseliger kleiner Spitzbart.

»Danke, Herr Sig«, fuhr der Mann fort, während er etwas scheu um sich blickte. »Die Sache ist die: Ich bin knapp hundert Jahre älter als der Bau, aber in meiner Zeit wurde, wenn ich so frei sein darf, das Fundament für diese Anlage geschaffen. Nur hatten wir ganz andere Pläne als dieses Ungetüm, wie es jetzt entstanden ist. Ich bin Philosoph, müssen Sie wissen; ein Berufsdenker, sagen wir mal.« Wieder blickte der Mann um sich, als befürchte er, angegriffen zu werden.

Tatsächlich schaute ihn eine Reihe von Memos ziemlich drohend an, frustriert von Sigs Befehl, schweigen zu müssen.

»Um eine lange Geschichte kurz zu machen: Meine Kollegen und ich wollten einem alten Gedanken neues Leben einhauchen. Einem Gedanken des Barons von Montesquieu. Achtzehntes Jahrhundert, Zeitalter der Aufklärung. Er ersann die Lehre von der Gewaltenteilung. Seiner Meinung nach braucht es für eine gerechte Gesellschaft drei Gewalten, und zwar Gesetzgeber, Ausführende und Kontrolleure. Drei unterschiedliche Gewalten, die sich die Macht teilen. Zusammen halten sie sich gegenseitig die Waage. In Turm Nord sollte das Parlament einziehen: echte, lebendige Menschen, die die gesetzgebende Macht bilden sollten. Turm Ost war für die Exekutive vorgesehen – der CC, den wir uns ausgedacht hatten, sollte die von Menschen gemachten Gesetze ausführen oder umsetzen. Lediglich umsetzen. Die Weisheit dieses Archivs zuletzt, Sammelbecken der Geschichte, sollte dazu dienen, die anderen beiden Mächte zu kontrollieren. Aber aus unserem wundervollen Plan ist überhaupt nichts geworden. Dieses Archiv ist losgelöst von der Wirklichkeit und steckt voll unnützer Schwatzmemos, und wo das Parlament einziehen sollte, hat man diesen stupiden Freizeitpark von einem Museum eingerichtet, und der CC, ach, der passt irgendwie zu dem Laden. Auf seine eigene engstirnige Art … Aber vielleicht bin ich zu kritisch …«

»Im Gegenteil, werter Herr«. Sig schenkte dem Mann ein aufmunterndes Lächeln. »Ihr Beitrag ist sehr erhellend, aber ich fürchte, ich muss jetzt mit meinen praktischen Fragen fortfahren.«

Der kleine Mann lächelte unergründlich, schloss die Augen und verschwand.

Sig glaubte, jetzt annähernd genug zu wissen, um es zu versuchen. Er wollte nur noch mehr über die Art des CC in Erfahrung bringen sowie das eine oder andere über eventuelle Sicherheitsprobleme.

Der Leiter der sechs kahl rasierten Computerbauer in den himmelblauen Trainingsanzügen versuchte, in Beantwortung von Sigs Frage diesen davon zu überzeugen, der CC sei »abso-lut vernünftig, weise und gerecht«. Der Mann und die Frau rechts und links von ihm nickten unaufhörlich zur Bestätigung, und das bei jedem Wort ihres Leiters. So hätten sie den CC nun mal entworfen. »Voll-kom-men im Dienst des Glücks der Menschheit.« Es sei »un-mög-lich«, dass der CC nicht auf eine berechtigte Frage eingehe … Für wen Sig sich eigentlich halte, dass er so etwas »ganz und gar Ein-deu-ti-ges« meinte in Zweifel ziehen zu sollen?

Trotzdem behielt Sig von der Darlegung des Computerfritzen und seiner Abnicker ein ungutes Gefühl zurück, schon allein, weil die anderen drei, denen ihr Leiter offensichtlich verboten hatte, etwas zu sagen, die ganze Zeit hindurch sauer vor sich hin starrten.

Nun gut, wer nicht wagt, der nicht gewinnt, und vielleicht war er innerhalb eines Faradaykäfigs ja einigermaßen sicher, selbst wenn der CC sich als unbelehrbar erweisen sollte.

Das brachte Sig zum letzten Punkt seiner Memoversammlung: Was für andere Gefahren außer dem CC selbst konnten ihm in Turm Ost drohen?

Hier erwartete ihn eine erleichternde Antwort: Die Türme waren in einer Zeit erbaut worden, als die Menschen die Herren über den CC und seine Roboterdiener waren. Deswegen, so die Sicherheitsmemos, seien die Türme so abgesichert, dass nichts deren Schwelle überschreiten könne, was eine irgendwie geartete Bedrohung für Menschen darzustellen imstande sei. Sicherheitsroboter und Waffen erhielten keinen Einlass. Falls der Käfig ihn gegen das Gelöschtwerden schütze, habe er sonst wenig zu befürchten.

Sig wusste genug. An die Arbeit, hieß es jetzt.

»Ende der Versammlung«, sprach er, und von einer Sekunde zur nächsten schwebte er wieder in dem schwarzen Nichts, das ihn das erste Mal fast dazu verführt hatte, endgültig und für immer zu verschwinden.

Nach draußen, war sein nächster Gedanke, und bevor er sich besann, lag er wieder draußen vor dem Archiv auf dem Boden, in der Hand einen Bauplan für einen Faradaykäfig.

Kopf

Eine Rolle Kupferdraht, ein paar Pappen oder Styroporplatten, die das mit Draht zu umwickelnde Gehäuse abgeben würden, eine leitende Verbindung zur Erde, sodass alle elektrischen Felder problemlos abfließen konnten, und Klebeband, um dies oder das zu befestigen: Das musste laut Liste genügen, um einen funktionsfähigen faradayschen Käfig zu bauen.

Sig steckte den Bauplan in das vordere Fach seines Rucksacks, den er ansonsten geleert hatte, packte Kopf in das große Fach, warf sich den Rucksack über die Schulter und wanderte los nach Süden, in Richtung Halde Ost. Wenn er sich etwas beeilte, etwas Glück hatte und außerdem von Kopfs scharfem Auge unterstützt wurde, dann konnte er vor Ende des Nachmittags mit allem Zubehör für den schützenden Käfig zurück sein. Außerdem würde er nach zusätzlichen Decken sowie Essen und Trinken Ausschau halten.

Die Memoversammlung, in der er die Zügel in der Hand behalten hatte … Wieder war er unterwegs … Es war angenehm, so beschäftigt zu sein. Es gab ihm neue Energie und das Gefühl, alles unter Kontrolle zu haben.

Oder war es der Mut der Verzweiflung? Schob er die Angst, dass Simpel sterben könnte, lediglich von sich weg? Sig wollte jetzt nicht darüber nachdenken.

Er schritt tüchtig aus und erreichte gegen drei Uhr nachmittags Halde Ost.

Vom Gipfel eines Müllbergs aus ließ er Kopf die Gegend genau durchforsten. Der Friede zwischen ihm und Kopf schien wiederhergestellt – auch wenn es ein brüchiger Friede war: Kopf zischte und drohte immer wieder, er werde Sig den Flinsen ausliefern, falls der seinem Versprechen nicht nachkomme. Danach gab er höhnisch und grollend an, wo Sig die Sachen von seiner Liste würde finden können. Kopfs Auge war so scharf, dass er sogar eine Rolle Klebeband entdeckte, die sechs Müllberge weiter lag.

Ohne sich über mögliche Gefahren zu sorgen, rannte Sig die verschiedenen Abfallhügel hinauf und wieder hinunter, und schleppte alles, was brauchbar erschien, hinter sich her. Derweil summte und brummte er allerlei Pilastermelodien und -rhythmen vor sich hin. Er demontierte einen Elektromotor, in dem sich wahrhaftig eine aus Kupferdraht gewickelte Spule befand, schnitt mehrere Styroporplatten maßgerecht zu, zog eine muffige Decke unter einem Berg alter Schuhe hervor und lud fünf Flaschen Limonade in seinen Rucksack – nachdem er zuvor zwei andere hintereinander leer getrunken hatte. Essenspakete fanden sie nicht, aber die Limonade gab ihm eine Menge neuer Energie.

Sig schöpfte wieder Mut. Er hatte alles gefunden, was er brauchte, den Memos zufolge würde der Käfig funktionieren, und auch der CC würde ihm wahrscheinlich zuhören. Das Wetter war schön, innerhalb weniger Stunden wäre er wieder bei Simpel, und wenn es wirklich nötig war, konnte er schon heute Abend beim CC vorbeischauen.

Rasch alles eingepackt, dann ging es zurück zu den Türmen. Auf der Müllautobahn war es außerdem immer noch schön ruhig. Was wollte man mehr?

»Fromm, frummel-domm, Siggi, duff, frummel-romm, dagga dagga, dagga dagga, dagga duff, duff, duff …«

»Wass hasstu getaan, Dummkopf!«, murmelte Kopf plötzlich.

»Wie meinst du?«, fragte Sig erschrocken.

»Nee, nee, dich meine ich niet. Kopf isst mit sseine eigene Ssachen beschjäftigt.«

Sig zuckte mit den Schultern; bestimmt war jetzt noch ein Schaltkreis in Kopf durchgeschmort.

Kopf murmelte weiter. »Jetsst kann ich ess vollkoomen vergessen … Ach, na ja, es war doch schjon längsst voorbei … Der Ssee-Ssee hat unss ja immer ssu flieghen verboten …«

Sig spitzte die Ohren. Hatte Kopf da irgendwas von CC gesagt?

»Bekomme Kopfschjmerssen davon. Ssoll auf Ssee-Ssee hören, aber meine alte Schjaltkreise wollen, dass ich Menschjen beschjütsse … Ssum Verrückwerden. Und dass schjoon sseit Taaghe …«

»Kopf?«, fragte Sig beunruhigt. »Kopf? Was redest du da alles? Du hast doch nicht etwa noch Kontakt mit dem CC?«

»Bücken, Dummkopf!«, zischte Kopf plötzlich. »Und sstill ssein! Du, Ssig, ja du! Jetzt doch du!«

Erschrocken schaute Sig hin und her. Er sah nichts.

»Wieso?«

»Döösskopf, bücken ssage ich dir! Flach auf die Grund, dann ssehen ssie dich vielleicht nicht. Aber wahrschjeinlich isst es schjon viel ssu sspät, wenn ssie nicht volkomen half blind ssind. Wenn du mir einfach ein bischschjen meer vertrouwen würdesst …«

Sig tat sicherheitshalber einfach das, was Kopf sagte. Auch wenn sich seiner Meinung nach hier niemand befinden konnte. Zwei Ausläufer eines Müllbergs entzogen sie der

Sicht; sie befanden sich in einer Art Tal, umringt von großen Stapeln ausrangierter Holoprojektoren.

»Was ist denn los? Ich höre nichts.«

»Ach, du hasst mir nie vertrout«, antwortete Kopf, »und eigentlich hattesst du damit ssogar ein bischschjen Recht.«

Sig erschrak, auch wenn er nicht verstand, was Kopf meinte.

»Kopf isst kaputt. Ssu viele Beule und Kurssschjlüsse in mein kursse Leben. Aussrangiert und in den Müll geschjmissen. Ein bischschjen sso wie du und Ssimpel. Darum war Kopf wütend auf Ssee-Ssee. Trotssdem ist Kopf dem Ssee-Ssee die gansse Sseit ein bischschjen treu geblieben. Musste wegen sseiner alten Verdrahtung. Hier und daar dem groote Schjeff wass rübergefunkt. Nur auss Gewohnheit, nietss wegen böössess Blut. Wirklich waar, ssag ich dir.«

»Was?«, rief Sig. »Siehst du? Mist, Mist, Mist! Ich hätte dich nicht mitnehmen sollen. Was hast du dem CC alles …«

»Schjschj, sstill jetsst«, flüsterte und zischte der Roboterkopf. »Kopf tut ess leid. Die Flinsse komme an, Kopf der Dummkopf hat die Sstandort durchgegeben, aber Kopf will jetsst wieder Ssig retten. Kopf verwirrt, ssoll Menschj beschjütssen, Kopf wird doch auch nur ressykelt vom Ssee-Ssee. Nietss nicht flieghen mehr. Isst für mich nicht mehr drin.«

In dem Augenblick kam eine Armee von Flinsen in Formation in das Tal geflogen. Mindestens zwanzig waren es, die Greifer schon geöffnet, und sie flogen direkt auf Sig zu. Das leise, aber unverkennbare Summen der Flugdüsen jagte Sig kalte Schauder über den Rücken. Kaum mehr zweihundert Meter und sie hatten ihn erreicht.

»Hör ssu, Kopf ist helemaal kaputt. Aber er kann noch

Chaos und Tamtam machen. Habe daarom gerade einen Umwühltrupp gemobilissiert. Kommen auch an. Alte Kumpelss von Kopf, ssage wir mal. Können auch jede Augenblick hier ssein. Kopf kann ssie ssteuern. Bischschjen Prässissionssarbeit. Du tauchsst ab und hältsst dich fest an Sseugss hier. Bischschjen durchhalten. Kopf sorgt für kleiness Feuerwerk. Doch lieber toter Kopf, der wass Gutes ssurücklässt, als braaver, ressykelter Kopf. Vielleicht kann Ssig auch wass an Fliegrechten für Roboter tun …«

»Aber was habe ich jetzt an dir? Bist du ein Verräter oder was? Und woran soll ich mich festhalten?«

»Einfach etwass Schjweres. Jetsst nicht schjimpfen, Sig. Keine Sseit. Kopf muss ssich jetsst konssentriere.«

Sig klammerte sich an zwei besonders große Holoprojektoren – Projektoren, die Bilder von der Größe eines Fußballfeldes produzierten. Sehr viel wogen sie nicht, aber sie würden vielleicht für einige Verzögerung sorgen, wenn ihn die Flinsen wegschleppten. Verzweifelt hielt Sig derweil Ausschau, ob es keinen Ausweg aus dem Tal gab, über den er fliehen konnte. Er vertraute dem Rettungsplan dieses vermaledeiten Kopfs nicht im Geringsten. Auch erklang hinter den Müllbergen ein unbekanntes donnerndes Getöse.

Kein Fluchtweg weit und breit. Die aufgehäuften Holoprojektoren bildeten ein schlecht begehbares Gelände, und auch auf dem Berg direkt vor ihm, wo sie die Limonade gefunden hatten, würden die Flinsen sehr viel schneller vorankommen als er. Sig schloss die Augen und wartete darauf, dass die Klauen der Flinsen ihn packten.

Das Summen wurde lauter. Noch fünfzig Meter vielleicht.

Aber auch das Getöse hinter den Müllbergen war jetzt ohrenbetäubend und ging allmählich in ein einziges lautes

Krachen über. Sig spürte, wie der Boden unter ihm heftig erzitterte.

»Kijk maal«, rief Kopf. »Da ssind ssie … Meine Kumpelss.«

Sig hob den Kopf und sah, wie sich ganz in der Nähe ein riesiger unbemannter Bulldozer quer durch die Müllberge schlug und die Holoprojektoren vor sich einfach beiseite schob. Links davon brach ein zweiter Bulldozer durch den Müllberg, rechts ein dritter. Wolken von Möwen flogen kreischend über den Ungetümen. Die drei Apparate schoben eine Abfallwoge vor sich her, die krachend und alles unter sich zermalmend durch das Tal rollte.

Die ersten Flinsen wurden schon von der Gewalt weggefegt, und mit ein wenig Glück würde keine von denen sie erreichen, aber Sig duckte sich doch noch etwas tiefer hinter seinen Rucksack. Nicht nur die Flinsen, sondern alles im weiteren Umfeld würde von den Bulldozern untergegraben und vernichtet werden. Er selbst auch.

Das hatte Kopf ja wieder schön hingekriegt.

»Schick die Monster weg, Kopf! Idiot! So geht alles vor die Hunde!«

»Vertrouwen, Ssig«, zischte Kopf ganz in seiner Nähe, »vertrouwe mir einfach mal.«

Die Abfallwoge war jetzt ganz nah. Noch drei Flinsen schwebten unversehrt herum. Aber sie waren ganz von der Rolle. Zitternd hingen sie über dem wogenden Abfall, der von den kolossalen Bulldozern immer noch weitergeschoben wurde. Schwere Stöße ließen den Untergrund erbeben. Sig schloss die Augen und wartete darauf, gleich unter der Lawine ausrangierter Unterhaltungselektronik zu verschwinden.

Doch nichts geschah. Donnernd und grollend kamen die Bulldozer zum Stillstand, und knirschend stoppte die Abfallwoge. Und das kaum einen Meter von Sig entfernt.

Vorsichtig öffnete Sig die Augen und konnte so gerade noch einem Holoprojektor ausweichen, der als Letzter den Berg heruntergerutscht kam. Das Ding schrammte ihn und sprang für eine Sekunde an: Die halb durchsichtige Projektion eines bekannten Holoschauspielers erschien.

»Willst du das wirklich tun, Liebste?«, seufzte der Schauspieler mit stark verrauschter Stimme. Gleich darauf verschwand er wieder.

Sig war nicht verschwunden und selbst sein Rucksack stand noch da. Mitsamt allen Materialien für den faradayschen Käfig. Nur das Tal war weg. Die Bulldozer warteten leblos auf weitere Instruktionen. Die Möwen schlugen enttäuscht mit den Flügeln – offenbar gab es hier für sie nichts zu holen.

Kopf war übrigens auch nirgendwo zu entdecken.

»Kopf?«, versuchte es Sig.

Tief aus dem Abfallberg hinter ihm kam ein undeutliches Knacken.

Sig drehte sich seufzend um. Es würde ihn Stunden kosten, Kopf wieder auszugraben, und die Zeit hatte er nicht. Außerdem war Kopf ein Verräter gewesen und das hier demnach sein verdienter Lohn.

»Kopf?«, fragte er nochmals.

»Jee, jee, jee«, klang es erstickt unter dem Schrott hervor, »jetsst isst mein anderes Auge auch noch futschj. Und ich verliere Sstrom. Aber Kopf hat ssie gut gessteuert, wie?«

Sig hätte fast schwören mögen, dass er Kopf anschließend tief hatte seufzen hören, aber das konnte nicht sein. Roboter seufzten nicht.

»Energie fasst alle«, klang es jetzt immer leiser. »Geh schjon weiter, Ssig«, flüsterte Kopf jetzt. »Isst auss und vorbei mit Kopf.« Dann wurde es still unter dem Abfall.

Sig stand auf, immer noch schwankend vor Schreck, und hielt Ausschau. Zwei Flinsen waren noch übrig.

Die eine hatte ihn schon wieder im Visier und kam gerade angesummt, als sei nichts geschehen. Die andere drehte zittrige Runden über dem Abfall.

Sig nahm ein Bruchstück von einem Projektor und stand schon bereit, die Flinse aus der Luft zu holen. Er war wütend, er hatte wirklich keine Lust mehr auf das hier, und er würde sich nicht mehr von so einer dummen Flinse ins Bockshorn jagen lassen.

»Der vormalige Bürger Sigma-fi-alpha-277 wird dringend ersucht, sich dem Schutz der Aufsichtskamera zu unterstellen«, klang es aus der Flinse. Die Botschaft hatte schon fast etwas Vertrautes, und auf Sigs Gesicht erschien ein verbissenes Grinsen. »Die Observationseinheit wird Sorge tragen für eine rasche und reibungslose Umsetzung und Ausführung des in Verfügung 84742-b7 vorgesehenen Urteils, bestehend aus Sanktion 2-f, gemäß digital…«

Sig hatte endgültig genug. Mit einem enormen Schlag holte er die Flinse aus der Luft. Die Greifklaue fiel ihm ohnmächtig und verbogen vor die Füße, die Flugdüse knallte steuerlos gegen den nächstgelegenen Bulldozer.

Das war Nummer eins. Wo war die andere?

Sig drehte sich um. Nichts. Die Flinse schien verschwunden. Gespannt spähte Sig über die Schrotthaufen, er musste Rückendeckung suchen, einen Ort, an dem er die Flinse ankommen sah. Denn sie würde zurückkommen, so viel war sicher.

Aber als er zum zweiten Mal über den Weg blickte, den die Bulldozer gebahnt hatten, erstarrte Sig abermals vor Angst. Hörte es denn überhaupt nicht mehr auf heute?

Keine Flinse, nein, auch nicht zwei Dutzend Flinsen, sondern ein Fleddderertrupp von mindestens zwanzig Männern und Frauen kam zwischen den Bergen von Holoprojektoren hindurch angestampft. Schmutzig und stinkend und mit zerrissenen Lumpen um den Leib stolperten sie vornübergebeugt auf ihn zu, Knüppel und Speere mit sich schleppend und vor Hunger knurrend.

Wahrscheinlich folgten sie der Spur der Bulldozer, die, wenn sie den Abfall umschaufelten, alte Essenspakete nach oben wühlten und aufbrachen.

Die letzte Flinse tauchte in direkter Nähe der Fledderer wieder auf. Einer von ihnen brummte gleichgültig und holte das Ding mit einem Schlag aus der Luft.

Sie hatten Sig gesehen. Eine Flucht schien nicht mehr möglich. Was würden sie mit ihm tun? Ihn auffressen?

Sig ließ den Blick über die Holoprojektoren schweifen. Nirgendwo dazwischen gab es einen begehbaren Pfad. Die Bulldozer? Die hatten noch nicht mal eine Steuerkabine. Er konnte nichts mit ihnen anfangen. Außerdem war es längst zu spät, bevor eines dieser Dinger sich auch nur gedreht hätte.

»Kopf! Kopf! Bist du noch da?«

Keine Antwort. Außerdem könnte Kopf sowieso nicht mehr sehen, wohin sie fahren sollten.

Du bist der Schlauste hier, klang Pilasters Stimme in Sigs Erinnerung. Okay, aber was hatte er jetzt davon? Er wäre jetzt lieber der Stärkste hier gewesen – und selbst dann, was konnte man gegen zwanzig dieser Wilden ausrichten? Vielleicht würden sie ihn am Leben lassen, wenn er sich nicht gegen sie sträubte. Mit ein bisschen Glück konnte er heute Nacht dann wieder ausreißen. Und was war mit Simpel? Der brauchte schnell wieder etwas zu trinken, und Aspirin. Simpel konnte wirklich nicht warten.

Der Fleddderertrupp hatte ihn jetzt erreicht. Es war eine abschreckend rohe Meute. Alle hatten tiefe schwarze Ringe unter den Augen, die Männer trugen fahle verfilzte Bärte, in denen Essensreste hingen, und alle waren sie so gut wie schwarz vor Schmutz. In ihren Augen war ein trauriger, hungriger Wahnsinn zu lesen.

Taxierend schauten sie ihn an. Stachen mit ihren Speeren in seine Richtung. Fürchteten sie Gefahr, oder versuchten sie einfach herauszufinden, ob er essbar war?

Sig humpelte zurück in dem Versuch, den Speeren auszuweichen. Dabei stolperte er über den Projektor, der auch vorhin schon kurz angegangen war. Auch jetzt machte das Ding einmal Klick, und zwischen Sig und den Fledderern erschien eine geisterhafte Gestalt.

Die Fledderer wichen erschrocken zurück.

»Kopf!«, rief Sig mit aller Kraft. »Kopf, wenn du mich hörst: Kannst du bitte möglichst viele Holoprojektoren einschalten? Fernbedienungsfrequenz! Jetzt! Jetzt sofort! Aller Strom, den du hast!«

Sigs ängstliches Geschrei machte den Fledderern wieder Mut. Sie hoben die Speere und bleckten die Zähne.

Und wahrhaftig, es hatte den Anschein, als sei noch ein Fünkchen Energie in Kopf übrig gewesen. Von tief unter dem Müll gelang es ihm, ein paar von den vielen tausend Holoprojektoren knisternd in Gang zu setzen.

Die Projektoren ohne Speicherchip zeigten lediglich ein

Testbild: Ein Männchen und eine Frau, einen Meter hoch und leuchtend in allen Farben des Regenbogens, die auf den Takt einer elektronischen Melodie dumm und fröhlich im Kreis tanzten. Ungefähr fünf dieser Tanzpaare erschienen, drei davon mit ernsthaften Störungen, jeweils von einer Klimpermusik begleitet.

Die Fledderer schnaubten nervös und blickten scheu um sich. Der Mutigste von ihnen wagte es, mit seinem Speer in eine der Projektionen zu stechen. Natürlich fuhr der Speer mitten durch sie hindurch.

Direkt neben Sig flackerte der tipptopp gekleidete Schauspieler von vorhin wieder auf: »Ach, Liebling, der Luftbus von halb zwölf, wenn wir uns beeilen, erreichen wir ihn vielleicht noch.« Und hinter dem Fleddderertrupp erschienen eine Vierer-Sitzreihe und darauf vier gelangweilte Schüler – die Hauptdarsteller aus einer beliebten Soap. Alle vier hatten sie einen Lachkrampf.

Bei dem rückwärtigen Stoßfänger des ersten Bulldozers ein paar Meter weiter sang eine Frau in purpurrotem Abendkleid eine Opernarie. Mit ihren lang gezogenen Tönen und weit ausladenden Gesten versetzte sie die Fledderer in Furcht und Zagen.

Die Fledderer starrten jetzt mit großen ängstlichen Augen mal hier- und mal dorthin. Die Verwirrung unter ihnen wuchs. Sie sahen sich von Geistern umzingelt und achteten nicht mehr auf Sig.

Behutsam hob der seinen Rucksack hoch und schnallte ihn sich um.

»Mehr, Kopf, mehr!«, rief er und lenkte damit doch wieder die Aufmerksamkeit auf sich. Aber die Fledderer wirkten sehr viel unsicherer als zuvor.

Und in dem Moment brach für die Fledderer die Hölle erst richtig los. Von allen Seiten kamen sie angerannt: Jeder Spieler vier Meter groß, einer dem anderen den Ball rasend schnell zuspielend, wobei sie sich auch noch gegenseitig Dinge zuriefen, brüllten, anpöbelten.

Fantastisch!, dachte Sig. Kopf hatte es geschafft, einen Arenaprojektor zum Laufen zu bekommen! Das Fußballspiel wogte mitten durch sie hindurch, Jubel ertönte von unsichtbaren Tribünen, Pfeif- und Singchöre schwollen an und ab.

Die Fledderer ergriffen die Flucht. Panisch rannten sie in sämtliche Richtungen, brüllend und kreischend vor Angst und ausholend nach den riesigen geisterhaften Spielern.

Auch Sig erschien es klüger, sich aus dem Staub zu machen. Noch einen kleinen Moment lang schaute er auf die Stelle, an der Kopf unter den Projektoren begraben lag.

»Fantastisch, Kopf«, sagte er gehetzt, während er schon weglief. »Bist am Ende doch noch eine Art Freund gewesen. Leb wohl.« Sig konnte nur hoffen, dass Kopf ihn gehört hatte; er musste jetzt wirklich machen, dass er fortkam.

Im Zickzack und so schnell es seine Beine erlaubten, suchte sich Sig einen Weg zwischen den toll gewordenen Fledderern und quer durch die Fußballspieler hindurch. Sein Rucksack schlackerte schwer auf seinen Schultern, aber er rannte weiter, hinaus auf die Ebene und in Richtung Müllautobahn. Und er ruhte nicht eher, als bis er die Autobahn überquert hatte und das Gestrüpp ihn völlig den Blicken der Fledderer entzog.

Keuchend und am ganzen Körper zitternd nahm Sig sich einen Augenblick Zeit, um zu begreifen, was geschehen war.

Kopf war also doch nicht zu trauen gewesen. Er hatte versucht, es wiedergutzumachen und hatte dabei seinen eigenen Untergang herbeigeführt. Das alles war haarfeine Feinarbeit gewesen, wie Pilaster gesagt hätte, haarfeine gute alte Feinarbeit.

Und ob Kopf noch zu retten war? Sig bezweifelte es. Kopf lag tief unter den Projektoren begraben, ohne Strom, ohne Augen, und er war doch nur ein Roboter, oder? Es würde nicht leicht sein, ihn auszugraben. Und jetzt blieb dafür keine Zeit. Nur wenn alles ein gutes Ende nahm und sie die Stelle wiederfänden, dann vielleicht. Aber die Wahrscheinlichkeit war groß, dass die Umwühltrupps Kopf bis dahin endgültig vernichtet haben würden.

Und trotzdem, als Sig weiterging, konnte er das unangenehme Gefühl nicht abschütteln, dass Kopf mehr gewesen war als einfach nur ein Roboter – gerade wegen seiner so eigenartigen Beschädigungen. Mochte er auch ein Verräter gewesen sein, ein solches Ende hatte er nicht verdient. Er hatte auch gute Seiten gehabt, und Simpel betrachtete ihn als einen Freund. Sig versuchte, sich die Stelle von diesem Nachmittag, wo alles geschehen war, so gut er konnte einzuprägen, damit er Kopf später vielleicht wiederfand. Mehr konnte er jetzt nicht für ihn tun.

Trotz allem war Sig noch vor Einbruch der Dämmerung wieder bei ihrem Zelt.

Simpel lag zusammengekauert wie ein kranker kleiner Vogel in der hintersten Zeltecke, wieder genauso mager wie zu der Zeit, als Sig ihm das erste Mal begegnet war. Er lag auf der Seite und schlief sehr tief und fest.

Sig ließ ihn so, was sollte er tun? Viel Schlaf war vielleicht das Beste für Simpel. Ehe er selbst sich schlafen legte, konnte er ihn immer noch wecken und ihm ein paar Aspirin sowie etwas zu trinken geben.

Er breitete alle auf der Halde zusammengesuchten Sachen vor sich aus und machte sich an die Arbeit.

An diesem Abend legte er sich erst schlafen, nachdem er einen Faradaykäfig gebaut hatte, der genau den Instruktionen entsprach, wie er sie aus dem Archiv mitbekommen hatte.

Unterredung mit dem CC

Am nächsten Morgen war Simpels Zustand fast unverändert. Obwohl die süße Limonade ihm gutzutun schien. Auf Simpels rot geflecktem Gesicht erschien sogar ein mattes Lächeln.

»Sig Freund«, vermochte er heiser hervorzustoßen, »gut trinken.«

Sig ließ ihn die Flasche leer trinken und nahm dann Abschied. Der Zeitpunkt, sich dem CC zu stellen, war gekommen.

»Tschüss, Simpel. Ich gehe zum CC. Wenn ich nicht wiederkomme, dann schlaf am besten, so tief du kannst, und wach nicht mehr auf. Weiter weiß ich auch nicht.« Er kroch rückwärts aus dem Zelt. »Ach ja, du darfst alle Limonade austrinken.« Er deutete auf die Flasche am Kopfende von Simpels Lager.

»Gut trinken«, sagte Simpel nochmals, bevor er die Augen wieder schloss.

Vor dem Zelt faltete Sig den Käfig auseinander, den er am Abend zuvor gemacht hatte, fixierte die Ecken mit Klebeband und ging damit zum Eingang von Turm Ost. Dort angekommen, wickelte er das Erdungskabel ein Stück ab und verband das Ende mit einem Metallstück, das er gestern Abend dort in die Erde gebohrt hatte. Anschließend besprengte er die Stelle mit etwas Limonade – Wasser würde die Leitfähigkeit verbessern, hatten die Elektriker gemeint.

Dann ging er zu der besagten Stelle in der Turmwand, und nachdem er das Symbol auf der Fassade berührt hatte, ließ Sig den Käfig, den er mit einer Hand auf der Schulter balanciert hatte, schnell über sich fallen. Er hielt den Atem an.

Er kauerte sich in seinem faradayschen Käfig zusammen und spähte behutsam durch eines von dessen Gucklöchern auf die Turmwand. Direkt vor der Stelle, an der er sich befand, entstand in der Wand eine enorme ovale Eintrittspforte, groß genug, um ein Luftschiff durchzulassen.

Ein eigentümliches Licht wolkte durch die Öffnung nach draußen. Bewegliches Licht in verschiedenerlei Farben – nicht sehr grell, aber von einer unmenschlichen Schönheit. Es kam nicht aus einer eindeutigen Quelle, und es schien zu leben. Überall zugleich entstand es in Fünkchen und als Sprühregen und griff auf schlängelnden Bahnen um sich. Farbwirbel leuchteten auf und erloschen wieder, bewegten sich mit ätherischem Flimmern zu wieder anderen Farbflecken und mischten sich dort zu neuen verführerischen Mustern und Bewegungen.

Innerhalb eines Augenaufschlags war Sigs Unterschlupf umgeben von Farbe und Licht.

»Faradayscher Käfig« war eigentlich eine viel zu schicke Bezeichnung für die mit Kupferdraht umwickelte Styroporkiste, die ihn umhüllte, überlegte er besorgt. Dass das Ding funktionierte, schien schlicht unmöglich – so etwas Simples, das gab es einfach nicht.

Aber jetzt gab es keinen Weg mehr zurück. Schritt für Schritt schob er sich über die Schwelle ins Innere, tiefer hinein in das fremdartige Licht.

Beim Vorwärtsgehen wickelte er gleichzeitig das Erdungskabel ab. Blieb zu hoffen, dass Limonade genauso gut leitete wie Wasser. Das Kabel war an die fünfzig Meter lang. Weiter als diese fünfzig Meter würde er nicht in das Gebäude vordringen können.

Er fühlte sich unbehaglich und kam sich lächerlich vor. Die Beule auf seiner Stirn pochte schmerzhaft, und mit der Zunge fuhr er sich über die immer lockerer sitzenden Schneidezähne. Wie sollte der CC diese wacklige Styroporkiste, die da hereingeschoben kam, ernst nehmen? Geschweige denn, dass er sich auf ein Gespräch mit Sig einließ ...

Fünf vergilbte Styroporplatten, versehen mit einer gehörigen Zahl hineingebohrter Gucklöcher, zusammengehalten durch verschiedenfarbiges Klebeband und anschließend kreuz und quer mit Kupferdraht umwickelt, der ebenfalls wieder mit Klebeband an der Kiste befestigt war. Es war wirklich kein Anblick. Und so herausstaffiert sollte er dieses Hunderte von Metern hohe Gebäude betreten und Kontakt mit der kompliziertesten Maschine der Welt aufnehmen. Ein Computer, der die Stadt mit ihren vielen Millionen Einwohnern lenkte ...

Wenn nicht so viel auf dem Spiel gestanden hätte, wäre es ziemlich komisch gewesen. Einen Moment lang sah Sig in Gedanken vor sich, wie Simpel ihn hier in seiner Kiste herumschustern sah und anschließend vor Lachen über den Boden rollte. Das Bild verschwand, das Pochen seines Herzens in der Brust nahm zu, er ermannte sich und ging weiter.

Kaum war er über die Schwelle, da fühlte er, wie sich das Tor hinter ihm schloss. Er konnte nur hoffen, dass das Kabel, das ihn mit der Erde verband, jetzt nicht durchtrennt wurde. Nach ein paar Schritten schaute er in seiner Wackelkiste nach unten, auf seine Füße, die schutzlos unter dem Käfig herausschauten – Licht in vielen Farben floss um und über sie und machte, dass es aussah, als schwebte er. Weiter geschah noch nichts.

Das Licht, das ihn umspülte, war nichts im Vergleich zu der ein Stück weiter erstrahlenden Glut. Mitten in dem Turm erhob sich eine mächtige, viele Meter breite Säule aus schäumendem Licht, die sich bis unter das Dach des Turms fortsetzte. Und immer entstanden neue Muster und Strukturen im Licht, blitzten Lichtkugeln hin und her, änderten sich die Farben und flochten sich neue Lichtstränge durch andere hindurch.

Atemlos schaute Sig zu. Es war absurd, dass er geglaubt hatte, er mit seinem selbst gebastelten Kram könne der Macht dieses Lichts widerstehen. Dennoch schienen dessen Tentakel nicht bis in seinen Käfig zu dringen, und gelöscht war er auch noch nicht.

Während er vollkommen überwältigt dastand und schaute, ohne zu wissen, was er tun sollte, spaltete sich von der riesenhaften Säule ein Lichtstrang ab. Langsam, aber sicher wurde dieser Strang dichter und dunkler als der Hauptstrom. Wieder und wieder wand er sich um sich selbst und nahm dabei allmählich menschliche Gestalt an. Die Gestalt eines Menschen aus lebendigem Licht, die herabstieg und sich in seine Richtung bewegte. Und so wie Sig durch das Kupferkabel mit der Erde verbunden war, so blieb die auf ihn zukommende Gestalt über einen Lichtstrang mit der Säule verbunden.

Die Gestalt landete einige Meter vor ihm. Sigs Atem stockte. Er selbst war es! Er stand Auge in Auge mit einer Projektion – oder wie sollte man das nennen – desjenigen Jungen, der er vor ein oder zwei Monaten gewesen war. Der CC wusste also, wen er hier vor sich hatte. Der Junge hob schüchtern die Hand, um ihn zu grüßen – eine Geste, die Sig gut kannte; seine Geste.

»Hallo Sig«, sprach die Projektion. Mit seiner Stimme.

»Äh … hallo«, antwortete er aus seiner Kiste.

»Ist wirklich kein Anblick, die Kiste, weißt du.« Der Junge grinste und setzte sich entspannt und im Schneidersitz vor ihm auf den Boden, ganz genau so, wie Sig selbst zu Hause immer Holos geschaut hatte. Weißgelb pulste es durch den Lichtstrang zwischen der zentralen Säule und dem Jungen hin und her.

»Schon nett ausgedacht, übrigens. Originell.« Der Junge nickte anerkennend, allerdings nicht ohne ein spöttisches Lächeln auf den Lippen. »Aber möchtest du nicht lieber darunter hervorkommen? Wäre einfacher, sich zu unterhalten.«

Verdutzt schüttelte Sig den Kopf, aber dann fiel ihm ein, dass die Projektion ihm gegenüber das nicht sehen konnte, solange er den Käfig übergestülpt hatte. »Nein, äh, danke. Später vielleicht.«

»Wie du willst«, meinte Sigs Ebenbild schulterzuckend.

Sig beobachtete den Jungen ihm gegenüber auf dem Boden aufmerksam. Er war es selbst und er war es nicht. Er sah aus, wie er gewesen war, als er in der Stadt wohnte. Gut genährt, sehr zufrieden, ein wenig lahm oder gar schlaksig und kaum an irgendwas wirklich interessiert. Seine Augen waren leer. Er musste ihn einfach »die Projektion« nennen und nicht darauf achten, dass diese Projektion ihm so sehr glich. Schließlich hatte er sich verändert, er war nicht mehr dieser Junge. Er wollte auch gar nicht mehr dieser Junge sein.

»Du weißt also, wer ich bin«, versuchte es Sig. Er musste herauszubekommen versuchen, ob der CC mit seinen Sensoren ihn schon früher in Außenwelt wahrgenommen hatte oder ob er jetzt quer durch den faradayschen Käfig hindurchsah.

Auf dem Gesicht des Jungen erschien ein Lächeln. »Ja, ich bin dir ein wenig gefolgt seit dem Tag, als der Gleisreiniger dich aus der Stadt entfernt hat. Davor natürlich auch schon, versteht sich ja von selbst. Du bestätigst all meine Annahmen – auch wenn du dich übrigens einen Großteil der Zeit außerhalb meines Bereichs befunden hast und die Berichte des defekten Roboters im Allgemeinen auch nur wenig Sinn ergaben.«

Der Junge war lediglich eine Projektion, er sprach hier mit dem CC selbst, so viel war klar. Allerdings in einer Gestalt, die wie geschaffen dafür schien, ihn zu verwirren. Weshalb der CC das wohl wollte?

»Welche Annahmen?«, knüpfte Sig an das an, was der CC gesagt hatte.

»Meine Annahmen, dass der Mensch nicht außerhalb der Stadt oder ohne mich leben kann. Dass es schädlich für ihn ist, dass er schon bald zugrunde geht. Du bist nicht der Erste, ich habe es schon zuvor gesehen, viele Male zuvor, unter anderem bei deinem so genannten Freund, diesem Stümper von Pilaster …«

»Er war kein so genannter Freund«, unterbrach Sig den CC. »Und ein Stümper war er schon gar nicht!«

Auf dem Gesicht des Jungen erschien ein mitleidiges Lächeln. »Komm, komm, wir wissen beide, wie verwirrt und arm dran er war, wie einsam … Und dann seine Wahnidee, er könne mich davon überzeugen, die Mauer einzureißen. Größenwahn nannte man so was in früheren Zeiten. In der Stadt kommt das zum Glück nicht mehr vor – ebenso wenig wie die anderen üblen Krankheiten: Einsamkeit, Aggression, Sehnsucht, Schmerz …«

Der Junge sah ihn jetzt durchdringend an und glich dem

früheren Sig nun kaum mehr. »Außerdem wissen wir beide, was mit der zerstörten Stadt geschehen ist; du hast die erbärmlichen Nachkommen der Überlebenden gesprochen, dieses traurige Tunnelvölkchen in Produktion, oder was davon übrig ist. Glaubst du wirklich, ich würde hier dasselbe geschehen lassen?«

»Aber warum lässt du – lassen Sie …« Der andere Ton, den sein Gegenüber nun anschlug, brachte Sig erst mal durcheinander. »Weshalb lässt du uns außerhalb der Stadt denn so sitzen?«

Sig – oder besser: der CC – zuckte abermals mit den Schultern. »Es geht hier ja immer um verurteilte Kriminelle, die aus der Stadt verbannt sind. Gefährliche Elemente, die nicht dorthin gehören. Personen mit zu viel eigenem Willen stellen eine Bedrohung dar, sie beschäftigen sich vornehmlich mit sich selbst und nicht mit dem Glück aller. Meine Aufgabe ist es, das größtmögliche Glück für möglichst viele Menschen zu produzieren. Und dafür sorge ich.«

»Aber wieso hast du mich dann die ganze Zeit beobachtet?«

»Ich muss die Umgebung natürlich ein wenig im Auge behalten, ganz besonders die Halden. Aber auf dich habe ich geachtet, weil meine Erbauer wollten, dass ich ab und zu etwas experimentiere – schaue, ob der Mensch unabhängig von den Segnungen der Stadt und meiner Obhut mehr oder ein anderes Glück kennenlernen würde. So kann ich lernen und wachsen und meine Aufgabe besser erfüllen. Das ist mein Auftrag: alles zu tun, um das Glück der Menschheit zu vergrößern. Aber es ergibt nie etwas. Außerhalb der Stadt und ohne meine Obhut und Leitung werden die Menschen verquer, aggressiv, wild, unsicher …«

Sig ballte die Fäuste und schnaubte. Allem Anschein nach hatte der CC die ganze Zeit ein Spiel mit ihm getrieben. Er fühlte sich gedemütigt und wurde wütend.

»Warte«, sagte der Junge ihm gegenüber und erhob sich geschmeidig, »urteile nicht zu schnell. Ich werde dir etwas zeigen. Ich bin nicht das Monster, für das du mich hältst. Ich bin die Vernunft selbst. Das Monster steckt in den Menschen. Ich bin nur dazu da, euch vor euch selbst zu schützen.« Während er sprach, flochten verschiedene Lichtstränge sich von der Hauptsäule los. Sie wurden dunkelrot, schwarz, grau, tiefbraun und begannen, bizarre Formen anzunehmen. Schäumende Formen aus drohendem Licht, die Sig auf beängstigende Weise umwölkten.

Furchtsam verkroch sich Sig noch tiefer in seinen Styroporkäfig, obwohl er wusste, dass es sinnlos war. Er hatte das Gefühl, den Launen des CC vollkommen ausgeliefert zu sein.

Um ihn her bildete sich eine dunkle Landschaft aus unheimlichem Licht. Eine pockennarbige Ebene, in der hier und da aus Kratern, Ruinen und den Resten großer gepanzerter Fahrzeuge Rauch aufstieg. Orangegelbe und tiefrote Lichter blitzten am Horizont auf. Dröhnende Schüsse hallten. Rauchfetzen wehten schwarz und stinkend vorbei.

Brummende Luftschiffe überflogen die Landschaft und ließen Projektile fallen, die explodierten, sobald sie den Boden berührten. Raues Geschrei durchschnitt die Luft, und eine Gruppe von Flüchtlingen rannte hautnah an ihnen vorbei – eine Mutter mit zwei Kindern; die Frau hielt außerdem ein Baby im Arm. In ihren Augen war Angst zu lesen.

Die zentrale Lichtsäule in der Turmmitte war durch die furchteinflößende Projektion nun ganz seinem Blick entzogen. Sig starrte aus seiner Kiste auf sein Ebenbild, das sich genau wie er auf der trostlosen Ebene befand.

»So war es oft, bevor es die Städte gab und bevor die Menschen die Leitung an Zentralcomputer übertrugen ...« Sigs Ebenbild deutete um sich herum.

Jetzt erst sah Sig, dass nur ein paar Meter von ihnen entfernt in einem Bombenkrater, zwischen den Resten eines Zeltes, ein verwundeter Mann lag, um den Kopf einen schmierigen Verband und mit Augen, in denen die Angst stand.

»Das tun Menschen sich gegenseitig an, wenn sie alles selbst in Ordnung bringen wollen. Jahrhundertelang führten die Menschen die schrecklichsten, sinnlosesten Kriege. Viele Menschen meinten, sie hätten die Weisheit gepachtet und dürften anderen deshalb ihre Überzeugungen aufzwingen. Im Namen der verrücktesten Sachen, die sie ›heilig‹ nannten, schlachteten sie sich gegenseitig ab.«

Sig fühlte, wie der Boden unter seinen Füßen erzitterte, als eine große Bombe direkt in ihrer Nähe niederging. Erdklumpen flogen durch die Luft, ein klapperdürrer räudiger Hund kam vorbeigerannt, hinter ihm her ein ausgehungertes Mädchen. Der Gestank von Brand und Fäulnis erreichte seine Nasenlöcher.

Obwohl er wusste, dass alles nur eine Illusion war, war es doch furchterregend echt.

»Die Techniken, mit denen man sich bekämpfte, wurden immer ausgefeilter. Die Zerstörungen wurden immer entsetzlicher.«

Über ihren Köpfen traf ein Feuerball ein Luftschiff. Schwarze Wolken erbrechend zerschellte es an einem der letzten noch stehenden Gebäude. Der CC sprach unerschüttert weiter.

»Nach vielen Jahrhunderten, während einer etwas längeren Friedenszeit und als die Technik weit genug vorangeschritten war, entschied man sich für den Bau der Schützenden Städte.«

Die roten und gelben Lichter verschwanden aus der Landschaft, ebenso der Rauch und der Explosionslärm. Das Schlachtfeld um sie herum machte in rasendem Tempo Platz für eine Baugrube. Lichte Gebäude ragten in die Höhe, Straßen wuchsen, ranke Luftschiffe flogen über sie hinweg.

»Sieben Städte wurden gebaut, verstreut über die verschiedenen Kontinente. Wer in ihnen wohnen wollte, war willkommen, musste sich dann aber der Obhut der Zentralcomputer anvertrauen. Wer nicht in ihnen wohnen wollte, musste die Erde auf einem der großen Sternenschiffe verlassen, die über Jahrzehnte zu den anderen Welten unterwegs sein würden.«

Über den Gebäuden der projizierten Stadt zogen gigantische Sternenschiffe vorbei, Dutzende dieser Kolosse und alle so groß wie ein Wohnturm: Geräuschlos in Formation fliegend verdunkelten sie den Himmel.

Sig wusste nicht recht, was er sagen sollte. Stimmte das alles tatsächlich? Waren Menschen wirklich Monster, die vor sich selbst geschützt werden mussten? Bilder der Fleddererhorde auf Halde West stiegen in seiner Erinnerung hoch: jene brüllende, mordlustige Meute, die ihn unter dem Hängenden Haus angegriffen hatte. Er erinnerte sich, dass Pilaster Scherbes Volk als blutdürstige Kaninchenfresser und Sklaventreiber beschrieben hatte. Er dachte an Pilasters Geständnis, dass er mit Plock einen Fledderer totgeschlagen hatte – genau wie er selbst es fast mit Simpel getan hatte. Simpel, den er später im Stich gelassen hatte, der ihm dann das Leben gerettet hatte und sein Freund geworden war, der keine zwanzig Meter von hier entfernt wegen dieser Flecken im Sterben lag … Simpel, der auf ihn zählte …

»Vielleicht stimmt das ja alles«, begann er zögernd, »und es ist tatsächlich besser, wenn die Menschen von Ihnen geführt werden … Ich weiß es nicht mehr. Aber ich habe noch eine Frage. Nur eine Frage.«

Sein Ebenbild runzelte die Stirn, während die letzten Reste der Projektion um sie her erloschen und die zentrale Lichtsäule wieder sichtbar wurde.

»Mein Freund Simpel ist krank. Er liegt hier draußen, direkt vor dem Turm. Wenn ihm nicht schnell geholfen wird, stirbt er.«

»Die Reste von Gamma-74-rho-12, der schon tagelang hinter dir herläuft? An dem gibt es längst nichts mehr zu reparieren. Der ist komplett gelöscht.«

»Aber Sie wollten doch so viele Menschen wie nur möglich glücklich machen?«

»Eine gelöschte Person ist keine Person mehr. Ein verbannter Bürger ist kein Bürger mehr. Sondern nur ein Körper, kein Mensch. Und damit bedeutungslos und unwichtig.«

»Aber er ist wieder ein Mensch. Und zwar ein anderer als früher in der Stadt. Zufällig bewohnt er denselben Körper, doch er erinnert sich an nichts mehr von diesem Gamma-74 … Er hat viel gelernt, und er hat Freude und Kummer, und er ist neugierig und manchmal froh und …« Sig redete immer schneller.

Der CC ihm gegenüber hörte gleichgültig zu und unterbrach ihn dann ungeduldig. »Tut alles nichts zur Sache. Er ist kein Mensch, kein Einwohner der Stadt. Du kennst die Regeln des Zyklus. Es gibt Grenzen. Er soll sich bei einem

Recycling Point melden, dann wird der Körper wiederverwertet.«

»Aber er hat auch ein Recht auf Glück ...«

»Ende der Diskussion.« Der CC klang jetzt streng, und seine Gestalt veränderte sich in den CC, wie Sig ihn kannte – den dicken Mann mit dem roten, fleischigen Gesicht. Turmhoch und mit vor der Brust verschränkten Armen ragte er jetzt über Sig hinaus. Aber fast sofort darauf – etwas zu schnell für Sigs Empfinden – änderte sich sein Augenausdruck wieder, und er fuhr in freundlichem Ton fort: »Aber kommen wir doch lieber zu dir. Meine Aufgabe ist schließlich die Vermehrung von Glück.« Er nickte Sig freundlich zu. »Wenn du jetzt erst mal unter diesem komischen Kasten hervorkommst, dann können wir uns darüber unterhalten.«

Sig traute der Sache nicht. Die Art und Weise, in der der CC von Simpel gesprochen hatte, hatte ihm ein für allemal deutlich gemacht, dass er nichts mehr mit dem CC zu tun haben wollte. Er war kalt. Eine eiskalte, unbeugsame Maschine. Starr und beschränkt. Vielleicht hatte er Recht und die Menschheit brachte auf eigene Faust tatsächlich nur Chaos zustande, aber er selbst war um kein Haar besser.

Und er wollte so auffallend gern, dass Sig aus seinem faradayschen Käfig hervorkam.

»Ich bin nach wie vor verurteilt zu Sanktion 2-f ...«, warf er vorsichtig ein.

»Stimmt«, antwortete der CC in freundlichem Ton. »Gerade das macht, dass ich dir helfen kann.«

Weshalb schlug der CC plötzlich diesen Ton an? Sollte der Käfig tatsächlich funktionieren?

»Sie können mir nur helfen, indem Sie Simpel gesund machen.«

»Wir sprechen jetzt von dir. Du bist beschädigt durch deinen Aufenthalt in Außenwelt. Erinnerst du dich noch daran, wie glücklich du warst innerhalb der Mauern der Stadt?«

Um ihn her wolkte das Licht abermals in zahlreichen Farben auf und flocht sich zusammen, bis die Konturen von Sigs altem Zimmer entstanden. Alles war genau so, wie er es erinnerte. Die aufgestapelten Comics in der Ecke, der Holoprojektor, sein Bett, auf der Fensterbank die Schachtel mit Speicherchips, dann das Poster von Delta-34, seiner Lieblingsband … Alles fein sauber und ordentlich dank der Haushaltsroboter.

Zum ersten Mal in all den Wochen erinnerte er sich an die Melodie eines Songs von Delta-34 – eine fürchterlich öde und lahme, lasche Musik, merkte er jetzt. Einschläfernd. Überhaupt nichts im Vergleich mit dem Trommelkonzert, das Pilaster und er in der Grotte in Wald zum Besten gegeben hatten.

Sig sah sich auf seinem Bett sitzen. Glänzend sauber und froh – in der Tat: froh. Er hatte sich immer froh gefühlt. Jeden Tag, vierundzwanzig Stunden lang. Froh wie in einem nebligen, watteweichen Traum, als habe er fortwährend unter schwerer Betäubung gestanden.

»Erinnerst du dich?«, fragte der CC. »Erinnerst du dich, wie glücklich du warst? Und …« – der CC ließ eine dramatische Stille eintreten – »siehst du jetzt ein, wie unglücklich du hier bist?«

Seine Eltern kamen ins Zimmer; ein stechender Schmerz bohrte sich Sig durchs Herz. Sie fehlten ihm, trotz allem fehlten ihm Vater und Mutter jetzt – mehr noch als Pilaster. Zugleich ließ ihn ihr Abbild nur noch deutlicher erkennen, wie ungerecht der CC war: Sig war endgültig aus ihrer Erinnerung gelöscht. Der CC gestattete noch nicht einmal, dass seine eigenen Eltern ihn vermissten.

»Aber es geht überhaupt nicht um ein ewiges, endloses Glücksgefühl!«, brach es aus Sig heraus. »Das ist hohl und leer. Die ganze Stadt ist ein einziger großer Fehlgriff. Ein fetter Programmierfehler, der sich seit dreitausend Jahren weiter auswächst. Kapier das doch!«

»Du bist ernsthafter beschädigt, als ich dachte« – der CC schüttelte mitleidig den Kopf – »und ich kann dich nicht zwingen. Ich kann dir nicht helfen, solange du dich in dem Käfig versteckst.«

»Helfen? Helfen? Was verstehen Sie denn unter helfen?«

»Die Durchführung von Sanktion 2-f natürlich.« Der CC schien aufrichtig erstaunt. »Wie ich schon sagte, ist es meine Aufgabe, das Glück der Menschheit zu mehren. Du bist jetzt unglücklich, das ist klar, auch wenn du selbst das nicht ganz einsehen magst. Indem ich dich lösche – obzwar du kein Bürger mehr bist –, entferne ich auch dein Unglücksgefühl, und somit nimmt das Glück in der Welt entsprechend zu … Klingt das nicht logisch und vernünftig? Mehr kann ich nicht für dich tun.«

Sig blieb der Mund vor Erstaunen offen. Er war immer davon überzeugt gewesen, dass der CC eine unendliche Weisheit besaß und eine unendliche Einsicht. Jeder in der Stadt war davon überzeugt. Aber das hier war lächerlich, rundheraus lächerlich. Der CC war in Wirklichkeit völlig plemplem, wie viele Kriege und Verbrechen in den letzten dreitausend Jahren er durch seine Bevormundung auch verhindert haben mochte. Sig schüttelte den Kopf, um endlich zu verstehen, wie der CC wirklich dachte.

Sein altes Zimmer verschwand, und die Lichtsäule war wieder zu sehen. Sig betrachtete sie mit Verwunderung und Erstaunen. So komplex, so schön wirbelte das Licht umher, und zugleich so starr und so dumm, nicht mehr als eine dumme Maschine … Er konnte es nicht fassen.

Sig drehte sich mitsamt Käfig und allem um und ging zurück zum Ausgang. Gedankenlos holte er beim Gehen das Erdungskabel wieder ein.

»Bist du sicher, dass du gehen willst?«, rief der CC ihm hinterher. »Ich kann dir helfen … Hier im Turm, oder auf den Halden, wenn du dich von einer Aufsichtskamera zu einem Recycling Point begleiten lässt, aber nur, wenn du ohne dieses Styropording kommst.«

Sig schaute sich um. Die Gestalt des CC löste sich bereits wieder in dem übrigen Licht auf. Sig nickte, und es war ihm völlig gleich, dass der CC es nicht sehen konnte. Er zuckte mit den Schultern und ging weiter.

Das Tor nach draußen öffnete sich automatisch, und einigermaßen betäubt und verwirrt von allem, was vorgefallen und gesagt worden war, holperte Sig ins Freie.

Pilasters Plan

Verdattert, wütend und vor allem verwirrt stand Sig vor Turm Ost. Das Eingangstor hatte sich hinter ihm geschlossen, die letzten Funken des umherirrenden Lichts des CC waren erloschen, und er war allein zurückgeblieben in seiner umgestülpten Kiste aus mit Kupferdraht umwickeltem Styropor.

Vor ihm erstreckte sich still und unwirtlich die Ebene. Links in der Ferne, über den schemenhaften Umrissen von Halde Ost, brauten sich dunkle Wolken zusammen.

Mit den Gedanken noch bei all dem, was eben geschehen war, hob er die Kiste hoch und stellte das Ding neben sich auf den Boden.

Erst seit er wieder draußen war, fühlte er, welche Angst er ausgestanden hatte. Seine Beine zitterten, und er kam sich unendlich müde vor, wie durchsichtig fast. Und er fühlte sich verletzlich und klein, wieder ohne seinen Styroporpanzer.

Das Allerseltsamste war, dass sein selbst gebauter, wackliger Käfig funktioniert hatte. Tief im Herzen hatte er es fast nicht glauben wollen, so unvorstellbar war es, dass etwas derartig Primitives dem CC Paroli bieten konnte. Mit nicht viel mehr als dem Mut der Verzweiflung war er hineingegangen, mit einem Gefühl, als habe er nichts mehr zu verlieren. Aber wie er jetzt wieder hier draußen stand, da wusste er, dass er doch etwas verloren hatte: seinen allerletzten Glauben an die Stadt und den CC.

Die Vorstellung, dass der CC ihn besser kennen sollte als er sich selbst, konnte er nicht akzeptieren. Er war nicht krank, verrückt oder beschädigt, wie der CC dachte. Er wollte nur, dass der CC ihm zuhörte. Wirklich zuhörte, ohne sofort immer alles besser zu wissen. Und er wollte seinen Freund retten – das war doch wirklich nicht verrückt.

Oder doch?

Die Kriegsszenen, die ihm der CC aufgetischt hatte, kamen ihm mit all ihrer düsteren Traurigkeit wieder vors Auge.

War er genau deshalb so wütend auf den CC, *weil* er krank war? Für wen hielt er sich denn, wenn er meinte, sich gegen das Urteil eines derartig fortschrittlichen Computers stemmen zu sollen, der dazu gebaut war, Gewalt zu verhindern und die Menschen glücklich zu machen? Der CC meinte es gut, das ging nicht anders, so war er gebaut.

Hatte Pilaster tatsächlich seinen Geist vergiftet? War Pilaster wirklich nur ein bedauernswerter alter Mann gewesen? Ein Mann, der in Außenwelt vor Einsamkeit verrückt geworden war und deshalb Wahnvorstellungen entwickelt hatte? War er, Sig, ebenfalls verrückt geworden in Außenwelt, losgelöst von der Steuerung durch den CC?

Sig blinzelte, schüttelte den Kopf und atmete einmal sehr tief durch. Es war angenehm, den Wind auf der Haut zu spüren.

Ein Stück weiter stand das Zelt. Da lag Simpel und fieberte. Selbst wenn der CC in vielerlei Hinsicht Recht hatte, so stand eines für Sig doch fest, und das war Simpels Unschuld. Vielleicht hatte er früher tatsächlich einmal Gamma-74-rho-12 geheißen und war wegen diesem oder jenem verurteilt worden, doch diese Person gab es nicht mehr. Die war vor Wochen vollkommen gelöscht worden. Und jetzt war Simpel da. Der neugierige, witzige Simpel. Sein einziger Freund in dieser Wüstenei. Und der hatte niemandem etwas Böses getan.

Der CC hatte Unrecht, wenn er ihn nicht heilte. Er war

grausam, dumm und starr, und etwas musste gegen ihn unternommen werden.

Oder hatte er selbst Unrecht?

Sig wusste es wirklich nicht mehr. Die Auseinandersetzung mit dem CC hatte ihn erschöpft.

Sig löste die Klebebandstreifen, die die Styroporplatten miteinander verbanden, und faltete den faradayschen Käfig zusammen. In Gedanken versunken ging er mit dem Käfig unter dem Arm zum Zelt zurück.

Simpel schlief, als er in das Zelt schaute, so wie immer, seit er krank geworden war. Aber als Sig ins Zelt kroch, um ihm etwas zu trinken zu geben, schlug Simpel die Augen auf und schaute ihn durchdringend an. Simpel sah immer noch sehr krank aus, aber zugleich wirkte er geistig klarer als in den vergangenen Tagen. Es war, als verstünde er, wie schlecht es um ihn stand.

Mühsam richtete er sich ein wenig auf. Tränen liefen ihm übers Gesicht. »Schön«, sagte er und deutete mit seiner mageren Hand hinaus auf die Ebene.

Simpel hatte keine Erinnerungen an die Stadt. Außenwelt war die einzige Welt, die er kennengelernt hatte in dem kurzen Leben, seit er gelöscht worden war. Und es schien, als begreife er jetzt, dass er in Kürze schon wieder Abschied von dieser Welt würde nehmen müssen.

»Ja … und dabei hast du noch längst nicht alles gesehen.« Sig holte tief Luft. »Wenn es dir wieder besser geht, reisen wir zusammen nach Wald. Ich werde dir die Pferde zeigen und den See, und wir trommeln und …«

Sig wandte sich ab; es gelang ihm nicht, Simpel weiter aufmunternd zuzusprechen. Er rumorte etwas in den Vorräten, holte die letzte Flasche Limonade heraus und half Simpel beim Trinken. Anschließend gab er ihm zwei Aspirin – zehn waren jetzt noch übrig – und deckte ihn warm zu.

»Ich gehe nochmal und rede mit diesem merkwürdigen Babel. Pilaster zufolge weiß der noch mehr. Aber ich habe überhaupt keine Ahnung, wie ich das aus ihm herausbekommen soll. Ich muss einen Plan machen, einen besseren Plan als den letzten, einen, der eine wirkliche List enthält. Und dann sollst du mal sehen!«

Auf Simpels Gesicht erschien ein vages Lächeln, bevor er die Augen wieder schloss.

Nachdem er etwas gegessen und sich eine Stunde lang ausgeruht hatte, zog Sig wieder los zu Turm West. Fest entschlossen, bis zum Ende weiterzukämpfen, um Simpel zu retten, aber mit Zweifeln im Herzen – was, wenn der CC Recht hatte und Sigs Blick durch das Leben in Außenwelt getrübt war?

Keine Viertelstunde später betrat Sig das Archiv, fragte nach Babel, und im nächsten Augenblick saß er am Rand eines runden, sonnenübergossenen Schwimmbeckens. Er trug eine Badehose, und seine nackten Füße baumelten in dem angenehm kühlen Wasser.

Die Kacheln auf dem Boden des Schwimmbeckens bildeten zusammen das Muster von vier graublauen Fischen mit langen Schnauzen, die im Kreis dem Schwanz des jeweils anderen nachschwommen. Durch das leichte Schaukeln des Wassers schien es fast, als wären sie lebendig.

Die gefiederten Blätter der Bäume rund um das Schwimmbad wehten in einer warmen Brise und warfen kühle Schatten auf die Fliesen. Die Sonne brannte Sig auf den Rücken. In großen Tontöpfen blühten allerlei Pflanzen.

In der Mitte des Beckens, ungefähr fünf Meter von Sig entfernt, dümpelte Babel. Das Gewicht seines schwerfälligen Leibes drückte die Luftmatratze, auf der er lag, fast ganz unter Wasser. Sig konnte nicht sehen, ob die Augen hinter den dunklen Gläsern seiner Sonnenbrille offen oder geschlossen waren.

Anscheinend waren sie offen, denn faul zog Babel eine Hand aus dem Wasser und hob sie in Sigs Richtung. »Na, wieder da?«, brummte er gutmütig. »Du Jo-Jo, du Echo an der Gummileine?«

Sig nickte zustimmend.

»Immer noch auf der Flucht?«

»Eigentlich schon … Oder vielleicht jetzt gerade mal nicht.« Sig blinzelte in das hellblau glitzernde Wasser; Außenwelt erschien auf einmal wieder sehr weit weg. »Ich meine, ich weiß es nicht mehr. Alles ist immer anders. Anders, als ich erwartet hatte, und was ich auch tue, es scheint immer schlimmer zu werden. Und ich weiß einfach nicht, wer Recht hat: ich oder der CC. Das alles ist zum Verrücktwerden. Oder, na ja … vielleicht bin ich das schon.«

Babel ging nicht ein auf das, was Sig sagte. Stattdessen deutete er mit den Wurstfingern seiner nassen Hand nur etwas ausholender um sich. »Ist es hier nicht wunderbar? Gäste, die keine Wahl bezüglich eines Ortes treffen, empfange ich vorzugsweise hier – Oase nach vierzig Tagen Wüste, Quelle, nach der das Wild schmachtet. Wieso springst du nicht erst mal ins Wasser? Ein Untertauchen ins kühle Nass ist wie wenn man eine alte Fassade reinigt oder Schmieröl auf ein rostiges Scharnier gibt.«

Breit lächelnd und mit einer unerwartet schnellen Fußbewegung spritzte er einen Schwall Wasser über Sig hinweg.

Sig schauderte – das Wasser war kalt und angenehm zugleich auf seiner sonnenerhitzten Haut. Es sah anziehend aus.

Er musste an seine erste Begegnung mit dem Archiv denken, vorgestern erst war das gewesen. Die herrliche Leere, in der er ein paar Minuten herumgeschwebt war, die verlockende Selbstvergessenheit jener fremden dunklen Stille. Ob er sich kurz dem Genuss des Vergessens anheimgeben durfte? Seit Simpel krank geworden war, war alles so grau und einsam. Er fühlte sich elend und müde bis auf die Knochen.

Während er seine Lungen mit Luft vollsaugte, ließ sich Sig ins Wasser gleiten. Er sank auf den Grund des Beckens, bis direkt über das Fischmosaik. Dort fühlte er sich beschützt. Hier hörte man nur ein gedämpftes Klatschen. Unvorstellbar, dass es lediglich eine Art Projektion war – oder etwas, das das Archiv mit seinem Gehirn machte oder wie auch immer. Für den Moment wollte er gar nicht mehr darüber wissen.

Sig öffnete die Augen. Die Sonne warf Lichtkringel auf den Boden. Er folgte dem Tanz der Fische mit den Augen. Leicht bewegte er die Arme und Beine hin und her, um an ein und derselben Stelle zu bleiben.

Babel hatte Recht. Das Wasser war wunderbar. Mit kräftigen Schlägen schwamm er über den Boden, quer durch Babels massiven Schatten bis zur anderen Beckenseite, wo er knapp vor der Wand wieder hochkam, die Wasseroberfläche durchbrach und seine Lungen mit warmer Sommerluft vollsog. Er kletterte auf den Rand, schüttelte seine nassen Haare aus und tauchte direkt wieder hinein – das Wasser mochte seinetwegen unecht sein, aber es war wunderbar. Er strampelte einfach herum, zog Bahnen, so schnell er konnte, und tauchte noch einige Male vom Rand aus ins Wasser, bis er außer Atem war und sich mit einem trägen Gefühl auf den Beckenrand hievte.

Ohne dass es Sig aufgefallen war, hatte Babel sich inzwischen in einer Hängematte ausgebreitet, die zwischen zwei Bäumen im Schatten hing. Sig hätte gern gesehen, wie Babel mit seinem trägen Leib das wohl zustande gebracht hatte. Er quoll geradezu aus der Hängematte, und wenn Sig nicht alles täuschte, neigten sich die Bäume, an denen sie befestigt war, plötzlich stark zueinander. Auf der Terrasse stand unweit davon eine Sonnenliege aus Plastik.

Sig schleppte die Liege bis neben die Bäume und nahm darauf Platz. Die Sonne brannte wunderbar auf seine nasse Haut.

Ohne dass Babel darum gebeten hatte, zuerst nach Worten suchend, aber dann immer schneller, erzählte Sig, was er mit dem CC erlebt hatte. Babel unterbrach ihn diesmal nicht mit seinen endlosen Geschichten, selbst nicht mit Fragen, sondern nickte ihm nur dann und wann aufmunternd zu.

Nachdem Sig zu Ende geredet hatte, schwieg Babel lange, räusperte sich dann und wuchtete sich mit viel Mühe ein wenig auf die Seite – die Bäume, an denen die Hängematte hing, federten besorgniserregend.

»Der CC hat dir einen schönen Bären aufgebunden«, sagte er dann, »Seemannsgarn vom Feinsten. Nicht unwahr, keine Lügen, und doch ist es nur eine Geschichte: seine. Jede Geschichte hat tausend andere Seiten. Und es gibt endlos viele Geschichten. Manche klar, andere rätselhaft.«

Sig hörte stirnrunzelnd zu. Kam jetzt doch nur wieder so eine komplizierte Betrachtung, die nirgendwohin führte?

»Babel kennt viele Geschichten, der CC kennt nur eine.

Lass mich versuchen, Zusammenhänge herzustellen zwischen den Darlegungen des CC und den Geschichten, die in mir umherschwärmen wie Heringe in der Tonne, falls du noch etwas Zeit hast.«

Sig nickte einfach. Er fühlte sich gut hier und zumindest für den Augenblick sicher. Es war, als wäre alles ohnehin egal. Der Ort hier war gut, mochte er auch ein Traumgespinst sein. Und er würde sich anhören, was Babel zu erzählen hatte – Pilaster zufolge war es wichtig, mit ihm zu sprechen, und Pilaster hatte in vielen Dingen Recht gehabt.

»Zuallererst denkt Babel an Drachen, jene magischen feuerspeienden Urwesen. Geschuppt, geflügelt und unsterblich bewacht der Drache seinen Schatz wie eine Tänzerin ihre schlanken Beine. Eifersüchtig und schlau, seine Stimme sacht wie Seide. Er wickelt dich um den Finger, wenn du nicht gut aufpasst, und beleckt dich mit Gift. Viele Völker von früher fabulierten über diese Wesen, Spiegel eigener Begrenzungen, Monster aus dem Unbewussten. Irgendwo hat er eine schwache Stelle – das muss sein, es geht nicht anders, denn wäre er unbesiegbar, könnte die Geschichte kein gutes Ende nehmen. Er weiß nicht, was er mit seinem Schatz soll – außer ihn bewachen, sodass niemand anderer etwas davon hat. Blind und träge wälzt er sich in Schönheit, die er nicht erkennt.«

Babel warf Sig einen vielsagenden Blick zu und fuhr nach einer kurzen Pause fort: »Dann gibt es die Geschichte von diesem Philosophierer, du hast sie schon gehört: Wozu die Türme gedacht waren, Gewaltenteilung, der Mensch als Gesetzgeber des CC, selbstverantwortlich und frei … Der CC allein als ausführende Macht. Eine dröge Geschichte, aber gut gemeint – und ganz anders als die Arroganz des CC.«

Sig nickte zögernd. »Aber was soll ich damit? Das ist doch alles nur Theorie und misslungene Menschheitsgeschichte?«

»Vielleicht, wer weiß. Nicht wieder diese Sterblichen-eile …« Babel fächerte sich etwas Kühle zu. »Denn weißt du, es geht jetzt darum, für welche Geschichte du dich entscheidest.« Er schaute Sig an, als habe er ihm soeben die Lösung für sämtliche Probleme dargereicht.

Die erste Bemerkung hatte Sig verstanden. Der CC sei eine Art von Drache, meinte Babel; er bewachte die Stadt und beherrschte das Leben der Menschen, ohne dass er selbst etwas davon hatte und auch ohne dass die Menschen etwas davon hatten. Auch die Geschichte über den ursprünglich vorgesehenen Zweck der Türme war klar – obwohl er nicht wusste, was er damit anfangen sollte. Sig schaute Babel fragend an.

»Solange du nicht weißt, was du willst«, fuhr der fort, »solange du nicht entscheidest, wohin es gehen soll, wird deine Geschichte nirgendwohin führen und kein Ende kennen. Vielleicht bist du das Trojanische Pferd oder der Drachentöter oder Don Quichotte. Du bist der Held dieser Geschichte, aber es gibt auch tragische Helden und Helden, die keine sind.«

Sig musste blinzeln. »Aber wie kann ich wissen, was gut ist? Wie kann ich wissen, ob nicht doch der CC Recht hat und ich Unrecht? Der CC lenkt die Stadt schon dreitausend Jahre, alle fühlen sich glücklich. Wer bin ich, mich dagegenzustemmen?«

»Was willst du?«, fragte Babel jetzt ohne Umschweife. »Simpel retten oder nicht? Für dich selbst einstehen oder nicht? Deinem Freund Pilaster treu bleiben oder nicht? Möchtest du zurück in die Stadt? Bist du der Kohl, das Schaf oder der Wolf? Der Hosenträger oder der Gürtel, das Sieb oder das Wasser, Dornröschen oder der Prinz?«

Sig senkte den Kopf und schwieg.

»Was willst du sein? Wenn du das weißt, dann können wir vielleicht gemeinsam Pilasters Plan ausführen, oder auch nicht …«

»Pilasters Plan?«, rief Sig und sprang auf, plötzlich hellwach. »Hatte Pilaster wirklich einen Plan?« Sigs Stimme überschlug sich. »Wieso hast du mir das nicht viel früher erzählt? Ich hatte dich doch danach gefragt! Schon beim ersten Mal! Das Archiv ist doch dazu da, Informationen zu liefern?«

Sigs Erregung und seine Vorwürfe beeindruckten Babel nicht. Er setzte seine Sonnenbrille ab, zog eine Augenbraue hoch und schaute Sig etwas dösig an. »Kleines Körnchen in der Sanduhr … Das erste Mal warst du viel zu sehr in Eile, und diesmal hast du es nicht eilig. Kommt Zeit, kommt Rat. Will heißen: Alles zu seiner Zeit. Diese Zeit, dieser Rat.«

»Was hat Pilaster denn gewollt?« Sämtliche Zweifel waren für Sig mit einem Schlag vergessen.

Babel schaute Sig amüsiert an. »Wieso fragst du ihn nicht selbst?«

Bevor Sig vor Verwunderung auch nur mit den Augen hatte zwinkern können, machte Babels hünenhafte Gestalt Platz für den mageren, dürren Leib von Pilaster. Die Bäume, die die Hängematte trugen, hatten auf einmal viel weniger zu heben und federten in die Höhe. Pilaster war jünger, als Sig ihn gekannt hatte, hatte mehr Haare und weniger Falten, war aber ebenso mager und beweglich, wie Sig sich an ihn erinnerte.

»Hängematte? Eine Hängematte? Ich mag keine Hängematten«, klang die vertraute Stimme. Mit einem Schwung hob Pilaster beide Beine über den Rand derselben und sprang hinaus. Erst dann fiel sein Blick auf Sig.

»So. Also du bist Sig?« Pilaster betrachtete ihn mit Neugier.

Sig brachte erst mal kein Wort heraus. Es war ihm nicht einen Moment lang in den Kopf gekommen, dass von Pilaster womöglich ein Memo gemacht worden war. Es war verrückt, ihn hier so vor sich zu sehen. Wunderbar und traurig zugleich. Sig sprangen die Tränen in die Augen. Wie fantastisch, Pilaster wieder zu sehen!

»Hat den Anschein, als würden wir uns kennen?«, fuhr Pilasters Memo ein wenig eingeschüchtert fort, als es Sigs Tränen sah. Auch wenn es eine jüngere Version war – das Lächeln auf seinem Gesicht und die leuchtenden Augen waren genau wie in Sigs Erinnerung.

»Äh, ja, du kennst mich noch nicht. Aber ich kannte dich später, als du älter warst. Jahre, nachdem sie dich hier kopiert hatten, sagen wir mal. Wir waren Freunde. Du hast mir das Leben gerettet, und später sind wir zusammen unterwegs gewesen.«

»Es hat also doch geklappt? Ist doch noch jemand gekommen, hier nach Außenwelt, der nicht gelöscht war? Du?« Pilaster schien freudig überrascht. »Das letzte Mal, als er hier war, trug sich Pilaster mit dem Plan, sich auf Halde West niederzulassen und alles für den Fall vorzubereiten, dass einmal jemand käme, der genau wie er nicht gelöscht war.«

»Du hast das Hängende Haus gebaut und erst sehr viele Jahre später, als du fünfundsiebzig Jahre alt warst, kam ich.«

»So spät …« Pilasters Miene verdüsterte sich. »Armer Pilastermann, all die Jahre allein auf der stinkenden Müllhalde. Weit weg vom geliebten Wald.« Er sah Sig durchdringend an, als wisse er bereits die Antwort auf seine Frage. »Und wo bin ich jetzt, in deinem Heute, sagen wir mal?«

Sig musste schlucken, ehe er antwortete: »Äh ... Du bist tot. Erst seit ein paar Wochen. Ich habe Steine auf deine Leiche gestapelt am Ufer des Sees in Wald.« Wieder sprangen ihm Tränen in die Augen.

Pilaster richtete den Blick nach oben und spitzte die Lippen. Anschließend presste er sie aufeinander. »Pffuuuh ... Tja, so geht das. Geschichte, Zukunft, Heute – hier im Archiv bedeuten sie nichts. Du bist der Erste, der mich aktiviert, seitdem ich hier gescannt wurde. Für mich als Memo ist es, als wäre keine Zeit verstrichen. Fünfundzwanzig Jahre, pffft« – Pilasters lange Finger flatterten durch die Luft – »nichts, rein gar nichts ...«

Nach ein paar Sekunden, in denen er die Augen geschlossen hielt, schaute Pilaster wieder zu Sig. »Aber wer bist du? Woher kommst du? Erzähl mir, wie wir uns kennengelernt haben und wie es um die Pläne bestellt ist. Waren wir Freunde? Richtige Freunde? Warum sind wir zusammen nach Wald gereist? War ich dann wirklich endlich nicht mehr allein? Warum bin ich dort gestorben, und warum hast du Steine auf meine Leiche gestapelt?«

Pilaster ging zum Rand des Schwimmbeckens. »Komm. Komm, hier sitzen wir angenehm. Die Füße schön im Wasser.« Und er nahm Platz auf dem steinernen Rand.

Sig setzte sich zu ihm und erzählte.

Und es tat ihm gut, alles zu erzählen, was er seit seinem Sturz aus dem Gleisreiniger erlebt hatte. Auch wenn das hier eine jüngere Version von Pilaster war und eine, die ihn nicht kannte, war es dennoch vertraut, mit ihm zu reden. Sein Grinsen, das Blitzen in seinen Augen, seine Neugier, vieles war dasselbe wie bei dem alten Mann, den Sig in Wirklichkeit gekannt hatte. Schon bald war die letzte Spur der Zweifel verschwunden, die der CC bei ihm gesät hatte.

Während er seine Geschichte erzählte, wurde ihm glasklar, was die Wahrheit war: Pilaster war nicht verrückt oder krank oder kaputt gewesen, oder was der CC auch immer behaupten mochte. Und er selbst ebenso wenig. Der CC war es, der neben der Spur war. Alles an ihrer Geschichte war echt. Nicht alles war gleichermaßen schön, ganz im Gegenteil, aber im Vergleich dazu war das Leben in der Stadt blass und nichtssagend.

Und so schnurrte Sig den Rest seiner Geschichte herunter, weil er kaum darauf warten konnte, endlich Pilasters Plan zu vernehmen.

»Ein faradayscher Käfig«, murmelte Pilaster wie versuchsweise vor sich hin, als Sig endlich schwieg. Er starrte auf das glitzernde Wasser und bewegte die Füße darin hin und her. »Also das war die vermaledeite Lösung … Das war die List … so simpel, wenn man es einmal weiß … Und Pilaster, der die ganze Zeit nach allem möglichen Hightech-Brimborium und großen elektronischen Machtdingern Ausschau hielt … All die, all die Jahre … Ich glaubte, kein runtergedimmter Städter mehr gewesen zu sein, aber Pilaster dachte immer noch wie ein hilfloser Technostümper.« Das Memo seufzte tief. »Und dann die Alten mit ihrer Geschichte … Wenn ich gewusst hätte … Ach, wenn-wenn-wenn …« Er musste blinzeln. »Und einfach reden hilft also nicht. Ich dachte noch, der CC sei einer vernünftigen Logik gegenüber zugänglich. Aber er hört nicht zu … Dann bleibt nur dieser andere Plan …«

»Ohne dich wäre ich nie so weit gekommen«, sagte Sig, um seinen alten Freund etwas aufzurichten. »Und ich habe Glück gehabt, sehr viel Glück.« Er schwieg eine Sekunde. »Und jetzt würde ich gern deinen Plan erfahren, denn Simpel ist immer noch krank. Ich muss schnell sein, wenn es noch Hoffnung für ihn geben soll.«

»Ganz schlichter Plan«, sagte Pilaster und spritzte mit beiden Füßen eine Menge Wasser hoch. Die Tröpfchen blitzten in der Sonne. »Ganz einfacher Plan, ist mit dem Faradaykäfig jetzt auch einfach durchzuführen, denke ich.«

Er stand auf und tauchte in einer einzigen Bewegung ins Becken. Als er wieder auftauchte, spuckte er wie ein kleiner Brunnen einen Wasserstrahl aus und sagte: »Einfach den Plan des Philosophierers doch noch wahr machen. Das ist alles.« Pilaster ließ sich jetzt mit gespreizten Armen und auf dem Rücken liegend im Wasser treiben; die Augen hatte er geschlossen. »Die drei Türme sollten doch zusammengekoppelt sein: Ein Zentralcomputer, ein Memoarchiv und ein Parlament für lebende Menschen. Die drei zusammen sollten die Stadt regieren. Die Stadt war damals noch offen, darum baute man die Türme an der dafür passendsten Stelle: in Wissen, zwischen den Laboratorien und Schulen, wo am ruhigsten nachgedacht werden konnte. Aber die Menschen bekamen Angst, und sie fanden den Computer, den sie gebaut hatten, so fantastisch, dass sie ihm mehr Macht gaben, als gut für ihn war. Und zwar ganz besonders, nachdem der CC dieses Ding erfunden hatte, mit dem man alles herstellen kann, was man will.«

Mit trägen Stößen schwamm Pilaster, immer noch auf dem Rücken, in die Mitte des Beckens und trieb anschließend, indem er mit den Händen paddelte, wieder auf Sig zu. »So ein ganzes Parlament lässt sich natürlich nicht aus dem Boden stampfen, aber die andere Verbindung herstellen kannst du schon: die Ankoppelung des Archivs.«

Sig glaubte zu verstehen, worauf Pilaster hinauswollte. »Du meinst, ich soll den CC mit dem Archiv verbinden?«

»Genau.« Pilaster schaute triumphierend. »Mit dem Faradaykäfig ist das eine Kleinigkeit. Ein Klacks, ein Kinderspiel. Im Museum gibt es bestimmt eine Rolle mit Glasfaserkabel. Sig braucht lediglich eine Strippe zu ziehen von hier nach da, und schwupp, da sausen die Memos …. pfffssst!«

»Aber …« Das klang ja gar zu simpel, was Pilaster da vorschlug. »Aber passiert dann nicht so etwas wie in der Stadt, aus der Scherbe stammt? Und was, wenn es schiefgeht und der CC das ganze Archiv löscht oder so? Dann ist es für alles zu spät. Dann ist alles Wissen weg, mit dem man den CC bekämpfen könnte.«

Pilaster tauchte mit einer rückwärtigen Rolle unter, schwamm bis zum Boden des Beckens und folgte im Kreis den Fischen des Mosaiks. Nach einer halben Runde tauchte er wieder hoch und schnappte nach Luft.

»Du als Memo brauchst doch gar keine Luft, wieso tust du dann so?«, konnte Sig sich nicht verkneifen zu fragen.

»Ich bin Pilasters gesamte Erinnerungen, auch die, wie lange man unter Wasser bleiben kann und wie beklemmend es für einen wird, wenn man lange keine Luft holen kann«, antwortete Pilaster keuchend. »Wirst du es tun?«, fragte er direkt darauf begierig. »Einen Autorisierungscode, damit du das Glasfaserkabel aus dem Museum herausbekommst, besorge ich dir im Nu. Abteilung Telekom, Anfang einundzwanzigstes Jahrhundert – habe ich irgendwann alles schon rausgesucht. In der Zeit verlegten sie das Zeug wirklich überallhin. Manchmal musst du Risiken eingehen. Wenn du nichts tust, stirbt dein Freund mit Sicherheit. Und vielleicht können wir Memos ja auch wieder etwas Bedeutung erlangen.«

Sig nickte zögernd.

Ein paar Stunden später stand Sig wieder bei dem Zelt, eine große Rolle Glasfaserkabel unter einem Arm und zwei Flaschen frisches Wasser unter dem andern. Er würde Pilasters Plan durchführen. Er hatte keine Zeit mehr für Zweifel und Grübeleien.

Sollte er jetzt sofort das Kabel zum Archiv ausrollen? Babel würde dafür sorgen, dass die Wartungsroboter des Archivs eine Art Steckdose für das Kabel an der Außenwand des Turms anbrachten, und dann konnten die Millionen von Memos alle zugleich in den CC strömen …

Es war schon spät, und er wollte nachsehen, ob er Simpel wach bekam. Vielleicht konnte er ihn noch etwas essen lassen, ihm ein paar Aspirin und etwas zu trinken geben. Auch er selbst konnte sich vor Schwäche kaum mehr auf den Beinen halten.

Simpels Zustand schien stabil zu sein. Er trank gierig von dem Wasser, das Sig ihm vorhielt, und schlief danach gleich weiter. Das Fieber schien sogar gesunken zu sein – war das ein gutes Zeichen oder im Gegenteil ein Zeichen seines nahenden Endes? Sig beschloss, sich erst selbst etwas auszuruhen, das Kabel konnte er später am Abend immer noch anschließen und hineinbringen.

Aber die Ereignisse des Tages hatten ihn ärger erschöpft, als er angenommen hatte. Erst Stunden, nachdem er eingenickt war, ließ ein donnernder Lärm ihn hochschrecken. Er fühlte sich müde und schwer. Im Süden, über der Halde, erhellte ein Wetterleuchten mal den und mal jenen Teil des Himmels, und ein paar Sekunden später donnerte dann wieder ein dumpfes Krachen über die Ebene. Polterwetter, dachte Sig beklommen. Auch wenn es Pilaster zufolge nicht gefährlich war, so war ihm doch nicht wohl dabei. Außerdem konnte es auch Regen bedeuten – obwohl das Donnerwetter noch sehr weit weg war.

Sig schaute hinter sich ins Zelt. Simpel lag ruhig da und schlief. Sig beschloss, bis morgen zu warten. Er war jetzt wirklich zu müde und hatte überhaupt keine Lust, im Dunkeln über diese leere Ebene zum Archiv und wieder zurück zu laufen. Also zog er seine Decke etwas fester um sich und schlief wieder ein.

Gelöscht

Am nächsten Morgen wurde Sig nur unter Schwierigkeiten wach. Ihm war, als läge er unter einer erstickenden Decke. Ihm war beklommen zumute, dabei war es die letzten Tage doch immer nur kälter geworden. Und es juckte ihn. Überall. Noch halb im Schlaf kratzte er sich im Nacken, bis er bemerkte, was los war, und mit einem verängstigten Schaudern zu sich kam. Er öffnete die Augen und erblickte genau das, wovor er Angst hatte: Seine Gliedmaßen waren übersät mit roten Flecken. Ihm war heiß und kalt zugleich, und es schien, als wären seine Arme und Beine jeweils hundert Kilo schwer. Er war schweißgebadet.

So also fing es an, dachte er bitter, oder besser gesagt, so würde es enden. Außerdem lagen seine beiden Schneidezähne lose in seinem Mund. Er spuckte sie aus. Blut kam hinterher. Er hatte nicht gewusst, dass ein Mensch sich so krank fühlen konnte. Was hatte er überhaupt gewusst vor den paar zurückliegenden Wochen?

Mühsam schaute er sich um und ins Zelt. Simpel schien nicht wach zu sein. Von ihm kam keine Regung. Sig konnte nicht sehen, ob er noch atmete. Simpel lag auf dem Rücken. Sig richtete sich etwas weiter auf und versuchte, seine Augen scharf zu stellen, doch alles blieb verschwommen. Er kroch etwas tiefer ins Zelt hinein. Nun erst sah er es: Ganz leicht noch hob und senkte sich Simpels Brust. Seine Augen lagen tief und dunkel in ihren Höhlen. Simpels Gesicht war fahlgrau, bis auf die roten Flecken, die nur immer greller zu werden schienen.

Er hatte noch eine kleine Chance gehabt, und die war jetzt

wohl vorbei, dachte Sig betrübt. Das Trinken war wieder fast alle. Das Fieber würde zunehmen, er würde kränker und kränker werden und schon bald in einen ähnlichen Dämmerzustand wie Simpel geraten. Ohne zu trinken würde er sehr schnell das Bewusstsein verlieren. Er würde Simpel nicht lange überleben.

Tränen rollten ihm übers Gesicht. Sie brannten in den Flecken, die er im Schlaf aufgekratzt hatte. Er schaute über die Ebene, die gelben Grasbüschel, die Steine, den Staub, die dunklen, bleischweren Wolken darüber. Pilaster hatte sich einen besseren Ort zum Sterben ausgesucht, dachte er gelassen. Hier war es nur trostlos und grau, kein Ort für Menschen.

Er spürte die Schwere des CC-Turms, der sich hoch und unnahbar hinter ihm erhob. Herrscher über Leben und Tod, und dabei selbst unmenschlich. Wie hatten die Menschen so dumm sein können, ihr Leben in die Hand einer Maschine zu legen? Denn darauf lief es hinaus: Der CC war nicht mehr als eine Maschine, so kompliziert und mächtig diese auch sein mochte. Eine Maschine, die gestoppt werden musste.

Der Plan hatte so schön geklungen, aber jetzt war es zu spät. Schlicht und schön: Gib den Menschen in der Stadt ihre Freiheit zurück, indem du ihnen ihre Geschichte zurückgibst. Kopple die Memos mit dem CC zusammen und ergänze so die kalte Logik des CC mit Träumen, Irrtümern, Gefühlen, Erinnerungen, Sehnsüchten … Pilaster hatte versprochen, die Memos würden es vorsichtig angehen lassen: Er selbst würde Sigs Bericht über die Stadt von Scherbes Volk an jedes einzelne Memo weiterleiten. Veränderungen sollten allmählich stattfinden. Stück für Stück, bis die Stadt wieder den Menschen gehörte.

Aber, ach, das alles hätte ohnehin keine Chance gehabt, spürte er jetzt. Außerdem schrie sein ganzer kranker Körper es hinaus, dass der CC doch Recht gehabt hatte: Ein Leben, in dem man sich so krank fühlen konnte wie er jetzt, war auf Dauer nicht zu ertragen. Die Schrecken waren zu groß. Menschen konnten nicht für sich selbst sorgen – das führte nur zu Krieg und Hunger und Einsamkeit. Was hatte man von einem Leben so einsam und voller Entbehrungen? Weshalb sollte er noch kämpfen? Es gab doch nichts mehr hier in Außenwelt, für das sich zu leben lohnte.

Die Stadt musste die Stadt bleiben – sicher und angenehm, reich, voller Luxus und langweilig. Sig hätte jetzt alles darum gegeben, wieder dort zu sein – alles, was er jetzt wusste, seine Erinnerungen an Pilaster, Wald, Simpel – alles würde er hergeben, um sich wieder vom CC gehegt und gepflegt zu fühlen in der schützenden Umarmung der Mauern. Doch es war zu spät. Es war immer schon zu spät gewesen.

Mühsam drehte er sich auf die Seite. Das Fieber überschwemmte ihn und verwischte seinen letzten klaren Gedanken. Er wollte nur schlafen … Und Durst, er hatte noch Durst. Sig tastete um sich, vielleicht lag eine Flasche oder etwas anderes in Reichweite. Er wusste es nicht mehr. Er wusste nichts. Aber er hatte auch nicht die Energie, aufzustehen und seinen Rucksack zu durchsuchen.

Sig versank in einen wirren Traum. Weiße Vögel mit langen Hälsen, die über den glatten Spiegel eines Sees schwammen, die Stimme des CC, die brummigen Schreie der Fledderer, seine Mutter, die sich lächelnd über ihn beugte und ihn küsste, wenn er abends schlafen ging, Kopfs Gezische und Gelispel, die kläglichen Schreie der Möwen über der Müllhalde, Fetzen von den Gesichtern der Alten – alles vermischte sich zu einem düsteren, haltlosen Rausch.

Der Morgen verstrich.

Von Zeit zu Zeit wurde Sig wach – vor Durst, vom Jucken oder weil ihm zum Ersticken heiß war oder er umgekehrt vor Kälte zitterte. Aber wenn er dann seine Gedanken fast wieder beisammenhatte und ihm klar wurde, dass er etwas tun müsse, dann überrollte ihn die nächste Fieberwelle und entführte ihn in die tiefsten Tiefen, wo es dunkel war, neblig, brütend, wo nichts einen Halt bot und alles aussichtslos war.

Er wusste ab und zu wieder, dass sein Rucksack mit dem Aspirin in der Seitentasche keine drei Meter von ihm entfernt lag. Von Zeit zu Zeit erinnerte er sich außerdem daran, dass direkt daneben die Rolle mit dem Glasfaserkabel stand, aber sein Körper wollte nicht auf ihn hören. Erschöpft, beklommen und bleischwer zog der ihn zu Boden, wo er zitternd liegen blieb.

So verstrichen auch die ersten beiden Stunden des Nachmittags. Sig wälzte sich im Schlaf und fantasierte, und hinter ihm im Zelt versank Simpel immer tiefer in einen bodenlosen Abgrund, aus dem er nicht mehr zurückkehren würde.

Keiner der beiden bemerkte, dass sich über ihren Köpfen immer dunklere Wolken sammelten. Das Unwetter, das Sig am Abend zuvor am Horizont mit der Müllhalde hatte kämpfen sehen, war in ihre Richtung gekommen und zog sich jetzt über den drei Türmen zusammen. Es war, als suchten die Wolken eine Stütze für den schweren Regen, den sie mit sich trugen. Schon bald waren die Turmspitzen hinter schwarzen Nebelfetzen verschwunden, und es wurde dämmrig, obwohl es noch mitten am Tag war.

Und während Simpel und Sig jeder in ihrer eigenen Welt

weilten, in der das Fieber das Kommando hatte, flackerte eine Brise auf. Zuerst machte sie noch wenig her – die Brise strich um die Ecken der Türme, streichelte über das sich sanft aufblähende Zelt und irrte ein wenig über die Ebene. Doch schon bald nahm sie an Kraft zu, und es wurde kälter. Der Wind zerrte jetzt am Zeltdach, die lose Bahn klapperte unheilverkündend, und Staub wolkte auf.

Anschließend wehten die ersten Tropfen vorüber. Fast ohne den Boden zu berühren, wurden sie vom Wind fortgetragen, der sich allmählich zum Sturm auswuchs. Wo die Tropfen die Türme berührten, rollten sie, ohne an der glatten Oberfläche zu haften, nach unten. Wo die Regentropfen die Erde erreichten, lagen sie zunächst wie Perlen auf dem Staub. Dann wurden sie mehr, der Regen geißelte Türme und Ebene. Und die dicken Tropfen schlugend klatschend auf das Zeltdach, das nicht mehr lange standhalten würde, wenn der Wind es erst einmal erfasste.

Sig, der halb vor dem Zelt lag, öffnete verständnislos die Augen, als der erste Donnerschlag krachte und direkt darauf ein Blitz alles in eine weißblaue Glut tauchte.

Einen Moment zuvor hatte er sich noch in einem Albtraum befunden, dem Geschichtenraum der Alten – Deckels uraltes, runzliges Gesicht direkt über sich, seine heisere Stimme, die ihn anzischte mit einem Atem, der nach hundert Jahren Fäulnis und Zersetzung roch – *So hältst du also deine Versprechen, Sigjunge? Ist dir denn nichts heilig? Du versprachst Pilaster und Scherbe, zurückzukommen, und für Simpel hast du zu sorgen versprochen.*

Während Sig mit dem Aufwachen rang, hallte Deckels Stimme in seinem Kopf weiter nach – *Ist dir denn nichts heilig?* Sein Schlafsack hatte den Regen bisher von ihm abgehalten, aber jetzt drang die Nässe zunehmend durch. Sig rollte sich mitsamt Schlafsack und allem weiter aus dem Zelt und öffnete den Mund, um die Tropfen aufzufangen.

Viel bekam er nicht in sich hinein, aber es war genug, ihm ein klein wenig mehr Energie zu geben. Tief sog er die kalte Unwetterluft in seine Lungen ein. Und es war, als ob Kälte und Sturm halfen, seine Gedanken wieder etwas klarer werden zu lassen – *Ist dir denn nichts heilig?*

Der Käfig! Sein Faradaykäfig würde weggeblasen, wenn er nichts unternahm. Sig rollte sich nochmals zur Seite und erreichte so seinen Rucksack, der durchweicht in einer Schlammpfütze stand. Hinter sich hörte er, wie zwei der Zeltstangen entzweigingen. Wild klapperte das Zeltdach auf und nieder. Auch Simpel würde jetzt in kürzester Zeit völlig durchnässt sein. Hinter dem Rucksack, neben der Rolle mit dem Glasfaserkabel, lag zusammengefaltet sein Faradaykäfig. Zum Glück hatte der Wind ihn noch nicht erfasst. Sig quälte sich aus dem nassen Schlafsack, kam auf die Knie und schob zitternd seinen Rucksack um, sodass der jetzt auf dem Käfig lag.

Jetzt musste er Simpel helfen. Dafür sorgen, dass er trocken blieb. Sorgen, dass er geheilt wurde. Das hatte er doch versprochen? Dann würde er es auch tun. Platz für andere Gedanken gab es nicht mehr in seinem Kopf. Doch der Gedanke, Simpel zu retten, gab ihm gerade genügend Kraft, etwas zu tun.

Mit zitternden Fingern schaffte er es, das Seitenfach seines Rucksacks zu öffnen, die Aspirin hervorzuholen und gleich vier davon auf einmal einzunehmen. Vor seinen Augen sah er vor Anstrengung schwarze Flecken. Einen Moment lang schloss er sie und blieb so sitzen, zitternd und mit angewinkelten Knien und herabhängendem Kopf. Der Regen geißelte seinen Rücken.

Es würde einige Minuten dauern, ehe die Tabletten wirkten, anschließend war es mit der Wirkung aber auch bald vorbei. Er musste jetzt handeln.

Sig kroch zu Simpel, zog die Zeltfolie von der letzten Zeltstange herunter und schob sie zum Teil unter Simpels reglosen Körper. Anschließend kroch er auf Simpels andere Seite und schob auch dort die Folie so fest er konnte unter ihn. Mehr konnte er nicht tun. Vielleicht würde es Simpel helfen, nicht allzu nass zu werden und etwas von seiner letzten Lebenswärme zu behalten.

Dann, er begriff selbst nicht, woher er die Kraft nahm, stand Sig auf und wankte zurück zu seinem Rucksack. Er machte Plock los und richtete sich, gestützt von dem schimmernden alten Holz von Pilasters Stock, weiter auf. Dann knotete er sich das Ende des Glasfaserkabels um den Arm und ging los. Gegen den Wind über die Ebene, die sich in einen einzigen Morast verwandelt hatte, immer in Richtung Archiv.

Mit beiden Händen Plock umfassend, die Knöchel weiß von dem verkrampften Griff, zog er das Kabel von der Rolle hinter sich her. Das Kabel selbst wog zum Glück fast nichts. Ein Kilometer. Es musste zu schaffen sein. Selbst bei diesem Sturm. Und auch noch zurück – aber darum kümmerte er sich später.

Nach etwa zehn Minuten wirkte das Aspirin. Sig fühlte, wie er freier und tiefer atmete und er sich etwas wärmer und weniger zittrig fühlte, obwohl er nicht einen trockenen Faden mehr am Leib trug. Aber der Turm kam nur langsam näher. Immer wenn der Blitz Himmel und Ebene mit donnernder Gewalt lichterloh entflammte, leuchtete auch das Archiv spiegelnd auf. Dort hausten die Stimmen aus der Vergangenheit – gute und böse Memos, gescheite und verwirrte, Frauen und Männer, hitzige und bedächtige, witzige und langweilige – und wenn es gelang, würde er die gesamte Rasselbande über den CC auskippen.

Ihm war inzwischen gleich, ob es klug war oder nicht, was er tat. Er fragte sich nicht mehr, welche Folgen es haben und was mit der Stadt und ihren Einwohnern geschehen konnte. Teils war es sein Versprechen, Simpel zu retten, teils wollte er jetzt schlicht Rache an dem tyrannischen CC nehmen, und ein wenig war es auch das Fieber, das ihn antrieb.

Schritt für Schritt mühte er sich weiter, während der Regen noch stärker wurde und auch der Sturm an Kraft zuzunehmen schien. Aber je mehr ihm die Elemente zu schaffen machten, desto dickköpfiger setzte er seinen Weg fort.

Bilder jenes Nachmittags, als er in den See gegangen war, erschienen vor seinem geistigen Auge; es war der Tag, an dem er Pilaster tot im Zelt vorgefunden hatte. Auch damals hatte es geregnet, und auch damals hatte der Regen ihm die Energie gegeben, weiterzumachen. Und er begann kaum hörbar, ganz in sich, dasselbe Lied zu murmeln, das er damals aus einem von Pilasters Liedern gemacht hatte – Dumm, drumm, wer tut, Traum, bummel, dagadumm … grummel drum, gesagt, drum tun … träum dann, duff-duff, dagadumm, einfach tun, Traum, einfach weiter und was tun … dahin … datun. Muss tun. Die Melodie torkelte, die Worte hatten keinen Reim, es stimmte hinten und vorne nicht, sie hatten keinen Inhalt, und doch gab es ihm die Kraft, weiterzugehen – stolpernd und in sich murmelnd.

Als er das Archiv fast erreicht hatte, kehrten der Schwindel und die schwarzen Flecken vor seinen Augen zurück, und er musste immer öfter stehen bleiben. Nur mit Plocks Hilfe konnte er sich noch aufrecht halten.

Plock, was war nochmal mit dem guten alten Plock? Hatte Pilaster damit nicht jemanden erschlagen? Ja, das hatte er im Tagebuch gelesen. Einen Fledderer, einen Freund, Freitag. Wann war das gewesen? Er wusste es nicht mehr. Aber das Holz fühlte sich warm und lebendig an, und ihm war, als ob über den Knoten am oberen Ende, der als Griff diente, Pilaster seine Kraft an ihn weitergab.

Nachdem er einige Male tief durchgeatmet hatte, beugte Sig sich abermals tief nach vorn, schräg gegen den Wind, und setzte den einen Fuß vor den anderen, dann den anderen Fuß ein Stückchen weiter, und so stemmte er sich vorwärts.

Die letzten Meter, im Windschatten des Turms, ging das Gehen etwas leichter. Aber als er den Eingang zum Archiv erreichte, brach Sig zusammen. Seine Energie war verbraucht. Hier wehte es nicht, und der Regen konnte ihn nicht erreichen. Es war verführerisch, hier liegen zu bleiben und sich wieder vom Fieber entführen zu lassen. Die Lider wurden ihm schwer, und seine Muskeln entspannten sich, sein Atem wurde ruhiger … Sig musste an die verführerische Leere im Archiv denken. Vielleicht hatte er noch die Kraft, es in diese behagliche Leere zu schaffen? Durch das blaue Oval ins Schwarze, ins Vergessen entschwinden, gewichtslos, gedankenlos, in ewiger Ruhe …

Nein, nein … er musste weiter. Es ging nicht um ihn, wie konnte er das doch jedes Mal wieder vergessen. Er rappelte sich wieder hoch und sah, dass Babels Memo sein Versprechen gehalten hatte: Neben dem Symbol der Hand schimmerte klein und silbrig eine Klappe. Das musste der Anschluss für das Kabel sein.

Sig knotete das Glasfaserkabel von seinem Arm los, zog die Klappe auf und drückte das Kabelende ungefähr zehn Zentimeter tief hinein, bis es sich irgendwo festgeklemmt zu haben schien. Damit musste dieses Ende der Verbindung in Ordnung sein. Hätte er die Energie gehabt, dann wäre er hineingegangen und hätte kontrolliert, ob tatsächlich alles funktionierte, aber Sig wagte es nicht, sich den Verführungen des Archivs auszusetzen, und er wusste, er musste sich beeilen. Wollte er es noch schaffen nach Turm Ost, dann musste er jetzt sofort wieder umkehren.

Sig warf einen letzten Blick den Turm entlang nach oben – Blitze zuckten wie wild um die Stelle, wo dieser in den Wolken verschwand. Dann wandte er sich um und begann seinen Rückweg. Die ersten paar Schritte fragte er sich ängstlich, ob er es wohl schaffen würde. Das Aspirin verlor allmählich seine Wirkung. Aber als er wieder aus dem Windschatten des Turms herausgetreten war und den kraftvollen Wind im Rücken spürte, wusste er, es würde ihm gelingen.

Der Sturm, der ihm auf dem Hinweg mit aller Kraft entgegengearbeitet hatte, blies ihn jetzt fast von allein über die Ebene. Und anstatt ihn schwer zu machen, schien das wieder einsetzende Fieber ihm Flügel zu verleihen. Je aufrechter er ging, desto mehr Wind fing er und desto leichter kam er vorwärts. Und indem er so aufrecht ging, kehrte etwas von seinem Selbstvertrauen wieder und ging auch sein Atem leichter. Sig stolperte immer schneller, mit immer größeren Schritten und dem Fieber als Motor, bis er so schnell war, dass er Wind und Regen nicht mehr spürte und in einem fast ausgelassenen Taumel über die nasse Ebene zu Turm Ost zurückrannte. War er am Ende doch schlauer als die roten Flecken?, durchzuckte es ihn triumphierend. Er nutzte das Fieber doch jetzt zu seinem Vorteil?

Die späte Nachmittagssonne brach durch die fransigen Unwetterwolken und hüllte die Ebene in ein geisterhaft glühendes Orange. Regen und Gewitter nahmen ab, aber der Sturm hielt an. Der Turm in der Ferne leuchtete in dem späten Licht wie eine mächtige, uneinnehmbare Festung.

Innerhalb kürzester Zeit hatte Sig Turm Ost wieder erreicht. Weitergehen jetzt, weitergehen – das war sein einziger Gedanke. Die fiebrige Energiewelle, die ihn in Schwung hielt, konnte jeden Augenblick vorbei sein, und danach würde er vor Erschöpfung nicht mehr stehen können, so viel war sicher. Jetzt oder nie.

Er nahm die Kabelrolle und den zusammengefalteten Faradaykäfig und ging, während er das Kabel weiter abrollte, zum Eingang des Turms. Die Windböen machten es schwierig, den Käfig aufzufalten und mit Klebeband zu fixieren. Er musste ihn gegen die Wand des Turms drücken, um ihn halten zu können. Als er es endlich hinbekommen hatte, sah das Ding noch schiefer und jämmerlicher aus als beim ersten Mal. Es war ihm gleich.

Anschließend wickelte er das Erdungskabel mit auf die Glasfaserspindel. So konnte er beide unterwegs abrollen. Außerdem würde dem CC dadurch vielleicht nicht auffallen, dass er mehr als nur das Erdungskabel mit hineinbrachte.

Die Kabelrolle in der Rechten und den Käfig bereits über Kopf und Schultern, hob er die linke Hand zu dem Symbol am Eingang. Er legte die Hand auf das Symbol und tauchte sofort ganz unter den Käfig, genau wie beim ersten Mal. Das Tor öffnete sich, und auch diesmal wolkte das Licht des CC nach draußen. Aber es war weniger beeindruckend als beim letzten Mal.

Diesmal schien die tiefhängende Sonne direkt in den Turm hinein. Das Licht des CC verblasste dagegen zu einem künstlichen elektronischen Schein. Die Sonne zeigte Sig überdeutlich, wohin er musste: Ihre Strahlen jagten die bunten Wolken auseinander, die durch den Turm wirbelten, und machten klar, dass es einzig um die Lichtsäule in der Mitte des Turms ging. Die blauweiße Säule ragte majestätisch bis ins Dach des Turms, alles andere war Nebel, Schimmer, Glitzern – unwichtig.

Sig trat über die Schwelle. Fünfzig Meter waren es ungefähr, vom Eingang aus gemessen. Hatte er beim letzten Mal schon lächerlich ausgesehen, dann konnte er diesmal nur mehr einen bejammernswerten Anblick bieten.

Das war auch das Allerbeste, wurde ihm klar: Der CC würde nicht sonderlich auf der Hut sein vor dem kranken Häufchen Elend, das jetzt hereingestolpert kam. Sig würde tun, als suchte er Schutz vor dem Sturm und als wollte er den CC ein letztes Mal anflehen, ihm zu helfen. Er würde tun, als käme er, um sich löschen zu lassen.

Hinter ihm schloss sich das Tor. Das Sonnenlicht blieb draußen, und ein Gefühl der Einsamkeit versetzte Sig einen Stich: Er würde wirklich alles allein machen müssen. Die Wärme und die tiefe Stille waren unwirklich nach der Kälte und dem rasenden Sturm. Sig ging weiter. Es dauerte länger als beim ersten Mal, bis der CC kam und ihn begrüßte. Sehr gut, dann konnte er schon mal etwas näher an die Säule herankommen. Sig ging zielstrebig weiter. Die Wärme machte ihn schwer, und er fühlte seine Energie schwinden, aber das machte nichts, es war nicht mehr weit. Meter für Meter haspelte er die Rolle ab.

Vor ihm löste sich ein Lichtstrang aus der Säule, flocht sich zusammen und kam auf ihn zu, bis die bekannte Gestalt des CC in einigen Metern Entfernung vor ihm stand. Sig ging weiter, auf den CC zu. Er hatte sich der Lichtsäule bis auf die Hälfte genähert, schätzte er.

»Du bist zurückgekehrt?«, fragte der CC freundlich.

»Ja«, lispelte Sig mühsam. »Ich bin krank. Simpel ist tot. Draußen ist es fürchterlich. Kalt … Eine Hölle … Es ist vorbei.« Sig ging weiter, allerdings langsamer, der CC durfte nicht merken, was er vorhatte, bevor es zu spät war – wer weiß, welche Kräfte er auf Sig loslassen konnte.

»Aber warum steckst du denn wieder in diesem Käfig? Du weißt, dass ich dir so nicht helfen kann.« Der CC runzelte die Stirn.

»Weil ich mich von Ihnen verabschieden will. Weil ich einsam bin und noch einmal eine Stimme hören und warm werden möchte, bevor ich mich endgültig löschen lasse.«

Der CC nickte unentschieden. Vermutete er, was Sig vorhatte?

Sig ging weiter. Schritt für Schritt. Der CC ließ sich zurückdrängen, seine Gestalt schwebte mühelos – oder war es ahnungslos? – nach hinten. Noch ungefähr zwanzig Meter.

»Können Sie noch einmal mein altes Zimmer um mich herum projizieren? Ich will gelöscht werden, während es mir gut geht, ich mich zu Hause fühle und spüre, wie gut das Leben in der Stadt war.«

»Du lügst!«, rief der CC, und seine Gestalt nahm an Umfang zu. »Du führst etwas im Schilde!« Die Gestalt des CC wuchs und wurde zu einer Mauer aus dumpfschwarzer Dunkelheit, die sich bleischwer zwischen Sig und die Lichtsäule schob.

Sig ging weiter, schneller jetzt, bis ihn das Dunkel verschlang. Ohne nachzudenken. Weitergehen, weiter, bumm, frummel domm, prom-tom-tom, versprochen ist versprochen. Weitergehen, einfach geradeaus, bis du die Säule erreichst.

»Du kannst mir nichts tun, das weißt du doch?« Die Stimme des CC klang eher erstaunt als furchtsam. »Ich bin lediglich Licht und Gedanken. Reine Vernunft, das Endergebnis von Jahrtausenden menschlichen Strebens nach Luxus und Glück. Du kleines Wesen kannst mir nichts tun. Das weißt du. Du wirst hier im Dunkeln umherirren, bis du zur Besinnung kommst oder umfällst aufgrund deiner Krankheit. Das ist alles, also lass mich dir helfen.«

Sig hörte nicht hin. Verbissen rollte er im Dunkeln die Rolle weiter ab. Und er ging weiter. Nicht nachdenken über die Richtung, einfach weitergehen. Du warst richtig, du bist auch jetzt noch richtig, immer nur gehen, weitergehen. Mehr als fünf oder sechs Meter konnten es jetzt nicht mehr sein. Das Licht würde wieder erscheinen, wenn er bei der Säule war, dessen war sich Sig sicher.

Und dann hing er fest. Das Erdungskabel war zu Ende. Der Käfig krachte in seinen Fugen, als er mit seinem letzten Schritt dem Kabel einen Ruck versetzte.

Sig stand stocksteif in seinem Käfig, zitternd vor Wut und Unglauben. Wenn er noch einen Schritt weiterging, würde das Erdungskabel reißen. Der Käfig würde seine Wirkung verlieren und er auf der Stelle gelöscht werden. Das hier war unmöglich. Es konnte und durfte einfach nicht sein. So nah am Ziel. So weit gekommen und doch noch gescheitert. Und das nur wegen einem elenden Elektrokabel, das ein paar Meter zu kurz war.

Jetzt war wirklich alles vorbei. Und alles war umsonst gewesen. Pilaster, Simpel, Sig, Kopf – es würde sein, als hätten sie nie existiert. In ein paar Jahren würden ihre Spuren von Wind und Wetter weggewischt sein. Nur Scherbe würde vielleicht noch ab und zu den Horizont absuchen und sich einsam fragen, ob er je sein Versprechen einlösen und wiederkommen würde. Und die Stadt würde auf ewig so weiterlaufen – geschlossen, von der Außenwelt abgeschnitten, eine unveränderliche sinnlose Maschine, die Menschen betäubt und leer.

»Bist du so weit?«, kam die Stimme des CC von überall und nirgendwo her.

»Ja, ich bin so weit«, antwortete Sig. Er ging zwei Schritte zurück und rannte, wobei er die Hand mit dem Ende des Glasfaserkabels durch den Käfig nach vorn gestreckt hielt, geradewegs dem Licht entgegen, das er direkt vor sich hoffte aufleuchten zu sehen.

Das Erdungskabel riss, und im selben Moment wurde Sanktion 2-f vollstreckt. Alle Gedanken, Gefühle und Erinnerungen Sigs wurden gelöscht, und vom selben Moment an war es, als hätte es ihn nie gegeben.

Sein Körper, nicht mehr als eine leere Hülle jetzt, fiel vornüber, die Hand mit dem Glasfaserkabel immer noch vor sich hingestreckt.

Es war vorbei.

Die Stadtmauer

Weiße Stille.

Vollkommene Ruhe.

Eine warme, behagliche Stille.

Licht und Mattigkeit.

Staunen, Verwunderung.

Er lag auf dem Rücken. Unter einer Daunendecke. In einem Bett. Weiche Kissen.

Er schlug die Augen auf und starrte gegen eine weiße Decke. Er zwinkerte mit den Augen.

Er befand sich in einem geräumigen hellen Zimmer. Außer dem Bett gab es einen Tisch mit zwei Stühlen sowie einen kleinen Holoprojektor. Dem Bett gegenüber war eine geschlossene Tür.

Licht schien von zwei Seiten durch große Fenster herein. Die Fenster reichten vom Boden bis zur Decke und nahmen beidseitig die gesamte Wand ein – durch das linke Fenster drang gelbes Licht, und weißes Licht kam von rechts. War das ein Traum? Er hatte schon einmal geträumt, er wäre wieder in der Stadt. Das Zimmer glich einem normalen Schlafzimmer in der Stadt, obgleich es sehr leer war. Aber …

Er verstand es nicht. Wie konnte …

Vorsichtig bewegte Sig Finger und Zehen. Sie schienen echt zu sein, genau wie sein übriger Körper. Unsicher brachte er eine Hand zum Gesicht und berührte es. Es fühlte sich vertraut an. Obwohl, etwas stimmte nicht: Die Schneidezähne, die er bei dem Schlag im Museum verloren hatte, saßen wieder an ihrem Platz.

Er schüttelte den Kopf. Wo war er? Was war passiert?

Lange blieb er so liegen, voller Verwunderung und ohne zu verstehen.

Das Einzige, was er tat, war ab und zu mit den Augen zu zwinkern oder vorsichtig mit den Fingerspitzen über die Bettwäsche zu streichen. Bis ihm klar wurde, dass es kein Traum war – jedenfalls keiner, aus dem er so schnell erwachte. Das Zimmer war echt.

Er war echt. Er atmete tief durch und richtete sich, auf einen Ellbogen abgestützt, ein wenig auf.

»Okay«, sagte er anschließend zu sich. Es kam dünn und klein aus ihm heraus, nicht unbedingt geeignet, ihm Mut zu machen. Er räusperte sich. »Okay, dann mach mal wieder was draus, Siggi.«

Aber sein Gefühl war, dass es nicht leicht sein würde. Sein Gefühl war, dass ihm einige Teile des Puzzles fehlten, oder besser gesagt: Er kapierte nicht die Bohne. Wieder sank er in die Kissen zurück.

Das Letzte, woran er sich erinnerte, war ein Gespräch mit Babel und Pilaster. Dieses eigenartige Gespräch im Schwimmbad, wo sie den letzten Plan geschmiedet hatten. Und er war im Wasser geschwommen. Oder?

»Trojanisches Pferd«, hatte Babel ihn genannt. »Don Quichotte« – das hatte etwas mit den alten Geschichten zu tun gehabt, von denen er bis oben hin angefüllt war. Eine Rolle Glasfaserkabel und seinen faradayschen Käfig, weiter hätte er Pilasters Memo zufolge nichts gebraucht. So ungefähr.

Pilaster? Hatte er denn wirklich Pilaster wiedergesehen? Pilasters Memo, nicht den echten. Der war tot. Oder war er selbst vielleicht auch tot?

Wie sehr sich Sig auch das Hirn zermarterte, weiter kam er nicht. Es war, als seien die Dinge in seinem Kopf irgendwie verschoben, als läge nicht alles an seinem alten Platz. Außerdem hatte er das eigentümliche Gefühl, als sei sehr viel Zeit verstrichen; abhandengekommene Zeit, die aus seinem Gedächtnis verschwunden war.

Jetzt lag er hier. Und das war irgendwie alles.

Er schlug die Bettdecke zurück. Sein Blick wanderte über seinen Körper. Er trug einen hellgrünen Pyjama, den er nie zuvor gesehen hatte. Vorsichtig und wie um zu testen, ob alles funktionierte, schwenkte er die Beine zur Seite und setzte sich auf die Bettkante. Seine nackten Füße baumelten etwas über dem Fußboden, aber mit den großen Zehen fühlte er die harte Kühle des weißen Bodens – ganz normaler Kunstmarmor.

Eigenartig. Sein Haar war viel länger als gestern noch. Es reichte ihm jetzt bis über die Schultern. Und gewaschen fühlte es sich an, glatt und gekämmt.

Nach einem tiefen Seufzer – er versuchte, sich nicht länger zu wundern, obwohl er das Gefühl hatte, jede Kontrolle über den Gang der Dinge verloren zu haben – stand er auf. Alles schien zu funktionieren. Er fühlte sich gesund, ausgeruht und stark. Als hätte sein Körper sämtliche Entbehrungen der zurückliegenden Wochen schlichtweg vergessen. Er schloss die Augen, um zu spüren, wie er dastand, um das Gleichgewicht zu kosten, die Ruhe, die Echtheit dessen, was er empfand. Nach einem kurzen Zögern ging er zu dem Fenster, durch das das weiße Licht ins Zimmer drang.

Beim Fenster angekommen, stockte ihm der Atem.

In der Tiefe lag die Stadt. Seine Stadt. Die Stadt, aus der ihn der Gleisreiniger vor so vielen Wochen entfernt hatte. Bis zum Horizont erstreckte sie sich – Straße nach Straße, Boulevard nach Boulevard, Wohnviertel nach Büroviertel nach Einkaufsviertel nach Freizeit- und Erholungsviertel. Aber wie klein sie ihm vorkam! Das Gebäude, in dem er sich befand, musste gigantisch hoch sein, um Kilometer höher als alle anderen Bauten. Er schaute nach links und nach rechts, und dann sah er es: Zu beiden Seiten hin verlor sich die Innenkrümmung der Mauer in der Ferne.

Er befand sich in der Stadtmauer!

Mit einem Ruck drehte Sig sich um und rannte zum gegenüberliegenden Fenster; auf dieser Höhe war die Mauer nicht mehr als ungefähr zehn Meter dick. Durch dieses Fenster schien ein ganz anderes Licht herein – unkontrollierter und zugleich weicher als das harte weiße Stadtlicht. Und noch bevor er das Fenster erreichte, erblickte er, was er zu sehen hoffte: den Streifen einer sich unter ihm erstreckenden Müllhalde und links und rechts davon die Gebiete, die er durchwandert hatte.

Rechts lag Wald – grün, geheimnisvoll, wogend, und darüber kleine Wolken. Und links lag Produktion – kahl und leer, dünn darin eingeritzt das graue Raster der Urstraßen. Sig stand mit dem Kopf gegen das Glas gelehnt und versuchte,

Einzelheiten zu erkennen. Er sah den kleinen, lang gestreckten See in Wald unter einer niedrigen Nachmittagssonne schimmern, und vage meinte er mitten in Produktion die Umrisse des Platzes wahrzunehmen, auf dem sich die Reste des Ehrwürdigen Schiffs befinden mussten. Das Straßenmuster war dort unterbrochen.

Schwindelig presste er die Stirn an das kühle Glas – die Beule am Kopf, die er gestern noch gehabt hatte, war auch geheilt.

War er im Archiv? War er im Archiv eingeschlafen, und waren das hier die Bilder eines Wunschtraums – mehr oder weniger echt wirkend durch die Technik dort? Das würde es wohl sein. Seine letzten Erinnerungen waren schließlich die ans Archiv. Das Herz sank Sig schon wieder in die Schuhe. Es gab nur einen Weg herauszubekommen, ob es so war.

Er zögerte, denn er wollte hier eigentlich nicht weg, er hatte sich Ewigkeiten hindurch nicht mehr so gut gefühlt, so stark und lebendig. Aber dann dachte er es doch, und zwar so klar wie möglich: »Nach draußen. Ich will nach draußen.«

Nichts geschah.

»Die Hilfefunktion«, sagte er laut. »Ich möchte bitte die Hilfefunktion sprechen.«

Er erschrak vor seiner eigenen Stimme, die laut und kar klang.

Wieder geschah nichts. Die Halde, Wald und Produktion blieben, wo sie waren, nur die Scheibe beschlug von seinem Atem.

Sig wandte sich vom Fenster weg und wollte zurück zum Bett, zur Tür, zum anderen Fenster, er wusste nicht recht – bis jemand gegen die Tür klopfte.

Direkt danach bewegte sich die Klinke, und die Tür schob sich ein wenig auf.

In der Öffnung erschien Simpels lächelndes Gesicht.

»Sig!« Simpels Lächeln wurde breiter.

»Simpel?« Sig stand einfach nur da, mit nackten Füßen auf dem kühlen Kunstmarmor.

»Wach! Sig endlich wach!« Simpel kam mit großen Schritten auf ihn zu und schloss ihn in die Arme. Er hob Sig vom Boden und wirbelte ihn im Kreis herum.

»Sig wach in schönem Haus. Schönes Haus?«

Simpel stellte Sig vorsichtig wieder auf den Boden.

»Äh, ja … Schönes Haus, Simpel.« Sig musste blinzeln. »Simpel … bist du's wirklich?« Simpels Haare waren im Gegensatz zu seinen viel kürzer als vorher und dazu noch ordentlich nach hinten gekämmt. Er trug saubere, neue Kleidung, sein Blick war klar – und keine Spur mehr von den roten Flecken.

Simpel nickte grinsend. »Simpel kann jetzt sprechen. Habe mindestens tausend Wörter vom CC gelernt. Rest will Simpel selbst machen. Gut essen hier.«

»Aber … aber wie kommen wir denn hierher?«

»Ist lange, schwierige Geschichte von Memos und CC, und auch von Sig selbst. Besser Memos fragen. Einfach auf dem Holo.« Simpel ging mit großen Schritten zu dem Fenster, das auf die Stadt hinausging. Simpel zeigte in die Tiefe. »Jetzt, wo du wach bist. Wir gehen zusammen dort zu den Türmchen? Simpel darf nicht allein.« Er drückte seine Nase gegen die Scheibe. »Simpel möchte sie so gern aus der Nähe sehen. Viel nette Menschen. Selbst im Holo gesehen.« Er pumpte beide Wangen voll Luft und leerte sie pfeifend gegen das Fenster.

Auf Sigs Gesicht erschien jetzt auch ein Lächeln. Das hier

war Simpel. Kein Memo. Keine Fälschung. Auch wenn er anders aussah und schon einige Wörter mehr kannte, das hier war der einzig wahre superneugierige Simpel. Eine vorsichtige warme Freude breitete sich in seinem Körper aus – wenn Simpel echt war, dann war alles hier vielleicht echt. Dann war er irgendwie doch noch gerettet worden.

»Ja, bestimmt … denke ich«, versuchte sich Sig in einer Antwort. Vielleicht sollte er den Holoprojektor mal ausprobieren.

»Bist du einverstanden, wenn ich erst dahinterzukommen versuche, was eigentlich geschehen ist?«

Simpel nickte, ohne den Blick vom Fenster zu wenden. »Kopf ist schon draußen und fliegt«, sagte er anschließend, während er sehnsüchtig weiter durch die Scheibe starrte. »Haben sie repariert und an einen Scooter gebaut. Ist weggeflogen. Pffft. Keiner hat Kopf mehr gesehen …« Simpel klang ein wenig melancholisch, als fände er es schade, dass sein Freund verschwunden war. »Simpel will auch raus.«

Sig lächelte unsicher. Kopf? Wie sollte das denn möglich sein? Er war doch der Einzige, der wusste, wo Kopf begraben lag? Vielleicht hatte Simpel hier etwas nicht richtig verstanden.

Sig ging zum Holoprojektor und aktivierte ihn. Auf dem Wandschirm erschien eine Frau.

»Willkommen beim Memomodul 1.« Nach kurzem Zögern ließ sie folgen: »Sig? Hallo Sig. Willkommen. Was möchtest du wissen?«

Sie hatte die Stimme der Archivarin.

»Wie bin ich hierhergekommen? Was ist geschehen? Bin ich hier gefangen? Und … äh, wie kommen Sie hierher?«

Die Frau lächelte. »Verständliche Fragen. Also gefangen bist du mit Sicherheit nicht; wenn du möchtet, kannst du überallhin – in die Stadt oder nach Außenwelt, wohin immer du willst und wann immer du willst. Unten im Tunnel beim Fahrstuhlausgang steht ein Scooter für dich bereit. Aber wen möchtest du sprechen?«

»Jemand, der mir erzählen kann, was mit mir geschehen ist … mit mir und Simpel … und Kopf …«

»Viele von den aktuelleren Memos wissen, was du getan hast. Aber ich werde Pilaster und Babel für dich rufen. Die kennst du ja schließlich schon.«

Sie verschwand und machte Platz für die grinsende dicke Gestalt Babels. Er trug Jeans und einen orangegelben Pulli, aber sonst war er derselbe wie die beiden Male im Archiv. Neben ihm erschien Pilaster, mager und fast gar nichts im Vergleich zu Babel. Er lächelte und nickte Sig zu.

Was du getan hast – hatte die Archivarin das wirklich gesagt? Sig hatte überhaupt nichts getan, soweit er wusste. Er hatte keine Gelegenheit gehabt, den Plan auszuführen.

»Was schaust du so bedröppelt?«, fragte Babel augenzwinkernd. Sig verstand ihn nicht. »Du guckst wie ein Kopfsalat beim Zahnarzt. Hast du wieder mal den Faden verloren? Und wenn ja: Welchen Faden hat unser Held denn wo genau verloren?«

Held?

»Du hast es geschafft, Sig!«, fuhr Babel mit blitzenden Augen fort. »Begreifst du denn nicht? Du hast es geschafft: Du hast das ganze verteufelte Memoarchiv in den CC ausgeleert. Wie eine Staude Bananen auf einen Affenfelsen, wie einen Eimer Tinte ins Schwimmbecken. Nach den Berechnungen unserer sauertöpfischsten Statistiker hattest du eine

Chance von eins zu sechsundvierzigtausend. Aber du hast es geschafft.«

»Aber …«

»Bei der Durchführung des Plans wurdest du gelöscht«, ergriff Pilaster jetzt das Wort. »Beim letzten Schritt, den du machtest, im allerletzten Moment, hast du das Erdungskabel losgerissen und wurdest sofort gelöscht. Du fielst um. Pfffffft!« – Pilaster wedelte mit seinen langen, mageren Armen – »Pfffffft. Leer gelöffelt wie der erstbeste Fledderer. Aber du bist in die richtige Richtung gefallen, mitten hinein in die Lichtsäule des CC. Haarfeine Feinarbeit, sagen wir mal. Die gute alte haarfeine Feinarbeit.« Er lachte. »Gut, dich hier zu sehen, übrigens. Wohlbehalten und lebendig.«

»Ja, aber … woher wisst ihr das alles denn?« Was Sig hier alles hörte, drang nicht wirklich bis in sein Bewusstsein, und glauben konnte er es erst recht nicht.

Babel ergriff wieder das Wort. »Aus den Gedächtniskreisen des CC natürlich. Da befinden wir Memos uns nämlich jetzt. Noch keinen Sekundenbruchteil, nachdem du gelöscht warst, ergossen wir uns gleich haufenweise in die Systeme des CC. Zahlreich wie Heringe in der Tonne, wie Sterne am Himmel, wie Blumengebinde auf einem Begräbnis sind wir ausgeschwärmt. Mit Lichtgeschwindigkeit verbreiteten wir uns über seine sämtlichen Schaltstellen. Abermillionen von Memos, und ein jedes davon mit Millionen von Erinnerungen, Ideen, Vermutungen, Zweifeln und Empfindungen.« Babel schwieg und rollte beängstigend mit den Augen. »Mann, du hättest dabei sein müssen. Nicht in dreitausend Jahren habe ich so gelacht. Du hättest fühlen müssen, wie seine Stromkreise gebebt und gezittert haben. Wir wirbelten in sämtliche Richtungen, störten seine kalte Logik mit warmen Beziehungen, warfen neues Licht auf alte Gesetze, und wir verursachten Kurzschlüsse in blinden Prozeduren, indem wir die verrücktesten Eselsbrücken schlugen … Es war … es war … pfff … großartig, grandios …«

»Ja, aber«, versuchte Sig noch einmal, »ich begreife immer noch nicht …« Er schaute zu Pilaster, aber der nickte mit einem schiefen Grinsen zur Seite, zu Babel – lass ihn nur erzählen, schien er zu sagen, wir sprechen uns gleich noch näher.

»Sieh mal«, fuhr Babel begeistert fort, »es war alles so simpel wie ein kinderleichtes Kinderspiel an einem sonnigen Montagmorgen. Wir haben nicht viel verändert. Das können wir nicht. Memos sind nur Erinnerungen oder Gedanken ohne tatsächliches Wollen oder Sehnen, das weißt du. Wir konnten diesen sauren, steifen CC nicht einfach zwingen, dies oder das zu tun. Wir Memos sind nur wie Seiten in einem Buch, alte Erdschichten in der Wüste, Muscheln am Strand. Man kann uns lesen oder nicht. Aber jetzt sind wir zu so vielen hier im System, dass der CC uns einfach nicht übersehen kann. An jeder Schaltstelle in seinem System hält eines von uns Wache, wie eine Sphinx am Wasserloch, eine Flinse auf dem Müllhaufen, eine Wespe im Picknickkorb. Bei jeder Entscheidung flüstert in seinem Hinterkopf ein Memo mit – eine Erinnerung daran, wie anders die Dinge einst liefen; eine Vorstellung davon, wie es auch sein könnte; ein Gefühl dafür, dass die Dinge vielleicht nicht allen so behagen. Und das hat den Effekt, den wir brauchten: Der CC ist verunsichert. Unsicher und neugierig wie eine Schnupfnase in den Angelegenheiten anderer. Genau, was es gebraucht hat, wie den Deckel auf dem Topf. Stück für Stück gibt er die Stadt jetzt den Menschen zurück.« Babel schwieg.

Sig wurde schwindelig. Offenbar hatte er sonst was getan, an das er sich nicht erinnerte, etwas sehr Einschneidendes, doch es war, als sei er als Einziger nicht dabei gewesen. Und dann die Folgen, die das alles angeblich hatte. Es war zu groß, zu viel für jetzt. Zuallererst wollte Sig wissen, wie es ihm und Simpel ergangen war. Alle die Dinge über die Stadt und so, das hatte Zeit. »Aber wie wurde ich denn gerettet? Und Simpel?«

»Das, mein neugieriger Freund«, antwortete Babel, »hast du in gewisser Weise deinem alten Freund Pilaster hier zu verdanken und dessen heilsamen Einfluss. Pilaster, das war wie ein Pflaster auf einem Hühnerauge.«

»Pflaster? Pilaster?«

Die Holoprojektion von Pilasters Memo schaute verlegen zu Boden, während Babel berichtete.

»Pilasters Erinnerungen an Wald und Wasser, das Glück, das er wie ein Fisch im Wasser dort erlebt hat, und seine unübertroffene Neugier haben dafür gesorgt, dass der CC nicht länger behaupten konnte, Menschen könnten lediglich ein Leben unter seiner Hut und innerhalb der Stadtmauern führen. Das Wichtigste war, dass Pilaster wirklich nicht, wahrlich und wahrhaftig nicht zurückgewollt hat. Tief im Herzen wollte er nie mehr weg aus Außenwelt, er fühlte sich dort wie eine Schnecke auf einer ungesalzenen Mahlzeit, wie eine Laus in einem Pelz. Gerade dies, gerade, dass er auch wirklich glücklich gewesen war, wie einsam und wütend er sich manchmal auch gefühlt haben mochte, gab den Ausschlag und brachte den CC zum Nachdenken. Pilasters Memo brauchte einfach nur da zu sein – an der richtigen Stelle, in den richtigen Schaltkreisen – und damit zu zeigen, wie es auch sein konnte.«

»Fantastisch! Armer alter Pilaster«, seufzte Sig mit einem Blick zu dem mageren Memo neben Babel, das unter dessen Lobesbezeigungen unbehaglich hin und her rutschte.

Sig sprangen die Tränen in die Augen. Er hatte Pilasters Leben nicht retten können, aber auf schier unvorstellbare Weise hatte Pilaster ihn dennoch gerettet.

»Dem CC wurde klar, dass er nicht das Recht hatte, dich zu löschen und auszuwischen wie eine Schultafel, gegen deinen Willen, und dass auch du das Leben in Außenwelt vielleicht tatsächlich die Mühe wert gefunden hattest. Und dass es nicht anging, wenn er Simpel sterben ließ wie einen Seeigel in der Wüste. Also war innerhalb weniger Stunden ein Wartungstrupp von der Müllhalde vor Ort und sorgte dafür, dass Simpel zunächst provisorisch wieder aufgemöbelt wurde. Einen Tag später wurde er in den Turm geschickt, um deinen Körper zu suchen – denn wie du weißt, funktionieren Roboter im Innern des Turms nicht. Schon bald hatte er begriffen, dass er dich hinaustragen sollte, wo schon eine Trage bereitstand.«

»Und die roten Flecken?«

»Masern. Hundsgewöhnliche Masern; innerhalb weniger Sekunden hatte der CC das Heilmittel parat. Eine altmodische Kinderkrankheit. Menschen von heute sind nur nicht mehr daran gewöhnt. Du hättest es wohl auch ohne Serum geschafft, jung wie du bist.«

»Okay. Genug. Mir schwirrt der Kopf. Zu viel für jetzt.« Sig war schon wieder schwindelig.

»Warte.« Babel konnte es nicht lassen, Pilaster reagierte achselzuckend und mit einem Augenzwinkern. »Noch ein Ding, bevor du uns abstellst. Möchtest du nicht wissen, woher es kommt, dass du hier wieder herumhüpfst wie ein Karnickel auf dem Fußballplatz? Wie eine Eintagsfliege über dem Karpfenteich? Gelöscht und fertig, wie du warst?«

Sig nickte treu wie ein Schaf.

»Schlicht und einfach.« Auf Babels Gesicht erschien ein verschwörerisches Grinsen. »Wir hatten deinen leeren Körper – Fledderer in spe, könnte man sagen. Und wir hatten Sig, das Memo: Während deiner Besuche im Archiv hatten wir wie bei jedem Besucher einen Memoscan von dir angefertigt. Nun, es hat einige Mühe gekostet und einen Monat Zeit, währenddessen du im Tiefschlaf warst, aber es hat geklappt. Wir haben sämtliche Erinnerungen wieder hübsch ordentlich an ihren alten Platz zurückverfrachtet, wie einen Haufen Herbstblätter zurück an den Baum, wie Schneeflocken wieder hoch in die Wolke. Außer natürlich die allerletzten Erinnerungen, denn die hatten wir nicht. Löschen kann der CC im Bruchteil einer Sekunde, aber die Dinge zurückzuverfrachten war ein ganzes Stück schwieriger. Aber es hat geklappt. Nehmen wir an.«

Babel lehnte sich triumphierend zurück. »Und es war meine Idee. Okay, schon zusammen mit dem CC, aber ich habe in den Schaltkreisen herumgespukt, die damit zu schaffen haben. Und ich heiße nicht umsonst Babel.«

»Vielen Dank«, murmelte Sig zögernd und schaltete den Projektor ab. Es war zu viel fürs Erste. Schwindelig von all dem, was er gehört hatte, ging er wieder zum Bett, legte sich hin und schloss die Augen.

Simpel, der die ganze Zeit gespannt auf die Stadt in der Tiefe gestarrt hatte, schlich leise aus dem Zimmer und in seinen Teil der Wohnung.

Sig schlief durch bis zum nächsten Morgen; er war noch ein genauso guter Schläfer wie früher. Als er wieder aufwachte, wusste er genau, was er wollte: frühstücken.

Hinter seiner Schlafzimmertür stieß er auf einen Flur, von dem verschiedene Türen abgingen, unter anderem eine Fahrstuhltür. Am Ende des Flurs befand sich eine geräumige Küche. Simpel saß dort hinter einem großen Teller mit Müsli und schaute gebannt holo – irgendeine öde Sendung über Wohnungseinrichtung.

Simpel hob die Hand mit dem Löffel, als er Sig in die Küche kommen sah, murmelte mit vollem Mund »Hallo« und fuhr fort, zu essen und holozusehen.

Sig suchte sich etwas Essbares zusammen – die Küche war vom gleichen Typ wie früher die zu Hause – und aß, bis er nicht mehr konnte.

Anschließend zog er sich an – in seinem Schlafzimmerschrank lag alles bereit – und kam zurück in die Küche. Simpel hockte immer noch vor dem Holoprojektor.

»Kommst du mit, Simpel?«, fragte Sig. »Ich möchte, äh, müsste vielleicht mal meine Eltern besuchen.«

Simpel sah ihn an, ohne zu verstehen. »Eltern?« Es war eindeutig ein Wort, das er nicht kannte, und eigentlich wusste Sig auch nicht mehr recht, was er damit sollte – er hatte sie vermisst, er wollte sie wiedersehen, aber seine Eltern würden ihn nicht erkennen, er war komplett aus ihrem Gedächtnis gelöscht. Ein eigenartiges Wiedersehen würde es sein, unbehaglich, nicht schön. Sollte er sie abermals kennenlernen?

»Ja, mein Vater und meine Mutter, sie wohnen dort unten in der Stadt.« Sig zeigte durchs Fenster in die Tiefe, in Richtung Stadtzentrum.

»Stadt? Gehen wir zur Stadt?« Simpels Miene klarte auf.

»Jaa!«, rief er daraufhin begeistert und sprang von seinem Stuhl.

»Aber heute Nachmittag möchte ich auch nach Wald und auch bei Scherbe vorbeischauen und …«, versuchte Sig noch, aber Simpel hörte ihn schon nicht mehr, der rannte schon aus der Küche in Richtung Fahrstuhl.

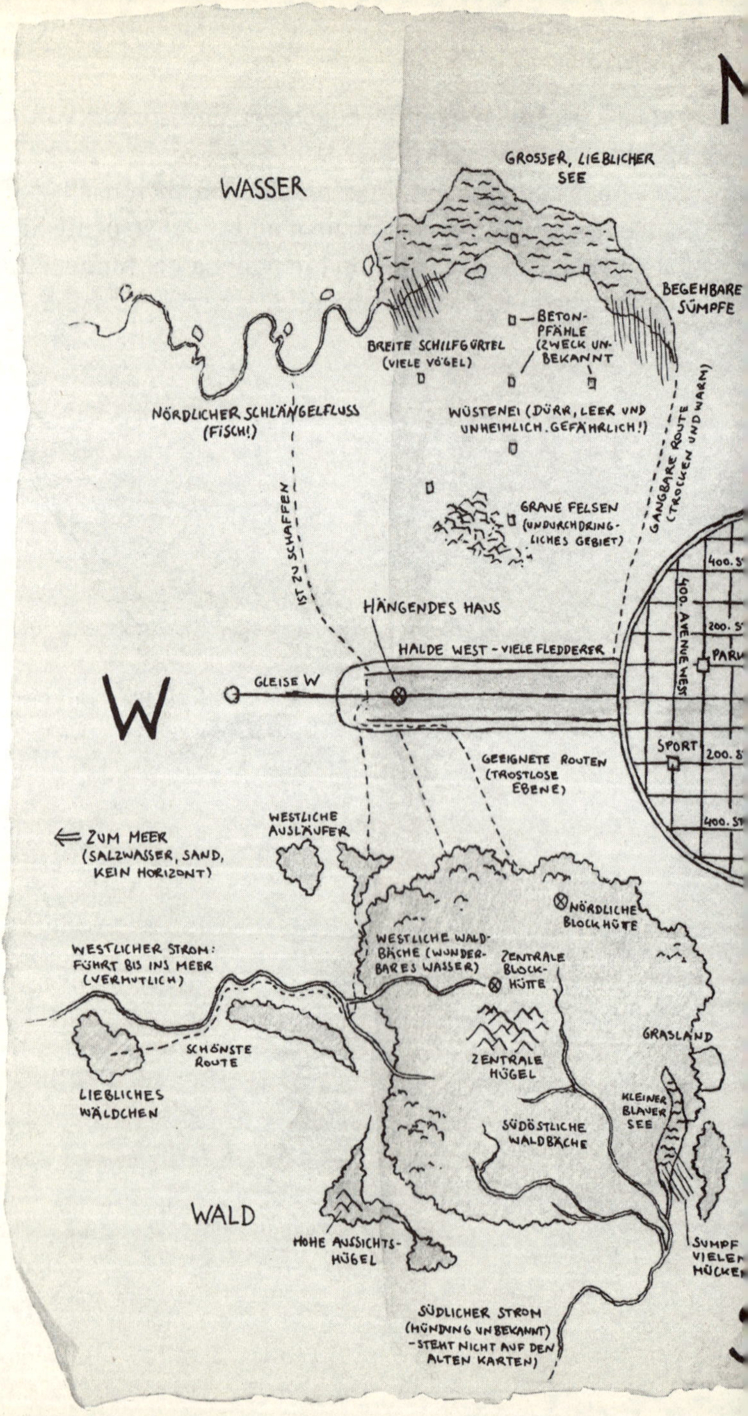
N
WASSER
GROSSER, LIEBLICHER SEE
BEGEHBARE SÜMPFE
BETON-PFÄHLE (ZWECK UN-BEKANNT
BREITE SCHILFGÜRTEL (VIELE VÖGEL)
NÖRDLICHER SCHLÄNGELFLUSS (FISCH!)
WÜSTENEI (DÜRR, LEER UND UNHEIMLICH. GEFÄHRLICH!)
GANGBARE ROUTE (TROCKEN UND WARM)
IST ZU SCHAFFEN
GRAUE FELSEN (UNDURCHDRING-LICHES GEBIET)
HÄNGENDES HAUS
HALDE WEST - VIELE FLEDDERER
400. AVENUE WEST
SPORT
W
GLEISE W
GEEIGNETE ROUTEN (TROSTLOSE EBENE)
WESTLICHE AUSLÄUFER
⇐ ZUM MEER (SALZWASSER, SAND, KEIN HORIZONT)
NÖRDLICHE BLOCKHÜTTE
WESTLICHE WALD-BÄCHE (WUNDER-BARES WASSER)
ZENTRALE BLOCK-HÜTTE
WESTLICHER STROM: FÜHRT BIS INS MEER (VERMUTLICH)
ZENTRALE HÜGEL
GRASLAND
SCHÖNSTE ROUTE
LIEBLICHES WÄLDCHEN
KLEINER BLAUER SEE
SÜDÖSTLICHE WALDBÄCHE
WALD
HOHE AUSSICHTS-HÜGEL
SUMPF
SÜDLICHER STROM (MÜNDUNG UNBEKANNT) - STEHT NICHT AUF DEN ALTEN KARTEN)

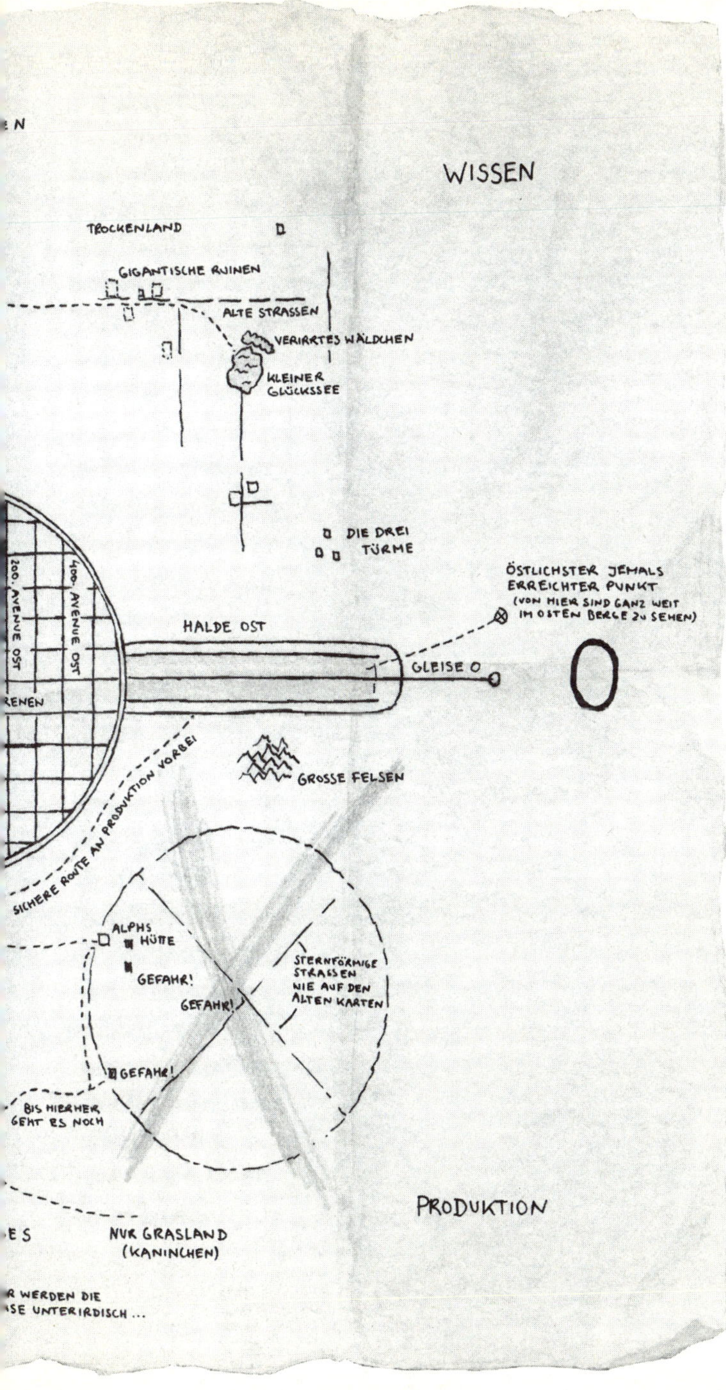

WISSEN
TROCKENLAND
GIGANTISCHE RUINEN
ALTE STRASSEN
VERIRRTES WÄLDCHEN
KLEINER GLÜCKSSEE
DIE DREI TÜRME
ÖSTLICHSTER JEMALS ERREICHTER PUNKT
(VON HIER SIND GANZ WEIT IM OSTEN BERGE ZU SEHEN)
200. AVENUE OST
400. AVENUE OST
HALDE OST
GLEISE O
O
GROSSE FELSEN
SICHERE ROUTE AN PRODUKTION VORBEI
ALPHS HÜTTE
GEFAHR!
GEFAHR!
GEFAHR!
STERNFÖRMIGE STRASSEN NIE AUF DEN ALTEN KARTEN
BIS HIERHER GEHT ES NOCH
PRODUKTION
NUR GRASLAND (KANINCHEN)
WERDEN DIE
UNTERIRDISCH ...